GEORG BRITTING
SÄMTLICHE WERKE
Herausgegeben von Walter Schmitz
Erster Band

Georg Britting · Frühe Werke

Georg Britting
Frühe Werke

Prosa · Dramen · Gedichte
1920 bis 1930

Herausgegeben von Walter Schmitz
in Zusammenarbeit
mit Hans Ziegler

Süddeutscher Verlag

ISBN 3-7991-6288-7

Schutzumschlagentwurf: Design Team
Portraitzeichnung Georg Brittings auf dem Frontispiz
von Josef Achmann
Gesetzt in der 10 auf 12 Punkt Bembo Antiqua
Satz: Typodata, München
Druck und Bindearbeit: Franz Spiegel Buch GmbH, Ulm

Inhaltsübersicht

FRÜHE WERKE

PROSA AUS DEN ZWANZIGER JAHREN

DRAMEN

GEDICHTE AUS DEN ZWANZIGER JAHREN

ANHANG

FRÜHE WERKE

Journalistische Anfänge bei den »Regensburger Neuesten Nachrichten«

Die Dult

Es liegt ein seltsamer Zauber in dem Wort. Heller leuchten die Augen der Kinder, wenn sie es hören und ihre leicht beschwingte Phantasie läßt ihnen eine Welt erstehen voll dunkelgeahnter, geheimnisvoller Schönheit und märchenhafter bunter Pracht. Ihnen erscheint die flitterhaft aufgeputzte Budenstadt ein Ort, der Köstliches und Wunderbares birgt. Sie sehen nicht Elend, Not und Laster, das hinter dem billigen, verlogenen Prunk fratzenhaft graut, wie das Gesicht einer alten Kokotte, unter der Schminke. Den Kindern ist der Herkules mit den dicken Muskelwülsten, der mit den schwersten Eisenkugeln hantiert, als wären sie Spielzeug, ein gewaltiger Held, der Furcht und Bewunderung einflößt. Und der Zauberer, der im weiten roten Kaftan mit der spitzen Mütze auf dem Kopfe die ungeheuerlichsten Dinge vollbringt, Kaninchen verschluckt und wieder aus dem Rockärmel zieht, und die blanken Taler nur so aus der flachen Hand holt, er ist ihnen ein mächtiger Mann, vor dessen funkelndem Blick sie Angst haben. Aber selbst der Erwachsene kann sich dem eigenartigen Reiz nicht entziehen, der von der Welt der fahrenden Leute ausgeht. Man lächelt überlegen, wenn man das Wort Jahrmarkt hört, zitiert wohl gar seinen Goethe: das Lärmen, Schreien, Kegelschieben, ist mir ein gar verhaßter Klang, sie toben wie vom bösen Geist getrieben, und nennens Freude, nennen es Gesang – und wenn dann die bunte Gesellschaft wieder einmal den Protzenweiher in Stadtamhof in Beschlag gelegt hat, so wandert man doch hinaus, um den Rummel mitzumachen. Schon wenn man die Steinerne Brücke zur Hälfte passiert hat, klingt einem das Gedudel und Lärmen entgegen, das bei jedem Schritte wächst. Auf der schmalen Straße zwischen den Verkaufsbuden schiebt sich ein dicker Menschenstrom langsam vorwärts. Die Luft ist mit Staub gesättigt, aber alle die vielen Gesichter blicken fröhlich – äußerlich schadet der Staub ja wenig und was sich in der Kehle ansetzt, wird hinuntergeschwemmt – aber beileibe nicht mit Wasser. Auf dem Protzenweiher, wo die Schaubuden aufgeschlagen sind, entwickelt sich das eigentliche Dultleben. Das ist ein Stoßen und Drücken, Lachen und Scherzen, Flirten und Kokettieren! Heiser tönt die Stimme des Ausrufers, der »für nur zehn Pfennig, Kinder und Militär auf allen Plätzen die Hälfte« die größten Herrlichkeiten verspricht. Das gellende Gebimmel einer Glocke versucht die Aufmerksamkeit auf einen Grand-Zirkus zu lenken, während das Schichtl'sche Künstler- und Zaubertheater eine eigene Kapelle dazu verwendet, mit mehr Lärmaufwand als künstlerischer Eigenart das Publikum anzulocken. Der Erfolg zeigt, daß Buschs Wort »Musik wird störend oft empfunden, weil sie stets mit Geräusch verbunden« nicht überall Geltung besitzt. Anhänger der Antilärmbewegung dürfen sich überhaupt nicht auf den Dultplatz wagen, denn der disharmonische Vielklang von Geräuschen, der bis in den späten Abend hinein nicht verstummt, gehört nun einmal zu dem Rummel, und das Publikum trägt das seine nach Kräften bei, den Lärm zu steigern. Je größer das Gedudel und Gebrüll, desto größer die Gaudi. Die Aviatik, die ihre praktische Verwendbarkeit schon auf so vielen Gebieten erprobt hat, hat sich nun auch die Dult erobert. In einer Ecke sausen die Luftschiffe aller Konstruktionen im Kreise in der Luft herum – zum Unterschied von ihren Schwestern sind sie allerdings durch lange Eisenstangen an einem gemeinsamen Mittelpunkt befestigt. Kreischend und vor Vergnügen johlend sitzen die Passagiere in den Gondeln und genießen den Zauber einer Luftfahrt, die allerdings von nur sehr kurzer Dauer ist.

Phantastisch angelegte Gemüter statten dem »Verrückten Haus« einen Besuch ab, das sich von Zeit zu Zeit plötzlich in den Angeln hebt und in aller Gemütsruhe den Kopfstand ausführt. Ein grotesker Anblick. Der Clou der ganzen Dult ist diesmal aber unstreitig das Freudenrad. Es ist aber auch eine gar ergötzliche Geschichte: Die Gescheiten schauen lachend zu wie sich die – Minderklugen strampelnd und brüllend auf den Boden wälzen. Die tückische große Scheibe schleudert ganze Reihen kreischender Menschen gegen die ledergepolsterten Barrieren, mit jeder Umdrehung leert sie sich mehr, bis zuletzt nur noch ein Schlaucherl sitzen bleibt, der sich auf den Mittelpunkt niedergelassen hat und von da, gesichert und in nicht zu erschütternder Position, schmunzelnd die Kollegen betrachtet, die sich mühsam wieder vom Boden aufrappeln. Und erst wenn die Damen an die Reihe kommen! Zwar wagen sie sich nur in spärlicher Zahl auf die rotierende Scheibe, aber desto größer ist dann die »Hetz« für die zuschauende Männerwelt, wenn das Ewig-Weibliche in tollem Durcheinander auf dem Boden kollert. – –

Wenn abends die elektrischen Birnen aufglühen und die Budenstadt in magisches Licht hüllen, wenn die Schatten an den Zeltwänden dunkeln, dann ist es ein eigenes Wandern im Reiche der fahrenden Leute. Leicht vergißt man seine Umgebung, gerät ins Träumen, – bis ein scharfer Trompetenstoß in die Wirklichkeit zurückführt, in den tollen Wirrwarr, voll Unsinn und Lust, Dult genannt.

[1911]

Regensburger Bilderbögen

Der Haidplatz

Der Abend war voller Frieden herabgesunken, die Straßen sind still und leer geworden. Aus den Fenstern leuchtet der gelbe Schein der Lampen. Nur manchmal schallt ein Schritt übers Pflaster, und klingt eine Tür und hallt eine menschliche Stimme. Dann fällt ein Tor ins Schloß und ein Schlüssel knarrt und kreischt – dann ist es still. Nur der Brunnen rauscht. Die Zinnen und Zacken des »Goldenen Kreuzes« stechen in den Nachthimmel und der massige Bau des Thon-Dittmer-Hauses liegt wie ein schlafendes Ungetüm, das aus hundert dunklen Augen droht! Frau Justitia auf dem Brunnen hebt in starrer Ruhe das Schwert, während ihre andere Hand die Waage der Gerechtigkeit trägt. Und unbeweglich sieht sie in die Nacht. In die Zeit des Mittelalters ist der Platz zurückgesunken und die alten Patrizierhäuser scheinen sich enger aneinander zu drängen, wie eine Herde geängstigter Tiere. Und der Brunnen rauscht ein Lied, zart und werbend, schmelzend und schwermütig, irgendetwas von pochenden Herzen und bebenden Lippen, von Hoffen und Sehnen und Schluchzen und Tränen. Eine leise Melodie springt auf. Sie klingt, als ob Musik durch dicke Vorhänge dränge dahinter ein heimliches Brautpaar tanzt, einen langsamen Walzer voll geheimen Glückes und schwermütiger Süße. Über die starren Züge der Justitia scheint ein leises Lächeln zu gleiten, über den Brunnen, der so törichtes Zeug plaudert, das doch so traut und lockend klingt! Dann blickt sie wieder ernst und unbeweglich wie zuvor. Und der Brunnen rauscht sein Lied – die ganze Nacht.

Die steinerne Brücke

Mit wilder, ungebändigter Kraft wirft sich der Strom gegen die eisenbewehrten Pfeiler und bohrt sich, ein Winkelried, die spitzigen Lanzen der Brücke in den Leib. Und es nützt doch nichts. Aber der Trotzkopf in seinem jugendlichen Ungestüm läßt nicht ab; brausend und schäumend stürmen seine Wellenrosse gegen die festen Steinquadern, um immer doch kläglich zu zerschellen. Die Brücke ist dieses ungebärdige Toben der Wasser schon gewohnt, achtet gar nicht darauf. Sie weiß sich fest gegründet und läßt den Wildling sein tolles Spiel treiben. Ihr wird so leicht nichts geschehen, die mächtigen Steinbogen scheinen für die Ewigkeit gebaut. Voll gedrungener Kraft spannt sich ihr riesiger Leib über den Strom – ein Bild von höchstem, architektonischem Reiz. Alles an ihr ist schwer und wuchtig, und doch ist sie auch wieder leicht geschwungen, als wäre der Stein eine biegsame Weidengerte – eine seltene Vereinigung von Kraft und Anmut. Drum lächelt sie auch über das wilde Tun des Stromes. Sie weiß, der kann ihr nichts anhaben. Wenn nur nicht die Menschen, die vor nichts zurückschrecken, wenn es gilt, ihre Interessen zu verfolgen, ihr zu Leibe gehen werden. Sie hat es schon erleben müssen, daß das alte Brücktor niedergerissen wurde, weil es ein Hemmnis für den modernen Verkehr bildete und seitdem will die Angst nicht mehr von ihr weichen, daß es ihr ähnlich gehen werde. – Aber noch steht sie in stolzer Pracht. Die Sonne gleitet über die grauen Quader und trifft mit ihren glänzenden Strahlen das »Brükkenmannl«, das geblendet von der Lichtfülle schützend die Hand vor die Augen hält. Von der Stadt grüßt der Dom zur Brücke und der Rathausturm und im Osten leuchtet von sanft ansteigendem Hügel ein schimmernder Tempel: Die Walhalla. Unten rauscht und gurgelt der Strom und von Stadtamhof klingen die hellen Schläge der Turmuhr der

St. Mang-Kirche herüber. Wer die Brücke je so gesehen, in Sonnenglast zur Mittagstunde, dem wird ihr Bild nie aus dem Herzen schwinden, und er wird sie zu dem schönsten und eigenartigsten stellen, was Städte an schönen und malerischen Gebäulichkeiten zu bieten haben.

Der Römerturm

Schroff, trotzig, einsam, wetterhart dräuend und finster, gleich einem Vorposten wider den Feind, von Stürmen ewig begehrt und nie überwunden streckt er seine Mauern in die Höhe. Sie sind stolz; Jahrhunderte konnten ihnen nichts anhaben. Und starr sind sie; in jedem Stein steckt ein Stück Tradition, Tradition ist ein Mörtel, stark und fest wie Eisen. Diese mächtigen Quadern sind durch nichts aus den Fugen zu bringen. Der finstere Geselle, der sich seiner wuchtigen Größe bewußt scheint, der seine massige Gestalt schwer und dräuend aufreckt, macht ein gar mürrisches Gesicht, wenn in des Tages Lärm die Menschlein um seine Füße huschen, die Elektrische sausend vorbeiklingelt. Anderes ist er gewohnt. Der schwere Tritt der römischen Legionen liegt ihm noch im Ohr, besser behagten ihm die wilden, bärtigen Gesichter der eisengepanzerten Stadtknechte, besser die rauhen Fluchworte kommandierender, französischer Offiziere. Viel hat er gesehen und mit erlebt der ragende Koloß, Freud und Leid, gute und schlechte Zeiten im bunten Wechsel. In unsere Tage paßt er nicht recht mehr. Unser nervöses und aufgeregtes Tun sticht zu grell ab von seiner unerschütterlichen, feierlichen Ruhe. Er spürt das selber und darum blickt er des Tages über so grämlich. Des Nachts muß man ihn sehen, wenn der laute Lärm verstummt ist und die Straßen still und dunkel liegen. Von alten, längst vergangenen Zeiten träumt er dann, und die Schauer großer Taten und Ereignisse umwittern ihn. Der Mond taucht den stillen Bau in sein silbern Licht. Er will ihn locken und sprechen machen. Aber die Mauern leuchten nur auf und werfen den Glanz zurück. Und der späte Wanderer, dessen hallende Schritte über den Platz tönen, steht in ehrfürchtigem Staunen: schwarz und drohend hebt sich der steinerne Riese vom Nachthimmel, aber um seine verwitterten Züge huscht doch ein verlorenes Lächeln, ein Lächeln, wie es alte Leute haben, wenn sie der eignen, fernen Jugendzeit gedenken.

Der Dom

Wenn an regenfeuchten Herbstabenden seine Silhouette sich schwarz und finster abhebt und die grauen Türme in den dunkelnden Himmel ragen, dämmert der geheimnisvolle Reiz mittelalterlicher Mystik um seine Mauern. Das verwitterte Gestein schimmert feucht und huschende Nebel brauen um das hohe Portal. Jeden Augenblick vermeint man die weiten Tor-Flügel aufspringen zu sehen und den eintönigen Gesang verhüllter Nonnen zu vernehmen, die in langem Zuge durch die hallenden Gänge schreiten. Durch das durchbrochene Mauerwerk der Türme blinzelt das fahle Mondlicht; es zittert in mattem Glanz auf den Gestalten der steinernen Wasserspeier und setzt seltsame Lichter auf das schwärzliche Grau der vorspringenden Zakken und Erker. Die spitzen Seitentürmchen ducken sich ängstlich, schmiegen sich eng an ihre große Mutter und wenn ein scharfer Windstoß um die Ecken faucht und eine Hand voll Regen prasselnd gegen das Gemäuer wirft, scheinen sie verschüchtert und erschrocken zusammen zu zukken und leise zu weinen. Ein schwarzer Wolkenballen ist mählich an den Mond herangekrochen und hat seine helle Scheibe überdeckt. Nun ist der mächtige Bau in tiefstes Dunkel gehüllt. Seine schwarzen Konturen wachsen ins Riesenhafte, sind seltsam verzerrt. Und als jetzt von einem nahen Turm elf Glockenschläge in die Nacht tönen, klingen sie ganz beklommen als scheuten sie sich den finsteren Riesen zu stören, der unheildrohend seine mächtigen Arme reckt. – Ein anderer ist der Dom an einem sonnendurchfluteten Oktobernachmittag. Aus dem wuchtig schweren Unterbau streben voll leicht beschwingter Anmut die schlanken Türme und baden ihr Haupt im leuchtenden Licht. Wenn man die gewaltige Größe und Wucht der mächtigen Kathedrale betrachtet, fühlt und bewundert man erst die zarte[,] feingliedrige, graziöse Struktur der Teile. Von aller Erdenschwere losgelöst, die Stein gewordene Phantasie eines gottbegnadeten Künstlers, drängen und quellen in unbeschreiblicher Schönheit und Fülle die Linien nach oben, bis das gewaltige Strahlenbündel immer zarter und durchsichtiger wird und auf seiner Spitze als krönenden Abschluß die Kreuzblume trägt. Es ist ein Symbol der Lebensfreude, der Lebensbejahung wie da in Licht und Sonne getaucht der ganze Bau von *einem* jubelnden, jauchzenden Streben beherrscht ist, wie aufwärts, zur Höhe jedes kleine und kleinste Türmchen strebt, wie jeder Erker, jede Säule nach oben weist, wie jedes einzelne wieder sich zum Ganzen schließt und in gebändigter Harmonie, in ruhiger Schlichtheit und Schöne zur Erfüllung gelangt.

Die Wahlenstraße

Die Sonne flimmert verträumt auf dem Pflaster. Ihr zitternder Schein ist schon dünn und blaß geworden. Herbstsonne ist müd, und schwach und kraftlos. Nur kurze Stunden des Tags läßt sie sich blicken, um bald, als ob sie sich ihrer Ohnmacht schämte, wieder zu verschwinden. Sie ärgert sich: Sonst flüchteten die Menschen, ihrer Glut zu entgehen, während sie nun mit Behagen die lind wärmenden Strahlen aufsuchen. – Die Sonne hat jetzt ihre eigene Schönheit. Die ist wie das Lächeln einer frommen Nonne, die überwunden hat und Leid und Freud der Welt mit wehmütiger Anteilnahme, die über den Dingen steht, betrachtet. Sie webt den verklärenden Schein stillen, beschaulichen Sichbegnügens um alle Gegenstände, auf die sie fällt. Die alten Häuser in der Wahlenstraße gewinnen in ihrem Lichte Leben. Mit blassem Gold malt sie die Ecken aus, sorgsam und mit feiner Kunst. Die grauen, verwitterten Mauern erschimmern in Märchenglanz und der »goldene Turm«, der alte, finstere Geselle macht ein gar freundliches Gesicht, wenn die huschenden Strahlen ihn umspielen. – Ein Stück Mittelalter verkörpert die Wahlenstraße. Die meist schmalen, gedrückten Häuser sind unregelmäßig gebaut und haben sich nicht einer geraden Linie anpassen lassen. Das eine guckt vorwitzig weit in die Straße, während das andere sich ängstlich zurückzieht. Der stolze Wehrturm, der schroff aufragt, der goldene Turm, beherrscht mit seiner wuchtenden Größe das ganze Bild, das in seinem bunten Reiz einen malerischen Ausschnitt aus Alt-Regensburg festhält, wie er echter und von wahrheitsgetreuerem Kolorit gar nicht sein könnte. Wer vom Kohlenmarkt her langsam die Straße heraufschreitet und den verschwiegenen Zauber und die Eigenart der Straße auf sich wirken läßt, glaubt sich ein paar Jahrhunderte zurück versetzt. Es wäre gar nicht so erstaunlich, wenn aus einem alten Torbogen plötzlich ein züchtiges Jungfräulein träte, mit Faltenrock und Riegelhaube und mit bescheidentlichem Augenaufschlag den Wanderer grüßte, oder ein bärtiger Stadtknecht mit klirrender Hellebarde einherstapfte. Es müßte schön sein, auf einem malerischen, mit Blumen geschmückten Balkon, wie die Straße deren mehrere aufweist, zu sitzen und zu träumen, die Gegenwart um sich versinken zu lassen und alte Zeiten und alte Menschen heraufzubeschwören, um sie singen und sagen zu hören von denselben Leiden und denselben Freuden, die auch uns bewegen.

Die Allee

Wie ein kostbarer Gürtel den Leib einer schönen Frau umspannt, so legt sich in weitgeschweiftem Bogen ein Perlenkranz von seltener Anmut um die Stadt – die Allee. Nun sie ihr Herbstkleid angelegt und das einförmige Grün ihrer Gewandung mit braunen und roten Flicken aufgeputzt hat, ist sie in ihrer farbenfrohen Pracht reizvoller denn je. Raschelndes Laub bedeckt die glatten Kieswege und die welken Blätter raunen unter den Füßen der Spaziergänger ihr uralt-ewiges Lied, vom Sterben und Vergehen. Die blanken Sonnenstrahlen spielen durch die leicht gelichteten Baumwipfel. Der Himmel ist mattblau, mit einer Tönung ins Grünliche, manchmal fast noch sommerlich schimmernd. Ein eigener Duft von feuchtem Gras und vermoderndem Laub steigt von den Rasenflächen, die Luft ist von einer herben Frische, die stärkt und belebt und zuweilen doch kühl zusammenschauern läßt. Ein leiser Windstoß fährt in das Gezweige einer Kastanie, daß die großen, leuchtend gelben Blätter sanft schaukelnd in Scharen zu Boden wirbeln. Melancholisch klagt das Plätschern der Springbrunnen, die zu beiden Seiten des mächtigen steinernen Obelisken, »dem ersten Stifter der Anlagen, Karl Anselm, Fürst von Thurn und Taxis« errichtet, ihre Wasserkünste spielen lassen; es klingt, als wolle das einförmige Singen im nächsten Augenblick verträumt verstummen. Vom Bahnhof tönt ein schriller Pfiff herüber, man hört den Zug anfahren, die Räder knirschen, dröhnend schwillt das Geräusch an, wird schwächer, bis es mählich in der Ferne verhallt. Die Stadt, die doch so nahe liegt, scheint versunken. Vom Straßenlärm ist nichts zu vernehmen und wenn nicht die ehernen Glockenzungen die Stunden kündeten, könnte man meinen, in den weiten Parkanlagen eines abgelegenen Landschlosses zu weilen. Durchwandert man den Teil der Anlagen, die das fürstliche Schloß umsäumen und den Einblick in den wohlgepfl[egten] Hofgarten gestatten, wird der Eindruck verstärkt. Das stolze Schloß liegt in abweisender Stille und kalter Schönheit, während die weißen Säulen des lieblichen Parkschlößchens »Fürstenruh« freundlich durch die grünen Sträucher grüßen. – Manch ein verschwiegenes, verstecktes Plätzchen lockt zum Träumen. Wenn warmes Gold die Baumstämme umkleidet und das welke Laub im milden Sonnenlicht in tieferem Glanze erschimmert, so läßt es sich gar schön sitzen und sinnen. Wie die fallenden Blätter im leichten Windhauch sinken und schweben, wandern leicht bewegt die Gedanken, zurück, zu ernsten und heiteren Bildern der Vergangenheit, vorwärts, zu den Wünschen und Hoffnungen der Zukunft.

An der Herzogsmauer

Der Wind spielt mit den gelben und braunen Blättern, die den Boden bedecken, und führt einen tollen Tanz mit ihnen auf. In wilder Jagd hetzt er sie die Mauer entlang, um sie mit seinem Lachen plötzlich in die Luft zu wirbeln. Jauchzend fängt er sie auf seinen breiten Schwingen wieder auf, trägt sie eine Strecke fort, um dann das verrückte Spiel von vorne zu beginnen. Die Donau sieht in gemessener Ruhe dem ausgelassenen Tun des Wildlings zu. Sie scheint ihre alte Bekannte, die Mauer, zu grüßen und geschwätzig schlagen ihre Wellen an das Ufer, nimmer müd im Erzählen. Nur manchmal wird das leise Rauschen ihrer Wasser übertönt von einem hohlen Gurgeln, das von der Mitte des mächtigen Stromes kommt, wo die heimtückischen Strudel lauern. Über die verwitterte, zerbröckelnde Mauer nicken grüne Sträucher, leuchten in bunten Herbstfarben die Wipfel der Bäume. Weinlaub klettert über die Risse und Spalten des Gesteins und umkleidet die Quadern mit sattem, dunkelndem Rot. Auf den vermoosten grauen Steinen blinzelt ein verirrter Sonnenstrahl, der vorwitzig durch das dichte

Geäst einer Buche schlüpfte. In sanften, leicht geschwungenen Linien zieht sich jenseits des Stromes der flache Hügelzug hinan auf dessen Hängen der Herbst in blassem Golde liegt. Die Türme der Stadt schieben sich im Osten in das Bild und die drei Donaubrücken überspannen im weiten Bogen den Fluß, dessen breites Silberband mit einem verlöschenden Funkeln am Horizont endet. Die ganze Schönheit des Herbstes, die sanfte Melancholie seiner Farben und die süße Traurigkeit seiner Stimmung ist an diesen Ort gebannt. Das milde Sterben der Natur ist im sonnigen Frühherbst von einem eigenen Zauber umflossen, dessen verklärte Schönheit an Eindringlichkeit der Fülle und Pracht des Sommers nicht nachsteht. Wer sie ganz empfinden und auskosten will, der wandere an einem warmen Nachmittag der Donau entlang, bis ihn die Schatten der Herzogsmauer aufnehmen und verweile dort, in schwelgendem Schauen versunken.

Das Stadtbild

Ein sonniger Herbsttag wie sie der späte Oktober manchmal noch bringt. Ein warmes Aufleuchten aller Farben, eine quellende, zitternde Helle in der milden Luft, ein letztes Anheben und Schwingen aller Töne vor dem Abschied. Da läßt es sich gut wandern auf den Höhen des Dreifaltigkeitsberges. Die Sonne zieht schmale Streifen matten Goldes über die verschlungenen Wege und lächelt mit der sanften, abgeklärten Güte einer noch immer schönen Frau durch das gelichtete Gelb und Rot der Bäume. Raschelndes Laub bedeckt den Boden. An dem grauen, verwitterten Gedenkstein geht es vorüber, der schemenhaft das Bild des großen Korsen auftauchen läßt: »Von diesem Platze aus wurde Stadtamhof am 3. April 1809 in Brand geschossen« …

Nun führt der Steig abwärts, kreuzt die breite Landstraße nach Kareth, um dann mählich ansteigend an der Seidenplantage vorbei in mannigfachen Windungen die Höhe zu gewinnen.

Das ist ein prächtiger Anblick: Da liegt zu Füßen die vieltürmige Stadt, eingebettet in das flachgewölbte Talbekken, von der Sonne beschienen, von den grauen Türmen des Doms überragt, der, Regensburgs Wahrzeichen, in seiner wuchtenden Größe das ganze Bild beherrscht. Scharf zeichnet sich seine ruhige, von klaren Linien getragene Silhouette vom Himmel ab, es überwältigt die reine Schönheit des Baues, dessen bewundernswürdige Einfachheit und Schlichtheit der Komposition tiefe und starke Wirkungen von eindringlicher Nachhaltigkeit hervorbringt. Der massige Rumpf des Rathausturmes reckt sich daneben empor. Das Zifferblatt der Uhr wirkt wie das Gesicht des trotzigen Gesellen, das einen seltsam wechselnden Ausdruck annimmt, wenn die großen, gelben Zeiger im Sonnenlicht sprühenden Glanz werfen. Um Dom und Rathaus scharen sich die grauen Häuser der Altstadt, ein dicker, schwarzer Fleck, aus dem sich hoch und stark der goldene Turm hebt. Deutlich sieht man wie sich, bei der Herzogsmauer beginnend, das Grün der Anlagen in das steinerne Meer schiebt und sich in weitem Bogen durch die Stadt zieht. Im Westen, wo die neuen Häuser der Prüfeninger Straße einen weit vorgeschobenen Vorposten bilden, sich wie eine langgestreckte Zunge in Wiesenflächen und Felder hinein erstrecken, grüßt das rote Ziegeldach des Ausstellungsturms im Stadtpark freundlich herauf. Fern am Horizont, bei Maria Ort, liegt leuchtendes Feuer – Sonnenlicht und die Wasser der Donau verschmelzen zu wundersam tiefdunkelndem Rot. Der breite glänzende Spiegel des Stromes rückt näher, brausend zerschellen an den mächtigen Quadern des »Wehrlochs« seine Wellen: in zwei Arme geteilt, in gemächlicher Ruhe durchrauscht er die Stadt: die Arme vereinigen sich wieder und in stiller Größe flutet der Strom in seinem Bette, froh seiner nun wieder gesammelten Kraft. Der Obere Wöhrd ist von anmutiger schlichter Schönheit. Wie ein breiter Keil stemmt sich das grüne Eiland den brausenden Wassern der Donau entgegen. Die lange Baumreihe, die sich inmitten der Insel bis zu den ersten Häusern hinzieht, gibt der Landschaft ihr typisches Aussehen.

Zwei von den drei Brücken, die die Donau überspannen, sieht man. In kühnem Bogen streckt der Eiserne Steg seinen geschmeidigen Leib vom Oberen Wöhrd zur eigentlichen Stadt. Er nimmt sich zwischen den schweren, finsteren Häusern überirdisch leicht und dünn aus. Da ist die Steinerne Brücke von anderer Art. Massig, von behäbigen Konturen, fest auf und in sich beruhend, sicher und voll schwerer Wucht. In ihrer Nähe erhebt sich der Turm der Kirche von St. Mang in Stadtamhof, dessen runde Kuppel neugierig in die Welt sieht. Im Nordosten leuchten die zerrissenen, weißen Felswände des Keilbergs in mattem Licht, dahinter droht der schwarze bewaldete Kegel des Scheibelberg. Verdämmernd ragen am Horizont die Höhen des Bayerischen Waldes, der seine Ausläufer weit in das flache Land herein schickt. Im Süden schweift der Blick weit hinaus, Kumpfmühl ist zu sehen, dessen Kirchturm sich vom Himmel scharf abhebt, und Karthaus-Brüll.

Von seltener Anmut ist Regensburgs Bild: Die vielen Türme, wehrhaft und voll schwerer Kraft, trotzen im Sonnenlicht, das die altersgrauen Häuser mit leuchtendem Glanz übergießt. Der Dom steht in stolzer Ruhe und Schönheit und in warmem bläulichem Grau spannt sich der Herbsthimmel, mit weißen Wolken zierlich aufgeputzt, über die Stadt. Das schimmernde Band der Donau grüßt herauf und rings dehnen sich Felder und Äcker in weiten Flächen. Wer die Stadt so gesehen, von der Herbstsonne Gold umflossen, wird das Bild bleibend in der Erinnerung behalten.

Die Ostengasse

Ein unbekannter Künstler von vielen Graden, der Pinsel und Palette mit Geschick und Fleiß zu handhaben verstand, ist der Schöpfer des an einem Hause in der Ostengasse sich jedem Vorübergehenden präsentierenden, vergnüglichen Bildes, das den wütend die Zähne fletschenden Bären darstellt, der gar grimmig und voll Zorn dreinblickt, vermutlich aus Ärger darüber, daß man es gewagt hat, ihn an die Kette zu legen. Fein säuberlich mit Geduld und Kunst ist diese lange Kette mit ihren einzelnen Ringen dargestellt. Und da der wackere Meister, ein Anhänger der naturalistischen Methode zu sein scheint, so ist das Loch darin die Kette mündet, nicht gemalt, nein, wirklich in die Mauer gehöhlt. Die Erneuerer dieses merkwürdigen Kunstwerkes, die die Schäden behoben, die dem Bild im Laufe der Jahrzehnte durch den bekannten bissigen Zahn der Zeit zugefügt wurden, trauten wohl dem Können des ursprünglichen Schöpfers nicht recht: drum ließen sie, um keinen Zweifel an Nam und Art des dargestellten Tieres aufkommen zu lassen, die Inschrift stehen: »Dieses Haus stehet in Gottes Hand, zum Bären an der Ketten ist es genannt«. – Das originelle Bild paßt so recht in den Charakter der Gasse, die schon deshalb einen bizarren Eindruck macht, da ihre große Länge in so gar keinem Verhältnis zur Breite steht. Ein Wehrturm voll trutziger Kraft und Größe beherrscht das Gesamtbild der Ostengasse: der Ostenturm. Mächtig und stark reckt er sich in die Höhe, von zwei kleineren Türmen flankiert. Er scheint sich bewußt, daß er den Eintritt in die Stadt bewacht und blickt mürrisch drein, wenn ein ungebetener Gast wie die Straßenbahn ohne Ehrfurcht vor seinem Alter durch sein Tor rattert. – Ein Anblick von seltener Anmut ist es, wenn man von der Stadtseite aus dem Turm näher kommt und durch den breitgewölbten Torbogen das blasse Grün der Bäume der

Straubingerstraße hervorlugen sieht. Die beiden Glocken des Turmes, die hoch oben aus den Dachlucken neugierig auf die Straße blicken, führen ein beschauliches Dasein. Die müssen einen prächtigen Rundblick haben über die Stadt, über deren Dächer hinweg so manches Mal ihre Klänge schweben.

Unter den Schwibbögen

Sie ist immer dunkel und düster, die Schwibbogenstraße. Selbst im hohen Sommer gewährt sie dem Licht nur zögernd und widerwillig Eintritt und sieht mit scheelen Augen die gleißenden Strahlenbündel, die die Sonne in schelmischem Übermut gegen die schwärzlichen Wände der Häuser wirft. Der Spätherbst mit seinen grauen, nebligen Tagen ist ihr die liebste Zeit des Jahres. Nur selten und auf kurze Weile dringt jetzt flutendes Licht in die enge finstere Straße, die, stets kalt und feucht, in ihrer abweisenden Ruhe Bilder mittelalterlicher Zeiten heraufbeschwört. Die krummen, winkligen Häuser stehen in der frühen Dämmerung des Novembers wie verzauberte Kobolde. Der Ausblick gegen die Goliathstraße zeigt abenteuerlich verschnörkelte, reizvoll gebrochene Linien der Häuserkonturen, die wie Silhouetten in die Helle geschnitten sind, die die aufblitzenden Lichter der Stadt am Abendhimmel verbreiten. Der mächtige Torbogen der Porta Praetoria starrt drohend und finster. Wuchtig und voll verhaltener Kraft wölben sich die riesigen Blöcke, eisenfest auf einandergetürmt. Die Schatten vieler Jahrhunderte umschauern das uralte Gemäuer. Braune, sehnige Kriegergestalten mit blitzenden dunklen Augen, in schimmernde Rüstungen gehüllt, geschient und den schweren Helm auf dem Kopf, das kurze, breite Römerschwert an der Seite, sitzen um das lodernde Wachtfeuer, das vor dem Südtor der Castra Regina hellen Schein wirft. Soldaten des Römerkaisers

Marc Aurel halten das Castell besetzt, das hier bis knapp an die Donau vordringt ... »Porta Praetoria des Römischen Castells Castra Regina. Erbaut um 179 nach Christus von Kaiser Marcus Aurelius.« So sagt eine Inschrift an dem unverwüstlichen Bauwerk. Neben diesen steinernen Zeugen einer großen Vergangenheit hat man einen weiten Platz freigelegt. Die alte Braustätte der Bischofshoferbrauerei stand hier. Im dunkelnden Abend leuchten in drei feinen und schlanken Kurven die weißen Bogen eines Kreuzganges. In den grauen Abendhimmel ragt der Dom, der über das seltsam gegiebelte Häusermeer hinauswächst, dessen schlanke Türme in ruhiger Schönheit zur Höhe streben. – Langsam und wuchtend fallen Glockenschläge in die Stille. Die Straße ist fast menschenleer. Nur bisweilen hallen die Schritte Vorübergehender, die eilig ihren Weg dahinstreben und deren Schatten in dem zitternden Licht der Gaslaternen seltsam huschen. Von der Mauer eines Hauses löst sich bröckelnd ein Stück Mörtel und fällt mit leisem Laut auf dem Boden auf. Am wolkenbedeckten Himmel blitzen in einer Lücke ein paar Sterne auf. Von ferne dringt der Straßenlärm und das Klingeln der Elektrischen – ein Ton wie aus einer anderen Welt.

Beim Rathaus

In dem feinen Nebel des späten Herbstnachmittages wächst der wuchtige, massige Turm des alten Rathauses zu schier übernatürlicher Größe empor. Das schwärzliche Grau seiner Mauern schiebt sich finster drohend wie die eisenstarrende Schlachtreihe eines Fähnleins reisiger Knechte auf den Platz vor. Turmdach und Spitze sind ganz verhüllt von den gleitenden weißen Schleiern, die einen matten Flor um das Haupt des trutzig ragenden Gesellen breiten, sodaß es den Anschein hat, als ob er nach oben niemals aufhören wolle, als ob seine riesige Gestalt sich ins Unendliche strecke. Das Zifferblatt der großen Uhr, deren breite, metallisch glänzender Zeiger an hellen Sonnentagen funkeln, ist, hinter den huschenden grauen Nebeln verborgen, nicht zu erkennen. Und wenn plötzlich der eherne Klang der Glockenstimme in schwer hallendem Schlag über die Dächer dröhnt und die Stunde verkündet, scheint der mählich verzitternde Ton aus unsichtbaren, überirdischen Räumen zu kommen. In der Stube des Turmwächters brennt ein flackerndes, dünnes Lichtlein, dessen rötlicher Schein mühsam kämpfend die dicke Nebelwand durchdringt; es hängt wie ein verlassener, einsamer Stern in der dunkelnden Höhe. Das niedrige Gewimmel der wirr begiebelten Bürgerhäuser des Kohlenmarktes drängt sich hilfesuchend an den Turm heran. Feucht glänzen die breiten Treppenstufen des mittelalterlichen Portals, das zum großen Reichssaal führt. Die hohen, schmalen Bogenfenster des Saales gähnen schwarz und drohend und der graue verwitterte Erker des Gebäudes wuchtet schwer und finster vor. Auf der Straße drängen und stoßen sich in hastender Eile die Menschen. In dem trüben, verdämmernden Licht der Laternen, das fahl durch das gleitende Volk der Nebelschwaden glimmernd leuchtet, sind ihre schwarzen Silhouetten seltsam verzerrt. Nur schlecht will das laute Treiben und Lärmen des modernen Straßenlebens, das Klingeln der Elektrischen, die ratternd vorbeifährt, das Rollen und Dröhnen der Lastwagen zu dem Orte passen, der noch von dem Zauber einer großen Vergangenheit umwittert ist, und nur schwer findet sich da eine Verbindung mit dem Geist einer mystisch in Furcht und Verzückung nach dem Göttlichen sich steigernden Zeit. Man muß warten, bis das schwingende Leben des Tages verrauscht ist und die Straßen still und ruhig liegen. Wenn dann der alte steinerne Brunnen sein einförmiges Schlummerlied singt, die Schritte eines späten Wanderers laut auf dem Pflaster hallen, das Licht in den Fenstern der Häuser erloschen ist und die schweigende Nacht ihren

Mantel über die Stadt gebreitet hat, scheint die Vergangenheit wieder lebendig zu werden: Würdige Ratsherren in langen, dunklen Talaren, das Barett auf dem Kopfe, mit ernsten Gesichtern und gewichtigen Schritten wandeln durch das Tor des Rathauses, vom Stadtknecht ehrerbietig gegrüßt. Züchtige Jungfräulein schreiten vorüber, geschämig den Blick zu Boden gerichtet, – bis um die Ecke ein junges Blut mit dem ersten Flaumbart und roten Wangen biegt. Da heben sich die Augen der Mädchen und danken mit warmem Aufleuchten dem kecken Gesellen für das zierliche Schwenken der Mütze. Ein Büttel in Amtstracht kommt des Weges, von den Buben ehrfürchtig bestaunt. Am Brunnen schöpfen dralle Mägde unter Scherzen und Kichern Wasser und tragen die gefüllten Eimer in die Häuser. Vergoldete Prunkwägen rollen heran, in denen hochmütig dreinblickende Reichswürdenträger sitzen. Der Kopfputz der Pferde gleißt im Sonnenlicht. Mit scharfem Ruck hält die reichgeschmückte Karosse vor der Treppe des Stiegenhauses die zum Reichssaal führt, wo die Geschicke des heiligen römischen Reiches deutscher Nation in langen, nichtssagenden Tiraden, mit pompösem Wortschwall besprochen werden, wo über langwierigen Rangstreitigkeiten und Kleinkrämerei das Wohl des Reiches vernachlässigt wird ... Von der Turmuhr tönen elf Glockenschläge in die Nacht. Verschwunden sind die Gestalten, die eben den Platz belebten, wie vom Nebel verschlungen. Nur der Brunnen rauscht sein Lied wie damals und die alten grauen Häuser sind in die stimmungsvolle, verträumte Schönheit des stillen Marktplatzes einer mittelalterlichen Stadt eingesponnen.

[1911]

Martin Greif

Martin Greif ist tot. Mit ihm ging ein Dichter, der weltabgewandt, abseits von allen literarischen Fragen und Feind jedes Parteigezänks mit hoher Kraft und sicherem Formgefühl gestaltete, was sein schönheitsfrohes Auge sah und sein feingestimmtes Ohr erlauschte. Nie ist er in die weite Arena des Kampfes der widerstreitenden Ideen herabgestiegen, nie hat er es versucht, noch verstanden, die Aufmerksamkeit der großen Menge auf sich zu ziehen – immer ist er der stille, versonnene Sänger geblieben, der unbeirrt, ohne sich durch die wechselnden Strömungen und Richtungen des herrschenden Geschmackes aus seiner Bahn bringen zu lassen, seine eigenen Wege ging. Eben diese stolzbescheidene Zurückhaltung ist die Hauptursache neben seiner, dem Durchschnittsleser nicht mundenden Sprache, die ungezwungen und ungekünstelt, jedes leere Pathos und für den Augenblick verblüffende Bilderfülle verschmähend, in klarem, edlem Flusse dahinströmt.

Greif ist ein elementarer Lyriker. Die Knappheit und Prägnanz seines Ausdruckes läßt ihn immer rein, naiv und gesund wirken, weist auf das Volkslied und Goethe hin. Der bekannte Literaturhistoriker Bartels sagt von ihm: »Seinesgleichen werden wir nie entbehren können, wenn wir nach wie vor eine Dichtung wünschen, die auch dem Volke etwas sein kann, und er allein wiegt die ganze symbolische Lyrik unserer Tage auf.« Seine Gedichte wirken wie ein frischer, klarer Quellbach, der durch rauschende Tannenwälder murmelt, ein gesunder, befreiender Hauch geht von ihnen aus, der in unserem überhastenden, hysterischen Zeitalter doppelt wohltuend wirkt. Eine Probe seiner Lyrik, die in sechs kurzen Zeilen die ganze Kunst des Dichters, seine scharfe Naturbeobachtung, das sichere Festhalten einer gewonnenen Stimmung, seine tiefe, innerliche Religiösität zeigt, ist die prächtige »Hochsommernacht«:

Stille ruht die weite Welt,
Schlummer füllt des Mondes Horn,
Das der Herr in Händen hält.

Nur am Berge rauscht der Born –
Zu der Ernte Hut bestellt
Wallen Engel durch das Korn.

Greif, der Dramatiker, ist von weniger hervorragender Bedeutung. Zwar ist seinen zahlreichen Bühnenwerken (ich nenne als die hauptsächlichsten: Bayard, Prinz Eugen, Corfiz Ulfeldt, Agnes Bernauer, General York, Ludwig der Bayer usw.) objektive Gestaltungskraft und seelisches Erleben nicht abzusprechen, aber es fehlt ihnen der große Zug, der fortreißende dramatische Schwung. Nur vereinzelt kommen daher auch Stücke Greifs zur Aufführung. Der äußere Lebensgang des Dichters zeigt kein ungewöhnliches Menschenschicksal, sondern eine in ruhigen Bahnen fortschreitende Entwicklung. Martin Greif ist nur ein dichterischer Deckname, der Familienname ist Friedrich Hermann Frey. König Ludwig II. gestattete durch Kabinettsorder vom 18. Februar 1882, daß der Dichter den Namen Martin Greif, neben seinem bürgerlichen Namen führen dürfe. Geboren wurde Greif als Sohn katholischer Eltern am 18. Juni 1839 zu Speyer. Sein Vater war Regierungsdirektor in Bayreuth und besaß den persönlichen Adelstitel. 1857 trat der junge Frey ins bayerische Heer als Kadett ein und wurde zwei Jahre später zum Artillerieleutnant befördert. 1861 lernte er Frankreich und England kennen, 1867 schied er, da er seine dichterische Kraft, die er vorher verschiedentlich mit Erfolg erprobt hatte, wachsen spürte, aus dem Militärverbande aus. 1868 erschienen seine ersten Gedichte, ein schmales Bändchen von kaum 200 Seiten, die jetzt die siebente Auflage erreicht haben. 1902 gab er einen zweiten Gedichtband heraus: Neue Lieder und Mären. Greif lebte fast immer in München, wo auch die meisten Dramen entstanden. 1903 wurde er vom Prinzregenten zum Hofrat ernannt. Bis in die letzte Zeit hinein war der Dichter, abgesehen von den unvermeidlichen Schwächen seines Alters ganz wohl. Dann trat eine auffallende Verschlechterung ein und seit drei Wochen lag er im Spital zu Kufstein schwer krank darnieder. Sein Zustand machte eine Überführung nach München unmöglich. Er litt an einer Nierenaffektion, der sich Wassersucht zugesellt hat. Später trat Blutbrechen ein, das den Kranken noch mehr schwächte. Heute vormittag wurde er durch den Tod von seinem Leiden erlöst.

Greif hat verfügt, daß seine Leiche nach Zangberg bei Ampfing nächst Mühldorf überführt und dort bestattet werde.

Der Dichter hat einen langen und schönen Lebensabend gehabt, die allgemeine Anerkennung seiner Persönlichkeit war im beständigen Steigen begriffen, er genoß, was er in seinem »Dichterwunsch« ersehnte:

Nicht des Alters Last, Natur,
Sollst du deinem Freund ersparen,
Eine Gunst gewähr ihm nur,
Wenn er wert, sie zu erfahren.

Sorge, daß ein Liedertraum
Bis zuletzt sein Haupt umflieget;
Wenn im Mai der Fliederbaum
Sich verjüngt in Blüten wieget.

[1911]

Peter Altenberg

Von Christoph von Schmid ist das Lehrgedicht »Das Glasgemälde«. Der bekannte Jugendschriftsteller läßt darin eingangs einen Wanderer ein Glasgemälde beschauen, das stumpf, in eintönig dunklen Farben, ein unentwirrbares, regelloses Durcheinander von Linien und Strichen zeigt und nicht erkennen läßt, welche Idee das Ganze beherrscht, was der rätselvolle Knäuel von Farbenflecken und sich kreuzenden und gleichlaufenden Fäden vorstellen soll. Als aber dann plötzlich eine breite, glänzende Lichtwelle sieghaft das Glas durchflutet, ersteht mit einem Male in wundervoller Klarheit und Reinheit das Bild, die durcheinanderschießenden Linien lösen sich in vollendeter Harmonie und Bogenschöne, das allgemeine schwärzlich braun des Tones wandelt sich zu einer leuchtend strömenden, überquellenden Farbensymphonie, in seiner erhabenen Einfachheit tritt die Idee, die der Schöpfer des Gemäldes verkörpern wollte, zu Tage. Und bewundernd, ergriffen läßt der Beschauer die lautere Schönheit des Werkes auf sich wirken und indem er willig seine ganze Seele dem überwältigenden Reichtum echtester Kunst weit öffnet, sieht und erkennt er die tieferen Absichten, die bei der Entstehung des Bildes bestimmend waren, und steht erschauernd still vor dem Geheimnis des gestaltenden, formenden Menschengeistes, der in der schöpferischen Kraft der Künstlerseele kristallisiert erscheint.

Wer zum erstenmal ein Buch von Peter Altenberg in die Hand nimmt, dem wird es ähnlich ergehen. Vor diesen kurzen Skizzen und impressionistischen Plaudereien mit dem fahrig und nervös wirkenden Stil und den scheinbar den logischen Zusammenhang vermissenlassenden, equilibristisch überpurzelnden Gedankensprüngen steht man zuerst kopfschüttelnd wie vor einem tollen, wüsten Hexensabbat grell aufblitzender Gedanken und genau malender

Wort- und Satzprägungen, die auf den ersten Blick jeden Sinn vermissen lassen. Nur langsam liest man sich in die Manier Altenbergs hinein und erkennt allmählich, welch originelle Persönlichkeit, welch überraschend tief schürfender und sehender Geist sich in diesen zuckenden, abgerissenen Satzgefügen offenbart. Das Wesen des Wiener Poeten ist schwer in eine bestimmte, abgrenzende Formel zu pressen. Am besten ist es wohl, man nennt ihn einen Dichterphilosophen, der in prägnanten, erschöpfenden Worten, in einer Art Kurzschrift, seine Anschauungen niederlegt, der etwas zu sagen *weiß* und auch etwas zu sagen *hat*. In seinem jetzt neuerschienenen Werke »Bilderbögen des kleinen Lebens« (Verlag Erich Reiß, Berlin) ist Altenbergs Kunst so recht ausgeprägt und ausgereift. Die ihm eigene Form der kurzen, oft kaum seitenlangen Skizze, die er in seinen sämtlichen Werken beinahe ausschließlich verwendet, behält er auch hier bei. Mit Kraft und Behendigkeit bewegt sich der nun Fünfzigjährige in seinem Elemente, manche böse Wahrheit lacht er den Spießern ins Gesicht und hält seine Fackel in manches finstere, dunkle Eulennest im Reiche der Gedanken.

Altenberg ist noch viel zu wenig bekannt und noch viel weniger seinem wahren Wert entsprechend gewürdigt. Er ist ein tiefer und reicher Mensch, ein echter Dichter und wer den, allerdings mühseligen und steinigen Weg zu ihm findet, dem wird er ein innerliches Erlebnis bedeuten.

[1911]

Literatur als Ware

»Wir wollen weniger erhoben und mehr gelesen sein.« Lessing war es, dem dieser bittere Stoßseufzer entschlüpfte. Lebte er in unserer Zeit, würde er wohl noch hinzusetzen: Und vor allem wollen wir auch besser bezahlt sein. Und sicher fände er damit die allseitige Zustimmung seiner Kollegen auf dem Parnaß. Gibt es doch kaum einen freien Beruf, bei dem die Erwerbsmöglichkeiten unsicherer, von den verschiedensten Umständen und Schwankungen mehr beeinflußt wären, als den des Schriftstellers. Sei es der freischaffende Dichter, der Journalist oder der in der Mitte zwischen beiden stehende Schriftsteller, der sowohl auf Buchabsatz als auf Abnahme seiner Arbeiten durch Zeitungen rechnet – er ist abhängig von nicht vorherzusehenden Geschmacksänderungen des großen Publikums, von der Aktuellität seiner Erzeugnisse, von einer Reihe von Zufällen, die seine Arbeit zu einer nutzlosen machen können. Dazu kommt, daß in neuerer Zeit die Zahl derer, die von dem Ertrage ihrer Feder leben, gegen früher bedeutend gestiegen ist – weit bedeutender, als dies der natürlichen Vergrößerung des Absatzgebietes entspräche – und daß dadurch ebenfalls die Verhältnisse ungünstig verschoben worden sind. Es ist nur zu begreiflich und warm zu begrüßen, daß man deshalb in den beteiligten Kreisen darnach strebt, die Position des literarischen Arbeiters in materieller Beziehung auf eine höhere Stufe zu stellen. Die Zeit ist vorbei, da man es als ideale Forderung betrachtete, daß der Schriftsteller in Ruhm, Anerkennung, im Gefühle seiner fruchtbaren Tätigkeit so viel Lohn und Genugtuung finden müsse, daß es ihm auf ein paar Mark Honorar mehr oder weniger wahrhaftig nicht ankommen dürfe. Kein vernünftiger Mensch wird mehr diesen Standpunkt vertreten, der in seiner vollen Absurdität von den ausübenden Literaten geradezu als Hohn empfunden wird. Die »Bemerkungen über die Wertung schriftstellerischer Arbeit«, die W. Fred im Auftrage des Schutzverbandes deutscher Schriftsteller soeben unter dem Titel »Literatur als Ware« im Verlage von Oesterheld u. Co. in Berlin hat erscheinen lassen, sind daher zur richtigen Zeit gekommen. Sie geben Anhaltspunkte, wie man der Angelegenheit energisch auf den Leib zu gehen habe. Fred setzt mit der Erkenntnis ein: In einem bestimmten Augenblick wird auch das persönlichste Kunstwerk, auch die aus dem triebhaften Empfinden geborene Dichtung *Ware*. An diesem Zeitpunkt gilt für sie wie für jeden Verkaufsartikel nur ein Gesetz: die Wirklichkeit. Kein Gefühl, keine Illusion, kein Wunsch kommt gegen die Realität auf. Ist das Werk Ware geworden, so unterliegt es den wirtschaftlichen Gesetzen. Und keine Stimmung, keine Poesie, keine Torheit, darf dann der materiellen Wertung, die auf offenem Markt geschieht, entgegenarbeiten. Wir müssen dafür sorgen, daß die Preisbildung der literarischen Ware nach gerechten ökonomischen und sozialpolitischen Leitsätzen geschehe.

... Damit ist der Boden gelegt, zu der einzig richtigen Bewertung des Erzeugnisses des Literaten. Und auf diesem Boden stehend entwickelt Fred, nachdem er außerordentlich scharfsinnig und eingehend die Blößen dargelegt, die der heute geltenden Wertung schriftstellerischer Arbeit anhaften, eine Reihe von Leitsätzen, die eine Besserung dieser Verhältnisse herbeiführen sollen. Die wichtigsten dieser Minimalforderungen sind: Organisation mit gewerkschaftlichem Charakter, Angliederung einer Geschäftsstelle, die auch die Arbeit der Rechtsschutzkommission besorgen soll, Eingliederung des Schutzverbandes deutscher Schriftsteller in den Reichsverband der deutschen Presse.

Fred verlangt dann Mindesttarife für Beiträge an Tageszeitungen, die sich nach Auflagenzahl und Erscheinungsort der Blätter abstufen. Er will, daß die Redaktionen verpflichtet sind, aktuelle Beiträge, die verlangt worden sind, binnen einer Frist zurückzuschicken, die vor Entwertung der geistigen Arbeit schützt. Die Honorierung soll nach Annahme der Arbeit, nicht erst nach Abdruck erfolgen. Auch für den Verkehr mit Buchverlegern stellt Fred bestimmte Bedingungen wie: Kein Umsonstschreiben, kein Reinertragsvertrag, keine Zuschüsse der Autoren für Illustrationen, keine Auflagenverträge ohne Angabe der Höhe jeder Auflage, kein Übersatz oder Freiexemplardruck nach der ersten Auflage. Freiheit des Werkes, wenn der Verlag sich weigert, eine nötig gewordene neue Auflage zu drucken, oder die Propaganda in Katalogen einstellt etc.

Ob das warmherzig geschriebene Büchlein (der Reinertrag der Schrift fällt dem »Schutzverband deutscher Schriftsteller« zu) den Erfolg haben wird, den es erreichen will: ein Beitrag zu sein, der mithilft, der Bewegung zur materiellen Hebung des literarischen Arbeiters zu nützen! Zu wünschen wäre es!

[1911]

Die Kunst stirbt

So behauptet wenigstens Viktor Auburtin in seiner gleichbetitelten Schrift, die im Verlage Albert Langen in München erschienen ist und die das Glaubensbekenntnis eines Pessimisten enthält, der die künstlerischen Verhältnisse unserer Tage schwarz in schwarz malt und der auch keinen tröstlichen Ausblick in die Zukunft, keine Hoffnung auf eine spätere Besserung gibt. Es ist noch nicht lange her, daß ein anderer Schriftsteller von Ruf und Bedeutung eindringlich auf die Verflachung unseres Kunstlebens hingewiesen hat: ich meine Herbert Eulenberg, der in seiner Trauerrede an die deutsche Nation »Die Kunst in unserer Zeit« mit tiefem Ernst und mit sicherem Blick für die wechselnden Strömungen auf künstlerischem Gebiete auf die Merkmale hingewiesen hat, die dem Kundigen anzeigen, daß unsere Zeitepoche bei den weitaus meisten Menschen ein auffallend großes Minus an Interesse und Anteilnahme an Dingen der Kunst aufzuweisen hat. Aber Eulenberg ist ein Optimist, er glaubt an eine Besserung dieser Verhältnisse, an ein neues goldenes Kunstzeitalter und er weiß Mittel und Wege zu nennen, die diesen Aufschwung herbeiführen sollen. Anders Auburtin. Er sieht die Dinge schwärzer, er formuliert den Satz, daß die ganze Kunst am Ende sei, und daß wir einer vollkommen kunstlosen Zukunft entgegen gehen. Die Kunst stirbt an der Industrialisierung der Welt, an der Nützlichkeit, an dem, was wir großmäulig »die Errungenschaften« nennen. Und sie stirbt daran, daß in der immer straffer angezogenen sozialen Organisation die Persönlichkeit und die Leidenschaft ausgemerzt werden, ohne die eine Kunst nicht möglich ist. Eine Kritik der modernen Technik wird in dem kleinen Werk nur angedeutet, nicht durchgeführt, und das muß Nationalökonomen überlassen werden. Aber deutlich wird es gesagt, daß der Fortschritt oder was wir so nennen, der Tod der Kunst sein wird. Die Kunst entspringt alle den dunklen Dämonien, die wir jetzt glücklich abzuschaffen im Begriffe sind, dem Haß und dem Frevel, den entfesselten Temperamenten und der Auflehnung verschrobener Individualitäten gegen die Macht der Masse. Sie muß sterben, wenn eine allgemeine Gerechtigkeit durchgeführt wird, wenn wir die sozialen Gegensätze ausgleichen, und in den wohlpolizierten Staaten der Zukunft muß sie ersticken. Dieser Gedanke, daß die Kunst am Sterben ist, wird in dem kleinen Werke eindringlich und leidenschaftlich vorgebracht.

Ob Auburtin nur übertreibt? Jedenfalls: Daß große Künste jetzt eine schwere Krisis durchmachen – so das Drama und die Malerei – muß auffallen. Alle Welt sieht, daß da wertvolle Kunstgüter verflachen oder durch schamlose Entrepreneure verpöbelt werden, aber allgemein tröstet man sich mit dem Gedanken, daß solche Verdunkelung schon oft dagewesen sei und auch diesmal wieder vorübergehen werde.

Qui vivra verra! Ob dieser Trost berechtigt ist, muß erst die Zukunft lehren. Jeder Kunstfreund kann es nur wünschen und hoffen.

[1911]

Der Kondor

Verse von Ernst Blaß, Max Brod, Arthur Drey,
S. Friedländer, Herbert Großberg, Ferd. Hardekopf,
Georg Heym, Kurt Hiller, Arthur Kronfeld,
Else Lasker-Schüler, Ludwig Rubiner, René Schickele,
Franz Werfel und Paul Zech. –
Verlag von Richard Weisbach in Heidelberg.

Zuerst eine geschraubte Vorrede mit viel tönenden Programmsätzen und Schlagwörtern wie: Eine rigorose Sammlung radikaler Strophen, ein Manifest, eine Dichtersezession. Darunter auch folgender Bescheidenheitsausbruch: Das Buch enthält die wertvollsten Verse, die seit Rilke in deutscher Sprache geschrieben wurden. Jetzt beginnt man nach diesen wertvollen Versen zu suchen. Und nach fünf Minuten schon lächelt man verstehend: Aha, Überdichter, die modernsten der Modernen, literarische Futuristen! Da ist der Name: Else Lasker-Schüler. Diese schöne Stelle ist von ihr:

O, du Süßgeliebter, dein Angesicht ist mein Palmengarten,
Deine Augen sind schimmernde Nile
Lässig um meinen Tanz.

Oder Rubiner phantasiert folgendermaßen:

... zur Nacht hinauf krallen
Zwei Falten. Aber niemand bleibt stehn. Sie muß fallen.
Der helle Stern ihres Bauches zittert so sehr.
Die Häuser taumeln. Blaß steigt ein weißer Kreis
Von bleichen Mauern auf im grünlichen Schein.

Diese zwei Proben geben die Art des ganzen Buches wieder. Die Diagnose »pathologisch«, gegen die Hiller im Vorwort sich wehrt, drängt sich auf. Zu verwundern und zu bedauern ist es, daß sich zwei Talente wie Max Brod und der verstorbene Georg Heym unter den »Kondoristen« – so nennt sie ein Berliner Kritiker – befinden. Die Beiträge dieser beiden Dichter sind fast das einzig Genießbare an dem Band. Höchstens Werfel ist noch einigermaßen ernst zu nehmen. Sein »Gespräch« ist originell und keck zufassend, wenn auch bizarr. Ungeheuerlich ist es, wenn Herbert Großberg sich die – Exhibition zum Vorwurf eines Gedichtes nimmt. Höher gehts nimmer! Dieser Volks-Kraftausdruck könnte auch dem ganzen Buch vorgesetzt sein.

[1912]

Die Journalisten

Lustspiel in vier Akten von Gustav Freytag

Nach einem Satz, der sich in jeder Literaturgeschichte findet, haben die Deutschen nur drei gute Lustspiele: Lessings »Minna von Barnhelm«, Kleists »Zerbrochenen Krug« und Freytags »Journalisten«. Und wer all das platte Zeug kennt, das unter der Flagge »Lustspiel« segelt, wer die pikant gewürzten Possen und öden Schwänke zum Überdruß genossen hat, die unter dem Titel »Lustspiel« sich in die Literatur schmuggeln zu können glauben, wer die vergeblichen Versuche der Modernen miterlebt, einen neuartigen, unseren veränderten Daseinsformen entsprechenden Lustspielton zu finden, der muß dem strengen Urteil beipflichten. Es scheint unseren Dichtern die Fähigkeit abhanden gekommen zu sein, das rauschend pulsierende Leben der Gegenwart mit dem überlegenen Lächeln des Zuschauers zu betrachten und aus den wechselvoll durcheinander schießenden Fäden am »Webstuhl der Zeit« die buntesten und farbenfreudigsten zu entnehmen und zu einem frohen Kranz zu vereinen. – Die Alten haben das, scheint es, besser verstanden, und so ist das leuchtende Dreigestirn am deutschen Lustspielhimmel noch durch keinen weiteren Stern vermehrt worden, in unvermindertem Glanze strahlt es und wärmt und bezaubert.

Die »Journalisten« kamen gestern abend zur Aufführung. Man merkt nicht, daß das Stück schon sechs Jahrzehnte überdauert hat, noch zeigt sich keine Spur von Altersschwäche. In lebendiger Frische wirken die Gestalten des Werks auf uns, sie sind lebende Menschen von Fleisch und Blut wie wir, keine Marionetten. Und darum werden sie auch immer Anteilnahme erwecken. – Georg Kalkum, der die Regie führte, gab den impulsiven, heißblütigen Redakteur Bolz. Er stattete die dankbare Rolle mit vielen charakteristischen Einzelzügen aus und gestaltete eine kraftsprühende Persönlichkeit, die die ganze Aufführung beherrschte. Als Oberst Berg war Willibald Mohr auf dem richtigen Platz, sein Gegner Oldendorf wurde durch Hans Strien ansprechend vertreten. Den Schmock stellte Karl von Pidoll dar. Er arbeitete das gedrückte, scheue unstäte Wesen des getretenen Juden scharf heraus und fand Töne und Gesten, die von Talent ze[u]gten. Die übrigen, größeren und kleineren Rollen des Stückes waren gut besetzt. – – Das Publikum, leider gering an der Zahl, unterhielt sich gut und applaudierte lebhaft.

[1912]

Der Kaufmann von Venedig

Lustspiel in fünf Aufzügen von W. Shakespeare

Ein geistreicher Kopf hat einmal gesagt: Wenn die Engländer alle ihre Kolonien verlieren würden, so hätten sie immer noch Shakespeare. Das ist ein Ausspruch, der mehr bedeutet, als ein verblüffendes Paradoxon, ist kein Aphorismus, der flüchtig kaum die Oberfläche der Dinge streift. Die Zusammenfassung der Faktoren, die dem Britenreiche und jeder Nation als Wesensbedingung zum Aufstieg und zur einheitlichen Größe gesetzt sind, wird in dem Satze gegeben. Eine hohe Kultur, die in Männern und Werken der Kunst und Wissenschaft ihren Ausdruck findet, muß ein Volk sich schaffen, denn durch rohe ursprüngliche Kraft allein ist eine Nation vielleicht im Stande, durch Kriegstaten sich vorwärts zu bringen, niemals aber genügt das, um ein Volk auf der einmal erreichten Höhe auch fest zu halten. Äußere kriegerische Macht und innere Kulturarbeit müssen verbunden werden. Englands Macht liegt in seinen Kolonien, seine Kultur besitzt in Shakespeare ihren leuchtendsten, genialsten Geist.

Shakespeare ist der Meister eines großen und edlen Realismus, der himmelweit über dem überwundenen Naturalismus unserer verflossenen Hypermodernen steht. Das universelle Genie des Dichters findet für alle Zeiten, alle Länder, alle Geschlechter, alle Altersstufen die richtige Ausdrucksweise. Er kann gütig und verzeihend lächeln wie ein verstehender Menschenfreund, er zürnt und droht wie ein ergrimmter Titane, nichts Menschliches ist ihm fremd. Und ein göttlicher Humor ist ihm eigen, der Humor, der unter Tränen lacht, den Wilhelm Busch so definierte: Humor ist, wenn man trotzdem lacht.

Im Kaufmann von Venedig ist dem Dichter eine Figur unter der Arbeit gewaltig überragend geworden, so mächtig hervortretend und sich in den Mittelpunkt schiebend, wie es der Schöpfer ursprünglich gar nicht gewollt hat. Der Jude Shylok wurde die Hauptperson des Dramas, dessen Ökonomie dadurch gesprengt wird. Die Gestalt dieses Juden, der das Schicksal seiner ganzen Rasse verkörpert, flößt Abscheu und Mitleid zugleich ein. Der Haß gegen seine Unterdrücker macht Shylok zu einem blutdürstigen, eklen Tier. Aber so erfreut man ist, daß Shylok, der mit Verbissenheit auf seinem Schein besteht, am Schluß doch geprellt wird – das Gefühl läßt sich nicht verdrängen, daß ihm doch eigentlich Unrecht geschieht.

Ernst von Possart spielte den Shylok, er ist *der* Shylok. Wer den gefeierten Künstler einmal in dieser seiner Glanzrolle gesehen hat, dem wird sie unauslöschlich ins Gedächtnis eingeprägt bleiben, für den wird die Gestalt des Juden Shylok immer die Züge Possarts tragen. Er stattete die Figur mit so viel charakteristischen Einzelzügen aus, bis auf das kleinste Detail arbeitet er die Gestalt plastisch heraus, jede Geste, jeder Ton ist so wohl abgemessen, daß ein Shylok vor uns ersteht, der in der Gerichtsszene zu erschütternder Tragik und echter Menschlichkeit empor wächst. [...]

Das Haus war bis auf den letzten Platz besetzt, sogar im Orchester hatte man Sitze aufschlagen müssen. Der Beifall, der hauptsächlich dem illustren Gast galt, war rauschend und wohlverdient.

[1912]

Liebelei

Schauspiel in drei Akten von Arthur Schnitzler

Wesen und Eigenart Schnitzlers und der Dichterschule »Jung-Wien«, deren bedeutendster Könner er ist, lassen sich am besten mit den Worten charakterisieren, mit denen er einmal ein Mädchen schildert: »Ich kann dir nun einmal nicht helfen ... sie erinnert mich so an einen getragenen Wiener Walzer – sentimentale Heiterkeit ... lächelnde, schalkhafte Wehmut ... das ist so ihr Wesen.« – Das ist so das Wesen dieser feinen, nervösen Literaten, die auf den differenziertesten Reiz reagieren, die mit dem sensibelsten Empfinden nuanzierte Stimmungen auskosten, sich in sie hineinversenken, die leise, stille Worte haben auch für die große Tragik des Lebens, die allem Lauten und Rohen, und auch allem Urwüchsigen und Derben und Kräftigen fremd, mit dekadentem Unverständnis gegenüberstehen. Sie zeigen keine saftstrotzenden Reckengestalten, keine verwegenen Drauflosgänger: ihre Lieblingsfiguren sind Menschen, die der materiellen, gemeinen Not des Lebens enthoben, träumend, beschaulich versonnen, mit lächelndem Pessimismus, wie ein untätig Außenstehender dem Wirbeltanz alles Seins zusehen, die die Ereignisse mit müder Resignation an sich herankommen lassen, keinen Versuch machen, sich ihnen entgegenzustemmen. Daher sind ihre Gestalten oft so unirdisch, wie Darstellungen auf verblaßtem Seidenbrokat. Aber aus ironisch schalkhafter, heimlicher Lebensweisheit, die melancholisch zwischen den Scherzen hervorlächelt, aus schwermütiger Grazie blickt uns plötzlich manchmal doch groß und ewig das Leben an.

Arthur Schnitzler ist heuer fünfzig Jahre alt geworden. Der Repräsentant »Jung-Wiens« hat also seine Jugendtage schon hinter sich, der Herbst des Lebens steht vor ihm. Wenn man die Lebensarbeit des Fünfzigjährigen überblickt, so ist eine bestimmte, ausgesprochene Entwicklung, eine Entwicklung nach einem bestimmten Ziele hin, ein Übergang von der »Sturm- und Drangperiode« zur Schaffensperiode des reifen Dichters (»Sturm und Drang« haben die Jungwiener ja nie gekannt!) nicht zu konstatieren. Der Schnitzler der »Liebelei«, des »Anatol«, des »Reigen« ist auch der – wenn auch verkappte – Schnitzler des »Schleier der Beatrice« und des »jungen Medardus«.

»Liebelei« hat den Ruhm Schnitzlers begründet. In drei Akten wird da die Liebestragödie eines jungen Mädchens erzählt, eines Mädchens der Vorstadt, das einen jungen Mann der guten Gesellschaft abgöttisch liebt und das an dieser Liebe zu Grunde geht, als sie erfährt, daß der Geliebte im Duell für eine andere Frau gefallen ist. – Anmut und Charme und süße Melancholie verklärt das Stück, dessen beide männlichen Hauptpersonen identisch sind mit Anatol und Max aus »Anatol«.

[...] [1912]

Magdalena

Ein Volksstück in drei Aufzügen von Ludwig Thoma
(Buchausgabe bei Albert Langen in München)

Es gibt Archivare, Bibliothekare und Registratoren der Literatur, langweilige Tröpfe, die am liebsten jede dichterische Begabung ein für allemal klassifizieren möchten, nach denen ein Lyriker unmöglich ein passables Drama schreiben kann, nach denen ein Humorist nie und nimmer ernste Stoffe zu behandeln im Stande ist. Da wird ein Talent nach Schema F eingeschachtelt. Und wenn irgend ein neues Erzeugnis nicht mehr in das Aktenfach paßt, dann muß es eben auch nichts wert sein, denn zwei Fächer werden nicht zugestanden. Dafür langen die verstaubten Begriffe der Herren Archivare nicht.

Ludwig Thoma, der Simplizissimusmann, ist nach diesen Literaturbureaukraten ein Humorist und Witzbold, der mitunter auch derbe Zoten reißt – mehr nicht. Daß er schon zwei ernste Romane voll Wucht und psychologischer Vertiefung geschrieben hat, die zu den besten Werken dieser Art gehören, läßt diese Herren kalt.

In der Schilderung des Bauernlebens steht Thoma unerreicht da. Wer seinen »Agricola« kennt, weiß, daß es nicht möglich ist, dieses Buch in der eindringlichen Schärfe der Charakteristik zu übertreffen. Diese Bauern sind bodenständige Figuren, rauh, verschlagen, auf ihren Vorteil bedacht, ohne falsche Sentimentalität, die am Samstag Kammerfensterln, am Sonntagvormittag beichten und am Nachmittag raufen. Nichts ist ihrer Art ferner, als die gefühlvolle Weichheit, in der sie z. B. Ganghofer in seinen Romanen schildert.

Thoma, ein Oberammergauer, der selber Bauernblut in den Adern hat, behandelt auch in seinem neuesten Bühnenwerk einen Vorwurf aus dem bäuerlichen Leben. Es ist die

Tragödie des gefallenen Mädchens, das aus Leichtsinn, Dummheit und Trieb auf die schiefe Bahn gerät. – Der Paulimann, ein bescheidener Häusler, lebt mit seinem Weib in glücklicher Ehe. Ein Gram zehrt an den alten Leuten, die Tochter, die Leni, ist in der Stadt herabgekommen, zur Dirne geworden. Auf dem Schub wird sie ins Elternhaus geliefert. Nach der Mutter Tod führt die Geächtete dem Vater die Wirtschaft. Sie sehnt sich nach der Stadt zurück und – um das Geld dazu zu erlangen, verlangt sie von einem Burschen, dem sie ihre Gunst schenkte, Geld. Darüber empört sich das ganze Dorf und in einem Anfall von Zorn und Verzweiflung ersticht der Vater sein entartetes Kind. – Eine Fülle seelischer Vertiefung und echter Charakterschilderung liegt in den einzelnen Szenen. Fein gezeichnet sind die bäuerlichen Vertreter der sittlichen Forderung, in deren Liebeskodex die Prostitution keinen Raum hat, die einem Mädel ein oder zwei ledige Kinder verzeihen, aber sich mit Abscheu von der wenden, die sich für ihre Liebe bezahlen läßt. – Der eigentliche Höhepunkt des Dramas ist wohl die Szene des zweiten Aktes, in der das vergebliche Liebeswerben des verachteten, ausgestoßenen Weibes geschildert wird. Es ist ergreifend, wie in dem apathischen, im Sumpf untergegangenen, verlotterten Mädel eine edlere Empfindung noch einmal aufflammt, in der naiven Liebessehnsucht zu dem strammen Knecht.

Die Aufführung an unserem Theater hätte man eine ganz anständige nennen können, wenn – ja wenn es nicht bei den meisten Darstellern mit dem Dialekt gehapert hätte. – Die beste Leistung des Abends bot Herr Kalkum als Aushilfsknecht Lorenz Kaltner. Das war eine Figur, die mit Naturtreue und feinem Humor gezeichnet war, fest und scharf umrissen. Ganz köstlich war seine Maske. Man hätte glauben mögen, eine Zeichnung von Spiegel aus dem »Simplizissimus« sei lebendig geworden, als er im zweiten Akt ins Zimmer trat, mit den Militärhosen angetan, das Haar sorgfältig gescheitelt und an den Kopf geklebt, den Schnurrbart keck aufgezwirbelt. Besser und mit größerer Virtuosität hätte man die Rolle nicht darstellen können, als es Kalkum in diesem prächtigen Kabinettstückchen tat. Frau Lauschek fand für ihre Mariann warme Herzenstöne und wirkte ergreifend in ihrer rührenden Schlichtheit. Der Bürgermeister des Herrn Linnprunner war in Maske und Spiel ganz vortrefflich. – Die Trägerin der Titelrolle, Frl. Hoheneck, sah als herabgekommene Dirne viel zu proper aus. Warum sich die Dame keine Maske machte, ist unerklärlich. Schließlich sieht doch die Jungfrau von Orleans anders aus, als eine verlotterte Bauerntrude! Gespielt hat Frl. Hoheneck ganz gut, wenn ihr auch der Dialekt viele Schwierigkeiten machte. Das gleiche gilt von Herrn Loebell, der österreichisch statt oberbayerisch sprach, im übrigen aber ganz gut spielte. Herr Pötsch sächselte als Bauer Plank vergnügt darauf los.

Das mäßig besetzte Haus applaudierte lebhaft.

[1912]

Des Meeres und der Liebe Wellen

Trauerspiel in fünf Aufzügen von Franz Grillparzer

Es ist für die reife und abgeklärte Kunst Grillparzers bezeichnend, daß er weder für sich noch in seinen Werken eine Sturm- und Drang-Periode kennt. Er scheute den Kampf im Leben wie im Dichten. Er ist der Dichter der Ruhe, der beharrenden Gewalten, nie der treibenden Kräfte. Das höchste ist ihm die Wahrung aller Gesetze. Trotz dieser Scheu vor allen starken Umwälzungen fehlt es Grillparzer nicht an Leidenschaft. Aber ebenso groß wie seine Leidenschaft war seine Kraft der Selbstbeherrschung, die bis zur Selbstverleugnung ging. Er weiß: über die Leidenschaftlichen siegen die Klugen und Verständigen. Die Liebe, die sich über alle Schranken hinwegsetzt, um zu ihrem Ziel zu gelangen, muß auch an der Nichtachtung alles außer ihr Liegenden zu Grunde gehen.

Hier hat Grillparzer uns sein Schönstes gegeben. In »Des Meeres und der Liebe Wellen« schenkte er der Deutschen Literatur ihre herrlichste Liebestragödie.

Die Hero und Leander-Sage ist wohl nie mehr so stimmungsvoll gestaltet worden, wie in diesem Werke, in dem deutlich zum Ausdruck kommt, wie *innerlich* die Dramatik Grillparzers ist. Sie beruht viel mehr in der Entwicklung des Empfindens als des Geschehens.

[...]

[1913]

Judith

Eine Tragödie in fünf Aufzügen von Friedrich Hebbel

Hundert Jahre sind es in diesen Tagen, daß in Wesselburen im Dithmarschen einem armen Teufel von Maurer, und seiner Frau Antje, ein Sohn geboren wurde, der auf den Namen Friedrich Hebbel getauft wurde. Und der dann eben das Leben eines Proletarierkindes lebte: in einer ärmlichen Küche wohnte und spielte, in einer feuchten und dunklen Schlafkammer mit den Eltern zusammen schlief. Und früh hinaus mußte, um dem Vater auf dem Bau beim Ziegelfahren und Kalkrühren zu helfen.

Und aus diesem armen Jungen wurde ein großer Dichter, trotz der Entbehrungen, die sein Leben begleiteten und verbitterten, die er so lange nicht abschütteln konnte.

Die Versuchung liegt nahe, im Eifer einer Jahrhundertfeier einem Dichter mehr zu geben als des Dichters ist. Bei Hebbel braucht man diese Gefahr kaum zu befürchten. Viel zu wenig Freunde haben nicht nur seine einzelnen Werke gefunden: viel zu wenig weiß man bei uns auch, ein wie glühender, allumfassender Geist, ein wie tiefgründiger unerschrockener Denker er war. Und noch etwas: er war einer von den letzten, die mit beiden Armen noch die ganze Welt umspannen wollten, einer von den letzten universalen Geistern in einer Zeit, die auch die Dichter zur Spezialisierung und Arbeitsteilung treibt.

Unser Stadttheater brachte gestern als Hebbelfeier eine »Judith«-Vorstellung heraus, die gut und abgerundet war. Wie der Dichter selbst »Judith«, sein geniales Jugendwerk aufgefaßt haben will, zeigt sein Brief an Madame Stich: »Judith und Holofernes sind, obgleich, wenn ich meine Aufgabe löste, wahre Individualitäten, dennoch zugleich die Repräsentanten ihrer Völker. Judith ist der schwindelnde Gipfelpunkt des Judentums, jenes Volkes, welches mit der Gottheit selbst in persönlicher Beziehung zu stehen glaubte; Holofernes ist das sich überstürzende Heidentum, er faßt in seiner Kraftfülle die letzten Ideen der Geschichte, die Idee der aus dem Schoß der Menschheit zu gebärenden Gottheit, aber er legt seinen Gedanken eine demiurgische Macht bei, er glaubt zu sein, was er denkt. Judentum und Heidentum aber sind wiederum nur Repräsentanten der von Anbeginn in einem unauslösbaren Dualismus gespaltenen Menschheit; und so hat der Kampf, in dem die Elemente meiner Tragödie sich gegenseitig aneinander zerreiben, die höchste symbolische Bedeutung, obwohl er von der Leidenschaft entzündet und durch die Wallungen des Bluts und die Verirrungen der Sinne zu Ende gebracht wird.«

Die Aufführung des Werkes an unserer Bühne verdient vortrefflich genannt zu werden, vor allem deshalb schon, weil die zwei Hauptrollen des Stückes so ausgezeichnet besetzt waren. Frl. Magda Lena spielte die Judith. Die Künstlerin, von ihrem Engagement an unserem Stadttheater her noch in bester Erinnerung, ist sicher ein Talent, eine künstlerische Individualität, besitzt Eigenart und starkes Können. Es ist erstaunlich, was sie in den zwei Jahren, seit sie von hier fort ist, gelernt hat. Trotz ihres spröden Materials weiß sie volle und starke Wirkungen zu erzielen. Ihre Judith, die vielleicht etwas großliniger hätte angelegt sein dürfen, hatte Kraft und Temperament und vermochte zu überzeugen. [...]

[1913]

Japanische Schauspieler

(Gastspiel der japanischen Tragödin Madame Hanako vom kaiserlichen Hoftheater in Tokio)

Japanische Künstler waren am Mittwoch Abend bei uns zu Gaste, Menschen, die aus einer andern Welt stammen, Kinder eines Volkes, das uns fremd und rätselreich ist. Da ist eine starke und blühende Kultur, die sich unbeeinflußt von abendländischer Gesittung, entwickelt hat. Da ist Kunst, die von einer reizvollen Besonderheit ist, die Werke schafft, voll einer merkwürdigen Schönheit und von einem seltsamen Glanz. Eine eigenwillige Kraft offenbart sich in der japanischen Dichtkunst, eine Kraft die sich mit fließender Weichheit und zarter Süße paart. Die japanische Lyrik hat volksliedmäßige Gedichte aufzuweisen, die bei einer starken Tiefe der Empfindung von einer wunderbaren Einfachheit der Form sind und zu den unvergänglichen Werken der Weltliteratur gerechnet werden müssen. In der japanischen Malerei – die rein auf das Handwerkliche hin betrachtet manchmal schlicht und einfältig sich gibt – stekken künstlerische Werte, die erheblich sind.

Japanische Schauspielkunst ist von einer sonderbar wirkungsvollen Eindringlichkeit und Leidenschaft, von fremdartigem Eigenwuchs. Sie beruht auf einer Darstellung, die einesteils natürlichste Lebensechtheit bezweckt, andererseits aber sich auf einer stark stilisierenden Linie bewegt. Es ist erstaunlich, wie diese Schauspieler ihren Körper in der Gewalt haben. Sie vereinigen mit einer großen Kunst der Darstellung Fähigkeiten rein körperlicher Art, die sie zum Auftreten in einem Zirkus berechtigten. Dabei ist ihr Spiel von einer verhaltenen Leidenschaft durchleuchtet, die sich jäh und gewaltig mit einem Male entlädt.

Madame Hanako, die berühmte japanische Schauspielerin, die schon seit Jahren Gastspielreisen durch ganz Europa macht, zwang uns, eine Kunst zu bewundern, die uns trotz ihrer Besonderheit und Seltsamkeit bis ins Innerste packte und aufwühlte.

Sie ist eine Schauspielerin, die eine unerhört verlebendigende Kraft der Darstellung besitzt. Höchste Lebenswahrheit ist bei ihr auf einen Ausdruck gebracht, der bezwingt. Dieses zierliche, kleine Persönchen ist eine große Künstlerin. Wie sie die Sterbeszene in dem Einakter »Der Selbstmord« spielt, ist erschütternd eindringlich. Als »Otake« ist sie von einer einfachen, rührenden Fröhlichkeit, von einer kindlichen, spielerischen Freude, die ans Herz greift.

Auch die übrigen Darsteller sind durchweg Künstler. Sie boten Leistungen, die als reife Darstellungskunst bewertet werden müssen.

Die Spieler sprachen den Text der drei Einakter japanisch. Das Verständnis litt darunter nicht, da die Stücke eine ganz einfache Fabel mit viel Handlung [auf]weisen. Selbständigen Kunstwert besitzen die Sachen anscheinend nicht.

Das sehr gut besetzte Haus gab reichen Beifall.

Man ging um ein Erlebnis reicher nach Hause.

[1914]

Frühe Gedichte und Prosa

Vision

In meine stille Stube sprang der Mond
Und huschte über Schrein und Bücherbrett.
Des nackten Fauns verzerrte Fratze höhnte
Zu mir ins Bett.

Ich starrt' ihn an. Ein Grinsen gläsern starr
Gab er zurück mit kaltem Nadelblick,
Und seine spottverzog'nen Lippen fragten:
Wo blieb das Glück?

Ein fahler Schein quoll aus den grünen Augen:
Fingst du das Glück? So quälte sein Gesicht.
Ich stöhnte auf und schluchzte in die Kissen:
Ich fing es nicht.

[1911]

Winter

Ein Schluchzen tönt – und ist verhallt
Im roten Totenkleid,
In bunten Farben steht der Wald
Ganz braun in braun die Eiche prahlt –
Der Winter ist nicht weit.

Von welken Blättern steigt ein Duft
Von Moder, feucht und schwer.
Der Wald ist eine Totengruft
Ein Schluchzen durch die Stämme ruft:
Der Sommer ist nicht mehr.

[1911]

Der Tannenbruch

An meinem Hute steckt er noch
Der Tannenbruch.
Er zaubert mir mit einem Schlag
Den sonnenhellen Wintertag,
Den herben Waldgeruch.

Schon fängt er leis zu welken an
Der Tannenbruch.
Wir schritten hin, ihr Lachen klang,
Ein holdes Märchen um uns sang
Und machte uns Besuch.

Er kommt auf einen Ehrenplatz
Der Tannenbruch.
Ich küßte ihre weiße Hand,
Sie sprach und ist davongerannt:
»Komm! Hasche mich und such'!«

Ein leiser Duft geht von ihm aus,
Dem Tannenbruch.
Sie sprang vor mir im Übermut
Brach dann zu schmücken meinen Hut
Den Tannenbruch.

Dort steckt er jetzt noch, halbverwelkt,
Der Tannenbruch,
Und zaubert mir mit einem Schlag
Den sonnenhellen Wintertag
Den herben Waldgeruch.

[1912]

Die Könige aus dem Morgenland

Es schritten die drei durch Nacht und Tag,
Sie scheuten nicht Weg und Wanderplag.

Der eine wohl sprach: Ich hab nicht Ruh –
Bis ich dich seh, lieb Kindlein du.

Der zweite sprach so: Uns führt ein Stern.
Der ward uns geschickt. Ich folg ihm gern.

Der dritte sprach nichts. Er schritt voraus
Und war euch der erste am kleinen Haus.

Drin hielt eine Frau ihr Kind im Arm,
Bot ihm an der Brust ein Bettlein warm.

Da sanken die drei wohl in die Knie,
Das Kindlein laut lobpriesen sie.

Der Goldstern am Himmel hielt frohe Wacht!
Und hat um das Haus viel Glanz gebracht.

[1914]

Traum

Es sprach der Tod zu mir:
Du Mensch, mußt mit!
Ich bat in heißer Angst:
Noch nit, noch nit!

Tod hob die Knochenfaust.
Es scholl: Du mußt!
Ich sprach: Noch gab die Welt
Mir keine Lust.

Er drauf: Die höchste Lust
Gibt Dir der Tod.
Und alles Leben bringt
Nur Leid und Not.

Mit kalten Händen griff
Der Tod mich an,
Und himmlisch mildes Licht
Mich überrann.

Und eine Flut sprang auf,
Trug mich empor.
Trug mich zu Gott – dann schloß
Sich stark ein Tor.

[1915]

In Flandern

(Winter 1914)

Der Schneewind bläst
Durch flandrisches Land,
Er weint in den Bäumen
Am Ackerrand.

Er streichelt lind
Den erschossenen Gaul,
Der im Graben liegt,
Blutschaum vor dem Maul.

Er weht um das Kreuz
Am Soldatengrab –
Ein Helm und ein Schwert
Und ein dürrer Stab.

Er pfeift durch die Risse
Im toten Haus
Und fährt mit Winseln
Zum Schornstein hinaus.

Am Abend steht immer
Am Himmelsrand
Irgendwo eine Mühle
In Rauch und Brand.

[1915]

Vorhut

Am Himmel glänzt ein blasser Streif,
Bald muß der Morgen blühen.
An Bart und Brauen friert uns Reif,
Die letzten Stern' verglühen.

Die Rösser stampfen schwer im Traum,
Ihr Atem weht in Fahnen.
Der Posten, vorn vom Straßensaum,
Kommt uns zum Aufbruch mahnen.

Wir ziehen Schnall' und Riemen fest,
Ein Bügelschwung – zu Pferde!
Ein Waldweg, brechendes Geäst –
Blick frei! – Es dampft die Erde.

Die Schenkel, und im leichten Trab!
Vom Feind ist nichts zu sehen.
Wir brummen eins vom kühlen Grab,
Derweil wir nach ihm spähen.

[1915]

Wenn es regnet!

Wenn es regnet
Bei euch in den großen Städten,
Dann spiegelt das glatte Asphaltpflaster,
Dann spannt ihr eure Schirme auf,
Laßt eure dicken Mäntel wehen,
Wandelt in Gummischuhen –
Und wenn ihr trotzdem den Husten be-
kommt,
So sagt ihr:
Verfluchtes Sauwetter!

Wenn es regnet
Bei uns in Rußland, im weiten Rußland,
Auf den endlosen Wegen,
Versinkt Wagen, Roß, Reiter,
Quatscht das Wasser in den Stiefeln,
Gluckst in allen Taschen,
Tropft vom Helmrand
Uns auf die Nase
Und in den Nacken.
Wenn wir dann sagen:
Verfluchtes Sauwetter!
Sagt unser Hauptmann:
Das ist noch gar nichts!
Solang' es nicht Schusterbuben regnet – –!

Fünf Monate
Bin ich in Rußland,
Aber noch nie hat's
»Schusterbuben geregnet!«

[1915]

Der arme Soldat

Hab' keinen Kreuzer Geld im Sack'
Und Hunger noch dazu.
Sie trägt den gelben Seidenfrack
Und spitze Schnabelschuh'.

Ich muß des Morgens früh aufstehn,
Sie schläft bis halber neun.
Ich muß im Regen Posten stehn,
Sie sitzt derweil beim Wein.

Doch wenn ich ihr von Liebe sag',
Dann hebt sie stolz das Kinn.
Ich weiß ja, daß sie mich nicht mag,
Weil ich kein Leutnant bin.

Sie küßt ja nur den Leutnant gern,
Wohl auch den Fähnerich.
Sie küßt ja nur die großen Herrn,
Doch nimmer küßt sie mich.

Hätt' ich nur etwas Geld im Sack
Und wär' ein General –
Ich kauft' ihr einen Seidenfrack
Und küßte sie einmal.

[1916]

Der weiß-rot gefleckte Sieger

Jeder feste Tritt wirbelte moderige Staubwolken auf. Der Schwab schimpfte: »Herrgottsakrament, legts euch endlich einmal hin!« Es wurde nicht still. Aus einem Eck des halbdunklen Saales schrie einer: »Ruhe! Ruhe!« Aber das Stimmengeschwirr wollte nicht abschwellen.

Zwei qualmende Öllampen baumelten von der Decke herab. Sie verbreiteten gerade so viel Licht, daß nicht einer dem andern ins Gesicht trat. Auf der Galerie, die rings um den Saal lief, polterte etwas krachend zusammen. Ein Berg aufgeschichteter Stühle war umgestürzt.

Tornister und Brotbeutel als Kopfkissen, lagen die meisten bereits am blanken Boden und versuchten zu schlafen. Das ging schlecht. Die Aufregung des Gefechts, aus dem wir knapp zwei Stunden heraus waren, zitterte noch zu sehr nach.

Auf der Bühne schimpfte der Schwab immer noch: »So schlaft's doch endlich!« Er lag auf einer grünen Waldwiese, eng an die Windmaschine gedrängt. Ich hatte es mir im Souffleurkasten bequem gemacht. Etwas eng freilich, aber warm. Heinrich ging schnüffelnd zwischen den verstaubten Versatzstücken umher.

Es war empfindlich kalt im Saale. Draußen regnete es, fein, in dünnen Strichen, aber schon seit Stunden. Uns fröstelte in den feuchten Kleidern. Wenn wir wenigstens hätten Stroh auftreiben können! Aber das war unmöglich.

»Du Sepp! Schaug her!« Heinrich rief mich. Ich kletterte aus meinem Kasten. An der Hinterwand der Bühne hatte er eine Tür entdeckt, die zu einer engen Kammer führte. Drin waren Hellebarden aus Pappdeckel aufgestapelt, Rauschgoldkronen, Blechhumpen, Theatertrödel. An einem Nagel hing ein weiß-rot geflecktes Narrenkostüm. Heinrich schlüpfte hinein: »Ein wenig warm hält's doch!« Das sah putzig aus: das Narrenkleid und der Helm mit dem feldgrauen Überzug.

Ich hatte Hunger. Aber in meinem Brotbeutel war nicht eine Krume zu finden. Ich stolperte über die Schläfer dem Saalausgang zu. Es war zwei Uhr nachts. Stockdunkel war's draußen und ein rauher Wind pfiff. Eine verwünschte Gegend! Ich hatte nicht gedacht, daß in Flandern die Oktober so bitter kalt sein könnten. Ich trat wieder in den Saal zurück.

In einem strohgeflochtenen Lehnsessel hatte es sich der Wachthabende bequem gemacht. Es kostete ihm Mühe, die Augen offenzuhalten.

Die Ausdünstung der nassen Uniformen roch widerlich. Es war ein grotesker Anblick, die vielen schnarchenden Schläfer. Viele hatten den Mund halb offen, andere röchelten grausig. Manche lagen auf dem Rücken. Die meisten hatten die Knie hochgezogen, die Hände in den Taschen vergraben und sich wie Hunde eng zusammengehuschelt.

An der einen Längsseite des Saales waren die Gewehre in Pyramiden zusammengesetzt. Im Eck, auf ein paar Zeltbahnen, schlief Offizierstellvertreter K...... Er war der einzige unverwundete Säbeldienstgrad unserer Kompagnie. Seit drei Tagen war er Kompagnieführer.

Wir waren heute den ganzen Tag im Gefecht gegen weiße und farbige Engländer gewesen. Die Teufel waren unglaublich zäh. Abends war's ruhiger geworden. Wir waren sehr erschöpft, hatten auch viel Verluste gehabt in den letzten Tagen. So wurden wir abgelöst, von preußischen Jägern, und kamen zurück in die kleine Ortschaft, in Alarmquartier. Die erste Kompagnie hatte den Theatersaal zugewiesen bekommen.

Lange würden wir uns der Ruhe wohl nicht zu erfreuen haben. Wenn der Englischmann angriff, würde das Jägerbataillon schweren Stand haben. Dann mußten wohl wir Bayern wieder verstärken.

Ich wünschte dem Wachthabenden gute Nacht und wand mich vorsichtig zur Bühne vor. Im Schlaf schrie einer: »Hurra!« und wirbelte mit den Armen. Der rot und weiß gefleckte Heinrich lag auf dem Bauche, in einer ganz unmöglichen Stellung. Das Gesicht hatte er auf die Seite gedreht, und seine Lippen bewegten sich in hastiger Rede.

Ich konnte nicht verstehen, was er sagte.

In das gähnende schwarze Loch des Souffleurkastens ließ ich mich hinabplumpsen, zog meine Sturmhaube über die Nase und schlief sofort ein.

Ich konnte höchstens eine Viertelstunde geschlafen haben, als ich durch das helle, klatschende englische Gewehrfeuer geweckt wurde. Verflucht noch einmal!

Offizierstellvertreter K..... stand mitten im Saal und schrie mit überschnappender Stimme in den Tumult: »Gewehr in die Hand nehmen und auf die Straße!« Geschrei und Staub und Aufregung! Schon wälzt sich ein dichter Knäuel fluchend zum Ausgang.

Einzelne Furchtsame verkriechen sich in den Ecken. Andere suchen nach ihren Gewehren. Über die Stiege von der Galerie poltert's herunter. Alles drängt ins Freie.

Verdammte Bande! Die müssen durchgebrochen sein und versuchen jetzt den Ort zu nehmen. Einzelne sind schon auf der Hauptstraße, sind in die Häuser gedrungen.

K..... treibt mit weitausholenden Armbewegungen das letzte Häuflein aus dem Saal. Eine Lampe ist umgeschmissen worden. Das Petroleum stinkt. Es ist jetzt fast ganz dunkel in dem Raum. Von der Bühne saust im Hechtsprung eine weiß-rot gefleckte Gestalt. Das ist Heinrich! Er reißt ein Gewehr an sich, arbeitet mit den Ellbogen. Dann taucht er unter in der finsteren Straße.

Die erschreckten Einwohner mögen sich in die Keller verkrochen haben. In der Luft pfeifen die Kugeln, dünn, wie wenn man Papier mit einer Nadel ritzt. – Dort ist's schon zum Handgemenge gekommen!

Ein langer Schotte lehnt an einem Eckstein. Zwei dringen auf ihn ein. Da ist er verloren. Von links springt ihn einer mit dem Messer an. Das traf! Der Schotte knickte in die Knie. Er fuhr mit der Hand zum Mund; Blut! Längelang schlug er aufs Pflaster.

So ein schwarzer Bey hat eben einem der Unsern den Schädel eingeschlagen. Nun sieht er sich nach neuer Arbeit um. Zu spät merkt er, daß ich auch mit Blei schieße.

Der Kampf wälzt sich dem Ortsausgang zu. Dort hält ein Trupp Hochländer fest stand. Die haben im Haus festen Fuß gefaßt, die Straße verrammelt mit Matratzen, Schränken, allem möglichen Hausrat. Wir kommen ihnen mit Handgranaten. Verflucht, wir rücken nicht von der Stelle!

Ein weiß-rot gefleckter Narr rast die Straße herauf – Heinrich, der den Theaterkittel noch nicht hatte loswerden können! In dem unsicheren Licht des grauenden Morgens sieht er wie eine Spukgestalt aus. In jeder Hand hält Heinrich eine Handgranate. Fünf, sechs andere baumeln ihm am Gürtel.

Die sitzen! Heinrich steht auf der Barrikade! Sein Narrenkleid hängt in Fetzten! Hei! Hoi! heult er triumphierend und schmeißt seine letzte Granate dem schon verwundeten Schottländerkorporal an den Kopf.

Sie hatten es gut gemeint, die Englischen. Aber gelungen war's ihnen doch nicht. Mit unserer Hilfe glückte es den Deutschen, ihre alte Stellung wiederzunehmen und sogar noch ein Stück vorzustoßen. Wir konnten uns wenig belästigt eingraben und die neue Stellung ausbauen.

Der Ortskampf hatte uns fünf Tote und an zwanzig Verwundete gekostet.

Als man dem Regimentsarzt in C....... einen Hanswurst auf den Martertisch legte, machte er große Augen. Als man ihm dann erzählte, daß das Heinrich-ohne-Furcht sei, schnitt er ihm mit vorsichtigem Messer die Schulter auf, wo sich am Knochen eine englische Kugel plattgeschlagen hatte.

[1916]

Tage im Quartier

Es ist wie im Lande der Schlaraffen. Man muß den Platz suchen, wo man den Fuß hinsetzen kann, ohne einen Apfel zu zertreten. Rote pausbäckige und gelbe Edelschöne, braune Lederäpfel und flammende Wunderkugeln – o, du glückseliges Neuville-Day! Vor uns waren hier Preußen im Quartier. Die haben große Haufen von Äpfeln gesammelt; hinter jeder Hecke ist einer aufgeschichtet. Aber sie wurden des Segens nicht Herr. Die Neuviller Weiber haben die Keller voll von Äpfeln. Vor jeder dritten Tür knarrt eine Apfelpresse. Der Cidre, der Apfelmost, fließt in Strömen, der Liter zu acht Pfennigen. Aber die Äpfel wollen nicht weniger werden. Eine Luxemburgerin, die aus ihrer Jugendzeit noch ein wenig deutsch gerettet hat, erzählt: »Seit den dreißig Jahren, die ich hier bin, habe ich noch nicht so viele Äpfel gesehen!« Wo man hintritt Äpfel. Es ist wie im Lande der Schlaraffen. –

Mademoiselle Apolline Longis ist sechsundachtzig Jahre alt und häßlich wie eine Eule. Sie hockt den ganzen Tag vor dem Kamin. Ich habe ihr gestern einen Zipfel Wurst geschenkt – Gott erhalte mir für immer einen gleichen Appetit, wie ihn diese französische Jungfrau besitzt.

Ich schlafe gemeinsam mit Leutnant Michtl in einem Himmelbett. Zuvor lagen wir vier Wochen im Kalkschlamm der Schützengräben der Champagne. Jetzt schlafe ich gemeinsam mit Leutnant Michtl in einem Himmelbett.

Ich esse den ganzen Tag Äpfel, die ich selbst in der Glut des Kamins brate. Wenn die Äpfel recht schön singen, träume ich von daheim –

Germaine ist die schöne Nichte von Fräulein Apolline. Gestern trug sie ein enganliegendes blaues Kleid und lächelte, als ich sie bewundernd anstaunte. Sie ist mittelgroß, rundlich, hat rotblondes Haar und eine kecke Stupsnase.

Hügel an Hügel, leicht gewellt, die Berge der Ardennen. Die Straße ist gefroren. In der blitzenden Luft ein Flieger, der sich langsam höher schraubt. Das dunkle Wasser des Kanals glänzt.

Germaine bringt mir Französisch bei. Wenn ich an meinen Lehrer für Französisch in der Schule denke – – ! Germaine hat so schöne, feuchte, rote Lippen.

Ich lerne den Kanal lieben. Lange kann ich seinen schwarzglänzenden Spiegel betrachten. Stehendes Wasser sieht unergründlich aus. Und ich weiß doch, daß der Kanal nur zwei Meter tief ist.

Mademoiselle Apolline hat eine rotgetigerte Katze mit grünen Augen. Als ich ihr gestern ein Stück Fleisch gab, biß sie mich in den Finger. Ich kann das Vieh seitdem nicht mehr leiden. Michtl will sie erschießen, wenn er es unbeobachtet tun kann. Er haßt die Katze noch mehr als ich.

Germaine trägt über ihren kleinen, schwarzen Lederschuhen Holzpantoffel. Sie hat die Anmut einer Tänzerin, wenn sie beim Betreten des Zimmers aus den Holzschuhen schlüpft. Ich möchte Germaine küssen. –

Michtl hat gestern in seinem Hemd eine Laus gefunden. Und wir glaubten, ihnen hier im Quartier entrinnen zu können. Gott sei Dank sollen wir in den nächsten Tagen nach Sedan zur Entlausung kommen. –

Ich möchte Germaine küssen. – –

Es schneit. »C'est l'hiver« sagt Mademoiselle Apolline bedeutungsvoll zu mir. Ich freue mich auf den Winter.

Germaine hat so eine Art, mich plötzlich, unvermittelt, mit großen Augen anzuschauen. Sonst ist sie sehr zurückhaltend, ganz Dame. Ihr verstorbener Vater war Fabrikdirektor in Charlesville.

Dem Franzmann nebenan hat ein deutsches Schrapnell das Dach seines Hauses zerschlagen. Das war im August 1914. Jetzt haben wir November 1915. Das Dach ist noch nicht geflickt. Ich wünsche, daß es dem Kerl in die Suppe regnet. –

Ich habe gesehen, wie eine Frau ihre Kühe mit Äpfeln fütterte. –

Als unsere Musik einen Marsch spielte, fingen die Pferde der Feldküche an, feierlich mit den Köpfen zu nicken und mit den Beinen im steifen Stehschritt auf der Stelle zu treten. Ich lachte, daß mir das Wasser in die Augen kam. Der Fahrer sagte mir, daß es zwei alte Zirkuspferde seien. –

Gestern hat man uns in Sedan entlaust. Zweihundert nackte Männerleiber wanden sich in Entzücken unter der Gnade einer heißen Dusche. Auf der Heimfahrt sagte Michtl mit Bedeutung: Endlich allein! –

Neuville-Day liegt auf einem flachen Höhenzug. Die alte Kirche ist wenig von Granaten beschädigt, wie das ganze Dorf. Die Bevölkerung, Frauen, Kinder, alte Männer, leben fast ausschließlich von Kartoffeln. Zucker, Salz, Reis, etwas Rauchfleisch erhalten sie nur einmal im Monat gegen teures Geld von Amerika geliefert. Unsere Soldaten geben ihnen von ihrem Fleisch ab. –

Ein schwarzbärtiger Franzose hat heut ausgeklingelt, daß es in Mourgon Pferdefleisch zu kaufen gebe.

Germaine hat mir ihre Ansichtskartensammlung gezeigt. Wir haben sie gemeinsam angesehen. Mademoiselle Apolline hat dazu unfreundlich geknurrt. –

Der Himmel ist grau, wolkenverhangen. Der Winter hat sich verkrochen. Es sieht nach Regen aus. Ich habe einen Spaziergang nach Semuy gemacht. Ich bin in trüber Stimmung. In fünf Tagen gehts wieder an die Front. Ich habe es Germaine gesagt. Sie lächelte. –

Es regnet.

Gestern war Sonntag. Am Abend saßen wir im Kasino, tranken guten Wein und machten schlechte Witze. Der Stabsarzt entwickelte seine Gedanken über die deutsche Einheitsschule. Um ein Uhr nachts trank ich einen Schnaps und ging nach Hause.

Germaine hat Kopfweh. Sie sitzt fröstelnd am Kamin und wickelt sich in ihr Umschlagtuch. Die Alte ist sehr besorgt um sie.

Ich bin der Katze verstohlen auf den Schwanz getreten. Da ist sie fauchend entwetzt.

Es ist wieder kälter geworden. Der Abendweg am Kanal ist so schön. In Mourgon blitzt ein vereinsamtes Licht auf. Die Weidensträuche sind wie geduckte Riesenhennen. –

Germaine flieht aus dem Zimmer, wenn ich eintrete. Draußen ists kalt und nebelig. Mademoiselle Apolline kaut Zwiebeln in ihrem zahnlosen Mund. Michtl läßt sich die Haare schneiden.

Der Boden ist mit erfrorenen Äpfeln bedeckt. Es jammert einem. Am Himmel jagen zerrissene Wolkenfetzen, von einem bösen Wind gehetzt. Aus Richtung der Argonnen grollt schon seit zwei Tagen dumpf Kanonendonner.

In dem Leuchter brennt meine letzte Kerze. Ich fühle wie Germaine mich leise, zärtlich mit den Füßen stößt. Sie sieht mich mit entflammten Augen an. Dann bläst sie das Licht aus und fällt mir um den Hals, küßt mich, heiß, wild – – – –

Die Alte hat das Licht wieder entzündet und Germaine von mir weggerissen.

Germaine ist wahnsinnig. Ihr Vater war Epileptiker und hat sich im Kanal ertränkt. Alle Vierteljahr, alle Halbjahr wird Germaine von ihren Anfällen gepackt. Dann ist sie mannstoll.

Übermorgen geht's fort. Klirrend ist der Winter wieder gekommen. Der Kanal will zufrieren. Ich habe beim Marketender Zucker, Kaffee und Schokolade gekauft und Mademoiselle Apolline geschenkt. Germaine habe ich dabei überrascht, wie sie meinen alten verknüllten Schützengrabenmantel streichelte.

Heute war das Begräbnis einer alten Frau. Die Glocken läuteten. Ich habe schon lange keine Glocken läuten gehört.

Ich habe Lebkuchen von zu Hause geschickt bekommen. Die schmecken gut zum Cidre. Mademoiselle Apolline findet das auch. – –

Die letzte Nacht im Himmelbett, der Tornister ist gepackt; der Mantel gerollt. – –

Ich ging über die Höhen, nach Mourgon. Die Äpfel faulten am Boden mit starkem Geruch. Den Rückweg machte ich den Kanal entlang.

Mittag habe ich mir selbst gekocht. Gebratenes Rindfleisch mit Kartoffeln und Zwiebel. Michtl hat das Bier dazu geliefert. – –

Ich habe eine Tornisterausgabe vom »Faust«. Ich hab lange drin gelesen heute. Gretchen und Germaine, die Kerkerszene – – – – – –

Bataillonsbefehl: Die Kompagnien stehen nachmittag drei Uhr auf der Straße Neuville-Day nach Semuy, Ostausgang Neuville-Day. Reihenfolge 9, 10, 11, 12. – –

Ich trat aus der Haustüre –. Germaine weinte, Mademoiselle Apolline wünschte viel Glück und die Katze sah mir höhnisch nach. Leider hat sie Michtl nicht totgeschossen.

[1916]

Feldpostbrief

Liebe Mutter, deine Socken
Kamen gestern abend an.
Ach, die warmen! Mit Frohlocken
Zog ich gleich die Socken an.

In der Schachtel, bei den Socken.
Lag auch eine Flasche Punsch.
Ach, da war ich froh erschrocken,
Und erfüllt war jeder Wunsch!

Warme Füße, warmer Magen,
Und der böse Schnupfen schwand.
Jetzt fühl' ich mich voll Behagen,
Wie der Fürst von Samarkand.

Sitze, träume, trinke, trinke –
Armer Fürst von Samarkand!
Ach, dein Schloß mit goldner Klinke –
Schöner ist mein Unterstand.

Mutter, Dank für deine Gabe,
Socken und den Feuerpunsch:
Wenn ich dich einst wiederhabe,
Mutter, sag' mir jeden Wunsch!

[1916]

Feldsoldatensang

An der niedern Tür
Lehnt das blasse Kind.
Ach, wie ihre Wangen
Schmal und zärtlich sind!

Zieht ein Trupp vorbei
Lärmender Soldaten.
Ach, wie ihre Augen
Sich noch dunkler schatten!

Wirft ein junger Bursch
Ihr die Rose zu –
Schlägt sie ihre Augen
Wie erschrocken zu.

Um die nächste Ecke
Singt der frohe Lauf –
Schlägt sie ihre Augen,
Hebt sie scheu die Blume auf.

An der niedern Tür
Lehnt das blasse Kind.
Ach, wie ihre Wangen
Schmal und zärtlich sind!

[1916]

Neujahrsnacht im Schützengraben

Leuchtkugel steigt langsam empor.
Nun hängt sie, dem Monde gesellt,
Und gießt über Graben und Feld
Ihres Lichtes blauweißen Flor.

Ich hebe das stählerne Rohr.
Verlassen klatscht grämlich ein Schuß,
Wem galt wohl der bleierne Gruß?
Und die Nacht schweigt tief wie zuvor.

Leuchtkugel verblaßt und zerfällt,
Der Mond scheint milder und klar.
Da tritt in die dämmernde Welt,
Die schweigt und den Atem verhält,
Das Jahr.

[1917]

Auf Posten

Zick – zack die Hasenspur
Läuft durch den Schnee.
Kalt bläst vom Meer der Wind,
Weil ich auf Posten steh'.

Mutter und Schwester z'Haus
Stricken für mich.
Friert mir ein scharfer Wind
Hand und Fuß siech.

Mutter und Schwester z'Haus
Beten mir Glück.
Zickzack geht meine Bahn.
Kehr ich zurück?

Liegt hinterm dürren Strauch
Nicht ein Franzos?
Kehr' ich den Rücken ihm,
Drückt er wohl los.

Leben und Sterben gilt
Jetzt nicht gar viel.
Bin ich heut Jäger noch,
Morgen schon Ziel.

Zick – zack die Hasenspur
Läuft durch den Schnee, –
Mutter und Schwester z'Haus,
Liebste, Ade!

[1917]

Ritt im Regen

Der Regen stürzt vom Himmel,
Fast stürzt der Himmel nach.
Die schwanken Pappelsäulen,
Kaum tragen sie sein Dach.

Jetzt hügelan die Straße,
Nun wieder hügelab.
Der Rabe und der Hase
Begleiten meinen Trab.

Ich gebe lange Zügel,
Die Peitsche und den Sporn.
Der Rabe rührt die Flügel,
Der Hase schießt nach vorn.

Es schwappt der feuchte Rasen,
Mein Brauner, Sprung auf Sprung!
Den Raben und den Hasen
Verschluckt die Dämmerung.

Der Regen fällt vom Himmel,
Es spritzt der Schlamm beim Trab.
Jetzt hügelan die Straße,
Nun wieder hügelab.

[1917]

Teestunde

Der Spiegelschrank ist braun und rot lackiert,
Sehr alte Stiche gilben an den Wänden.
Mein Bursche kommt mit aufgesprungnen Händen –
Du lieber Gott, wie der den Tee serviert!

Ich werde rot und fühle mich geniert.
Die Schäfer in der Etagerenecke
Und auch die Putten an der stucknen Decke,
Sie lächeln Hohn und blicken sehr pikiert.

Er ist darob nur wenig irritiert.
Ihm ist es gleich, was sie für Fratzen machen,
Und seine ungewichsten Stiefel krachen
Auf dem Parkett, daß Glas und Spiegel klirrt.

Der würdige Marquis, der, wohlfrisiert,
Aus goldnem Rahmen mein Souper betrachtet,
Erschrickt nicht schlecht, als ihn, ganz ungeachtet
Des Marquisats, mein Bursche arretiert.

An seine Stelle hängt er ungerührt
Mein Lederzeug und meine alte Mütze.
Und den Marquis, daß er noch etwas nütze,
Hat er als Teetablett sich engagiert.

[1917]

Treuloser Bräutigam

Der Frühling umwirbt die graue Stadt
Wie ein Jüngling die alternde Fraue,
Und als sie den Brautkranz genommen hat,
Entflattert er lachend ins Blaue.

Nun trägt sie im Haar eine Blütenkron'
Und weiß sich vor Scham nicht zu fassen.
Derweil ist der Treulose längst entflohn,
Sein Duft nur noch weht durch die Gassen.

[1917]

Abend im November

Der Himmel ist grau. In Schleiern
Weht es über das Land.
Aus trüben, verschlammten Weihern
Raucht es wie Opferbrand.

Die Bäume stehen wie Schatten,
Die Gottes Finger wirft.
Im Laub, dem herbstlich satten,
Stirbt Wind, der es jammernd durchschürft.

Der Himmel stürzt ein. In Schauern
Regnet es über das Feld.
In den niedrigen Häusern der Bauern
Hat sich Fenster an Fenster erhellt.

[1917]

Ritt am Abend

Die Weidenstümpfe! Krumm, phantastisch aufgeplustert,
So stehn am Abend sie entlang dem Straßengraben,
Und ihre wilden Schattenbilder haben
Wie Leichensteine höhnisch mich gemustert.

Zerfetzte Reihe, schief und scheel, unheimlich
durchgedeckt,
Als hätt' der Teufel wütend »Richt euch!« kommandiert –
Ein nackter Arm hat fröstelnd mich berührt
Und knarrt im Wind, daß jäh mein Gaul erschreckt.

Schritt, Trab, Galopp! Die Schenkel, Peitsche, Sporn
und Sporn –
So nehme ich die gräßliche Parade ab,
Und in der Ortschaft fall ich erst in Trab
Und lache auf vor Scham und Zorn.

[1918]

Der Soldat

So sitzt er auf der Kante seines Betts;
Schwer baumeln seine Beine in die Tiefe,
Er stützt den Kopf, als sei er schlapp und schliefe,
Gefangen hält die Schwermut ihn im Netz.

Er horcht nach innen, als ob ihn wer riefe,
Und beugt den Kopf und weiß, geschrieben steht's –
Der Tod ist nah, doch auch die Liebe stets:
Er tastet nach der Tasche: ah, die Briefe!

Mit trüben Augen, Lesens ungewohnt,
Die Finger streichelnd jedes liebe Wort –
So buchstabiert er Zeil' für Zeile fort
Und hört das Brausen nicht der nahen Front.

Krumm sitzt er auf dem Bett bei Kerzenschein,
Und seine Beine baumeln in die Tiefe.
Mit schwerer Hand liebkost er seine Briefe
Und neigt den Kopf und nickt und schlummert ein.

[1918]

Ich sehe nichts als nur dein helles Haar

(Im Lazarettgarten)

Blüten taumeln auf dein helles Haar,
Und Baum und Strauch, die schützend um uns sind,
Verneigen sich. Es wiegt die grüne Schar
Wie deine Locke sich im sanften Wind.

Ich armer, blasser und verliebter Narr,
Ich neide fast sein liebes Spiel dem Wind,
Und mit Erschauern wird's mir offenbar,
Daß Mädchenhaare hold verzaubert sind.
Für Wolke, Gras und Blumen bin ich blind
Der Garten sinkt, der rauschend um
uns war:
Ich sehe nichts als nur dein helles Haar.

[1918]

An eine blonde Freundin

»Sein blondes Glück« so lautete der Titel
Des Schmökers, den ich heut in Händen hielt.
Die Köchin seufzt. Ein Autor ohne Mittel
Schwitzt Geist, und manche Träne quillt.
Das Buch zu lesen war ich nicht gewillt,
Es war zu schmierig auch sein Wachstuchkittel –
Da sah dein Bild mich an aus seinem Titel
Und stöhnend hab' ich mich hindurchgewühlt
Mit Ach und Krach und vielem Kopfgeschüttel.
Mein holdes Kind und lieber Lesebüttel,
Das machte nur – der liebe, blonde Titel.

[1918]

Abend

Laternen brennen in den Abend
Gelbe Male ein.
Schienen, die durchs Dunkel zischen,
Leuchten ungewissen Schein.
Platane, die im Schwarz des Himmels
Fast ertrinkt,
Wölbt sich, will die Schale sein,
Die die Tränen Gottes sammelt,
Wenn der Tau der Nächte sinkt.

[1919]

Erster Frühlingstag

Viele Glocken, die lauten und die zarten,
Wandern über die Stadt.
Straßen sind Laubengänge im steinernen Frühlingsgarten,
Der wehende Vorhang ist wie ein großes, gebogenes
Rosenblatt.
Mürrische Räder, die streng und arbeitsam knarrten,
Gleiten wie auf Teppichen glatt.
Mädchen, die an den Ecken verloren warten,
Lächeln abwehrend und kühn, wenn der schöne Verkäufer
mit prangender Stirnlocke naht.

[1919]

PROSA
AUS DEN ZWANZIGER JAHREN

Der verlachte Hiob

[1921]

Die Irren

Peter sah mißtrauisch zu Innocenz hinüber. Innocenz lag im Schaukelstuhl, bewegte die Arme wie am Steuer und segelte über das unruhige Wasser. Von Zeit zu Zeit brüllte er ins Nebelhorn. Als der Wellengang immer heftiger wurde, klammerte er sich ängstlich am Maste fest. Der Sturm ließ nach. Innocenz stieg vom Schiff. Palmen und Klippen. Ein Weg lief landeinwärts. Peter kam des Wegs daher. Er rief Peter an. Peter stand am Fenster und drehte sich nicht um. Ließ Innocenz schreien. Aber Innocenz hatte ihn schon wieder vergessen. Er kniete am Boden, wo er Glänzendes gefunden hatte. Licht, von der Sonne auf die Bretter geworfen. Innocenz badete seine Nägel in dem Blanken. Er spülte lächelnd die Hand darin. Hob sie und sah das Licht tropfen. Er schmiegte die Wange in das Weiße und spürte Wärme. Peter sah ihm zu. Er schlich beunruhigt näher. Eifersüchtig. Er kniete neben Innocenz, auch die Hand in dem Blanken zu waschen. Auch die Nägel im Glanz zu baden. Die beiden Hände berührten sich. Stemmten sich gegeneinander. Peters Hand, groß und zornig, drängte die schmälere des Innocenz in den Schatten. Innocenz packte die Hand Peters wie ein freches Tier am Nacken und schleuderte sie weg. Peter kniff die Augen zusammen. Er hob die Hände wie Zangen und legte sie langsam um den Hals des Innocenz. Der sah ihn freundlich und neugierig an und strudelte mit den Fingern im Glanz, der ihm nun wieder ganz gehörte. Peter drückte fester zu. Er wühlte die Daumen ins Fleisch. Innocenz, rot, geschwollen das Gesicht, war ihm nicht böse. Er machte einen Versuch zu lachen. Es zuckte um seine Mundwinkel, es flirrte um seine Augen, es warf um seine Nase lustige Falten. Aber aus seiner umklammerten Kehle konnte kein Ton dringen. Peter lockerte kurz die Krallen. Da lachte Innocenz. Laut, fröhlich, schmetternd, aus ganzem Herzen, tief heraufgeholt. Schon schlossen sich Peters Finger wieder. Mit den Augen lachte Innocenz noch als er schon tot war. Peter zog den Leichnam zum Fenster und versteckte ihn in den Falten des Vorhangs. Dann beugte er sich zu dem Blanken nieder, das nun sein unbestrittenes Eigentum war, und legte freudig die Finger hinein.

Totentanz

Soldaten der Regierung hatten sie festgenommen, als sie den Aufrührern im belagerten Haus Eßvorräte bringen wollten. Der kleine, dicke Feldwebel sagte mit freundlicher Stimme: »Sie werden erschossen werden, meine Herren!« Die drei versuchten unbeteiligte Gesichter zu machen. Jakob knöpfte sich den Rock zu. Es wehte ein kalter Wind. Daran wird man sich jetzt gewöhnen müssen, an die Kälte, dachte er. Julius war ein wenig bleich geworden. Aber, Kopf hoch! Brust heraus! kommandierte er sich selber. Brust heraus! erst recht wenn sie darauf die Flinten anlegen. Ludwig lächelte lautlos. Nun war es soweit. Kein schönrer Tod ... Er grinste, daß ihn sein Begleitmann erstaunt ansah. Man brachte sie in ein ausgeräumtes Zimmer mit vergitterten Fenstern. Nur ein paar alte Stühle standen herum. Nebenan lärmten die Soldaten. Julius begann Briefe zu schreiben. Das war noch so in ihm vom Feld her. Da hatte man auch vor jeder großen Sache noch einmal heimgeschrieben. Den Krieg hatte er dann doch überstanden. Er war bei Arras nicht gefallen, an der Somme nicht und nicht in Flandern. Jetzt trafs ihn in Deutschland. Er sah aufmerksam auf seine Finger, die ernsthaft seinen letzten Willen malten. Jakob saß mit hängenden Armen. Er horchte zu den Soldaten hinüber. Die schrieen vergnügt. Sie trommelten mit den Knöcheln auf den Tisch beim Kartenspiel. Ludwig ging auf und ab. Sie sprachen alle drei nicht. Da drangen die Töne einer Ziehharmonika über sie herein. Nach einer kurzen Überleitung ordneten sie sich zu einem Walzer. Ludwig und Julius waren aufgestanden, aufeinander zugegangen, hatten sich umfaßt und tanzten nun zu der Musik. Sie blickten entschlossen, als gäben sie sich nicht einem Vergnügen hin, sondern kämen einer unaufschiebbaren Pflicht nach. Sie drehten sich, ein wenig steif, hoben die Kniee und machten um den Stuhl, der ihnen den Weg sperrte, immer den gleichen behutsamen Bogen. Jakob hatte ihnen zuerst mit geringer Teilnahme zugesehen. Dann schien er unwillig zu werden, schüttelte den Kopf, schwieg aber. Er stellte sich in eine Ecke und wies ihnen den Rücken. Aber nun er es nicht sah, hörte und fühlte er das beharrliche Schleifen und Kreisen der Tanzenden. Er wandte sich, krümmte den Mund und sagte nur: »Laßt doch die Dummheiten!« Seine Stimme erreichte das Ohr der beiden nicht. Sie waren nun wärmer geworden. Ihre Gesichter hatten sich gerötet und die Hüften bogen sie wohlgefällig im Takt. Jakob fluchte. »Wollt ihr aufhören? Ihr seid Narren!« Seine Wut steigerte sich. Seine Stirn wurde purpurn. Er fuchtelte mit den Armen und brüllte: »Ihr Schweine! Ihr dreimal verdammten Schweine! Man wird euch erschießen und ihr tanzt! Seid ihr verrückt geworden, ihr Schweine?« Die beiden hörten ihn nicht. Die Musik wurde stärker und süßer. Sie sahen einander an mit einem festen und unbeirrten Blick. Jakob tobte wie besessen. Er beschimpfte sie mit den unflätigsten Worten. Er stampfte mit den Füßen. »Aufhören! Aufhören!« schäumte er. »Hurenbande, wollt ihr aufhören!« Er winselte, jammerte wieder laut, schlug in Verzweiflung mit den Händen gegen die Wand und fing dann zu weinen und zu schluchzen an. Dazwischen entquollen seinem Mund wieder gräßliche Flüche. Aber die Tanzenden hörten sie nicht. Während im Hof acht Mann die Gewehre luden, hatten die Soldaten im Nebenzimmer die Tür geöffnet und sahen lachend das sonderbare Schauspiel. Sie stießen sich wiehernd in die Seiten und klatschten Beifall. Der Harmonikaspieler hatte sich ganz nach vorn gedrängt, wollte sich ausschütten vor Vergnügen und ließ nicht ab den beiden Musik zu machen, angefeuert durch die Zurufe seiner Kameraden. Bis der kleine Feldwebel eintrat, Ruhe gebot, und mit seiner freundlichen Stimme sagte: »Machen Sie sich fertig, meine Herren!«

Jor auf der Flucht

Jor jagte im Garten die Magd. Die goldnen Ringe klirrten um seine Knöchel. Beim Pflaumenbusch griff er ihre Zöpfe. Er riß ihren Kopf zurück, stützte sein Kinn auf ihre Schulter und roch den warmen Geruch ihrer Brust. Die Magd schrie, verstummte, als seine Hände ihren Bauch betasteten. Sie legte die Lippen an seinen weißen Hals.

Am Brunnen wusch er sich die Hände und spülte sich den Mund. Die Doggen sausten gegen die Stäbe des Hundezwingers. Ihre roten Zungen flatterten, aber zu heulen wagten sie nicht. Er zog das Gitter in die Höhe und die Hunde schnellten sich heraus. Jor begann zu rennen. Die Hunde hatten die Nasen an seinen Fersen und keuchten stumm.

Im kühlen Saal saßen die Eltern. Er sah den Bruder nicht an, ließ sich von der Mutter einen Apfel schälen und ging. Han zerlegte der Mutter ein saftiges Stück. Sein großes Kinn hing schwer an seinem Gesicht. Die Eltern redeten nichts. Han sah die Mutter aufmerksam an.

Jor stand nackt vor dem Spiegel. Er salbte sich, machte seine Zehennägel glänzend. Bis ein Diener kam, Kleider über dem Arm.

Jor saß mit einem Sprung im Sattel. Er galoppierte quer über das Feld. Der Wind kühlte ihm Hals und Haar.

Orla stand unter der Tür. Ihre runden Augen glänzten freudig. Sie legte ihm die kleinen Hände auf die Brust.

Er aß Lammbraten, dessen erregenden Geschmack er jedem vorzog. Er blieb eine Stunde bei ihr und als er ging, ohne sie berührt zu haben, ward sie ein wenig traurig und dann wieder freudig bei dem Gedanken, daß er morgen wieder käme.

Die beinernen Würfel flogen, aber der schwarzen Punkte waren es nie so viele, wie bei dem Griechen. Das war durch Stunden so. Das letzte Goldstück schenkte er einem Diener und ritt heim.

Han fuhr im zweispännigen Wagen über die Felder. Seine Augen waren überall. Er setzte einen Aufseher ab, weil bei ihm die Frucht niedriger stand als in den übrigen Bezirken. Er verhandelte mit einer Abordnung, die sich beklagte, daß die Peitsche des Verwalters martre. Er ließ Wassergräben anlegen und Felsen zertrümmern. Am hohen Vormittag lenkte er den Wagen zum Herrenhaus zurück, Ochsenhändler zu empfangen. Jor schaukelte im Garten in einer Hängematte, sah nicht auf, als der Bruder vorüberfuhr und fütterte Tauben, rote und graue.

Den Nachmittag saß Jor wieder im Spielsaal. Der Grieche nahm ihm einen Beutel Gold ab und gewann noch Orla und das Lusthaus, die Jor als letzten Einsatz anbot.

Seine Schwägerin Jug saß auf einer Bank im Garten. Jor sprach höflich mit ihr. Sie begann zu weinen. Er zuckte die Schultern und ging zu den Hunden.

Er verspielte ein Ölbaumwäldchen an den Griechen. Jug kam nachts zu ihm. Er verbeugte sich und begleitete sie bis zur Tür ihres Schlafzimmers, und trat in die Kammer der Dienerinnen, wo er bei der jüngsten schlief.

Han fuhr übers Feld und sah Leute, die das Ölwäldchen fällten. Sie wiesen ihm Jors Unterschrift. Sein großes Kinn sank.

In der Nacht fand Han den Platz neben sich leer. Er suchte Jug, und eine Dienerin verriet ihm den Weg. Sie lag nackt neben dem schlafenden Jor.

Sein großes Kinn sank wie unter einem Schlag. Er schickte Jug zu ihren Eltern und zahlte die Mitgift zurück in Gold und Viehherden. Jor sah über ihn hinweg.

Der Grieche kam und wies Jors Unterschrift und ließ hundert Pferde aus den Ställen holen.

Jor aß mit den Seinen. Die Mutter schälte ihm den Apfel. Der Vater schlug mit dem Stock den Diener, der Jors Glas umgestoßen. Dann bat er Jor nicht mehr zu spielen.

Jor spuckte das Stück Apfel, das er im Munde trug, in die

hohle Hand, warf es dem Vater ins Gesicht. Han wusch den Alten.

Abends verlangte Jor sein Erbe in Gold. Han schickte Boten. Und Händler kamen. Er verkaufte Wälder und fischreiche Seen und Felder und Vieh, und am dritten Tag wies er Jor einen Wagen, der mit Gold beladen war.

Jor ergriff die Zügel und der Kot der spritzenden Räder überschüttete die Mutter, die an der Tür lehnte. Han stützte sie. Sie küßte ihn nicht und ging zum Vater und die beiden hatten trockene Augen.

Han fuhr jeden Morgen aufs Feld, zankte mit den Aufsehern, ließ die säumigen Arbeiter prügeln, feilschte mit den Händlern. Mittags schälte er sich selbst den Apfel. Die Eltern hatten trockene Augen.

Diener standen zu beiden Seiten der Treppe. Jor trat aus dem Haus. Das Gewühl der Straßen nahm ihn auf. Er ging lange durch die hallenden. In einem Speisehaus aß er gebratene Tauben. Abends ging er früh heim. Er schritt durch seine vielen Zimmer, war in jedem einsam und freute sich seiner Einsamkeit.

Ein ungeheurer roter Himmel war am Morgen. Die Straßen waren noch leer. Er lief bis in den Mittag. Er fütterte die herrenlosen Hunde. Ein Vorläufer schrie mit hoher Stimme, schlug mit einem langen Stab freien Weg und die goldene Sänfte schwankte vorbei. Jor sah unter einer niedrigen Stirn große Augen. Die schwarzen Brauen runzelten sich, ein kleines Lächeln setzte sich in den Mundwinkeln fest. Jor stieß dem Hund die Fußspitzen in die Rippen. Die Sänfte segelte golden davon.

Dem Armenier rann der rote Wein in einer dünnen Schnur ins Kleid. Er schrie, wollte eine Rede halten, aber seine Zunge ruderte ungelenk an die Zähne. Jor hatte den Kopf auf die Arme gelegt. Es war purpurn vor seinen Augen. Er stand schwankend auf, ließ die Lichter im Saal löschen, und ging in sein Schlafgemach.

Das Mädchen zitterte, fror. Jor wollte seinen Mantel über die Nackte werfen. Aber der Maler schrie wild, verbot es, schien das Mädchen schlagen zu wollen, vergaß es aber wieder, als er ein süßes Rosa auftrug. Er sang leise vor sich hin. Plötzlich lachte er, zwickte das Mädchen in den Hintern, schrie es an, warf den Pinsel weg und brüllte unmäßig, als es in den Nebenraum floh.

Jor ließ alle Zimmer sich mit Bildern schmücken. Jedes kostete einen Beutel Gold. Der Maler war ihm widerwärtig, weil er ein schmutziger und gewöhnlicher Mensch war, aber sein Pinsel war von Gott besessen.

Später lernte er Cahel kennen und seine Frau. Die großen Augen unter der niederen Stirn sahen ihn kühl an. Das Lächeln in den Mundwinkeln blieb. Er war viel bei Cahel. Sie ritten zusammen auf die Jagd und betranken sich zusammen.

Einmal, als er kam, und Cahel schon ausgeritten war, schrie er Oezül an, das Lächeln kränke ihn. Sie spannte die Schultern zurück, daß ihre Brust sich vorschob. Er stürzte hinunter, schlug das Pferd und ritt vor die Stadt.

Cahel starb an Gift. Er aß reichlich zu Mittag. Sein Gesicht wurde plötzlich rot. Dann griff er mit den Händen an den Hals und fiel tot um. Als Jor kam, wuschen die Diener die Leiche unter Oezüls Aufsicht.

Jor lebte vier Wochen mit Oezül, dann war er ihrer überdrüssig. Als er einen jungen Schauspieler bei ihr traf, nahm er das Lächeln aus Oezüls Gesicht in seines herüber und ging.

Er blieb viele Wochen allein in seinem großen und schönen Haus. Er redete mit den Gestalten, die rosig und blau und golden um ihn lebten. Er lag auf Kissen, Diener stellten Krüge voll Wein um ihn. Er ließ Vorhänge vor das Licht ziehen und schlief Tag und Nacht.

Das Gold hatte er in vielen Beuteln in einem kleinen Gemach aufgeschichtet. Er zählte die Beutel nie. Er wußte, daß die Diener ihm den Schlüssel unter dem Schlafkissen wegstahlen. Ihn kümmerte es nicht und das Gold schien nicht abzunehmen.

Im Garten ließ er sich ein Lusthaus bauen. Er feilschte mit Mädchenhändlern. Tagelang wimmelte es bei ihm von Frauen, deren Brust er befühlte, ob sie hart sei, die vor ihm auf und ab gingen, ob ihr Gang ihm gefalle, die vor ihm sich drehten und vor ihm tanzten, ob es ihm Lust gebe. Die Händler priesen kreischend ihre Ware. Er kaufte fünfzehn Frauen. Die jüngste war zwölf, die älteste hatte graue Haare, aber ihre Schenkel waren noch fest. Sie durften sein Frauenhaus nicht verlassen.

Dann ekelte ihn des vielen Fleisches. Er schenkte die Frauen seinen Freunden und die älteste verheiratete er mit einem seiner Diener.

Das Gold in der Kammer wurde weniger. Aus dem Berg war ein Hügel geworden. Da lächelte er wie schon lange nicht mehr und ritt wieder aus, was er seit Wochen nicht mehr getan hatte. Seine Beine waren ein wenig schlapp geworden. Aber als ihm der Wind ins Gesicht pfiff und hinter ihm die nassen Klumpen kollerten, wölbte er die Brust breit heraus.

Er begann wieder zu spielen. Aber er mußte die ganze Nacht würfeln, bis er einen Beutel Gold verspielt hatte.

Er lag in seinem Garten im Gras. Er ließ sich Decken heraus schaffen und verbrachte auch die Nächte im Freien. Unaufhörlich drehten sich die Sterne und die Morgenwinde wuschen ihn mit Kühle.

Er ließ einen Baumeister und Maurer kommen und sich im Garten einen hohen Turm bauen. Wochenlang bewohnte er nur das Turmzimmer. Er schoß die Vögel, die um das Dach kreisten. Dann plötzlich trug ihn der Turm nicht mehr. Er betrat ihn nicht wieder.

Er sammelte viele Freunde um sich. Sie zogen berauscht und in Masken durch die Straßen. Sie erhellten die Nächte mit ihren Windlichtern. Ihr Geschrei verstummte nicht bis zum Morgen. Sie hielten Wagenrennen, hatten Esel vorgespannt, denen sie mit Wein getränktes Brot zu fressen gaben.

In den Fenstern lagen die Leute und jauchzten mit ihnen. Als Jor auf seinem krummen Gefährt vorbeitaumelte, verstärkte sich das Geschrei und er fühlte schmerzhaft, daß er geliebt war. Er schlug auf die Tiere ein, machte unanständige Gebärden gegen die Zuschauer, aber der Jubel wurde nur größer.

Er prügelte seine Diener. Einem zerschlug er mit einer schweren Vase die Schulter. Sie waren ihm hündisch ergeben. Immer wieder rann in ihre Hände sein Gold. Er stellte einen Beutel auf den Tisch, rief seinen grauhaarigen Haushofmeister, stieß ihm den Fuß in den Bauch, ins Gesicht und wies auf das Gold, als er winselte. Der Kerl nahms und blieb in seinen Diensten. Wie sie zusammenstanden hörte er, daß sie gutes von ihm sprachen. Er lachte und dachte: des Goldes wegen.

Eine Tänzerin jagte Fieber in sein Blut. Er schenkte ihr einen jungen, gezähmten Leoparden. Er ließ sieben Gemächer für sie säubern, mit kostbaren Stoffen bespannen und stellte sieben braune Dienerinnen für sie ein. Sie kam nicht.

Er sandte ihr Pfaue, die goldene Räder schlugen und Papageien mit silberblauen Federn. Sie gab die Pfaue und die Papageien dem Leoparden zu fressen und schickte ihm die blutigen Federn zurück.

Er bezahlte dreihundert Männer, daß sie, als sie tanzte, Beifall brüllten und mit den Händen auf die Schenkel schlugen, daß es klatschte und immerfort ihren Namen riefen. Er stand auf einem erhöhten Platz und leitete mit einem Stab das Anschwellen der Zurufe. Sie beachtete ihn nicht.

Er bezahlte dreihundert Männer, daß sie, als sie tanzte, pfiffen, auf Trompeten bliesen und mit stinkendem Obst nach ihr warfen. Er stand auf einem erhöhten Platz und befeuerte mit einem Stab den Lärm. Sie sah ihn nicht.

Er vergaß sie. Er verhöhnte einen Philosophen, zog ihn an seinem langen Bart über den Marktplatz. Er weigerte sich, die hohe Strafe zu zahlen, versperrte sein Haus vor den Gerichtsdienern und ließ sich belagern. Am dritten Tag ergab er sich, bewirtete die Schergen mit Wein, schickte sie betrunken nach Hause und ließ den taumelnden Anführer das Gold auf einem kleinen Wägelchen durch die Straßen rumpeln.

Er gab einem Diener in jede Hand einen Beutel Gold, einen Brief zwischen die Zähne und sandte ihn zur Tänzerin. Der Bursche kam ohne das Gold zurück und abends kam sie.

Er trieb alle aus dem Haus diese Nacht. Und durch die sieben seidenen Gemächer jagte er seine Lust.

Am Morgen bereitete er ihr ein Bad, schürte selber das Feuer und brachte ihr Brot und Wein.

Erst am Mittag öffnete er seinen Leuten wieder die Tür. Sie beide verließen das Haus wochenlang nicht mehr. Sie tanzte vor ihm und jeden Abend schenkte er ihr eine Hand voll Gold.

Er sah haßerfüllt in die Kammer, wo das Gelbe nur langsam zusammenschmolz.

Als sie wieder einmal vor ihm tanzte, nackt, schrie er die Diener herbei, daß sie zusähen. Dann bewarf er die Tanzende mit Goldstücken, befahl ihr, aufzuhören und prügelte die Burschen mit Faustschlägen auseinander.

Die Demut, auf die er überall traf, reizte ihn unsäglich. Er war der beliebteste Mann der Stadt. Die Straßensänger stimmten lange Balladen an zu seinem Preis. Die Marktweiber wurden fröhlich, wenn er zwischen ihren Körben hindurchging. Der Philosoph, den er am Barte gezerrt, suchte ihn auf, ihm zu verzeihen. Er schenkte ihm ein Goldstück. Er nahm es nicht an, küßte ihn. Tiefbetroffen war Jor und erblaßte.

Es war, als wandle er immer eine Stufe höher als die Menschen um ihn. Die Stufe war aus Gold. Er mußte die Stufe zertrümmern, abtragen. Er mußte seine reichen Kleider ablegen. Sie taten, als sei seine Haut weißer und sein Haar lockiger als das ihre. Er mußte sich von der Sonne bräunen lassen und das Haar von Schweiß verkleben. Er war schlechter als sie und sie taten, als sei er besser. Er war zornig und sie begegneten seinem Zorn mit Güte. Er schlug sie und sie trugen die Schläge. Das Gold hatte ihn eine Stufe höher gestellt als sie. Sie sahen ihn nicht, wie er war und er mußte die Stufe abtragen.

Er gab lärmende Feste, fütterte seine Gäste mit gebratenen Singvögeln und gab ihnen Wein zu trinken von Trauben, die auf feuerspeienden Bergen wuchsen. Er berief kastrierte Sänger, die Mädchenstimmen hatten und Sängerinnen, deren Stimmen im schweren Baß tönten.

Er ließ Pferde, die er nur einmal geritten, zusammenstechen. Er ritt keins ein zweitesmal.

Er kaufte alle Huren der Stadt frei, daß die öffentlichen Häuser leer standen und die Mädchen auf den Plätzen herumlungerten.

In der Kammer schmolz das Gold. Die Tänzerin, die noch immer bei ihm lebte, bat ihn, der Verschwendung Einhalt zu tun.

Als nur mehr zwei Beutel in der Kammer lagen, trat sie an einem Morgen an sein Lager. Er solle die Dienerschaft entlassen, das Haus verkaufen, mit dem Erlös könne er bis an den Rest seines Lebens im Wohlstand leben.

Er gab einen Beutel einem Wasserverkäufer für einen Trunk. Den letzten Beutel schenkte er der Tänzerin.

Er wartete, daß sie gehe. Er lachte und zeigte ihr vergnügt die leere Kammer. Er sagte ihr und beteuerte es, und eine große Lust schrie dabei in seiner Stimme, daß er nichts, nichts, nichts mehr besitze.

Unter seinen Kleidern wählte der die festesten, unter

seinen Stiefeln die derbsten, und ging langsam die Treppen hinunter aus dem Haus.

Als er sich vor der Stadt auf die Landstraße stellte und die Richtung nahm auf einen fernen Berg, trat die Tänzerin neben ihn und ging mit ihm.

Der Staub wirbelte grau um sie. Er trat fest auf mit den Stiefeln und ging bis zum Abend. Sie verkrochen sich hinter einem Gebüsch bis zum Morgentau. Mittags kamen sie in eine kleine Stadt. Er verdingte sich als Arbeiter für einen Bau. Sie wohnten in einer geringen Herberge. Als es abends zum Ziegenkäse ein Glas Wein gab, faßte er Argwohn. Als sie schlief, endeckte er Gold bei ihr. Er stand leise auf, verließ das Zimmer und das Haus und wanderte die ganze Nacht und den ganzen Tag, bis er die Hafenstadt erreichte.

Er schlief in einem Tal zwischen zwei Ballen. Ein herrenloser Hund wärmte seine Füße. Aufseher verjagten ihn am Morgen. Die vielen Schiffe scheuerten sich an den Kaimauern. Segel wölbten sich weiß und herausfordernd. Die hohen Stangen der Maste vergitterten den Himmel. Den ganzen Nachmittag ließ er sich von der Sonne braten. Die Schreie der Arbeiter schossen über ihm hin und her. Am Abend suchte er seinen Schlupfwinkel wieder auf.

Der Hunger trieb ihn am andern Morgen, Arbeit zu nehmen. Ein Schiff verlud Mehl. Er ließ sich Handgeld geben und schleppte die weißstaubigen Säcke. Seine Schulterblätter knirschten. Der Hals wurde steif. In einer Schenke aß er eine braune Zwiebelsuppe und schlief mit anderen in einem ungedeckten Lagerraum.

Der Mond trieb groß über den Himmel. Neben ihm wälzte sich ein Liebespaar. Er fiel in einen traumlosen Schlaf.

Fünf Tage schleppte er die Säcke und schlief die Nächte auf dem lehmigen Boden. Am sechsten Tag ging er.

In einer Schenke traf er auf Matrosen, die von langer Seereise zurück waren. Sie erzählten von Palmen, wilden

Tieren und Menschenfressern. Sie hatten das Geld locker in der Tasche sitzen und hielten ihn frei. Er aß sich satt an Braten, trank roten Wein und hörte ihre Geschichten. Sie ließen sich bald wieder anwerben.

Er streunte im Hafen umher. Er verdingte sich bald hier, bald dort einen halben Tag oder einen ganzen. Mit einem angetrunkenen Seefahrer bekam er Streit. Der Schwarzbärtige riß das Messer aus dem Stiefelschaft. Jor sah, wie er den Schwung bremste, als ihre Augen sich trafen. Wie er die Lider erschrocken fallen ließ! Wie er das Messer unmerklich senkte! Aber Jor warf sich auf ihn, in das Messer, stürzte, spürte Blut im Hals und schlief ein. Im Hospital pflegte man ihn. Er sah auf seine dünnen Hände. Seine Fingernägel waren bleich. Als er schwankend einmal um die Stube gehen konnte, brannte er durch.

Er kehrte zum Hafen zurück. Die kalten Nächte brachten neues Fieber. Er fand Stellung als Schreiber bei einem Kaufherrn. Er zählte Ballen und Stämme und schlief unter einem warmen Dach.

Er ging wieder auf Wanderschaft, zog nachts durch die Dörfer, reizte die Bauernhunde und schlief in dichten Wäldern.

Später schloß er sich einer Gauklertruppe an. Es waren braune Menschen mit wilden Gesichtern und blitzenden Zähnen. Der Führer fraß glühende Kohlen und setzte sich Messer in die Schenkel ohne zu bluten. Die Mädchen sprangen durch Reifen. Er lernte auf dem Seil zu tanzen, Töpfe zu balancieren. Nachts schliefen sie alle in einem Zelt. Er fand im Wechsel die beiden Mädchen neben sich. Er entdeckte, daß sie auch mit ihrem Vater schliefen. Er zog lange Wochen mit ihnen.

Er streifte allein durch das Land. Er bettelte. Eine Witwe gab ihm ein ungewöhnlich großes Almosen und bot ihm Arbeit in ihrem Töpfergeschäft. Er hatte nur einmal am Tag durch die Werkstatt zu gehen. Der Tisch war reichlich gedeckt. Sie kaufte ihm gute Kleider. Er hatte einen Widerwillen gegen ihren großen Busen und zog wieder landstreichend über die Straßen.

In einer Schenke stieß er um Mitternacht auf einen bartlosen, aufgeregten Menschen, der auf dem Tisch stehend Verse schrie. Mit den wandernden Komödianten reiste er. Er lernte es, den Mantel königlich um sich zu schlagen und das Gesicht in Längs- und Querfalten zu ziehen. Er schrieb selber das Szenarium zu einer Tragödie, deren Text sie aus dem Stegreif sprachen. Die Gesellschaft zerstreute sich und er zog mit Emra allein weiter. Sie sangen in den Straßen und Emra sammelte Geldstücke in seinem Hut.

Die goldene Stufe ist zerschlagen, triumphierte er. Niemand mehr duckte sich demütig, wenn er Schläge austeilte. Wen er schlug, der schlug zurück. – Der Schwarzbärtige, dachte er. Der Messerstich. Und zwang sich, nicht zu sehen, wie der Kerl den Schwung bremste und die Spitze senkte. – Alle waren ihm früher untertan gewesen und sein Stolz hatte darunter gelitten. Noch duckten sich zu viele vor ihm.

Seine Wunde brach wieder auf. Er spuckte Blut. In einer kleinen Herberge blieb er, und Emra verdiente das Geld. Sie lief auf die Straße, ging mit fremden Männern, mit alten und jungen.

Sie tats um seinetwillen. Das trieb ihn von ihr. Als er sich ein wenig wohler fühlte, begann er von neuem sein Wanderleben. Der Himmel war über ihm, Bäume gab es überall und Straßen liefen kreuz und quer. Er stahl den Bauern Hühner, briet sie im Wald, bettelte und sang in den Straßenschenken vor Landstreichern und Huren.

Er wurde froh, wenn ihn die niedrigsten wie ihresgleichen behandelten. Er sprach in Zoten mit ihnen, betrog sie im Spiel. Aber immer wieder stieß er auf eine demütige Liebe, die er floh wie des Teufels Faust.

Er wußte nicht, was ihn trieb. Immer tiefer sich sinken

lassend, mußte er dahin kommen, daß er wie eine Welle im gleichen Fluß mit den andern floß. Denn es drängte ihn, über niemand hinaus zu ragen.

Auf der Wanderschaft geriet er in lange Regenwochen. Seine Füße wurden nicht mehr trocken. Er begann zu husten.

Bei einem Bauern blieb er als Schweinehirt. Es waren sechzig Säue, die er zu hüten hatte. Es waren schwarze, borstige darunter, mit gierigen Rüsseln, und helle, rote, die gutmütig waren. Er schlief in einer niederen Hütte, durch die der Regen träufelte und der Wind blies. Sein Lager war faules Stroh. Die Hütte stand an einem Waldrand, der versumpft war. Die Säue wälzten sich im schwarzen Morast, in dem wenige gelbe Blumen blühten.

Der Bauer war ein gewalttätiger und roher Mensch. Wenn er kam, ihm die paar Wecken verschimmelten Brotes zu bringen, schimpfte er über das wenige, das er dem hergelaufenen Landstreicher geben mußte.

Am Tag lag Jor vor der Hütte inmitten der Säue. Die ackerten grunzend den Boden auf, schliefen und begatteten sich.

Jor spuckte wieder Blut. Er lag im Fieber und die Säue beschmutzten ihn mit ihrem Kot. Er hatte Hunger und er aß von dem stinkenden Mantsch, den täglich ein Knecht für die Tiere vom Hof herüberbrachte. Er schöpfte sich einen Hut voll von der Brühe und hielt sich die Nase zu und trank. Der Bauer sah es, stieß ihn mit dem Fuß. Aber er ließ ihm eine Schüssel Milchreis geben und weißes Brot. Jor aß und die borstigste der schwarzen Säue fuhr mit dem Rüssel naß und gütig über sein Gesicht.

Jor wollte die tiefste Demütigung auf sich nehmen: dienen in dem Haus, in dem er geherrscht. Zerlumpt und als Sauhirt zurückkehren zu ihnen, denen er ins Gesicht gespuckt. Und er hoffte inbrünstig, daß sie gleiches mit gleichem vergelten und ihn schlagen und anspucken würden und ihn verachten, wie er sie angespuckt und verachtet hatte.

Nach fünf Tagemärschen, als ihm schon Eiter zwischen den Zehen stand, sah er die Gärten seines Vaters vor sich liegen. Es war gegen Mittag und er schritt langsam auf den bekiesten Wegen. Knechte und Mägde kamen von den Feldern zum Mittagbrot. Han fuhr im staubwirbelnden Wagen an ihm vorbei. Im kühlen Hausflur legte er sich mit dem Gesicht zu Boden. Er spürte einen Fuß im Nacken und hörte die Stimme seines Vaters. Er richtete sich auf, sah ihm in die Augen und bat ihn: laß mich deine Schweine hüten!

Eine große Erwartung zitterte in ihm. Er beugte den Rücken, um die Flüche zu tragen, die der alte Mann auf ihn laden mußte. Er hielt die Hand vor das Gesicht, um den Speichel aufzufangen, den ihm der alte Mann ins Gesicht werfen mußte. Und bat: laß mich deine Schweine hüten!

Der Greis stand groß an der Wand und tat einen Schritt gegen ihn und hob die Hand und streichelte sein verklebtes Haar. Er sprach nicht und streichelte ihm Gesicht und Bart und Hände und Brust und sprach nicht und ließ die Hände nicht mehr von ihm.

Aus der Tür trat die alte Frau, seine Mutter. Die beiden Alten führten ihn in den Speisesaal. Sie riefen die Diener zusammen und ließen ihm ein Bad bereiten und reine Kleider holen.

Gewaschen und gesalbt saß er zwischen den beiden Alten. Die Mutter schälte ihm einen Apfel und dann ging er früh schlafen.

Die Doggen prasselten mit den Pranken an die Gitterstäbe. Er saß im Garten und fütterte die Tauben.

Beim Mittagessen sah er Han. Der Bruder gab ihm die Hand. Die Mutter aß nichts und zitterte vor Glück, als er den Apfel nahm, den sie für ihn geschält hatte.

Der Vater besprach die Bewässerung einer trockenen Wiese. Han legte seinen Plan dar. Jor nahm ein Stück Kohle und zeichnete Gräben und Rinnen. Der Vater gab den Auftrag, und er prüfte nicht lange zwischen den Plänen beider, und ließ den Jors ausführen.

Jor ritt auf die Felder und die Knechte gruben schneller mit der Hacke, ihm zu gefallen.

Die Händler verlangten mit ihm den Kauf abzuschließen. Sie einigten sich schnell mit ihm und ohne viel zu feilschen.

Wenn aber Han's Wagen über die Felder rollte, stützten sich die Knechte faul auf die Stiele ihrer Hacken.

Jor versuchte nicht mehr gegen das Göttliche in ihm sich zu stemmen. Die Menschen waren gut zu ihm und mußten ihn lieben. Eines Nachts erwachte er und sah Han neben sich am Bett stehen mit erhobenem Messer. Jor rührte sich nicht und blinzelte durch die geschlossenen Lider. Es trug ihn und er schwoll der Prüfung entgegen. Aber Han ließ das Messer sinken und erkannte ihn über sich an wie alle.

Das Fest der Vierhundert

Am roten Morgen des Fronleichnamstages erschlugen die meuternden Sträflinge den General und die Offiziere. Neruda, der Anführer, ließ Branntwein verteilen und gab die weißhäutigen Frauen frei. Sie erlagen der tödlichen Umarmung der Vierhundert. Taumel und Tanz der Befreiten wandelte sich in Verzweiflung, als gegen Mittag vier königliche Segler in Sicht kamen. Die Wut der Ruderknechte sprang wie ein böses Tier Neruda an. Sie würgten ihn, spieen ihm ihre Galle ins Gesicht und banden ihn am Maste fest. Auf den Knieen und mit erhobenen Händen heulten sie den Soldaten des Königs entgegen. Spangen schlossen sich wieder um Knöchel, die einen halben Tag mit blassen Ringen gelöster Fesseln geprahlt hatten. Achtundvierzig Stunden später liefen die Schiffe den Hafen der Hauptstadt an und schon nach weiteren drei Tagen wurde an den Meuterern das Strafgericht vollzogen. Auf dem großen Platz hatte man zehn Galgen aufgerichtet. Die Häuser waren zum Fest geschmückt. Girlanden wanden sich und Kränze. In den Fenstern lag das Volk und brüllte vor Ungeduld. Der König selbst hatte mit kleinem Gefolge auf einer Estrade Platz genommen. Er naschte von südlichen Früchten, die in einer geschliffenen Schale vor ihm standen. Damen des Hofes entfalteten klirrende Fächer. Die Vorbereitungen waren so getroffen, daß immer fünfzig der Verbrecher gleichzeitig hingerichtet werden konnten, je fünf an einem Galgen. Man hatte den Gerüsten eine besondere Form gegeben, derart, daß zwei Stützpfosten von etwas über Mannshöhe durch einen starken Querbalken verbunden waren. Auf niederen Karren, von Pferden gezogen, denen zwischen den Ohren rote Federbüsche blühten, rasselte der Zug der ersten fünfzig aus dem Tor des Gefängnisses. Als auf die Verurteilten der Glanz des blauen Himmels fürchterlich eindrang, als sie das Grün der Kränze flattern sahen und taumeln die schwarzen Rechtecke der Galgen, zerbrachen sie in einem Schrei, der fröhlich von dem Jubel des Volkes aufgenommen und weiter getragen wurde. Die Schlinge des Stricks, die von ihrem Hals baumelte, mußten sie selbst an den riesigen Nägeln der Balken befestigen. Die Knechte rissen ihnen die Treppen unter den zitternden Füßen fort. Sie zuckten wie Aale an der Schnur. Manche griffen mit leeren Händen um sich, als wollten sie Wasser schöpfen. Andere liefen mit schnellen Beinen einen steilen Berg empor. Aber bald hingen alle wie tote Schläuche. Während man sie abschnitt und ihr warmes Fleisch auf den kreischenden Karren wegfuhr, züngelte aus dem Gefängnistor schon die Schlange der nächsten fünfzig. Straßenverkäufer boten Orangen feil. Die gelben Kugeln flogen von Hand zu Hand. Stutzer ließen sie schimmernd steigen zu Fenstern, aus denen Mädchengesichter sich neigten. Die brechenden Augen der Sterbenden sahen sie wie viele kreisende Monde um die Dächer sich drehen. Als zum drittenmale die Wagen der fünfzig auf den Platz donnerten, steigerte sich der Jubel der Menge ins Unermeßliche. Der vorderste der Karren wurde von einem stolpernden, räudigen Gaul gezogen, [der] aus eitrigen Augen glotzte. Neruda saß rücklings auf ihm, den mit Stroh durchflochtenen Schwanz des Tieres als Zügel in den gefesselten Händen. Er funkelte mit heißen Augen in die Reihen der lachenden Leute. Als ihm einer ein Schimpfwort zuwarf, schüttete er eine trübe Flut gräßlicher und gemeiner Flüche auf seinen Widersacher, der den Kopf einzog wie vor stinkendem Spülwasser. Als die Welle der nächsten fünfzig sich an Galgen zerbrochen hatte zu zitternden Tropfen, trat eine Pause ein im Ablauf des Festes, weil Schauspieler und Tänzer, Flötenbläser und Paukenschläger, Zauberer und Messerschlucker sich zeigten. Ein braunes Mädchen, mit durchsichtiger roter Seide bekleidet, tanzte vor dem König. Sie war wie eine Mohnblume, die sich im Winde der Flöten wiegt. Eine züngelnde Flamme, die auf dem prasselnden Kalbfell der Trommeln wirbelt. Mit einem hellen Schrei, der den König wie ein dünner Dolchstoß traf, sank sie in sich zusammen und blieb liegen wie ein Häuflein Asche, aus dem das rote Feuer des Gewandes noch glimmte. Man trug sie weg, während Trompetenstöße kündeten, daß die Hinrichtungen ihren Fortgang nähmen. Fünfzig Fleischklöppel schlugen krachend an die Pfosten der hölzernen Uhren, schmetternd die letzte Stunde. Die Gäule lahmten von dem schweren Werk und mußten mit Peitschen geprügelt werden. Das Volk wurde ungeduldig. Es murrte, daß es nicht rascher ginge mit dem Henken und viele verliefen sich. Auch der König war schon aufgebrochen, nachdem er dem Herrn der Gauklertruppe erlaubt hatte, daß er das Mädchen den Abend ins Schloß schickte, vor ihm zu tanzen. Über den leeren Platz klapperten die Hufe der Pferde. Klirrend schlossen sich ermüdete Fenster. In dünnen spritzenden Strichen begann es zu regnen. Die letzten fünfzig starben gänzlich unbeachtet.

Kain

Als Abel, der sanfte, süße, blonde und weißhäutige Abel ihn anschmachtete mit triefender Güte in den leicht vorquellenden Augen, als er ihm die kleinen, gepolsterten Hände entgegenhob und brüderliche Wange an seiner Schulter reiben wollte, wie er es immer tat, die rosige Wange, die sich anfühlte wie die dunstige Schnauze eines Kätzchens: ihn überschwemmte Haß von tausend Knabentagen, Widerwille von hundert gemeinsamen Mahlzeiten – und er schlug zu, er schlug gut zu, mit dem Ast, den er sich gebrochen hatte ihn zum Bogen zu spannen – und sah gelassen wie die hellblauen Kälbchenaugen verglasten. Schon brauste der Himmel schwarz. Wolken zerfielen zu Schluchten und ein grüner Mond erklirrte. Kain peitschte sich vorwärts. Er wölbte die Brust und hetzte in Sprüngen zum Wald. Der Blitz, den ihm der Herr nachwarf, streifte seine Ferse. Er sprang wie ein Hirsch durch das Gestrüpp, vergrub sich in eine Höhle, hungerte Tage. Er erwürgte Abel durch viele Träume. Und dehnte die breiten Schultern, befreit, wenn er mit den Füßen nach der Leiche stieß. Nie hatte ihm Abel unrecht getan. Er haßte ihn. Er zitterte, wenn Abel ein gutes Wort zu ihm sprach. Empörte sich, wenn der Bruder ihm liebes erweisen wollte. Roch ihn wie Schleim, wenn er neben ihm schlief. Er spürte Feindschaft, wo das Blut versöhnt klopfen sollte. Er erschlug ihn tausendmal im Spiel, in schlafgemiedenen Nächten hinter halbgeschlossenen Augen. Er stürmte mit beiden Fäusten gegen ihn und flatterte ins Leere. Finger faßten nicht Fleisch, erstickten im zähnachgiebigen Saft. Seine Mannheit pantschte gegen Schlamm. Kantige Stirn donnerte nicht gegen gleiche Wölbung. Süße Mundwinkel reizten ihn. Er erschlug ihn, den Gott liebte. Er haßte Gott. Gott, der den wirbelnden Rauch von Abels Opfer gerne roch. Er traf Abel und hoffte Gott zu treffen. Ihn, der das Bürschchen, das Jüngferlein Abel zum Bild sich geschaffen. Zum Gleichnis. Zum Freund. Zum Bruder. Zum Sohn. Zu seinem weißumhäuteten Selbst. So erschlug Kain den Abel, im Aufruhr des ewig Andern, in riesiger Flamme zerbrannt.

Kain blieb im Wald wohnen. Er schnitzte sich Pfeile aus dem harten Holz der Eschen. Er jagte den Hirsch, fing die Fische mit der Hand und nahm die Eier aus den schwanken Nestern. Er trug in die Höhle Moos und dürres Laub, darauf zu schlafen. In einer schwülen Nacht stieg er über das Gebirge und stahl im fremden Tal ein Kind. Das Mädchen wuchs auf ohne Erinnerung an Menschen, von denen es stammte. Sie briet Kain die Vögel, bereitete sein Lager und schlief bei ihm. Wenn er die hohen Brauen runzelte, duckte sie ergebene Schultern. Sie wusch ihm die Füße und ertrank im Meer seiner Augen. Er lehrte sie, ihm Opfer zu bringen, Tiere und seltene Früchte. Wenn ihn der Opferrauch umwirbelte, schlug sie die Stirn auf die Hände und betete zu ihm. Er nahm seine Rache an Gott. In ihrem Herzen ermordete er ihn, zerstampfte er ihn, rottete er ihn aus und setzte sich an seine Stelle. Sie gebar ihm Söhne und Töchter. Sie sprachen seinen Namen wie den Gottes aus. Sie jauchzten, wenn der Blitz des Himmels grün über die Wipfel fuhr und lachten, wenn schwarzer Donner über dem Walde polterte. Aber der Blitz aus Kains Augen drückte sie auf die Kniee und der Donner seiner Stimme machte sie erbeben.

Als er sich alt fühlte und bereit zu sterben, rief er sie alle in die Höhle. Vor den Eingang rollte er mit letzter Kraft einen großen Stein. Sie zündeten ihm Opferfeuer und lagen um ihn in Gebeten. Sie erstickten im weißen Dampf. Als er Starre in den zu ihm erhobenen Blicken sah, lief ein ungeheures Zucken durch seinen Körper. Er brach tot zusammen und verlöschte mit dem Gesicht die schmale Flamme, die noch für ihn leuchtete.

Der Tod des Don Quichotte

Don Quichotte saß im Sterbestuhl. Sein kahlgefreßner Vogelkopf zitterte auf dünnem Hals, dessen Adamsapfel unruhig auf und ab stieg. Die Schnurrbartspitzen waren sorgfältig gewichst und stachen starr und schwarz wie Lanzen in die Luft. Nur wenn er die Oberlippe greinend verzog, bebten sie hilflos. Die halberloschenen Augen rannten über den Stubenboden wie vergiftete Mäuse. In den Mundwinkeln klebte getrockneter Schleim. Frau Avrikos, die Wirtin, bereitete in der lärmenden Küche Pasteten. Das Knallen des platzenden Fettes donnerte durch den Raum. Don Quichotte hatte das Kinn auf die Brust gesenkt. Seine mageren und ungewaschenen Hände lagen auf den Lehnen des Sessels. Seine Gedanken waren schon nicht mehr bei ihm. Sie hatten sich von seinem Befehl gelöst wie meuternde Truppen. Sie führten einen Feldzug auf eigene Faust. Sie wogten hin und her, kämpften geschlossen und aufgelöst, drangen vor und zurück, stritten im Nahkampf und schossen mit Pfeilen. Er war nicht mehr als ein unbeteiligter Zuschauer. Wenn er den Unbotmäßigen Richtung geben wollte, schien es einen Augenblick lang, als folgten sie seiner Weisung, als setzten sie sich in Marsch auf vorgezeichnetem Weg. Aber bald schwenkten sie in Kolonnen wieder ab und führten Bewegungen aus, die er nicht vorgesehen hatte. Den Rappen, der sich im spanischen Schritt trug, lenkte er mit goldenen Zügeln. Es regnete Blumen und junge Mädchen hingen an seinen Steigbügeln. Der Abendhimmel wölbte sich schwer herab, als er über Land ritt. Die heilige Jungfrau, gebenedeit sei das Lächeln ihrer Augen, neigte sich aus Wolken und warf ihm ein funkelndes Kreuz zu. Hohn umbrandete ihn. Menschen, Menschen – er wischte ihren Spott von sich ab wie den Speichel der Ungläubigen. Erzengel führten sein Schwert. Liebe füllte sein Herz wie eine feurige Kugel, die schwebend glänzte.

Seine Hände waren gesegnet. Frau Avrikos kam aus der Küche. Sie sah ihn mitleidig an, wie er zusammengesunken im Sessel saß, mit feuchten und eingefallenen Schläfen. Er richtete die Augen auf sie, erkannte sie aber nicht mehr. Sein Atem ging in kurzen Stößen und seine Stirn wellte sich in Falten, die ein heftiger Krampf aufwarf. Sie beherbergte den Herrn nun schon die sechste Woche. Sie schlug ein erschrockenes Kreuz. Die heilige Barbara mochte wissen, ob er noch ebensoviele Stunden lebte. Don Quichotte schien zu schlafen, nur seine Hände waren lebendig. Der kleine Johannes zerrte am Strick Rocco, den Köter, in die Stube. Der Hund hatte ein böses und schielendes Auge, das blutunterlaufen war. Johannes begann mit dem Tier zu spielen, redete zu ihm wie zu einem Kinde, riß es am Schwanz, zog an seinen Ohren, legte ihm schließlich die hohlen Hände um die Schnauze und blies auf ihnen wie auf einer Trompete. Er nahm ihm die Zunge aus dem Maul und kratzte sie mit den Fingernägeln. Er zupfte ihm Haare aus dem Bauch und schwang [ihn] an den Beinen um den Kopf. Er setzte sich rittlings auf den Hund, nahm seine Ohren als Zügel und schleuderte ihn galoppierend rund um die Stube. Er holte Wasser und goß es ihm in den Schlund. Mit einem Holzsplitter durchstach er ihm die Lefzen. Die demütige und gequälte Bestie empörte sich. Sie sträubte die Rückenhaare, funkelte mit dem kranken Auge und sprang dem Knaben mit einem kurzen Schrei an die Kehle, von dem der Greis im Sessel erwachte. Er sah die furchtgekrümmten Arme des Kindes, sah das Untier, den feurigen Drachen, der es bedrängte. Er erhob sich und seine zitternden Beine trugen ihn. Vor seinen Augen blitzten die Speere der Schlacht. Erzengel führten sein Schwert. Liebe brach aus ihm erschütternd. Ein Mensch schrie und durch Qualm und Niedertracht brauste der einzige Ton gegen ihn. Er schwang den Stock wie einen Morgenstern und stieß gegen den knurrenden Hund vor. Der Kampf wurde mit Erbitterung geführt. Das rasende Tier war schneller als er und er traf in die Luft mit furchtbaren Schlägen. Die Bestie umkreiste ihn, zischte vor Wut und überschäumte ihn mit Flocken weißen Geifers. Sie verbiß sich an seiner Hüfte und schnellte sich um seine Beine wie die scharfe Sichelschnur der Peitsche. Sie griff ihn von hinten an und wich blitzend seinen zornigen Tritten aus, daß er sich vergeblich auf einem Bein wild um sich drehte. Er marschierte wuchtig gegen das Tier vor, den Stock gesenkt wie gefällte Lanze. Mit kreisenden Hieben gebrauchte er ihn wie eine Sense. Er schleuderte ihn wie einen Wurfspeer und er drosch zu wie mit Keulen. Seine Hände bluteten und sein Rock hing in Fetzen. Der Hund saß drohend in einer Ecke und schwoll mächtig an. Er sauste wie ein Pfeil gegen ihn und blies ihm den häßlichen Atem ins Gesicht. Er wich zurück und duckte sich zum Sprung. Der Greis holte aus mit einer Bewegung, als müsse er den Erdball zu Trümmern splittern. Die Wucht des Schlages riß ihn mit und er krachte zu Boden, aufschmetternd mit der Stirn. Er blieb steif liegen. Aus seiner Nase rann dünn hellrotes Blut, das der Hund aufleckte.

Hiob

Der dreckige alte Jude wühlte sich tiefer ins Stroh, das faulte und stank. Ein spitzer Halm bohrte sich zwischen Nagel und Fleisch der Zehe. Er stöhnte und mit den rissigen Händen erlöste er sich. Sein uraltes Gesicht war von langen Falten durchgraben. Er hob den Blick, schickte ihn über Hütte und den dürren Strauch zum hitzigblauen Himmel und begann tief zu schluchzen. Er spritzte seinen Jammer wie eine Fontäne trüben Wassers empor und ließ die Brühe rückplätschern über sich. Seine Augäpfel rollten, rund und bestürzt. Wieder ließ er vorbeidefilieren den wackelnden Trauermarsch, die langen Kolonnen von Mißgeschick, Leid, Unglück, Gemeinheit und Niederträchtigkeiten, die ihm geschehen waren. Er wußte die Reihenfolge und hielt sie genau ein. Er begann zu brüllen, als ihm das schlimmste nochmals geschah, ruderte mit den Armen und sank in Apathie zusammen. Das mistige Stroh stank. Sein Unglück betäubte ihn und er war jetzt wieder in dem Zustand, wo er in einem dämmernden Wohlgefallen an seinen Schmerzen litt. Der Wind knisterte im dornichten Strauch und der Weg über die sandige Höhe lief schnell und brennend ins Jenseitstal, aus dem der Rauch noch stieg. Hiob schlief ein. Sein Unterkiefer klappte auf und zerlöcherte Zähne klafften. Die Sonne, die wie ein gelbes Rad im Blauen wirbelte, stach ihn wieder wach. Nun fiel das Leid wuchtig auf ihn und ungeheuer klagte er. Der blaue Himmel war nur, ihm die Augen zu blenden, der Strauch trug keine Blüten, ihn zu höhnen und der Weg lief vor ihm davon und ließ ihn zurück auf dem Stroh, das ihn kichernd kitzelte. Er kratzte sich und zerrieb die Schwären, die er sich abriß, zwischen den Fingern zu einem braunen Staub und roch daran und erbrach fast vor Ekel. Er schloß die Augen und verstopfte sich die Ohren, nichts zu hören, nichts zu sehen, aber der Schmerz drang durch die Wunden seines Leibes ihm ins Blut und in schleppenden Gesängen tat er ihm genüge. Als er die Augen wieder öffnete, sah er am Hügelrand eine Staubwolke fliegen. Aus der Wolke brachen blitzend Pferdehufe. Die kleine Schar kam prasselnd näher. Die Männer trugen purpurne Kleider, ihre Bärte waren schwarz und niederhängend über die roten Lippen. Es schlugen Schwerter an ihre Sättel. Sie waren sieben und ihr Anführer jung, fast ein Knabe. Hiob ging schon wieder über die blauen Ebenen seines Schmerzes. Sein Gesicht war verzerrt in Qualen und sein Klagegesang wilder geworden, und aufrührerisch und wieder schrecklich demütig. Die Stimme zwang ihn aufzuhorchen. Sie fragte lachend: Was plärrst du, altes Scheusal? Er sah ihn gereizt an. Er schob die Lumpen auf seiner Brust auseinander, daß er die Pestlöcher sähe. Er tats, wie Achtung heischend. Er stöberte im Stroh, daß jenem der Gestank in die Nase fuhr. Er tats, wie Respekt fordernd. Die Männer kreischten fröhlich entsetzt, fuhren mit den Nasen zum Himmel vor dem Duft und sahen lachend wieder auf den Alten. Da trat aus der Hüttentür das Mädchen. Der Fremde grüßte. Das Mädchen kniete bei Hiob nieder. Der Alte fing wieder wüst zu schreien an. Er wiegte sich in den Hüften und gurgelte seinen Schmerz hervor. Du bist seine Tochter? Über das Gegröhl Hiobs stieg ihr Wort süß: ja. Und sie fuhr mit den Fingern in sein verlaustes Haar und tötete die widerlichen Tiere. Über Hiob war ein neuer Anfall gekommen. Der schüttelte seinen Körper und bebte in seinen Armen und er schäumte und heulte erbärmlich. Der Fremde sagte: Laß den Alten! Er machte den Steigbügel frei mit dem einen Fuß und neigte sich zu ihr. Das Mädchen trat mit einem kurzen Schritt zu ihm. Hiob sah auf. Es sprudelte in ihm hoch von vielen, sich überstürzenden Worten, sie zu bitten zu bleiben. Aber dann war in ihm die Verlockung des Glücks, zur letzten Grenze des Leids vorzustoßen. Er ließ die Arme sinken, die er ausgestreckt hatte. Er verschluckte jedes Wort und starrte mit rinnenden

Augen vor sich hin. Das Mädchen setzte den Fuß in den Bügel. Der Fremde riß sie hoch und vor sich auf den Pferdehals. Es stieg schauerlich auf in Hiob. Er preßte die Lippen aufeinander zu schweigen. Er tastete mit den Händen im Stroh. Dann schleuderte es ihm die Zähne auseinander und ein tobendes Klagen schmetterte er hinaus, großartig und lächerlich. Beim Wegreiten lenkte einer sein Pferd dicht an dem Alten vorbei, schlug ihm mit der Peitsche scharf über das zerfressene Gesicht, und der Sand, der unter den Hufen wegstäubte, klatschte ihm in die Augen. Ein prasselndes Lachen fetzte in seine Dunkelheit, steil stieg darüber das silberne des Mädchens in den hitzigblauen Himmel.

Kunst-, Theater- und Literaturkritik

Über Josef Achmann, den Graphiker und Maler

Josef Achmann

Es gibt ein Blatt von ihm, da ist ein Stück Himmel und ein Stück Wasser zu einer Landschaft geformt auf einem fremden Stern. Da tanzt eine weiße Insel zu einem singenden Horizont. Da brennt ein Fluß wie Flamme, die aus dem Feuer blühender Blumen sich erhob. Da stürzt ein Licht herein, das in silbernen Strudeln das Schwarz aufwühlt zur Tiefe, in der große Fische mit runden Augen unbeweglich träumen. Fremde und ungeheure Berge tragen eine Sonne im Nacken, die wie das Nest weißklirrender Vögel ist. Das Blatt heißt: »Donau II«. Es ist von gemeisterter Größe. Von der klaren und starken Süße der Reife. Nicht alle Holzschnitte Achmanns sind wie der. (Fest und köstlich wie

Fruchtfleisch des Apfels.) Manches von ihm ist kühn überstürzt, gewalttätig hergerissen. Er hat aus dem Holz eine Welt sich gewühlt, Tiere, Wolken und Gärten, Menschen, die wild verzerrt sind und Städte, die verwirrt taumeln. Aber ein Wille, der steil und rein in ihm steht, treibt zu einem Werk, das stark und feurig sich runden will. Werk: Welt, aus Sternen gebrochen, fremd, süß gewaltig, vertraut wie verlorenes Paradies.

(Regensburg, München, Mannheim, Paris und wieder Regensburg sind die äußeren Stationen dieses Lebens. Das sich noch wenig um »Erfolg« bemüht hat. Bilder waren in Münchener, Dresdner und Berliner Ausstellungen zu sehen. Hans Goltz in München liefert seine Graphik aus. Seit Juli leitet er mit mir die Zeitschrift »Die Sichel« in Regensburg).

[1919]

[Zu: Josef Achmann, »Die kleine Stadt«]

Die Graphikbücher der schwarze Turm
rufen, der Vergangenheit Kinder grüßend, Urmenschentum, Urfreude und Fühlen. Verloren ging das Ewige in Form und Zeit. Nun leuchten Gott und Menschengedanken neu aus eurer Hände Werk, zeigen wieder rechten Weg den Suchenden, Träumenden, Kindlichen, daß alle werden glatter Mache Feind, Kinder neuen Reiches Göttlichkeit.

Er hat, was heute nicht viele haben, Kultur. Niemand verstehe darunter: Glätte, Poliertsein, Blasiertheit, Müdigkeit. Er hat nichts akademisches, epigonisches, schwaches, formelhaftes, dagewesenes. Aber die süße und beschwingte Kraft – ich wage bewußt das Wort – der Meister. Wer lebte lange in einer alten Stadt wie Regensburg, sähe, in Kinder- und Mannesjahren, Dome, Kirchen, Wunderbauten, gespeicherte Kunst der Jahrhunderte, Glanz über Bogen und Gewölb, dem nicht das Blut sänge davon? Alles ist hier köstlich, ererbten Geschmacks. Noch das Geringe hat eine Geste, die bezwingt. – Was dieses Heft zeigt sind Spiele. Zwischenspiele. Rast zwischen großen Arbeiten. Ist Krafterproben. Auch Training. In zehn Minuten zum Da-Sein gesticheltes. Rund, saftig, stark. Einfälle. Aber nicht literarisches, anekdotisches. Immer zu einem Ganzen geformt.
Es sind Spiele. (Aber sie haben nichts spielerisches.)
Eine Schaukel geht er zwischen Wolken und Erde.
Er singt jetzt mit Engeln. Reißt aus dem
Barte Gottes kühn ein Haar. Und steht
wieder auf Erden. Lachend.
Auf festen Füßen.

[1918]

Josef Achmann

Es gibt aus Achmanns früher, aus seiner Münchner Zeit, Radierungen, die in gehemmter, geballter Kraft zittern. Blätter, in denen übliche (längst schon nicht mehr impressionistische, niemals impressionistisch gewesene) Form nur mühsam (oft verzweifelt vergeblich) gehalten ist. Schon zucken Linien, zurückgedrückte stählerne Spiralen und möchten über Rand und Blatt ins Unausmeßbare springen. Aber er fesselt sich mit immer stärkeren Ketten, je ungestümer Drang sich hoch zu schleudern ihn quält. Er straft sich mit immer schrecklicherer Vereinfachung. In Paris werden seine Radierungen nur mehr letzte Andeutungen, haardünne fiebernde Umschreibungen. Nur mehr gleitende Kontur, Punkte, Striche, Kritzeln. Immer tödlicher wird die Weiße des Papiers. Wie rasend sausen hingetupfte Reihen von fliegenden Kommas, die eine Figur, eine Landschaft, verschwimmend, in letzter Angst, fast verfließend, vor der Auflösung in Nichts festhalten. Er taumelt an einem

Abgrund, keine Planke hinüber. Da hält er inne. Und steht. Er horcht in sich. Er sieht in sich. Umwelt versinkt. Und zögernd, einsam, beginnt er neuen Weg. Rückweg nicht, nicht Umweg. Kurve nicht – Aufstieg und Flug! Er darf sich zum erstenmal ganz ausgeben. Er darf Wölbung zersprengen, die gräßlich bedrückte. Er darf Linien singen lassen, Bögen sich jubelnd schneiden. Er darf Menschen bilden, die groß aus sich erblühen, starker Geste, mit tiefen Augen. Er darf mit Sonne und Mond glühend spielen. Darf Pflanzen zeigen, die wie Schlangen sich um Häuser winden, Tiere riesig und fremd. Darf schwarz und weiß stürmisch gegeneinander sich stürzen lassen, tanzend und kreisend, himmliche Schaukel im ewigen Gleichgewicht...

Achmann drang rasch vor zu den Grenzpfählen, die herkömmlichheiligen Bezirk der Bildermalerei stachlich umhüten. Um 1912, stärkste Anregung Cézannes, ist er derb, streng, manchmal gewaltig in der Farbe, viel braun, lehmig, karg, stark. Der Krieg kommt. Entreißt ihm den Pinsel. Es entsteht nur, spärlich, Graphik: Vorposten, Vorläufer, Vorkämpfer des Einbruchs ins Neue. Bis er Herbst 1918, in unserem verschollenen Haus in Regensburg, am Königshof, in einem kleinen Atelier, das nur wenig Tageshelle hat, nachts, beim Licht elektrischer Lampen, Bilder, Bilder, Bilder aus sich herauswirft. In atemversetzender Schnelligkeit. In vier, sechs, sieben Stunden werden metergroße Flächen lebendig. Pläne, Versuche, Theorien, Visionen und Ekstasen, vier Jahre im Gehirn sich austobend, dürfen sich entladen. In diesem Winter entstehen so an die fünfzehn Gemälde. Ungleichwertig. Die ersten ein Ausrasen des Pinsels. Ein barbarisches Bacchanal der Farben. Dann legen sich Wut und Krampf. Er malt »Die Mansarde«. Wie ein riesiger Kristall ist das Bild, Kristall, der vom Boden des Flusses durch den silbrigen Spiegel glänzt. Alles ferne ist nah geworden und alles nahe wunderbar fern. Grüne, rote, blaue, violette Flächen schimmern perlmuttern. Tang, Tanz, versinkender Leib des Menschen. Glasgrüne Wellen zittern unter einer dumpfen und zauberhaften Sonne. Er malt »Das Fenster«. Eine farbige Melancholie in gelb, grün, weiß und rosa. Man ahnt einen kalten und nassen Frühwintertag. Leere strudelt und saugt nachstürzendes Zimmer in sich. Er malt das »Bild zweier Freunde«. Die Wände des Raums marschieren, bösartige Kulissen, und treiben die beiden Körper zuckend ineinander. Entsetzlich und hilflos starren verrenkte Glieder. Eisig schmilzt blau, grün, gelb über die Fläche. Dazwischenhinein, in Atempausen, viel Graphik, Zeichnungen, Lithographien, Holzschnitte, Radierungen. In immer stärkerer Konzentration. Mit einer erstaunlichen Disziplin der Mittel. Er hat ein Blatt geschnitten: »Donau II«. Da ist ein Stück Himmel und ein Stück Wasser zu einer Landschaft geformt auf einem fremden Stern. Da tanzt eine weiße Insel zu einem singenden Horizont. Da brennt ein Fluß wie Flamme, die aus dem Feuer blühender Blumen sich hob. Da stürzt ein Licht herein, das in Strudeln schwarzes aufwühlt zur Tiefe, in der große Fische unbeweglich träumen. Berge tragen eine Sonne im Nacken, die wie das Nest weißklirrender Vögel ist.

Er hat eine stählerne Männlichkeit. Von Femininem nur so viel, daß seine Herbheit nicht brutal wird. Kraft, die nicht ohne edle Süße ist.

Es leben Maler, die mehr als er das haben, was man so Einfälle nennt. Aber wenige sind wie er, der inbrünstig um die letzte Form ringt. Der sein riesiges formales Können in strengste Zucht nimmt. Der sein Herz immer tiefer und blutiger durchwühlt, das Bild auszugraben, das ihn verbrennt.

[1920]

Der Maler und Graphiker Josef Achmann

Manchmal, des Nachmittags, bummeln wir zum Hafen. Krane kreischen, Staub wirbelt und die Schleppschiffe riechen nach Teer. Aber dann kommen Wiesen und blaue Berge dahinter. Über der Donau flitzen Möwen. Hört ihr den Schrei? Es ist ein Krächzen, mißtönig, aufstachelnd, Seeräuberruf. Das Schilf wackelt im Wind. Schöner Tag. Wir gehen in die Stadt zurück. Die alten Straßen Regensburgs sind kühl. Von jeder Ecke aus ist der Dom zu sehen. Wo drei Häuser zusammenkleben, steht er dahinter grau und kühn.

Nachtschwärmer, die wir sind, lieben wir den Mond. Der ist nirgends so schön wie in Regensburg. Groß und rund und rot, wenn er über den Scheuchenberg heraufrollt. (Im Osten, von der steinernen Brücke aus, sieht man den bewaldeten Rücken. Er liegt wie ein zufriedenes Tier. Wie ein Bär. Gar nicht gewalttätig. Aber doch mit Größe.) Wenn wir nachts um zwei oder auch um drei Uhr durch die brave, schlafende Stadt in unsere zwei Dachstuben am Königshof zurückkehren, setzt Achmann sich noch an den Tisch, raucht eine Zigarette und legt eine Holzplatte bereit. Dann knirscht auch schon der Stichel im Holz und fliegen schon die Späne. Die kräuseln sich oft lieblich, zu schönen Spiralen, wie die Streifen, die man aus der Apfelhaut schält. Manchmal prasseln sie hart und kurz zu Boden. O, wie die Platte nun aussieht! Wie ein zerquältes, von Runzeln durchzogenes, zerschundenes Menschenangesicht. Dann schmiert die Walze Druckerschwärze drüberhin. Schwarz und Weiß stehen gegeneinander auf, Linien suchen, verschlingen und trennen sich und eine Straße, ein Strauch und ein hoher Himmel träumen. Zauberei.

Die beiden Zimmer, in denen wir leben, sind klein und niedrig. O, wir beklagen uns nicht! Die Wände sind bedeckt mit Achmanns Bildern und Schnitten und Zeichnungen.

Einen Ofen haben wir, der wärmt. Einen guten, alten, treuen Kachelofen, einen Sesselherd. (Achmanns Vater, dem das Haus gehört, ist Hafnermeister. Töpfer, wie man im Norden sagt.) Und dann haben wir eine Kaffeemaschine. Es ist uns schon schlecht gegangen, aber es ist uns noch nie so schlecht gegangen, daß sie uns nicht den schwarzen, schwerduftenden Saft gegeben hätte, den wir bis zur Verzückung lieben. Die zwei Zimmer sind sehr schön. Aber sie haben wenig Tageslicht. So muß Achmann seine Bilder beim Schein elektrischer Lampen malen. Blendendweiß sind die Stuben, wenn die drei großen Hundertkerzigen losknallen. Unter diesem Kranz von Sonnen malt Achmann seine Bilder. Er wirft sie manchmal aus sich heraus, wie ein Brunnen, dessen Schließplatte man entfernt, die Springflut aus sich herauswirft. Wie ein Wütender, ein Besessener stürzt er sich auf die Leinwand. In drei, vier Stunden entsteht so ein Ding. Fiebrig, eine fremde Gewalt im Nacken, malt er die Bilder herunter. Merkwürdig abgeschlossen, reif sind dann diese Gebilde. Kein Ringen um die Form. Als sei es vorbestimmt, daß das Bild so und so und nicht anders sich gestalte. Kein Schwanken. Kein Zögern. Er muß. Es gab eine Zeit, im Winter 1918 auf 1919, da hat er im Wirbel, in ein paar Wochen, an die zwanzig Bilder gemalt. Er hatte im Krieg fast nie einen Pinsel in die Hand bekommen. Das holte er nach. Jetzt hat er sich beruhigt. Das stürmische Tempo hat nachgelassen. Er geht nun stiller, gesammelter, gelassener an die Leinwand heran. Er hat, sportsmäßig zu reden, wieder sein Stehvermögen gefunden.

Bilder aus der Zeit um 1912, da er in München lebte, stehen und hängen bei uns herum. Das ist jetzt acht Jahre her und die Zeit hat sieben große Sprünge getan seitdem. Als ihm die Bilder aus München, wo sie den Krieg über lagerten, nachgeschickt wurden, öffneten wir die riesige Kiste mit der Furcht, was da herauskäme, werde nicht mehr zu sehen sein, werde nicht mehr standhalten einem geschärften Blick, einem strengeren Maßstab, einem neuen Gefühl, das kämpfend errungen ward. Wir Kleingläubigen! Das eine zwar und das andere war etwas staubig geworden, trocken. Aber das meiste hatte die alte Gewalt. Da war ein »Mädchenbildnis«, kräftig, von einer ungeschwätzigen Art. In der Farbe streng, nichts Blendendes. In der Ruhe, die von dem Bild ausgeht, groß. Gar nichts Süßes hat das Mädel, herb ist es und das Gesicht auf den ersten Blick das einer Dreißigerin. Bis man alle Lieblichkeit der Jugend, die drin ist und eine Jungfräulichkeit spürt, die nichts gemein hat mit Backfischzuckrigkeit.

Später übersiedelte Achmann nach Paris, wo er bis Kriegsausbruch blieb. Er liebt noch heute diese Stadt. Ich war nie dort. Er hat mir viel von ihr erzählt. Von den Menschen, von den Cafés, von den Straßen, von der Seine und ihren Brücken. Er hat sich heimisch dort gefühlt. Er hat mir von Tagen erzählt, wo die Sonne auf die Dächer drückte und die Luft war wie geschmolzenes Blei, daß die Beine kaum mehr zu heben waren in der flüssigen Masse. Und von Frühlingstagen, wo im Jardin de Luxembourg die Sträucher blühten und die Kinder spielten. Dann holten wir immer die große Mappe aus dem Schrank, wo an die zweihundert Zeichnungen, Holzschnitte und Radierungen aus seinem Pariser Aufenthalt zusammengepackt liegen. Da sind sie wieder, die Pont de Neuf und die Pont Saint Michel. Und die Straßen und die Häuser vor dem Fenster seiner Wohnung in der Rue Bruller. Was er an Radierungen in Paris geschaffen hat, ist von erstem Rang. Die Blätter sind von einer seltenen Köstlichkeit. Mit den sparsamsten Mitteln gestaltet. Hingestrichelt. Duft. Verhauchend. Nicht wie bei anderen, denen Radierung nichts anderes ist als Zeichnung, statt auf Papier auf die Platte gekritzelt. Im Material gefühlt und gestaltet. Zuletzt ist eine Leichtigkeit erreicht, die betört. Er fliegt. Nichts Schweres mehr, keine

Hemmung. Tanz, beflügelter, beseelter. Es wird nicht viel geben an zeitgenössischer Radierung, was sich mit diesen Blättern messen kann. Deren Platten bei der Flucht im August 1914 in Paris blieben und verloren sind.

Ein Bild aus der Pariser Zeit: Die »Pariser Landschaft«. Ein verhängter Himmel schwelt über den Dächern. Als läge Feuer in der Luft, als sei irgendwo, hinter dem Horizont, eine brennende Wolke, die fern hereinschimmre. Grün, braun, rot. Die Häuser hinter einem Schleier. Quer über den Himmel fetzende Zungen. Dann das »Selbstbildnis«: Der Kopf vor dem Vorhang in grün und rot. Die Augen lassen einen nicht los.

Der Krieg warf ihn weit herum. In die Schützengräben in den Vogesen. Später in die Etappe, nach Gent, Brügge. Nach Oudenaarde, wo er ein Theater baute, es mit Fresken bemalte. Das Kriegsende sah ihn wieder in Regensburg. In seiner Soldatenzeit ist an Erwähnenswertem fast nur Graphik entstanden.

Jetzt muß ich von der »neuen Kunst« reden. Oder was sich so nennt. Um eine große Linie aufzuzeigen: Cézanne war die allgemeine Richtung, nach der Achmann orientiert war. Seine Graphik brachte die ersten Vorstöße ins Neuland. Seine Holzschnitte hatten wie unter einem Zwang gelitten an überkommener Form. In seinen Radierungen war er ihr fast entwischt. Nun riß er, krafterprobend, alle Zäune ein. Von einem unheimlich sicheren Gefühl für Schwarzweißverteilung getragen, schuf er Blätter, die nichts mehr »darstellen«, deren Kraft und Schönheit im Fluß der Linien, in einem harten Rhythmus liegen. In seinen Bildern um 1918 dringt er mit gleicher Entschlossenheit gegen das neue Ziel vor. Ich zitiere ihn selbst. In der Monatschrift »Die Sichel«, die er mit mir herausgibt, schreibt er: »Die Farbe ist wieder gefunden, die Gestaltung neu gefühlt, ihre Grenze unbegrenzt geworden. Brecht aus den Fesseln, die um euch gelegt werden sollen.« Dann:

»War euch nicht der Zauber ansteigender Unendlichkeit der Ferne, die Innigkeit einkreisender Geborgenheit euerer Werkstatt, glücklich schauerndes Bedrücktsein der Dachkammer ungestaltbar geworden«. Und: »Warum laßt ihr euch nicht von eueren Gefühlen treiben, die euch in den Bann der Unendlichkeiten zwingen, die euch die Decke des Zimmers aufreißen, dessen Wände euch einkeilen und dessen Schnittpunkte euch teilen?« Das Bild »Am Fenster« ist in dieser Zeit geworden. Ein neues Raumgefühl wirkt sich in ihm aus. Wände, Baum und Haus und Straße sind nicht vor- und hinter- und nebeneinander, sie sind zu einem magischen Dasein gezwungen.

Was in der Wut des Ansturms grotesk sich überschlug, hat sich jetzt wieder besonnen. Achmann scheint nun in sein entscheidendes Stadium zu treten. Seine letzten Bilder sind von stärkster Geschlossenheit. Die Farbe ist ruhig, verhalten glühend, schön und innig. Das Neue ist noch da. Aber es ist nicht mehr freche Freude an sich aufbäumenden Gesten. Es ist eine innere Kraft. Durch einen Brennspiegel sammelnd, raffend, konzentrierend. Seine graphischen Blätter haben eine große Einfachheit erreicht. Mächtige, geschwungene Linien, breite strahlende Flächen von schwarz und weiß.

Er sagt oft in Gesprächen über das Ziel seiner Kunst, er erstrebe die Einfachheit und Klarheit der alten Meister. Er sei gesegnet mit ihr!

[1921]

Münchner Künstlerköpfe: Josef Achmann

Er ist so alt und so jung, wie es heute die Generation der Maler ist, die man die »junge« zu nennen pflegt, das heißt, er ist so im Anfang der Vierzig. Er ist mittelgroß, mager, mit dem Gesicht eines Bauern oder Mönches, mit einem bayerischen Gesicht, und das ist immer auch ein wenig ein römisches Gesicht, und er stammt ja auch aus Regensburg, das an der Donau liegt, wo der Limes lief und unsichtbar immer noch läuft. Er wuchs auf in dieser Stadt, und sollte Pfarrer werden, dachten die frommen Eltern, und er trug ein paar Jahre die schwarze Kutte des Mettener Klostergymnasiums (liegt auch an der Donau, das Kloster Metten!) – aber er trug die Kutte nicht lang, bis zu seinem dreizehnten Jahr, es war doch nicht ganz das Rechte für ihn, Pfarrer zu werden, und ging in die Profanschule wieder, und wurde dann Bankbeamter, zwei Jahre lang, das war noch weniger das Rechte, und ging mit einundzwanzig nach München auf die Akademie, und das war wohl wieder nicht das Rechte, denn er sprang auch da bald aus und ging dahin, wo damals viele hingingen und was vielen gut tat und noch mehreren schlecht bekam (eines schickt sich nicht für alle!): er ging nach Paris.

Das war alles vor dem großen und langen Krieg. Achmann war vor dem Krieg schon ein wenig »da«, ein bißchen kannte man ihn schon, damals, einige wenige kannten ihn, er hatte auch schon Bilder ausgestellt, in der alten Sezession, sehr farbig, von natürlicher Kraft und einem barocken, bayerischen Schwung im Umriß. Und vor allem, er radierte damals viel, und diese Blätter waren schon erstaunlich fertig, fertig und reif und gut, meisterlich fast, manche ein wenig zu meisterlich, zu dicht an dem großen Vorbild Rembrandt, aber einzelne Stücke frei und schön schwebend, zart und doch kräftig.

So weit also war er vor dem Krieg, er stand auf einem

guten und schönen Platz, hatte festen Boden, so schien's, unter den Füßen[,] aber dann wurde plötzlich alles schwankend, wurde manchem manches schwankend damals. Zuerst mußte er Soldat sein, und als die Soldatenzeiten vorbei waren, kamen die tollen Zeiten nach dem Krieg, und er war wirr mit den wirren Zeiten und vergaß, daß er manches wußte, er gab vieles auf, war freiwillig arm mit Armen, die nichts herzuschenken hatten, er aber hatte was herzuschenken und schenkte was her, und quälte sich entsetzlich in dieser Zeit und trieb sonderbare Dinge in dieser Zeit und nannte es »malen«, und andere nannten es auch so, aber wer weiß, was das war. Spuk oder Verzweiflung oder Narretei, aber ein Charlatan war er nie, eher ein Windmühlenritter manchmal.

Aber dann fiel ihm etwas ein, es wurde ihm etwas klar, ein Licht ging ihm auf, es ordnete sich in ihm etwas, das ging nicht so einfach, wie das hier steht, es geht überhaupt nichts einfach, es fing bei ihm mit einer Donaulandschaft an, die war groß und klar, ganz frei noch nicht von Krampf, aber er hatte wieder Boden unter den Füßen – wie ist das schön, Boden unter den Füßen zu haben! Es entstanden dann, langsam und in Abständen, noch ein paar Bilder, und wenn er sich umsah, kam ihm der Platz, auf dem er stand, bekannt vor, war er hier nicht schon einmal gestanden? Aber der jetzt hier stand, war ein wenig ein anderer, stand ein wenig, stand viel höher, war freier und gebundener als damals.

Und dann malte er in den zwei letzten Jahren drei und vier Landschaften, Winterlandschaften, Frühlingslandschaften, eine italienische Landschaft, und die mußten es doch in sich haben, weil sie so viele ansprachen, weil auf einmal so viele merkten, daß da etwas war, und zuerst hatten nur wenige gemerkt, daß da etwas würde, daß sich da etwas versteckte, aber es ist nicht Sache der Vielen, sich mit Bildern in ein Such- und Versteckspiel einzulassen, und hier war nun auf einmal für alle etwas da, und die Vielen und die Wenigen merkten es, daß da auf einmal ein Maler der jungen Generation mit ein paar Schritten sich nach vorn geschoben hatte, sich in die erste Reihe geschoben hatte, und sich da gut machte, in der vordersten Reihe, sich sogar außerordentlich gut machte.

Und »Bravo!« und »Glückwunsch!« sagten da manche still, die es gut und am besten mit ihm meinten!

[1929]

Zu Aufführungen des Stadttheaters in Regensburg

Herrschaftlicher Diener gesucht

Schwank in drei Akten von Burg und Taufstein

Nicht daß ich der Meinung wäre, man solle uns hier Goerings »Seeschlacht«, Unruhs »Ein Geschlecht« oder Kaisers »Koralle« vorspielen. Daß Gott behüte: ich bin anspruchsloser in meinen Wünschen. Die aufrührerische Fahne neuer Bühnenkunst hier entrollt zu sehen – kein billig Denkender wird das erwarten; stillos wäre das, weil den gewohnten Rahmen sprengend, in dem sich Darsteller und Publikum in fröhlicher Wechselwirkung wohlbefinden. Aber ich erhebe die Forderung der mittleren Linie, wenn ich die Namen Hauptmann, Schnitzler, Bahr nenne. Und ich lehne es ab, mich nach »Extemporale« und »Meine Frau die Hofschauspielerin« von dem »Herrschaftlichen Diener« mit Anstand zu Tode langweilen zu lassen.

Besonders wenn die Aufführung so steifleinen ist, wie am Mittwoch, daß einem jedes vorlaute Lachen erschrokken im Halse stecken bleibt. Am besten war noch Herr Sturmfels, der aber eine Neigung hat, sich gehen zu lassen, die an üble Provinz gemahnt. Und wenn jemandem der Anfänger so aus allen Fingerspitzen schaut, wie Herrn Myra, so darf man ihn nicht mit einer Rolle quälen, die ihn *zwingt,* sich bloßzustellen.

Wenn man, wie es fast den Anschein hat, sich an das ernste, moderne Schauspiel nicht heranwagt, weil man ein Versagen fürchtet, so ist beruhigend zu sagen, daß es viel schlimmer nicht kommen kann und daß dem Mutigen die Welt gehört.

[1918]

Rausch

Von Strindberg

Der wütende und verruchte Dialog der Parkszene, in dem zwei Menschen wie in der Tretmühle herumgewirbelt sich gegenseitig geißeln und zerfleischen, ist martervoll anzuhören. Martervoll der Dornenweg dieser beiden, von einem fremden Geschick furchtbar zusammengepeitscht, aneinandergerissen wie Eisenspäne an den selben Magnet. Es entzündet sich, wie sie sich widerstrebend und willig einander ergeben, ein Feuer, das zu Liebe und Haß aufbrennt und zu dem kalten Aschenhaufen der Verzweiflung zusammensinkt. Wer spricht das »Schuldig!« aus? Schlagt die Hände vors Gesicht und betet, daß der Dämon in eurer Brust nicht losrase!

Rausch und Taumel und eine höllische Besessenheit reißen Maurice in zwei Tagen aus dem Dunkel seiner ruhigen Verborgenheit durch einen Wirbelsturm sündiger Leidenschaften zum – Himmel der Kirche, hilflos wie Treibholz tanzt er auf den Wellen der Flut, die gegen ihn losgelassen. Aber die Wellen verschlingen ihn nicht; sie werfen ihn in die geglättete Stille der Bucht.

Mit einer bitteren, schmerzlichen Ironie, die nur zu leicht in Haß und Liebe umschlägt, legt Strindberg die groteske Jämmerlichkeit seiner Menschen bloß. O, er haßt diese erbärmliche Brut mit einem verzehrenden, tödlichen Haß, wie man nur sich selbst hassen kann; und er liebt sie und umfängt sie mit einer ekstatischen Glut der Liebe, die Verzückung ist.

Mystik blüht auf, fremde Schauer werden angerufen und die Trivialität des Kriminalromans wird nicht verschmäht.

Hinter den Sätzen Strindbergs lauern Abgründe; doppelsinnig ist jedes Wort und die banalsten Wendungen, von innen heraus erleuchtet, bekommen Farbe und Glut.

Manchmal hatte man das Gefühl, Herr Strom spiele Sudermann. Seine Gefühlsausbrüche waren von einer leidigen Sentimentalität. Mir schien, er erlebte nicht intensiv genug und gab nur Umrisse, wo starke Ausprägung sich notwendig gezeigt hätte. Frl. Baitz sprach die Henriette mit ungarischem Dialekt. Auch sie kam an die Gestalt nicht nahe genug heran. Um Strindberg muß inbrünstig gerungen werden und seine engeren Bezirke erschließen sich nur schwer. Immerhin: Herr Reiter traf mit der Vorstellung so von ungefähr Ton und Tempo des Stückes.

Das vollbesetzte Haus benahm sich musterhaft und zeigte erstaunlich viel Verständnis. Ein Grund mehr, in der Zukunft den edlen, schweren Wein der Dichtung zu verschenken, statt der abgestandenen Limonade der Schwankliteratur.

Eine Anmerkung zur Richtigstellung: »Rausch« ist nicht der erste Strindberg, der hier gespielt wurde. Unter Maurach brachte man eine Vorstellung von »Fräulein Julie« heraus, die ich in guter Erinnerung behalten habe.

[1918]

Don Carlos

Ein dramatisches Gedicht in fünf Akten von Schiller

Den klaren und schwingenden Goldklang der Schillerschen Verse durchschmettert mancher Trompetenstoß, der in unedlerem Metall erklirrt. Ein immer jünglinghaftes Pathos entflammt im Spiel der Wechselrede. Diese Menschen leben in einer Ekstase, an die man nicht mehr glaubt, wenn das rasende Wort verklungen ist, das sie entzündet hat. Es sind Leidenschaften des Gehirns, die sich austoben. Mit dieser gemütsabgewandten, den gebändigten Exaltationen des Geistes hingegebenen Kunst rührt Schiller an den Umkreis der großen Franzosen.

Es ist viel Mangel an Herz, aber es ist doch ganz große Kunst. Wie ist das alles prachtvoll gemacht! Haupt- und Staatsaktionen werden abgehandelt, höfische Intrigen schurkisch listig eingefädelt und das Motiv der sündigen Liebe des Sohnes zur Mutter nicht ohne Sentimentalität ins Triviale gebogen. Beichtväter schleichen auf Katzensohlen, lüsterne Hofdamen zetteln Amouren an und ein unendlich sympathischer Marquis fordert Gedankenfreiheit. Aber selbst in unserer revolutionären Zeit sind des Posa empörerische Forderungen nicht so überholt, als man leicht denken möchte. Und die mitreißende Gewalt seiner Worte kann manchem in der Trägheit des Herzens Befangenen klar machen, daß es sich hier immerhin noch um anderes dreht als den Achtstundentag.

In der Samstag-Aufführung spielte Herr Fernau den Knaben Karl, der von allen Wallungen des Gemüts geschüttelt wird, aufbrandet gegen das starre Mißtrauen des Vaters, schwärmerisch heiligsündig die Mutter liebt, fast anbetet den Freund und zum Ende, erloschen, mit einer bezwungenen Gebärde resigniert. Der junge Schauspieler ist der Rolle keineswegs gewachsen. Aber indem er sich an ihr strebend bemühte, zeigte er so viele Gaben des Herzens auf, daß man auf ihn hoffen darf. Neben dem Herrn Fürst, der als Herzog Alba wie ein älterer Militäranwärter aussah, machte Herr Agte als Philipp immer noch eine gute Figur, wenn er auch das meiste schuldig blieb, an der Gestaltung des neurasthenischen, an Verfolgungswahn leidenden Fanatikers, dessen beschränkte, muffige Einseitigkeit nicht ohne große Linie ist. Frl. Rothers Elisabeth war wenig einpräsam. Die Eboli des Frl. Baitz temperamentvoll genug. Herr Nürnberger trug als Posa seine schönen Verse gut und etwas unbeteiligt vor. Der Großinquisitorkardinal des Herrn Weill (in einer an eine gespenstische Zeichnung von Kubin gemahnenden Maske, mit einem grauen, verfallenen Vogelkopf) war eine kluge Studie.

Die Stilbühne des Herrn Reiter, die sich von der alten Illusionsbühne manchmal nur durch größere Dürftigkeit unterschied, war nicht sehr stimmungfördernd. Als sein Verdienst muß angerechnet werden, daß die Vorstellung äußerlich klappte und ein innerer Rhythmus einigermaßen gewahrt blieb.

Ein Parkett höherer Schüler entzündete sich an den prasselnden Versen und raste Beifall.

[1919]

Rosmersholm

Schauspiel in vier Akten von Henrik Ibsen

Die tote Beate ist die lebendigste Person des Stückes. Unheimlich, wie ihr blasser Schatten hinter den beiden aufsteht, wie er sie bedrängt, hetzt, zermürbt. Rosmer ist das wehrlosere Opfer. Sein »zartes Gemüt« wird gestachelt von Schuld, die vor mutigeren Augen in Dunst zerflatterte. Rebekka, die (mit gesünderen Instinkten ausgestattet) den lähmenden Bann Rosmersholms lösen will, unterliegt im aufreibenden Kampf gegen den unfaßlichen Feind.

Um Rosmersholm schwingt eine Luft, fahldünstig und ungesund. Aus allen Wänden kriecht es schwadig her und die weißen Rosse sausen um die Giebel. Selbstquälerisch, vergrübelt, ins Unfruchtbare verbohrt, schneiden sich Menschen selbst die Sehnen zum Sprung in ein neues Leben ab.

Fabelhaft wieder die Technik, mit der Ibsen im Ablauf der Szenen Vergangenheit erstehen läßt. Wenn der Vorhang sich hebt, ist das Drama fast schon zu Ende – nichts bleibt zu tun, als den Schlußstrich zu ziehen.

Eine mystische Phraseologie, die manchmal stören will, verhindert nicht, daß Unheimliches skeletthaft zwischen Sätzen hervorgrinst. Die Auseinandersetzung zwischen Rosmer und Kroll im ersten Akt wirkt in ihrer Zeitgemäßheit wie für den heutigen politischen Tag geschaffen.
[...]

[1919]

König Nicolo oder: So ist das Leben

Von Frank Wedekind

Man gab uns Wedekind, aber aus verschiedenen und einem Grunde nur einen zahmen und besänftigten Wedekind. Zahm auch in jenem bürgerlichen Sinne, der die melancholische Wut fürchtet und lüstern liebt, mit der Wedekind im Strudel dunkler Leidenschaften um Menschentum ringt. Und besänftigt, weil hier sein Mund von den schmerzlichsten Grimassen entspannt ist und die verkrampfte Qual seiner Gebärden sich milder löst. Wie ein Traum- und Märchenspiel gleiten die Bilder vorbei, in denen die Fabel vom vertrieben irrenden König bitter abgewandelt wird. So ist das Leben, sagt Wedekind zynisch-wehmütig und belächelt sich, wenn er mit Almas Akrobatenstück sich selber auf den Kopf steigt. Bizarre Humore leuchten wie Giftblüten aus dem grünen Laub der bewegten Handlung und in der Königsposse glüht eine satanische Ironie auf, die sich am eigenen Schmerz entzündet hat. – Wie Wedekind mit seinen mitunter unbehilflichen Reportersätzen an die Seele der Dinge herankommt, wie er, bänkelsängerhaft kreischend, wo andere Arien sängen, seinen Schmerz hinauswimmert, ist grotesk hohe Kunst. [...] Das volle Haus, das den ersten Bildern, die darstellerisch am schlechtesten wegkamen, abwartend gegenüberstand, ging willig und entflammt mit, als sich Nicolos Schicksal zum allgemein Menschlichen weitete. Der stürmische Beifall, vor dem sich die Spieler neigten, und der dem toten Wedekind galt, ist Vorwurf und Mahnung, mit der geübten Vernachlässigung des modernen Schauspiels zu brechen. (Und die Zahl der aufgeführten Stücke rascher zu mehren! Die Zahlen, die ich nenne, klagen an: Unter Maurach wurden vom Beginn der Spielzeit bis zum 1. März 72 Stücke gespielt, heuer im gleichen Zeitraum nur 36. Und niemand wird die Behauptung wagen, daß heuer dafür besser gespielt werde.) [1919]

Helden

Komödie in drei Aufzügen von Shaw

Der erste Akt hat literarische Haltung. Er hat mehr: einen frechen Humor, der noch unterm Galgen schauerliche Witze reißt. Mit dem Tod werden kleine Späßchen getrieben und seinem grinsenden, fleischlosen Schädel wird eine blutrote Narrenkappe aufgesetzt. Der gehetzte und erschöpfte Bluntschli, dem jede Maske vom Gesicht gesunken ist, trat taumelnd aus einem grotesken Totentanz. Und seine verzerrte Fratze feixt aus dem blitzenden Spiegel, in dem Raina das Bild eines romantisch-übersteigerten Helden auffangen wollte. Aber dann biegen der zweite und dritte Akt unbedenklich zur Posse um. Die Verspottung einer sentimental verschrobenen Backfischüberspanntheit, die noch die weißen Haare überdauern kann, diese Verspottung, die aufgezeigt wird an einem höchst zeitgemäßen Typ – wie anders malt sich in diesem Kopf der Held! – sie wurde mit einem fatanischen Zynismus begonnen, um sanfter zu werden und in betulichen Scherzen zu verfli[eß]en.

Keiner der Darsteller hatte irgendwie Profil. Nichts hob sich heraus aus dieser flachen und farblosen Vorstellung. [...]

[1919]

Othello, der Mohr von Venedig

Trauerspiel in fünf Akten von W. Shakespeare

Der glühende Stern, um ein Geringes aus seiner Bahn gerückt, rast nach fremden Gesetzen flammend zum Absturz. Mit der fein benervten, grausamen Neugier des Künstlers und einem Ernst des Wissenschaftlers sieht Shakespeare, zerlegend, sich selbst über die Schulter zu, sieht, wie Othello am Gifte Jagos verenden muß. Der riesige Mohr, von einer stämmigen Männlichkeit auch des Geistes, quält sich unter fürchterlichen Erschütterungen zu Tode. Und fast wie Hohn ist es, daß die ungeheure Verzweiflung über die verblendete Tat über ihn hereinbricht, während die Falten seines Ehebettes noch warm sind vom Blut der Ermordeten.

Herr Reiter hatte mit Strichen nicht gespart, zum Schaden der Dichtung. Das blanke Gerippe der gewalttätigen Vorgänge schälte sich blutrot und kinodramatisch heraus. Die angelsächsische Lässigkeit Herrn Nürnbergers hat nichts von der prachtvollen Wucht des Negerfürsten. Er zerfloß und zerflatterte wie Wasser an einem Felsen. Herr Weill als Jago war konventionell und deklamierte, wo Haß grün aufzischen mußte. Der Cassio Herrn Fernaus hatte schauspielerische Kultur, die Gutes erwarten läßt.

[1919]

Alt-Heidelberg

Schauspiel von Wilhelm Meyer-Förster

Der Zuckerguß dieses dramatisierten Schokoladenbonbons zeigt schon Sprünge und der Kern ist vom Schimmel angefressen. Aber er ist noch hinreichend süß, um den Backfischen jeden Alters ein »himmlisch!« abzupressen.

Die Sonntagnachmittag-Vorstellung erwies ein ungemein tiefes Sich-Einfühlen in die fünfaktige Abziehbilderromantik. Gut war Herr Fernau in der lässigen Anmut seines Karl Heinz.

[1919]

Johannisfeuer

Schauspiel von Hermann Sudermann

Kein echter Ton klingt auf. Kein sauberes Gefühl, das sich hervorwagte. Eine schmalzige Verlogenheit peinigt. Umsomehr verstimmt die gerissene Technik.

Hinter dem Komödiantentum des Herrn von der Heyden war diesmal so etwas wie seelische Wärme zu spüren. Herr Nürnberger war unbeteiligter als je und Frl. Rother fast ein Mensch, obwohl sie eine gräßliche Puppe spielen mußte.

[1919]

Kabale und Liebe

Bürgerliches Trauerspiel von Schiller

Das Feuer, das aus diesen fünf Akten schlägt, formt sich zu einer Flamme, die nicht immer ganz rein brennt. Aber das große Herz des Dichters tönt gewaltig, auch wo Rührseligkeiten es überklingen wollen. Der Sturmwind eines mächtigen Atems weht über die Bretter und aus Larven werden Menschen.

Herr Fernau, die stärkste (und vielleicht einzige) Begabung unseres Schauspiels, fand für seinen Ferdinand den klaren Klang, in dem diese Figur erzittern muß. Fräulein Rother war eine gottlob unsentimentale Luise, Herr Agte biedermännischer als er sein durfte. Unter allen Umständen hätte man es aber verhindern müssen, daß die ganze Aufführung, die sonst Zug und Wärme hatte, durch Herrn Fürst gesprengt wurde, der aus dem prachtvollen Graukopf Miller einen geschwätzigen und zappelnden Narren machte.

[1919]

Liebeleien

Von Arthur Schnitzler

Die süße Traurigkeit dieser drei Akte weht vorüber wie der Klang einer vom Winde vertragenen, abgerissenen Melodie. Ein wenig spöttisch, ein wenig resigniert, ein bißchen sentimentalisch – und noch der tragische Absturz überschleiert von Gefühlen, deren Bitterkeit nicht ohne schmerzlichelegante Anmut ist. [...]

[1919]

Iphigenie auf Tauris

Ein Schauspiel von Goethe

Gegen gewölbte, kühle und klingende Wände kristallenen Gefäßes schäumt trüber Trunk. Marmorne Strenge der Form bändigt barbarisches Geschehen. Im dunklen Wirbel Schrei und Schrecken, Aberwitz und Größe, Gelächter und Ohnmacht, Kühle und Brunst, Verschlagenheit und Einfalt brechen gegen Klippen und glätten sich beruhigt am besonnten Strand. – Von der Gelegenheit, uns pathetisch zu kommen (suchte man sie?) wurde reichlich Gebrauch gemacht. Man hätte Fräulein Brand daran hindern müssen, sich zu überschreien. Herr Wedlich besitzt eine schöne Stimme, die er voll königlicher Würde schwingen läßt. Die Spielleitung des Herrn Mackay unternahm den Versuch nicht, den heiligen Hain von Gartenlaubenrequisiten rein zu halten. Neckische Lichtscherzchen waren keine genügende Entschädigung. Das Publikum benahm sich zurückhaltend.

[1919]

Dies irae

Eine Tragödie in fünf Akten von Anton Wildgans

Ecce Sudermann! Man ersparte uns nichts. Nicht den schmetternden Aufschrei der blechernen Trompete, nicht sanften Flöten- und Zimbalklang der ersten Liebe. Es war alles da! Der tyrannische Vater, der junge Mensch, der gütige Freund, die Dachkammer, Mignon, Heimchen, der verbummelte Student. Es war Pathos da und Anklage war da und Tag des zornigen Gerichts. Und der Vater vergewaltigte den Sohn. Und der erschoß sich. Und ein Mensch namens Rabanser (oder war es sein Gespenst?) predigte, limonadengrün umflossen, von dem Rechte der Ungeborenen. Auch der Vater predigte. Der gütige Freund predigte. Alle predigen in dem Stück. Der Selbstmörder vor dem Schuß. Und als Leiche noch aus dem Sarg heraus. Die Gesinnung dieser Leute ist sehr anständig. Sie predigen alle gut. Es ist eine gute Predigt. Aber ein schlechtes Stück. Ein Aufklärungsfilm! Ecce Sudermann! – – Man unterstrich zu viel. Man war larmoyanter fast als es die larmoyanten sechs Bilder ertrugen. Trotzdem: die Aufführung war besser als jene der goethischen Iphigenie am Montag. Dort deklamierte man nur. Diesmal spielte man. Komödie zwar nur, Theater, aber man spielte. – Herr Brandt tobte gräßlich umher. Er rollte seine Augen und war auch sonst ein sehr unangenehmer Vater. Herr Mackay ist zu alt für den Rabanser. Seelisch zu alt. Herr Hauser ließ sich als Melchior Magentrost die Gelegenheit entgehen, zu jüdeln. Fräulein Clausius zeigte sympathische Zurückhaltung und benahm sich in der verfänglichen Szene des fünften Bildes untadelig. – Das Publikum erlag dem falschen Zauber. Es nahm Talmi für Gold. Es war ergriffen, wo es schimpfen sollte. Und Tränen rollten manche Wangen blaß herab.

[1919]

Goetz von Berlichingen

Schauspiel in fünf Aufzügen von Goethe. – In der Bühnenbearbeitung von Friedrich Kayßler

Um 10 Uhr sprach der Zettel, sollten wir entlassen werden. Aber es war 11 Uhr vorüber als der Vorhang zum letzten Male zusammenrauschte. (Über einer Cyrano-von-Bergerac-Szene. Irre ich nicht, wars sogar derselbe Baum, wie vormals. Wie sich auch sonst mancherlei Ähnlichkeiten aufweisen ließen zwischen dem einfältigen Gottfried und dem rostandschen Helden.) Das Spektakulöse der ersten Aufzüge unterstrich man durch ritterliches Klirren mit Sporn und Panzer. Wies Goetzen schlimm und schlimmer ging, ward man sentimental. Indessen: Die Komödie ist so beschaffen, daß sie kräftiges Theater verträgt. Doch hätte ihr ein voller Atemzug Menschlichkeit auch nichts geschadet. Das scheint mir an der Leitung des Herrn Mackay zu liegen, die unerwünscht routiniert ist, daß zu oft ein seelenloses Puppenspiel vor sich geht. Daß in dem Stück ein Mensch, ein ungebärdiger, gerader, verwirrter und verirrter, treuherziger und nicht schuldloser, aber doch ein adeliger Mensch (der etwas vom Don Quixote an sich hat) den ihm gemäßen Kreis des Lebens stark ausschreitet, trat wenig in Erscheinung, indessen man die Lärmszenen klappernd und billige Wirkung suchend heraushob. Herr[n] Wedlichs Goetz, ein fader Poltron, ohne Wärme, langweilte und verstimmte. Erfreulich über dem (nicht hohen) Niveau der Aufführung stand Herr Hensel. Sein Franz war lebendig aufflammend, auch in den lyrischen Stellen nicht zuckrig. Fräulein Brand, anfangs kokett wie ein Ladenfräulein (und müßte doch einen Dämon im Leibe haben) erstarkte zuletzt, als sie das Ende kalt im Nacken spürte. – Bühnenbilder rollten sich schwerfällig ab. Durch Vereinfachung hätte man größere Wirkung und einen kürzeren Abend erzielen können. [1919]

Die drei Zwillinge

Schwank in drei Akten von Toni Impekoven und Karl Mathern

Eine Unsinnigkeit, die den Vorzug hat, lustig zu sein. Kliniken brennen ab. Säuglinge tragen rote Bändchen um die Knöchel. Alte Grafen sind unglaublich vertrottelt. Schlächtermeister wurstfingrig und ungebildet. Komtesserln, Diener, ein bißchen Antisemitismus, Ahnenbilder und alte Jungfern: das gibt, verquirlt, eine Komik, die, herkömmlich, unbedenklich, doch kräftig wirkt, weil das Tempo dieser kunstabseitigen Sache wild unterfeuert ist. – Man lachte sehr. Man hätte mehr gelacht, wenn die Aufführung beweglicher, frischer, beschwingter gewesen wäre. Alkoholisierter. Manches geriet zu grobschlächtig. Frl. Embacher war eine Waschfrau aus dem vierten Hinterhaus. Aus dem dritten hätte auch schon genügt. Herr Jungermann, anfangs zäh, wurde zuletzt wärmer und humoriger.

[1919]

Der Tor und der Tod

Dramatisches Gedicht von Hugo von Hofmannsthal

Herbst. Stimmungsbild in einem Akt

Von Walter Schmidt-Häßler

Es war ein böser Abend. Ein ganz böser Abend. Es war viel von Stimmung die Rede. Es wurde zu viel in Stimmung gemacht. Und was man so darunter versteht. Aber ich habe selten etwas stimmungsloseres gesehen. Hofmannsthals lyrische Szenen entfalten sich melancholischen Dufts purpurner Orchideen. Sie sind Pastell, überschleiert, brokaten glänzend, süß mit Schwermut getränkt, fremder Kindlichkeit und Weisheit voll. Und Menschen wachsen auf mit tiefen Augen... Die Szenen sind erlesene Kostbarkeit. Sie haben ein trauriges Lächeln; ein wenig geziert. Sie sind allzufrüher Reife. Sie sind wundervoll tändelnd. Ihr Pathos ist gedämpft. Ihre Resignation jünglinghaft blasiert. Schon im Äußerlichen vergriff man sich an der Dichtung. Es ist verlangt ein Empirezimmer. »Der Grundton der Tapete licht, fast weiß, mit Stukkatur und Gold.« Herr Karl Kolter ten Hoonte erbaute in lehmbraun ein Gemach, dumpf, kellerig, drückend. Begriff man nicht, daß ein Rahmen, köstlich, alter Kultur, spitzenmanschettig um das Werk sich falten müßte? Herr Bruno F. Mackay, kein sehr guter Schauspieler, ist kein besserer Spielleiter. Er ist zu laut, zu derbfingrig, zu unbedenklich, wohl auch zu komödiantenhaft. Man hätte leise umblättern müssen, mit behutsamen und kosenden Fingerspitzen, genießerisch wie bei einer bibliophilen Seltenheit. Einen schlechtgedruckten Courths-Mahler-Roman zerknitterte man lieblos.

Auf Hofmannsthal folgte Schmidt-Häßler! Wie wäre es möglich gewesen, jenen gut zu spielen, da man es fertig brachte, diesen ihm folgen zu lassen! Merkte man nicht die Verruchtheit dieser Verkuppelung? Wie hätte man die süße und edle Trauer eines Kunstwerkes unsentimental wiedergeben können, da man das übelriechende Schmalz eines elenden Machwerks gleich gefühlstriefend verschmatzt? (Da man, vorher schon, in den Tageszeitungen, beide Stücke gleich einschätzend, gleiches Lob beiden spendete!) Ich blieb nicht lange. Ich floh, als sich der alte Graf das Herbarium vom Kamin holte. Es war ein übler Abend. An dem man Kunst kitschig spielte und Kitsch ernst nahm.

[1919]

Der Biberpelz

Eine Diebeskomödie in vier Akten von Gerhart Hauptmann

Irgendwo um Berlin spielt das Stück, das irgendwie an derbe Bilder der Altniederländer erinnert. Mutter Wolffen, die Spreeschiffersfrau, stiehlt mit einer sentimentalen Träne im Augenspalt und Bibelsprüchen im Herzen. Dabei ist sie beileibe kein heuchlerisches Luder, das einem zuwider ist. Sie hat eine robuste Seele, und wenn sie unbekümmert und prachtvoll überlegen die Obrigkeit an der Nase herumführt, so hat sie unseren Beifall. Vielleicht, daß uns auf dem Nachhauseweg so beiläufig einfällt, daß sie auf die sittliche Forderung des siebenten Gebotes pfeift. Ehrenfest und bieder darauf pfeift. Aber die Frau ist so ein vollsaftiger Mensch und in der Verschlagenheit noch so gutmütig, daß unser Herz bei ihr ist und unsere Schadenfreude bei ihren Opfern. Besonders wenn das Opfer ein Amtsvorsteher ist, der mit Monokel, Reitstiefeln und Königstreue regiert. Der dumm ist und dreist und gesinnungsschnüffelnd und wieder vor allem dumm.

Herr Brandt gab diesen Baron von Wehrhahn und er hätte ihn weniger laut und mehr preußisch-äh-äh-schneidig geben dürfen. Fräulein Dierkens war die Wolffen. Annähernd. Sie hat nicht genügend Blut für dieses stämmige Weibsstück. Herr Jungermann war als Mitteldorf genügend verschlafen. Ein Teil des Publikums nahm das Stück fröhlich für einen Schwank, bestärkt durch einen Teil der Darsteller, der ebenso tat und fröhlich ins Publikum hineinspielte.

[1919]

Die Räuber

Ein Schauspiel in fünf Akten von Friedrich Schiller

Ich kann mir denken, daß Kosinskys Erzählung einmal die Herzen brennen machte in Empörung. Was heute Episode ist in dem Werk, wirkte einmal wie ein Faustschlag ins Gesicht der Zeit. Der politische Dichter mußte fliehen. Damals. Inzwischen wurde er, was man so klassisch nennt. Man spielt vor Schülern sein anarchisches Stück. Zur Erinnerung an seinen Geburtstag. Ich kann mir auch denken, daß man, Schillern zu ehren, ein junges, gärendes, anarchisches Stück unserer Tage spielte. Es gibt einen Dichter, der heißt Hasenclever und hat ein Schauspiel »Der Sohn« geschrieben. Es gibt Dichter, die Goering, Kaiser, Keller, Werfel, Toller, Dietzenschmidt heißen. Deren Stücke zu spielen im Geiste Schillers wäre. Des Schillers, der wie noch einmal ein Spartakist die Bitternis der Flucht kosten mußte. – Vieles in diesen fünf Akten, wild hingewirbelt, kraftprotzend überstürmt, trompetenschmetternd hinausgebrüllt, streift die Grenze des Erträglichen. Streift den Kitsch. Vieles ist gewaltig. Ausbrüche eines titanischen Knaben. Eine Handlung ist grobschlächtig zusammengezimmert, hintertreppig, räuberromantisch, mit Vatermord und Buhlschaft und Blut und Bestialität und wieder Blut. Aber die Faust, die das Beil schwingt, hat Kraft und Ziel und Größe.

[...]

[1919]

Kabale und Liebe

Ein bürgerliches Trauerspiel von Friedrich Schiller

Es war der zweite Schiller dieser Woche. Ich will darob nicht klagen. (Nur sagen, daß ein kluger Mann den Spielplan klüger aufbauen könnte.) Man konnte die Gelegenheit nutzen, zu sehen, daß eben der Schiller, der am Dienstag noch maßlos sich ausraste, am Samstag sich straff schon in die Zügel nahm. Brannte über den Räubern der wilde und flackernde Stern Shakespeares, leuchtet über der Luise Millerin der mildere Mond Lessings. Das Stück ist schon viel gekonnter, auch glätter. Aber es hat Ausbrüche, die mitreißend sind. Szenen von geballter Schlagkraft. Wärme. Und immer noch eine Jugend, die ans Herz greift. Die hatte Herr Hensel (diesmal) nicht. Er spielte sie und da man es merkte, war man schon verstimmt. Fräulein Clausius hatte nur einen Ton, dünn, wie von einem engbrüstigen Spinett. Fräulein Brand, keineswegs reif, läßt doch irgendwie aufhorchen. Daß man den Kammerdiener des Fürsten, der Sätze zu sagen hat, peitschend, verhaltenen Aufruhrs, anklagend, schauerlichen Humors, nicht anders besetzte, sei der Spielleitung nicht verziehen. Der Spielleitung, die das Stück im ganzen gerundeter herausstellte, als mans nach »Götz« und den »Räubern« erwarten durfte. Die Bühnenbilder des Herrn Kolter (er bleibe bei dieser Einfachheit!) hatten Stil und Geschmack. Das Haus, leer die Ränge, voll das Parkett von Schülern, tat spröde und gemessen. Wenigstens nach den ersten drei Akten, die ich sah.

[1919]

Doktor Klaus

Lustspiel in fünf Akten von Adolf L'Arronge

Ich weiß nicht, ob der Leiter unserer Bühne ein Neffe, Onkel, Enkel oder Schwiegersohn dieses unangenehmen Stückeschreibers ist. Daß man solches gewissermaßen aus dynastischen Gründen tat. Oder hoffte man mit so etwas die Leute aus dem Kino ins Theater zu locken? Die leeren Kassen zu füllen? Wenn man schon schlechte Stücke spielt, spiele man reißerische. Spiele man reißerische, daß es sichs lohne, seinem künstlerischen Gewissen einen Stoß zu versetzen. Mit dem Doktor Klaus lockt man keinen Hund aus dem Ofenwinkel. Keinen Flimmerfreund weg von der zappelnden Leinwand. Mir ist auch ein Stuart Webbs-Drama lieber als dieser verrunzelte Schwank. Wie den vielen Leuten, die am Freitag nicht im Theater waren. Stuart Webbs ist auch ein besserer Schauspieler als Herr Mackay. Ein eleganterer zumindest. Eleganter zumindest als Herr Mackay, der als Baron aussah wie ein Kunstmaler. Wie ein Schwabinger Kunstmaler. [...] Mit dem Kunstersatz »Dies irae« wars nichts. Mit dem Kinoersatz »Doktor Klaus« wars nichts. Ich empfehle, die Finger zu lassen von allem Ersatz. Der Gehalt machts.

[1919]

Familie Schimek

Schwank in drei Aufzügen von Gustav Kadelburg

Max Linnprunner ist ein Talent. Ich habe ihn immer für ein Talent gehalten. Für ein Talent, dessen Grenzen eng gesteckt sind. Was er kann, ist niederbayerisch sein, kraftbayerisch sein. Auftrumpfend, knödelgrotesk, schmalznudelsaftig. Dazu ein Stück Clown, skurril, amerikanisches Variete, Fußspitzentriller. Eine Eigenart. Mit Möglichkeiten, die er nicht nutzen kann als Zawadil. Ich fürchte, die Rolle hat er sich selbst gewählt. Das geht nicht an bei ihm. Er, und gerade er, braucht eine Faust, die ihm die Nase scharf auf die Hürde richtet, die er nehmen muß. Über die Steinmauer kommt er nicht. Und nicht in den Zawadil. Zwar, daß er so etwas wie Klasse hat, war nicht zu übersehen. Zumal in einer Aufführung, die am Samstag (ich suche nach einem sanften Wort) so leimsiederisch war. Was da in norddeutscher Zunge wienerisch plauschte, war … war, war schnöd. Bis auf das Fräulein Hacker, das wenigstens nett aussah.

[1919]

Der Verschwender

Zaubermärchen in drei Aufzügen von Ferdinand Raimund

Ein Scherzspiel, nicht ohne tiefere Bedeutung. Auch eine Predigt, aber mit salbaderndem Text. Manches kluge Wort. Manche Szene von Belang. Viel Gefühl, echtes und unechtes. Viel Weisheit, die billiger erscheint, als sie es ist. Fast eine Tragödie, aber mit dem Pfauenschwanzstück des Märchens. Ein Lebensbild, merkt wohl auf und lernt! Aber auch lehnt ab! Ab den Geist der Ergebung: Das Schicksal setzt den Hobel an... Setzt selbst den Hobel an! – Versatzstücke und Menschen fanden ihren Platz nicht. Man hatte sich schlecht vorbereitet. Es war eine schlechte Aufführung. Nie wird Herr Mackay innerlich ergriffen. Nie ergreift er uns. Herr Linnbrunner als Valentin hatte Herz. Er nahm sich diesmal, schiens, besser in die Zucht. Zu seinem Nutzen. Im zweiten Akt sang man auch. Auf Flottwells Fest. Da Herr von Flottwell so gut bezahlte, hätte er besseres erwarten dürfen. Auch um 2000 (oder warens 20000) Dukaten eine andere Vase. –

Der Spielplan der letzten Wochen: Doktor Klaus, Familie Schimek, Der Verschwender läuft in einer Kurve, die man nach oben biegen muß. Bald. Und mit Entschlossenheit.

[1919]

Die Ehre

Schauspiel in vier Akten von Hermann Sudermann

Der Dramaturg des Theaters wehrt sich gegen den Vorwurf, daß er nur Unzulängliches, nur Nichtigkeiten, nur Kitschigkeiten auf den Spielplan setze, indem er Sudermann, den Modernen, den Sozialreformer, den Sittenschilderer, den Ankläger, den Geißler, den Satiriker zu Worte kommen läßt. Der gute Dramaturg unseres Theaters hält den augenrollenden Plattheitenklimperer, den schmalzigen Talmipoeten, den gewiegten Kulissendonnerer, den Rampenmarlitt, den Courths-Mahler der Aktschlüsse für den wichtigsten Vertreter des lebenden Schauspiels und denkt: wer kann nun sagen, daß ich nicht mit der Zeit gehe! Der gute Dramaturg! Ich brülle ihm einen Namen in die Ohren: Kotzebue! Kotzebue! – Dem Publikum gefiel beides: Das Stück und die Darsteller. Mir gefielen sie alle drei nicht: Das Stück, die Darsteller, das Publikum.

[1920]

Die Braut von Messina

Trauerspiel von Friedrich Schiller

Dieses quasi militaristische Stück, das man anfangs seiner gehäuften Widersinnigkeiten wegen ablehnen möchte, bewirkt dann doch Erschütterungen. Die nicht gezeugt werden von Tamtam und Tubaton. Die sich einstellen bei dem Aufklingen menschlicher Urlaute, bei dem Aufspringen menschlicher Urgefühle, jedem im Blut vertraut. [...] Es ist bestimmt verdienstlich, die Braut von Messina aufzuführen. Das hindert nicht, neuerdings und mit Nachdruck zu verlangen, daß endlich, endlich, endlich die Dichtung unserer Tage gespielt werde! Daß nächstens ein frischerer Wind im Schauspiel wehe! (Es ist, im Vorjahre, dem Direktor Reiter an dieser Stelle vorgerechnet worden, wie sehr er mit der Zahl der gespielten Stücke hinter der Herrschaft Maurach zurückgeblieben sei. Diese Rechnung wird auch dem Intendanten L'Arronge nicht erspart werden.)

[1919]

Der Schöpfer

Ein Schauspiel in vier Aufzügen von Hans Müller

Der Dramaturg des Theaters, gestachelt durch den Zuruf: Modern! Modern! flüchtete schlotternd zu Hermann Sudermann. Als ihm bedeutet ward, der seis nicht, seis nie gewesen, geriet er an einen Lebendigen namens Müller. Ich habe jetzt nur noch eine Hoffnung: Bei dem Blindekuhspiel wird der Dramaturg auch einmal über einen Autor von Belang stolpern. – Ich wollte schon nach dem zweiten Akt gehen. Die Pflicht doch hielt mich mit grausamen Fesseln am Stuhl. Aber als der Vorhang zum drittenmal fiel entlief ich. – Was da auf der Bühne Plattheiten zu reden hatte, tat mir leid. Mein Mitleid schwand, als ich merkte, daß man Komisches ernst nahm und mit Ernsthaftigkeit vortrug. Herr Wedlich wars, der mit Fingerschnackeln und Zigarrenanzünden charakterisierte. (Im vierten Akt, den ich nicht sah, wird man ihn hoffentlich verurteilt haben.) Fräulein Brand ist stets gekränkt. Oder tut wenigstens so. Warum denn? – Die Bühnenbilder waren das Erfreulichste des Abends. Das Zimmer des Freiherrn von Scheel zwar war gehobener Kriegsgewinnlergeschmack. Aber der weltmännische Verfasser hats so gewollt.

[1920]

Gespenster

Ein Familiendrama in drei Akten von Henrik Ibsen

Eine gewisse Dürre ist nicht zu verkennen. Es ist etwas Brüchiges, Knisterndes in den Reden dieser Leute, die sich bewegen wie hinter einem Schleier von Staub. Um es kurz zu sagen: Moder kitzelt die Nase. Viel Papierenes will zerfallen. Und enthüllt das Konstruierte, auch Geschwätzige, Salonstückmäßige mancher Szene. Aber doch, über das Moralisierende geht die Kurve steil zum Menschlichen und Dichterischen. – Es gibt so etwas wie einen spezifischen Ibsenstil der Darstellung. Den in der Mittwochaufführung keiner der Spieler traf. Die gespitzten, mit Widerhaken versehenen Sätze Ibsens müssen wie Pfeile geschnellt werden. Frau Rafael, in beherrschten Momenten erträglich, geriet zuletzt ins Sudermännische, wirkte peinlich zugleich und lächerlich. Herr Mackay war Schablone, und nicht einmal eine gute. [...]

[1920]

Die Straße von Steinaych

Eine ernsthafte Komödie in drei Akten von Wilhelm Stücklen

Es ist ein gewichtsloses Stück. Es haftet nicht. Es vergißt sich leicht. Nach zwei Stunden Kaffeegespräch habe ich Mühe, mir zurückzurufen, was da geschah. Irgend ein kleines Mädchen, gänschenhaft, spielt mit drei Männern (was lassen sie mit sich spielen?) und heiratet ernsthaft den begütertsten der drei. Ein Duell, (zerschmetterter Unterkiefer!) bringt so etwas wie Tragik in die Angelegenheit. Das alles hält sich vom Dichterischen ebenso peinlich fern wie vom Kolportagehaften. Einschmeichelnd gewandte Szenenführung erzielt nette Augenblickswirkungen. Gut Beobachtetes, Begabtes erfreut und seine ironisch gefärbte Weltanschauung gibt sich schelmisch kund in Gedankensplittern. – Fräulein Hocker war die Viga Sekurius. Anmutig, demivierge, eine süße, altkluge Puppe. Im ersten Akt mit der Geschmeidigkeit eines Porzellantigers. Ein Racker. Im ganzen eine (unerwartete) Talentprobe. Den Blödel Kolomann Schnödigl spielte Herr Mackay mit hängenden Armen und unerschütterlicher Einfalt. Hätte man das Musikantenpaar gehindert, sich wie in einer schlechten Operette zu benehmen und Herrn Eichstaedt den schmalzigen Liebhaber einer Vorstadtbühne nicht gestattet, so hätte die Freitagaufführung über das Maß des hier und heuer Gewohnten weit hinausgereicht. Zumal auch die Bühnenbilder Wärme und Farbe hatten. Das Haus war wieder gut besetzt. Warum denn also die »Hofloge« und den »Schöpfer«, wenns mit Besserem auch geht, frage ich zum zweiten Male!

[1920]

Medea

Trauerspiel in fünf Aufzügen von Franz Grillparzer

Der Hokuspokus des goldnen Vlieses und Medeens zauberisches Raunen, vergeblich stirnrunzelnd gleichnishaft gedeutet, kann uns Heutigen geschenkt bleiben. Was diese österreichischen Griechen murmeln von Göttern und Bann und dunklen Zeichen, darüber lachen wir. Lachend werfen wir den Plunder weg und greifen uns aus der Dichtung, was uns angeht. Uns geht an das Menschliche dieses Indianerweibes Medea. Dieses Wildlings, der auf dem Parkett Korinths furchtbar und lächerlich sich ausnimmt. Dieser Königstochter, die hündisch demütig duldet, was keine Magd duldete, und, zum äußersten gebracht, rast, wie keine Magd zu rasen vermöchte. – Die Aufführung am Montag war unzulänglich, halbzulänglich, viertelzulänglich. Fräulein Brand gab die Medea. Je mehr sie innerlich, unergriffen, fror, desto lauter und erhitzter gebärdete sie sich nach außen. Noch mehr als sie schrie Fräulein Rafael. Jason, im Stück ein fader Geck, ein verdrossenes Herrensöhnchen, das sich scheiden lassen will, Jason war Herr Mackay. Er tat, wie meistens, blasiert. Das kam ihm zu Hilfe und war zu wenig. Am besten war Herr Hensel. Er explodiert nicht vor Eigenart und wirft nicht um, aber er wirkt so gepflegt (Marke: guter Hofschauspieler), daß man auf den Zettel sieht, ob dort nicht hinter seinem Namen steht: a. G. – Das possierliche Gefolge des Korintherkönigs mitsamt den beiden wadelnackten Hofpagen bliebe besser ungesehen.

[1920]

Der verlorene Sohn

Ein Kammerspiel von Hellmuth Unger (Uraufführung)

Jeden Spaß beiseite! Ernste Bemühung verdient ein ernsthaftes Wort. Ich will alles Witzeln unterlassen und in würdiger Haltung feststellen, daß hier sich wieder einer in jener angenehmen Ebene angesiedelt hat, die von gottwohlgefälligen Talenten treulich und traulich bebaut wird. Ich will auch ferner sachlich bleiben und sagen, daß hier wieder einer die hundert und einmal abgewandelte Geschichte vom verlorenen Sohn zum hundert und zweiten Male abwandelt. Mit einem Mut zur Banalität, der Tollkühnheit geheißen sein muß. Daß Hellmuth Unger Strindberg gelesen hat, daran ist nicht zu zweifeln. Er hat mit Nutzen auch Wildgans gelesen. Sogar auch den Faust. (Fast hätte ich vergessen: La vie de boheme!) Das so entstandene Theaterstück ist nicht schlechter als viele. Es ist nicht besser als viele. Es gehört demnach, zu den vielzuvielen. Doch sei vermerkt, daß in dem Stück eine Gesinnung zu spüren ist, die ehrlich und achtungswürdig ist, und Reißerisches verschmäht. Und daß das vorletzte Bild Dichterischem so nahe kommt, als das Vorspiel (das unerträglich ist) und das letzte Bild davon entfernt sind.

[...]

[1920]

Der Einsame

Ein Menschenuntergang von Hanns Johst

Ein Bilderbogen, in Blau und Rot gemalten Bildeln eines Kreuzwegs, der im geplünderten Mietbett endet. Stationen eines Kreuzwegs, den wir nicht ohne Teilnahme mitgehen. Aber ohne Ergriffenheit, ohne Erschütterung, weil der Kreuzträger zu Ergriffenheit, zu Erschütterung nicht zwingt. Der Christian Dietrich Grabbe dieser neun Bilder ist Worteschleuderer und Armefuchtler geblieben. Er liebt und leidet, säuft und verkommt und [von] seiner unsterblichen Seele verspüren wir keinen Hauch. Er verliert die Braut, die Freunde, den Freund, das Amt, die Mutter – aber das wirft ihn nicht in das große Einsamsein aller großen Schöpferischen, nur in das nicht ohne Bitterkeit ertragene Vereinzeltsein des schrulligen Junggesellen. Es ist so etwas wie die Tragödie des verbummelten (begabten!) Studenten und sollte der Höllensturz gestrauchelten Genies sein. Es ist wenig Geballtes in der Dichtung. (Aber es ist eine Dichtung!) Alles verflatternd, verwischt, huschend, flackernd. Einzelne Bilder doch leuchten für einen Augenblick erschreckend grell, manches ist mit kräftiger Theaterfaust hingeschmissen. – Der Spielleiter Mackay hätte dafür sorgen müssen, daß die Bilder wirbelnd einander gefolgt wären. So gabs unerträgliche Pausen. Und auch Schleppungen und Dehnungen im Spiel, die wehe taten. Er selber als Grabbe: zu larmoyant, jeder Lockung zum Pathetischwerden willig erliegend. Fräulein Rafael, als seine Mutter, gab die vielleicht beste Leistung des Abends. – Das Stück, eines der wenigen Fettaugen auf der mageren Suppe des Schauspielrepertoirs dieses Theaterwinters, war so besucht, wie man es von der Liebe des Regensburger Publikums für moderne Kunst erwarten mußte.

[1920]

Des Meeres und der Liebe Wellen

Trauerspiel in fünf Aufzügen von Franz Grillparzer

Der Österreicher wollte ein Trauerspiel schreiben, es ist aber nur eine Ballade geworden, die von Ludwig Uhland sein könnte. Salziger Meergeruch weht nicht aus ihr, Klippen und Sturm und Abenteuer sind mit blassen Farben gemalt und kein grellroter Fleck ist räuberfrech, ist piratendreist draufgesetzt. Es ist nicht: zugepackt, hergerissen, hingeschmettert: balladesk! So ists auch keine Ballade geworden, 's ist nur ein längeres, ein lyrisches Gedicht geworden, von der Liebe Gewalt und der Liebe Süßigkeit und mit einem traurigen Ende, dessen Traurigkeit noch weich verebbend ist und edelsüß. – Der Hellespont und Tempel und Turm und Tempelgarten: weniger wäre mehr gewesen. Die Einbildung macht aus einer grünen Wand den Wald, aber stolpert über den papiernen Felsen. Stolpert, hoppla, in den schönsten Szenen, wenn oben einer zu deklamieren beginnt. Manch einer begann oben zu deklamieren. Beim Fräulein Glaser überhörte mans manchmal, weil sie so lieblich aussah, wie sies muß. Schlimm war ihre Verwandtschaft, Eltern und Oheim. Aber besonders die Mutter.

[1920]

Armut

Trauerspiel in fünf Akten von Anton Wildgans

Der wienerische Sudermann äußert eine sehr anständige und zeitgemäße Gesinnung in diesem traurigen Spiel. Er erhebt, zuletzt, so etwas wie eine soziale Anklage, nachdem er in fünf langgezogenen, weinerlichen Akten den Fluch der Armut gesungen hat. Gesungen hat mit Flöten- und Trompetentönen und Gedichten, deren Reime die Schauspieler sagen müssen, wenn sie merklich erregt sind. Auch gehts bei Wildgans nie ohne Musik, und wenns nur ein Klavier ist, wie diesmal und nie gehts ohne symbolische Gestalten, und wenns nur der Tod ist, wie diesmal, der mit dem Sterbenden noch lange und tiefsinnig hin und her redet. Geschwätzig sind sie alle, die Menschen in dem Stück, und der geschwätzige Gottfried läßt nicht davon ab, Lateinisches zu zitieren. Ob sie nun zynisch reden, die guten Leute, oder schmerzbewegt, mit zerrissener Seele, oder vor Sinnlichkeit rasend, sie haben alle etwas so romanhaft Edles, so etwas direkt Idealistisches. Sie sind nicht von dieser Welt. Frisierte Puppen, die Menschenredeähnliches über die Lippen lassen. [...]

[1920]

Minna von Barnhelm

Lustspiel in fünf Akten von G. E. Lessing

Der Major von Tellheim, verabschiedet, ist ein Fadian. Sag ihm ein menschliches Wort, er ruft: Offizier! Versuchs, ihm zu helfen, er schreit: Die Ehre! Biete ihm Geld, zartfühlend, mit Samtpfoten streichelnd, er röchelt: Es ziemt sich nicht! Dieser unerträgliche Mensch ist eine Gefahr für das Lustspiel. Heut fühlt man sich von einem leichten Ärger gekitzelt, wenn diese deklamierende Uniform auf der Bühne steht. Aber die Heiterkeit, das Leben und Lachen um ihn herum läßts wieder vergessen. Vielleicht in abermals 150 Jahren wird man das Stück nicht mehr spielen können, weil dann zwar die Minna und die Franziska, der Werner und der Just noch aus vergnügten und listigen Augen schauen, der verabschiedete Major aber vergreist und verschimmelt sein wird, am schlotternden Arm die Dame in Trauer. – Die Diele des Wirtshauses, braun und angeraucht wie ein Pfeifenkopf, mit Winkeln, in denen sichs behaglich den Rücken scheuert, gab Luftschicht und Farbe der Zeit. Herrn Herrmanns Spielleitung auch einen forschen, soldatischen Ton. Sein Wachtmeister, strack, männlich, bubenhaft trotzig, ein Kerl, der sein gutes Herz auf der Hand trägt, war, neben Herrn Hardtmuths Riccaut, wohl das Beste des Abends. Die beste Leistung einer Aufführung, die wieder gut und rund und geformt war, und vor zweihundert Backfischen stattfinden mußte, die schnatternd das Parkett füllten, aufkreischten, wenn der Werner sein Frauenzimmerchen um die Taille kriegte. – Herr Reiter geht hier noch spazieren und Herr L'Arronge. Ich rate Ihnen, einen Abend zu opfern und was und wie heuer gespielt wird sich zu besehn und zu merken, warum ich, und andere, in den Vorjahren nicht abließen zu tadeln.

[1920]

Der Revolutionär

Drama in drei Akten von Wilhelm Speyer

Der Revolutionär dieses Stückes ist ein fader Waschlappen, der nicht müde wird, liberale Leitartikelschlagworte zu handhaben. Er tut sich was darauf zu gut, ein parfümiertes Seelenleben zu beherbergen, hat's renommistischerweise mit drei Weibern gleichzeitig und der russischen Demut, und erschießt sich leider erst ganz zu Ende des dritten Akts. Was um ihn herum sich spreizt, ist ähnliches Gelichter: Lydia, die dämonische Trauerfahne, die blonde Bestie Rosemarie, Walter, das grünflammende Streichhölzchen. Wilhelm Speyer, der gepflegte Prosa schrieb, wird dieses da goldhungrig zurechtgezimmert haben. Verziehen sei's ihm! Aber nicht soll ihm vergeben werden, daß Mendel Treib, in Rußland gehenkt, in Leipzig bauchrednerisch sich übt. [...]

[1920]

Maria Magdalene

Bürgerliches Trauerspiel in drei Aufzügen von Friedrich Hebbel

Um das Phantom einer grotesk lächerlichen Ehre kreisen Gefühle und Gedanken dieser Leute. Von einem bösen Geist im Kreis herum geführt, starren sie unablässig auf den Götzen Wohlanständigkeit, der fürchterliche Strafen über sie verhängt. Es ist peinigend zusehen zu müssen, wie Menschen leiden und sterben, weil sie in bornierter Raserei nicht ertragen wollen, daß Lümmel und Hohlköpfe vielleicht eine Fratze über sie schneiden. Man muß die Welt durch die beschränkte Brille grauenvoll verspießter Moral betrachten, damit die Tragik spürbar wird, wie hier Menschen, die aus der Gebundenheit ihrer Gesellschaftsschicht nicht heraus können, an einander zu Grunde gehen. [...]

[1920]

Othello, der Mohr von Venedig

Trauerspiel in fünf Akten von W. Shakespeare

Wie der Mohr sich elend zu Tode zappelt, Eifersucht wie einen scharfen Haken in der Gurgel, Augenblicke lang ists von Komik umwittert. Nicht, daß es den stämmigen Burschen so packt, ihm Nieren und Herz zerfetzt und das Gelbe im Auge rötet – daß der General den Schnupftuchgründen seines Fähnrichs so widerstandslos erliegt, führt seine großgeartete Kindlichkeit nahe heran an unser Lächeln. Jago, der Schurke Jago, der seine Schurkischkeit mit Anmerkungen und Randglossen professoral versieht, hat leichtestes Spiel mit dem Neger, den er wie einen Hasen in der Hanfschlinge fängt. Fast wie Hohn ist es, daß ungeheure Verzweiflung über die Irrsinnstat über den Feldherrn hereinbricht, während die Falten seines Ehebetts noch naß und warm sind vom Blut der Ermordeten. – Herr Hugo Reyher-Linden, der Gastothello aus Bremen, war Problematik. Wort und Pose, im ersten Akt drohende Ahnung, bekamen, und Angst verschwand, im zweiten den Reiz der Bewußtheit. Ich sage dies, da es das zu Lobende an der Leistung umschreibt. Jaguar, aber ein Jaguar, der Vergißmeinnicht frißt. Es gibt eine Novelle von Meyrink »Der Löwe Alois«. (Man lese sie!) Die Dämonie des »Uuahh!« ist Reyhers Problematik. Herrn Hardtmuths Jago war intellektuell und daher Durchschnitt. Die Leistung lief am schmalen Rande, wo der herkömmliche Bösewicht sich vom gottgewollten Schurken scheidet. [...] Im ganzen hatte die Aufführung Haltung, die Bühnenbilder waren in ihrer Einfachheit von starker Eindringlichkeit. – Das Haus war voll besetzt: eine nach dem Erfolg der »Schwester Chrysantheme« doppelt seltsame Erscheinung in der flauen Zeit zwischen Weihnachten und Silvester. Übernommene Verpflichtung aus Schülertagen, Respekt vor dem Geist oder peinigende Lust am Grauen? Es wurde viel geklatscht. Der Beifall war nicht lebhafter als sonst, aber die Zahl der Hände steigerte ihn für die Spieler ins Aufregende.

[1920]

Die Marquise von Arcis

Schauspiel in fünf Aufzügen nach Diderot
von Carl Sternheim

Das wäre eine rührende, eine romanhafte, beinahe eine marlittsche Angelegenheit, schrillten nicht Sternheims kalte, böse, funkelnde Sätze. In drei Worten die nackte Handlung: Die Marquise von Pommeraye fühlt, daß der Geliebte, der Marquis von Arcis, ihr entgleitet. Sich unerhört zu rächen, führt sie ihm Henriette zu, die gerade die ersten sicheren Schritte getan hat auf der Laufbahn der käuflichen Mädchen. Der Marquis, der sie für unbescholten hält – infam raffiniert ist das gemacht, wie man ihn dazu bringt an diese Unbescholtenheit zu glauben – der Marquis heiratet sie. Und erfährt, daß die nunmehrige Marquise von Arcis in der Liller Straße von jedermann zu haben war. Was tut er? Er läßt die schon erhobene Pistole sinken, verzeiht und geht mit seiner Frau auf Reisen. Das alles in einem nadelscharfen Dialog, voll Hinterhältigkeiten, jeder Satz ist bewaffnet, jedes Wort eine Dolchspitze. Nur im letzten Akt, wo Sternheim sein Herz sucht und eine Rechentafel findet, erschreckende Worte und Wendungen, die aus der gefühlvollen Kolportage stammen. – Herr Hardtmuth als Marquis von Arcis, war gut in den Auftritten, wo er gemessen sein durfte, wo seine Leidenschaft noch spielerisch sich erhitzte. Von Sternheim verführt, geriet er in einen Hüttenbesitzerton, wenn er tragisch werden sollte. Fräulein Barth gab die Henriette mit dunkelumränderten Augen, in einer Haltung, die am ehesten Sternheim war. Fräulein Jorysch, sicher, geschmackvoll, war immer noch bei Brachvogel. Frau Gabrieli ahnte nicht einmal, wo sie war. – Warum denn stand auf dem Zettel »Literarischer Abend«? War das »Othello« nicht? Oder hält man sich, weil man Sternheim spielt, für so entsetzlich modern, daß man den Leuten die Nase darauf stoßen muß, daß sies merken und gebührend bewundern? [1921]

Rose Bernd

Schauspiel in fünf Akten von Gerhart Hauptmann

Das Vögelchen zappelte von Schlinge zu Schlinge. Der drosselnde Draht umschnürt ihm den lustigen und vollen Singhals. Die schlesische Maria Magdalena, triebhafter als jene, leistet dumpfen, animalischen Widerstand gegen das Verhängnis. Das Hebbelsche Fräulein liegt schon ertrunken im Brunnen, da würgt Rose ihr Kind ab und schwört den Meineid. Und wächst zuletzt, anklägerisch, über sich und ihr Schicksal hinaus. [...]

Das Haus war voll besetzt und stellte mit Befriedigung fest, daß es genau sei »wie im Kino«. Die meisten hatten, so schiens, das Stück schon im Olympiatheater gesehen.

[1921]

Gas

Schauspiel in vier Akten von Georg Kaiser

Die Masten der Kamine vergittern den Himmel. Die Maschinen dröhnen. Gas tobt in den Kesseln, zitternd in Stoßkraft. An Hebeln und Rädern stehen die Menschen, vor Feuern und keuchenden Rohren, Gas, Gas, Gas zu erzeugen. Nicht treibt sie, wie einst, Gier des Unternehmers. Gleichmäßig wird der Gewinn unter sie alle verteilt. Nie wurde so mit Anspannung gearbeitet wie hier, wo jeder Teil hat an Werk und Ertrag. Da fliegen die Kessel in die Luft, Tausende zerschmeißt es zu brennenden Fetzen. Das Gas explodierte, und durfte nicht explodieren, denn die Formel, nach der es hergestellt wird, stimmt. Die Formel ist richtig. Die Formel hält jeder Rechnung stand. Aber das Gas explodierte. Irgendwie, nach Gesetzen, die ein menschliches Hirn nicht mehr errechnet. Die Arbeiter nun verlangen die Entlassung des Ingenieurs, der die Formel aufgestellt hat, richtig aufgestellt hat. Der Milliardärsohn, der Unternehmer, der Menschenfreund, sieht tiefer. Erkennt, daß die Maschinen, daß die Kessel und Rohre, daß das Gas in den Rohren Herr ward über die Menschen. Die Formel stimmt, aber immer wird das Gas die Menschen töten. Er will die Arbeiter aus den Eisenhallen führen, wo das Werk stand, soll eine Siedlung erwachsen, Grün und Gärten und Bäume, und jeder soll sein Haus haben auf eignem Boden. Und Menschen sollen sie werden, die sich auf ihr Selbst besinnen. Er stößt gegen blockharte Widerstände. Die Arbeiter wollen wieder zu den Gaskesseln, wollen Gas erzeugen, das ihnen Geld in die Mulde der Hand legt. Sie sind Verwirrte, Besessene, Gierige, der Macht des triumphierenden Gases, dem Götzen der Maschinen Verfallene. Der Ingenieur, dessen Entlassung sie gefordert, wird ihr Führer. Das Werk wird wieder erstehen. Das Gas wird sieden. Wird explodieren. Sie taumeln an die Arbeit. Zerbrochen bleibt der Milliardärsohn zurück. Der Mensch ist noch ferne. Wann wird er kommen? Seine Tochter verspricht, ihn zu gebären. Es soll den Unterdrückten das Heil werden, aber sie verschmähen es. Der Mensch soll zur Menschwerdung gelangen, aber er weigert sich den Weg zu gehen. Die Sklaven der Arbeit schreien nach Fessel und Joch. Die Zeit ist nicht reif für den neuen Menschen. – Agitatorisch sind diese vier Akte. Prachtvoll zugespitzt der Dialog. Schmiß und Schwung in den Szenen. Redselig nur der Schluß. Herr Herrmann hatte die Spielleitung. Sie sündigte viel. Man hätte stilisieren müssen. Die Gestalten in starren, eckigen Gebärden, Plakatfiguren. Manches wäre grotesk zu nehmen gewesen. Die schwarzen Herren, die wie Puppen hätten sein müssen, ladestöckig, waren aus einem Schwankakt in die grimassierte Welt Kaisers getreten. Der Arbeiterhaufe im letzten Akt war schlechter Opernchor. Bändigung in Schrei und Erregung, starrer Rhythmus wurde gar nicht versucht. Den Milliardärsohn spielte Herr Herrmann. Mit zu viel Gemüt. Manchmal mit Haltung, aber im ganzen zu sudermännisch. Von den drei Arbeitern war nur Herr Eder erträglich. Fräulein Glaser war die einzige, die begriff, daß Georg Kaiser eine andere Linie verlangt als ein beliebiger Autor. – Das Publikum, erregt zwar, erlahmte zuletzt in der Aufnahmefähigkeit. Manches mißverstand es. Es wurde sogar gezischt. Aber die Zufriedenen und Dankbaren waren in der Überzahl.

[1921]

Aus der »Sichel« und Verwandtes

Oskar Birkenbach

Dieser lange, schwere, schwerblütige und schwerfällige Mensch kann den Stichel nicht spielerisch führen zu Arabesken, die das Leben zärtlich-tänzelnd umschreiben. Er nimmt sein Werkzeug fest in die große Hand und vergräbt sich mit verbißner Zähigkeit in das Holz, aus dem er die Bilder holt, die in seiner Brust schwerspiegelnd glänzen. Er hebt Menschen aus der schwarzen Tiefe und sieht mit schmerzlichem Lächeln, wie auf dem weißen Papier ihr Gesicht sich anders verzerrt. Sie sehen manchmal aus, als seien ihnen die Glieder hart verpanzert, als möchten sie die Arme runden zu hohen und schönen Gebärden und müssen sie doch eckig und unbeholfen verdrehen. Die Seele dieses Malers ist nicht so weitflügelig, daß sie die Welt, die große, rauschende und ferne Welt brüderlich umspannte. Sie kreist unermüdlich um ein starkes Gefühl: Um die Liebe zur Familie. Tief und gläubig (und hier den alten deutschen Meistern verwandt) versenkt sie sich ins Blut und geht den Kreis von Weib und Kind stark aus. Aus den Blättern der Holzschnittfolge »Die Familie« spricht eine klare und gütige Stimme, die man nicht überhören sollte.

(Oskar Birkenbach gehört zu den Stillen im Lande. Zu den Leuten, die warten können. Ein Dreißiger, ist er noch wenig an die Öffentlichkeit getreten. Auch ihm unterband der Krieg die Quellen seines Schaffens. Die strömen jetzt neu und frisch. »Aktion« und »Sichel« brachten letzthin seine Arbeiten.)

[1919]

Der Angestellte Schardt unter dem Strich

In Nürnbergs konservativer Zeitung, dem Fränkischen Kurier, schreibt gegen Bezahlung Oskar Franz Schardt unter dem Strich. Unter dem Strich bespricht Oskar Franz Schardt auch Bücher. Das konservative Blatt läßt ihn gegen Bezahlung unter dem Strich schreiben, weil er zwei Vornamen besitzt. Oskar Franz Schardt besitzt zwei Vornamen und eine ältere Literaturgeschichte, die er selten benützt. Dagegen benützt er stets die zwei Vornamen Oskar Franz. Oskar Franz Schardt hat Berührungspunkte mit Kokoschka. Wie dieser heißt er (zur besseren Hälfte) Oskar. Aber Oskar Franz Schardt ist unabhängiger Journalist gegen Bezahlung. Er bespricht Kokoschka und kommt zu einem abfälligen Urteil über seinen Vornamensvetter. Oskar Franz Schardt bewegt sich unter dem Strich. Er nimmt es seinem Namensvetter übel, daß er den »Gipfel des Blödsinns« erklommen hat. Oskar Franz Schardt erklimmt keine Gipfel. Er war früher über dem Strich der konservativen Zeitung. Seit er unter deren Strich gerutscht ist, hat er nichts übrig für Gipfel. Ihn schwindelt, sieht er seinen Vornamensvetter auf Gipfeln stehen. Drum reißt er ihn herunter. Albert Ehrenstein reißt er gleich mit. Er reißt diesen Autor mit einem Vornamen herunter, weil diesem gestern ein Schuhschnürl gerissen ist. Oskar Franz Schardt ist da schon gerissener. Er schnürt seine Schuhe mit Lederriemen. Die halten besser auf dem Weg, den er geht. Und den der Inselverlag nicht geht. Warum geht er auch nicht den Weg, den Oskar Franz Schardt geht? Dieser Inselverlag! Ihm wird noch manches Schuhschnürl reißen. Auch dieser Georg Müller Verlag in München geht auf Abwegen. Oskar Franz Schardt mußte leider erst unlängst Curt Corrinth entsprechend kritisieren. Nun muß er sich über Alfred Neumann hermachen. Die Dirnengestalten dieses neuen Mannes machen Anspruch als Engel betrachtet zu werden.

Das kann Oskar Franz Schardt unter dem Strich nicht billigen. Er schreibt für ein konservatives Blatt und ist für strenge Ständeordnung. Dirnen sind keine Engel. Engel sind keine Dirnen. Unter dem Strich ist nicht ober dem Strich. Dirnen gehen auf den Strich. Gegen Bezahlung. Oskar Franz Schardt geht unter den Strich. Gegen Bezahlung. Ordnung muß sein. In einem konservativen Blatt. In den Himmel die Engel und auf die Straße die Dirnen! Ordnung muß sein auch unter den Autoren. Da kommt ja Freksa in schlechte Gesellschaft. In Gesellschaft dieses Dirnenneumann. Dieser Freksa, der einen künstlerisch gestalteten »Unterhalt«ungsroman demnächst bei Georg Müller herausbringt. Wie Oskar Franz Schardt jetzt schon weiß. Oskar Franz Schardt ist eben unter dem Strich auf dem laufenden. Warum liest man nicht Kotzde? Für Kotzde tritt Oskar Franz Schardt warm ein. Kotzde ist der Mann. Kotzde ist der Mann Oskar Franz Schardts. Lest Kotzde! (Es – ist – zum – kotzen!) Oskar Franz Schardt ist auf der Höhe. Unter dem Strich.

[1920]

Die Jungen Lieder im Selbstkostenverlag

Der Di-Di-Dichter Willy Meyer legt aus verschiedenen, besonders aber künstlerischen Gründen Wert darauf festzustellen, daß er dem »jungen Franken« nicht angehört. Das »junge Franken« legt aus verschiedenen, besonders aber künstlerischen Gründen Wert darauf, festzustellen, daß es den Di-Di-Dichter Willy Meyer niemals aufgenommen hätte. Das »junge Franken« ist eine Vereinigung von Schaffenden. In ihr hat der Di-Di-Dichter Willy Meyer aus Nürnberg nichts zu suchen. Vielleicht verrät uns der Di-Di-Dichter Willy Meyer aus Nürnberg, wieviel er dem Verlag Bruno Volger in Leipzig bezahlen mußte, daß der seine Di-Di-Dichtungen druckte. Das interessiert uns. Aus verschiedenen, besonders aber künstlerischen Gründen.

[1920]

Elisabeth Dauthendey

An den Ufern des Lebens

Diese unbedeutende Schwester eines bedeutenden Bruders (lest Maximilian Dauthendey!) hat hier einen »Künstlerroman« geschrieben, wie es deren zu Dutzenden gibt. Der Roman ist nicht schlecht. Der Roman ist nicht gut. Weil das Bessere der Feind des Guten ist, soll man sich dieses Buch nicht kaufen. Sondern man soll sich etwa kaufen die Bücher von Thomas Mann, von Karl Hauptmann (auch die von seinem Bruder Gerhart). Wenn man aber schon ein Buch besitzen will, das auf der Titelseite den Namen Dauthendey trägt, so bestelle man die Werke von Maximilian.

[1920]

Sonette

Von Fritz Usinger

Irdisches Gedicht

Von demselben. Mit vier Radierungen von Karl Gunschmann

Diese beiden schmalen Versbände wurden in einer Auflage von nur je 150 Exemplaren gedruckt. Man nimmt sie in die Hand und wiegt sie prüfend und hat das Gefühl, daß es Bücher, so richtige Bücher, eigentlich nicht sind. Und man erkennt sie wieder, gerührt, diese Nachläufer aus der wilden Zeit von 1918 bis 1923, wo diese Art von bibliophilen Kleindrucken gang und gäbe war, der »Expressionismus« in Schwang und Überschwang sich überschlug. Und daß der eine Band mit *Original*radierungen von Karl Gunschmann geschmückt ist, auch das ist in Ordnung, auch das gehört dazu, kein Buch, kein Büchelchen damals, das nicht mit originaler Graphik versehen war. (Die Radierungen von Gunschmann übrigens sind nicht schlimmer als hundert andere!)

Schlägt man die beiden Bücher auf und liest, so begegnet einem namentlich im »irdischen Gedicht« vieles, das genau dem entspricht, was das Äußere zu bringen droht: rauschhafte Gebärden, große, unklare Worte, Vergleiche unerhört. Gott oft und allzu oft bemüht! In den Sonetten doch ist manches schon in Klarheit gestrafft, zur Sachlichkeit gezwungen, da runden sich auf den zweiunddreißig Seiten vier oder fünf der Versgebilde zu einem wirklichen Gedicht, wie es »Die Flöte« ist, wie es »Der Fisch« ist, und wie es, mit Auszeichnung zu nennen, das Sonett »Böses Gesicht« ist, das so schließt:

Hilf, Freund, o hilf! Komm, blauer Hahnenschrei!
Du Erstgeborener des Tags! Du Gott im Stall!
Trostschnabel du, o sing und mach mich frei!

Wach auf! Wach auf! Jag die Dämonen all!
Freund, goldgepanzert, unerschütterlich.
Stahlkralle, Hornmund, Treuer, rette mich!

[1927]

Die Himmelstiere

Vorgeschichte eines Bildhauers. Roman.
Von Curt Wesse

Curt Wesse erhielt den Lyrikpreis des Jahres 1927 – für seine Gedichte, die ich nicht kenne, für seine Lyrik, die ich jetzt ein wenig kenne, seit ich seinen Roman gelesen habe. Nein, ein Roman ist das nicht: es ist auch nicht eine zur Romanlänge gedehnte Novelle; nicht einmal das. Es ist, wie sage ich's?, eine formlose, verwischte und verträumte lyrische Skizze auf 216 Seiten, pathetisch »gehobener« Sprache immerfort, geschwellt (geschwollen) in der Diktion und daher sehr langweilig. Aber nicht einmal *so* langweilig (und das spricht trotzalledem für den Autor), als es unter diesen Umständen hätte werden können. Was wohl die Mitglieder der »Deutschen Buchgemeinschaft« zu diesem Buche sagten, zu diesem trübseligen, lähmenden Wortwasserfall, zu diesen schattenhaften Figuren, die blaß und verblasen dahindämmern? Viele, die meisten werden es ungelesen weggestellt haben – um Rad zu fahren oder Fußball zu spielen oder ein Glas Wein zu trinken mit einem Mädchen. Tja … die farbige, bunte Welt, das Leben draußen … und das!

[1927]

Erzählungen, Bilder, Skizzen

Marion

Die Wasenmeisterei lag auf einem Hügel vor der Stadt, dem Galgenberg. Die Straße, die beim Tor den schweren Panzer des Pflasters abwarf, erklomm in kurzen Sprüngen die runde Kuppe, wo ein schwarzer Zaun aus Eisenlanzen das Gehöft feindselig verstachelte. Verwachsene Bäume und von ekelhafter Blattkrankheit zernagte, niedere Büsche umkreisten wie lauernde Hunde das Haus. Marion ging fast täglich diesen Weg. Nie waren die kleinen Fenster geöffnet und als sich einmal die dunkle Tür knarrend drehte, schnell schloß sie sich wieder mit dem Geräusch eines zuspringenden Taschenmessers hinter der Frau, die ein Kind (oder war es irgend ein Tier?) an die Brust drückte. Marion konnte nicht an dem Haus vorübergehen, ohne daß eine fremde Hand sie in die Kniekehlen schlug. Der Versuch mißlang, dem Abendspaziergang eine Richtung zu geben, daß er sie nicht vorbeiführe an dem verpesteten Garten. Ein dunkler Wille, dem sie sich mit geringem Sträuben unterwarf, trieb sie verschlungene Wege, die alle wieder einbogen in die große Straße. Dann legte sie die Stirn an die kalten Eisenstangen, klammerte sich mit kleinen Händen fest und roch lange den süßen und faden Geruch, vor dem sie sich ekelte.

Otmar küßte ihr die Hand. »Wie befindest du dich, Marion?« Sie schlug die großen Augen zu ihm auf: »Recht gut!« In die Tasse schenkte sie ihm Tee, der wolkig durch die dünne Wand schimmerte. Auf dem weißen Tischtuch lag seine Hand, regungslos wie ein häßliches Tier. Er spreizte die Finger und sie erschrak, als er sie zur Faust schloß. Sie hatte das bestimmte Gefühl, eine Fliege oder blauglänzende Mücke säße gefangen im Innern des fleischweißen Klumpens. Spielend entknüpfte sie seine Fingergelenke und war fast betrübt, als surrend kein Insekt aufflog und die Fläche seines Handtellers sie ansah wie rosige Gummiplatte. Otmar glättete sich den Schnurrbart. Komisch runzelte er dabei die Augenbrauen, daß sie auflachte. »Mein Liebling!« Sie fiel ihm um den Hals und küßte ihn stürmisch. Die Mutter raschelte betont mit der Zeitung, vertieft und taktvoll.

Der Herbstabend stand breitbeinig am Horizont, ballspielend mit den runden weißen Federwolken. An einem Baum gelehnt träumte Marion in die Landschaft. Die versank um sie und nur die Wasenmeisterei blieb, ein riesiges Schiff mit schwarzen Wänden, Arche, auf nacktem Felsen gestrandet. Ein Schrei, dünn wie siebenmal geschärftes Messer, sprang wütend empor und pfeilte steil gegen die Himmel, die unter seinem Anprall leise erbebten. Der Schrei des guten Tieres, vom Metzger blind gemeuchelt, raste um die Erde. Alles, was in Ketten lag, spürte Verzweiflung, jeder Halm neigte sich zitternd und die Sichel des jungen Mondes blutete auf im Rot des Rubins. Marion, süß gepeinigt von dem Schrei, warf die Arme in die Luft und hetzte hinunter in die Stadt, die sich schon im Dunkel verkroch.

»Die Rechnungsrätin im ersten Stock will den kranken Spitz weggeben ...« und sie erzählte, daß die weißhaarige Dame sie gebeten habe, das Tier zur Wasenmeisterei zu bringen. Marion wand die Finger ineinander, daß sie schmerzten. Ihre Fußsohlen brannten und im Nacken spürte sie einen scharfen Dorn. Otmar zögerte. »Es paßt mir nicht.« Steil schob sie das Kinn vor. »Warum nicht?« Und an seinem Hals: »Das arme Tier!«

Mit verschrumpften Händen zerrten die aussätzigen Büsche Marions Haar. Die blecherne Glocke grölte versoffen. Der Kerl blitzte mit einem lilienweißen Gesicht, das wie ein Löschblatt war, leicht aufgefasert. Den Hund hob er hoch am Genick. Der hing wie ein leerer Sack, zusammengetröpfelt im lächerlichen Zipfel der Rest der Körner. Marion fühlte ihr Blut in Stößen durch den Körper jagen. In das Taschentuch preßt sie die Finger, aus denen Blut spritzen wollte. Der Hund hatte schläfrige Augen, als ihn der Henker wie einen nassen Lappen schwang. Die Tür zur Mörderstube war nur angelehnt. Eine Faust dröhnte. Ein Winseln kroch durch die Spalte. Marion schloß die Augen. Auf feuerfarbenem Grund sah sie schwarzen Stern aufblühen, der silbern verbrannte. Der Wasenmeister riß die Tür auf. Der Hund lag am Boden wie trübe Lache, die versikkern will.

Marion saß zwischen blitzenden Spiegeln und bürstete ihr Haar. Auf Fußspitzen trippelte sie zur Kommode, hob Otmars Bild und küßte es. Zärtlich betrachtete sie seinen schönen, weichen Mund. Dann schlüpfte sie ins Bett. »Gute Nacht, Schatz!«

Der Hundehändler bestand auf seinem Preis: »Dreißig Mark, Fräulein.« Er schwor: »Er ist gut gezogen und sehr wachsam.« An der Leine riß, mißtrauisch, das Tier. Die Glocke schrie. Ein milchweißes Gesicht glänzte madig. Hände waren ganz weiß, nur die Nägel gelb wie getrübte Opale. Mit einer tiefen, schwingenden Stimme: »Er ist krank?« Marion nickte und wie er sich bückend den Hund am Halsband faßte, rührte sie an seinen schmierigen Rock mit der Neugier des Kindes und mit der bösen Lust des ungehorsamen Fleisches. Sie zitterte und ihr Wille war ein Raubvogel, der frei jagte. Sie trat schmal aus sich heraus. Er schlug die Tür auseinander. Ihre Spiegelung trat neben ihn. Ein Messer flog in seine Hand und blitzte in den Hals des Tieres. Ein Schrei stieg aus der zerfleischten Kehle, donnernd gegen die Wände. Blutgefüllter, platzender Ball, hin und her, im taumelnden Spiel, bis er in einer Ecke zerknallte. Wie eine Schweinsblase unter dem Tritt des Knaben. Marion hielt die Kniee stramm durchgedrückt. Sie legte Markstücke in die Hand des Wasenmeisters. Auf der

Straße lief auf einmal der Hund neben ihr, mit kurzen hastigen Sprüngen. Sie stieß mit dem Schirm nach ihm.

Die Katze sträubte sich unter ihrem Griff. Marion sah sich um. Niemand hatte den Diebstahl bemerkt. Sie streichelte den grauen Rücken. Argwohn verging unter der sanften Hand. Einen tiefen, summenden Ton geigte das zärtliche Herz. Der Wasenmeister funkelte mit entblößter Brust, auf der dünne Haare sich krümmten wie schwarze Sicheln. Marions Hand hob sich in seine, während sie sich mühte die Achsel mit Gewalt zurückzudrehen. Die Wachsmaske seines Gesichts verzerrte sich nicht, als er dem Tier mit einer fürchterlichen Bewegung das Rückgrat zerbrach. Marions Augen flatterten wie Vögel vor dem heißen Wind. Die Wände standen plötzlich schief. Die Decke wölbte sich wie ein Palmblatt. Als sie, liegend, seine Hände an ihren Schenkeln spürte, schlug sie ihm die Zähne in den Hals, bis sie Blut schmeckte, süß. Später gab sie ihm Geld und ging.

Die Türe schnappte nach ihr. Die Büsche bogen die Arme zu schamlosen Gebärden. Die Straße lief, flog und schwang sich sausend in die Stadt. Wirbelnd wurde Marion mitgerissen.

Otmar hatte schon auf sie gewartet. Mit strahlender Stimme: »Die Papiere sind da!« Er legte den Arm um sie: »In vier Wochen, Marion …«

[1919]

Kinonovelle

Das Mädchen erblühte vor der Tapete zu einer seltsamen Blume. Der große Mund zerfiel zu rundgeschwungenen üppigen Blättern. Tiefe Augen schwankten darüber wie giftige Beeren. Arme wanden sich wie Schlingfäden und umstrickten den Mann, der, blaß, Haarlocke blau in der Stirn, vor Ilsa sich krümmte. Die Vase stand schief und Vorhänge wehten schwer herein. Die Tür sprang auseinander und schleuderte eine ältere Dame ins Zimmer. Ilsa wandelte sich zum arglosen Backfisch. Der Mann zitterte immer noch. Seine Hände rissen an den Frackknöpfen. Sein Schnurrbart flog. Seine Augen verkrochen sich schmal. Emma starrte unverwandt in das weiße Flimmern. Licht zog in Streifen durch die dunkle Muschel des Raums. Vieler Atem brauste. Die beiden waren jetzt wieder allein. Ilsa lächelte verrucht dünn. Dann schlug sie ein-, zwei-, dreimal scharf auf den vor ihr Kauernden ein. Der krümmte sich wollüstig. Ein Diener rief ihn ab. Er umwedelte noch einmal das Mädchen, läppisch, und schlich zermorscht weg. Ilsa malte auf einen grünen Bogen Verrat. Sie leckte den Leim des Kuverts, genäschig, als sei er süß. Ah, das hatte er nicht in Betracht gezogen. Man konnte dem andern schreiben. Er nahm sich vor ihre Briefbögen zu zählen. Einen Augenblick wurde es hell. Emma sah träumerisch vor sich hin. Ihr rundes Kinn war lieblich. Tigerhaft trat der andere ins Zimmer. Er trug Ilsa in seinen Zähnen davon wie die Katze die Maus. Vieles geschah noch. Emma hatte einen Namen geflüstert. Eine Stichflamme fuhr in sein Hirn. Die Briefbögen, dachte er. Ich habe sie nicht gezählt. Was flüstert sie einen Namen! Jetzt lächelte sie wie Ilsa. Drunten flatterte einer herein. Umwirbelte sie. Die warf ihm Hohn ins Gesicht. Er erbleichte. Es geschah. Er neigte sich zu Emma. Sie schrie leicht. Das Fenster, klirrte. Ilsa schwebte wie ein blaues Tuch in der Luft. Das war, das war, gut so! Er hatte Emma ergriffen. Er hörte sie klatschend im Parkett aufschlagen. Er floh. Der Portier drehte sich an ihm vorbei. Die Treppe fiel jäh ab. Er stürzte auf die Straße. Fenster grinsten. Er bog in sein Haus ein. Er kroch auf sein Bett. Er hörte noch das Klatschen. Sah Gehirn spritzen. Leute entsetzt aufspringen. Sie würden kommen ihn zu holen. Er hatte ihr Unrecht getan. Vielleicht. Er hatte keine Beweise. Er hatte auch vergessen ihre Briefbögen zu zählen. Aber der Name. Und damals die Begegnung. Trotzdem. … Er hörte Schritte auf der Treppe klappern. Das waren sie schon. Das ging schnell. Schafott, murmelten seine bleichen Lippen. Begnadigung! Eifersucht, Begnadigung, brüllte er, als die Tür aufrasselte. Emma tänzelte zu ihm. Weg! Weg! schrillte er. Gespenst! Fürchterliches Gespenst! Er sprang ihr an die Gurgel. Du! Du! Er hörte sie wieder röcheln, wie vor einer Viertelstunde, als er sie ins Parkett geschleudert hatte. Sie wurde ganz ruhig. Tot. Endlich tot!

Als man ihn verhaftete, begehrte er wegen Doppelmordes bestraft zu werden. Die andere Leiche müsse noch im Kino liegen.

[1919]

Der Selbstmörder

Der Arzt hatte eine schlimme Krankheit festgestellt und es war klar, daß er sich töten würde. Wenn er schon fortmußte, geradezu aufdringlich wollte er nicht sein. Nur nicht warten, bis ihn die giftgrünen Säfte zersetzten, wie Regenwasser die Mausleiche. Wenn er sich behorchte, vernahm er ein inwendiges Brausen und Rauschen, das nichts Gutes bedeuten konnte. Gelbes Wasser, dachte er, gelbes Flutwasser, das Mauern und Balken zernagt, bis das Haus zusammenstürzt. Lieber eine schöne, runde, schwarze Mine legen und sie entzünden. Wenn die glühenden Balken rote Kurven am Himmel beschreiben, haben sie noch einen feurigen Purzelbaum geschlagen, ehe sie im kalten Kellerwasser ersaufen. Er besann sich: Sterben konnte nicht schwer sein. Ein Tag lief dem andern nach und wenn man dem letzten ein Bein stellte, daß er kräftig hinschlug, war das lächerliche Wettrennen zu Ende. Er spürte leise Schadenfreude, daß er dem regelmäßigen Verlauf der Krankheit ausbiegen und einen Schlußpunkt setzen würde, wo das ordnungliebende Schicksal noch einige überflüssige Neben- und Nachsätze zu schreiben notwendig hielt. Auf einer Ansichtspostkarte, die Hermann und Dorothea von einem Kranz Tauben umflattert darstellte, teilte er seiner Geliebten mit, daß er einen längeren Abstecher nach dem Monde unternehmen werde. Bei günstigen Ansiedelungsbedingungen werde er sich dort wohl dauernd niederlassen. Dann löste er eine Fahrkarte dritter Klasse nach einem Vorort, in dessen Nähe er den Absprung in die Milchstraße wagen würde. Das Abteil saß voll schwätzender Menschen, deren Gespräche er nicht ohne Neugierde belauschte. Sie schienen sich auf hindostanisch zu verständigen und waren ohne erkenntlichen Grund sehr erregt. Vor einem jungen Mädchen, das ihn mit spitzen Augen aufspießte, zog er knurrend die Unterlippe von den Zähnen. Das blonde Ding warf ihm noch beim Aussteigen erschrockene Blicke zu, als er schon mit langen Schritten nach dem Walde ging, der schwarz schraffiert gegen den Horizont stand.

Die Sonne wollte untergehen und warf Feuerkugeln in die Kornfelder. Der Staub, den er in Spiralen aufwirbelte, zeigte ihm die Landschaft unter einem dünnen Schleier, den er mit dem Stock nicht zerreißen konnte. Es hatte sich jetzt seiner eine sonderbare Unruhe bemächtigt, die nichts mit Furcht gemein hatte. Es war ihm, als müsse er sich beeilen, unverzüglich zu tun, was notwendig war. Als säße er in einem Ballon, dessen Stricke schon abgeschnitten waren bis auf einen. Er spürte ungeheuren Auftrieb, Zwang in die Höhe, und die Erlösung lag bei einem raschen Axthieb. Kleine, spitzkielige Wolken segelten über ihn hinweg. Er versuchte mit ihnen zu fliegen. Die Arme warf er wie Flügel und stieß die Kniee nach oben. Aber er fiel wieder zur Erde zurück. Zorn brandete in ihm wie eine rote Welle hoch und er begann zu laufen. Aber immer war die Straße schneller als er und stets vor ihm. Am Himmel höhlte sich ein großes schwarzes Loch aus. Er zweifelte nicht, daß er da hindurch müsse und stemmte die Ellenbogen steil von sich ab um an den Wolkenrändern hoch zu klimmen. Als er es mit dem Oberkörper schon geschafft hatte und mit Befriedigung dünnere Luft atmete, zog ihn eine Faust an den Beinen zurück. Er fluchte und lief rascher, bis ihn der Wald aufnahm.

Der Boden war mit Fichtennadeln gepolstert, die den Schritt unhörbar machten. Die Bäume krümmten sich zu verzerrten Bögen und Kreisen, wie die Zahnräder einer Uhr. Sie griffen mit Knirschen ineinander und schoben ihn vorwärts, während er jeden Augenblick glaubte, zerrissen zu werden. Ein Reh, das ihm über den Weg lief, blieb plötzlich stehen und wandelte sich zu einem Busch, der mit braunen Blättern glänzte. Holztauben flatterten vor ihm auf. Am Rande der Lichtung stand ein Ahorn, unter dem er atmend hielt. Er zog den Strick aus der Tasche und knüpfte ihn sorgfältig über den Ast, der wie ein Wegweiser vom Stamm abragte. Als er den Kopf in die Schlinge legte und schaukelnd in der Luft hing, begann er wieder zu fliegen. Diesmal gelang es. Er nahm die Richtung auf einen glühenden Stern, der wie toll um den Mond tanzte.

Der Einsiedler warf sich auf die Kniee und betete zu seinem Gott. Sein Bart wogte wie die Wiese im Wind und aus seinen Augen strömte das unendliche Licht. Er hielt die Arme ausgebreitet, mit grünen Ketten an ein blühendes Kreuz getröstet, und seine Worte stiegen wie schimmernde Kugeln zum Himmel, wo sie der Herr mit gütigen Händen fing und seinen Engeln zuwarf. Als der Mönch die Arme senkte und sich wendete, erschrak er nicht, als der Selbstmörder wie eine müde Fahne vom Baum wehte. Er schnitt ihn ab, wie man die Kirsche vom Stengel löst. Er nahm ihn auf den Rücken, legte sich die kalten Arme des Toten brüderlich um den Hals und trug ihn zu seiner Hütte. Dort bahrte er ihn auf und begann sich die Suppe zu kochen aus Wurzeln und Pilzen. Aus den Wolken stieg der Abend nieder und hing sich schwarz in die Bäume. Das Dunkel schwoll mächtig an, aber an den Toten reichte es nicht. Denn der Mönch hatte eine Kerze entzündet, die die ganze Nacht wie ein einäugiger Vogel zu Häupten des weißen Mannes brannte.

[1919]

Der Name

Für M. R.

Er umblühte sie mit seiner Zärtlichkeit und gab ihr tausend Namen, die er mit der behutsamen Hand des Schmetterlingssammlers sich griff. Es war der Glanz der Sterne in seinen Worten und der kühle Duft der frühen Morgen und die bunten Kränze der Sonne über tropischen Flußufern wirbelten in ihnen. Aber er wagte es nicht sie mit dem Namen zu treffen, der einzig ihr Wesen umschloß und den auszusprechen von ihr erst Besitz ergreifen hieß. Er wußte, der Mann, der früher in ihrem Leben gewesen war, hatte sie so genannt. Das hielt ihn ab sie anzurufen mit der Beschwörung, der sie gehorchen mußte. Es war nahe daran, daß er sie verloren hätte, weil er Furcht vor einem Schatten besaß, dem nur die Kraft seiner Einbildung die toten Lenden mit Fleisch umkleidete. Sie gingen um sich herum, zögernd, mit ausgestreckten Händen, ohne sich zu berühren. Schon wuchs es wie dünner Nebel zwischen ihnen auf und die Luft, die sie gemeinsam atmeten, wurde klar und kalt. Mit einem durchsichtigen, bebenden Panzer aus gefrorenem Gefühl umwölbte sie sich. Er sah ihr Herz wie eine rote Quelle strömen hinter kristallenen Wänden, die vor dem Wort geschmolzen wären, das er nicht sprechen konnte. Er klopfte mit tausend Hämmerchen an die funkelnden. Aber sie tönten nur und sprangen nicht. Er sah den Weg, den schmalen und geraden Pfad, der zu ihr führte und hob die Hand nicht, die Dornenranke wegzubiegen, die ihn versperrte. Je länger er zauderte, desto unmöglicher schien es ihm und beiden, daß er das Wort formte, das nötig war.

In dieser verzweifelten Lage trat ein Umschwung ein, zu dem der Anstoß so zufällig und von außen kam, wie es nur ein zufälliger und äußerer Grund war, der ihn bisher gehindert hatte sie ganz zu erreichen. Ein Freund, der lange verreist gewesen war, kam von der Hauptstadt zurück und brachte einen Wirbel von der Frische und Beweglichkeit mit, in der man dort lebte. Bei einem Ausflug, den sie zu dreien unternahmen, rief er das Mädchen wie selbstverständlich bei dem Namen an, der ihr gehörte und fragte lachend, wie man sie nur irgend anders nennen könne, da doch kein anderer Name so wie der zu ihr passe. Der Blöde begriff mit einem Male selbst nicht mehr sein Zaudern. Er formte die Silben zu einem ganz köstlichen Ball und warf ihr das Wort zu, das sie mit einem erlösten Lächeln empfing.

[1919]

Das Kind

Als Hermine sich Mutter fühlte, spürte sie nur geringe Bestürzung. Aus einem unbekannten Grunde war es von Anfang an als das Natürlichste erschienen, daß es so kommen würde. Aber ebenso war es ihr durchaus klar, daß das zu Erwartende niemals Ereignis werden durfte. In ihrem Leben war kein Platz für dieses Kind. Die Beziehungen zu seinem Vater hatte sie abgebrochen, als sie ihn mit ihrer besten Freundin in einer eindeutigen Lage antraf. [Der] Beruf als Verkäuferin trug knapp ihr so viel ein, daß sie bescheiden sich erhalten konnte. Das Kind würde eine Bürde für sie sein, die ihr den Nacken krümmte. Das Gerede der Leute würde sie mit Nadeln martern. Das Vorurteil der Welt sie prangern. Sie wollte heiraten. Sie würde heiraten. Später einmal. Irgendjemanden. Sie wollte nicht immer Strümpfe verkaufen. Das funkelnde Glück einer sicheren Ehe mußte zu ergreifen sein. Aber nur ohne das Kind. So traf sie ihre Vorbereitungen. Der Herr des Warenhauses gewährte ihr vierzehn Tage Urlaub. Sie fand Asyl bei einer weisen Frau und überstand den Eingriff mit wenig Beschwerden. Kein Gedanke an Schuld kam ihr. Nichts von Gewissensbissen. Nur das Gefühl einer großen und wunderbaren Erleichterung. Wenn sie mit prüfenden Händen die sanfte Wölbung ihres Leibes umspannte, in den Hüften sich bog und in beweglichen Gelenken sich wiegte überströmte sie kindliche Freude über wiedergeschenkte Unbeschwertheit des Körpers.

Nicht viel später begegnete sie eben jenem Mädchen, mit dem der Geliebte sie betrogen hatte. Sie empfand keinerlei Groll gegen die Freundin, sprach ohne Scheu mit ihr und wurde von einem Geständnis überfallen, das sie wie ein Schlag vor die Brust traf. Der Faden der Dinge, den sie eben mit fester Hand abgerissen hatte, spann sich auf gleicher Spule weiter. Sie erschrak über die wegsichere Wucht eines

Geschicks, das sie wie eine schwere Kugel von sich auf eine andere abgerollt hatte. Der war der Ausweg versperrt, weil Hermine ihn durch ihre Flucht ungangbar gemacht hatte. Ihr (der Freundin) blieb das Opfer, dem sie sich entzogen.

Die folgenden Monate lebte Hermine in einer innigen Vertrautheit mit den Veränderungen, die in dem fremden Körper vor sich gingen. Sie fühlte die Last des schweren Leibes, die unruhigen Wallungen des Blutes, den schmerzlichen Segen der Reife in einer Stärke der Empfindung mit, die sie fast betäubte. Als bei der Geburt die Mutter starb, nahm sie *ihr* Kind an sich wie ein Geschenk, das erst verschmäht, um so tiefer beglückt.

[1919]

Der Insektenstich

Er war fünfunddreißig Jahre alt und anscheinend vollkommen gesund, als er von der sonderbaren Neigung ergriffen wurde in der Betrachtung von Selbstmordarten, in dem peinlichen, fast liebevollen Ausmalen ihrer Einzelheiten, ihrer Handgriffe und Feinheiten einen lebhaften und erregenden Genuß zu finden. Vielleicht war es eine übermäßige und unnatürliche Furcht vor dem Tode, die ihn bedrängte, sich so innig mit ihm zu beschäftigen und ihm derart alles Grauen zu nehmen. Und indem er sich auf der rasenden Flucht vor dieser Angst überschlug, gelang es ihm dem Gedanken jedes Gift zu entziehen, und Süßes zu schmecken, wo vordem Bitteres gebrannt hatte.

Er befestigte einen Nagel in der Wand, legte sich die Schlinge des weizengelben Strickes um den Hals und erlebte glühend beseligten Absturz in rote Schlucht. Er knöpfte das Hemd auf, setzte zitternd die blauglänzende Messerspitze an die Brustwarze und fühlte sein Fleisch auseinanderfallen, wie die geäderten Sichelteile einer Apfelsine. Der Lauf der Pistole blitzte und der Schuß warf ihn zu den kreisenden Sternen. Er stand auf dem Geländer der Brücke und segelte mit ausgebreiteten Armen ins Strömende. Er schleuderte sich vor die krachenden Räder der Lokomotiven, trank grüne und blaue Gifte, öffnete sich die Pulsadern und atmete den schweren Duft des Leuchtgases. Er erlebte spielerisch alle Tode und wenn er zögerte, sich in der Tat für einen zu entscheiden, war der Grund die schmerzliche Unmöglichkeit, die Genüsse aller in einem zusammenzufassen. Da geschah es, daß ihm der Arzt ohne Umschweife den baldigen Tod voraussagte. Ein schleichendes Übel, lange vernachlässigt, hatte sein Blut zersetzt und auf Heilung war nicht mehr zu hoffen. Die Furcht vor dem Sterben, an die Wand gedrückt, gestoßen und getreten, zu Brei zermalmt und zu Nebel verflüchtigt, formte sich wieder und erstand schrecklicher als jemals. Ein Stehaufmännchen, das unter dem zurückweichenden Finger kurvig sich wieder aufstellt. Er begann einen zornigen und zähen Kampf um sein Leben. Wie er früher die Süßigkeit des Sterbens hundertmal vorgekostet hatte, schien ihm jetzt ein Leben in Gesundheit das unerhörteste Glück, nach dem er sich wütend sehnte. (Hier wäre vielleicht zu sagen, daß der stürmische Drang zu leben, der sich jetzt in ihm entzündete, aus der Begierde erstand, das süße Laster des vielseitigen Sterbens nicht aufgeben zu müssen.) Kurz und gut, das Unglaubliche traf ein, er genas wieder. Nach Monaten, die er mit anstrengenden und gefährlichen Kuren zubrachte, mit Atemübungen und Bädern, mit Abreibungen und Bestrahlungen, konnte ihm der Arzt sagen, daß das Schlimmste überstanden sei. An dem Tag, da ihm diese erfreuliche Mitteilung die Augen heller machte, stach ihn ein Insekt in die Hand. Er starb nach vierundzwanzig Stunden an Blutvergiftung.

[1919]

Die Glaswolke

Ein Märchen

Die Glaswolke brach klirrend nieder von einem fremden Stern. Ein silberner Pfeil, von dem riesigen Bogen des Sternenjägers abgeschnellt, hatte sie blitzend die Sonnenkreise durchschnitten, um mit dem süßen Pfeifen von tausend Nachtigallen auf der Wiese zu landen. Nun wölbte sie sich wie ein gläserner Berg vor den Toren und überfunkelte die schwarzen Dächer. Als man mit großen Hämmern, Stemmeisen und Hebestangen sich daranmachen wollte, Blöcke von dem milchdunstig schimmernden Kegel abzutrümmern, zeigte es sich, daß es besser gewesen wäre, sich mit Scheren und Messern zu rüsten. Die glasähnliche Masse war weich und schmiegsam wie Gummi, ohne klebrig zu sein. Ein köstlicher, behutsamer Duft strömte von ihr aus, wie er den Frauen fremder Horizonte in gesalbten Achseln wohnen mag. Man schnitt große Stücke des himmlischen Glases ab. Die Tuchfabrikherren der Stadt errieten die Gefahr, die ihnen drohte. Aber ehe sie noch die Bittschrift an den Senat abgefaßt hatten, daß es verboten werden sollte, das sternhelle Gewebe in den Handel zu bringen, hatte sich schon eine kluge, behende und eitle Frau daraus einen Mantel geschneidert und trug ihn im Triumph durch die Straßen. Eine Woche später prahlte alles in Kometenkleidern. Ein Glasmaler, der in ärmlichen Verhältnissen gelebt hatte, weil die Herstellung von Kirchenfenstern nur wenig einbrachte, kam auf den glücklichen Gedanken, die Glasseide bunt zu bemalen, mit Blumen und seltenen Ornamenten. Er konnte die Aufträge, mit denen man ihn berannte, nicht mehr bewältigen, trotz der zwanzig Gesellen, die er in Schichten arbeiten ließ und obwohl er selber Tag und Nacht hinter seinen Entwürfen saß. Als die Frau des Senatspräsidenten bei der Auffahrt zum Rennen in einer Glasrobe sich zeigte, auf deren grünem Grund flammendrote Pfauen sich spreizten, brach ein allgemeiner Jubel los. Kometenseide wurde die große Mode. Niemand mehr trug Kleider aus gewebten Tuchen. Der gläserne Berg wurde nicht kleiner und die Armen der Stadt gingen in schönen Gewändern wie nie in ihrem Leben. Nur die Tuchfabrikherren schritten traurig durch die Maschinenhallen, in denen kein Webstuhl sich mehr regte, seit man die Unterwäsche sogar aus dem billigen Stoff herstellte. Und der süße Duft des Glases schwelte durch alle Gassen und brannte wie ein feuriger Rausch in den Menschen.

Da trat ein Ereignis ein, dessen Folgen nicht ohne weiteres abzusehen waren. Als eines Abends ein schwarzes Gewitter heraufzog, funkelte ein greller Blitz wie eine wütende Schlange über die Dächer. Aus irgendwelchen Gründen, sie mögen chemischer Art gewesen sein, zerflossen die gläsernen Kleider zu einer grünklaren Flüssigkeit und alle Menschen der Stadt standen nackt, wie eben dem Bad entstiegen. Junge Mädchen, die mit ihren Geliebten auf den Wällen lustwandelten, flüchteten schreiend in die nächsten Häuser. Eine Nonne, die auf dem Gang zur Kirche war, besaß Besinnung genug, von einem blühenden Baum sich Zweige zu brechen, um ihre Blöße zu decken. Glücklich waren diejenigen, die noch Tuchkleider von ehemals im Schranke hängen hatten. Andere konnten sich Wochen nicht aus dem Hause trauen, bis sie sich das Notwendigste angeschafft hatten. Die Tuchherren atmeten auf, der Glasmaler entließ die zwanzig Gesellen und zeichnete wieder Ritter und Heilige. Vor den Toren der Stadt aber glänzte ein Teich mit silbernem Spiegel.

[1919]

Journalist Franz Bär

Journalist Franz Bär trieb versunken über den Platz. Die Nadeln des Doms stachen den Himmel blutig. Rosa Wolken vertropften über den Dächern. Schmale Schuhe einer Verkäuferin glitten geschmeidige Eidechsen über das nasse Pflaster. Spielende Tiere. Flink züngelten sie über die blanke Steinschwelle. Die weiße Bluse blühte wie fernher aus dem Dunkel und versank im schwarzen See Finsternis. Franz Bär vermochte den Gifttropfen kleiner Enttäuschung nicht auszuspucken. Er ließ ihn ins Blut rollen und von ihm jede Lust dieses Abends sich zersetzen. Ranziges Fett im Gasthaus verklebte den Gaumen. Der Herr am Nebentisch, Schauspieler oder gepflegter Postsekretär, Augen seiner Begleiterin tief entzündend, zwang ihn zu aufreizendem Vergleich. Scham, Trauer und Wut jagten ihn zwischen weißen Tischen zur Tür auf die Straße. Ein brennender Trambahnwagen knatterte steil in den Himmel. Menschen kreisten. Woge trug ihn und warf ihn in die enge Stube. Das Tischtuch glänzte fleckig. Das Bett stand drohend in der Ecke. Die Polster blähten sich lüstern ihn zu erdrücken. Er zog die Stiefel aus. Den Kragen besah er und beschloß zähneknirschend ihn auch morgen noch um zu binden. Die Hose legte sich geduldig in gewohnte Falten. Nackt trat er vor den Spiegel. Die Füße, verrunzelt, mit gekrümmten Zehen, fraßen sich bösartig in den schäbigen Teppich. Waden, mager wie bei Kindern, verdickten sich zu den häßlichen Knollen der Kniee. Das Fleisch der Schenkel, faltig, prüfte er mit grausamen Fingern. Trommel des Bauchs hing an den Rippenstäben, schwankend. Dünner Stengel über den Teller der Brust hob sich der Hals und trug behaarte Riesennuß des Kopfs. Er flüchtete ins Bett. Das Messer des Monds fuhr durchs Fenster und zerschnitt ihm die Leber. Er ertrank im Blut und entschlief zu schwerem Traum.

Er lag im Trommelfeuer der Morgenpost. Die Kanonade der Briefe schlug wirbelnd auf ihn ein. Ziffern der Handelsberichte peitschten wie Gewehrfeuer. Schwere Minen versiegelter Schreiben dröhnten. Der Galoppsprung der Pferde scholl hart aus Rennotizen. Fußballspieler wogten über den Rasen. Mordschrei gellte. Minister sprachen zum Volk. Scheiben klirrten bei Plünderungen. Spiele der Dichter entzündeten ihn. Brüllender Atem der Versammlungen wehte ihn an. Züge stürzten von Brücken. Der Tango der Operetten tanzte durch sein Fenster. Das Telefon riß ihn in fremde Städte. Stimmen drangen auf ihn ein, vertrauter Tonfall, sprudelnd von nie gesehenen Lippen. Auf feuchten Bögen glänzte die Flucht schwarzer Zeichen, Abdruck noch glühenden Metalls. Mit roten Strichen fetzte er, riß tiefe Wunden. Besuche kamen. Von Erfolgen träumte der junge Sänger. Politiker, Schrei und Empörung, zerbarsten. Turnvereinler prahlten mit Muskelwülsten. Boten brachten Telegramme. Der Tisch schnaubte wie ein Pferd. Türen flogen. Das Fenster zitterte. Berg des Papiers neigte sich gegen ihn und zertrümmerte seine Stirn. Zur Lawine schwoll der Lärm der Maschinen. In die plötzliche Stille knisterte die fertige Zeitung.

Den Frieden des Nachmittags trug er an den Strom. Die sanften Flanken des Bergs atmeten wie schlafende Tiere. Der Wind sprang in die Weiden, die mit bebenden Gerten auf ihn einschlugen. Franz Bär warf sich ins Gras. Der Bogen des Himmels spannte sich gewaltig über ihn. Er maß ihn mit blinzelnden Augen aus. Er drehte langsam den Kopf und ließ den geblendeten Blick über die funkelnde Bläue tanzen. Die grünen Halme schrägten sich wie Balken über sein Kinn. Eine brüllende Hummel erschütterte die Luft. Ein Schmetterling schwankte seinem Auge vorüber. Bäume brausten. Durch Schluchten jagte das Blut der Erde. Das Wasser brodelte. Die Bäume standen wie Riesen. Der Berg wälzte sich zu Tal. Der Fluß stieg über die Ufer. Der

Weg jagte in wütenden Sprüngen in die Stadt. Ein gläsernes Licht glänzte. Ihn riß es hoch. Seine Beine begannen zu laufen. Der Wind klirrte im Schilf. Vögel schrien. Seine Flucht endete im Cafe. Der Marmortisch kühlte seine Hände. Der Samt der Polster streichelte sie. Er redete mit der Kellnerin. Sein Blick umstrich die Wölbung ihrer Hüften, verbiß sich im Ausschnitt ihrer Bluse. Die gelbe Haut ihres Halses machte seine Knie zittern. Freunde kamen. Gespräche dampften. Durch den grauen Dunst züngelten gellende Worte. Grün klatschend tropften Witze. Weiber wurden entkleidet. Brüste von Stallmägden überschwemmten den Tisch. Huren knallten mit breiten Schenkeln. Bär zahlte. Durch die Straßen raste der Abend. Ein Herr im Frack küßte der Dame die Hand. Ihre dünnen Lippen entblößten ein trauriges Lächeln. Der Diener meldete den Polizeibeamten. Sein schwarzer Spitzbart zündete steil. Sein Gehrock saß schlecht. Der Herr im Frack sprang durchs Fenster. Es wurde hell. Programme rauschten: Henny Porten. Dunkel. Der Herr im Frack stand auf der Wiese. Die weißen Ärmel seines Hemdes blitzten. Langsam hob er die Pistole. Sein Gegner sank ins Gras. Ärzte flatterten mit Binden. Ein Wagen fuhr im grünen Schatten des Waldweges.

Im Cafe zahlten die letzten Gäste. Stühle kletterten auf die Tische und verbauten sich zu Burgen. Der Wirt feilschte mit den Kellnerinnen. Centa raschelte im gelben Gummimantel. Auf dem Pflaster klapperten ihre Absätze. Er küßte ihren Hals. Aus ihren Kleidern strömte ein Geruch von Speisen. Von Wein. Qualm von Zigaretten. Ihre kleinen Hände trafen sich in seinem Haar. Die Treppe knarrte einen Trauermarsch. Aus Messingrahmen stachen die Schnurrbärte von Vizefeldwebeln. Als es dämmerte und er erwachte lag sie schlafend neben ihm. Ihre dünnen Beine bogen sich fremd und feindselig. Ihr Gesicht war zerflossen. Das Waschgeschirr klimperte unfreundlich. Das Handtuch kratzte ihn. Der Kamm riß an seinen Haaren. Die staubigen Schuhe drückten. Er floh. Die Spirale des Treppengeländers wirbelte ihn in den Hausflur. Mit nasser Hand klatschte ihm der Morgen ins Gesicht.

Am Teetisch blühte das Porzellan. Der Freund entzündete ihm die Zigarre. Die Frau, weiß, blumenhaft, schenkte ihm ihr Lächeln. Sie rissen die Türen vor ihm auf, aber er kam nicht über die Schwelle. Er klammerte sich am Tisch fest. Sie entschwebten und die Hände, die sie nach ihm streckten, zergingen zu Dunst in seiner Faust. Er saß allein am Tisch. Auf einem Felsen. Die Glut seiner Zigarre leuchtete wie ein Notfeuer. Der Nebel fraß sich in seine Kleider. Meervögel klatschten. Ein Schiff mit Musik zog am Horizont. Ihre weiße Hand goß ihm Tee ein. Er ging bald.

Die Klinge des Friseurs tanzte auf seinem Kinn. Puder wölkte ihn ein. Das Grau seiner vierzig Jahre sah ihn aus dem Spiegel an. Am Abend traf er sie im Stadtpark. Sie erzählte von der Schule. Von den Kindern. Der fußfreie Rock wippte fröhlich um die Waden. Ihr festes Gesicht ruckte entschlossen voran. Die Schwäne glitten weiß und lautlos wie ausgestopft. Die Enten schrien. Der Kies knirschte Worte, die er nicht verstand. Die Lehne der Bank schlug ihm hart den Rücken. Er erreichte mit den Füßen den Boden nicht. Das machte ihn unsicher. Sie wurzelte mit spielenden Knöcheln im Gras. Er tastete sich an sie heran. Sie wich aus. Er griff immer ins Leere. Er zielte mit Worten. Sie trafen nicht. Sie brach seinen Pfeilen die Spitzen ab und spielte kindlich mit den gefiederten Schäften. Wenn er sie von den Seilen seiner Sätze umschnürt glaubte, wendete sie sich leicht und die hanfene Schlange lag zu ihren Füßen. Sie rannte davon. Er faßte zu und hielt ihr Schultertuch. Er lockte sie auf Wolfsgruben. Aber ihrem leichten Gang hielt die trügerische Decke. Er führte sie in Sackgassen, aber verborgene Türen taten sich vor ihr auf. Er warf sich an ihre Brust und fiel taumelnd ins Leere. Er stellte die brüske

Frage. Sie hörte nicht und bat zu gehen. Für den nächsten Abend bestellte sie ihn in den Zirkus.

Das Bett schrie unter seiner Last. Das Gas brannte schlecht. Das Fenster wehte auf. Der fremde Abend atmete ihn an. Er warf sich zu Boden und lief auf allen vieren wie ein Hund. Wütend bellte er die Lehne des Sessels an. Er legte den Kopf auf die Vorderpfoten und heulte laut. Die Kastenwand lockte ihn, sein Wasser ab zu schlagen. Das ging nicht auf hündische Art und erinnerte ihn, daß er Mensch sei. Er trommelte sich mit den Fäusten auf den Kopf und befahl sich es zu vergessen. Die Wände des Käfigs marschierten auf ihn los. Plötzlich zerfielen sie. Er ragte einsam in die kalte Unendlichkeit, ausgesetzt auf der Spitze eines riesigen Turms. Jäh fielen die Wände ab in schwarze Stille. Winselnd rannte er um den Rand des Turms. Eine ungeheure Kälte stach ihn. Der Himmel war tief und grenzenlos und ohne Sterne. Sein Brüllen verscholl in Nichts. Er schluchzte unendlich in den Mond hinaus.

[1920]

Schmaler Tag des Kommis

Er blies wie beruhigt den Rauch seiner Zigarre ins Blaue und täuschte sich ein Gleichgewicht vor, in dem er sich nicht befand. Die schwarzen Schnäbel der Schiffe hackten erbittert auf den unbewegten Spiegel. Hinterrücks überfiel ihn straßenräuberisch lauernder, unausbleiblicher Vergleich. Aus der Luft schnitten sie gläserne Türen, die vor keinem Steinwurf zerbrachen. Der Hafen kreiste ihn ein. Die Spinnenarme der Krane griffen mächtig ins Leere. Er dachte einen Augenblick lang an Indien, oder an San Francisco, oder an ein Bordell in Stockholm. Schienen funkelten. Netze von Gerüsten durchflochten den Raum. Teer dampfte. Der Hund, gröhlend am Heck, Sidney, Palmen, Sago, Fieber. Möven klatschten aufs Meer. Dünner Trost: Du entrinnst dir auch dort nicht. Dann heftige Ablehnung des stets vergeblich unternommenen Versuches, sich zur Welt zu erweitern. Er fluchte verzweifelt, lief davon und bestellte im Gasthaus die doppelte Portion. Das Mädchen, schmaler Schuh und hochgetürmtes Haar, lockte zu rasender Flucht in dunkel geahnten, möglichen Ausweg. Sie schlief ohne Umstände bei ihm. Als er früh erwachte und quer über ihr lag, riefen die fremden Stimmen ferner und unerbittlicher. Er aber kreuzte wieder mit totem Segel. Ihr Mund röchelte ihm geöffnet entgegen. Er stieß tief seine Zunge hinein. Spiralen von roten Horizonten umwirbelten ihn. Der Kontorstuhl krächzte. Er überblickte zehntausend kommende Tage. Vorläufige Erlösung bot nur Lohnaufbesserung. Und etwa Esperanto.

[1920]

Katta Moll

Katta Moll triumphierte: Ich habe in Hafenschenken getanzt, daß die Gäste mit den langen Messern die Tische zerschnitten vor Lust. Der chinesische Steuermann schüttete mir ein Pulver ins Glas. Ich gab es ihm zu trinken und schlief bei ihm. O, er war süß der gelbe Affe! In Dortmund sprang ein Apotheker auf die Bühne und verbiß sich in meine Schenkel. In Paris verkaufte ich einer Herzogin meine getragenen Strümpfe. Sie schrie vor Wollust, wenn sie daran roch. Katta Moll legte die Arme weit in den Tisch. In Boston, ja in Boston wars, da wollte mich der Mönch im Beichtstuhl vergewaltigen. Katta Moll kreischte: Morgen tanze ich zum erstenmal hier!

Der grüne Kulissenwald schwankte wie ein Pfauenschwanz. Gelb, grün, grün, gelb, rot. Katta im schwarzen Trikot. Sie schritt, beugte sich, drehte die Arme, schwenkte die Hüften, spannte die Schultern, wirbelte, brannte, zischte, loderte, raste ... und stürzte brüllend von der Bühne, als drunten keine Hand sich regte.

Sie saß bleich am Tisch. Sie duckte sich unter den Blicken der Frauen. Schäumend berichtete sie: In München hatte sie einem Maler nackt Modell gesessen. Es wurde ihm verboten das Bild auszustellen. Ein Oberrealschüler versuchte seinen Vater zu erwürgen, weil der es ihm verwehren wollte, den fünften Abend ins Variété zu gehn ihretwegen. Heute tanze ich wieder. Ah, sie schnupperte erregt.

Wald wogte. Die Musik rauschte wie goldener Schleppenwurf. Katta Moll trug ein gelbes Trikot. Auf zögernden Gelenken schritt sie zur Rampe. Cymbeln tönten auf. Sie wölbte den Bauch zu spiegelnden Sonnen. Sie setzte die Hände auf die Brüste, gleich Vögeln, die an Trauben naschen. Sie begann sich langsam zu drehen. Unter ihren Füßen waren silberne Messer. Sie warf die Hände in die Luft und sie fingen sich wieder und verschwanden. Rasender jagten die Geigen und ein Paukenschlag warf sie auf die Kniee. Der Vorhang sank wie ein Blütenblatt. Niemand klatschte.

Katta Moll verbrachte die Nacht in der Portierloge. Sie brüllte in seinen Armen und ließ ihn schwören, daß sie schöner sei als seine fünfzigjährige Frau. Auf der Straße schlich sie entlang den Häusern. Sie ging zum Direktor und erbat die Lösung des Engagements. Er verweigerte sie.

Abends tanzte sie wieder. Orangen war ihr Trikot. In traurigen Kreisen erreichte sie die Mitte der Bühne. Sie zelebrierte mit den Beinen eine Messe des Teufels. Sie zerriß die Seide über der Brust. Fromm verhüllte sie sich wieder und mit dem Gang junger Nonnen tanzte sie ab. Niemand klatschte.

Katta zerfleischte sich vor dem Spiegel. Sie beschimpfte sich mit schrecklichen Worten. Sie riß sich an den Haaren. Sie schlug sich ins Gesicht. Sie wälzte sich auf dem Teppich. Sie schloß sich im Zimmer ein. Abends ließ sie der Direktor im Wagen holen und auf die Bühne schleppen.

Grün und gelb zischten die Kulissen. Katta befahl der Musik aus zu setzen. Dann drehte sie sich in einem Tanz voll einfacher und keuscher Bewegungen. Mit einem Ruck warf sie ihr Kleid ab. War nackt. Und spreizte mit einem gellenden Schrei die Schenkel. Der Vorhang taumelte rasch herab.

Katta weinte und heulte. Ein Mönch hatte mich vergewaltigen wollen. In Berlin… Sie floh zum Bahnhof. Die verzauberte Stadt sah ihr mit kalten Augen nach.

[1920]

Ariel

Bei seiner Geburt bog die Mutter den weißen Hals zurück und starb mit einem lauten Schrei. Man mußte das Kind vor dem Vater verstecken, der es ermorden wollte. Man gab Ariel zu ländlichen Verwandten. Wälder, Wiesen, Brunnen und ein immer riesiger Himmel waren spiegelnd um ihn. Man holte ihn zurück, als er fünf Jahre alt war und sein Vater Hochzeit machte mit der rundschultrigen Sängerin. Der Husarenoberst glänzte wie eine große überreife Himbeere am Ärmel seiner Frau. Der Senatspräsident wippte wie eine schwarze Schwalbe über der kristallnen Schale, in der Pfirsiche und Äpfel lagen, flaumig, rot und duftend. Sekt, aus einem winzigen Glas, trieb ihm viele Nadeln in das Fleisch. Später kam Ariel zu den Kadetten. Die eisernen Bettstellen zuckten unter der ersten Qual seines wilden Blutes. An den kalten Februarmorgen, im dünnen, schrägen Regen, übten sie mit Gewehr und Säbel. Mit zwanzig Jahren trat er ins Regiment ein und war wie durchschnittlich der Offizier. In tiefen Nächten trank er gemessen und immer unerschüttert Wein. Der Feldzug brachte ihm Auszeichnung. Er fing bei jenem Vorstoß, der in allen Zeitungen ausschweifend beschrieben ward, das feindliche Panzerautomobil, den Major und wichtige Pläne. Er wurde daraufhin dem König vorgestellt. Wieder in der Garnison sah man ihm vieles nach. Er las dicke Bücher, auch solche von den deutschen Mystikern, von Schopenhauer, indische Sagen. Er lernte Illa kennen. Ihr gelbes Gesicht stand kühl über dem Pelz. Sie verachtete das holprige Pflaster der kleinen Stadt und verließ selten das Haus. Sie brannte schneeweiße, betäubende Lampen im Zimmer und saß wie ein heller Vogel auf der Lehne des Ledersessels. Der Rittmeister hatte Ariel bei ihr eingeführt. Sie rauchte starke Zigaretten, schlief wenig und spielte bis zum Morgengrauen mit Ariel. Er machte sich zu ihrem Geschöpf. Sie hatte keine Launen und war zu ihm wie zu einem edlen Pferd. Er verbrachte den Winter nur in ihrer Gesellschaft. Er kam ihr nicht näher und wußte nicht mehr von ihrem Eigentlichen, als von dem blonden Fräulein, das ihm die Fingernägel glänzend erhielt. Sehr spät erst merkte er, daß sie die Geliebte des Rittmeisters war. Ariel fuhr nach Berlin, erbat und bekam den Abschied von soldatischen Diensten. Er besuchte Vorlesungen an der Hochschule, verschaffte sich Theaterkarten und war ein regelmäßiger Besucher aller nächtlichen Vergnügungstätten. Die kleine Schauspielerin Eva und die Gräfin Gagern teilten im Wechsel das Bett mit ihm. So konnte er dem Arzt auch keine sichere Auskunft geben auf die Frage, von wem er die Krankheit sich geholt habe. Nach einer kurzen und unvollständigen Kur mietete er sich in einem Ostseedorf ein. Er war ein großer und schlanker Mensch von blühendem Aussehen und die Weiber gierten nach ihm. Er hatte vielen Zulauf und es war bald kein Mädchen mehr im Dorf, das nicht von ihm angesteckt gewesen wäre. Er wüstete entsetzlich im unschuldigen Fleisch. Bald war es weit und breit bekannt, daß alle Frauen von Sandelmaar vergiftete Pfeile im Schoß trügen. Die Männer von Sandelmaar stürmten eines Nachts Ariels Haus und schlugen ihn halbtot. Er ließ sich später in einer kleinen süddeutschen Stadt nieder. Er führte ein sehr zurückgezogenes Leben. Rosenzucht füllte seine Tage aus. Er legte die Kleider seiner Jugend nicht mehr ab. Er ging noch in engen Hosen und weiten Röcken, da alles um ihn schon weite Hosen und enge Röcke trug. So wurde der alte Ariel eine allgemein bekannte und den Kindern ein wenig komische Figur. Grauhaarig machte er noch eine Reise nach Berlin. Er stieg im besten Hotel ab, bestellte Schneider, Schuster, Friseur und verwandelte sich binnen vierundzwanzig Stunden in einen modisch gekleideten alten Herrn. Sein weißer Schnurrbart, sorgfältig gedreht, übersteilte die geschminkten Lippen. Abends steckte er sich eine

Blume ins Knopfloch und besuchte das feinste Kaffee des Westens. Einen jungen Burschen winkte er zu sich, behandelte ihn mit vollendeter Höflichkeit und nahm ihn mit ins Hotel. Als der Knabe am Morgen den Greis tot neben sich im Bett liegen sah, plünderte er noch dessen Brieftasche aus und verschwand. Weil er Ritter des Sankt Georgsordens war, wurde Ariel mit militärischen Ehren zu Grabe getragen. Die Presse berichtete ausführlich über den feierlichen Akt und erinnerte auch noch einmal an die kühne Tat, mit der er die hohe Auszeichnung sich erworben.

[1920]

Das weiße Pferd

Bukol erwachte im Zelt. Es war dunkel. Er blieb flach liegen, fühlte sich von Wärme getragen wie ein Stück Holz im Wasser. Er schloß die Augen, ließ sich tiefer sinken und stieß wie ein junger Fisch steil an die Oberfläche. Er krümmte die Knie, hoch, zur Nase, streckte sie wieder, beugte die Arme zu einem knackenden Kreis, klatschte in die Hände und sprang auf. Der Boden schaukelte unter ihm. Er lächelte, hielt sich an einer Stange fest. Er ging aus dem Zelt. Der Morgen brannte grün über den Horizontbergen. Über die Ebene her, in kurzen Sprüngen, näherte sich ein Pferd. Der lange Schweif flog im Wind. Tänzelnd blieb das milchweiße Tier vor Bukol stehn. Er faßte mit der linken Hand in die Mähne, stützte die rechte auf den Rücken des Pferdes und saß oben. In einem leichten, wiegenden Trab setzte der Schimmel die Hufe. Die Ebene schwand. Wald kam. Quellen sprangen. Vögel kreisten, Berge schoben sich heran und flohen wieder davon. Büsche rauschten am Weg. Teiche blitzten. Auf Wiesen drehten sich große runde Blumen. Bukol ritt vom Morgen bis zum Mittag. Er ritt vom Mittag bis zum Abend. Riesige Sterne liefen über den Himmel. Ein Komet stob sprühend dahin. Winde erwachten. Das Meer brauste gewaltig heran. Küsten donnerten und unendliches Land begann wieder. Bukol ritt. Eine große rote Sonne brodelte im Zenit. Das Pferd gab die ersten Zeichen von Müdigkeit. Der weiche Trab wurde stolprig. Es knickte in den Fesseln. Stürzte. Bukol fiel wie ein Kreisel drehend auf die Beine und hob die Peitsche und zog dem weißen Pferd drei Hiebe über das Fell. Drei schwarze Striemen blieben und vergingen nicht mehr. Bukol ritt weiter bis wieder zum Abend. Als es dämmerte, hielt das Pferd auf einem Hügel, mit stoßender Brust. Bukol stach ihm den Sporn tief in die Flanke. Blut begann zu fließen. In einem dünnen roten Faden lief es, wie aus einem unversiegbaren Brunnen. Das Tier stand mit zitternden Beinen. Und immer floß und floß das Blut. Tot brach der Schimmel in einer roten Lache zusammen. Bukol brachte die lange und schaurige Nacht auf dem Hügel zu. Am Morgen begann er die Wanderung nach den Zelten seines Stammes. Am dritten Tag, als er den See durchschwamm, um den Weg abzukürzen, ruderte vor ihm ein weißes Pferd. Am Ufer trabte es triefend davon. Nach Wochen erreichte Bukol, abgezehrt, zerlumpt, erschöpft die Seinen, die ihn schon tot geglaubt hatten. Er duldete nicht hinfort, daß man Schimmel aufzog. Jedes Schimmelfohlen ließ er töten. Er ritt nur Rappen. Er starb im Zweikampf, zu dem ihn ein Gastfreund gefordert, dessen weißes Pferd er im Stalle niedergestochen.

[1920]

Die Mückenschlacht

Schwüle lag wie ein großes heißes Tier vorm Fenster. Die steinernen Flanken zitterten. Die rote Zunge rauchte über den Dächern. Mit dem Atem stieß die Bestie Schwärme kleiner, gelbflügeliger Mücken aus. Die hingen wie Fahnen in der Luft, steil und schräg, mit flatternden Zipfeln und unbewegt. Am Abend begannen sie ungeheuer und klingend zu tanzen. Sie drehten sich in rasenden Wirbeln, brachen wütend über die Stube herein und schwangen wie verdorrte Kränze um die Lampe. Es waren hunderte, tausende. Die Stube begann sich mit ihnen zu drehen. Sie verfinsterten das Licht. Wir warfen die Netze unserer Finger unter sie, schlossen die Faust und hielten ihre kleinen, zuckenden Körper gefangen. Wir erschlugen sie mit Tüchern, verfolgten sie mit brennenden Kerzen, ihnen Scheiterhaufen zu bereiten. Aber sie wurden immer mehr und die Bögen ihrer wilden Kreise immer gewaltiger. Sie zwangen uns, bei geschlossenen Fenstern zu sitzen. Wenn wir an die Scheiben traten, sahen wir sie gierig am Glas kleben. Wir fürchteten uns. Jeden Abend mußten die Fenster geschlossen bleiben. Wir verbrannten. Wir lehnten müde in den Sesseln. Mit feuchten Fingern drehten wir Zigaretten. Von Zeit zu Zeit ging einer zum Fenster, wo von draußen mit leisem Prall die Mücken gegen das Glas taumelten. Wir waren belagert. Eingesperrt. Sie lauerten immer auf uns. Die schwülen Nächte dampften unter dem Mond. Uns ergriff ein wilder Haß gegen unsere Feinde. Wir töteten sie, wo wir sie vereinzelt antrafen. Wir öffneten das Fenster ein wenig, daß durch die kleine Spalte taumelnd eine Schar und geblendet hereinwogte. Wir erschlugen sie alle. Unser Gefangenenleben wurde unerträglich. Der Schweiß zerfraß uns. Wir lagen erschöpft über den Tischen. Und immer die gierigen Flügelflatterer an den Scheiben.

Eines Abends erstach ein schneller Blitz das große Tier.

Im Regen verschwamm das Blut. Der mückenspeiende Atem erlosch. Wir schlugen das Fenster weit auseinander. Den zwei Mücken, die prasselnd kamen, rissen wir die Flügel aus. Die verstümmelten Leichen bliesen wir vom Tisch.

[1921]

München

Wir sind im November jetzt, schon sind die Bäume weiß vom Reif und die Enten bei den Isarbrücken stecken den Schnabel ins Wasser und wackeln mit den weißen Steißen. Diese Enten, oft streichen sie davon, der Körper hängt schwer wie ein Sack, aber sie rudern mit den kurzen, strammen Flügeln mächtig voran. Diese Enten und die Möven, sie rühren sich, immer ist was los, Bewegung und Schrei. München träumt, schläft, döst. Aber der englische Garten war im Sommer wundervoll. Das schöne Grün. In der neuen Sezession haben Seewald, Eberz Sinn für die Reize des Vegetativen. Aber wie beschränkt ist ihr Format! Beckmann ist geräuschvoll wie ein Weinreisender. Im englischen Garten sitzend könnte man nur Klee anschauen, vielleicht noch Eberz, aber im Isartal, unter blauem Himmel, viel gelber Kies, im Isartal ist nur mehr Klee erträglich. Es sind auch sonst noch Maler in der neuen Sezession, aber das sind keine Maler. Doch, doch, doch, sie sinds, denn auch die feldgrauen Künstler stellen aus. Ich gehe nie wieder zu ihnen, nie wieder! Das ist eins vom Wenigen, das ich sicher weiß. Emmi Hennings hat im Steinickesaal vorgelesen. Ich ginge, wahrscheinlich, auch nicht wieder hin. Ich lese das lieber selber. Sie hat einen blonden Pagenkopf, eine süße, kleine Stimme und ihre Verse sind mir lieber als ihre Prosa. Es waren wenig Leute da, unter ihnen Exzellenz Maximow, und Engert, der letzte Schwabinger. Ich suchte den Saal, hatte mich verlaufen, war eine Stiege zu hoch gestiegen, da sah ich durch ein Fenster nackte Arme, jemand kreischte, es war der Ankleideraum der »Schaubühne«, die Felber im Steinickesaal auftut. Früher leitete er die »Neue Bühne« und ich sah dort eine Vorstellung von Kaisers Plakatdrama »Von morgens bis mitternachts«. Grellbunte Bühnenbilder Schaeflers, Granach als Kassierer, galizisch, viel Mache, aber darunter echtes Theatertemperament. Die Vorstellung, im Ganzen, doch erregend, prikkelnd! Prickelnd das kann man nie sagen von einer Vorstellung der Staatstheater. Das vierte Gebot ist gräßlich und der Spielplan auch sonst zäh ledern. Aber sie haben einen Schauspieler, Faber heißt er. Als Prinz in »Das Leben ein Traum« eine der wenigen ganz starken Erschütterungen, die von den Brettern herab je auf mich eindrangen. Was ist gegen ihn der maßlos gepriesene Berliner Gast Werner Krauß: ein neuer Possart. Wenn in Berlin die Hungernden einen Brotwagen stürmen, so reden die Münchner Neuesten Nachrichten von Pöbel. Aber drucken die Speisenkarte eleganter Weinlokale im Inseratenteil ab. Und lassen Fritz von Ostini über Kunst schreiben. Und haben Hausenstein gehen lassen. Und Paul Ehlers schreibt Opernbesprechungen. Haben Sie die gelesen? Die müssen Sie gelesen haben! Bei Caspari stellte Pechstein aus. Sehr farbig, robust, die Holzschnitte sind das Beste. Von dort weg ging ich zu Unold. Aber ich überlegte mir: zwei Mark. Das ist zu teuer. Lieber sah ich im Schaufenster bei Goltz schöne Bücher umsonst. Einmal, früher schon, war ich auch in seinem ersten Stock, aber ich finde Mense unwahr, Davringhausen aufgeblasen, das Schönste war Klee und Kubin. Von den Tänzerinnen hab ich wahrscheinlich die schlechteste gesehn! Erika Skögen. Nächstens geh ich zur Wigmann. In der Volksküche kostet ein Teller Kartoffelsuppe vierzig Pfennig. Draußen geht ein prangender Zug. Man begräbt den ehemaligen König. Autos sausen nach Grünwald. Dort ißt man gut beim Weinbauern. Im Schauspielhaus wird Freksa aufgeführt. Der Mann soll ein ausgezeichneter Koch sein. Schlecht ist sein Stück. Wenn Blüher hier spricht, ist der Saal leer. Weil Blüher einer der stärksten Denker ist, die wir heute haben. Dafür ist Marcell Salzer ausverkauft. Die Couleurstudenten haben jetzt ausgefranste Hosen und einen verblichenen Prunk. Der Gott, der Eisen wachsen ließ. Sie lassen nicht von ihm. In der neuen Staatsgalerie hängen schöne Bilder. Wenn man an Stuck vorbei muß, kann man ja die Augen zumachen. Schwieriger ists in der Schack-Galerie. Da bringt man die Augen nicht mehr auf. Aber in der alten Pinakothek gibt es die herrlichen alten deutschen Meister und ein handgroßes Bildchen von Altdorfer, das ich gern stehlen würde. Was habe ich nur gegen München? Der Terlaner in der Torggelstube ist trinkbar, von der Geberleschule aus sieht man an klaren Tagen die Berge blau, altdorferblau, und immer noch fliegen Enten und Möwen.

[1921]

Passau und der alte und der junge Lautensack

Ich sage es frei heraus, daß ich Passau für die schönste deutsche Stadt halte. Es gibt Stiche von einem alten und treuherzigen und kläräugigen Künstler, von dem großen Kleinmeister Lautensack, der vor dreihundert, vor vierhundert Jahren lebte. Auf seinen vergilbten und bräunlichen Blättern sind die Konturen von Städtebildern klar in den Himmel gezogen. Ein Netz von Linien, ein Geflecht und Gespinst von Kurven, ein Kreuz und Quer von Dächerkanten, von turmgeraden, von schrägen und schiefen Mauerleisten schwankt elastisch und tänzerisch über dem Flußtal. So ist auch Passau anzusehen, die Stadt, von der ich nicht weiß, ob der alte Stecher Lautensack sie jemals vor seine Augen bekam: Ein hüpfender Ball über Ebenen und Wäldern.

Drei Flüsse fließen ihr zu Füßen zusammen: Die Donau, der Inn und die Ilz. Spiegelndes Wasser glänzt auf unvermutet hinter jedem Häuserblock, und es sind so viele Brücken, daß man über sieben an jedem Tag gehen kann, und man kennt sie noch längst nicht alle, und auf jeder schaut der böhmische Beichtvater Nepomuk hinunter zu silbernen Fischen.

Die Straßen steigen hurtig auf und nieder, verwandeln sich in Treppen mit moosbewachsenen, feuchten Stufen und stürzen jäh und glitschrig ab – und immer steht man dann an einem Fluß. Grün und geringelt, wie Wasserschlangen, die ihr Element suchen, patschen diese Treppenstraßen ins Strömende. Drei Tage ist man dort, dann unterscheidet man an der Farbe des Wassers, ob es die Donau ist, der Inn oder die Ilz. Die Donau rollt breit und schwer, der Inn rasch und schäumend. Und breit und schwer und rasch und schäumend fließen sie vorbei an den Kirchen. Es sind viele Kirchen, barocke Kirchen, mit runden und stumpfen und spitzen Türmen, mit katholischen Glocken und sie läuten am Morgen, am Mittag, am Abend. Passau ist die glockengeschwätzigste Stadt.

Drüben beginnt Österreich. Adalbert Stifters Land.

Die Festung Oberhaus steht über der Stadt und war einmal Militärzuchthaus. Wer den Offizier mit der blanken Waffe anging, den jungen Leutnant oder den breitschultrigen Hauptmann, der mußte hier Karren schieben, Soldat zweiter Klasse, schielend hinunter auf die goldenen Dächer.

In einer kleinen Schänke, die Mönchen gehört, gibt es einen würzigen Wein. Der wächst über der Grenze auf einem Weinacker, den die Braunkuttenträger betreuen. Ein grauer Scheitel bedient. Man schenkt in der Schenke nur diesen einen Wein und nichts sonst und sonst garnichts. Du trittst an den Tisch, an den butterweiß gefegten Tisch, und schon steht das funkelnde Glas vor dir. Brot mußt du selbst mitbringen. In der Schenke gibt dir die Greisin nur den gelben mönchischen Wein.

Mit gemauerten Seitenwänden stößt eine Insel hinaus in das viele Wasser. Mit wippender Gerte steht an der vordersten Spitze ein Angler. Der Himmel wölbt sich herab. Das

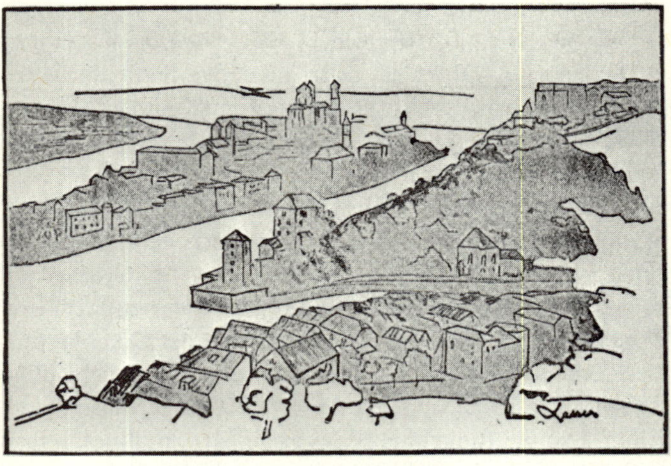

viele Wasser ist wie ein See, und Himmel und See verrinnen in eins und der Angler angelt nach Fischen und Sternen.

Ich sage es frei heraus, daß ich Passau für die schönste deutsche Stadt halte. Ob der alte Stecher Lautensack sie je vor seine leiblichen Augen bekam, ich weiß es nicht. Sein Nachfahre Heinrich Lautensack, der Dichter der »Pfarrhauskomödie«, lebte in dieser Stadt. Er lebte in dieser Stadt auch während er in Berlin Filmdramaturgie trieb und auf dem Bretl grimassierte. Er hat sie nie verlassen. Seine Gedichte sind stark und würzig und funkelnd und ein wenig mönchisch wie der Schoppenwein in der kleinen Schenke.

Von grünem, kurzem, hellgrünem Stoppelgras beflaumt steigt eine Anhöhe sanft hinauf. Da liegt Heinrich Lautensacks Haupt. Schmerzlich grinst sein leicht geöffneter Mund, eine bräunliche Kiesgrube. Bäume, buschig, blätterwuschlig, stehen im Halbbogen wie Augenbrauen. Abgetrennt liegt sein Kopf vom Rumpf, wächst zusammen mit der Landschaft, und wie eine freche, stechende, stachlige Nase mit nach oben stehenden Nasenlöchern erhebt sich ein Grasbuckel in der Mitte des Hangs. So sieht um die Abendröte weinrot des Dichters Kopf über die bayrische Stadt.

Ein hoher Baum, eine kahle Föhre, sonnt sich am Erdbeerhügel. Eidechsen rascheln unten, die nackte Föhre wiegt sich im Juliblau. Es ist nur ein schwarzer Abdruck von der braunen Kupferplatte, aber das Juliblau, das über der Föhre auf dem Stadthügel bläut, das tiefe, tönende, wankende Blau ist unverkennlich. Hinter dem Hügel beginnen die Wälder, die böhmischen Wälder, die schattenden, dunklen böhmischen Wälder. Nur die froschnackte Föhre ist auf die braune Platte gesprungen, voreilig, zu früh, und brät nun allein in der hitzigen Einsamkeit ihres Vorpostens. Denn nach Passau darf sie doch nicht hinein. Dieser Stadt, schwankend und tänzerisch über dem Dreiflüssetal, wie sie der Donaumeister Lautensack stach. Und aus den

Versen des anderen Lautensack, des jungen Lautensack, strömt die Essenz dieser Landschaft zu mir her und den funkelnden Schoppen halt ich hinauf, empor zu Oberhaus, hinüber ins Adalbertstifterland, schwenk ihn und schütt ihn hinab zu Donau und Inn und Ilz.

[1923]

Regensburg

Die Donau ist blau, blaugrün, blaugrün wie der Streifen Westhimmel am Abend nach Sonnenuntergang, manchmal grün wie helles Moos, im Spätherbst gelb, und gelb im Vorfrühling, wenn die Schneewasser kommen. Aber jetzt, im Juni, im Juli, flattert sie wie ein glänzendes, windbewegtes Band über die Ebene. Weit draußen, sehr weit draußen, im Westen der Stadt, wo Wälder eilig und schwarz hereinsteigen, steht der lichtflimmernde Riese, der die Schnur wirft, der das Band schwingt, das sich kraus um den Häuserblock legt, in einem frechen und schnellen Bogen ihn umschnörkelt und das geschlängelt und fern blitzend in den östlichen Wiesen und im graublauen Himmel verläuft und vergeht. Das Donauband, das blaue, verweht, aber die schwere Stadt bleibt stehen, auf der grünen Fläche aufgestellt, zu dauern. Und mit den zwei Fingern der Domtürme weist sie zum Himmel, unerschütterlich zum Himmel, zum niemals wankenden.

Die alte, steinerne Brücke führt über die Donau, nicht schnell und hitzig wie die neuen Eisenstege, nicht in kühnen Bogen und gewagten Kurven, sie geht schwer und bedächtig hinüber, auf den steinernen Pfeilerschuhen, aber hinüber geht sie und kommt an, kommt gerade so gut an wie die hurtigen Springer von heute. Vom Ufer tut sie den ersten

Schritt, dann brummen die Wellen um ihre Steinfließenfüße, und dann ist sie drüben, in Stadtamhof, einem kleinen Städtchen, das wie eine Warze an dem großen Gesicht der größeren Stadt hängt.

Hinter Stadtamhof steigt ein Hügel auf, ein Berglein, das sich Dreifaltigkeitsberg nennt, und von dort ins Donautal zu schauen, wie schön! Da ist eine weite, große, flache Tellerebene, mit Wiesendreiecken und Felderquadraten, und auf dem Teller steht Regensburg, und die Donau blitzt, und der Fluß läuft weiter, nach Osten, und da schieben sich grüne, niedrige Berge an ihn heran, die wie brave, stumme, treue Tiere sind, wie große Hunde ohne Gebell sich lagern. Und darüber ein blauer Junihimmel, mit ein paar weißen, milchweißen, milchgelben, rahmgelben Wolken, die sich im Strom abmalen, aber das sieht man nicht von hier aus, vom Dreifaltigkeitsberg aus, das ahnt man nur. Und nun könnte man wie ein Adler, aber der Vergleich ist zu großartig, aber immerhin könnte man wie ein Falke, oder sagen wir wie ein Habicht im blauen Himmel mit gespreiteten Flügeln über der Stadt schweben, ohne die Flügel zu rühren, unbeweglich, und spähen. Tief unten, eingegraben, eingeschnitten, schwarz wie Maulwurfsgänge laufen die Straßen und Gassen. Nun tiefer hinab! Die Straßen wandeln sich zu springenden Fischen, silbrigen, aus dem Nassen geholt und aufs Trockne geworfen, und nun zucken und winden sie sich, und das Pflaster, die vielen weißen, runden, kleinen Pflastersteine sind wie Schuppen, die glänzen und gleißen, und die Fische zappeln wie aus einem Korb geschüttet, über- und unter- und durcheinander. Noch tiefer hinab, Falkenflügel und Habichtschwinge! Da stehen die Häuser, viele Häuser, graue und weiße und rosafarbene und grüne, und viele Türme, hohe und niedrige, eckige und runde, mit Zinnen und Ziegeldächern, und Kirchen, viele Kirchen, sehr viele Kirchen, kleine, kapellenähnliche, und große, schwere und eine ganz große, der Dom, der riesige Dom, in dessen Schatten Regensburg dämmert. Um die Domtürme, um die beiden Domtürme fliegen kreischend und schwarzflügelschlagend die Dohlen und scheuen den Habicht, den Falken und bergen sich in den großen Steinblumen, im Helm der heiligen Ritter und Könige, im Faltenwurf der Propheten und Apostel.

Aber abgeschnallt den Falkenflügel, die Habichtschwinge! Zu Fuß nun auf zwei rüstigen Beinen durch ein steinernes Tor, durch einen gepflasterten Wirtshausgarten in eine kleine, braune, dunkle Trinkstube mit vier Tischen. Da ist's kühl und braundämmernd und an der Wand hängt ein Hausaltar und am Tisch gegenüber, hocken da nicht im schwarzen Kleid die Domdohlen, mit nackten Gesichtern und klugen Augen? Auf dem Tisch steht ein kleines Schild und auf dem kleinen Schild steht mit schwarzen Buchstaben geschrieben: Nur für die Herren Geistlichen. Rund um den Tisch sitzen sie geplustert, die schwarzen Röcke glänzen, hagere Gesichter, fette Gesichter, dumme Gesichter, kluge Gesichter, kämpferische Gesichter und milde. Das ist die Pfarrstube im Wirtshaus »zum Bischofshof«, und die Brauerei und die Wirtschaft unterstehen dem Bischof von Regensburg, und die Pfarrervögel fliegen ein und aus, und wenn ein schwerer Prälat eintritt, erheben sie sich schwankend, die Rockschöße wehen, und dann sitzen alle beruhigt wieder an der länglichen Tafel, an der das Gespräch geht, ruhig, heiter, und mit der Miene von Leuten, die eine Sicherheit, eine Gewißheit, eine Bürgschaft in Händen halten wie einen schweren goldenen Krug und ihn zu heben wissen mit Anstand und ihn seit hundert Jahren und hundert Tagen halten und weitergeben, und fallen läßt ihn keiner.

Und gehst du aus der Trinkstube und machst sieben Schritte auf den Pflasterhof, wo Kastanienbäume stehen mit roten Juniblütenkerzen, sieben auf jedem Ast, und du siehst zu den Kerzen hinauf und siehst höher in den Abend-

himmel, so ragen rosig beleuchtet wieder zwei Riesenkerzen, zwei Domtürme, denn du kannst nirgends hingehen in Regensburg, wo du den Dom nicht näher sähst.

Und dann lauf' in die Abendgassen hinein, über Plätze und durch Tore, und wenn du willst, siehst du blühend und prall und nie gestorben ein unsterbliches Gesicht: das Mittelalter. Süßes, funkelndes Mittelalter, da Karl, der mit der dicken Unterlippe, sich in die schöne Regensburgerin Barbara Blomberg vergaffte und einen hitzigen Sohn mit ihr zeugte, in Regensburg zeugte, der bei Lepanto die Seeschlacht schlug, den der Papst segnete und der Don Juan d'Austria hieß und von dem eine Tafel an einem großen Haus erzählt. Starkes und gewaltig kunstfrohes Mittelalter, da der große Albrecht Altdorfer hier malte, und die Donaulandschaft und das Goldgrün der Donauwälder ihn nicht mehr losließ, daß er es immer malen mußte, das Gold und das Grün, daß seine Bilder heute noch brodeln davon. Laubwolkig, geschwungen, breitwehend wölben sich die Wipfel, im Lufthauch zitternd, im Wind rauschend, in der Sonne strahlend, goldgetupft, gelbgesprenkelt, lichtgeädert, schillernd wie Forellenhaut.

Altdorfer ist tot und der dicklippige Karl, aber die Altdorferwälder glühen und brennen noch und dröhnen schattig in der Sonne und die Stadt steht noch und das Fronleichnamsfest – man feiert es wie von je! O Kinderzeit! Schon früh erwacht, und in den neuen, schwarzen Anzug und ein Sträußchen ins Knopfloch und auf die Straße! Da ist Heu auf alle Gassen gestreut und Birken stehn an den Häusern, und rote Decken, Purpurschabracken, hängen aus den Fenstern und das Heu duftet so stark und berauschend, daß man taumelnd zur Kirche läuft. Und das Heu ist grün, und die Birken sind weiß und grün, und weiß sind die Leinenhosen der Soldaten, die Spalier stehen, weiß sind die Talare der Pfarrer und der singenden Chorknaben, und golden ist das Kleid des Bischofs. Aus Gold ist die Monstranz, die er mit brokatnen Armen hochhebt, und die Glocken läuten und die Priester singen und die Knaben und Mädchen beten Litaneien. Das Heu duftet und der Weihrauch wirbelt und aus allen Wirtschaften kommt der bäurische und bayrische Geruch von Bratwürsten. Das ist Verzauberung, das ist ein heidnisch-frommer, schlaraffischer Tag!

Denn natürlich gibt es den Mond überall, in allen Erdteilen, in Afrika und in Asien, in den Städten der weitesten Welt, aber ist er je so riesig und rot aufgegangen wie in Regensburg? Der Sommertag ist noch nicht ganz vorbei, noch ist das Silbergrau der Dämmerung in der Luft und im Westen, wo die Sonne hinabging, rotbrüllend, ist noch ein tiefes Grün. Da glüht es hinter dem Scheuchenberg auf, das Rot nimmt zu, es flammt, eine mächtige, blutorangenrote Kugel rollt herauf, der Mond. Du fürchtest dich, und klammerst dich am Steingeländer der Brücke fest, und spreizest die Beine, um fest zu stehen, und wagst es, die Feuerkugel zu betrachten. Aber es ist keine Kugel, siehst du beim Längerbeobachten, es ist eine Scheibe, eine Scheibe, aus einer Blutorange herausgeschnitten, gelbrot, gelbfeuerrot, von einem kriegerischen Glanz. Aber dann wird das Rot gedämpfter, es verblaßt, und die Scheibe steigt höher und wird nun gelb, und wie sie gelb wird, wird sie kleiner und Sterne stehen um sie herum und das bläuliche Mondlicht fließt über die Donau, über die Stadt, über die Brücke. Von unten rauscht der Strom herauf. Grün sieht er aus, und wo er sich an den Pfeilern bricht, schäumt er weiß, und je höher der Mond steigt, um so stiller wird's und um so lauter redet die Donau. Die Stadt steht kohlschwarz im Licht, mit so scharfen Konturen, so überscharfen, rasiermesserschneidigen, daß man denkt, die Katze, die über den Dachfirst rennt, könnte von der Schärfe der Dachlinie zerschnitten werden und geteilt, halbiert aufs Pflaster schmettern.

Um Mitternacht fangen die vielen Uhren in den vielen Türmen die Zeit zu schlagen an, in dumpfen und groben Schlägen, in schnellen und hellen, in Baß und Sopran. Und die Katze sitzt unzerschnitten auf dem Dach, schwarz gegen den mondblauen Himmel, und horcht auf das Uhrenschlagen und krümmt den Katzenrücken und ringelt den Katzenschwanz. Der Mensch auf der Brücke klatscht in die Hände. Noch verwegener buckelt die Katze, läuft wie ein Seiltänzer den Dachfirst entlang und verschwindet schwarz in einer schwarzen Dachluke. Unbeweglich und gelb sieht's der Mond.

[1925]

Der Bock

Er schritt den Zickzack des Gebirgsweges herab. Manchmal traf ein Stein das Leder der Sandale. »Au!« krümmte Esau die Fußsohle. Es ging gegen Mittag. Bei Tau war er aufgebrochen, den Felsenbock zu jagen. Aber er hatte nur einmal die spitzen Hörner von weitem gesehen. Ehe er den Bogen spannte, war das Tier in einer Steinlawine abgefahren. Also morgen, dachte er. Die Sonne stand lotrecht über ihm. Er hatte verdammten Durst und Hunger. Das Tal sah er schon liegen und die Hütten, nah dem Auge, aber zu gehen war's noch ein gutes Stück. Nun sang er: »Mit dem Pfeil, dem Bogen, durch Gebirg und Tal, kommt der Schütz gezogen, früh beim Morgenstrahl.« Dort gleich, wo der Wald eine spitze Zunge vorstreckte, gab's Wasser. Er kniete schon neben dem Quell, schöpfte mit der Hand. Der Durst war gelöscht, nun wurde der Hunger vernehmlicher. Er legte sich die gespreizten Finger auf den Bauch, es knurrte darin. Er lachte. »Bald!« sagte er beruhigend, »bald!« Knurrte der Magen nicht schon versöhnter? Die ersten bebauten Felder kamen, Männer und Frauen, gebückt, gruben mit Hacken. Der Rauch des Hauses stieg. Er lief. In der Halle war es kühl. Es war niemand zu sehen, alles war auf den Feldern, und er hatte Hunger. Da knarrte eine Tür; sein Bruder kam herein; er trug eine dampfende Schüssel, stellte sie vor sich auf den Tisch, grüßte Esau kaum. Und ging wieder, sich einen Krug Wein zu holen. Das roch gut; es waren Linsen, Esaus Lieblingsgericht. Die Mutter war nicht da; seufzend setzte er sich auf die Bank. Er hatte Hunger, aber zu faul war er doch, sich ein Essen zu bereiten. Verlangend sah er zu der Schüssel hinüber. Grad kam der Bruder wieder mit dem Wein. Er setzte sich breit an den Tisch und begann zu essen. Esau pfiff, sich zu trösten, aber das half dem Magen nicht, der wieder knurrte. So sagte er höflich zu seinem Bruder: »Gib mir doch auch was ab.« Erstaunt sah ihn der Bruder an. »Koch dir was!« sagte er kurz. Esau schlug die Knie unwillig gegeneinander. »Kochen! Kochen! Ich mag nicht. Wo ist die Mutter?« – »Sie gräbt Rüben«, murmelte der Bruder mit vollem Mund und nahm dann einen Schluck Wein. Dann schrie er plötzlich: »Ich hab' mir auch selber gekocht. Du bist wohl zu fein, dir selber was zu kochen. Seht den Herrn! Den ganzen Morgen herumzustrolchen und dann zu warten, bis man ihm die Schüssel vor den Mund rückt. Ich habe fünf Furchen gezogen im *Acker*. Ich hab' mein Essen verdient und es mir selbst *gekocht*. Du hast den Wolken nachgesehn.« Er spuckte wütend aus. »Brauchst auch nichts zu essen.« Esau sah neugierig zu ihm hinüber. »Ärgerst dich wieder? Brüderlein, laß! Der Bock hatte solche Hörner.« Er beschrieb sie genau. »Das verstehst du nicht«, sagte er, als er merkte, daß der Bruder gar nicht zuhörte, nur den Mundwinkel hob, höhnisch. »Du bist der Erstgeborne und Erbe«, sagte der Bruder plötzlich. »Haus und Feld und Vieh bekommst du.« Er schrie zornig. »Was wirst du damit tun? Das Vieh wird verhungern, auf den Feldern wird Mohn wachsen und das Haus zerfallen. Warum bist du der Erstgeborne?« Esau lachte laut: »Bin's, Brüderlein bin's!« Er schlug gegen die Mauer: »Mein!« Er rüttelte am Tisch: »Mein!« Dann spürte er wieder seinen hungrigen Magen. »Bruder, gib mir was ab. Mich hungert.« – »Alles dein«, sagte der, »alles dein, und hast nichts zu essen. Nichts zu fressen, Erstgeborner! Meine Linsen sind mir lieber.« Er hatte ein Viertel der Schüssel schon leer gegessen. »Gute Linsen«, sagte er. »Die Erstgeburt kannst du nicht essen.« Plötzlich lachte er: »Tritt sie mir ab, und du kannst die Schüssel Linsen haben.« Saß schon Esau neben ihm: »Her damit!« Aber der Bruder legte den Arm über die Schüssel. »Trittst sie mir ab, die Erstgeburt?« – »Ja«, sagte Esau, »trete sie ab.« Schnell hielt ihm der Bruder die Hand hin. Esau schlug ein. »Gib die Linsen her, du hast schon zu viel genossen.« Es schmeckte. Er trank den Wein und aß die Linsen, und der Bruder lehnte am Türpfosten. Als die Schüssel leer war, schleckte er mit der Zunge sauber die letzten Reste ab. Er sah vergnügt umher. Die Mutter trat ein. Schon erzählte ihr der Bruder den Handel. »Esau!« rief sie, »Esau! Kind!« und dann zum Bruder: »Das ist doch nicht ernst zu nehmen, um eine Schüssel Linsen! Das nimmst du nicht an!« – »Ich nehm' es an!« rief der Bruder im Triumph. »Ich nehm's an, es ist abgemacht, und es war ein ehrlicher Handel.« – »Daß du dich so freust?« fragte Esau. »Warum freust du dich so?« Nun zürnte ihm auch die Mutter. »Dummes Kind, weißt jetzt noch nicht, was du getan.« Er erzählte. »Mutter, ich sah den Bock. Nie gab es solche Hörner, groß und krumm.« – »Die Hörner«, sagte traurig die Mutter. Mit einem Sprung stand der Bruder vor Esau. »Ich bin der Erstgeborne jetzt. Mein ist einmal alles.« Esau erzählte noch von den Wunderhörnern. »Ich muß die Hörner haben.« Er reckte sich. »Ich bin satt. Müde bin ich nicht. Ich will heut abend noch ins Gebirg. Daß ich ihn in der Morgendämmerung erlaure.« Der Bruder stand noch immer vor ihm. »Ich bin der Erstgeborne«, krähte er und wollte Esau den Weg vertreten. »Ja, du bist der König jetzt im Haus«, sagte Esau ruhig. »Ich will dich krönen.« Er nahm die Schüssel vom Tisch, schlug sie dem Bruder auf den Kopf, daß die Scherben splitterten und der Schüsselrand ihm über die Ohren glitt und wie ein gezackter Ring um den Hals schaukelte. Die Mutter schrie auf, aber von draußen lachte Esau: »Nie saht ihr Hörner so groß und krumm!«

[1923]

Die verwegene Marion

Die Wasenmeisterei liegt auf einem Hügel vor der Stadt, dem Galgenberg. Die Straße, die beim Tor den schweren Panzer des Pflasters abwirft, erklimmt in kurzen Sprüngen die Kuppe, wo ein schwarzer Zaun aus Eisenlanzen das Gehöft feindselig verstachelt. Verwachsene Bäume und von ekelhafter Blattkrankheit zernagte, niedere Büsche umkreisen wie lauernde Hunde das Haus. Marion ging fast täglich diesen Weg. Nie waren die kleinen Fenster geöffnet, und als sich einmal die dunkle Türe knarrend drehte, schnell schloß sie sich wieder mit dem Geräusch eines zuspringenden Taschenmessers hinter der Frau, die ein Kind (oder war es irgendein Tier?) an die Brust drückte. Der Versuch mißlang, dem Abendspaziergang eine Richtung zu geben, daß er sie nicht vorbeiführe an dem verpesteten Garten. Ein dunkler Wille, dem sie sich mit geringem Sträuben unterwarf, trieb sie verschlungene Wege, die alle wieder einbogen in die große Straße. Dann legte sie die Stirn an die kalten Eisenstangen, klammerte sich mit den kleinen Händen fest und roch lange den süßen und faden Geruch, vor dem sie sich ekelte.

Ihr Bräutigam Otmar, der Afrikaner, war, wie stundenlang an jedem Tag, mit seinem weizengelben Schnurrbart beschäftigt. Die Medaille und das Verdienstkreuz, die er sich bei der Niederwerfung des Hereroaufstandes erfochten hatte, sie klirrten über seiner linken Brustwarze, auch wenn er sie, wie jetzt, nicht trug. Er neigte das Ohr und horchte auf das feine Klingeln. Dann, im Wirbel der Fingerspitzen die Schnurrbartenden schleudernd, stellte er an seine Braut die Frage, die er, weil ihn das Ungewöhnliche wieder einmal sehr bedrückte, jetzt und sofort stellen mußte: Muß es bei Marion bleiben? Er hätte lieber Maria gehabt. Aber sie nickte nur ein verträumtes: Ja. Die gebräunte rechte Hand mit der Narbe tändelte noch immer an dem längsten der Barthaare und im Zerren schien es noch länger zu werden und immer länger, die linke jedoch lag regungslos auf dem weißen Tischtuch wie ein Tier. Er spreizte die Finger und sie erschrak, als er sie zur Faust schloß. Sie hatte das unbestimmte Gefühl, eine Mücke oder blauglänzende Fliege säße gefangen im Innern. Spielend entknüpfte sie seine Fingergelenke und war fast betrübt, als kein Insekt surrend aufflog. Sie fiel ihm um den Hals und küßte ihn stürmisch. Wenn im Straßengraben unter versprengten Roggenhalmen eine hochstielige, blutrote Blume aufwächst, mit schwarzen Negerhaaren an dem Bindfadenstiel, so meint jeder, die lampionrote Kitschblume mit den papiernen, schlappen Blättern sei etwas ganz Besonderes. Und wenn des Afrikaners Braut in Selbstbetrachtung und im unruhvollen Insichselbstversenktsein die flache, trokkene Wiese ihres Daseins überschaute, so schwankte das schwanenhalsige, blutrote Gewächs des Namens Marion verwegen darüber.

Der Herbstabend stand breitbeinig am Horizont, ballspielend mit den runden, weißen Federwolken. An einem Baum gelehnt, träumte Marion in die Landschaft. Die versank um sie und nur die Wasenmeisterei blieb, ein riesiges Schiff mit schwarzen Wänden. Ein Schrei, dünn wie ein siebenmal geschärftes Messer, sprang empor und gegen den Himmel. Der Schrei des guten Tieres, vom Metzger blind gemeuchelt, raste um die Erde. Alles, was in Ketten lag, spürte Verzweiflung und die Sichel des Monds blutete auf im Rot des Rubins. Marion, süß gepeinigt von dem Schrei, warf die Arme in die Luft und hetzte hinunter in die Stadt, die sich schon im Dunkel verkroch. Aus den feuchten Gassen glaubte sie Kröten und Molche im Funkelzug ihr entgegenwallen zu sehen. Sie scheute sonst vor der Berührung der schleimkalten Tiere wie das Pferd vor einem weißen Blatt Papier, aber heut bückte sie sich, um einen steingroßen, grasgrünen Frosch aufzuheben und an die

Wange zu drücken. Es war aber kein Froschprinz und bloß ein froschgroßer Stein.

Daß die Rechnungsrätin im ersten Stock den kranken Spitz weggeben wollte, erzählte Marion, und daß die weißhaarige Dame sie gebeten habe, das Tier zur Wasenmeisterei zu bringen. Sie wand die Finger ineinander, daß sie schmerzten. Otmar zögerte. Warum willst du es nicht? fragte sie. Sie drückte ihren Kopf gegen sein Kinn und unter seinen Händen spürte er ihre Brust und da sagte er keuchend: Ja. Und während das Mädchen einiges, und beileibe nicht alles, dem Bräutigam erlaubte, der wie ein Schatzgräber den Batist durchwühlte, flog ihr leichter Sinn wie eine Flaumfeder auf und fort und wiegte sich wie ein Engelskopf vor den Fenstern des Galgenhauses. Aber die Fenster waren trüb und fliegenkotbespritzt und die Flaumfederseele schaukelte wieder zurück und Marion sagte entrüstet: Otmar! Er ließ es sein und auch sie glaubte an ihre Jungfräulichkeit, die unbezweifelbar vorhanden war. Der Kerl, der Wasenmeister, hatte ein lilienweißes Gesicht, das wie ein Löschblatt war, leicht aufgefasert. Den Hund hob er hoch am Genick und da hing er wie ein leerer Sack, zusammengetröpfelt im Zipfel der Rest der Körner. Marion schloß die Augen. Auf feuerfarbenem Grund sah sie einen schwarzen Stern aufblühen, der silbern verbrannte. Der Wasenmeister riß die Tür wieder auf.

Er lehnte sich mit hängenden Armen über seinen Zaun, ließ sich die Sonne auf den Pelz brennen und sah dem eilig und schwankend davongehenden Mädchen nach. Nun war ihm selber wie einer Katze zumute, nur schnurren konnte er nicht. Sein Buckel wurde regenbogenkrumm und das Fräulein lief wie eine weiße Maus vor ihm und wie er zuschnappte, hatte er in einen rostmürben Zaunnagel gebissen. Den Nagel ließ er los und dort sah noch das Fräulein zurück.

Zwischen blitzenden Spiegeln saß des Afrikaners Braut

und bürstete ihr Haar. Auf den Fußspitzen trippelte sie zur Kommode, hob Otmars Bild und küßte es. Zärtlich betrachtete sie seine Orden und sah in der Steppe den durstmatten Geliebten. Der ging eben durch die hallenden Straßen der kleinen Stadt und als er unter einer Laterne einen kohlschwarzen Kater buckeln sah, blieb er stehen. Schwarzer Teufel, redete er ihn an, aber der Kater schlug einen Kreis mit dem Schwanz, drehte sich und tigerte davon. Schwarzer Teufel, rief ihm Otmar nach und schritt dann versonnen und versponnen nach Haus und spürte ein Zucken im Herzen und wußte nicht was das bedeuten sollte, aber es war Marions Kuß.

Die Katze sträubte sich unter ihrem Griff. Marion sah sich um. Niemand hatte den Diebstahl bemerkt. Sie streichelte das schwarze Fell und einen tiefen, summenden Ton geigte das arglose Herz. Das milchweiße Gesicht des Wasenmeisters ging wie der Mond im Dämmer des Türrahmens auf. Und wie der Mond, der etwas Lustiges sieht, anfängt, die Lippen breit zu ziehen und zu grinsen und gelb und schallend zu lachen, so wurde das Gesicht des Kerls rund und prall und pausbäckig. Er nahm den Kater und schmiß ihn durchs Fenster, daß er mit steifgehobenem Schwanz durch den Garten und davonsauste. Dann tat er, was das Fräulein aus der Stadt offenbar von ihm erwartete, und es war nicht anders als sonst auch bei Dienstmägden, nur daß er hier noch Geld bekam, aber das wäre nicht nötig gewesen.

Die Tür schnappte nach ihr. Die Büsche bogen die Arme zu schamlosen Gebärden. Die Straße lief, flog und schwang sich sausend in die Stadt. Wirbelnd wurde Marion mitgerissen.

Der hundeblutrote Klatschmohn in Marions Seelengärtlein schaukelte verwegen und lustig und listig und operettenhaft über den trockenen, sandgelben Roggenhalmen, die sich knarrend und knurrend rieben.

Dem Afrikaner hat sie natürlich nie etwas erzählt. Sie zog und zerrte mit ihm an seinem Schnurrbart und bald feinhörig wie er hörte sie das Klingeln der Orden, auch wenn er sie nicht trug.

An das Erlebnis mit dem Kerl, blutrot und wollüstig und ausschweifend und gleich einer Rauschnacht in Spanien nach einem Stierkampf, dachte sie noch manchmal zurück. Die heiße Gewürzsuppe noch einmal aufzukochen, fiel ihr nicht ein. Sie hatte ja jetzt ihren Otmar und wenn sie beide abends aus dem Fenster schauten und ein kohlschwarzer Kater buckelnd über die Straße lief, sagte der Afrikaner: Schwarzer Teufel, und legte sich mit seiner Gott sei Dank weißen Marion ins weiße Bett.

Und die weiße Marion aß das kräftige und nahrhafte Roggenbrot mit Appetit, zermalmte es knallend zwischen ihren gesunden Zähnen und würzte es mit dem betäubenden Mohn der Erinnerung.

Schließlich hatte sie keinen weiten Horizont und einer anspruchsvolleren Frau hätte dies eine Abenteuer nicht genügt, den Abendhimmel der Ehe magischrot zu überglühen.

[1924]

Der Kolonialfeldwebel

Der aufgeschwemmte Doktor, er erzählte einmal, daß er zehn Jahre im Sattel gesessen sei, bei Expeditionen, der spitzbärtige Doktor, der in der kleinen Weinstube oft am Nebentisch sitzt, berichtete auch diese Geschichte.

Ein deutscher Leutnant von Adel hatte sich für zwei Jahre Urlaub geben lassen, um, ich glaube, türkische Dienste zu nehmen. Es war irgendein Kolonialkrieg, ich hörte immer nur Fetzen von des Doktors Reden, der Oberbefehlshaber, ein General, war Engländer. Wenn ich recht verstanden habe, hielten die Italiener den Gegenpart. Der deutsche Leutnant, da unten war er natürlich gleich Oberleutnant geworden, hatte für die zwei Jahre den Namen Schwertlein angenommen. Von seinen Vorgesetzten war ihm das nahegelegt worden. Man wollte nicht einem Staat, mit dem man im Bündnis sich befand, Gelegenheit zu der Beschwerde geben, daß Offiziere des Bundesgenossen: kurz und gut, der Oberleutnant hieß nun Schwertlein, verrichtete stramm seine Obliegenheiten, und die waren weniger kriegerischer Art, bestanden vielmehr darin, Farbige zu exerzieren, Forts anzulegen, Straßen zu bauen – alles im Angesicht des Feindes, der mit ähnlichen Arbeiten sich beschäftigte. Nur selten beschoß man sich ein wenig.

Nun gab es da auch einen alten englischen Unteroffizier, einen *Feldwebel*, einen recht gewöhnlichen Patron. Er war ein Kolonialsoldat mit viel Erfahrung, zu allem zu gebrauchen, mutig, aber mit Umgangsformen, die den Verkehr mit ihm nicht leicht machten. Er war Feldwebel, wie gesagt, und aß mit den Offizieren am Kasinotisch, wo der General an der Tafelspitze saß.

Irgendeinmal nun geriet der Oberleutnant Schwertlein im Verlauf einer dienstlichen Auseinandersetzung in Streit mit dem Engländer. Der Mann der rauhen Sitten wurde ausfallend, gebrauchte wohl auch Wendungen, die ein

Kavalier und Offizier auch in der Erregung vermeidet. Schwertlein wandte ihm den Rücken. Abends berichtete er dem General von dem Zwischenfall und erklärte ihm, er sehe sich genötigt, ihm zu melden, daß er den Feldwebel zum Zweikampf fordern werde.

Der General dachte ein wenig nach. Dann sagte er: Es gelten hier die Gesetze des Landes. Das wissen Sie. Wenn Sie zum Beispiel, den Feldwebel erschießen, haben Sie für sein Leben seiner Familie den Preis von dreißig Kamelen zu entrichten.

Der Oberleutnant hatte die Absätze zusammengenommen und aufmerksam zugehört. Er erklärte dann aber, er denke gar nicht daran, dreißig Kamele zu bezahlen, wenn er nur *eines* erschieße.

Damit fiel die Forderung unter den Tisch. Auch tat der Feldwebel beim nächsten gemeinsamen Mittagessen ganz unbefangen, und die beiden vertrugen sich wieder leidlich. Er war übrigens ein tapferer und tüchtiger Mann, der Feldwebel, nur eben ungeschliffen.

Als einmal abends viel getrunken wurde, ging er eine Wette ein, er werde beim Mondschein so nahe an das italienische Fort herangehen, daß er es im Lichtbild festhalten könne. Er trank noch einen kräftigen Schnaps, nahm seinen schwarzen Kasten und ging. Es war schon gegen Morgen, knapp vor Dämmerung. Er wartete wohl zu lange, bis es schon heller Tag war und die italienischen Posten ihn erschossen.

Seine Leiche holte man am Abend und begrub sie mit allen militärischen Ehren. Das Fort hatte er richtig noch auf der lichtempfindlichen Platte. Der General kam drei Tage nicht zum gemeinsamen Tisch, ließ sich das Essen auf sein Zimmer bringen, um der Trauer über den gefallenen Landsmann Ausdruck zu geben.

Der dicke, spitzbärtige Doktor vom Nebentisch, mit den kleinen Händen, sagte noch einmal bestätigend: Es war ein mutiger Kerl, bloß eben ein Rüpel. [1924]

Der trunkene Kutscher

In einem gedrungenen, von Blut prall vollen, in einem behenden und fiebernden Gebilde aus *zehn Sätzen* will ich zeigen, an dem Versuch mich selbst erprobend, daß ohne Bedeutung ist, ohne Gewicht und Wert das »Was«, daß nur das »Wie« Farbe und Form und Glanz gibt und Atem, aus sich selbst zu leben wie ein schönes Tier. Wenn ich sage, daß ein Wind sich aufgemacht hat und viele Wolken eilig über den Himmel hin schaukeln – wie gleichgültig ist das »Was«, dieser alltägliche Wind, diese grauen, wässerigen Wolken! Aber wie ich's sage: muß man nicht die Hände in die Hüften setzen und unendlich sich mitwiegen? Es steht die Sonnenblume hinterm Gartenzaun. Wenn ich will: seht ihr sie nicht groß und rund und feurig wie ihre ferne Schwester in Blau? Ich will bebende, springende, tanzende hundert Worte schreiben – was gilt mir das »Was«? Ich hebe die Augen: Ein Fenster.

Beginne, kleine Magie:

Das Fenster löst sich in der Dämmerung los
Und schwebt, ein funkelnder Kristall,
Sylphidenhaft und jeder Schwere bloß
Verzaubert durch den Saal.

Dreht sich und schaukelt wie aus Glas ein Ball,
Daß jede Fläche blankes Silber spritzt
Vom Licht, das süß im Achsenschnittpunkt sitzt:
Schwebt, steigt und sinkt und platzt mit leisem Knall.

Die petroleumduftende Spalte einer Tageszeitung erzählt: Ein *Bauer* fährt durch den Wald, wird ohnmächtig. Da er erwacht, liegt er am Boden und Pferde und Wagen sind fort. Seht ihr die Augen des Bauern? Groß, weit aufgerissen, in den Wald hinein glotzend. Nun hebt er den Arm. Vorn dran sitzt wie ein Stein die Faust. Wird er fluchen?

Tobend den Forst erfüllen mit rauhem Schall? Jedenfalls, er hebt den Arm. Und fährt nicht eben jetzt ein Dieb peitschenknallend über Land?

Ihr meine zuckenden, springenden, fiebernden zehn Sätze, ist's nicht gleichgültig, an welchen Wagen ich euch spanne? Daß ihr zieht, ist schön! Wie ihr die Beine setzt, hebt mir das Herz! Ein Peitschenknall über euch hin! Holla steh' ich taumelnd am Bock? Was ist schöner, als ein trunkener Kutscher zu sein?

[1925]

Hol über!

Es war im September und das sah man dem Waldweg an. Vor Tagen war Regen gefallen, davon hatte der Wald viel getrunken, und wie im Schnurrbart des Säufers Tropfen und Glitzerfäden hängen bleiben, so zeigte der Weg, und der ist in diesem Vergleich der Schnurrbart des Waldes, feuchte Stellen, flache Mulden, in denen gelbes Wasser am Verschlammen war. Die Nadelbäume, denn es war der Nadelwald meiner Heimat, meiner Donauheimat, standen spitz und unangreifbar, dunkelgrün, auch grau, und die roten Fliegenpilze, viele waren zu sehen, leuchteten wie Blutstropfen. Aber sie hatten nichts Erschreckendes, diese dunkelroten und braunroten versprengten Bluttupfen, sie hatten etwas Fröhlichmachendes. Es war wie das Blut im Märchen. Das ist ein roter Saft, an dem uns nur die lustige Farbwirkung erregt. Es ist Märchenblut eben, und wie Märchenbluttupfen waren die Fliegenpilze im feuchten Moos. Nun, ich ging meinen Weg, hörte einen Vogel flattern und sah am dünnblauen Himmel, an dem Längsstreifen dünnblauen Himmels, den der Weg ausschnitt, die eine oder andere weiße Wolke.

Noch fünf Minuten und der Wald mußte aufhören, der Weg nicht, der mußte weiter laufen, und noch ein Stückchen bergab durch eine Wiese und zur Donau und zur Donaufähre. Es waren jetzt wohl an die zehn Jahre, daß ich zuletzt diesen Weg gegangen war. Wie rief man, stand man am Ufer, und die Fähre schaukelte am andern? Hol über! rief man. Hol über!, das gefiel mir auf einmal ausnehmend, und ich sah mich auf einem Pferd sitzen, einem Rappen, oder besser einem Apfelschimmel, und ein Schwert hatte ich wohl auch an meiner Seite und: Hol über! schrie ich, als sei ich im Zug der Nibelungenliedritter und zöge nach Ungarn hinab und stünde an der Donau und riefe dem trotzigen Fährmann.

Ich fing zu traben an, da blieb auch schon der Wald zurück mit den Fliegenpilzen und die Wiese lief hinab und da floß die Donau. Breit und grün floß sie, und da stand die Fährmannshütte. Rund legte ich die Hände um den Mund, den ritterlichen Holüberruf über die breite Wasserfläche zu schicken und – ja, da stutzte ich und tat die Hände herab. Denn an der Hütte hing unter einem Schutzdach ein braunglänzendes Kästchen und an dem Kästchen an einer Schnur ein Hörrohr und es war ein *Fernsprecher*.

Ich hängte aus, eine Stimme sagte: Gleich komm' ich, und schon sah ich drüben den Fährmann aus seinem kleinen Haus treten. Bald drehte sich die Seilfähre in der Donaumitte und dann landete sie bei mir. Der bärtige Fährmann stieß ab, ich zahlte, war drüben, der Strom rauschte, und ich ging meinen Weg weiter zur Bahnstation. An das Nibelungenlied traute ich mich nicht mehr zu denken, und ich ging zu Fuß und ritt nicht auf einem Apfelschimmel.

Der Zug mußte in ein paar Minuten einlaufen. Mit mir wartete auf dem Bahnsteig ein Mönch, ein Kapuziner, ein junger Mensch mit fliegenpilzroten Wangen, der ein braunes Köfferchen in der linken Hand trug. Im Zug kamen wir nebeneinander zu sitzen. Wir waren allein im Abteil. Auf der nächsten Station hatten wir einen ungebührlich langen Aufenthalt. Da klappte der braune Kuttenmönch mit den Fliegenpilzwangen das Köfferchen auf, eine Reiseschreibmaschine glänzte schwarz. Ein Blatt Papier war noch eingespannt zwischen den Walzen und der Mönch begann zu schreiben. Es klapperte wie eine fleißige Mühle.

Ich sah aus dem Fenster. Im hintersten Wagen wurde Vieh eingeladen. Ein Kalb sträubte sich, stemmte sich mit allen vieren und brüllte ängstlich.

Ich lachte. O Nibelungenlied! Wir leben etwas später. Und da sah ich fröhlich zu dem Mönch hin. Aber der blickte nur streng auf seine Tasten.

[1925]

Das Initial

In einem niederen Ledersessel zu sitzen und Kaffee zu trinken und ein Buch in der Hand zu halten, ein aufreizendes, begehrlich machendes, ein fieberndes Buch und an den Wänden, ringsumher an den Wänden Bücher, Bücher, Bücher, braune, rote und gelbe Streifen zusammengewachsen zu einem großen Tier, das dampfend lauert und gestreift ist wie ein Tigertier! Der Kaffee rinnt wie Gift in die Fingerspitzen, in die vordersten Fingerspitzen, daß sie beben und ich dürfte kein glattes, hautweißes Blatt Papier mit den Fingerspitzen betupfen, sonst gäbe es braune Flecken, so sitzt mir der Kaffee in den zitternden Fingerkuppen. Aber das Buch, das ich lese, das hitzige, brandrote, schwelende Buch wird von dem Gift nicht gefärbt. Ich darf einen wilden Wirbel auf dem Deckel schlagen, einen Fingerspitzentriller, einen rasenden Nägelparademarsch, es färbt nichts ab. Oft klapp ich schnell und schnappend zu, daß eine grelle Lohe, die zwischen zwei brennenden Seiten herausfahren will, erstickt, bevor sie mich und das Zimmer und das große Büchertigertier versengt und verascht.

Auf dem Messingaschenbecher aber schlägt ein Hahn die Flügel, kräht mit krummem Schnabel lautlos und das Tigertier faucht den Vogel an mit den Messingfedern. Der flattert und flügelt und sperrt den Schnabel zu seinem lautlosen Gekräh.

Ich habe kein Gewicht mehr, ich schwebe, wie ich nun wieder eine Tasse leere. Der Hahn ist auf den Kastenrand geflogen und wie eine stumme Trompete schmettert er sein Kikeriki. Ich will dir die schönen, langen Federn ausreißen und dir den Schnabel stopfen und dem Tiger will ich mit der längsten und buntesten Feder den blutroten Rachen kitzeln, daß er seine Glühaugen rollt und mit dem Schwanze schlägt und wie ich lachend zwischen dem gerupften Messinghahn und dem gereizten Tiger inmitten und in der blauen Luft schwebe, schenke ich mir noch eine Tasse ein.

Das große Buch liegt aufgeschlagen vor mir wie vor dem Priester in der Messe das große, steinbesäte Buch. Ein Satz daraus sticht mir ins Gehirn wie eine brennende Nadel und dem Nadelstich folgt ein Pfeilschuß und noch einer schwirrt und noch einer und mit zitternden Schäften stecken sie in mir. Und der Gockelhahn kräht wieder lautlos und der Tiger funkelt und nun ist aufeinmal mein Herz aus Glas und alles an mir ist aus Glas und die Pfeile können mir nicht mehr an, prallen ab und mit den Füßen werf ich sie raschelnd durcheinander wie Streu und gellend darüber kräht flügelschlagend der betrunkene Messinghahn.

Eine Frau im gelben Gewand öffnet die Tür und steht an der Schwelle mit weißen Blumen im Strauß und ich ruf ihr zu: Draußengeblieben, du Tote! Siehst du nicht, daß hier die weißen Blumen gelb werden wie dein gelbes Gewand? Nun wird die Frau traurig, aber das mag ich nun gar nicht und mit einem Sprung sitz ich neben dem Hahn auf dem Kasten, schlage mit den Flügeln wie er und krähe: Hinaus!

Die Frau geht auf die achte Seite des Buches zurück. Ein rundes, geblähtes O nimmt sie auf. Tief durch das Buchstabenportal geht sie, wird kleiner und kleiner und verdämmert im rötlichen Dunkel.

Wie sich die Isar grünschäumend an der Brücke bricht! Sie kommt vom Gebirge und haut mit platschenden Händen, mit derben Gebirglerpratzen an die Pfeiler. Das spritzt bis zu mit herauf, frisch wie Eis und der Kaffeedunst steigt aus meinem Kopf und kräuselt sich zu kleinen Wolken und steigt und die Vögel, die durch diese seltsame Abendwolke streifen, taumeln und verfehlen die Brummfliege. Aus den Anlagen kommt die Lebendige und ihr gelbes Kleid flattert diesmal wie eine Fahne beim Einzug des Kardinals. Tief in das Grün der Sträucher und wippenden Büsche dringen wir und wie ihre Lippen den Seufzer formen, seh ich das kreisrunde Rot, rund wie das Buschrund, das hinter uns zusammenschlägt, während wir atmend und liebend verdämmern im Initialkreis des O. [1925]

Das stelzbeinige E

In der Oberrealschule, die ich besuchte, hatten wir, es war in einer der unteren Klassen, ja, ich weiß es genau, es war die dritte Klasse, ich weiß es genau, weil ich sie zweimal durchlief, nicht durchlief, durchstolperte (was gab es da an Hindernissen, Fallgruben, Wolfslöchern, Fußangeln, Drahtverhauen, Fangnetzen), in dieser dritten Klasse also hatten wir einen Lehrer für Deutsch, der war sehr durchschnittlich begabt und tat uns auch nicht viel zu Leid, man durfte ihm nur in einem Punkte nicht wehe tun, da war er empfindlich wie ein Pferdemaul gegen Hornissenstiche. Und das war so, es klingt unglaublich und komisch, aber es ist wahr, er verlangte, daß man, wenn man den Buchstaben e, das kleine e, das kleine deutsche e schrieb, daß man da den zweiten E-Strich etwas kürzer machte als den ersten. Das war früher allgemein üblich gewesen, alte Leute tun es heute noch, aber zu unserer Zeit war das schon nicht mehr Sitte, aber er, der Deutschlehrer, er verlangte es von uns. An der schwarzen Tafel malte er uns das Muster-E hin, das beispielhafte, es sah ein bißchen hinkend aus, denn standen die E's, die wir gewohnt waren zu schreiben, auf zwei gleich langen, festen Beinen unerschütterlich und stramm und ordentlich da, so glich das E, das er gebieterisch forderte, einem Invaliden, einem Stelzfuß, einem Kriegsbeschädigten, dem man das eine Bein unterhalb des Knies abnahm. Aber ihm schien dieses verstümmelte Zeichen besonders liebenswert, und wir Schüler, nun, wenn man nichts Schwereres von uns verlangte, das konnten wir leisten, wahrhaftig, und wir leisteten es.

Ich träumte viel damals, nicht nur im Schlaf, da träumt jeder, da träumte ich auch, auch mit offenen Augen war ich abwesend (wo nur überall!) und träumte davon, berühmt zu werden und wußte nur nicht recht, wie. Eine Spur mußte man von sich hinterlassen, irgendwas tun, was noch Jahrhunderte nachwirkte, und da kam mir der Lehrer mit seinem E gerade recht. Wenn ich, träumte ich, in allem, was ich schrieb, nicht nur in den deutschen Aufsätzen, nein, auch in allen anderen Arbeiten, in der Naturkunde zum Beispiel, in jedem Fach, ja auch in jedem Briefe, den ich an Freunde, an Verwandte schickte, in allem Schriftlichen, das ich aus der Hand ließ, das kurzbeinige E anwendete, so würde das Nachahmer finden. Da und dort im Land würden Leute aufstehen, die mir darin folgten. Meine Freunde konnte ich bitten, auch ihrerseits das umstrittene Zeichen nur in meiner Fassung aus der Hand zu geben. Und das würde ich mein ganzes Leben hindurch so halten, und wenn ich erst groß sein und Kinder haben würde, so war es ganz klar, daß die mir nachfolgten und das E malten wie ich, und die Kinder meiner Freunde würden es auch tun, und deren Kinder wieder, und so durch viele Geschlechter. Ich träumte davon, auch Lehrer zu werden und natürlich meine Schüler davon zu überzeugen, daß das Invaliden-E das einzig richtige, das einzig schöne sei, und von den Schülern würden wieder ein paar Lehrer werden dereinst, und unsere, die kurzbeinige Fassung verbreiten und vielleicht, wenn wir alle recht zusammenhielten, so konnte es gelingen, daß man auf dem ganzen großen Erdball das gleichbeinige E besiegte und im Triumph das alte, gediegene auf allem Papier zu finden war. Welch' ein Ruhm, dachte ich, das zu leisten, und sich zu denken, daß auf dem dicken, gelben Pergament, auf dem man einen künftigen Friedensvertrag niederschrieb, mein E, denn mein E war es nun geworden, glänzen würde! Und wenn die Weltgeschichte, träumte ich, wie man uns gesagt hat, das große Buch der Menschheit ist, in der von allen riesigen Taten wie in Stein gehauen, wie in Erz geritzt, erzählt wird, oder, wie man uns auch sagte, die Tafel ist, auf der goldene Lettern stehen, nun, zu den Lettern, sogar zu dem am häufigsten gebrauchten, gehört das E, und das würde in meiner Fassung ruhmvoll in die Jahrtausende schreiten.

Ein Kastanienbaum, blühte vor unserem Schulfenster, mit großen, fast handgroßen Blättern, dunkelgrünen, und mit vielen weißen Kerzen, die im Frühlingswind leise schwankten, und ein Vogel, ein Star, saß auf einem Ast, und pfiff, und ich träumte mir meinen Ruhm. Caesar ritt heran, goldgepanzert, mit kühnem Gesicht, und hinter ihm römische Kolonnen, in Viererreihen, in Sechserreihen, schauten kühn wie er, trugen den Adler an der Stange, der flog auf und rauschte, breitflügelig, um des Imperators blaugeäderte Schläfen. In einer Tonne saß der schmutzige Diogenes, Columbus fuhr in seiner Caravelle übers Meer, Napoleon hielt das fette Kinn auf die weiße, schnupftabakgebräunte Krawatte, Helden überall! Die Dichter sangen ihren Ruhm, schrieben Bücher, viele, viele Bücher, dicke und dünne, mit vielen, vielen Buchstaben, und hinter jedem Kapitel drein hüpfte und tanzte, wie auf der Dorfkirchweih nach dem Siebenjährigen Kriege, der gewesene Dragonerwachtmeister, der stelzbeinige Buchstabe E.

[1926]

Der nackte Engländer

Es ist ein braunes Buch, schmal, lang wie eine gute Männerhand, ein Viertel so breit, flohbraun, zwischen kaffeebraun und flohbraun, Leder der Einband, auf dem Rücken in Gold der Titel. Das Buch ist alt. Das sieht man an dem Braun, an dem edlen Braun, kein junger Einband hat diesen Ton. Und das Gold steht matt darauf, müde, altersmüd, zart verwischt, und schlägst du das Buch auf, so siehst du gelbe Seiten, wachskerzengelbe Seiten, hast du weiße erwartet? Auf den wachsgelben, weizenfarbenen, honigglänzenden Seiten stehen Kolonnen schwarzer Lettern, nein, nicht schwarzer, grauer, dunkelmauergrauer, kellerasselgrauer Lettern. Lies nun! Du hofftest ein zärtliches, ein schwermütiges, ein spinnwebschwankendes Lied zu hören, aber da schlägt dir ein Tubaton entgegen, ein wilder, Trompeten schmettern, Waffen fahren gegen eiserne Strickhemden, ah, Shakespeare! Es ist ein Band einer alten Shakespeareausgabe, es ist Othello und der König Lear und der Macbeth. Dieser Einband, fluchst du, und überfliegst eine Seite im Lear, und noch eine, und wie du bei der dritten bist, fangen deine Finger zu zittern an. Sie greifen fest in den Deckel, sie reißen, sie zerren und der flohbraune Einband, der edle Einband in Rembrandtbraun und Gold, flattert, braust schnatternd in eine Ecke, und du hältst den nackten Shakespeare in der Hand und freust dich und schreist, du mußt schreien, mußt laut und barbarisch und zimbrisch schreien über deinen entkleideten, abgehäuteten, entschuppten Mann. Bis deine Frau kommt und sich weinend zu dem Einband in der Ecke niederhockt und ihre Augen voll Wasser auf dich richtet, ihre Rehaugen, ihre Rotkäppchenaugen, ihre tropfenden. Tut's dir jetzt nicht auch leid, du Urmensch, du Waldmensch, du Vieh? Aber du bist kein Waldmensch und hockst jetzt auch nieder, vor dem Rotkäppchen, Aug in Aug, und jetzt Mund auf Mund, wie glänzen die Tränen! Die linke Hand auf dem Rücken aber hält den nackten Engländer und schwingt ihn und Tränen hast du auch in den Augen, aber dein Herz innen, tief innen, kichert's nicht?

[1926]

[Kurzprosa aus dem »Simplicissimus«]

Völkische Bibliophilie

Merkwürdige Dinge werden angepriesen in »vaterländischen« Zeitschriften. Nicht nur Hakenkreuze und gipserne Ludendorffbüsten und prima-prima Windjacken und schwarzweißrotes Fahnentuch.

O nein, auch Bücher!

Und sogar Lyrikbücher!

Und sogar unter der Schutzmarke: »Ein Theodor Körner!«

Nämlich: In einem Organ des »Treubund Schlageter«, des »Schlageterbunds« (das ist anscheinend etwas anderes) und des »Deutschen Volksordens« fordert man auf zu kaufen »das mannhafte Buch« von Fritz Kaiser:

Heilige Flamme glüh!!
Ein Heroldsruf an die deutsche Seele.

Und fügt hinzu: In einem seinem ehernen Geiste würdigen Gewand, mit echtem Goldschnitt ringsum, ringsum Mk. 6.

Wobei sowohl die beiden Rufzeichen hinter »glüh« als das doppelte »Ringsum« zwar rätselhaft, aber genau zitiert sind.

Aber was will man, wenn die heilige Flamme in echtem Goldschnitt glüht!

Heil! [1926]

Der Parlamentarier

Der neugebackene Abgeordnete Andernacher hatte zum erstenmal parlamentarische Ferien, stieg am Morgen am Anhalter Bahnhof in Berlin in den Zug – und saß abends schon am heimatlichen Stammtisch, breit, hinter seinem Krug Bier, eine schwarze Zigarre im Mund, glücklich.

Und die Freunde fragten.

Der deutschnationale Freund, der sozialdemokratische Freund, der zentrümliche Freund – denn so verschieden waren die Stammtischbrüder gefärbt – sie alle waren neugiergespannt und huben an zu fragen: »Wie war's?«

Herr Andernacher sog an der schwarzen Zigarre und erzählte: »Ich sag euch, das Reichstagsrestaurant, also pikfein!. Und, denkt euch...«

Der Deutschnationale unterbrach ihn: »Hast du Hindenburg gesehn?«

Herr Andernacher sagte: »Ja! Natürlich! Und denkt euch, im Reichstagsrestaurant...«, aber da fiel ihm hitzig der Sozi ins Wort und schrie: »Und den Scheidemann, hast du den auch gesehn, den Scheidemann?«

Herr Andernacher sog nachdrücklicher am Glimmstengel und bekam ein paar ungeduldige Falten auf der Stirn und brummte: »Ja, natürlich! Und denkt euch, im Reichstagsrestaurant gibt es...« Aber da fuhr der Zentrumsmann dazwischen: »Und den Doktor Wirth, den hast du auch gesehn?«

Da schlug Herr Andernacher auf den Tisch und war rot im Gesicht wie eine Sozifahne, und seine Zigarre dampfte wie eine Lokomotive, und er brüllte: »Ja, den hab' ich auch gesehn, und den Löbe und den Geßler auch, und wenn ihr nicht aufhört, mit eurer dummen Fragerei, so komm ich nie dazu, euch zu sagen, daß es im Reichstagsrestaurant unser Bier hier,« und er hob strahlend sein Glas, »unser Kulmbacher Bier gibt.«

Erschüttert griffen auch die drei Zuhausegebliebenen nach ihren Krügen, und gemeinsam sagten sie: »Prost!«

[1926)

[Begräbnis]

Bei Kunstmalers, die mit mir Landleben genießen, im gleichen Haus, einen Stock höher, scheint geniale Unordnung zu herrschen.

Dafür sprechen vielerlei Anzeichen.

Zum Beispiel, daß der jüngste Sohn des Künstlerpaares, ein aufgeweckter, elfjähriger Junge, manchmal ebenso drollige wie treffende Bemerkungen über die elterliche Schlamperei macht.

Neulich, am See, spielen Mutter und Kind im Strandkies. Da bekommt die Malerin einen elegischen Anfall und sagt: »Hans, wenn ich tot bin, verscharrst du mich einfach hier im Sand!«

Aber der Junge wittert schon wieder die verhaßte Bohèmewirtschaft und schreit ablehnend: »Nein, nein, Mutti, du wirst, wie andere Leute auch, ordentlich auf einem Friedhof beerdigt.«

Und wirft wütend einen Stein in den See.

[1927]

Der Gerechte

Auf der flimmernden Leinwand macht Chaplin seine heiter-traurigen Kapriolen, im »Zirkus«. Vor mir, in der Pause, fragt einer seinen Nachbarn: »Hältst du den Chaplin für einen Juden?«

»Dös siehst ihm doch an«, antwortet der.

Der Frager, der sich über Charlie schief gelacht hat, nestelt am Rockaufschlag.

»Was machst?« fragt der Nachbar nun.

»I will mein Hakenkreuz einstweilen in d'Taschn stekken. Wenn man mich hier sehen tät! In so einem Judentheater!«

Und er tut's, und der Film läuft weiter, und läuft zu Ende,

und Charlie geht's schlecht, und er bleibt bedeppert allein zurück, der Charlie – und dann wird's wieder hell im Kino, und der Hakenkreuzler steckt sein Hakenkreuz wieder an und spricht: »Für an Judn! Net schlecht! Gar net schlecht!«

Und stolz über seine objektive Haltung geht er ab, der Hakenkreuzler.

[1928]

Theater

Ich hab' einen guten Bekannten, der ist Heldendarsteller an unserm Stadttheater.

»Was wählst du denn diesmal?« frag' ich ihn, als ich ihn zufällig auf der Straße treffe.

»Einen Kommunisten«, erwidert er rollenden Auges. »Dieses morsche System verdient zerschmissen zu werden, daß darauf ein Bund freier und brüderlicher Menschen errichtet werde!« Er geht, und ich schau' ihm erstaunt nach.

Vierzehn Tage später stoß' ich wieder vorm Theater mit ihm zusammen. »Morgen«, sage ich, »morgen ist Wahltag. Du wählst also kommunistisch?«

Er sieht mich groß und abwehrend an. »Kommunistisch wählen? Die Herrschaft des Pöbels heraufführen? Nein! Verstand ist stets bei wenigen nur gewesen! Man muß aristokratisch sein in diesem nivellierenden Zeitalter. Ich wähle deutschnational!«

Und geht, und läßt mich verblüfft stehen. Grad kommt der Charakterspieler aus dem Theater heraus. Wütend sag ich zu ihm: »Dieser Benckengrott! Vor vierzehn Tagen wollt' er kommunistisch wählen, und jetzt auf einmal deutschnational!«

Der Charakterspieler lächelt. »Vor vierzehn Tagen spielte er den Räuber Karl Moor! Aber gestern begannen die Proben zu Coriolan, und er spielt den großen Volksverächter!«

[1928]

Literatur

Ort des Gesprächs: Die Berninabahn. Sprechende: Zwei Ehepaare.

»Wo werden Sie denn in Zermatt wohnen?«

»Selbstverständlich bei Seiler; etwas anderes kommt doch dort gar nicht in Frage!«

»Sagen Sie mal, bei Zermatt gibt es doch irgend etwas ganz Bekanntes in der Nähe?«

»Sie meinen wohl die Teufelsbrücke?«

»Ach ja, von der hat sich doch mal eine Berliner Schauspielerin herabgestürzt!«

»Natürlich, das ging ja damals durch alle Zeitungen!«

»Aber da ist doch schon früher mal was passiert.«

»Freilich, da hat sich ja auch der Rechtsanwalt Hau heruntergestürzt!«

»So? – Sich selbst aber bestimmt nicht! Ich weiß nur nicht mehr genau, ob seine Frau, seine Schwägerin oder seine Schwiegermutter! Jedenfalls kamen sie alle drei irgendwie bei der Geschichte vor!«

(Sehr bestimmt hinter der Zeitung!)

»Nun natürlich doch seine Schwiegermutter! Übrigens war das aber gar nicht bei Zermatt! Soviel ich weiß, hat er sie in Rom irgendwo heruntergeworfen!«

»Ja, die Geschichte ist schon zu lange her, – aber eine Teufelsbrücke kam irgendwie darin vor!«

»Jetzt hat doch ein ganz bekannter Schriftsteller einen großen Roman daraus gemacht! Wer war's doch gleich?«

Zögern und allgemeines Überlegen.

Endlich: »Ach ja! Kellermann hat doch ein neues Buch geschrieben, wo der Fall Hau drin vorkommt!«

»Spielt das nicht auch in Davos bei lauter Lungenkranken?«

[1928]

Lyrik

Ich hab' einen guten Bekannten, der ist Buchhändler.

Bücher werden heut wenig gekauft, wie man weiß.

Das paßt aber meinem guten Bekannten, der Buchhändler ist, nicht, das paßt ihm sogar ganz und gar nicht.

»Reklame, Reklame«, sagt er, »man muß Reklame machen!«

Und stellte Gedichtbücher in sein Schaufenster, und ein Plakat vor die Gedichtbücher, auf dem stand in grellroten Buchstaben: Man liest wieder Lyrik!

Vier Männer betraten nacheinander den Laden.

Der erste hatte lange Haare und sagte: »Man liest wieder Lyrik? Wollen Sie nicht auch meinen Versband ›Unter wandernden Wolken‹, bei mir im Selbstverlag erschienen, dazustellen?«

Der zweite hatte einen Stapel Bücher unterm Arm und sagte: »Man liest wieder Lyrik? Darf ich Ihnen antiquarisch diese Gedichtbände billig anbieten?«

Der dritte kaufte eine Fahrradkarte der Umgebung Münchens und sagte: »Man liest wieder Lyrik? Sonderbare Menschen gibt's!«

Der vierte war ein Stammkunde des Geschäfts und ein Wahrheitsfanatiker und sagte: »Schämen Sie sich, so zu lügen!«

Da nahm mein Freund, der Buchhändler, die Gedichtbücher und das Plakat wieder fort und stellte Detektivromane ins Schaufenster.

Davon verkaufte er auch wirklich binnen drei Tagen ein Stück.

[1930]

Der Georgsritter

Bei seiner Geburt bog die Mutter den weißen Hals zurück und starb mit einem lauten Schrei. Man mußte den Sohn vorm Vater verstecken, der ihn ermorden wollte, und so gab man Otto zu ländlichen Verwandten. Dort rauschten kellerschwarze Wälder, Wiesen grünten im Sommer und wurden im Winter weiß, und Hunde waren seine besten Spielgefährten. Als er fünf Jahre alt geworden war, holte man ihn zurück, weil sein Vater Hochzeit machte mit einer rundschultrigen Sängerin. Der Husarenoberst und Bräutigam glänzte wie eine große, überreife Himbeere am Ärmel seiner Frau. Sekt, den man Otto aus einem winzigen Glas zu trinken gab, machte ihn lachen, und lachend sah er, wie ein Herr im Frack, ein schwarzer Rabe, Früchte aus einer Schale pickte und davonflog. Später kam Otto zu den Kadetten. An den kalten Februarmorgen, im dünnen, schrägen Regen, an schwülen Augustabenden übten sie mit Gewehr und Säbel. Mit zwanzig Jahren trat er ins Regiment ein, und wurde wie durchschnittlich der Offizier, und trank in tiefen Nächten gemessen und immer unerschüttert Wein. Der Feldzug brachte ihm Auszeichnung. Er fing bei jenem Vorstoß, der in allen Zeitungen ausschweifend beschrieben wurde, den feindlichen Stab und seinen Führer, dem wichtige Aufzeichnungen in der Brusttasche steckten, und wurde daraufhin dem Könige vorgestellt. Der Krieg ging vorbei, der Friedensdienst begann wieder, und man sah dem ausgezeichneten Feldzugssoldaten vieles nach, selbst, daß er dicke Bücher las, Homer und Sophokles, alle antiken Schriftsteller und Abbildungen von den Gestalten griechischer Bildhauer um sich stellte. Dann lernte er Illa kennen, die das holprige Pflaster der kleinen Stadt verachtete und darum nur selten das Haus verließ und ihr Zimmer, in dem schneeweiße, betäubende Lampen brannten. Der Rittmeister hatte Otto bei ihr eingeführt. Illa rauchte viel, schlief wenig und spielte bis zum Morgengrauen mit ihrer neuen Puppe. Er machte sich zu ihrem Geschöpf und verbrachte den Winter nur in ihrer Gesellschaft, obwohl er ihr nicht näherkam und von ihrem Eigentlichen nicht mehr wußte als von dem blonden Fräulein, das ihm Tabak verkaufte. Sehr spät erst merkte er, daß Illa die Geliebte des Rittmeisters war. Er fuhr nach Berlin, erbat und bekam den Abschied von soldatischen Diensten, besuchte nun Vorlesungen an den Hochschulen, ging viel ins Theater und war ein regelmäßiger Kunde aller nächtlichen Vergnügungsstätten. Zwei Jahre ritt er so auf der pferdeköpfigen Woge des Großstadtlebens und war ein guter Reiter, und das Tier warf ihn nicht ab. Er stieg nur dann selber von diesem bockigen Gaul. Er spürte Ekel auf der Zunge und bebte vor Begierde, die Verwüstung seines Herzens mit der Verwüstung anderer zu rächen. Er mietete sich in einem Ostseedorf ein. Er war ein großer und schlanker Mensch von blühendem Aussehen und gefiel den Frauen. Sandelmaar hieß das Dorf, und alle Mädchen von Sandelmaar kannte er gut. Bis die Burschen des Ortes eines Nachts das Haus stürmten und den Verhaßten halbtotschlugen. Später ließ er sich in einer kleinen, süddeutschen Stadt nieder, führte ein zurückgezogenes Leben, beschäftigte sich mit Rosenzucht, übersetzte den Pindar, und die Gestalten griechischer Bildhauer glänzten immer noch um ihn. Er legte die Kleider seiner Jugend nicht mehr ab. Er ging noch in engen Hosen und weiten Röcken, als alles um ihn schon weite Hosen und enge Röcke trug. So wurde der alte Hauptmann eine allgemein bekannte und ein wenig komische Figur. Grauhaarig machte er noch eine Reise nach Berlin. Er stieg im besten Hotel ab, bestellte Schneider, Schuster und Haarkräusler und verwandelte sich binnen vierundzwanzig Stunden in einen modisch gekleideten, alten Herrn. Sein weißer Schnurrbart, sorgfältig gedreht, stieg lustig über seine geschminkten Lippen, und aus seinem Knopfloch nickte eine Blume, als er in einer vornehmen, kleinen Weinstube zu Abend aß. Draußen brauste die große Stadt, schwoll die pferdeköpfige Woge des Daseins, und war er nicht ein guter Reiter wie je? Er zahlte, ging, die Bogenlampen sangen über ihm, ein Motorrad kam in scharfer Fahrt und knatternd die glänzende Asphaltstraße daher und auf ihn zu, und mit kühnem Helm saß der Jünglingsgott strahlend und lächelnd im Sattel. Er lief auf ihn zu, das große Auge sah ihn an, durchblitzte ihn, und den toten Alten zog man mit zerschlagenem Hinterkopf auf den Bürgersteig. Er hielt die Pindarübersetzung noch in der Leichenhand. Weil er Ritter des Sankt-Georg-Ordens war, wurde der Hauptmann Otto von S. mit militärischen Ehren zu Grabe getragen. Die Presse berichtete ausführlich über den feierlichen Akt und erinnerte auch noch einmal an die kühne Tat, mit der er die hohe Auszeichnung erworben hatte.

[1926]

27. Februar

Ich war im Englischen Garten. Nun, wie waren da die Wege? So waren sie: Gelb, nicht feucht, aber auch nicht trocken. So, daß man spürte, drunter saß Nässe, drunter war braune Erde, schnupftabakbraune, aber schwarze, nicht rabenschwarze, nein, vielleicht bauernpferdlederzeugschwarze. So waren die Wege. Und die Stämme der Bäume waren dunkel und glänzend, und die Äste trugen kein Laub, die vielen Äste, die schwarzen, weitverzweigten, krummen, geringelten, ineinander versponnenen Äste. Das war wie ein Netz einer Riesenspinne, eines ungeheuren, gigantischen Weberknechts, der fern saß, auf einer Wiese, einer lehmfarbenen Wiese, und spann und spann, ein Netz über den Himmel spann, ein schwankendes Netz, ein bebendes, nachgiebiges. Und wie nun war dieser Himmel? Nun, blau war er nicht, eher grau, aber ein Blau war hineingemischt, auch ein Grün, und so war er blaß und ohne Wolken und keine Vögel flogen unter ihm, nicht die flitzwippenden Schwalben, kein Wackelrabe. So war der Himmel, so waren die Bäume, so liefen die braungelben Wege und liefen um Wiesen, auf denen nackte Büsche standen. Gras war schon da, schon da, aber wie gefärbt! Gelbgrün, dünn, wie Haar auf dem Kopf eines alternden Mannes, welk, müd, hängend, erbarmungswürdig. Ja, so war der farblose Himmel, die kahlen, kalten Bäume, die dornigen Sträucher, die träg fließenden Wege. Aber dann verschob, dann verzog sich am Himmel, am Horizont etwas, riß etwas, es sah blau her, nicht groß, aber es war ein scharfes Blau, es sang Blau. Und hinterm Dornbusch, zu sehen war es nicht, aber zu ahnen, war ein klares, singendes Blau, ein Veilchenblau zu wittern. Und dann, all das Karge rundherum, das Bläßliche, Farblose, es machte nicht traurig, es machte nicht traurig, eher fröhlich, weiß Gott, eher fröhlich! Eher fröhlich machte es mich, im Englischen Garten, am siebenundzwanzigsten Februar. [1926]

Indianischer Film

Jimmy, der gerissenste der Kuhhirten, ritt einen Apfelschimmel. Wüst klimperten seine Messingsporen. Dann war da noch ein Rappe. Aber der hatte einen Hahnentritt. Dann ein Brauner, ein schneeweißer Schimmel, ein Fuchs mit flachsgelben Büscheln an der Stirn. Sie trabten über die Ebene. Die runden Hüte stiegen und fielen. Ganz fern, ein blauschwarzer Streifen, eine blaufunkelnde Raupe, war Wald. Judith, das Farmermädchen, las in der Blockhütte die Bibel. Die Bibel war ein schweres, schweinsledernes Ding, gewaltig, und sie blätterte mit schmalen Fingern darin. Sie trat vor die Tür und der Wind riß an ihren Röcken. Sie schirmte mit der Hand die Augen. Sie sah die Männer nicht, die im anderen Tal ritten. Die Pferdebeine waren in unaufhörlicher Bewegung. Die Roßschweife flogen. Die Männer nahmen die Zügel lockerer und die Schenkel dichter ran. Das Sattelleder knarrte. Näher schob sich der Wald, die blaue Raupe, krümmte sich, zuckte. Die Gegend wurde steiniger. Der Rappe mit dem Hahnentritt blieb zurück. Aber Joe gab ihm die Stiefel-Eisen.

Das Geflecht der Vorgänge wird nun dichter geknüpft. An Baches Ranft lag die Rote Feder. Der Wind wehte durchs Gras und der Häuptling dehnte die Brust. An seinem Gürtel hingen Skalpe und der Wind wehte durch die Skalphaare, daß sie flogen wie die zittrigen Halme, daß sie flogen wie einst, als sie noch in lebenden Köpfen wurzelten. Es war noch derselbe Wind, derselbe lebendige Wind, aber sie waren nun wie Zwirn gedörrt, spröd, klingend wie Draht. Der Häuptling preßte die Lippen fest aufeinander und sein Blick jagte wie ein Adler. Aber er erjagte die Männer nicht, die im andern Tal ritten. Voran Jimmy, der gerissenste der Kuhhirten. Dicht hinter ihm Joe, der mit dem Stiefeleisen seinen Rappen mächtig vorantrieb. Mit geringem Abstand dann ein Brauner, ein schneeweißer Schimmel und ein

Fuchs, mit flachsgelben, schlagenden Büscheln an der Stirn.

Die Vorgänge verwirren sich weiterhin. Aber noch sind wir mitten in der Entwicklung. Der Kreis der Personen wird vergrößert. In einer großen Stadt des Westens verließ ein alter Herr das Wirtshaus. Automobile flitzten um die Ecken. Judiths Vater, der alte Herr, einen langen Bocksbart am Kinn, wurde überfahren, war tot, schrie nicht einmal mehr, der Bocksbart, tabakgebräunt, vergilbt, hing vom seitlich gedrehten Gesicht beschmutzt auf das Pflaster. Eine Verkehrsstockung entstand und ein Prärievogel, weit von der Ebene her, verirrt, sang verwirrt. Im fernen Tal ritten die Männer, Schenkel dichter ran. Die runden Hüte fielen und stiegen. Die Zusammenhänge werden nun offenbarer. Der Knoten schürzt sich. Auf Seelisches einzugehen wäre notwendig, wird jedoch vernachlässigt. Judith, die Waise nun, wird von der Roten Feder geraubt. Vom Gürtel des Häuptlings flattern die Skalpe, übern Sattel wie ein Sack hängt das Mädchen, weint und die Tränen nässen die strohknisternden, die toten, die raschellustigen Haare. Der Indianer, der rote Räuber, der Weißfleischdieb bringt die Beute in sein Dorf. Vor dem Wigwam sitzt Judith traurig. Ihre sinnenden Augen sehen in die Ferne. Im andern Tal reiten die Männer. An der Spitze Jimmy, der gerissenste der Kuhhirten. Der Rappe, der Braune, der Schimmel, der Fuchs hinterdrein.

Eine Nebenhandlung wird aufgerollt. Licht aus der Vergangenheit fällt herein. Einst liebte die Rote Feder die Wippende Amsel, das schönste Mädchen vom Stamm der Waplahusen. Aber die weiße Judith, die elfenbeinerne, hat ihn mit Zauberei betört. Die Wippende Amsel, krummbeinig, Glühaugen unter sanften Brauen, sinnt auf Gewalttat. Judith, schon vaterlos, und weiß es nicht, hat einen Dolch im Nacken, und weiß es nicht. Massenszenen werden nun aufgeboten, Statisterie und Chor. Die Titiwapau haben das Kriegsbeil gegen die Waplahusen ausgegraben. Ein Waplahuse hatte den Schwanz eines Bibers auf einer Stange vor dem Häuptlingszelt der Titiwapau gehißt. Das ist die tödlichste Beleidigung, die einem Titiwapau zugefügt werden kann. Die Titiwapau tanzen den Kriegstanz. Ihr großer Medizinmann, die Funkelnde Ente, segnet ihre Waffen. Auch die Waplahusen bemalen ihre Gesichter mit grünen und blauen Farben. Sie zünden Feuer an und tanzen feierlich. Die Rote Feder ist Vortänzer, wie es die Vorschrift verlangt. Er tanzt und die Skalpe an seinem Gürtel wackeln, er schreit, und seine Krieger schreien mit und die Skalpe fliegen, daß die nackte Unterseite, vom Feuer beschienen, rot aufglänzt, rot wie ein aufgerissener Mund, als schrien sie mit.

Im andern Tal reiten die Männer. Die runden Hüte steigen und fallen. Fluchte nicht Jimmy? Wacker hielt sich der Rappe mit dem Hahnentritt. In der großen Stadt begrub man den alten, bocksbärtigen Herrn. Es regnete, und der Geistliche stand bis zu den Knöcheln im gelben Friedhofslehm, und so machte er es schnell. Die wenigen Zuhörer verliefen sich bald. Auf der Friedhofsmauer, wild durchnäßt, struppelfedrig, saß der Präarievogel und wagte nicht zu singen. Am Abend brach die Sonne durch, orangegelb. Die Kundschafter der Titiwapau waren auf die Vorhut der Waplahusen gestoßen. Die beiden Heere lagerten sich und riefen Manitu an, den Sieg zu geben. Am Büffelberg entbrannte die große Schlacht.

Es war an einem klaren Morgen, der Himmel war noch grün und eine Ziegenherde graste. Da pfiff der erste Pfeil, da sang der Speer, wie schrien sie, die Kämpfer! Die Sonne kam, die Ziegen galoppierten in eine Schlucht, wo es Wasser gab und fette Kräuter, und blieben dort den Tag. Abends wagten sich zwei freche Böcke, mit grünen Glasaugen, auf die Ebene hinaus. Mutwillig und verlegen hopsten sie über die steifen Körper der Toten. Sie grasten. War das hart! Einer zerrte, riß, das krachte! Das waren nicht Halme, das waren Skalphaare am Gürtel der Roten Feder. Der Mond stieg auf. Die Rote Feder lag auf dem Bauch. Blutrot sah sein Schädel, sein skalpierter Schädel, ein dunkelroter junger Mond zum großen alten Mond am Himmel auf.

Nun biegt es rasch zum Ende ab. Die Männer, an der Spitze Jimmy, der gerissenste der Kuhhirten, langten am männerverlassenen, weibergekreischwiderhallenden Waplahusendorf an. Die Wippende Amsel hatte den Dolch hochgehoben, da schlug Joe das Zelttuch auseinander, da trat Joe ein, da richtete die Indianerin ihre Glühaugen auf den Reiter und ging ins Freie. Und dann trat Jimmy ins Zelt und dann hob Jimmy Judith aufs Pferd und dann ritten die Reiter in den Abend hinein. Die runden Hüte stiegen und fielen. Joes Hut war nicht mehr dabei. Joe band den hahnentrittigen Rappen ans Zelt und blieb bei der Wippenden Amsel und gründete mit ihr ein Mischlingsvolk, das von der Biberjagd lebte und das Christentum annahm. Jimmy und Judith machten ihre Hochzeitsreise zum Grabe des Bocksbärtigen. Und die Sonne ging auf und unter, der Wind wehte über das Präriegras und am Büffelberg weideten die grünglasäugigen Ziegen.

[1926]

Regen

Hellblau, blau wie Vergißmeinnicht, Silber darin, solche Augen hatte das Mädchen im Kopf, und ein gelbes Puppenhaar hatte es, strohgelb, das goldwolkig um den Kopf stand, und Wangen wie rotgetuscht, und war elf Jahre alt und trug ein weißes Kleid und saß auf der Veranda des Tiroler Dorfwirtshauses, und es *regnete* seit Tagen schon, seit vielen Tagen, und der Regen rann in runden, klaren Tropfen von dem braunen, pechgetränkten Holz des Geländers. Das Mädchen hatte eine Zeitschrift aufgeschlagen auf den Knien, auf den schmalen Knien, und sah auf das eingeregnete Tal hinaus und auf die Berge, die schmutzig schafgrau waren und wie nasse Schwämme (keine Riesenfaust drücke sie aus!) und bog nieder den mageren Kinderhals, erbärmlich und fröstelnd, und besah den Anzeigenteil der Zeitschrift und betrachtete gespannt und plötzlich erregt, und ich sah ihm zu, die Anzeige der Schaumweinkellerei Mattheus Müller, die, weil man die Anfangsbuchstaben ihres Namens, weil man M. M. zwei verschlungene M. in den Linien jeder Handfläche eingezeichnet findet, dies als einen Grund begreift zu behaupten, die Vorsehung sozusagen habe bestimmt, daß der Mensch ausschließlich MM-Sekt trinke. Und die zartblauen Augen des Mädchens wenden sich auf mich, und der kleine Zeigefinger deutet auf die Anzeige, ich sehe das rosige Oval des Nagels glänzen, und mit klingender und klagender Stimme sagt es: Da steht, das Doppel-M in der Hand heiße Mattheus Müller. Und die blauen Augen werden noch durchsichtiger, und die Blondhaarwolke um den Kopf flammt, und die rotgetuschte Wange wird röter noch, und unser Religionslehrer sagte uns doch, das MM hieße, und nun nimmt es den Finger von der Anzeige weg und zeichnet das MM seiner Hand nach, das hieße, und das habe Gott in jede Menschenhand geschrieben: memento mori!

Tapptapp schlug der Regen gegen das braune Holz, über der Wiese war's schleierfeucht wie Nebel, über die Straße trappelte naßhaarig eine Ziege, der das schwere Euter gegen die Beine schlug, und der blonde Haarkreis flackerte wie Strohgold. Klang ein Sektglas? Die klaren Tropfen am braunen Geländerholz waren wie Sektperlen, und das Tropfengeläut silberte zierlich wie eine Sterbeglocke. Ich betrachtete meine Hand und besah das MM und auch das Mädchen beschaute blauglasäugig das rosige Doppelzeichen. Es war elf Uhr vormittag, und jetzt schlug die Kirchturmuhr elfmal an, und der Ton ertrank fast in der Nässe, und die Berge waren wie platschvollgesaugte Schwämme, und wenn ein Riese sie jetzt ausdrückte, würde gelbes, moosgrünes, erdbraunes Waldwasser zu uns steigen und uns mitnehmen und mitschwemmen, wie der Bach hinterm Haus Hölzer und Blätter mitreißt.

Nur Frösche und Molche waren in diesen Tagen zufrieden.

[1926]

Auf dem Brenner

Innsbruck lag unter einem blauen Himmel, der zitterte leicht, aber das war wahrscheinlich Augenblendung, das war unsere Erwartung, die ihn zittern machte, das war unsere Begierde, nun den Berg hinauf zu fahren, durch viele, schwarze Gänge, die Flanken des Berges hinauf, die grünen Flanken. Wir fuhren schon, oft sah man die grauen, steinernen Rippen, die sich abzeichneten unter dem moosigschwellenden Fleisch, bald war man oben! Und der blaue Himmel, der sich wölbte, die riesige Halbkugel, die hier, diesseits, auf den grauen Berghängen aufsaß, und die drüben, das weiß man, sich tief hinabbog, Südtirol, das Immerdeutsche, überspannte, bis der Jenseitsrand fern in *Italien* wieder zu Boden kam, und da mußte in jenem Italien der Himmel blauer sein als bei uns, das weiß man auch, und er zitterte schon, sich verändernd, in Innsbruck.

Da hielt der Zug auf dem Brenner, ich riß das Fenster auf und sah hinaus. Zum Himmel auf sah ich nicht, ich sah auf den Bahnsteig, da liefen ein paar eilige junge Männer in schwarzen Hemden, denen kroch über die Brust ein bunter Regenwurm, das waren Ordensbänder von vielen Farben, und auf dem Kopf trugen sie schwarzglänzende Mützen, merkwürdige Mützen, so wie Turbane, es sah nach Asien aus. Die Schwarzhemden liefen, verschwanden im Bahnhofsgebäude, und dafür traten zwei andere draus hervor, zwei Burschen, die waren noch keine Zwanzig, das sah man, mit roten Bauerngesichtern, zwei Bewaffnete, wie waren die angezogen! Ja, jetzt wußte ich es, sie waren angezogen, wie man Soldaten auf der Bühne anzieht in Stücken, die etwa im Jahre 1865 in Agram spielen, so waren sie angezogen. Sie trugen *Schiffhüte* auf ihren blonden Bauernjungenschädeln, Schiffhüte, wie sie bei uns und bei der Fronleichnamsprozession die hohen Beamten tragen, und dazu langschössige, blaue Röcke, frackähnliche, und lange, blaue Diplomatenhosen mit knallroten, hellziegelroten, handbreiten Streifen und einen weißen Ledergurt um die Hüften und weiße Patronentaschen und einen armlangen Säbel an der Seite, dessen schwarze Scheide unten mit Messing beschlagen glänzte.

So schritten die beiden italienischen Bauernjungen und Schutzleute, das waren sie wohl, nebeneinander auf dem Bahnsteig der Brennerstation auf und ab, und ich starrte sie an und hätte fast vergessen, zum Himmel aufzublicken, der mich in Innsbruck so begierig gemacht hatte, wie er wohl oben auf dem Brenner sein würde. Nun sah ich ihn doch an. Ja, er war blau, aber er zitterte nicht mehr, und die beiden Polizeisoldaten, nun ganz am Ende des Bahnsteigs angekommen, standen still und hoben sich scharf ab gegen die himmlische Bläue. Ihre Schiffhüte schwammen in der Luft, so schien's. Fest halten! wollte ich rufen, sie schwimmen weg, steigen weg sonst zu der einsamen Wolke, die dort hängt! Aber die Burschen setzten sich wieder in Bewegung, die Hüte saßen wohl fest, und gleich darauf waren sie dicht unter meinem Fenster und ich konnte erkennen, daß sie tief in den Kopf gezogen waren und daß sie diese Bauernköpfe nicht leichtsinnig und schwebend verlassen würden.

Nur die einzige, weiße Wolke drehte sich und nahm die Richtung nach Süden.

[1926]

Der Scaliger reitet

Es ist am zweiten Mai, und ein grauer Himmel über Verona, es hat auch schon eine Stunde geregnet, nun nicht mehr, aber die Orangen in den Körben, in den Verkaufskörben der Piazza Erbe glänzen noch feucht, noch feucht die grüngelben Finger des Spargels. Ich wende mich, und wie überall hier in Verona: eine Mauer, ein Turm mit den gezackten *Scaligerzeichen*.

Diese Türme, diese Mauern, diese Brücken, immer gekrönt mit diesen scharfgeschnittenen, heftig eingerissenen, stürmischen, gewalttätigen, treppig auf- und absteigenden steinernen Zinnen, sie regen das Blut auf, sie haben etwas Hitzigmachendes, ihr stoßender Gang fährt einem in die Knie wie eine Marschmusik, eine wirbelnde. Die Scaliger, die toten Herren der Stadt. Sind die lebendigen Herren der Stadt, diese Herren della Scala, diese Herren von Treppe, und ihr Treppenwappen, ihr Leiterwappen, in Stein gemeißelt, in Holz geschnitten, aus Eisen geschmiedet, an welcher Häuserecke, in welchem Kirchenwinkel steigt es nicht eilig und frech und hühnerleitersprossig, auf zwei dünnen Beinen stelzend, schräg und fliegend hinauf?

Die Äpfel glänzen feucht und die Spargel, und die großen Steinplatten des Bodens sind schwarzgenäßt und kalt, und der Himmel ist grau, und ich gehe langsam weiter, durch eine schmale Gasse und über einen viereckigen Platz und durch einen Torbogen, und da reitet hoch in der Luft ein Geharnischter.

Er reitet auf einem Gaul, und der Gaul trägt ein Gewand, ein kettengeflochtenes, ein metallisches, so scheint's, das vorn wie eine Haube über dem Kopf sitzt und über den gebogenen Hals weiter läuft und über den Rumpf und faltig und schützend über die Brust, über die Vorderbeine, die Hinterbeine herabfällt und kaum die Hufe freigibt. Und dieser steinerne Gaul dreht den Kopf zu mir, zwischen seinen Ohren, die die Haube durchstechen, sitzt mit aufgerecktem Hals ein vogelartiges Wappentier; dieser lebendige steinerne Gaul sieht aus den Augenschlitzen, aus den dunklen Halbkreisen, die die Haube löchern, neugierig und eitel und höhnisch überlegen auf mich nieder.

Die Knie durchgedrückt, ein breites, langes Schwert in der Rechten, eine Kettenhaube über dem Kopf, den Sturmhelm im Genick, den Sturmhelm, der ist wieder das langhalsige, vogelartige Tier, mit gesträubten Federn diesmal, sitzt ein Geharnischter auf dem Gaul, der den Kopf dreht wie sein Gaul und frech und verschmitzt herablächelt zu mir, neugierig und überlegen und niederträchtig hohnvoll wie das Tier. So reitet *Can Grande I.*, der mächtigste der Scaligen, steinern und lebendig, und ist frech in seiner Größe und gewaltig in seiner Frechheit, und gewaltig frech war der Bildhauer, der ihn so sah und sehen ließ, daß er ihn so sah.

Jetzt fängt's zu regnen an vom grauen Himmel, und der Scaliger, der Scaliger reitet.

[1926]

Die Froschangler von Padua

Von Verona, der Festung, wo auf jedem Hügel, und sie ist überragt und umschwungen von sieben und mehr, eine runde, glatte Mauer glänzt, alte Ziegelmauern und neue aus Beton, wo am Mittag und Abend ein Kanonenschuß dröhnt und die Stunde verkündet, wo nachts Soldaten und Soldaten die Schenken und die Straßen und die Gassen füllen, fährt man in anderthalb Stunden nach Padua, und da knallt kein Schuß aus einem Geschützrohr, und Soldaten sind nur wenige zu sehen. Aber viel Bauernwagen fahren in diese Stadt Padua hinein, auf denen graue, seidengraue Kälber mit zarten Hälsen angebunden stehen und nicht einmal muhen, nur mit großen, runden Augen schauen. Das Land drängt sehr in diese Stadt Padua herein, und die weißen Straßen haben es so eilig, aufs grüne Land hinauszukommen, daß ihr Schwung mitreißt und man mit ihnen läuft und bald draußen ist bei den letzten Häusern und den ersten Feldern und den dunkelgrünen, bauschigbelaubten Bäumen. Aber ehe das Land ganz weit und offen wird, zur Ebene, die sich Venedig zu dehnt, sind da die Reste der alten Stadtmauer und des alten Stadtgrabens, und im Stadtgraben blinkt seicht und grün und verschlammt und blätterüberlappt das Wasser. Und am hellen Tage quarren da die Frösche ihr unablässiges, trommelndes Geschrei. Und an der Stadtmauer stehen Knaben mit langen Weidengerten und einer Schnur dran und daran wieder Köderhaken und angeln nach den Fröschen. Und wenn sie einen zappelnden hochreißen, so spießen sie die lebendige Beute an einen rostigen Eisenring, der ist wie ein Schlüsselring, aber nicht Schlüssel hängen dran, sondern grüne, braune, strampelnde, aufgeregt rudernde Frösche, ein Dutzend, zwei Dutzend. Die Sonne brennt, die braunen Knaben angeln, die Frösche an den Ringen quarren nicht mehr, das tun nur noch die im grünen, verschlammten, moosüberdeckten

Wassergraben. Und von den Bauernwagen schauen die rundäugigen, seidengrauen, zarthalsigen Kälber stumm auf die stummen, aufgespießt schwimmenden Trommler.

[1926]

Ferraresische Straße

Das offene, grüne, weite Land, die bäuerische Ebene drängt sich an Padua heran, und willig tanzt die Stadt auf dem Wogenschlag der laubschäumenden, baumbestandenen Wiesen. Die Sonne glänzt, aber durch die Stille läuft ein Trommeln, das sind die paduanischen Frösche, die [g]rollend und unablässig, in schlammigen Grünglanzgräben gebläht und drollig hockend, dröhnend und kriegerisch und wirbelnd quarren. Weit dehnt sich die Ebene, der schwarzen Hinundher- und Kreuzundquergräben werden immer mehr. Das Land hört auf, und die Lagunen beginnen, und das strahlende Venedig, goldfunkelnd und marmorweiß, blitzt und schreit mit vielen Türmen. Und am Markusplatz, dem schönsten Platz der Welt (wer sah einen schöneren?), flattern die Tauben und gurren tief und dunkel, und wieder grollt es trommelnd, und die blauschimmernden Taubenscharen machen die Musik, die kriegerische, die grollende, die die paduanischen Frösche in den moosgrünen Gräben Tag und Nacht aufspielen. Und nachts wachen viele Lampen in Venedig, und am Tag bebt die Stadt, heiß und unter einem blauen Himmel hitzig, östlich, asiatisch. (Sah ich nicht Kurden mit schwarzen Lammfellmützen?) Und nun liegt Padua hinter mir, die bäuerische Stadt, und Venedig, die goldstaubige, brodelnde, und ich bin ein paar Bahnstunden südlicher, über Hügel hinweg, zypressengekrönte, pappelngesäumte, und bin in Ferrara, dem dunkeln, stillen. Da laufen lange, steinerne Straßen zwischen großen Palästen, und fern, am Ende jeder Straße, schauen grüne Gärten durch rote Tore, und in jeder Straße bin ich der einzige Mensch fast, und die Katze, die buckelnd aus einer Haustür kommt, fürchtet mich nicht und sitzt nun zierlich in der Straßenmitte und frißt an dem Gras, das zwischen den Steinen wuchert, und frißt und sieht mich an mit den gelben, glänzenden Augen, und aus ihren Augen sieht mich die tiefe Stille an, die gründunkelnde, die Ferrara, von Fröschen nicht umtrommelt, von Tauben nicht umgurrt, überhängt und umweht.

[1926]

In der Po-Ebene

Eine gute Gehstunde nördlich von Ferrara liegt Pontelagoscuro, ein kleiner Marktflecken. Der Ort ist nicht viel mehr und fast sonst nichts als eine Brücke. Eine Brücke am Po, nicht über den Po, über den führt eine eiserne Brücke, von der gar nichts zu sagen ist, die so ist wie alle eisernen Brücken sind, die sich unten in Sizilien, oben in Norwegen, hier und dort über diesen und jenen Fluß spannen. Aber der Brückenort Pontelagoscuro, die Wohnbrücke am Po (vielleicht waren früher hier Altwässer des großen, gelben Stromes, die jetzt vertrocknet sind), ist seltsam genug, daß man stehen bleibt und sie betrachtet.

Ein dunkler, steinerner Bogen wölbt sich, und, wie im Schatten des Flügels eines mächtigen Raubvogels liegen, enganeinander, kleine Kaufläden, Schusterwerkstätten, Weinschenken, liegt der ganze Ort fast, und wie Käfer im mürben Holzbalken hausen, so leben hier die Menschen im gehöhlten Stein der Brückenwände. Tritt man aus der Sonne in die schwarze Kühle der überdachten Brücke, durchquert den dunklen, menschenkäferwimmelnden Steinleib, fröstelt fast, eilt, steht wieder in der prallen Sonne, so sieht man, den man vorher nicht sah, den Po. Und vorbei an der ganz und gar gewöhnlichen Eisenbrücke, der langen, großen und starken Eisenbrücke, die aber doch ihre Pflicht tut und das andere Ufer erreicht, an ihr vorbei gehen wir nun flußaufwärts, auf einem hohen Damm, einem grasbewachsenen. Links dehnt sich weit das ebene Land, grün, alles grün, nur wie marschierende Soldaten, im Gänsemarsch marschierende Soldaten, sind schwarze Reihen von Zypressenbäumen. Rechts schwingt die gelbe Kurve des Stroms, grauschimmernd und silbern gesäumt von Weidenbüschen auf sumpfigem Grund.

Und als wir eine Stunde gehen und die Sonne am blauen Himmel mit uns geht und wir Durst bekommen und bei einem Bauern Wein kaufen wollen, steht der braungebrannte unter der offenen Tür seiner Stube und weigert sich, mit uns ein Geschäft zu machen, nur schenken will er uns den Wein und ein Mahl dazu. Das Mahl nehmen wir nicht, aber die Karaffe roten Weins, selbstgebauten, kellerkühl, und steigen damit auf unsern Damm und sitzen im Gras, eidechsenumklirrt, und essen die mitgebrachte Mortadella und trinken den herben Wein und sehen zum blauen Himmel hinauf und hinab auf den gelben Po.

[1926]

Venedig

Das Wasser ist wie das eines Tümpels, grün, schwärzlich, schillernd, von unbewegter Oberfläche, undurchsichtig. Neig dich vor im Boot, weit vor, daß deine Begleiterin einen Schrei ausstößt, bis dein Gesicht sich spiegelt! Aber nur fern und maskenhaft blickt es zu dir zurück. Die Sonne brennt gelb und blitzeschleudernd am Himmel, und auf dem Wasser liegt ihr Glanz, der schwarze Glanz, der harte Glanz. Stofflich, wie lackiert, so liegt er auf dem Wasser, das ihn trägt, eine Schicht für sich, mit Messern könnte man ihn wegschälen, und wollte man ins Flüssige greifen, müßte man erst diese Hartschicht durchstoßen, mit tapferen Fingern, stürmenden, maulwurfsarbeittuenden. Im dunkelgrünenden Wasser aber schwimmt eine rötliche Orange, groß, kugelrund, mit zarten Narben wie Poren in der Schale. In dem unbewegten Wasser ist sie eingebettet wie eingefroren und ist gelb und grell und wie künstlich, wie vom Konditor, aus Zucker und Honig. Der Schatten einer Häuserkante zieht eine schnurgerade Linie über die Fläche, und links davon ist glänzendes Perlschwarz, und rechts davon ist stumpfes Totschwarz. Die Orange ist nahe dieser Grenze, noch ist sie im Lichten. Da fährt ein Boot vorbei,

Wellen laufen einander nach, die Orange kommt ins Schaukeln, dreht sich, glänzt, eine flotte, rasche Plätscherwelle nimmt sie auf den Rücken. Wo sind die Wellen? Fort! Die Wasserfläche an dieser Häuserecke, im Winkel dieser Paläste ist wieder bretterglatt, aber die rotgelbe Frucht ist jetzt jenseits, im Stumpfschwarzen, im Sumpfschwarzen, und leuchtet dort noch greller und glanzfrecher. Das Holz des Bootes ist zündelheiß, es greift sich an wie morsch, es will vor Hitze zerbröckeln, es will auseinanderfallen. Der blaue Himmel zittert, keine einzige Wolke ist zu sehen, es ist wohl nie eine Wolke über ihn gegangen, er ist die unberührte, makellose Bläue, niemals fiel Regen von ihm herab. Mit meinem Stock angle ich nach der rotglühenden Kugelfrucht und rolle sie her zum Bootsrand, her zu mir, und greife sie und presse sie, und sie ist schon faulig, und zäher Saft rinnt aus ihr mir klebrig über die Finger. Ich werfe sie unter die Ruderbank, sie rollt ins Dunkle, leuchtet gelb und rot und giftfliegenpilzig, während wir weiterfahren, eine Fruchtlaterne, bösartig und still brennend.

[1926]

Die Fackelhalter

Es war eine Nacht, voll von einem ungewissen Licht, das von einem Mond herkommen mochte, der wohl hinter Wolken steckte. Ob er rund und voll und gelb war, wer wollte es wissen, oder nur eine schmale, bleiche Sichel? Das ungewisse Licht verriet nichts davon.

Ich ging die lange Hauptstraße hinunter, es war nach Mitternacht, die Läden waren geschlossen und wie im Traum schritt ich durch die Laubengänge, die links und rechts die Straße einfaßten, und so war mir ein Wunsch erfüllt meiner Knabenzeit, da ich oft begehrt hatte, daß über allen Straßen und Gassen *Dächer* seien, am besten Glasdächer, daß man noch im Regen trockenen und sauberen Fußes durch die Stadt gehen könne. So waren hier die Bürgersteige überdacht, nicht mit Glas allerdings, und hallend ging man dahin und die tragenden Säulen liefen mit und schwarz durch die Lücken sah die Nacht.

In einer Kaffeestube saßen noch die letzten Gäste vor marmornen Tischen, eine geschminkte Frau bei ihnen, mit roten Lippen und rotem Haar, die lachte grell und die Männer stimmten ein, dunkler lachten sie. Dann mündete die Straße, wie ein Fluß in einen See mündet, in einen großen Platz, in einen mächtigen Platz, wo im Dunkel ein Brunnen ragte, und der Platz war umschlossen von riesigen Bauwerken, burgenähnlichen, die trugen Zinnen, stolze, und sahen gewalttätig her. Es war ein Platz, der einem Achtung einflößen konnte, von hier aus, das spürte man, wurde einmal geherrscht und geurteilt und auch hingerichtet wahrscheinlich und wohl auch verbrannt und die Kindsmörderin, die hier loderte, ob die auch so grell schmerzlachte wie die geschminkte Rothaarige drunten in der Kaffeestube?

Ich rührte die Mauern der Burg an, kühl waren sie und unerschütterlich und ich lehnte auch den Kopf daran und schlug mit der Faust dagegen. Das war der große Platz in *Bologna,* dessen Namen ich nicht weiß, ich war ja nur auf der Durchreise hier, nur auf zwei Stunden, zwei Nachtstunden, bald ging ja mein Zug wieder weiter. Der Mond kam noch nicht, ich ging die Mauer entlang, langsam, da sprang draus hervor ein Fackelhalter, ein eiserner, rot angerostet, kühn wie ein Adlerschnabel und von einer so unbeschreiblich schönen und einleuchtend richtigen und einmaligen Form, daß ich ihn herzerfreuend jetzt noch in Erinnerung habe, ohne genau sagen zu können, wie er eigentlich aussah. Später setzte ich mich auf eine Bank in einem großen Hof des großen Gebäudes und da reckten sich aus der Wand in gleichen Abständen noch mehrere der Fackelhalter. Mir gegenüber brannte ein rotes Licht, und ein Mann trat aus der Mauer und ich erfuhr, daß hier jetzt die städtische Feuerwache eingerichtet sei.

Es war Zeit geworden, wieder zur Bahn zu gehen, ich tat's nicht durch die Lauben, blieb mitten auf der Straße, der *Mond* war gekommen. Er war fast rund, blaß und leuchtete nur schwach.

Als der Zug abfuhr, ich in meiner Ecke im Halbschlaf dämmerte, hackten auf mich ein mit scharfen, krummen, rötlichen Schnäbeln viele Vögel, bis ich erwachte. Es waren die Krummschnäbel der Fackelhalter Bolognas.

[1926]

Ravenna

In Ravenna, über den Marktplatz, auf dem Bauern herumstehen, weht ein scharfer Wind. Er weht, obwohl es Mittag ist, zwölf Uhr, und hoch die Sonne blendet überm Turm. Ja, schnuppre nur, er riecht salzig, der Wind, und kommt dahergelaufen über die grüne Ebene, vom Meer her, und das sind zehntausend Meter, die er zu rennen hat, ehe er die runden, rostbraunen Türme erreicht. Früher hatte er es leichter, der Wind, ja vor fünfzehnhundert Jahren; wenn er da absprang von der triefenden Woge, war er im selben Satz in den Hafengassen Ravennas, das eine Meerstadt war, eine Lagunenstadt, wie Venedig. Inzwischen hob sich das Land, das Meer wich zurück, der Pflug knarrt, wo lautlos Fische schwammen und Seesterne, und die Bauern auf dem Marktplatz von Ravenna, langkiefrig und mit großen Händen, Fischer und Schiffer einst, verhandeln ihren Hafer und wissen nichts mehr von Segel und Boot.

Und nachts geht hier der Mond auf und ist wie überall und ist anders, aber eine runde, gelbe Scheibe dennoch und blinkert käsigfahl auf die wüsten Trümmer des Theoderichschlosses, das der Gote am Meer aufrichten ließ – und da strampelt ein Schwarzhemd auf einem puppigen Rad vorbei und verschwindet, jetzt mausklein, nun gar wanzenwinzig, im Dunkel des Straßenlaufs[,] glockenklimpert noch dünn zurück, und der stumme Mond und die stummen Mauertrümmer bleiben und schweigen.

Jetzt noch ein Glas weißen Albaners mehr getrunken am Türtisch der Fiaschetteria und aus der Kirche San Apollinare nuovo, aus der Gegenübertür, treten die 26 steifen Mosaikheiligen, langfaltig die Gewänder, langfaltig die Gesichter, kommen im Gänsemarsch, und hinter ihnen kommen die 26 langröckigen Mosaikjungfrauen mit den kleinen, apfelrunden Köpfen und gehen und marschieren, lang-sam, lang-sam – bis ein Glas klirrt, da zerfallen sie in die zehntausend roten und blauen und goldenen Steinchen, aus denen sie zusammengesetzt sind, aber nur das Mondlicht liegt auf der Straße, nicht ein einziger goldgekanteter Würfel, nicht ein einziger himmelblauer. Nur eine Handvoll Wind kommt, salzfeucht, vom Meer und reißt am Türvorhang. Und das deutsche Bauerngesicht des Wirts, langfaltig, mosaikheiligenfaltig, steht still über dem Schenktisch.

[1926]

Gespräch

Wir waren in den Uffizien gewesen, waren durch die vielen, vielen Säle mit den vielen, vielen Bildern gegangen, wir waren auf der Plattform des mächtigen Gebäudes gestanden, uns grad gegenüber der kriegerische Turm des Palazzo Vecchio, in der Ferne grauschwimmend und schimmernd die Hügel von Fiesole, und wir waren wieder zurückgekehrt in die vielen Säle mit den vielen Bildern und suchten jeder noch einmal das Bild auf, nach dem es ihn am meisten gelüstete, und ich meinen *Uccello*, die Tafel mit dem Gewirr und Geschwirr von Lanzen, mit dem Strudel von braunen und roten Pferden, mit dem gewaltigen, gewittrigen Schimmel – und dann verließen wir erschöpft das Riesenhaus und riefen nach Wein.

Einen starken, herben, roten, schwärzlichen trank man in einer Kneipe in einer kühlen Straße und die Kneipe war, wie meistens hier, tief in das Haus hinein gebaut, war ein langer, strumpfartiger Raum, und auf den Tischen standen die Chiantiflaschen und standen Teller mit den weißen Broten. Wir saßen und tranken und dann bestellte ich mir das zu essen, was ein Herr am Nebentisch aß, und der Kellner brachte es. Es schwammen in einer rötlichen Tunke kleine Fleischstücke und es schmeckte gut, aber wir kosteten zu dreien und errieten nicht, was es wohl wäre. Her mit dem Wirt! Der kam, ein mittelgroßer Mann mit einem fetten Gesicht und schwerem Kinn, und er war, wie das Schild draußen belehrte: *Cavalliere*.

Also ein Ritter und der Ritter lachte und erklärte aufgeregt, was wir da äßen, das wäre ein gedünsteter Hahnenkamm. Oh, von einem Gockel, sagte mein Freund. Grad kommst du von deinem Uccello, was Vogel heißt, und nun hast du da den roten Wackelkamm eines Vogels vor dir auf dem Teller. Und melancholisch sagte er weiter: Ob es hier in Florenz Maler gibt? Lebende Maler, richtige, lebendige

Kunstmaler, und wenn's die gibt, warum gehen die nicht in die Uffizien und schlagen Nägel in die Wände und hängen sich an einem festen, guten Strick auf?

So fragte er. Der Ritter und Wirt riet, nun zum Käse überzugehen, und wir bestellten. Ich trank von dem schwarzen Wein und sah auf die Straße hinaus, da zog ein Trupp von vielleicht zwanzig Schwarzhemden vorbei, Revolver an breiten, gelben Hüftengurten, in Gamaschen. Der Wirt kam wieder mit einem Brett, darauf verschiedene Käse lagen, gelb und weiß und rund und eckig, und er sah auch auf die Schwarzhemden hinaus und er kniff die Augen zusammen, daß sie schräg und geschlitzt in seinem fetten Rittergesicht standen, und er sah von uns auf den Trupp und von dem Trupp auf uns, und als wir lächelten, lächelte er auch.

Das sah gezwungen aus und dann beugte er sich vor, als beantworte er eine Frage, die wir doch gar nicht gestellt hatten, und sagte zischend und voll mißtrauischer Ablehnung und achselzuckend und in ganz hoher Stimmlage: Ja! Und dann gab er triumphierend und wütend jedem ein besonders großes Stück Käse, zischte, lachte, arbeitete mit den Schultern und ging. Die Schwarzhemden draußen waren vorbei. Wir schnitten den Käs an, es waren Würmer drin, aber mein Freund, der Maler, sagte, das müsse sein. Ich aß trotzdem nicht davon. Der Wein war schwer, er floß, so schien's, in die Knie, wurde dort zu Blei. Aber ich trank dennoch weiter.

[1926]

Abenteuerliches Florenz

Vor uns lag ein breiter, sonnenlichtflimmernder Platz und wir blieben im Kühlen stehen und wagten uns nicht hinaus ins Weiße, Heiße und mußten den Platz doch überqueren, um in das kleine Weinhaus zu gelangen, das drüben, jenseits der Pflastergrelle in einer dunklen, feuchten, kellerigen Gasse sich befand und wo wir hinwollten und wo wir hinmußten, weil die Freunde uns dort erwarteten. Der mittägliche Platz war leer, jedermann scheute ihn, nein, doch nicht, von jenseits kam ein schwarzer Hund hergeschossen, der flatterte frech ins Sonnige, lief weiter, aber er brachte es nur auf eine Strecke von vielleicht fünfzehn Metern, dann blieb er stehen, bellte, bellte auf zum Himmel, machte kehrt, das Dunkel schluckte ihn, und wieder ganz leer war der Platz. Los, jetzt, und hinüber! murrte ich und wir setzten uns in Bewegung, schlossen die Augen fast ganz, blinzelten nur auf unsere staubigen Schuhe hinab und marschierten schräg in die glühende Steinwüste hinein. Wir hatten noch nicht ein Viertel unseres Weges hinter uns, da spielte ich schon und liebäugelte mit dem Gedanken, umzukehren, aber ich traute es mir nicht zu sagen.

Weiter gings. Wir befanden uns auf dem heißen Boden eines Kessels, so schien es, der war mit weißem Pech angefüllt, mit weißem siedenden und brodelnden Pech und wahrscheinlich stiegen Blasen auf zum Himmel und die weißen Kesselwände waren ungeheuer hoch. Dreiviertel der Durchquerung waren geleistet, wir wagten schon zu denken, daß auch der Augenblick kommen müsse, wo wir siegreich drüben im Schwarzgrünen sein würden, da verschärfte sich unsere Lage. Der schwarze Hund, er war aber gar nicht schwarz, rötlich, rauhhaarig, mit einem Bösenbubengesicht, der schoß uns mit einem Male wieder entgegen und bellte und griff uns an und knurrte und versuchte uns in die Stiefelspitzen zu beißen und zwang uns auf ihn loszuschimpfen und mit den Armen gegen ihn zu wirbeln und mit den Absätzen nach ihm zu stoßen, und das in der entsetzlichen Hitze, so nahe dem rettenden Schatten. Der blaue Himmel knallte auf uns herab, der Boden brannte, die Luft zischte und wir kämpften mit dem Hund wie die Araber mit dem gelbmähnigen Löwen kämpfen, der ihnen brüllend und schwanzschlagend den Zugang zur baumkühlen Oase wehren will. Da pfiff es irgendwo, der Hund heulte auf, schnappte noch einmal nach uns und sauste wie eine rote Kugel weg und zurück.

Nun, wir erreichten den Oasenrand auch und standen aufatmend still und gingen dann langsam und die Frische genießend in die Nebengasse, wo die großen, steinernen Straßenpflasterplatten unter unseren Tritten hallten, in die enge Gasse, in die die hohen Häuser keine Sonne und nur wenig Licht ließen, daß wir uns, welch ein Gegensatz! wie Fische in einem grünen Aquarium vorkamen. Da war auch schon das Weinhaus, wir traten ein, die strohumflochtenen Flaschen standen auf den Tischen, die weißen, rotweingefleckten Tischtücher waren wie fröhliche Flaggen, und wir setzten uns in die dunkelste Ecke, wo die Mauer feucht und schimmelig hersah, und tranken den schwärzesten Wein.

[1926]

Italienische Landschaft

Zu meinen Füßen, im Schatten der Bank, schläft ein kleiner, gelber, langhaariger Hund, ein Hündchen, ein Bologneser Hündchen sogar, wie das gut paßt, denn ich befinde mich auf einem Hügel über dieser Stadt *Bologna,* die flach, mit roten Tellerdächern da unten liegt.

Das Hündchen schläft, ich sehe, wie seine Flanken sich heben und senken, und wenn ich weit in die Ebene der Emilia hinausblicke, scheint es mir, als ob auch sie sich atmend bewege. Drehe ich den Kopf, so beginnen vor mir die Apenninberge ein zierliches Spiel. Sie verstecken sich hintereinander, einer läuft dem andern nach, auch tun sie nur so, als ob sie Berge wären, diese zarten Hügel, auf denen, wie auf dem Jägerhut die Feder, so auf mancher Kuppe steil und lustig die Zypresse steckt. Wo es fern grau und dunstig dämmert, da werden sie wohl höher, die grünen Hügelzwerge, werden wohl Berge, aber für das, was da dicht vor mir liegt, wenn ich den Kopf drehe, für diese vogelflaumigen Bälle, die Lust verspüren, zu den gebauschten Weißwolken aufzusteigen, wäre das Wort Gebirge zu starr und zu steinern, weckte die Erinnerung an Lawinen und Gemsböcke, wo hier doch nur Mohnfelder lodern und Eidechsen rascheln. Betrachte ich es recht, so ist es mehr ein Garten, der sich hindehnt, ein Park mit weißen Wegen und vielen Mauern, hohen und niedrigen, aber immer mit Mauern, die jedes Feld, jedes winzige Wäldchen reinlich und geizig umhegen.

Noch gestern um diese Zeit saß ich auf einem andern Hügel, im Toskanischen, eine Stunde hinter Florenz, und denke ich daran, so werden auf einmal diese Bologneser Apenninberge schroff und bösartig und unzugänglich, so lieblich und weinbeerensüß, so silbermausgrau und honigriechend war jene gewellte Landschaft und nicht glauben konnte ich es, als ich aus der Karte ersah, daß ich in den

Chiantibergen auf einem Grashang gerastet hatte. Denn der Chianti, den ich in Deutschland getrunken hatte, war herb und schwarz und männlich gewesen, und nun wuchs er auf Mädchenhügeln.

Wieder sehe ich auf die Ebene der Emilia hinaus, die taubenblau glänzt, sehe einem Flußlauf nach, der krumm und sandgelb ist, sehe den schnurgeraden, kalkhellen Strich einer Straße und über der Straße Staubwolken, rund und weiß wie die Himmelswolken, zu denen sie steigen. Und ich besinne mich, daß es bei Dachau, im Bayrischen, an heißen Sommertagen vom Schloßberg aus sich ähnlich ansieht, und ich denke darüber nach, warum der Unterschied zwischen diesen beiden Ebenen doch wieder so stark ist, aber ich will es nicht recht inne werden und zögernd wende ich mich um auf meiner Bank, wieder Berg und Hügelzug in den Blick zu fassen. Aber da sehe ich auf einmal nur mehr weiße Mauern, steinerne Tore, gelbe Schlängelwege, sehe eine große, ordnende Hand, die alles zurechtrückt, sehe, und nun sehe ich es auf einmal mit Abneigung und Widerstand, wie alles Wildwuchernde hier *beschnitten* ist, wie alles, was sich endlos dehnen will, eingefangen und eingemauert und abgegrenzt ist. Wehe dem Querfeldeinwanderer, der streifend diesen Bergen sich naht: über Gartenmauern steigend, vor verriegelten Stein- und Eisentoren, in Weinspalieren verstrickt endet er hilflos wie der Prinz im Dornrosengarten, kann vorwärts nicht mehr, nicht mehr rückwärts, ist ein Einbrecher, ein Dieb, mit Wegelagerergefühlen und schlechtem Gewissen.

An unsre nördlichen Berge denke ich mit dem ewigen Wald, erdbeerendurchflammt, an grüne Grashalden, an steile Felswände und Lust erwacht in mir nach freier Natur und meine Abneigung wächst gegen die zierliche Ordnung ringsum, gegen die Püppchenberge und Wegarabesken, gegen die Zypressen, deren grünschwarzes Laub aussieht, als sei es aus getrocknetem Moos, nur nachgeahmt, schlecht vorgetäuscht.

Wieder sehe ich auf Bologna hinab und sehe fast mit einem leisen Grauen eine steinerne Schlange heraufkriechen, mit vielen bösen Windungen, eine kilometerlange Steinschlange. Das ist der Kreuzweg herauf zu San Luca, eine steinerne Säulenhalle, die von der Stadt im Tale sich heraufschlängelt, mit einem Drachenschwanz schlagend. Wie Jonas, den der Walfisch verschlang, tritt man unten in das gähnende Maul des Säulengangs und geht nun auf Steinplatten, im Kühlen, lange, lange, wohl eine Stunde, Wendung nach Wendung, endlos, herauf, immer im Walfischleibdunkel und atmet auf, erlöst, eben ausgespiehen in die Sonnengrelle der Hügelkuppe.

Ich springe auf und stoße mit der Stiefelspitze an das Bologneserhündchen, das gelbe, das kläffend auffährt, und laufe fast hinunter in die Stadt. Aber durch den Säulengang geh' ich nicht, neben der Steinschlange her gehe ich hinab, um ihre Flanken streichend, immer den Blick auf die Ebene hinaus, die zierlich zwar ist und geordnet und ein Garten, aber doch nicht aus Stein, aber doch lebendig und atmend.

[1926]

Salzburgiana

Ich war auch in Salzburg.

Und war auch im Café »Bazar« und trank eine »Teeschale Kaffee mit Schlag« und sah, wie der junge Thimig der Lady Diana Manners, der »Mirakel« – Madonna, die Hand küßte.

Hinreißend.

Und sah das Gerüst vorm Dom, wo Moissi bei schönem Wetter nachmittags um fünf Uhr als »Jedermann« schreckliche Sachen mitmachen muß.

Und ich stand vor der Winterreitschule, die jetzt Reinhardts gelbes Festspielhaus ist, und wo er »Turandot« aufführt.

Einen Mann im grünen Hütchen, einen Eingeborenen unzweifelhaft, fragte ich, wieso man dazu käme, diesen Berliner Komödie spielen zu lassen in einem Gebäude, wo man jahrhundertelang den Pferden die Hohe Schule beibrachte.

Der Eingeborene sah nachdenklich vor sich hin.

»Jo, wissens«, sagte er dann, »jetzt, wo die Rösser so selten geworden sind, und olles Motorrad fährt!«

Und: »Nöt, hob i net recht?« fragte er vorwurfsvoll und doch auch stolz.

Die Festung Hohensalzburg aber sah grauglänzend auf uns herab.

Und ich saß auch im Peterskeller, trank den gelben Prälatenwein, der aus Ungarn stammt, und aß Salzburger Nockerln.

Am Nebentisch taten einige schwarzkuttige Mönche das gleiche.

Nur hatte ich eine Freundin mit. Sie nicht.

Dann zahlte ich, und weil ich nicht mehr genug Schillinge hatte, fragte ich den Kellner, ob er auch Mark nehme.

»Ober jo, Herr«, sagte er, »Geld ist Geld, is olles ans!«

Er erschrak. Dann stand er stramm.

»Bloß der Dollar«, sagte er, »der Dollar…« und sah hochachtungsvoll aus.

Aber er ermannte sich wieder.

Und nahm duldsam meine Markstückeln.

Nachdem er sich beim Zusammenzählen verrechnet hatte.

Die Kandelaber der Salzachbrücke tragen große, graue Milchglaskugeln. Das gibt ein schönes, gedämpfes Licht und sieht drollig aus. So wie Petroleumlampen vergangener Zeiten.

Ein Mann aus Norden konnte sich über diesen Anblick gar nicht beruhigen. Und er sprach zu seiner Frau: »Ne, ne doch, Mieze, det is ja das reinste Mittelalter!«

Und als er sich umwandte, stieg gerade der volle, rote Mond, glühend und atmend, zwischen den Bergen empor.

Der Mann aus Norden wich erschrocken zurück, hielt sich am Brückengeländer fest, sah den Mond an, sah vom Mond auf die Milchglaskugeln und wieder auf den Mond und sagte resigniert: »Das reinste Mittelalter! Da kommt wahrhaftig auch noch der Mond!!«

Die Salzach unten schäumte.

Und weil ich in das Innere des Landes vordringen wollte, zog ich genagelte Schuhe an und ging zu dem Bahnhof, wo ein Lokalbahnzug tief in die wüsten Täler des Gebirges geschickt wird.

Um sieben Uhr dreißig sollte der Zug abgehen, las ich, und weil ich mißtrauischer Natur bin, fragte ich auch noch einen Beamten nach der Abfahrtszeit.

Der Hochbemützte war sehr höflich.

»Offiziell,« sagte er, und nahm das Wort sehr streng und

feierlich, »offiziell geht der Zug um sieben Uhr dreißig ab. Wann er ober würklich fohrt, dös kann i net sogen!«

So sprach der höfliche Hochbemützte.

Und ein heiterer blauer Himmel wölbte sich österreichisch über uns.

[1926]

Ein bißchen Salzburg

Es war am Samstag, den einundzwanzigsten August, in Salzburg, und abends gegen zehn Uhr, und ich kam vom Peterskeller, der einem kirchlichen Stift gehört, wo ein Mönch, die Kellner beaufsichtigend, die Kutte flattern läßt, und ging nun in die Stadt hinein. Im Peterskeller hatte ich einen gelben Donauwein getrunken. Ja, einen Donauwein, einen herben aus der Wachau. Weil ich selbst von der Donau stamme, aber von einem rauheren Strich, wo Wein nicht gerät, gelüstete es mich, einmal die Traube ihrer östlicheren Hänge zu kosten, und es reute mich nicht, sie schmeckte gut und ich trank manches Glas und ein Schuft, wer die Zahl noch weiß und verrät.

So ging ich in die Stadt hinein, am Dom vorbei, dessen Türme geringelt und verschnörkelt waren wie nur je tagsüber, und ging über den Residenzplatz, wo der Brunnen plätscherte und die steinernen Flußpferde schnaubten und niesten, und kam hinunter an die Salzach und auf die Brücke, wo die Kandelaber stehen mit den großen, weißen Milchglaskugeln, die ganz aussehen wie rahmglänzende Trauben. Da strich ein südlicher Wind, warm war es, die Salzach rauschte, und zwischen den Bergen stieg wahrhaftig der Mond herauf, fast Vollmond war es, am Abend des einundzwanzigsten August.

Der Mond war gelb, aber sein Licht sonderbarerweise bläulich, und bläulich färbte er alle Gesichter. Über die

Brücke liefen viele Menschen, und jenseits der Brücke saßen viele auf Bänken am Ufer, Liebespaare auch, wie mir schien, weißgekleidete Mädchen, und dann kam ich auf einen Platz, da strömten aus einem Haus immer noch mehr Menschen, Herren im Frack und Damen in roten Abendmänteln, und es war das Stadttheater.

Und der Wachauer Wein macht verwegen und so schritt ich durchs Tor des Hauses, schob mich vorwärts, und plötzlich strahlte es rot und gold und mit Plüsch und mit Stuck und mit Gips, und ich stand hinter der hintersten Parkettreihe des Zuschauerraumes. Logentüren wehten halboffen, ein Häuflein Menschen hatte sich irgendwo zusammengeballt, das immerfort die Hände ineinanderschlug, und einmal standen auf der Bühne, vor dem Vorhang, eine Dame, weißgepudert, in einem seltsamen Kostüm und ein antiker Prinz oder so etwas, und die beiden lächelten süß und verneigten sich, und auf einmal war da auch noch ein hochgewachsener Herr im Frack mit einem roten Gesicht und mit weißen Haaren, die gut zu dem Rot der Haut paßten, und der Herr sah sehr vornehm aus, und auf einmal wußte ich es, daß es der Komponist *Richard Strauß* war.

Und weil ich den Komponisten Richard Strauß sehr mag, klatschte ich heftig und rief »Bravo! Bravo!« und »Strauß! Strauß!« und er sah mich an, groß an und verneigte sich, und dann ging ich ganz beflügelt wieder hinaus in die Stadt, in den südlichen Wind, auf die Brücke mit der Milchglaskugelbeleuchtung, über der immer noch der Vollmond brannte, denn es war abends gegen zehn Uhr, am einundzwanzigsten August neunzehnhundertsechsundzwanzig.

[1926]

Die Geschichte von der goldenen Frau im Lechtal

Es war im Juli, ein heißer Tag im Lechtal. Wo das Dorf anfängt, räkelt sich der Rosenkranzhügel in der Sonne. Rosenkranzhügel, so heißt er von der kleinen Kapelle, die wie eine Warze auf ihm sitzt. Es ist kühl in der Kapelle und dunkel. Aber die Frau liebt die Hitze. Sie ist zwanzig Meter höher gestiegen, da bilden die Latschen eine runde Schüssel, drin liegt sie, auf dem roten Mantel, unbekleidet. Hat die Augen geschlossen, die Hände hinterm Kopf, und träumt. Das Lechtal flimmert, o, wie heiß! Die grauen Berge, der Schnee darauf sieht aus wie Watte! Nun brummt eine Hummel um ihre faustgroße Brust. Der Mann hat die Frau gesucht und gefunden, er steht und betrachtet sie. Braune Königin, denkt er, ja, das denkt er, braune Königin. Und kniet schon neben ihr, schlägt nach der Hummel. Die Frau öffnet die Augen, lächelt, schließt sie wieder und dreht nachgiebig das Gesicht unter seinen Küssen.

Aus Silber war der Lech und eisigkalt. Hui, schrie Karl, warf die Arme nach vorn und schwamm ein Stück, bis die Kälte tief in ihn drang. Er zog sich an; die Kiesel klirrten, auf der Veranda war der Tisch schon gedeckt. Auch Martha kam eben die Treppe herauf. Ihr Gesicht glänzte ihm entgegen. Als Nachtisch gab es Erdbeeren. Sie nahm eine große, rote zwischen die Lippen und bot sie ihm. »Du bist kitschig«, sagte er, und nahm sie. So waren sie Mund an Mund, und so zerdrückte er die Beere. Der Saft rann ihm und ihr übers Kinn wie Blut.

Stundenlang saß er oft auf dem steinernen Damm, der sich in gleicher Richtung mit dem Flußlauf hinzog, auf dem Damm, der jetzt untätig und zwecklos dalag, weil der Lech Niederwasser hatte. Die weißen, klobigen Steine erhitzten sich wie Bratäpfel, und in den Ritzen wuchs grünes Kraut von merkwürdigen Formen. Weiß, blau, grün waren die

Farben. Stein, Himmel, Fluß und Wiesen waren so bemalt, und nur an den hitzigsten Tagen glühten sie feurig in einziges Rötliches zusammen. Einmal, spät am Nachmittag, klappernd flog ein unbekannter rotbrauner Käfer in Ovalen um ihn, saß auf den heißen Steinen auch ein Mädchen. Sie saß und hatte die Hände sanft auf die Schenkel gelegt. Ein dunkelbraunes, sonnverbranntes Gesicht hatte sie, mit einer niederen Stirn, auf die das Haar in einer schwarzlackierten Arabeske fiel. Der Mund war in einer mutwilligen Krümmung geschwungen, die Lippenlinien liefen wie aus Holz gedrechselt, kantig und so übertrieben, daß man ihn anstarren mußte. Sie saß, zehn Schritte von ihm entfernt, sah geradeaus, nicht ein einziges Mal her zu ihm, ganz gerade sah sie vor sich hin, und der Mund zuckte nicht, aber die krummen Lippenlinien liefen so überschwellend, daß er doch in ständiger Bewegung schien.

Sie war, so stellte sich später heraus, aus Innsbruck, ein Kindermädchen, sozusagen, allerdings eine Art von besserem Kindermädchen, und die gutgelaunte Dienstherrschaft ließ ihr nachmittags meistens zwei, drei freie Stunden, und immer saß sie die am Lech, am weißen Damm, geradeaussehend.

Und er nun, wie? er war stets vor ihr auf seinem Platz, starrte sie an, legte die Hände auf die heißen Steine, starrte sie an, den blauen Himmel, den grünschäumenden Lech und zupfte von dem Kraut die herzförmigen Blätter, rupfte sie alle weg, daß der nackte Stengel verdammt und unanständig grünkahl stand.

Wo die holzdachgeschützte Brücke über den Lech ging, saß er mit Frau Martha. Eine Kuh graste, die Glocke am breiten Lederband schallte. Und wie die Glocke friedlich und freundlich brummelte und läutete, und oft nur ganz zart anschlug, kaum zu hören, und das Gras knirschte unter dem rupfenden Kuhmaul, begann der Kampf. Er hatte ihm schon schmale Wangen eingebracht und Finger, die manchmal zitterten, und ihr einen unruhigen Blick. Das Gefecht verlief wie jedesmal unentschieden, aber es wurde von ihnen durchgekämpft, so, als ließe sich die Entscheidung erzwingen, sie keuchten und keuchend sahen sie auf den Lech hinunter, der mit Steinen spielte.

Wußten sie überhaupt noch, worum der Kampf ging? Sie nicht, sie gewiß nicht! Er wollte das Allerunmenschlichste und Sinnloseste, sie sollte sein wie Ton, wie weiche, feuchte Erde, und er wollte etwas formen, das unklar vor ihm stand und ihm klar sein würde, wenn es nur erst geformt war. Aber sie war nicht wie Ton, der nachgibt, sie war Stein, er konnte Brocken und Trümmer von ihr abschlagen, aber sie saß geformt schon neben ihm, und er war ratlos.

Über die Berge hingen Nebelkappen, der Regen lief, das Vieh stand unter den hängenden Zweigen der Fichten und brüllte unwillig. Aber die Brücke hatte ein hölzernes Dach, da drauf konnte der Regen trommeln, und Karl konnte auf den Lech hinabsehen, der sich gelb und braun färbte, auf dem Baumstämme drehend hinabtrieben und Buschwerk daherkam, das Wurzeln wie Arme streckte. Immer schneller schoß das Wasser dahin, stieg, und der weiße Damm, den man von hier aus nicht sah, er mußte jetzt fast überflutet sein und verschlammt, und das Innsbrucker Mädchen konnte nicht mehr dort sitzen und geradeaus sehen, mit der lackierten Haarlocke, arabeskenhaft und scharf in der niedern Stirn. Da kam Frau Martha, im Lodenmantel, und sagte nichts und schob ihren Arm in den seinen, und der Lech strudelte eifrig.

Aber auch der Regen hörte wieder auf, und die Sonne kam wieder, und der Himmel wurde wieder so blau wie je, und auch der Lech lief und lief, und eines Morgens glänzte er wieder grün und schäumte weiß. Der Damm war mit Astwerk überstreut, das sammelten Kinder als Brennholz, die Sonne brannte, und an einem späten Nachmittag saß das Mädchen wieder da und badete im Licht. Er blieb schräg vor ihr stehen und sagte: »Warm!« Sie veränderte sich nicht, und auch kein Rot stieg ihr in die Wangen, keineswegs färbte sich ihr Hals auch nur ein wenig röter, als sie sagte: »Ja« und »Gottseidank!« Er wagte es nicht, vor ihr stehen zu bleiben und ging rasch den Wiesenweg entlang und in sein Zimmer. Dort saß er am Fenster und wartete auf den Abend, der mit Mond und Sternen heraufzog, mit vielen klaren, kleinen Sternen und einem türkensäbligen Mond. Die Tür ging auf, und Frau Martha trat herein. »Warum«, fragte sie, »warum hast du dich den ganzen Nachmittag vor mir verborgen gehalten?« Sie hatte traurige Augen, das sah er, aber um den Mund Zornlinien. Sonst sagte sie nichts. Es war die Stunde gekommen, wo er die Waffen streckte. Da war vor ihm die Frau, und er kannte jeden Zug ihres Gesichts und jeden Atemstoß, den sie machte. Er hatte mit ihr gerungen, Brust an Brust, Herz an Herz, und wenn sie nachgab, hatte er doch nur verloren. Er war ein dummer und besinnungsloser Mensch und wollte ihr die Brust öffnen und das Herz so setzen und die Lungen so und so die Leber und wollte ihr den Kopf aufschlagen wie eine Nuß und die Gehirnlinien so ziehen und so und immer anders als sie liefen. Aber da saß der liebe Gott und hatte das so gemacht, und dagegen kam er nicht auf.

Überm Lech, am andern Ufer, war ein kleines Wäldchen, ein Lärchenwäldchen. Es waren nur ein paar hundert Stämme, aber die waren so hochgeschossen, wie braune Pinsel, und mit den Wipfeln wischten sie den blauen Himmel. Unten war viel Moos und im Moos viel Erdbeeren. Die saßen geduckt unter den Blättern, nur ihr Rot verriet sie. Es waren dunkelrote, feuchte, klebrigfeuchte, zuckersüße, überreife, auch halbreife, die eine rosa Wange hatten und eine gelbweiße. Er sammelte auf ein großes, grünes Blatt ein paar Hände voll, bückte sich tausendmal und legte die rote Last auf des Mädchens Platz und wartete, bis sie wie gewöhnlich kam. Sie saß und sah die Beeren und aß sie langsam, eine nach der andern, und das leere Blatt nahm sie spielend in die Hand.

Frau Martha ging eilig die Dorfstraße entlang, ließ die letzten Häuser hinter sich, und vor ihr tauchte schon ein fremder Kirchturm auf. Da stieg sie schräg in den Wald hinauf und setzte sich, dann fiel sie um, lag lang ausgestreckt, als horche sie in den Boden hinein. Der Boden schwieg, sie drehte sich auf den Rücken, Wasser glänzte in ihren Augen, aber demütig konnte sie nur sein, wenn sie allein war, zwischen Fichten und Tannen, nur von Erdbeeren belauscht und von Fliegen umsungen. Welchen Vorsatz gab's, den sie jetzt nicht gefaßt, welches Wort, das sie jetzt nicht gesprochen hätte? Aber die Fliegen kümmerten sich nicht um ihre Worte, die Fichte ließ einen Zapfen fallen, der polterte: Vergeblich! Langsam trockneten ihre Tränen, und sie dachte mit Rührung und Stärke an ihn. Später, auf dem Heimweg begegnete Frau Martha der Innsbruckerin. Die beiden Frauen sahen einander kaum, und die schwarzlakkierte Arabeske, als die sich die Locke der Innsbruckerin zeichnete, hätte Frau Martha, wenn sie die Stirn des Mädchens betrachtet hätte, abscheulich gefunden.

Als sie hintereinander, Karl und Martha, in die Schlucht einbogen, durch die der Hechtbach fließt und schießt, Karl ihren Knöchel im grauen Strumpf ansah und sie sich umwandte und verlegen lächelte und weiterging, spürte er eine Art von Gleichgültigkeit gegen sie wie nie zuvor. Da war sie, wie sie immer gewesen war und wie er sie immer geliebt hatte. Oder vielmehr, das Wesen, das er geliebt hatte und noch liebte, hatte sich tief in sie zurückgezogen. Immer tiefer verschloß es sich in ihr, und was er mit Händen an ihr erreichte, war zu wenig. Seine Einbildungskraft ließ ihn die Frau sehen, die er wie ein Phantom glühend liebte. Diese phantastische Frau hatte dicht unter der Oberfläche, unter der gespannten Haut der Frau Martha gesessen. Und die Haut mußte platzen und die phantastische Frau prangend zu ihm treten. Aber die Haut platzte nicht, sie bräunte sich, wurde fester, nie würde sie springen und die Gefangene freigeben. Was da vor ihm herging, war eine seltsam lebendige Puppe mit einer Zunge, die reden konnte, ein ihm tief fremder Mensch, der dreißig Jahre lang, ehe er ihn kannte, gelebt hatte, geliebt hatte. Er liebte ein Phantom, und das mußte sich bestrafen. Und es bestrafte sich tausendmal, weil er wie ein Goldgräber graben mußte, graben, graben, scharren, scharren, das Gold blinkte, aber sank stets nur tiefer. Nun warf er die Schaufel weg. Nicht, daß er glaubte, das Gold sei nicht da! Er verzweifelte daran, so tief zu stoßen, dahin, wo es steckte.

Das Innsbrucker Mädchen saß auf dem Damm in der Sonne. Es war unbeweglich und wie aus Gold. Auch das Gesicht war aus Gold und auch die Augen aus Gold und auch die Arme. Schwarz fiel die Haararabeske auf die goldene Stirn. Es war ein Götterbild, ein Götzenbild, was da saß und nicht atmete. Der Lech schäumte grün und lebte und bebte, die Bergwälder wehten wie Fahnen, Grillen sangen unaufhörlich, und über die Wogenkämme der Blumen lief ein kleiner, heißer Wind. Aber das Goldmädchen atmete nicht, es blinkte und blitzte nur, und auf den krummen Lippen war das Lächeln ewig und von ferneher und nach Fernen hin.

Er setzte sich unbeweglich hin wie sie. Er schloß die Augen. Die statuenhafte Ruhe vereinigte ihn mit ihr. Der weiße Damm war eine breite Mauer, sie waren Standbilder beide, von einem unbekannten Volk einst errichtet. Er öffnete die Augen wieder, sie saß immer noch, immer noch, immer noch.

Es kam eine Mondnacht, ein blaues Glänzen und Strömen, ein bläuliches Fließen und Rieseln und Tropfen. Die Berge waren weit zurück marschiert, das Tal hatte sich gebreitet und gemuldet, und der Himmel war ein blausaftiges Gewölbe und der Mond von einer strahlenden Klarheit, eine gefrorene Lichtscheibe. Wo die Berghänge im Schatten lagen, dunkelte es wie Samt, dann schnitt eine messerscharfe Linie das Licht vom Dunklen, und Gruppen von Fichten standen wie Tiere auf der Flucht, in Rudeln, äugend, auch äsend. Die Schindeldächer der Häuser waren wie beschuppte Fischleiber, jede Schuppe war bläulich glänzend einzeln zu sehen, und das lange Dach des Wirtshauses schwamm schwanzschlagend wie ein großer Fisch durch die Silbermilch davon. Hoch stieg das Holzkreuz, mit den hölzernen Geräten der Marter und Christi benagelt, benagelt mit Hammer und Winkel und Säge, mit dem hölzernen Essigschwamm und Speer und Schwert und Dornenkrone, hoch stieg das Holzkreuz über der Brücke empor und warf einen Schatten, einen tiefschwarzen, schnurgeraden, einen massiven Schatten, daß man die Beine hob, darüber zu steigen, zu steigen über das Ebenholzebenbild des mondbeleuchteten Kreuzes.

Er war aus dem Wirtshaus gekommen, vom roten Wein, und ging nun betäubt durch das blaue Zauberdorf. Die Jugend schlief nicht, wie hätte sie schlafen können, wo Wiese und Wald blau kochte und der goldgelbe Mond über den Himmel hin schwebte, lautlos und singend? Weiß glänzte die Straße unter seinen Füßen, und viermal und fünfmal strich er wie ein schwanker Vogel häuserentlang von Dorfende zu Dorfende. Und flügelmüd und glanzbetäubt fand er über die knarrende Treppe den Weg in sein Zimmer. Aber dort lag der Mond plötzlich und überfallswild mitten auf den Brettern, und durch das Fenster drang das unbändige Licht. Und Gesang stieg von der Straße auf, drei Stimmen, drei Mädchenstimmen, die ein Volkslied sangen, das frech und getragen war. Er sah hinunter, aber die Sängerinnen waren in schwarze Mäntel gehüllt, und er wußte nicht, ob es ihre Stimme war, der Innsbruckerin Stimme, die lockte. Frech war das Lied, das sie sangen, volksliedfrechliederlich, verwildert, dornig wie ein Zweig schwarzer Brombeeren. Er beugte sich tief aus dem Fenster, wo im Mondlicht jetzt die drei Mädchen schwankten wie Brombeerstrauchfahnen. Nun stimmten sie noch einen Gesang an, es klang vom Scheiden und war süß, aber ehe sie zu Ende gesungen hatten, stürmte um die Ecke ein Trupp Burschen. Die schwarzen Mäntel kreischten, flohen, und dann Stille. Nur der Dachfisch flog surrend und schaumperlenwerfend.

Die gelbe Postkutsche trug auf dem Verdeck einen Turm von Koffern und Taschen, einen wackelnden Turm, den der dicke Fuhrmann mit Fluchen stützte. Der Mond war weg, der blaue Glanz war verschwunden, die Sonne war da, es war früh um sieben Uhr, und das Schindelwirtshausdach war kein silberner Zauberfisch, nur eine bürgerliche Decke über Menschenschlafstätten. Die Postkutsche fuhr zur Bahn. Sie hatte sieben Stunden Talfahrt vor sich, eine Stunde schon hinter sich. Die zwei braunen Gäule schepperten an den Ketten, drehten die Köpfe. Endlich saß alles, der Fuhrmann knallte mit der Peitsche, mit Taschentüchern winkte man, man fuhr. In diesem Augenblick schlüpfte Karl aus seinem Bett, war froh und trat zum Fenster. Der gelbe Karren schaukelte ums Eck, rollte jetzt dicht unter seinem Fenster, er konnte die Koffertäfelchen lesen. Er sah tiefer, sah die Köpfe der Abreisenden, er sah die Arabeskenlocke, sah den krummen Mund, das Mädchen streckte die Hand gegen ihn, er tat das gleiche. Beide ließen die Hände gegeneinander gestreckt, während die Entfernung zwischen ihnen wuchs. Der Wagen war nicht mehr zu sehen, aber er stand immer noch. Er war nicht traurig, er war nicht froh, er wusch sich, kleidete sich an wie immer, aber bevor er ging, trat er noch einmal zum Fenster, streckte die Hand aus, keine streckte sich ihm entgegen, nur der grüne Berghang mit Flaumgras bewachsen sah gutmütig zu ihm her.

Jeden Nachmittag zur gewohnten Stunde saß er am gewohnten Platz. Es kam eine lange Reihe von schönen

Sommertagen. Er saß und fühlte sich in der Hitze wohl wie eine Eidechse. Einmal, er hatte mit geschlossenen Augen sich wie ein Schmetterling geträumt, der über den Flußwellchen hinschwebt, in der Richtung mit dem Strom, rot und braun gepunktet, Samt der Leib, oben Blau des Himmels, unter sich das Grün des Lechs, weg und fort die Welt, einmal, er öffnete die Augen und war nicht mehr der Schmetterling, einmal, er sah nach rechts hin, wo das Mädchen immer gesessen hatte, und sah, daß sie, gerade und fröhlich geradeaus blickend am alten Platz sich befand. Sie saß dort, die Hände sanft auf die Schenkel gelegt, die schwarzlackierte Haararabeske in der niedern Stirn und mutwillig und krumm und verwirrend gebogen und geschwungen die Linien der Lippen. Sie sah geradeaus und sah ihn nicht, und eine Hummel, die sie brummend umflog, kreiste einmal, zweimal, dreimal, er zählte, sechsmal, siebenmal um ihren Kopf, dann taumelte sie, daß sie fast die Steine des Damms berührt hätte, zu Boden, hob sich, kam in einer Wackellinie gegen ihn gesteuert, dicht, fast vor seinen Augen, er sah den dicken Leib, das Brummen wurde überlaut und dröhnend, aber im letzten Augenblick wandte sie sich und flog weit hinaus auf die klirrenden Wiesenflächen. Die Frau drüben stand auf und ging den schmalen Weg ins Dorf zurück, aufrecht und schlank, und die vielen Blumen, die blauen und gelben und roten sahen ihr nach. Am andern Tag, der strahlend und brennend war wie der gestrige, es war das Tal eine riesige grauseidene Distel, die knisternd flammte, am andern Tag saßen die beiden wieder an ihren Plätzen. Es war Frau Martha natürlich, und sie rührte sich nicht und sah geradeaus und fühlte, daß sie mehr nicht tun durfte, und fühlte, daß sie mehr nicht von ihm haben konnte, als dieses Zusammensein in der krachenden Hitze des Nachmittags. Er sah hin und sah das Mädchen mit Stirn und Mund, wie er nur ihr, der Abgereisten und nun Wiedergekommenen, und nur ihr zu eigen war. Er neigte sich weit hinüber, und auf Händen und Füßen, wie ein Leopard vielleicht oder auch nur wie eine verwilderte Hauskatze, auf Katzenpfoten und in Katzengelenken sich wiegend, schlich er gegen sie. Zehn Schritte waren hin zu ihr, er machte zwei, sie saß noch und ihr bebender Mund krümmte sich, und die Unterlippe trug die Oberlippe, aber nach nochmals zwei Schritten sah er, daß es Frau Martha war. Erschreckt wich er wieder zurück, und nun saß das Mädchen wieder da, schenkelgeschlossen und statuenhaft wie je. So rührte er sich nicht mehr, und das Bild blieb, und auf der grauseidenen Distel, als die das Tal wuchs und brannte, saßen sie inmitten wie zwei fremde Käfer und zitterten.

Sie verkehrten im Dorf zusammen wie sonst und wie sonst mit den Freunden. Der Kampf zwischen ihnen hatte aufgehört. Sie fanden eine schwebende Art, mit der sie zueinander redeten. Sie betrachteten sich mit heiteren Gesichtern, und kein Wort fiel zwischen ihnen, das an ihre tägliche Begegnung am Damm gerührt hätte. Frau Martha wußte nichts, oder vielmehr sie wußte nur, daß von der Stunde her, die sie getrennt und vereinigt auf den heißen Julisteinen saßen, ein Glanz und eine Milde kam, die ihnen den Tag und den Abend verschönte. Das genügte ihr, und das genügte ihm.

Nun war die goldene Frau, nach der er, ein unermüdlicher Schatzsucher, gegraben und gewühlt hatte, weit aus dem Hintergrunde ihres Tempels nach vorn getreten, aus Frau Marthas Augen sah sie ihn jetzt manchmal bezaubernd an. Und sie, Frau Martha, und das Mädchen mit der niederen Stirn, als die er sie sah, und die geheimnisvolle Frau, nach der er suchte, waren in einem Wunder in eines geschmolzen. Er begriff, daß er auch in dem Innsbrucker Mädchen nur nach der Urgestalt gesucht hatte, nach der Urgestalt, die in Scham und Dunkel zurückwich, wenn man sich ihr näherte und die sich näherte, wenn man selber in Demut verharrte.

Ein großer Rausch hatte ihn erfaßt. Alles war ihm tönend geworden. Er legte sein Ohr an den rauhen Stamm der Fichte, und er klang süß wie eine Flötenstimme. Er legte den Mund daran, und wie Pan blies er ein großes Lied, daß die Wipfel in der Melodie schwankten.

Dann kam der Tag der großen Sonne. Die Steine des Dammes waren heut heiß von einer Hitze, die nicht weh tat. Er setzte sich, funkelndes Licht fiel in großen, schweren Tropfen in den Lech, daß sich kleine Wellenkreise bildeten. Der ferne Wald rauchte. Es war ein dünner Rauch, schleierartig, schwärzlich, aber darunter schimmerte es wie Gold, als ob über ein Goldbrokatgewand ein schwarzer Schleier gelegt worden wäre. Die Steine, auf denen er saß, waren noch weiß und heiß, aber sie begannen schon gelb zu werden, Gold zu werden. Er hob einen kleinen Stein, aber der war so schwer, daß er Gold sein mußte, kein Stein, kein gewöhnlicher Stein, Granit oder Kalk, wog so schwer. Langsam drehte er den Kopf und sah, daß sie schon dasaß. Sie lächelten sich an, ohne sich zu rühren. Nun wurden auch seine Füße schwer. Er schlug spielend mit den Absätzen gegen die Dammwand und es klang metallisch, wie Gold gegen Gold schlägt. O, du wundersames Glockenspiel, dachte er, und mit den goldenen Schuhhämmern schlug er weiter, stark und schwach und stark und schwach, aber immer goldmetallisch klang es. Er sah hinüber, ob sie sein Glockenspiel hörte, aber sie saß unbeweglich und lächelte nur. Und zum Takt seiner schlagenden Füße schlug er nun Hand auf Hand, und der Ton klang goldmetallisch wie jener. Er sah seine Finger an, die waren wie aus Gold gedrechselt, fein, mit schönen Gelenken, und nun sang er auch noch, und er sah seine Worte goldschwer auf den Damm klingeln, wie Goldmünzen, und bald lag ein kleiner Berg solcher singenden Münzen neben ihm. Er hörte zu singen auf und sah auf den Fluß, auf den Lech, der träger zu fließen begann. Grad vor ihm, an immer der gleichen Stelle, erneuerte sich ein Wellenberg und ein Wellental. Er sah scharf hin, und war es nicht, als sei Berg und Tal jetzt festgefroren? Waren nicht alle Wellen gefroren, war nicht der Lech erstarrt in Gold [?] Er warf einen Stein ins Wasser, das nicht mehr Wasser war, aber der Stein versank nicht, klirrend schlug er auf Hartem auf, es klang, und er kollerte und glitt wie ein Stein auf Eis und blieb Gold auf Gold liegen. Er drehte sich zu der Frau. Sie hatte sich ganz zu ihm herübergewandt. Die tausend Halme der Wiesen waren Goldfäden, alles war Gold, nur der Himmel noch blau. Da begann die Frau zu wachsen. Ihre Hüften schoben sich nach oben, die Beine wurden lang wie rundschaftige Bäume, die Kleider fielen von ihr, sie war nackt, und die Arme breitete sie langsam aus, die goldene Frau, die goldene Innsbruckerin, und die Hand streckte sie aus, die goldene, große Hand, er sah jede Kuppe jeden Fingernagels, und dann senkte sie die Hand, und dann hob sie die Hand, und dann trug sie auf der flachen Hand das Tal und die Berge und die Wiesen und den Lech und den Himmel. Alle waren zu Gold erstarrt. Alles wurde klein, sehr klein, die Berge hatten Käfergröße, und die Käfer waren noch winziger, aber er sah sie noch ganz deutlich. Und nun schob sie Tal und Damm, den Damm auf dem er kniete, dicht an ihre großen Augen heran. Die waren unbeweglich, ausdruckslos, sie sahen ihn an und sahen ihn nicht und waren aus Gold. Sein Blut gerann, er spürte, wie es sich verdickte und langsamer floß und dann zu Gold fror in der atemlosen Hitze. Und jedes Leben hatte aufgehört, jedes tierische Leben, die Welt war aus Gold getrieben, jede Einzelheit, jeder Halm, jede Blume aus Gold, unbeweglich, und lebte nur das stumme und dumpfe Leben des Steines. Und seine Gefühle waren nun auch aus Gold, ja, aus Gold, denn sie waren noch da und in einer eigentümlichen Weise noch lebendig. Aber der Schmerz tat nicht mehr weh, und die Freude tat nicht wohl, sondern tat weh und wohl in einem.

Und so verharrte er auf der Hand der goldenen Statue, die große, unbewegliche Augen auf ihn gerichtet hielt, und erlebte die Ewigkeit des Steines und des fließenden Wassers, und es gab keine Menschen mehr und nicht mehr ihn, Karl, und nicht mehr Frau Martha, und nicht mehr die Innsbruckerin. Um die Gruppe aus Gold, das Bildwerk aus Gold und Metall blinkte die gelbe Sonne, abgestorben und lebendig. Aber sie ließ die Hand sinken, er fiel tief, er fiel auf den Damm auf, kam auf die Knie zu liegen, auf den Knien rutschte er zu ihr, sie breitete ihm die Arme entgegen, er legte den Kopf an ihre Brust, und als er in der Verwirrung seines Gefühls Frau Marthas Lippen küßte, stand er lachend auf und sagte: »Laß uns ins Dorf gehn!«

Der Himmel schien willens zu sein, nie mehr etwas von seiner Bläue herzugeben, die Tage liefen goldzitternd einander nach, die Bienen waren betrunken, wie taumelten sie! Er war auf die Veranda des Hauses gegangen, es war fünf Uhr des Nachmittags, und sah das Tal entlang und sah auf die Berghänge und die Talwiesen und den Schlängelweg hindurch. Und jetzt, da, in dieser Stunde, geschah ihm wieder Verzauberung. Es kam den Weg daher die Innsbruckerin, die Lippen geschwungen, er sah es genau, und sie lächelte und nickte ihm zu, und er wollte ihr auch zunicken, aber es ging nicht, sein Hals und sein Kinn tat nicht mit. Sie schritt näher heran, war weit weg, am Talende, aber doch nah, nicht größer als wie natürlich, obwohl sie doch, dort am Talende stehend, klein wie eine Nuß aussehen mußte, aber er sah sie, als stände sie armweit vor ihm. Sie nickte heftiger, ihre Lippen zuckten, sie sprach wohl auf ihn ein, er hörte nur nichts. Hinter ihr kam Frau Martha. Sie trat dicht hinter das Mädchen, sie war größer als das Mädchen und jetzt standen ihre beiden Gesichter übereinander, sahen ihn unverwandt an, Augenpaar über Augenpaar. Und beide schienen nun mit ihm zu reden, und ihre Augen wurden verlangend, öffneten sich, saugten, es strudelte vor ihnen die heiße Luft, es wirbelte bis zu ihm heran, es war wie ein Trichter. Dann drangen die zwei Gestalten ineinander ein, wurden eins, es war ein Kopf nur mehr, nur noch zwei Augen, und die sahen ihn an und waren willig und ergeben und demütig und lockten. Und die Doppelgestalt, das eine, einzige Wesen, dort am Talende, streckte die Hand zu ihm auf der Veranda, bittend, er wollte seine Hand entgegenstrecken, aber die lag auf dem Verandabalken und hob sich nicht und hob sich nicht. Und er merkte, daß er sie nicht heben wollte, und er hörte sein Herz klopfen und spürte schon Zuneigung zu dem Doppelwesen, aber da standen die Berge und glänzten, da war der Himmel, blaukrachend, und die Wälder, die Wälder, die Bäume und die Waldtiere, und es riß seine Arme auseinander, und seine Hände reichten bis weit links und rechts zu den Bergflanken und spürten das Fleisch der Bergflanken, das weiche Moos. Das Doppelwesen lächelte noch immer, ein wenig traurig jetzt, und er lächelte zurück und preßte die Lippen fest aufeinander, daß ihm nicht ein Lachen daraus würde, denn kränken wollte er das Doppelwesen nicht. Das fing zu wanken an, das Doppelwesen, nur der Kopf war noch unbeweglich. Dann war der Körper weg, nur der riesige goldne Kopf schwebte über dem Talende, wurde größer, noch größer, und dann wurde er einäugig, der Kopf und die Sonne war das Auge, und die Wälder waren die Brauen, und der Schlängelweg war eine geschwungene Lippenlinie, und die Lippen bebten ihm zu, und jetzt konnte er die Hand vom Verandabalken heben und nach dem Talende ausstrecken. Die Luft zitterte heißer, er rannte über die braune Treppe ins Freie, den Weg entlang, geradeaus und vorwärts stürzte er, die Brust heiß vor Glück, das Herz an den heißen Brustkasten wie die betrunkenen Bienen pochend, die ringsum brummten. Er lief, er mußte laufen, Laufen war Glück! Dann stürzte er schreiend ins Gras.

Im Herbst dann fuhren Karl und Martha in die Stadt

zurück, und als der Winter kam, sahen sie sich schon sehr selten, und eines Tages, im Frühling, war es ganz zu Ende.

An den Damm schlägt immer noch der Lech. Und das unruhige Herz schlägt immer noch in Karls Brust, aber nach Innsbruck fuhr er nie, etwas zu suchen. Er wußte, es war dort nichts zu finden, dort nicht und nirgends, nichts und nirgends für ihn.

[1926/30]

Winterlich

Der Weg, den der Knecht nahm, duckte sich, als zaudere er die flache Höhe zu erklimmen. Er wand sich und schlängelte sich, machte eine lächerliche und unberechtigte Schleife, aber besann sich dann und lief schief und schnell und verwegen empor. In der Ferne war Wald. Der war wie ein dunkles Tier mit vielen schwarzen Beinen, das waren die Stämme, und einem weißen Fell, das war der Schnee, der auf den Ästen lag. Ein langgestreckter Schneefuchswald trabte eilig am Horizont, gebogen wie der. Mit dem Kopf war das Waldtier schon drüben, auf der anderen Seite, aber der Leib und der Schwanz waren noch zu sehen, geschmeidig, gekrümmt und in scharfer Gangart. Als der Knecht die Höhe erstiegen hatte – der Weg konnte nicht entkommen, alle Kniffe und Windungen halfen ihm nicht, er mußte hinauf, und nun war er droben –, drehte sich schnell von rechtsherein ein Dorf, wie auf einer Scheibe, in der Mitte der Kirchturm, um ihn Häuser, und die Drehscheibe drehte sich so schnell, daß der Schwung die Häuser dicht an die Kirche heranwarf, und da klebten sie nun zusammen. Die Drehung hörte knapp noch auf; denn noch ein Riß und ein Ruck und Dorf und Kirche und Häuser wären flach abgeschleudert wie ein Papierteller in die Luft hineingetaucht, schräg und pfeifend und vielleicht hinterm Horizont in einen Wald geplumpst, Äste brechend, schwer atmend, maßlos bestürzt. Nun, das war nicht eingetreten, das Dorf lag ruhig, und viele Rauchsäulen, weiß und zitternd, knäulten sich in die Höhe. An einem Tümpel ging der Knecht vorbei, der war am Rande dünn zugefroren, dann kam schwarzes Wasser, wie dunkler Schnaps, ölig glänzend, sicher schliefen da Frösche. Im Sommer gab es da wohl auch Schlangen und viele Stechmücken und distlige Gewächse und Gestrüpp und Brombeerstauden. Aber jetzt war Winter, die Frösche schliefen, und die graue Winterluft schwieg. [1926]

Zwölf Raben

Die Straße war hart gefroren. Am Nachmittag, so um fünf Uhr herum, war es kalt geworden, ein scharfer Wind war gegangen, der hatte sich jetzt wieder gelegt, es war ganz ruhig, aber die Kälte war geblieben. Die Erdspuren der Wagen, der Ochsenwagen natürlich, es gab im ganzen Dorf keine Pferde, glaube ich, nur Ochsen und Kühe und Ziegen; die Radspuren der Ochsenwagen also waren kantig gekerbt und wie hartgeschnittene, länglichrunde Muscheln waren die erstarrten Fußspuren der Zugochsen. Der Himmel war schwarzblau und glänzend, alle Sterne standen daran, keiner fehlte, sie flimmerten eifrig über dem Schwung der Preglergruppe.

Der Bach neben der Straße war gefroren, auch erst seit ein paar Stunden. Mittags und nachmittags noch war es tauig gewesen, und da war der Bach noch langweilig geflossen, grüngrauschillernd. Aber jetzt war er wahrhaftig zugefroren, eine grauweiße, blasige Eisdecke trug er, darunter floß er wahrscheinlich noch, aber das sah man nicht. Wasserpflanzen, die am Rand wuchsen, und Schilfstengel und so grünes Zeug, das aus dem Wasser emporgetaucht war, zahlreich, das erhob sich nun aus der Eisdecke, komisch genug, das Eis war fruchtbar und grünte.

Die meisten der Fenster in den meisten der Häuser waren schon dunkel, in einigen aber sah man noch Licht. Ich ging schnell und war am Dorfrand. Die beschneiten Talwiesen lagen vor mir, auch der Schnee auf ihnen war frosterstarrt, und rechts der Straße der Wald stieg blaugrün und weißbebuscht herab und hauchte kühl her.

Was jetzt der Bock wohl trieb, den wir gestern hinterm Haus, dicht an der Stallwand, belauscht und belauert hatten? Er lag wohl unter einer alten Schirmfichte, und sein Atem wölkte grau vor dem feuchtschwarzen Maul, und die Augen sahen ruhig vor sich hin. Wer weiß es? Oder er scharrte die leichte Schneedecke weg, um das braune Gras zu fressen, wer weiß es?

Hinter mir lag das Dorf, der spitze Kirchturm ging hoch in den mondlosen Himmel hinauf. Auf der Wiese, zehn Meter von der Straße, stand eine zaundürre Baumgruppe. Es waren zwei Bäume mit dünnen Stämmen und mit verzweifelt gespreizten nackten Ästen. Die Bäume froren, das war ersichtlich. Ja, ja, im Frühjahr trugen sie Blüten und im Sommer Laub und im Herbst Früchte, aber jetzt war Winter, es war der einunddreißigste Dezember, und kurz vor Mitternacht, und da trugen sie schwarzes Lebendiges, Raben, die Glanzfräcke waren spitz, man sah es deutlich im Schneelicht.

Morgen war der erste Januar, und ein neues Jahr würde da sein, schon in fünf Minuten ein neues Jahr da sein, die Sterne wußten nichts davon und flimmerten gleichmütig, der Wind hatte es vielleicht gewußt und war kalt und schneidend gekommen am Nachmittag (jetzt hatte er sich schon längst wieder gelegt) und hatte den sauberen und klaren Frost gebracht, daß das Jahr gut begänne, nicht in Dreck und Morast, obwohl das vielleicht auch richtig und richtiger gewesen wäre, denn Sumpf und Morast und Feuchte ist geburtsgut.

Der Wind war gekommen und die Kälte, und der Wind war gegangen, und die Kälte war geblieben, und jetzt mußte bald das neue Jahr sich erheben. Die schwarzen Burschen auf den dürren Ästen rührten sich nicht, und ich rührte mich nicht, sie nicht zu verscheuchen, denn sie sind scheu, die Dunkelvögel, ich hatte es oft erfahren.

Da, lief nicht ein Zittern über den Himmel, flimmerten nicht die vollzähligen Sterne stärker, glänzte der Spitzturm nicht klarer und eisgrüner? Das war wohl Täuschung, aber das war keine Täuschung, daß jetzt die Kirchenuhr anschlug, klingend. Der erste Schlag, und schon flog auch der erste Rabe auf, und der zweite Schlag, und der zweite rauschte auf, und so bei jedem Schlag ein Vogel, und es waren zwölf Schläge, und es waren genau zwölf Vögel, und beim zwölften Schlag war der zwölfte und letzte Vogel auf- und fortgeflogen, und der Kirchturm war wieder stumm, und die beiden dürren Bäume waren leer, und die zwölf Raben hockten tiefer in der Wiese, stumm, schwarz verstreut, die Vogelschar, die scheue, und jetzt wieder regungslos.

Das neue Jahr war da, und Raben sollen weise sein, und ich bin nicht weise, und Raben sind leicht klüger als ich. Dort hockte sie, die schwarze Gemeinschaft, und ich stand allein hier, und mir gegenüber das neue Jahr, das drängte heran, mächtig, mit erschreckenden Kaltglanzaugen, einem unmäßigen Leib und mit vielen Spinnenfüßen, mit dreihundertundfünfundsechzig Spinn[en]füßen, mit einem Dritteltausend Zappelbeinen, abscheulichen, und ich allein und die klugen Raben immerhin zu Zwölfen. Und unterm gleichmütigen Himmel und unter den flimmernden Sternen ging ich ins Dorf zurück und zum Wirtshaus zurück und in die warme Wirtsstube hinein und trank und sang mit den andern, mit den Männern und den Frauen.

Ich zählte, es waren elf, fünf Männer und sechs Frauen, und ich war der zwölfte, und nun waren wir auch ein Dutzend und sprachen rabenklug und vogelweise. Und die hölzernen Bänke, auf denen wir vor den hölzernen Tischen saßen, waren unsere Bäume, unsere winterdürren Bäume. Deutlich sah man die Maserung der blankgehobelten Tischplatten, bräunlichrote Linien im Weißgelben, das war wie eingetrocknetes Blut, und mit unsern gekrümmten Zeigefingern hackten wir auf die Adern, wie mit Schnäbeln, und tranken doch nur roten Wein.

Um drei Uhr rief einer: »Ein Komet!« Wir prasselten durch den Hausgang ins Freie, lärmend wie ein Vogelgeschwader, und staunten den Himmel an. Es war kein Komet, aber ein großer Stern glänzte nah und stark wie nie, und ihn staunten wir an.

Noch später, beim Morgengrauen, da waren wir Furchtsamen schon längst nicht mehr zu Zwölfen, trauten wir uns hinaus in die junge Frische, und uns geschah nichts.

[1927]

Indianer

Als Fünfzehnjähriger schwärmte ich für die Indianer mit einer feurigen Hingabe, über die ich auch heute nicht lächeln kann. Ich schuf mir in ihnen Wesen einer höheren Art, edler, klüger und von mehr Größe als die Männer um mich, deren Erbärmlichkeit früh zu durchschauen mir nicht schwer fallen konnte. Das rothäutige Geschlecht, mit den fließenden Wassern, den ziehenden Wolken und dem Rauschen der Bäume brüderlich vertraut, schien mir höchster Verehrung würdig. Ich träumte davon, zwischen bronzenen Häuptlingen über dunkelnde Savannen in den Abend zu reiten. Ich saß unter überhängenden Felsen an Lagerfeuern, während unendlicher Regen aus niederen Wolken strömte. Über wogenden Büffelherden zuckten unsere Lassos und zwangen den Stier in die Knie. Beim Morgengrauen durchschwammen wir blaufunkelnde Flüsse und der hohe Mittag fand uns auf der Fährte des Felsenpumas. Ich liebte die roten Männer, und die Tränen, die ich vergoß, nicht als Sioux geboren zu sein, waren bitterer als jene, die ich weinte, als mich das erste falsche Mädchen verließ.

Die Sehnsucht nach dem erdnäheren Dasein der Waldgesellen verflüchtigte sich, als ich mit zwanzig Jahren die Hände gepuderter Schauspielerinnen küssen durfte, als ich durch breite Straßen ging, über denen Bogenlampen wie falsche Monde prahlten. Die großen Worte der glattrasierten Männer auf dem Podium setzten mich in Taumel, und das Rasseln der Hochbahn klang mir gewaltiger als der Donner der Berggewitter. Ich bin nicht lange vor diesen Wundern auf gläubigen Knien gelegen. Doch als ich erkannte, daß die sieben Farben des Regenbogens glühender und milder brannten als alle Schmelzöfen der Länder, war mir die Natur nur mehr ein Schauspiel, das ich vom feindlichen Parkett aus mit bewundernden und ungerührten Augen genoß.

Wenn ich heute taub und blind durch den Wald gehe und vor dem Schrei des Hähers und dem Rascheln des Eichhörnchens zusammenfahre, bin ich traurig bei dem Gedanken, daß Wald und Wolke und Fluß mir fremd wie fremde Sachen sind und mir im Blut bekannt sein könnten wie der Schlag meines Herzens. Die Säfte, die die glänzenden Schenkel der Pferde prall machen, die Flügel der Vögel heben, die in den Bäumen brausend nach oben steigen, müssen notwendig und innig denen verwandt sein, die durch mich rinnen, von Ufern roten Fleisches eingedämmt. Daß ich diese Verwandtschaft nur mit dem Verstande begreife, sie nicht mit Augen und Blut liebend fühle, ist ein Schmerz, der mich nicht verläßt.

Ich habe viel in Indianerbüchern gelesen. Immer zur stärksten Erschütterung riß mich Schillers Gedicht von dem Tod des Häuptlings. Ich habe den Band nicht zur Hand und muß die Verse nach dem Gedächtnis wiedergeben. Sie beginnen so:

Seht, da sitzt er auf der Matte,
Aufrecht sitzt er da,
Mit dem Anstand, den er hatte,
Als ers Licht noch sah.

Der große Greis stirbt nicht. Ihn schüttelt kein schmerzlicher Krampf und splitternd bersten bei ihm keine bösen Stricke, die uns an die kalte Klippe Erde schnüren. Die kristallene Luft um ihn ist wie ein gewaltiger, blitzender Wassertropfen, in dessen Mitte er schwebt, von dem er aufgesogen wird. Lächelnd vergeht er, wie die Blume im Herbst erlöst zerfällt. Über den Bergen, im Blauen, liegt Manitou, ein riesiger, roter Krieger und stößt tanzende Wolken aus seiner Pfeife. Er wird neben ihn sich strecken und Frühling und Herbst und alle Jahreszeiten werden wie Schatten über die Täler wehn.

Ich möchte sterben wie er. Aber wir müssen einmal

fliehen von der Erde, die uns eine fremde Insel war, von seltsamen und grausamen Geschöpfen bewohnt, von Hekken durchzogen und von scharzen Waldfahnen furchtbar überflaggt. Und zitternd, von Fremden zum Fremden, stehlen wir uns fort. Von einer Woge stechender Disteln, die uns unwillig trug, heben wir uns in ein Boot, zur Fahrt über ein Meer, vor dessen Erahnen schon uns der Hauch vor dem Munde gerinnt.

[1927]

Tüchtige Diener

In jenen Novembertagen neunzehnhundertundachtzehn, als die an der Front in verschlammten Löchern hockenden Soldaten der Befehl traf, das unrasierte Gesicht nach Osten zu drehen, nicht mehr nach Westen zu halten, wie sie es vier Jahre lang getan hatten, als die grauen Männer aus dem braunen Schlamm aufstanden und marschierten, marschierten, marschierten, der Heimat entgegen marschierten, immer noch unrasierten Gesichts, der Heimat entgegen, von der man erfuhr, daß sie sich auch erhoben hatte, nicht aus Schlammlöchern zwar, aber aus Trübsal und Müdigkeit und Verzweiflung, der Heimat entgegen, von der man sagen hörte, daß sie, immerhin rasiert, Freiheit und Gerechtigkeit und andere schöne Dinge zu einem so hohen Berg stapeln wolle, daß man damit bis zum Himmel käme und glattrasiert auf dem Gipfel sitzend dem lieben Gott ins bärtige Antlitz zu starren vermöchte, damals also liefen durch die Straßen der deutschen Städte viele junge Soldaten, aus den Krankenhäusern halb geheilt entlassen, aus Rekrutenlagern und Garnisonskompagnien, die trugen um den Hals ein flatterndes, meist ein buntes Tuch und die Hände in den Hosentaschen und die Mütze immer schief und verwegen auf dem Kopf. Niemand hätte gewagt, damals die Mütze gerade auf dem Kopf zu tragen, niemand.

Ich war auch drei Jahre bei den Männern draußen gewesen, war unrasiert in Schlammlöchern gehockt wie sie, und Kugeln hatten gejault und eine hatte mich gefunden, nachdem sie sechsunddreißig Monate vergebens nach mir gesucht hatte, und so kam ich in die Heimat und war in der Heimat, als die Freiheit entbrannte. Die entbrannte hell und schön und wahrhaftig, sie wärmte auch etwas, es sah ganz so aus, als würde sie immer heftiger brennen und immer wohliger wärmen. Aber ein Flattertuch um den Kragen meines Feldrocks mochte ich doch nicht tragen, und die

Mütze auch nicht schief aufsetzen, und wollte mir auch ganz und gar nicht die Achselstücke abreißen lassen von jungen Burschen, nicht von solchen, die Pulver gerochen hatten, und erst recht nicht von verdammten blassen Grünlingen. Also ging ich in bürgerlicher Kleidung und betrachtete mir die Soldaten der Freiheit, die schiefmützigen, und mancher hatte einen guten Blick, und vielleicht würde alles wieder gut werden und besser sogar noch, die Freiheit wärmte doch das Herz, ich spürte es, und ich versuchte über die schiefen Mützen hinwegzusehen und versuchte sogar nicht mißmutig, nein, wohlwollend auf die ekelhaften Kappen zu schauen. Und als ein Lastkraftwagen an mir vorbeiknatterte, der eine Fuhre von Freiheits-Soldaten geladen hatte, die rote Fahnen schwangen und schwarzbedruckte rote Zettel abwarfen und Schwung hatten und Begeisterung, waren *gute* Gesichter dabei, ausgezeichnete Gesichter, da freute ich mich fast. Und während ich noch recht froh war, kam mir so ein junger Kerl entgegen, zwanzig alt, zwanzig jung, schiefer die Mütze als irgendeiner, Hände tief in den Hosentaschen, und ich erkannte ihn, er war in meiner Kompagnie gewesen, war mit einem leichten Schuß davongekommen, war ein guter Soldat gewesen, ich hatte ihn sogar zum Eisernen Kreuz vorgeschlagen, und das bekam man an der Front nicht so leicht wie weiter hinten und daheim, der also kam mir entgegen, Freiheitsmann, lodernd, der gefiel mir, den mußte ich sprechen.

Er betrug sich auch würdig und wußte nicht recht, wie er's machen sollte, seinem alten Leutnant gegenüber, und nahm für alle Fälle eine Hand aus der Hosentasche, das genügte wahrhaftig, damals, ich war ja auch in Zivil. Er ginge jetzt in eine Versammlung, sagte er mir, da müsse man hin, überhaupt müsse man auf der Hut sein, tätig sein, Schneid haben, das gefiel mir, und er lobte die hohe Löhnung und das Essen und die neugewonnenen Rechte. Ein prächtiger Kerl, dachte ich, und die Sache der Freiheit hatte es noch leichter bei mir, da solche wackeren Burschen für sie eintraten. Nun, ich fragte ihn, wie er sich denn sein weiteres Leben vorstelle, was er plane, in seinem Beruf, und so? Der Freiheitsmann steckte auch die Hand, die noch in der Luft war, wieder in die Tasche, sie kam sich zu unbehaglich vor so im Freien, ich verstand das sehr wohl und dann sagte er, am fünfzehnten Dezember müsse er in seiner Fachschule antreten, angemeldet sei er schon. Bravo, sagte ich, eine gute fachliche Ausbildung, nicht wahr, sei was wert und was für eine Schule denn das sei. Und ohne jede Verlegenheit, und verlegen war bloß ich und sah unruhig weg, klar und zuversichtlich sagte er, es sei eine Dienerfachschule in Leipzig, in die er bald eintrete, um sich zu einem tüchtigen *Diener* ausbilden zu lassen, bei Tisch auftragen zu lernen und dergleichen, und das sei ein Beruf, der seinen Mann gut ernähre. Und ohne Verlegenheit ging der Freiheits-Soldat in seine Versammlung und ließ mich zurück, und der Gedanke an die Freiheit wärmte auf einmal nicht mehr so recht, und als wieder ein so Schiefbemützter vorbeikam, mußte ich die Lippen fest zusammenpressen, um ihm nicht zuzuschreien, er möge gefälligst die Kopfbedeckung grad richten, ganz grad, wie sich das schicke.

Inzwischen ist ja wieder mancher Tag und mancher Monat und manches Jahr verflossen, schlechte Tage und weniger schlechte und sogar gute, und mit der Freiheit ist das nicht so einfach, da kann man verschiedener Meinung sein, das habe ich gelernt inzwischen, und es kann wohl auch sein, daß sich Diener und Dienerschulen mit ihr vertragen, mit der wärmenden, strahlenden Freiheit, es mag wohl sein; aber damals, damals schienen mir schiefe Mützen nicht erlaubt für Lakaien, schiefe Mützen nicht und nicht flatternde Schlipse, schienen mir nicht erlaubt zu sein, mir, der doch kein lodernder Freiheits-Soldat war, mir, der immer ein bißchen rückwärts schielt, nicht nur vorwärts, vorwärts sieht, wie sich das wohl geziemte, damals und heut.

[1927]

Anekdote

Mir erzählte ein Anstaltsarzt die folgende Begebenheit, die wahr ist:

In ein Krankenhaus wurde ein vielleicht sechzigjähriger Mann eingeliefert, ein stämmiger Kerl, wie ein Baum, aber nun auch gefällt wie ein Baum, vom Schlag gerührt, blaurot, gelähmt, bewußtlos. Wenig Hoffnung, sagten die Ärzte, wenig Aussicht, ihn noch einmal, wenn auch nur für kurz, wenn auch nur für eine Viertelstunde ins Leben zurückzubringen.

Der Mann lag still in seinem eisernen Bett, aber seine Verwandten summten durchs Zimmer, brummten auf dem Vorplatz wie ein Hummelsschwarm. Sie bestürmten den Arzt, alles aufzubieten, die entlegensten und schärfsten Mittel der Heilkunde anzuwenden, damit der Bruder, der Onkel, der Vetter noch einmal mit sehendem Auge ins Leben schaue. Und sie warteten, begierig, gierig wie Hummeln auf Honig, darauf.

Besorgte Verwandte, sehr besorgte, wollten Abschied nehmen von ihm, ihm noch einmal die Hand drücken, wollten das?

»Fünf Minuten noch«, sagte die dickste der Hummeln, schwarz, im Gehrock, der Wortführer der Schar, »fünf Minuten noch muß er ins Bewußtsein zurück, fünf Minuten noch, damit er das hier unterschreibt, und das ist ein Testamentsentwurf. Nur der Name fehlt, nur sein Namenszug, und der muß hier her!«

Man gab dem Mann Kampfer, man tat, was man konnte, der Mann regte sich, der Mann schlug die Augen auf, man hielt ihm das Papier hin, das schaute er gar nicht an, winkte, denn reden konnte seine gelähmte Zunge nicht, winkte, man solle ihm die Schiefertafel geben und den Griffel, die neben ihm auf dem Tischchen lagen. Man gab sie ihm und er schrieb.

Er schrieb: »Das Pöcken«. Vielleicht war er nie sicher in der Rechtschreibung gewesen, der Mann, vielleicht war's nur sein Zustand, er schrieb jedenfalls »Pöcken« und meinte »Becken«, wie die Krankenschwester gleich erriet, meinte damit die Bettschüssel, die jeder kennt, der einmal hilflos in einem Krankenhaus, in einer eisernen Krankenbettstelle lag.

Sonst schrieb er nichts mehr, der Mann, auch nicht mehr seinen Namen auf den gewünschten Platz auf dem vorbereiteten Papier, denn er starb gleich darauf, aber war das, was er zu tun wünschte, und auch noch tat, nicht Antwort genug dem zudringlichen Gebrumm der Schmeißfliegen?

Die flogen auch betäubt surrend weg und davon, und der stumme Witzbold lag nun still und unbelästigt im ewigen Schatten.

[1927]

Anekdote vom Major Xanders

Es war im Kriegsjahr 1915, in Russisch-Polen, und unsere Reiterei tat noch nicht rühmlichen Fußdienst in verschlammten Schützengräben und weniger rühmlichen in Ortskommandanturen und Bahnhofswachen, sondern saß noch stramm zu Pferde und focht gegen Kosaken und Baschkiren. Focht und hungerte und ritt, aß kaltes, fettes Büchsenfleisch und schlief auf Stroh in Scheunen, schlief auf Stroh unter freiem Himmel, schlief auf trockenem Stroh unterm klaren Himmel, schlief auf nassem Stroh unterm Regenhimmel, und focht und ritt unter jedem Himmel, und dazwischen fielen auch einmal ein paar Ruhetage, und da wurde nicht nur in Betten geschlafen und gebratenes Fleisch geschlemmt, auch geputzt und gestriegelt und gescheuert und exerziert, exerziert, exerziert, und an einem kühlen Märzmorgen, die Sonne stand rund und klar über den Wiesen, besichtigte der Herr Major und Regimentskommandeur Xanders eine Schwadron.

Er war nicht recht zufrieden mit dem Sitz der Leute, der junge Nachschub baumelte gar zu zivilistisch auf den Gäulen. So hatte er sich schon recht in Wut geredet, sein rundes Gesicht war rot und röter als die Sonne über ihm, als eben auf der Straße, neben der die Eskadron hielt, der junge, katholische Feldgeistliche, ein brauner Kapuzinermönch, getrabt kam. Der Herr saß mit vortrefflicher Haltung im Sattel, zog grüßend sein kaffeebraunes Käppchen, und der wütige Major, dem geistlichen Reiter mit der Hand zuwinkend, brüllte die Eskadron an: »Da seht einmal hin, wie der Herr Divisionsgeistliche sitzt! Ihr könnt euch ein Beispiel dran nehmen. Tadellos!« Er musterte den Herrn in der Kutte. »Tadellos! Nur die Absätze ein bißchen weiter auswärts und abwärts! Und die Ellbogen besser an den Leib! Noch besser! Die Ellbogen an den Leib, hab' ich gesagt! Ob Sie die Ellbogen an den Leib nehmen wollen, verfluchtes Donnerwetter noch einmal!«

Und unversehens, und er hatte wohl ganz darauf vergessen, daß da der Mönch vor ihm auf dem tänzelnden Gaul saß und nicht einer seiner Rekruten, fing der giftig gewordene Regimentschef an, nun nicht mehr rot im Gesicht wie die Sonne über ihm, nun bläulich im Gesicht wie die voreilige blaue Blume dort im Märzengras, fing an und hörte nicht auf, den Kapuziner mit tausend Flüchen zu belegen, bis er lächelte, wieder sein Käppchen schwang, glatt und sicher wegtrabte, in den Märzmorgen hinein, in den kühlen, grünen, und die Eskadron dem Major ins Gesicht grinste, ins bläulich-puterrote. Der lachte nun auch, befahl dem Eskadronführer »Einrücken!« und galoppierte dem Kuttenträger nach. Und der Oberleutnant Wodringen sagte zum Fähnrich: »Schauen Sie, wie ihm der Alte nachprescht!«

Sie sahen, daß der Major den braunen Kapuziner auf dem braunen Gaul erreicht hatte, aber hören konnten sie natürlich nicht, daß der Tonsurierte dem sich entschuldigenden Offizier antwortete: »Sicher ist mein Sitz nicht einwandfrei. Aber setzen Sie sich einmal in einen Beichtstuhl, dann will ich an Ihnen herumnörgeln!« Der Major erschrak sehr bei dieser Vorstellung, und in der nächsten Kantine tranken sie zusammen einen Schnaps, der mönchische Reiter und der Uniformierte.

[1927]

Erbse

An der Somme, ja, das war im August 1916, und von der Somme, die ein Fluß ist, sahen wir nichts, daß sie etwas Wässeriges, Fließendes sei, das wußten wir nur von der Karte, wir sahen nur Wiesen, als wir hinkamen, grüne Wiesen, üppige, fette, feuchte (es mußte doch wohl Wasser in der Nähe sein) und später dann wurden aus den Wiesen gelbe, braune Äcker mit vielen Granatlöchern (nicht wahr, der Krieg, wie es so heißt, ackerte) an der Somme also, im August 1916, war's heiß, heiß, heiß. Ein blauer Himmel, eine gelbe Sonne, ein gelber Lehmschützengraben, und der Krieg, wie der war, das wissen einige von uns (die aber noch nicht begonnen haben, davon zu reden) – an der Somme also hatten wir, eingesetzt rechts neben dem Pierre-Vaast-Wald, dem Zahnstocherwald, an der Somme, da hatten wir viele gute Burschen verloren und auch unsern Stabsarzt, einen frechen, kleinen Kerl. Tot war er nicht, der Gelbhäutige, Gottseidank, er ließ nur seine halbe Hand dort und kurierte sie in einem deutschen Lazarett, während wir zur Erholung in ein Dorf kamen, in ein friedliches Dorf, ganz wo anders, weit weg von der Somme. Wir sprachen kaum mehr von ihr, wir hatten unsere geheimen Gründe dazu. Im Dorf, im friedlichen, unter einem friedlichen blauen Himmel und einer sanfteidottergelben Sonne (die andere, die krachend-böse, stand über der Somme, immer noch), in dem Dorf bekamen wir Nachschub und mit dem Nachschub auch einen neuen Stabsarzt.

Und der neue Stabsarzt, ein langaufgeschossener, wortkarger und trockener Herr aus Thüringen, hieß Erbse. Stabsarzt Erbse. Der Name kam uns jungen Leutnants sehr lustig vor, und in vorgerückter Stunde, im Kasino, versuchten wir es wohl auch, ihn damit zu frozzeln. Aber der trockene Herr aus Thüringen verstand Spaß. Er bestellte eine Runde Schnaps und sagte: »Erbse is drollig, nich?

Aber wissen Sie, was für eine Geborene meine Frau ist? Horchen Sie: Eine geborene Linse.« Wir lachten. Er, Erbse, verheiratet mit der geborenen Linse, lachte mit. Dann sprach er würdig: »Achtung! Es geht weiter! Meine Schwester ist mit einem Pastor verheiratet. Mit wem? Mit dem Pastor Bohne!« Wir grinsten. Er grinste mit, bestellte eine neue Runde Schnaps und rief: »Prost das ganze Gemiese!« – »Hurrah!« schrien wir. Es war ein vergnügter Abend. Hinten, im friedlichen Dorf, im Kasino, weit weg von der Somme, die, wenn die Karte recht hatte, ein Fluß war, für uns nur ein gelber Schützengraben in einer ehemaligen Wiese, mit keiner Blume auf dieser Wiese, es sei denn, man nehme die rotgrauen Feuertulpen der explodierenden, kleinkalibrigen Granaten dafür.

Übrigens bekam der Thüringer später einen Lungenschuß, auf eine ganz dumme Weise, aber das gehört nicht hierher, bekam einen Schuß, der ihn kriegsdienstuntauglich machte, und für ihn schickten sie uns unseren Gelbhäutigen wieder, der sich freiwillig gemeldet hatte, mit seiner verkorksten Hand, drei Finger waren weg, dort im Pierre-Vaast-Wald, heut wachsen Brombeeren drüber, aber seine Frechheit war geblieben.

Man konnte so gut mit ihm über Stendhal reden, aber zur Sache, als er eintraf, lagen wir in Flandern, doch wenn wir die Nase zum Graben hinausstreckten, wahrhaftig, da war's wie an der Somme, und keiner von uns, auch der Klügste nicht, auch der Doktor nicht, konnte einen Unterschied herauskriegen.

Und wenn's des Nachts ruhig war, der Mond zwischen den Sternen ging wie in Afrika und Australien und überall – doch sprechen wir nicht davon, hören wir auf!

[1927]

Die schöne Handschuhverkäuferin

Die Frau, von der hier die Rede sein wird, die Frau, deren Augen kastanienrund waren, ein wenig tiefliegend und braun, braun wie ihr Haar, wie ihr dickes und üppiges und langes Haar, diese Frau trug den Namen Lina Esprester und war dreiundzwanzig Jahre alt, als sie zu dem Herrn des Hauses ging, zu dem Herrn des versteckten Hauses unten am Strom, und ihm ihre Dienste anbot. Ohne Befangenheit, und selber erstaunt, daß sie nicht befangen war, löste sie die Haken ihres Kleides, stand wie Eva einst da und sah ihr Bild in vielen Spiegeln, in trüben und glänzenden und goldgerahmten Spiegeln aufgefangen. Weil sie gefiel, und sie gefiel genügend und mehr als genügend, wurde sie in die Schar der Mädchen aufgenommen.

Die Tage, die vielen, vielen Tage, die nun kamen, verschlief sie, erhob sich erst am späten Nachmittag, und im Zimmer mit den roten Plüschmöbeln verbrachte sie die Abende. Das goldfarbene Kleid ließ ihre wirklich schön geformten Schultern frei, und wenn sie sich mit den schmalen Händen das hochgesteckte Haar zurechtschob, denn die Frauen jener Tage trugen das Haar noch nicht wie Knaben kurz geschnitten, flammte verführerisch der Flaum ihrer Achselhöhlen.

Mit Alma und den andern Mädchen kam sie gut aus. Wenn es Sekt gab, trank sie mäßig und sparte mit den Zigaretten. Mit kleiner Stimme sang sie Lieder zur Laute, schlichte und ein wenig rührselige Lieder, aber auch freche sang sie, sogar abscheuliche, wenn man es verlangte. Die schlimmen Worte sprangen von ihren Lippen, und sie lächelte kindlich.

Wenn ein Gast mit ihr nach oben zu gehen wünschte, schritt sie ihm rasch voraus. Der erste Kunde, mit dem sie den Gang antrat, war ein ruhiger Herr mit grauen Schläfenhaaren, der nicht sehr erstaunt war, als sie zwar seinen

Zwanzigmarkschein mit gelassener Hand in ihr schwarzes Ledertäschchen senkte, aber ihn dann mit leiser Stimme bat, nichts zu fordern, was ihre Ehre verletzen würde. Er blieb eine halbe Stunde bei ihr, plauderte von diesem und jenem und ging wieder voll Freundlichkeit.

Der Arbeiter dann, dessen zerknitterter Schein in ihr Täschchen wanderte, brauste zuerst auf und sprach von Betrug, als sie sich ihm verweigerte. Auch ihn entwaffnete ihre Sanftmut, und er verließ sie mit dem Gefühl, an einer Ungehörigkeit verhindert worden zu sein.

So gelang es ihr mit allen. Von jedem nahm sie Geld, und keinem gewährte sie mehr als den Glanz ihrer kastanienrunden, ein wenig, ein winziges wenig tiefliegenden Augen und ein Streicheln mit leichter Hand. Nun darf man nicht sagen, daß es sonderbar um das Haus am Strom bestellt gewesen sein muß, daß der Besitzer und Herr nichts von dem seltsamen Tun Linas erfuhr. Was heißt das auch? Er bekam sein Geld, er bekam das Vereinbarte, und solange er das bekam, das Vereinbarte, kümmerte ihn anderes nicht.

Zwar, es war verwunderlich, daß die Männer sich fügten, ohne Lärm zu schlagen. Aber es war so. Und wenn sie wiederkamen, wandten sie sich freilich an andre Mädchen, aber nie verrieten sie mit einem Ton, wie es ihnen mit ihr ergangen war.

Klingt das wie eine Legende? Ist das so wie im Märchen? Aber Männer können gut sein, können anständig sein – und hier, in dieser Geschichte, waren sie gut, waren sie anständig, und wahrscheinlich billigten sie das Verhalten Linas, wahrscheinlich mißbilligten sie ihr, der Männer, eigenes Tun in dem versteckten Haus am Strom, und wahrscheinlich auch fanden sie, daß Linas Handlungsweise die beste, die gebührende Antwort war auf ihre, der Männer, schmähliche Zumutung – kurz, wie dem auch sei, es ließe sich darüber noch viel sagen, sie schwiegen unverbrüchlich.

Immer an den Samstagabenden erschien ein schwarzer,

kleiner Herr, mit dem sie die Nacht verbrachte. Es war ihr Bräutigam, ein Buchdruckergehilfe, der sich mit dem Plan trug, einen Papierladen zu eröffnen. Die dazu notwendige kleine Summe rasch zu beschaffen, war Lina in das Haus eingetreten. Er glaubte ihr, daß sie sich nichts vergab, und seine Neigung half ihr, die Unannehmlichkeiten ihrer ungewöhnlichen Lage mit Anstand zu ertragen.

Einmal kam ein junger Mensch aus guter Familie, kaum siebzehn Jahre alt, ein Schüler noch, wie sich zeigte, der vor Begierde zitterte wie der Pfeil vor dem Flug. Seine Teilnahme galt unverkennbar Linas schönen Schultern. Sie gingen nach oben, Lina voran, und sie fühlte, wie sein Wille an ihren Kleidern riß. Er legte das Geld auf den Tisch, und seine heißen Augen brannten ihr Löcher in das Fleisch. Sie begann das alte Spiel und bat ihn, sie zu schonen. Die Qual des ungelöschten Verlangens warf ihn zu Boden. Er drückte das Gesicht fest gegen den Teppich, fest, als könne er es dort wie in Sand einwühlen. Ihre tröstenden Worte erreichten ihn nicht. Da zog sie sich aus und nahm ihn mütterlich an die Brust. Seine wilden Tränen näßten ihren Leib, der ihn schmerzte und beglückte. Aber sie gab sich ihm nicht, obwohl das Mitleid sie weich und unsicher gemacht hatte.

Als er gegangen war, überkam zum erstenmal und mit zwingender Heftigkeit sie das Gefühl des Unrechts, des vielfach und vorsätzlich zugefügten Unrechts, das sie an jedem Tage neu beging. Sogar zu denken wagte sie, aber sie vertrieb den Gedanken schleunig wieder, daß es, von einer anderen Seite her betrachtet, und daß jedes Ding zwei Seiten hat, sie wußte es lange, daß von dieser anderen Seite her betrachtet, daß es da menschlicher, edler schlechthin, daß es ehrlicher gewesen wäre, sich den Männern nicht zu entziehen, wenn sie schon das Geld dieser Männer nahm.

Nun, sie würde nicht mehr lange im Hause bleiben. Die Summe, die zu ersparen sie sich vorgenommen hatte, war voll. Sie würde heiraten, ihren Buchdrucker heiraten, den Papierhandel beginnen, in einer anderen Stadt, versteht sich, und in einer glücklichen Ehe bald alle Abscheulichkeiten vergessen, denen sie so lange ausgesetzt gewesen war.

Ich weiß wohl, daß das bisher Erzählte sehr unwahrscheinlich klingt. Fast wie eine Legende, fast wie im Märchen. Zu meiner Entschuldigung könnte ich anführen, daß wir es hier ja auch nur mit einer erfundenen Geschichte zu tun haben, mit einer durchaus und ganz und gar erfundenen Geschichte. Auch ich glaube nicht, daß es eine Frau gegeben hat, die aus freiem Entschluß so handelte und die Stärke hatte, so zu handeln. Auch ich glaube nicht, daß es je so eine Frau geben wird. Aber es ist angenehm, es sich vorzustellen.

Sie machten ihren Papierladen auf, Lina und ihr schwarzhaariger Buchdrucker, und hatten Glück mit ihm. Das Geschäft ging gut, und alles wäre in schönster Ordnung gewesen, wenn Lina nicht nach einiger Zeit hätte merken müssen, daß ihr Mann ein sonderbares Benehmen ihr gegenüber zur Schau trug. War er anfangs die liebevollste Zärtlichkeit selbst, wurde er bald scheu, wortkarg, ja mürrisch, geriet in Wut, wenn sie ein falsches Wort sagte, und schüttete auf den weißen Fleck einer freundlichen Stunde, die immer seltner kam, gleich wieder die Tinte seiner galligen Laune. Er quälte sie wegen jeder Kleinigkeit, mißtraute jedem ihrer Schritte und war ein zorniger Kläger, wenn ihre Unschuld klar zutage lag. Lina, die keine Ursache finden konnte für das Verhalten ihres Mannes, weinte lange Stunden und war sanftmütiger nur immer bemüht, ihn zu versöhnen, je unschuldiger sie sich fühlte. Bis sie erkannte, daß Eifersucht ihren Mann zermarterte, wilde und schreckliche Eifersucht, die durch nichts zu erlösen war, weil sie aus Vergangenem Nahrung und Triebkraft sich holte. Das halbe Jahr, das sie in jenem Haus zugebracht hatte, jeder Tag und jede Stunde dieses halben Jahres lag für ihn hinter Schleiern, die Fürchterliches verhüllten. Seine Verblendung ließ ihn Bilder sehen, die ihm die Augäpfel aus den Höhlen trieben. Er raste, wenn er an Umarmungen dachte, die ihn schändeten, an ein Lächeln ihres Mundes, das ihn zum Narren machte. Er rieb sich auf, er warf sich gegen Steinwände und zerbrach sich die Knochen. Er konnte nicht mehr Herr über sich werden. Er sah nur mehr höhnische Masken und konnte kein Gesicht darunter erkennen. Das Gift, das er sich, unbedacht und nachgiebig, selbst eingeflößt hatte, zerfraß ihn. Der Teufel ließ ihn nicht mehr los. Der Kampf war ungleich, und er mußte unterliegen.

Als er sie schlug und wieder schlug und das böse Wort »Hure« sagte, verließ sie ihn. Sie zerbrach nicht. Sie war wohl von der Art, die nicht hart genug ist, um zerbrochen werden zu können, die sich nur bückt und beugt und duldet. Der Gedanke ging ihr durch den Sinn, wie früher schon einmal, das Opfer jenes halben Jahres sei vergeblich gewesen, weil sie sich nicht selbst dargebracht hatte. Aber sie hätte sich ja gar nicht selber darbringen können, ihre Wesensart hätte das nicht erlaubt (das hätte ja alles nur noch schlimmer gemacht!), und so hatte sie andre gezwungen, zu opfern, für sie zu opfern, und nun stellte sich heraus, daß auch das keine guten Folgen hatte. So grübelte sie und sah den jungen Menschen wieder verkrampft am Boden liegen. So dachte sie, und es war so richtig gedacht, als es falsch gedacht war. Denn die Männer damals im versteckten Haus am Donauufer hatten ihr ja nichts übelgenommen. Aber hatte sie darum weniger unrecht getan? Wieder lag der junge Mensch wie ein Fisch zuckend auf dem Teppich. Der vielleicht, der hatte es übelgenommen. So grübelte sie, aber nur kurz, lange über etwas nachzugrübeln, war sie nicht geschaffen. Und was auch, sie mußte leben, essen und trinken und schlafen und also Arbeit suchen, um leben zu können, um essen und trinken und schlafen zu können, und so suchte sie Arbeit und fand eine Anstellung in der Handschuhabteilung eines Warenhauses der Landeshauptstadt.

Und als einmal, ein halbes Jahr nach ihrer Flucht, an einem braunen Septembernachmittag vor ihrem Verkaufspult eben der junge Mann stand, an dem sie damals im Haus am Strom nicht wie eine Bajadere, sondern wie eine blasse Nonne getan hatte – nun trug er eine Studentenmütze – schlug sie ihm ein Stelldichein nicht ab.

Sie ging auch zu dem Stelldichein, an einem Sonntagvormittag, und trug ein helles Kleid, ein hellvergißmeinnichtblaues Kleid, das zu bügeln und glatt und straffrauschend zu machen sie den ganzen Samstagabend verwandt hatte. Und als sie am Sonntagabend ihr kleines Zimmer wieder betrat und einen Tag hinter sich hatte, voll Sonne, mildheißer Septembersonne, und voll von Geruch von Heidekraut und Fichtenharz, und sich im Spiegel besah, und sah, daß das helle Kleid das hellvergißmeinnichtblaue Kleid, das glatt zu bügeln sie den ganzen Samstagabend verwandt hatte, verdrückt war, verfältelt, verrunzelt und waldmüde an ihr hing, da lächelte sie nur leise, ganz leise und ging schlafen. Sie sah ihn dann, den Studenten, noch öfter und sah ihn noch oft und lehnte den braunäugigen, braunhaarigen Kopf, den Kopf einer nun Fünfundzwanzigjährigen, an seine Schulter, an die Schulter des nun Neunzehnjährigen und wurde seine Freundin und blieb ein halbes Jahr lang seine Freundin, seine zärtliche Winterfreundin.

Und als der Winter verging und das Frühjahr kam, mußte der Freund, dem Wunsch seiner Eltern sich fügend, nach Berlin übersiedeln. Sie blieb im Warenhaus und verkaufte weiterhin ihre Handschuhe, und später söhnte sie sich auch mit ihrem Mann wieder aus, der inzwischen das Papiergeschäft hatte aufgeben müssen, vielleicht weil sie ihm fehlte, vielleicht aus anderen Gründen, und nun wieder hinter einer Setzmaschine saß, hinter der Setzmaschine der hauptstädtischen Zeitung.

Sie lebten, ein gefrorenes Ehepaar, still zusammen. Ihre Stellung verließ Lina nicht mehr. Die Demut ihrer Bewegungen, der Glanz ihres braunen Haares (sie ließ es sich kurz schneiden, später, als das Sitte wurde) und der ruhige Blick ihrer kastanienrunden, ein wenig tiefliegenden Augen lockten viele Kunden an und in der ganzen Stadt war sie bekannt unter dem Namen der schönen Handschuhverkäuferin.

[1927]

Ambros

Ambros war Holzfäller, und während des Sommers kam er nur selten hinunter ins Tal und ins Dorf. Jeden zweiten oder dritten Sonntag vielleicht, mochte der Pfarrer auch schimpfen über den messeversäumenden Heiden. Die Hütte lag eine Stunde über dem Dorf, und der Weg zu ihr, der durch dicke, feuchte Wälder lief, war steil und voll Geröll. In der Hütte schlief Ambros mit noch zwei Kameraden. Nach der Arbeit kochten sie sich selber das Essen, Mehlschmarren zumeist, mit viel Fett und tranken mitunter ein Glas Enzianschnaps. Aber das war das Seltenere. Auf dem Laublager schnarchten sie, dröhnend wie ein Holzerfuhrwerk.

An einem Sonntag saß Ambros auf der Bank vor der Hütte. Er hatte sich den Wochenbart wegrasiert, die bessere Joppe angezogen, lehnte den Kopf gegen die warme Holzwand, die kochte wie ein Suppentopf. Ihm gegenüber stieg das Kuhhorn in das heiße Blau des Nachmittags. Der graue Stein glänzte und die Wälder sahen aus wie Schorf. Es war zwei Uhr und um vier Uhr erwartete ihn Maria unten am Kreuzeck. Das war eine Waldwiese, eine kleine halbe Stunde über dem Dorf. Ambros verschloß sorgfältig die Hüttentür und rüttelte an Schloß und Riegel. Den Revolver hatte er in der Tasche. Es war eine lumpige Zeit, immer wieder hörte man von Hütteneinbrüchen. Er war im Krieg gewesen, wußte mit Waffen umzugehen, und den Revolver hatte er sich aus dem Feld mitgebracht. Er schoß nicht schlecht, er schoß sogar gut. Aber die Munition war zu teuer, so knallte er nur hier und da nach einem Eichhörnchen, nur hier und da nach einem Raben.

Er stieg bergab. Der Wald nahm ihn auf, es wurde kalt wie im Keller, das Grün umschauerte ihn, ein Häherruf scholl. Löste sich ein Stein unter seinen genagelten Stiefeln und kollerte vor ihm, dachte er: Spräng er einem Reh an den

Kopf, leicht wärs tot! Der Wald wurde lichter, gleich kam das Kreuzeck. Das war der Platz, wo die Bauernmädchen mit den Burschen sich trafen. Es war nicht weit herauf vom Dorf, weit genug, daß die Alten die Mühe scheuten. Manches Paar wäre an schönen Sommertagen aus dem heißen Gras aufzuscheuchen gewesen. Maria war noch nicht da. Sie kam schon noch. Er war zu früh daran. Er sah ein paar Erdbeeren rot aus dem Grün funkeln. Er aß, ging den roten Kugeln nach, es wuchsen mehr. Er hörte Stimmen, lugte um einen Strauch, und sah nichts als vier Füße. Zwei steckten in festen, genagelten Männerschuhen, zwei in neuen, hochschäftigen Damenstiefeln, wie sie selten ein Bauernmädchen trägt. Die Mädchenstiefel sollte Ambros kennen. Er hatte sie in der Stadt gekauft und seiner Braut geschenkt. Ambros vernahm, wie die beiden Küsse tauschten, und es überlief ihn eiskalt. Gebückt wie er war, blieb er stehen, rührte sich nicht, sah den Ansatz der Strümpfe, das runde Bein, und das Girren klang ihm ins Ohr. Er zog seinen Revolver. Die Mündung suchte nach dem Platz, wo die Köpfe des Paares liegen mußten, schwankte, schwankte irr. Dann senkte Ambros den Lauf, er zielte, zielte gut auf die rotbestrümpfte Mädchenwade, zauderte nicht mehr und schoß. Eine Stimme kreischte, es rauschte im Gebüsch, und wie ein Narr floh Ambros in den Wald. Niemand verfolgte ihn. Der hatte genug zu tun, die verwundete Magd ins Dorf zu schaffen. Ambros schoß noch ein paarmal, blindlings, auf die Bäume, bis er keinen Schuß mehr in der Waffe hatte. Dieses Frauenzimmer! Ihr Leben lang sollte sie auf Krücken laufen! Und wenn sie runzlig und verdorrt als altes Bettelweib durchs Dorf humpelte, sollten ihr Kinder die Krücke stehlen, daß sie greinend im Straßengraben zappelte, wie ein Frosch, dem man ein Bein ausgerissen hat! Dieses Frauenzimmer! Ließ sich vom Nebenbuhler zum Stelldichein begleiten und kürzte sich die Zeit des Wartens mit Verrat.

Im Bogen stieg Ambros zur Hütte empor. Er reinigte den Revolver, lud ihn von neuem. Er war allein, die beiden Kameraden schon seit dem frühen Morgen im Dorf. Wer sollte wissen, daß er der Täter war? Dieses Frauenzimmer, sagte er wieder. Er klopfte mit der Faust auf die Bank, schnell, immer schneller, einen Wirbel, pfiff dazu, grell, immer greller, und Pfiff und Wirbel dröhnten in seinen Ohren zusammen höllisch wie Trommelfeuer, und nun fielen ihm ein paar Tränen aus den Augen. Er hörte jemand rufen, hörte deutlich seinen Namen Ambros. Kam man schon? Aber es war Maria. Er starrte sie an. War es ihr Gespenst? Aber es war Maria, erhitzt vom Steigen. Er sah auf ihre Füße. Sie trug ihre Arbeitsschuhe. Warum bist du nicht gekommen? fragte sie vorwurfsvoll. Da hockst du auf der Bank und ich warte auf dich. Sie stampfte mit dem Fuß auf, in dem doch eine Kugel sitzen mußte, stampfte auf und fragte: Warum bist du nicht gekommen? Sie küßte ihn, drückte ihn an sich: Lieber Ambros! Er sah nur immer auf ihre Füße. Sie errötete. Ich muß es dir erzählen. Die schönen Stiefel, die du mir geschenkt hast! Sei nicht bös.

Wo sind die Stiefel? fragte er. Anna bat mich so drum. Sie wollte sich mit einem Burschen treffen, zum erstenmal, und wollte ihm gefallen, und bat mich, ihr die Stiefel zu leihen. Nur dieses eine Mal. Und sie wollte sehr achtgeben darauf. Nun liegt sie drunten und der Stiefel hat zwei große Löcher im Schaft. Zum Glück ging der Schuß nur durchs Fleisch. Ambros hielt den Atem an. Er legte den Arm um Maria, fühlte ihre volle Brust, drückte den Kopf gegen ihre Schulter, nun sah sie sein Gesicht nicht, und er fragte: Schüsse? Ist auf sie geschossen worden? Von weit her hörte er: Man trug sie an mir vorbei, als ich zu dir ging. Der junge Doktor, der Sommerfrischler, sagte, es sei gut ausgegangen. Der Knochen sei nicht getroffen. Maria sagte noch leise: Und das mit meinen schönen Stiefeln an den Füßen! Ambros fragte: Man weiß nicht, wer geschossen hat, und warum? Sie antwortete: Es treibt sich jetzt viel Gesindel herum. Der Gendarm wirds schon herausbringen. Meinst du? murmelte Ambros. Aber die Stiefel schenkst du der Anna. Ich will dir ein Paar neue kaufen. Bis der Herbst kommt, hab ich mir so viel erspart. Es war dämmerig geworden und Ambros begleitete Maria noch ein Stück des Heimwegs.

Als er wieder aufwärts stieg, saß die Freude in seiner Brust so schwer, daß er oft stehen blieb, an einen Baum gelehnt, um tiefer zu atmen. Es saß die Freude in seiner Brust so schwer, daß es ihm fast die Rippen sprengte. Er war wie der heilige Christophorus, der das Knäblein trug, das schwer wurde wie ein Klumpen Gold und noch schwerer. Wie der Heilige schleppte er keuchend sein Glück durch den Mondwald, und als er vor seiner Holzhütte stand, war es, daß er das Beil nehmen mußte, das unter der Bank lag, und es im Mond mußte spiegeln lassen. Drunten im Dorf lag die Anna, das Bein zerschossen, und ihn zermalmte fast das Glück. Er konnte nicht traurig sein. Ein Lachen gluckste und gluckerte in seinem Hals, er schluckte es schnell hinunter, bei dem Gedanken, daß er traurig sein sollte, weil die Anna unten, die wildfremde Person, ein zerschossenes Bein in Binden hatte. Aber, o ja, Blut um Blut, Aug um Aug, Zahn um Zahn, er trällerte es wie ein Lied, vergnügt wie ein junger Star, aber, o ja, er konnte sich den kleinen Finger abhacken. Oder nicht den ganzen kleinen Finger, so vorn nur die Kappe, daß der Anna genug geschehe, denn mit dem schweren Glück, das er trug, geschah ihr nicht genug. Er nahm das blinkende Beil, legte die linke Hand auf die Bank, aber da brach das verschluckte Lachen zutiefst aus ihm heraus. Lachend warf er das Beil fort, lachend kroch er auf seine Pritsche, und als seine beiden Schlafkameraden bald darauf eintraten, sahen sie im Mondlicht Ambros liegen, der mit beiden Fäusten das Glück von seiner Brust wegstemmte, hochstemmte, das ihn fast erdrücken wollte.

Am andern Morgen, sie hatten schon zwei bis drei

Arbeitsstunden hinter sich, blinzelten in einer Pause träg und genießerisch in die Sonne, die auf dem Wipfel einer hohen Föhre schaukelte, am andern Morgen gegen acht Uhr früh war es, daß Michael, des Ambros Kamerad, ansetzte zu einer Erzählung, die ihn bedrückte, um die er sich erleichtern mußte. Und er erzählte auch, während der dritte fünfzig Meter tiefer schallend werkte, er erzählte etwas, was Ambros nicht fremd war. Stockend erzählte er, fluchte dazwischen, und hoffte, daß Ambros ein Einsehen hätte und das Nichtzuerklärende, das Sonderbare des gestrigen Sonntagnachmittags ihm aufhellen werde. Davon wußte Michael nichts, daß das Mädchen, das in seinen Armen erdbeerumblüht gelegen war, die Stiefel an den rotbestrümpften Beinen trug, die Ambros in der Stadt gekauft hatte. Damit hatte doch das lüsterne Ding als mit ihren eigenen geprahlt. Fluchend sagte er und mit einem Lachen voll Scham: Ich lag bei Arras in Feuerüberfällen, aber so überraschend ist mir noch kein Schuß gekommen, als der gestern. Er hätte uns beide auf einmal totschießen können, mit einem Schuß. Er erblaßte. In diesem Augenblick, sagte er, bedenk, in diesem Augenblick, da erwartet man keinen Schuß. Der Strolch, Hasen gibts und Rehböcke, darauf zu schießen, aber ein Liebespaar in den Erdbeeren! Ambros gab zu bedenken: Ein Närrischer vielleicht. Närrisch oder nicht, schrie Michael verstört, und schlug mit der Axt auf den Stamm los, von dem sie die Rinde lösten. So möchte ich ihn daliegen haben, so schlüg ich drauf! Er schlug so mächtig zu, daß ein handgroßes Stück lossprang, kerzengerade Ambros an die Stirn, so scharf, daß es ihm eine Wunde riß und Blut floß. Immer trifft man den Falschen, sagte Michael, als sich Ambros das Blut abwischte, und sah wild um sich, als suche er den Richtigen. Ambros band sich das Taschentuch um die Stirn und war froh, daß er sich gestern nicht die Kleinfingerkappe abgehackt hatte, und lachte, weil ihm Blut von der Stirn träufelte, und fühlte es als einen Ausgleich, und fand sich nun ganz und gar von Schuld gereinigt, und weil nun die Sonne wieder höher gestiegen war und der Tag vorrückte, schlugen sie schallend auf den Stamm los, der zur Hälfte rindenlos und blank im Licht glänzte.

[1927]

Auf einem Hügel über Aichach

Wir hatten zwei Tage Wanderung hinter uns, waren von Dachau aus nach Indersdorf gegangen, über viele grüne Hügel hinweg, hatten in Indersdorf die Nacht verbracht. Am andern Morgen wieder ging's weiter, es ging über Altomünster, mitten durch altes bayrisches Land, es ging nach Aichach, Indersdorf, oh, das lag schön, und das Schönste war das Kloster dort, ein riesiger Bau, mit mächtigen Türmen, und Altomünster, oh, das war noch schöner, still und einsam, und da war die schönste Wirtsstube, die ich jemals sah, weißgedielter Fußboden, weiße Tische, weiße Bänke, aber weiter gingen wir, vorwärts, wir gingen nach Aichach. Aichach nun, so schön wie Indersdorf, so schön wie Altomünster ist es nicht, es ist behäbig, fett sogar, bürgerlich, bäurisch, bayrisch, aber wir blieben dort noch zwei Tage, und nicht in Indersdorf und nicht in Altomünster.

Und am Nachmittag des zweiten Tages gingen wir auf einen Hügel vor dem Ort, auf einen Wiesenhügel, der unvermittelt aus der Ebene aufsteigt und sahen weit in die Ebene hinein. Wir sahen über welliges Land dahin, am Horizont waren Wälder, grüne Wiesen unter uns, von einem Fluß bewässert, der tiefeingegraben, krumm, schwarzglänzend dahinzieht. Ecknach heißt er.

Und da kam eine Spielzeugfigur daher, ein Mann, ein Angler, trug einen Rucksack, hatte eine Angelgerte unterm Arm, ging die Ecknach entlang, suchte nach einem guten Fischplatz. Er schien einen gefunden zu haben, unter einer Gruppe hellgrünbeflaumter Birken. Aber er hatte keine Geduld, der Mann, angelte nur fünf Minuten, dann zog er die Schnur wieder aus dem Wasser und ging weiter, dem Ufer entlang, nach einem noch besseren zu spähen.

Die Uferränder der Ecknach sind schwarzerdig. Moorboden ist hier immer noch, und das sieht gut aus gegen das

Grün der Wiesen. Der kleine Angelmann ging immer weiter, er wurde kleiner. Ganz fern nun, hielt er, angelte wieder. Aber wir betrachteten ihn nun nicht mehr. Wir sahen etwas anderes von unserem Hügel aus. Es kamen zwei Bauern über die Wiesen daher, in schwarzen Röhrenstiefeln, in enganliegenden schwarzen Lederhosen, Westen mit Silberknöpfen und kurzen Jacken und runden, schwarzen Hüten, schwarz von oben bis unten, die Männer, bis auf die Silberknöpfe, und diese Tracht sieht lustig und verwegen aus, ein bißchen spanisch, nach Stierkämpfern.

Die beiden Bauern waren betrunken, so schien's, hielten sich bei der Hand wie Kinder, gingen über die Wiesen, einem Dorf zu, das rechterhand unter uns lag, auf Wiesenpfaden strebten sie diesem Dorf zu, dem Dorfwirtshaus zu, Hand in Hand, leicht wackelnd. Über einen Holzsteg gingen sie über die Ecknach, und die lustigen Bauern warfen die Holzstange, die das Geländer des Stegs bildete, ins Wasser und freuten sich ihrer bösen Tat. Dann kam wieder eine große, grüne Wiese, die überquerten sie, klein sahen sie aus, zierlich, wie Spielzeug, und plötzlich kam ihnen unser Angler entgegen, der auch mit seinem letzten Angelplatz nicht zufrieden gewesen war, und gerade in der Mitte der grünen Wiese trafen sich die drei, die sich anscheinend kannten und begannen ein Gespräch. Der Angler stand ruhig, aber die beiden Bauern konnten nicht ruhig stehen, traten von einem Bein auf das andere, lachten, man sah es, daß sie lachten, sie lachten mit dem ganzen Körper, mit Armen und Beinen.

Dann nahmen sie Abschied voneinander, die drei, der Angler ging nach Aichach zu, die Bauern in der Richtung des Dorfes, und fingen mit einemmal an, zu tanzen und zu hüpfen wie Buben, ungelenk, komisch, voll Lebensfreude, die beiden schwarzen Bauern. Sie verschwanden dann im Dorf, der Angler war wohl schon in Aichach, die grünen Wiesen lagen unter uns, die Birken standen weißrindig, grünbeflaumt, Hühner liefen über die Wiese und ein Hahn krähte frech.

Das war ein Aprilsonntagnachmittag auf einem Hügel über dem oberbayrischen Marktflecken Aichach.

[1928]

Der Ledergepanzerte

An jenem Märztag 1918 – wer gesund war und ein Mann war, und auch mancher Mann, der nicht gesund war, befand sich im Krieg, (es waren aber auch Gesunde zu Haus, in der Heimat, aber das waren vielleicht doch keine rechten Männer), an jenem Märztag 1918 lagen wir bei Bapaume, und es wollte nicht recht voran, wie es doch sollte, und wir lagen untätig in verlassenen, verfallenen Schützengräben herum, nicht mit gutem Gewissen, wie die Jahre vorher, denn jetzt und hier hatte es doch »Angriff« und »Vorwärts« geheißen, – an jenem Märztag 1918 also hatte sich mit vielen anderen Soldaten, weißen und farbigen, auch ein englischer Motorradfahrer zu den Toten aufgemacht. Es mußte an eben diesem Märztag gewesen sein, denn als wir ihn fanden, wies er alle Merkmale eines eben Gestorbenen auf, und was wir waren, wir hatten schon einen Blick dafür, ob einer seit zwölf Stunden tot war, oder seit sechsunddreißig.

Ich hatte da in meinem Loch und Kompagnieführerunterstand neben mir einen Reiterleutnant liegen, der hatte sich freiwillig zu uns, zu einer Fußtruppe, gemeldet. Die Kompagnie war in Gräben dreißig Meter weiter rückwärts untergebracht, und die Kompagnie wartete, und wir warteten, und Warten ist langweilig, so erzählten sich die Leute Geschichten und der ehemalige Reiter erzählte mir – was sollte er schon erzählen? – eben Pferdegeschichten. Tja, was war der Mann traurig, daß der Krieg eine solche Wendung genommen hatte, daß nun Reiter, die nichts taugten, hinten, irgendwo hinten Schnickschnack trieben und es Dienst nannten, und solche, die was taugten, gezwungen waren, aus dem Sattel zu steigen und zu Fuß sich umzutun!

Tja, darüber war der Mann neben mir nun sehr traurig und wurde ganz wehmütig, wenn er gar der alten Ritter dachte, und fing an, mir von denen was vorzuschwärmen, des Langen und des Breiten. Ritter, sagte er, gepanzerte

Ritter, gibt es nicht mehr! Nein!, sagte ich, gibt es nicht mehr! Solche Burschen, sagte er, hätte er gern einmal gesehen!

Wir duckten uns tiefer in das Loch, weil gerade ein Flieger über uns kreiste, ein englischer, wir hörten es am Motorgebrumm, es war schon gegen Abend, das war die Fliegerzeit.

Dann kam rasch die Dämmerung. Vor uns lag ein Hügel, den erklomm eine Straße und wir kletterten aus unserem Loch, jetzt in der Dämmerung, und gingen die Straße hügelhinan, feindzu. Es war alles durcheinander damals, wir wußten nicht recht, wo die feindliche Linie lief, hatten nur zu warten, bis wir irgendwo eingesetzt werden würden, wahrscheinlich wußte niemand genau, wo der Feind saß – und gestern hätten sie uns hald ein paar Essenträger geschnappt, die in der Dunkelheit bis zu einer englischen Grabenstückbesatzung gestolpert waren, um in übertriebener Nächstenliebe den Engländern, die doch mehr und besseres wie wir zu essen hatten als wir, Büchsenstampf zu bringen. Die Engländer hatten unfreundlich abgelehnt, auch ein bißchen geschossen, nichts getroffen, nur einen Feldkessel durchlöchert, aus dem nun alles Flüssige auslief, und als der Kesselträger zurückkam, war nur noch ein kleines bißchen Fleischbrei in dem Blechgehäuse, weil eben das Flüssige sich davongemacht hatte, und das Flüssige war das mehrere gewesen.

So stands also damals mit der Front, und so wagten wir es in der Dämmerung die Straße hügelan zu gehen, dem Feind zu, ich und der Reiter und Ritterschwärmer. Der Weg machte eine Krümmung, ich blieb etwas zurück, brachte an meiner Wickelgamasche etwas in Ordnung, (an einer Wickelgamasche ist immer etwas in Ordnung zu bringen) folgte um die Ecke nach und da sah ich meinen Mann in zusammengeraffter Haltung, stramm stehend, ernsten Gesichts, die Hand am Mützenschirm, als salutiere er einem General.

Nun, er salutierte einem toten englischen Motorradfahrer, der da am Straßengrabenrand neben seinem Rad lag. Der Tote war ganz in Leder eingewickelt, Leder unten und oben, nur vom Gesicht waren Augen und Nase und Mund und Kinn frei. Er lag da, in Leder gepanzert, eine lederne Sturmhaube über den Kopf gezogen, die Hände in großen ledernen Stulphandschuhen, es war Dämmerung, und der Tote sah wie ein Ritter aus, neben ihm lag das Pferd, lag das Rad, metallisch blinkend, auch gepanzert – und ich verstand schon meinen Begleiter, der ein bißchen verträumt war und romantischen Sinns und ein bißchen gefühlsübertrieben, und um ihm auszudrücken, daß er so unrecht nicht hatte, daß ich seine Meinung ein wenig teilte, seine Herzenswallung begriff, salutierte ich auch. Wenn ich allein gewesen wäre, hätt' ich's nicht getan, wahrscheinlich nicht, sicher nicht.

Mein Gott, wir konnten doch nicht vor jedem Toten salutieren, da wären wir weit gekommen, aber an jenem Märzabend 1918 salutierten zwei bayerische Offiziere einem toten englischen Motorradfahrer, bloß weil er einem gepanzerten Ritter glich.

Wir blieben vielleicht eine halbe Minute so stehen, ein bißchen erschüttert wohl, und ein bißchen spielerisch, dann nahmen wir gleichzeitig und schnell die Hände von den Mützen, wir waren doch keine Kinder, die Märchen spielten, wir waren doch keine Komödianten, und nahmen dem Toten die Meldetasche vom Gürtel und schickten sie nach hinten zum Stab, es konnte doch was Wichtiges drin zu finden sein, möglicherweise.

[1928]

Hinterhauser und sein Fräulein

Wie soll ich diese Geschichte erzählen, die wahr ist, und weil sie wahr ist, ein übles Licht auf uns alle wirft, die wir drin vorkommen, wie soll ich sie erzählen, wie soll ich sie vortragen, daß wir nicht gar zu schlecht abschneiden im Urteil der Braven und Unbescholtenen, die unsere Richter sind?

Im Frühjahr 1916 lagen wir in den Côtes lorrains in stark ausgebauten Schützengräben. Es war nicht viel los dort um diese Zeit, und unser schlimmster Gegner war nicht der Franzose, sondern der Regen, der Regen, der Regen.

Einmal, es regnete gerade nicht, saßen wir vier Offiziere der Kompagnie in einem Unterstand zusammen, und der Leutnant Hinterhauser erzählte, und es war nichts Schönes, was er uns erzählte, und wenn ich sage, daß er ein Theologe war, so sage ich das nicht, damit seine üble Tat sich noch schwärzer male, ich sage es, weil es die Wahrheit ist.

Der Leutnant der Reserve Hinterhauser also, als der Krieg ausbrach, ein Student der protestantischen Theologie im fünften Semester, und nun seit fast zwei Jahren Soldat, ein hübscher Kerl mit braunen Backen und gesunden Zähnen, erzählte uns, daß er im letzten Urlaub ein weibliches Wesen mit allerhand Reizen kennengelernt habe, die ihm half, die Heimattage, die wenigen, angenehm zu verbringen. Zwar, er habe sie in gutem Andenken, aber mit allzu heftigen und dringenden und verliebten Briefen habe sie sich an ihn gedrängt, habe zu schwärmen begonnen vom nächsten Zusammensein, und er, nun er – er wolle sie nicht wiedersehen, weil er, ganz einfach, genug von ihr habe, und darum habe er lange darüber nachgesonnen, wie er das stürmische Fräulein endgültig aus seinem Leben bringe.

In seiner Not, erzählte er uns, habe er zu einem Mittel gegriffen, das er selber verwerflich, abscheulich, teuflisch nennen müsse. Und er erhob sich, Hinterhauser, machte eine lange und wirkungsvolle und ängstliche Pause, und stehend und die Hände auf den kleinen Tisch gestützt, schrie er wütend und verlegen: Er habe dem Fräulein durch seinen Burschen schreiben lassen, er sei gefallen! Er habe seinem Burschen Karl den Brief in die Feder vorgesprochen, und für das Fräulein sei er nun tot und begraben.

Ein wenig gruselte es uns, als wir in das braunbäckige Gesicht Hinterhausers sahen, der für irgendjemanden da draußen tot war. Wir waren alles alte Soldaten, allerhand gewöhnt, vieles gewöhnt, aber es gruselte uns, wenn wir es uns auch nicht merken ließen.

»Ja«, sagte Hinterhauser, nun schon wieder sitzend, nun schon wieder gelassen, »aber damit beruhigte sich das Fräulein keineswegs.« Es nahm, erzählte er, nun den Briefwechsel mit Karl, seinem Burschen auf, schrieb Briefe mit hundert Fragen, mit tausend Fragen, wo sein Herr gefallen sei, wie die Art der Verwundung und ob er gleich tot gewesen sei? Wie seine letzten Worte gelautet hätten? Jede Einzelheit, jede Kleinigkeit wollte es wissen!

Und Hinterhauser, erzählte er uns, gab eine eingehende Schilderung seines eigenen Todes, erfand rührende letzte Worte, die sich seiner granatzerfetzten Brust entrungen hätten, er war doch Theologe und redegewandt, und darüber hinaus, er hatte sein Vergnügen daran, die Darstellung seines letzten Stündleins in dem Ton zu halten, wie sie wohl dem Bildungsgrad, dem Ausdrucksvermögen eines einfachen Mannes entsprach, wie es sein Bursche war, und dieser, sein Diener, sein Mitschuldiger, schrieb und schrieb, schrieb alles, was sein Herr nur wollte.

Aber das Fräulein, ein hartnäckiges Wesen, war immer noch nicht zufrieden. Es schickte dem Burschen Wurst und Schnaps und wollene Unterwäsche allwöchentlich und fragte und forschte und bohrte und schrie nach einem Andenken an den Toten, nach einem Ding, das er im täglichen Gebrauch gehabt habe, nach seinem Taschenmesser zum Beispiel, das sie damals, in den verflossenen Urlaubstagen, bei ihm gesehen hatte.

Und Hinterhauser kaufte sich beim Marketender ein neues Messer und schickte das alte durch seinen Burschen dem Fräulein, dessen rührende Liebe zu dem Toten zu beobachten ihm eine aus Freude und Scham gemischte Aufregung bereitete.

»Und wahrhaftig«, sagte Hinterhauser, »wenn ich mich traute, dem Fräulein jetzt zu sagen, daß ich noch lebe, wenn ich den Mut hätte, es in meine Karte schauen zu lassen, wenn ich mich nicht so schämte, alles aufzudecken – jetzt hätt' ich wahrhaftig Lust, das treue Wesen wiederzusehen, aber, nicht wahr, jetzt kann das alles nicht mehr sein!«

Im Unterstand brannte nur eine einzige Kerze, wir tranken Kaffee aus unsern Feldbechern, rauchten und Hinterhauser sah von einem zum andern und versuchte die Geschichte wie eine lustige Geschichte zu erzählen, aber obwohl wir ihm gern den Gefallen getan hätten, konnten wir nicht recht lachen.

»Ja«, sagte Hinterhauser, »aber sie gibt noch immer nicht Ruhe. Es ist toll, was sie jetzt will!«

Die Franzosen hatten eine Mine herübergeschickt, das taten sie manchmal nachmittags, täppisch scherzend, eine einzige Mine, die war in der Nähe unseres Unterstandes niedergegangen, es rieselte hinter den Holzbohlen, und die Kerze verlöschte von dem Luftdruck.

Wir saßen im Dunkeln, und das kam Hinterhauser gelegen, und er sagte schnell aus dem Finstern heraus: »Sie will ein Bild von meinem Grab.«

Ich gönnte ihm sein Versteck im Schwarzen, brauchte drei und vier Streichhölzer, bis die Kerze wieder brannte, das richtete ich schon so ein.

»Ja«, sagte er dann, »ich hab' nun hier meinen Namen drauf gemalt«, und er zog aus der Tasche eine ovale Blechtafel, drauf stand:

Hier ruht der
Lt. d. R. Hinterhauser, xtes Infanterieregiment
Gefallen am 21. Februar 1916

»Du hast so einen Kasten«, sagte Hinterhauser zu mir. »Jetzt gehen wir auf den Friedhof hinter unserer zweiten Stellung, da befestige ich die Tafel auf einem Kreuz, und du knipst mein Grab!«

Wir kletterten hinter ihm aus dem Unterstand, es war am Nachmittag um vier Uhr, ein grauer Aprilhimmel war über uns, es war kalt, die Posten standen gelangweilt in ihren Nischen, und wir gingen im Gänsemarsch durch den Kampfgraben, gingen ein Stück den Laufgraben zurück, dann kam Wald. Wir stiegen aus dem Graben, gingen ein Stück in den Wald hinein zu dem Friedhof, den die Preußen angelegt hatten, zu dem Waldfriedhof mit den schiefen Kreuzen.

Hinterhauser klemmte sein Täfelchen auf das Kreuz eines noch ganz gut erhaltenen Grabes, und ich nahm meinen schwarzen Kasten und drückte ab, während die andern verlegen lächelnd beisammen standen.

So war es, so taten wir an diesem grauen Apriltag, es war nicht schön, wir zitterten, das war der kalte Wind, was sonst?

An dem Abend begann es wieder zu regnen, und wir tranken viel, aber es war doch ungemütlich, denn ich konnte mich wehren, wie ich wollte, ich sah immer wieder ein Gesicht mit braunen Backen sich verwischen, verformen, verrutschen, das Fleisch zerschmolz, die gesunden Zähne blieben, und dann war das wie ein Totenschädel, was über dem Kragen Hinterhausers saß und mich freundlich anfletschte.

Ich ging übrigens den Tag darauf wieder zum Friedhof zurück und nahm das Hinterhausersche Täfelchen vom Kreuz, damit die ursprüngliche Inschrift, die den Musketier Z. als gefallen meldete, wieder die Wahrheit sprechen konnte. Das, schien mir, war ich dem Musketier Z. wohl schuldig, der ein wackerer Mann gewesen sein mußte, denn er war gefallen, und das ist schon eine Sache, die Achtung einflößt – und unbesehen darf man solch einen Mann wacker nennen.

Es hat in diesem Krieg, den den Weltkrieg zu nennen man übereingekommen ist, auf deutscher Seite an die zwei Millionen Tote gegeben, und als man das am Kriegsende übersah, war auch Hinterhauser unter ihnen.

Er war unter ihnen, war gefallen, wie eben viele fielen in diesem Weltkrieg – wie müßte man sich denn auch benehmen, was sollte man denn auch davon halten, was sollte man denn auch mit sich anfangen, wenn sein Tod mehr und ein anderer gewesen wäre als der übliche und häufige und billige und kostbare und blutige und wackere Soldatentod?

Und schließlich steht auf einem solchen, wenn auch unpassenden Spaß doch nicht die Todesstrafe, doch auch nicht für einen Studenten der Theologie, obwohl er sich für ihn schon gleich gar nicht schickt – und, wie gesagt, da waren ja noch zwei Millionen Tote, die nicht so übel gescherzt hatten und doch dran glauben mußten, die Verluste der Feinde gar nicht eingerechnet.

Und wacker diese wie jene und auch Hinterhauser!

Und ich, Hinterhausers Mitschuldiger, lebe ja auch noch, und wenn ich an jene Monate zurückdenke, habe ich Regen, Regen, Regen in Erinnerung, der uns wusch in vielen Tagen und Nächten, wohl auch jene Schuld abwusch von uns, so daß ich mich diese Geschichte zu erzählen traue und zu hoffen wage, daß wir nicht gar zu schlecht abschneiden im Urteil der Braven und Unbescholtenen, die unsere Richter sind.

[1928]

Die Könige

Der Schnee fiel schon seit Stunden, dick und fett und weiß, und so war nicht zu sehen, ob es Kartoffelfelder waren, die sich da hindehnten, ob Weizensaat hier keimte oder junger Roggen, vielleicht waren es Wiesen, weil ja alles weiß war, gleichmäßig weiß, wattebauschig weiß. Ein glanzweißes Dorf, nicht allzu fern, das sah aus, als habe ein großmächtiger Maulwurf einen überschneiten Berg aufgewühlt, und vielleicht würde er, der unsichtbare, schwarze Vierpfotenschaufler, den Berg noch höher wölben, immer höher, immer höher! Und immer noch fiel Schnee, das würde nimmer aufhören heut, morgen auch nicht, vielleicht übermorgen, wenn überhaupt je.

Wahrscheinlich lief neben der Straße ein Straßengraben. Aber zu sehen war er nicht, so war er angefüllt mit Schnee.

Drei Männer kamen die Straße daher, und es war wunderbar genug, daß sie immer noch die Straße unter den Füßen hatten, sie wußten auch nicht, ob es immer noch die Straße war, vielleicht gingen sie schon längst querfeldein. Bis an die Knie reichte ihnen der Schnee, und besonders der schwarze Balthasar, der Neger, der plattnäsige, kraushaarige, litt unter der Kälte, an die er nicht gewöhnt war, und sein roter Mantel sah blutig aus und auffallend, hätte besser zum gelben Wüstensand seiner Heimat gepaßt (wie war sie fern!), als zu dieser weißen Winterlandschaft, aber er ging unverdrossen hinter Kaspar und Melchior drein. Was die aushielten, ertrug er auch! Kaspar hatte einen langen spitzen Bart, weiß wie der Schnee, und trug einen schwarzen Mantel, der geräumig um ihn wogte, und Melchior war bartlos und faltenfrei im Gesicht, und sein Mantel war gelb, dottergelb, und um die Hüften herausfordernd eng geschnitten. Sie gingen im Gänsemarsch, einer trat in die Fußstapfen des andern, und da zeigte es sich, daß der Neger die kleinsten Füße hatte von den dreien, denn seine silbergeflochtenen Schuhe hätten gut zweimal Platz gehabt in den tiefen Gruben, die seine Vorgänger traten. Und einmal machte es ihm Spaß, das zu versuchen, in einer Grube Fuß vor Fuß zu setzen, Silberschuh vor Silberschuh, und so stehen zu bleiben. Wie komisch der schwarze Mantel Kaspars sich blähte!

So gingen sie im Gänsemarsch und sahen manchmal zum Himmel auf. Der war nicht zu sehen, nur Schnee sah man herunterfallen, aber der Himmel war schon noch da, o ja, unerschütterlich, der Himmel, denn sie sahen den Stern, der sie führte. Klein zwar nur, laternenlichtklein, zartrosafarbig war der Stern, ein Sternlein nur, winzig im schwarzgrauen Flockenfall, aber er war da, war noch da, und führte sie.

Das Dorf, das Maulwurfsdorf, blieb auch schon zurück, und sie gingen immer noch weiter, und Balthasar, der schwarze Moor, schüttelte den Rotmantel, ihn von der Schneelast zu befreien, und der spitzbärtige Kaspar blies in die erstarrten Hände, sie aufzutauen, und der dicke Melchior stampfte mit den Füßen, weil sich an seinen Absätzen Schneeballen bildeten und zu kugeligem Eis wurden, was das Gehen erschwerte.

Zur linken Hand an der Straße, wenn es noch die Straße war, auf der sie gingen, stand ein starker Baum mit vielen Ästen, knorrigen und lustig verdrehten, und als sie bei ihm waren und wieder einmal zum Himmel aufschauten, war der Stern schon noch da, der Rosastern, war schon noch da, aber er glühte plötzlich stark auf, wie ein riesiges Katzenauge, funkelte, es war zum Fürchten, einen Augenblick lang waren Baum und Himmel und der unendliche Schnee rosarot, weithin alles rosarot, dann erlosch er, der Stern, war weg, wirklich, er war weg, fort, und der Schnee wieder weiß. Der Mohr im roten Mantel schrie: »Habt ihrs gesehen?« Sie hatten es natürlich alle drei gesehen, blieben alle drei unterm Baum stehen. »Dann muß es hier sein, irgendwo in der Nähe«, sagte Kaspar, »aber wo?«

»Wir warten hier«, entschied Melchior.

Sie ließen sich unterm Baum nieder, breiteten eine Decke aus auf dem Schnee und setzten sich und hüllten sich fest in ihre Mäntel, daß sie waren wie drei merkwürdige Vögel, ein blutroter, ein rabenschwarzer und ein dottergelber.

Sie sprachen nichts, der Schnee fiel lautlos, und der junge Balthasar wiegte den Krauskopf hin und her, immer hin und her, daß die goldenen Ringe in seinen Ohren klirrten. Dann hielt er den Kopf ruhig, die Ohrringe schwiegen, da war nur mehr der lautlose Schnee.

Wahrscheinlich waren sie eingeschlafen und erwachten von einer Stimme, die sie anrief, und sie wachten alle drei gleichzeitig auf, und da stand vor ihnen ein Mann, der hatte einen grauen Bart, grau wie das Fell des Esels, den er am Zügel führte, und auf dem Esel saß eine Frau. Das Tier schnappte mit weichem Maul nach dem roten Mantel des Mohren, und der Mann fragte: »Ist hier kein Dorf in der Nähe? Es wird Abend, und wir sind müd und suchen ein Unterkommen.« So fragte der Mann, und Balthasar, der ihn scharf beobachtete, bemerkte doch nicht, daß sich irgendwas bewegt hätte in dem Gesicht des Fragers. Denn, wenn auch seine Lippen vom Bart verdeckt waren, hätte man doch diesen, den Bart, sich rühren sehen müssen, oder die Wangen sich heben, oder die Nasenflügel, aber das alles geschah nicht, das Gesicht des Mannes blieb still und unbewegt, auch während er sprach. Das sah Balthasar und verwunderte sich und stand auf, und da standen die beiden anderen auch auf, und Kaspar sagte: »Da hinten ist ein Dorf, ein halbe Stunde zurück, und ihr werdet dort schon finden, was ihr sucht.«

Der Mann nickte dankend, und die Frau nickte, und der Mann trieb den Esel an, der den roten Mantel ungern aus dem Maul ließ, und dann verschwanden Mann, Frau und Tier im Schneetreiben.

Balthasar dachte darüber nach, ob wohl seine beiden

Gefährten es auch beobachtet hätten, daß der Graubart mit stummen Lippen hatte reden können, und wollte sie fragen, da sagte Kaspar: »Sie sinds!« – »Wer?« fragte Melchior. »Wer?« fragte Balthasar und rieb an seinem Mantelärmel, der feuchtwarm war von der Eselmaulnässe.

»Sie sinds«, wiederholte Kaspar und bekam ein ganz frommes Gesicht. Balthasar schrie wütend: »Sie sinds! Sie sinds! Ein Mann war es und eine Frau und ein Esel! Aber wir suchen doch ein Kind!« Der zornige Mohr drehte die Augen, daß man das Weiße sah. Und plötzlich wie flehend sagte er mit leiser Stimme: »Ein Kind doch suchen wir.«

»Ihr habt nicht gesehen«, fragte Kaspar, der Weißbärtige, fragte sanft, fragte zart jubelnd, und lächelte dem Neger ins Gesicht, »ihr habt nicht gesehen, daß die Frau gesegneten Leibes war?«

Der Mohr wurde selig bleich, Melchior fing eine Schneeflocke, glücklich, wie eine Hoffnungstaube, und der weiße, scharfäugige Kaspar fragte: »Habt ihr eure Geschenke noch?«

Und sie holten aus den Manteltaschen Gold in blanken, runden Stücken, würzige Hölzer und Öle in kostbaren Flaschen.

So hockten sie da, gelb und schwarz und blutrot, im Schneewirbel, und vor ihnen lagen die Geschenke im Schnee, und die Flocken tanzten darüber, aber keine einzige ließ sich darauf nieder, nicht eine, und sie glänzten unberührt, die Geschenke, bis sie zuletzt wie in einer Mulde lagen, wie in einer Schneeschüssel mit weißen Schneewulsträndern.

Die drei Könige hockten die ganze Nacht, sie froren nicht, sangen leise Lieder vor sich hin, Balthasar ein seltsam verschnörkeltes, helles, afrikanisches, Kaspar ein brummendes, dumpfes und Melchior ein pfeifendes, mäusewisperndes, und sangen und erwarteten den Morgen.

Der kam, die Sonne kam, es schneite nicht mehr, der Baum glänzte im Licht, und aus der Tiefe der Schneeschüssel leuchteten die Geschenke. Sie nahmen sie an sich, und Kaspar rief: »Jetzt vorwärts!«

Sie drehten um, Kaspar voran, dann Melchior, dann der schwarze Balthasar im roten Mantel und nahmen die Richtung auf das Dorf, auf das Maulwurfsdorf, das sie gestern gesehen hatten.

Und der plattnäsige Mohr, der jüngste der drei, fast wie ein Jüngling noch, blieb plötzlich in einer Fuß[s]tapfe stehen. Silberschuh vor Silberschuh, weil ihm wieder eingefallen war, wie der Graubart gestern hatte reden können, ohne daß sein Gesicht sich rührte.

Wenn sie jetzt auf ihn trafen, wie zu hoffen war, wollte er sich das genau betrachten.

[1928]

Ein Pferd überm Fluß

Als wir, und das war gestern, uns in den Anlagen an der Isar trafen, wo die Wege feuchtschwarz glänzten, obwohl seit Tagen kein Regen gefallen war, wo an den Weidenästen schon die ersten grausamtnen Kätzchen saßen, da betrachteten wir die handgroßen, blauen Flecken am sonst farblosen Himmel und erinnerten uns, daß wir in einem großen Saal zwischen bunten, papiernen Wänden und unter künstlichen, gelben und roten Monden getanzt hatten, auf glattem Parkett, auf spiegelndem Holz – und nun gingen wir auf feuchtschwarzen Wegen und der Sand knirschte bei jedem Schritt, bei jedem Schritt. Es war nun kein Mond da, auch keine Sonne, es war um vier Uhr nachmittags, graues Licht kam von überall her, und die Isar war grün und rauschte ein wenig herauf, ein wenig herauf. Du trugst jetzt ein blaues Jackenkleid, bis hoch oben geschlossen, und weil auch deine Hände in Leder vermummt waren, sah ich Fleisch und Haut und blaugrünes Aderngeflecht nur in deinem Gesicht, in deinem klaren und strengen Gesicht, und vor vierzehn Tagen doch, im Saal mit den Papierwänden, war dein Rücken tief entblößt gewesen, und dein Hals bis zum Brustansatz, und du hattest dich nicht geschämt, deiner Blöße nicht geschämt, aber war es nicht, als holtest du jetzt das nach, jetzt im hochgeschlossenen, blauen Jakkenkleid unter dem farblosen, dem grauen Himmel, jetzt, wo der feuchtschwarze Sand unter deinen Schuhen knirschte, wie singend knirschte? Und damals, damals, da hatte ich dich doch auch geküßt, aber jetzt, wo die Weidenäste mit den grausamtnen Kätzchen uns den Weg sperrten, jetzt sahst du immer weg von mir, zeigtest nicht einmal die roten Lippen, die du mir vor vierzehn Tagen willig geboten hattest, begehrlich geboten hattest.

Aber nun stand ich still, und da mußtest du auch stehen bleiben, und nun sahen wir beide auf die schnellfließende

Isar hinab. Wir sagten nichts, auch der Weg schwieg nun, da wir standen, Wind ging, warm, das war Föhn, und die Weidenäste zitterten, zitterten.

Da blies drüben, überm Fluß, der Frühling auf seiner Trompete. Es war ein hellschmetternder Ton, so konnte nur der Frühling blasen, aufreizend. Es war aber ein Pferd, das wieherte, ein Pferd, das ein Mann am Zügel führte, und weil das Pferd trabte, mußte der Mann auch traben, und das Pferd, ein braunes Pferd, schrie wieder, und das war natürlich das Frühlingspferd, das da trabte, das war natürlich die Frühlingspferdehalstrompete, die da schallte, flußüber.

Ein paar Enten flogen auf, strichen dicht übers Wasser, fielen platschend und gleitend wieder ein. Das trabende Pferd, das braune, und der trabende Mann, Kopf neben Kopf, ein Wesen, zweiköpfig, sechsfüßig, nun war es weg, war nicht in die Luft gestiegen, wie es wohl gekonnt hätte, wie es sich wohl geschickt hätte, war bloß in eine Nebenstraße abgebogen.

Die Weidenäste zitterten... Aber über der Brücke hing jetzt, gelb und gekrümmt, der Mond, messinggelb, wie eine Trompete, und blies aufreizend und lautlos darauf nicht der Frühling, mit Jünglingslippen, mit Lippen, wie deine, in deinem strengen, klaren Gesicht?

[1929]

DRAMEN

Das Storchennest

Eine Komödie

[1921]

Personen

SEBALD · ANNA · LYDIA · ALEXANDER · TRUDEL · DER TOTENGRÄBER · DES TOTENGRÄBERS FRAU · DER POLIZEIINSPEKTOR · DER LANDSTREICHER · DER MATROSE · IRENE · MAJA · EVA · DIE BORDELLWIRTIN · DER BURSCHE · DAS MÄDCHEN · DER STRASSENBAHNER · DER ANDERE STRASSENBAHNER · DIE SECHS SCHUTZLEUTE

ERSTER AKT

Abend. Straße vor der weißen Friedhofmauer, im unwirklich grellen blauen Mondlicht. Die tiefschwarzen Schatten der Figuren spielen mit.

SEBALD *im dunklen Straßenanzug, ohne Hut, treibt den Kreisel:* Dreh dich, Luder! Spring! Tuts weh? Spring nur! Vielleicht lernst du noch fliegen! Hoppla, meine kleine Weltkugel! Hopsassa! Friß dich durch den Staub! Ich will mir noch ein paar Kreisel anschaffen und ein ganzes Sternensystem in Bewegung setzen. Wenns jetzt dem lieben Gott einfiele, die Peitsche fortzuwerfen? *Wirft sie fort.*

DER STRASSENBAHNER *kommt von links:* Zehn Minuten Aufenthalt! *Zieht ein Buch aus der Tasche.* Kennen Sie Marx? Ich verstehe ja manches nicht, aber genug, um überzeugt zu sein, daß er das Rechte sagt.

SEBALD Ich hatte einen Mitschüler, der so hieß. Der hat in der Mathematikstunde einen Feuerfrosch losgebrannt. Der machte dem Lehrer ein Loch in die Hose. Ich habe lange nichts mehr von dem Menschen gehört. Sollte er nun ein Buch geschrieben haben?

DER STRASSENBAHNER Ich bin Sozialist.

SEBALD Was ist das?

DER STRASSENBAHNER Der Sozialismus will, daß alle Menschen gleichen Anteil haben sollen an der Erde.

SEBALD Besteht Aussicht, daß das heute abend noch durchgeführt wird? *Eifrig:* Heute abend noch? Die Frage ist für mich von Wichtigkeit. Gleichen Anteil an allem dieser Erde. Heut abend wirds wohl nicht mehr gemacht werden können?

DER STRASSENBAHNER Nicht mehr. Aber im goldenen Löwen ist Volksversammlung. Ich nehme Sie mit.

SEBALD Ich gehe nicht.

DER STRASSENBAHNER Was hält Sie ab?

SEBALD Ich verbringe meine Abende vor dem Haus einer jungen Dame. Ich gehe vor dem Haus auf und ab. Immer auf und ab. Ich kenne jeden Pflasterstein vor dem Haus.

DER STRASSENBAHNER Sie stehen Wache?

SEBALD Ich kann das Haus nicht eine Sekunde aus dem Auge lassen. Ich könnte kein Auge zumachen, wenn ich einmal nachts nicht dort wäre.

DER STRASSENBAHNER So besuchen Sie eine Versammlung bei Tag!

SEBALD Bei Tag schlafe ich. Ich muß bei Tag schlafen, weil ich nachts wache.

DER STRASSENBAHNER Ich scheine Sie nicht ganz zu begreifen. Am Tag müssen Sie nicht vor dem Haus der Dame stehen?

SEBALD Ich kann doch nicht immer bei ihr sein. Man kann nicht immer bei einem Menschen sein. Wenn man täglich nur zehn Minuten mit ihm beisammen ist und erreichts nicht, daß man dann immer bei ihm ist, sollte man auch die zehn Minuten nicht opfern.

DER STRASSENBAHNER Über Marx können Sie mir also nichts Genaueres sagen?

SEBALD Halten Sie nur daran fest, daß alle Menschen gleichen Anteil an der Erde haben sollen. Das ist ein guter Satz.

DER ANDERE STRASSENBAHNER *kommt von links:* Guten Abend!

DER STRASSENBAHNER *vorstellend:* Das ist Herr Oschatz. *Sebald und Oschatz neigen sich voreinander.* Sie fahren nicht mit? Es ist der letzte Wagen. Dann Adieu!

SEBALD Adieu! Vergessen Sie nicht: den gleichen Anteil. *Die beiden gehen. Man hört das Klingelzeichen der Straßenbahn.* Wer an den Satz vom gleichen Anteil glaubt, ist ein guter und vortrefflicher Mensch. Dieser Beamte ist ein wackerer Mensch.

TRUDEL *im Ballkleid, darüber einen dünnen Abendmantel, kommt von rechts. Sie hört das Klingeln, verhallend, der Bahn:* O Sebald, der Wagen fährt ab, und ich muß zu Fuß nun gehen.

SEBALD *küßt ihre Hand:* Wohin?

TRUDEL Zum Uraniaball.

SEBALD Ich hab die Plakate gelesen. Gartenfest mit Lampions. Wo ist deine Papierlaterne? Muß man die nicht mitbringen zu einem Gartenfest mit Lampions?

TRUDEL Die sind an den Bäumen aufgehängt. Willst du nicht mitgehen zum Fest?

SEBALD Wenn zu Recht besteht, was mir der freundliche Beamte vorhin sagte, könnte mirs niemand verwehren. Ein Herr von der Straßenbahn hat mir gesagt, jeder Mensch habe gleichen Anteil zu fordern an allem dieser Erde. Was hältst du davon?

TRUDEL Ich fühle, daß der Herr recht hat.

SEBALD Fühlst du das, Trudel? Dann fordere ich meinen Anteil an dir. Bleib bei mir diesen Abend. Bleib, wenn du schon dem Beamten recht gibst.

TRUDEL Ich soll bei dir bleiben?

SEBALD Fühlst du nicht, daß du mußt? Daß ich eine gerechte Forderung habe, von der du dich nicht entbinden kannst?

TRUDEL Aber das Gartenfest, Sebald?

SEBALD Du fühlst, daß du im Unrecht wärst, wenn du gingst. Du fühlst, Trudel, daß du bleiben mußt.

TRUDEL Ich bin im Ballkleid. Ich trage Ballschuhe.
SEBALD Dein Herz sagt dir, daß du bleiben mußt.
TRUDEL Ich trage die Ballfrisur. Ich habe nur diesen Abendmantel.
SEBALD Häng nicht deinen Abendmantel vor den klaren Befehl, den du fühlst. Bleib!
TRUDEL Ich weiß keine Widerrede. Wie sagte der Herr von der Straßenbahn?
SEBALD Gleichen Anteil an allem, sagte der Beamte. Ich erhebe Anspruch auf meinen Anteil an dir.
TRUDEL Aber die andern, Sebald, die andern. Du vergißt die andern.
SEBALD Die andern?
TRUDEL Bekannte warten auf mich. Lampions warten auf mich. Sie haben ein Recht auf mich.
SEBALD Auch die andern?
TRUDEL Der ganze Abend gehört nicht dir, Sebald. Aber den Teil, der auf dich trifft, will ich dir geben.
SEBALD Das ist?
TRUDEL Zehn Minuten. Zehn Minuten dieses Abends treffen auf dich, die will ich dir geben.
SEBALD Es scheint, ich vergaß die andern.
TRUDEL Ich will dir auch einen Tanz geben, Sebald. *Streift den Abendmantel ab, achtlos auf den Boden.* Tanzen wir, Sebald! *Sebald umfaßt sie. Stumm tanzen sie. Stumm tanzen die schwarzen Schatten auf der mondweißen Mauer.*
TRUDEL *läßt Sebald los:* Damit mußt du zufrieden sein, Sebald. Mehr darfst du nicht verlangen.
SEBALD *hängt ihr den Mantel um:* Mehr nicht?
Trudel geht nach links ab. Winkt noch einmal zurück. Sebald drückt sich tief in das Dunkel der Tür. Von rechts kommt das Liebespaar umschlungen.
DER BURSCHE Du mußt aufbegehren gegen deine Mutter. Ein Abendspaziergang ist kein Verbrechen. Deine Mutter war auch einmal jung.

DAS MÄDCHEN Gestern wars besonders schlimm. Und heut hat sie mich noch mit keinem einzigen Blick angesehn. Ich muß heut früher heimgehn, Alois. Sonst macht sie mirs unerträglich.

DER BURSCHE Was hat man vom Tag, wenn nicht diese zwei Abendstunden? *Das Mädchen drängt sich an ihn.*

DER BURSCHE Niemand darf sie uns nehmen. *Das Mädchen küßt ihn.*

SEBALD *tritt aus dem Schatten:* Küsse mich auch!

DER BURSCHE Machen Sie, daß Sie weiterkommen!

SEBALD Küsse mich auch!

DER BURSCHE Ich werde Ihnen ein paar Maulschellen geben, wenn Sie sich nicht verziehen.

SEBALD Was fahren Sie mich grob an? Ich verlange nur, was recht und billig ist.

DER BURSCHE Recht wärs, wenn ich Ihnen einen Fußtritt versetzte. Und billig, wenn ich Sie verprügelte.

SEBALD Lassen Sie mich mit dem Mädchen reden. *Zu dem Mädchen:* Warum küssest du mich nicht?

DER BURSCHE Sie erlauben sich Witze mit einem Arbeiter. Ich lasse nicht mehr lang mit mir spaßen.

SEBALD Haben Sie nichts davon gehört, daß die Menschen gleichen Anteil an allem haben sollen? Mir erzählte es heute abend ein Beamter der Straßenbahn.

DER BURSCHE Ich bin organisierter Arbeiter. Ich bin Sozialist. Ich vertrete ganz Ihre Anschauungen.

SEBALD Warum werden Sie dann unwillig, wenn ich Ihre Braut bitte, mich zu küssen?

DER BURSCHE Das Mädchen ist mein. Ich küsse nicht Ihre Braut. Jedem das Seine.

SEBALD Ich muß alles mit andern teilen. Teilen Sie mit mir.

DAS MÄDCHEN Aber die Liebe läßt sich nicht teilen.

SEBALD Aber die Liebe läßt sich nicht teilen? Ich muß den Herrn von der Straßenbahn suchen. Er behauptete, ich hätte Anspruch auf gleichen Anteil an allem. Mir geschieht Unrecht. Man verweigert mir meinen Anteil.

DER BURSCHE Es gibt so viele Mädchen auf der Welt.

DAS MÄDCHEN Komm, Alois! *Sie gehen verschlungen nach links ab.*

SEBALD Was will ich noch in der Stadt? Ich bleibe hier. *Er zieht kräftig an der Glocke, die einen hohen, bellenden Ton von sich gibt.*

DER TOTENGRÄBER *unter der Tür:* Ihr Wunsch, mein Herr?

SEBALD Verzeihen Sie, daß ich so spät noch störe. Eine unaufschiebbare Angelegenheit ...

DER TOTENGRÄBER Ich habe gerade im Tageblattroman gelesen. Ich habe die Lektüre nur ungern unterbrochen. Aber wenn die Pflicht ruft, säume ich nicht.

SEBALD Ich lese den Roman auch. Die beiden letzten Fortsetzungen sind mir entgangen, weil man sie bei mir zu Hause als Einwickelpapier benutzt hat. Wie geht es Anneliese?

DER TOTENGRÄBER Sie ist Schreibmaschinenfräulein geworden.

SEBALD Der Leutnant Leo ist ein Schurke. Aber der rächende Finger Gottes wird ihm noch das Herz blutig tippen.

DER TOTENGRÄBER Alle Schuld rächt sich auf Erden. Mein Beruf bestärkt mich in dieser Ansicht. Warum denn müssen alle Leute sterben?

SEBALD Sie haben schon viele begraben. Sie haben sicherlich schon große Übung darin. Das macht es mir leichter, meine Bitte auszusprechen. Sie werden sie mir nicht abschlagen. Warum auch gerade mir?

DER TOTENGRÄBER Ich tu gern alles, was in meinen Kräften steht.

SEBALD Warum sollte es gerade bei mir über Ihre Kräfte gehen? Ich will mich ganz klein machen. Ich will es Ihnen möglichst leicht machen.

DER TOTENGRÄBER Soll ich Ihnen die beiden Fortsetzungen des Romans geben, die man Ihnen vorenthalten hat? Ich will es gern tun. Sie werden mir die Nummern wieder zurückgeben. Ich will mir den Roman am Jahresende binden lassen.

SEBALD Mein Wunsch bezieht sich auf die Tätigkeit, die Sie hier von amtswegen ausüben. Ich hoffe, nicht unbescheiden zu sein, wenn ich das Ersuchen an Sie richte: Begraben Sie mich!

DER TOTENGRÄBER Gewiß will ich Sie begraben. Und gern will ich Sie begraben. Sie sind zwanzig Jahre jünger als ich. Es soll mich freuen, wenn ich Sie überlebe. Und dann will ich Sie auch gern begraben.

SEBALD Ich möchte gleich und auf der Stelle begraben werden. Fangen Sie frisch an: in einer halben Stunde können Sie fertig sein und zu Bette gehn.

DER TOTENGRÄBER Ich bin Totengräber. Ich begrabe nur Tote. Nur Leute, denen der Leichenschein ausgestellt ist. Kommen Sie in zwanzig Jahren wieder in einem schwarzen Wagen.

SEBALD Ob tot oder lebendig, ist Ihnen das so wichtig? Ich bitte Sie inständig: begraben Sie mich!

DER TOTENGRÄBER Warum haben Sie es so eilig?

SEBALD Ich kann heut nicht mehr heimgehen. Ich hab meinen Hausschlüssel verloren. Ich bitte Sie, begraben Sie mich!

DER TOTENGRÄBER Das ist doch kein Grund. Es gibt in der Stadt Gasthöfe.

SEBALD Ich fürchte mich vor den fremden, kalten Betten. Begraben Sie mich doch, Herr Totengräber!

DER TOTENGRÄBER Das müssen Sie sich aus dem Kopf schlagen. Ich begrabe Sie nicht.

SEBALD Ich will Ihnen die Hacke tragen. Ich will Ihnen die Schaufel tragen. Ich will mit schaufeln. Ich will den größern Teil der Arbeit auf mich nehmen. Dann leg ich mich in die Grube, und Sie werfen die Erde auf mich. Bitte, bitte, lieber Herr Totengräber, begraben Sie mich!

DER TOTENGRÄBER Nein und nein und nein!

SEBALD Ich will mich mit einem Kindergrab begnügen. Ich will die Nase zwischen die Knie stecken und die Hände in die Hosentaschen.

DER TOTENGRÄBER Nein und nein und nein!

SEBALD Ist das Ihr letztes Wort? Sie wollen mich nicht begraben? Und nur, weil ich nicht tot bin? Sie schlagen mir eine kleine Bitte ab und aus einem so lächerlichen Grund? Mache ich Ihnen lebend mehr Mühe, als sie Ihnen mein Leichnam machen würde? Sie gebrauchen Ausreden, die ich durchschaue. Sie wollen sich von Ihrer Arbeit drücken. Aber ich bestehe darauf, daß Sie mich begraben. Sie werden mich noch heute begraben. Noch in dieser Stunde. Der Mond leuchtet Ihnen. Ich fordere Sie auf, Ihre Pflicht zu tun! Begraben Sie mich!

DER TOTENGRÄBER Es darf nicht sein, mein Herr!

SEBALD Sie sind ein pflichtvergessener Beamter! Sie sind ein ganz trauriger Totengräber! Sie sind der ekelhafteste aller Totengräber! *Ohrfeigt ihn.*

DER TOTENGRÄBER *packt ihn am Hals und wirft ihn gegen die Mauer:* Was fällt Ihnen ein? Sind Sie betrunken? Gehen Sie nach Hause!

SEBALD Verzeihen Sie mir! Ich bitte Sie, verzeihen Sie mir! Die Wut riß mich hin. Ich hätte mich beherrschen müssen. Tun Sie mir den Willen und begraben Sie mich!

DER TOTENGRÄBER Nimmermehr!

SEBALD *fast weinend:* Sie versündigen sich! Sie vergreifen sich an mir! Schicken Sie mich nicht weg! Begraben Sie mich!

DER TOTENGRÄBER Nein und nimmermehr!

SEBALD Ich will begraben werden! Jetzt! Sofort! Wenn Sie die Lebenden nicht begraben, begraben Sie denn die Toten?

DER TOTENGRÄBER Das ist mein Amt!

SEBALD *zieht eine Pistole:* Gut! Totengräber, an die Arbeit! *Erschießt sich.*

DER TOTENGRÄBER Dumme Scherze! Tun Sie die Kinderpistole weg! Narretei! Stehen Sie auf! *Rüttelt die Leiche.* Treiben Sie die Kinderei nicht zu weit! Es ist genug! Stehn Sie auf! Gehn Sie heim! *Schreit schrecklich.* Aber er ist wirklich tot! Er ist tatsächlich tot! Ich müßte doch wissen, wie ein Toter aussieht. Ich müßte doch wissen, wie sich ein Toter anrührt. Fluch! Fluch! Fluch! Er ist tot! Er hat sich erschossen! Er hat sich meinetwegen erschossen! *Zerrt an der Leiche.* Entsetzlicher Mensch! Mußte das sein? Man hätte dir keine Pistole in die Hand geben dürfen. Wie konnte man einem jungen Menschen eine Pistole in die Hand geben! Fluch! Fluch! Fluch!

DES TOTENGRÄBERS FRAU *unter der Tür:* Was schreist du, Adolf? Wo bleibst du so lange?

DER TOTENGRÄBER Hier liegt ein Toter! Sieh genau zu, ob er wirklich tot ist! Vielleicht verstellt er sich nur, damit ich ihn begrabe. Sieh genau zu!

DES TOTENGRÄBERS FRAU Ein Toter! O, und eine Pistole! Und Blut! Er ist noch warm! So ein hübscher junger Mensch!

DER TOTENGRÄBER Fluch! Fluch! Fluch! Er ist wirklich tot! Ich habe ihn ermordet! Ich bin sein Mörder! Ich habe ihn in den Tod getrieben!

DES TOTENGRÄBERS FRAU Was sagst du, Adolf? Warum bist du so aufgeregt? Wieviel Tote haben wir schon gesehen in unserm Leben? Junge und alte. Warum schreist du? Er hat sich erschossen. Er wird seine Gründe gehabt haben. Ich bedauere ihn. Er tut mir leid. Aber ich kanns nicht ändern.

DER TOTENGRÄBER Ich hätte es ändern können. Er bat so inständig. Er bat so rührend. Wenn ich ihm die Bitte nicht abgeschlagen hätte, er hätts nicht getan. Ich bin schuld.

DES TOTENGRÄBERS FRAU Kennst du den jungen Mann, Adolf? Du sprichst von einer Bitte. Was wollte er?

DER TOTENGRÄBER Ich habe ihn in den Tod getrieben. Er meinte es ernst mit seinem Verlangen. Ich habe seine Worte nur für Spaß genommen. Er hat mich fürchterlich belehrt. Er hat sich meinetwegen erschossen. Nun geschieht, was er wollte. Nun werd ich ihn begraben.

DES TOTENGRÄBERS FRAU Was wollte der Tote von dir? Um was bat er dich?

DER TOTENGRÄBER Ich trage Schuld an seinem Tod. Niemand kann mich freisprechen von dieser Schuld. Ich habe gemordet! *Schreit laut in die Nacht:* Ich habe gemordet! Ich bin sein Mörder!

DER ERSTE SCHUTZMANN *ein riesiger Schatten von links:* Das ist Ruhestörung! Wer schreit hier so? Was ist hier los?

DER TOTENGRÄBER Hier liegt ein Toter! Ich bin mitschuldig an seinem Tod!

DER ERSTE SCHUTZMANN *hebt die Pistole auf:* Ich konfisziere die Waffe. Ich nehme den Tatbestand auf. *Knipst seine Taschenlaterne an, zieht Notizbuch und Bleistift.* Sie heißen …?

Vorhang

ZWEITER AKT

Das Zimmer ist grell und stechend beleuchtet, als läg es im Licht von Scheinwerfern und ist ganz leer bis auf einen Tisch, zwei Stühle und einen kleinen Wandspiegel. Zwei Türen, eine in der Mitte zum Treppenflur, eine rechts in die Küche. Keine Fenster. Anna und Alexander sitzen sich am Tisch gegenüber. Lydia steht vor ihnen, ein Stück Leinwand in der Hand.

ANNA Nein, nein, Lydia. Das geht nicht. Das kannst du so nicht lassen. Das mußt du ändern.

LYDIA *klagend:* O!

ANNA Der Hemdenausschnitt ist zu weit, ist viel zu weit, ist für ein junges Mädchen viel zu weit.

LYDIA O!

ANNA Schäme dich! Du mußt den Ausschnitt enger machen. Und dein Rock ist zu kurz und deine Strümpfe sind zu dünn. Wie du aussiehst! *Lydia geht in die Küche.*

ALEXANDER Ich habe gestern in der Oper den Faust gehört. *Anna sieht ihn aufmerksam an.*

ALEXANDER Ich hab mich gewundert, daß der Teufel Baß sang. Ich hielt den Teufel für einen Tenor.

ANNA *nimmt Wolle aus der Tischschublade:* Halten Sie! *Streift ihm die Wolle über die Hände und beginnt, sie zu einem Knäuel zu wickeln.*

ALEXANDER Können Sie sich denken, daß der Teufel Baß singt? Ich hätte eher auf Sopran geraten.

ANNA Wie war er angezogen?

ALEXANDER Feuerrot, blutrot, wie die Wolle hier.

ANNA Halten Sie fester!

ALEXANDER Hab ich gezittert? Was wollen Sie stricken?

ANNA Strümpfe für mich.

ALEXANDER *küßt schnell die Wolle:* Rote Strümpfe ums weiße Knie.

ANNA Lassen Sie das und halten Sie fester.

ALEXANDER Ich liebe Sie.
ANNA Sie wissen, daß ich einen Mann habe.
ALEXANDER Liebe ich Sie darum weniger?
ANNA Aber Sie dürfen es mir nicht sagen.
ALEXANDER *langsam:* Ich ... liebe ... Sie ...
LYDIA *kommt aus der Küche:* Sebald ist noch immer nicht da ...
ANNA Ich weiß nicht, wo er sich herumtreibt. So bekommt er heut kein Abendessen.
LYDIA Ich habe ihm ein paar Butterbrote aufgehoben.
ANNA Iß sie nur selber. Du bist so mager, daß dir kein Rock halten will. Mach deine Frisur zurecht. *Lydia ordnet vor dem Spiegel die Haare, geht in die Küche.*
ALEXANDER Ich habe mir jetzt doch das Gütchen gekauft.
ANNA Der Preis?
ALEXANDER Fünfundsiebzigtausend Mark.
ANNA Ist das nicht zu teuer?
ALEXANDER Nein, nein, ich habe sogar ein gutes Geschäft gemacht.
ANNA So wollen Sie jetzt ganz aufs Land ziehen?
ALEXANDER Ich will mir eine Hühnerfarm anlegen. Ich will mir das Körnerfutter selber bauen, Wald und Wiese ist dabei, daß die Hühner scharren und flattern können. Es ist nicht viel Arbeit, und für das wenige will ich mir noch eine Magd einstellen.
ANNA Ich lebte gern auf dem Lande.
ALEXANDER Gehen Sie mit mir. Ich liebe Sie.
ANNA *unwillig:* Sie wissen, daß ich einen Mann habe.
ALEXANDER Durchschnittlich legt ein Huhn im Jahr zweihundertfünfzig Eier. Vielleicht richte ich mir einen Brutofen ein.
ANNA Ich hab das einmal gesehen, wenn das Ei zerspringt und der kleine Vogel ausschlüpft. Ich lebte gern auf dem Lande.
ALEXANDER Auf dem Hausdach hat ein Storch sein Nest gebaut. Das bedeutet Glück.

ANNA O, ein Storchennest. Ich lebte gern auf dem Lande.
ALEXANDER So gehen Sie mit mir.
ANNA *unwillig:* Mein Mann …
ALEXANDER Die Scheidung …
ANNA Achten Sie auf die Wolle.
LYDIA *tritt ein:* Hast du nichts gehört?
ANNA Was?
LYDIA *horcht:* Sebald …
ANNA Ich höre nichts.
LYDIA Wo er nur bleibt? *Geht in die Küche.*
ALEXANDER Ich … liebe … Sie …
ANNA Das will ich nicht hören.
ALEXANDER Ich … liebe … Sie …
ANNA Ich habe schon einen Mann.
ALEXANDER Der abends nicht heimgeht. Der sich nicht um Sie kümmert. Der Sie vernachlässigt. Lieben Sie ihn?
ANNA Er ist mein Mann.
ALEXANDER Er ist Ihr Mann. Nun gut, aber lieben Sie ihn?
ANNA Ich liebe ihn, weil er mein Mann ist.
ALEXANDER Könnten Sie nicht auch mich lieben?
ANNA Aber Sie sind nicht mein Mann.
ALEXANDER Wenn Sie sich scheiden ließen? Wenn wir uns heirateten? Wenn wir ein Ehepaar würden?
ANNA Ich bin nun schon verheiratet.
LYDIA *tritt ein:* Hört ihr nichts? *Anna und Alexander horchen. Sie sind immer noch durch die rote Wolle verknüpft. Sie stehen langsam auf, mit den Köpfen zur Tür. Man hört von tief unten schwere Schritte, die näher kommen. Es klopft schauerlich an der Tür. Anna und Alexander sind wie erstarrt.*
LYDIA *mit klarer Stimme:* Herein. *Die Tür springt auf. Der erste Schutzmann und der Totengräber tragen eine verdeckte Bahre herein und stellen sie nieder.*
TOTENGRÄBER *zu Lydia:* Sie sind die Frau. Sie haben über mich zu richten. Sie sind seine Frau.
LYDIA Ich nicht, die dort. *Weist auf Anna.*
TOTENGRÄBER *sieht Lydia forschend an:* Sie nicht?

ANNA *legt die Wolle auf den Tisch:* Was ist?

TOTENGRÄBER *zu Lydia:* Sie haben über mich zu richten. Ich habe auf dem Weg hierher über meine Schuld nachgedacht. Da ist sie kleiner geworden. Sie sollen mich ganz freisprechen.

LYDIA Sie sind freigesprochen. *Ganz langsam:* Wer ... liegt ... auf ... der ... Bahre ...? *Der Totengräber hebt das Tuch von Sebalds weißem Gesicht. Anna kreischt wild auf, schlägt die Hände vors Gesicht, läuft in eine Ecke, wo sie schluchzend, das Gesicht gegen die Wand, stehenbleibt.*

LYDIA *läßt sich neben der Bahre auf die Knie fallen:* Sebald! Sebald! Sebald!

TOTENGRÄBER Ihm hätte man keine Pistole geben dürfen.

DER ERSTE SCHUTZMANN Ich muß die Personalien aufnehmen. Der Untersuchungsrichter muß verständigt werden. Es ist viel zu tun. *Zu Lydia:* Wie heißen Sie?

LYDIA *zu Sebald:* Du hast mir nichts gesagt. Ich biß in ein Butterbrot, da legtest du an. Ich schmierte eins für dich, da drücktest du los. Ich nähte an meinen Hemden, sie trugen dich hierher.

DER ERSTE SCHUTZMANN Ich muß die Namen wissen. Den Geburtstag. Den Beruf. *Zu Alexander:* Mein Herr, können Sie mir Auskunft geben?

ALEXANDER Ich kann Ihnen einiges sagen. *Sie treten beiseite, der Schutzmann notiert.*

ANNA *kommt langsam aus ihrem Eck, tränenüberströmt, kniet nieder neben Sebald, Lydia gegenüber:* Daß du mir das antun konntest. Daß du mir das antun konntest. Habe ich das um dich verdient! War ich dir nicht immer eine gute Frau?

TOTENGRÄBER Sie hätten ihm die Pistole aus der Tasche nehmen müssen.

DER ERSTE SCHUTZMANN Beruf?

ANNA *schluchzend:* Habe ... ich ... das ... um ... dich ... verdient?

TOTENGRÄBER Ich hätte ihn daran hindern können. Warum

habe ich ihm die Pistole nicht aus der erhobenen Hand geschlagen? Wenn Sie die Frau sind, sprechen Sie mich frei.

DER ERSTE SCHUTZMANN Das genaue Alter?

TOTENGRÄBER Er wollte, daß ich ihn lebendig begrübe. Aber das konnte ich doch nicht.

ANNA Was reden Sie?

TOTENGRÄBER Das sehen Sie doch auch ein, daß ich ihn nicht lebendig begraben durfte?

ANNA Scherzen Sie nicht mit einer Witwe. Sie steigern meine Verwirrung. Was sind das für dumme Redensarten?

TOTENGRÄBER Ja, ja, ja, ich fühls auch, ich bin unschuldig.

DER ERSTE SCHUTZMANN Ich weiß das Nötigste jetzt. Morgen werde ich noch mehr erfahren. Guten Abend. *Er salutiert und geht. Im Schweigen hört man seine verhallenden Schritte.*

ALEXANDER *zum Totengräber:* Wir danken Ihnen für Ihre Bemühungen. Sie sind nicht mehr notwendig.

LYDIA *steht auf, zum Totengräber:* Er wollte sich lebendig begraben lassen?

TOTENGRÄBER Das konnte ich doch nicht.

LYDIA Nein, nein, das konnten Sie nicht. *Gibt ihm die Hand.* Und vielen Dank. *Der Totengräber sieht noch einmal alle an und geht.*

ALEXANDER *bedeckt das Gesicht Sebalds, zu Anna:* Setzen Sie sich. Sie müssen sich fassen. Wenn auch das Unglück groß ist. *Lydia wankt, hält die Hand vor die Augen, Alexander springt zu, sie zu stützen. Sie steht und geht langsam in die Küche.*

ANNA Ich habe nichts geahnt. Wir haben keinen Streit vorher gehabt. Unsere Ehe war immer glücklich. Und nun das.

ALEXANDER Fassen Sie sich.

ANNA Was hat der Totengräber dummes Zeug gesprochen? Etwas von lebendig begraben. Sebald war doch nicht lebendig begraben. Er lebte doch hier mit mir und war glücklich, und dieses Zimmer ist doch keine Gruft. Was hat der Totengräber nur so dummes Zeug gesprochen?

ALEXANDER Geben Sie nichts darauf.

ANNA Man muß für die Beerdigung sorgen. Man wird ihn nicht kirchlich beerdigen wollen. Man wird ihm ein christliches Grab verweigern. In der Selbstmörderecke wird man ihn verscharren. Ich überlebe die Schande nicht.

ALEXANDER Beruhigen Sie sich. Ich kenne den Amtsarzt. Er wird feststellen, daß Sebald die Tat in geistiger Umnachtung beging. Er kann es feststellen. Denn welche Gründe sollte Sebald sonst gehabt haben, sich zu töten? Man wird ihn christlich beerdigen.

ANNA Guter Freund. Ja, reden Sie mit dem Arzt. Und ich will morgen früh gleich zum Pfarrer gehn und ihn bitten – es ist .. so .. schrecklich .. *Weint.*

ALEXANDER Das wird sich alles in Ordnung abwickeln. Dafür lassen Sie mich Sorge tragen. Sebald soll ein wunderschönes Begräbnis bekommen. Ich werde die Trauermusik bestellen. Und ein Engel aus Marmor soll auf das Grab.

ANNA Guter Freund. Aber keinen Engel, der paßte wohl mehr auf ein Kindergrab. Ich denke mir: eine schwarze Säule, eine geborstene schwarze Marmorsäule. *Weint.* Gestern saß er noch hier am Tisch und jetzt reden wir über sein Begräbnis.

ALEXANDER Ich bitte Sie, in diesen schweren Tagen ganz über mich zu verfügen. Ich nehme Ihnen ab, was Sie mir abzunehmen erlauben.

ANNA Guter Freund.

ALEXANDER Sie wissen, daß ich Ihnen mehr sein möchte.

ANNA Nicht. Nicht in dieser Stunde. Schweigen Sie. Ich bitte Sie.

LYDIA *kommt, setzt sich auf den Rand der Bahre:* Er war lebendig begraben.

ANNA Fängst du jetzt auch an?

LYDIA Er war lebendig begraben. Es war ein Toter unter uns. Es aß mit uns und redete und lachte mit uns ein Gestorbener.

ANNA Sie wiederholt das Gerede des Totengräbers.

LYDIA Bruder, und ich habs nicht gespürt, daß du schon erkaltet warst. Ich habe wie ein Kind deine kalte Hand gehalten und gelacht und gesagt, sie ist wie ein Eiszapfen. Bruder, und da warst du schon tot.

ANNA Lydia, hör doch auf.

LYDIA *sieht sich um:* Ist das nicht wie eine Gruft? *Fröstelnd:* Lebe ich noch? Bin ich eine Tote unter Toten? *Geht traurig in die Küche.*

ANNA Was redete Sie?

ALEXANDER Der Schmerz hat sie verwirrt.

ANNA Sie ist ein Kind.

ALEXANDER Gleich nach dem Begräbnis zieh ich aufs Land. Das Haus ist eingerichtet. Ich kann es sofort bewohnen. Für Sie wäre ein Aufenthaltswechsel gut nach solchen Tagen. Ich kann Ihnen ein paar Zimmer einräumen im ersten Stock.

ANNA Nein, nein, das tu ich nicht.

ALEXANDER Und es wäre doch gut für Sie. Sie brauchten keine fremden Menschen sehen. Sie könnten ganz Ihrem Schmerz leben.

ANNA Wir können noch darüber reden. Noch ist alles zu frisch. Ich bin noch wie betäubt. Wie viele Zimmer haben Sie im ersten Stock?

ALEXANDER Drei.

ANNA Und Lydia?

ALEXANDER Sie kann mitkommen. Oder kann vorläufig hier wohnen bleiben, oder zu ihrer Großmutter ziehen.

ANNA Wir wollen sie fragen. *Ruft:* Lydia! Lydia! *Lydia tritt unter die Tür.*

ANNA Höre, Lydia, willst du hier wohnen bleiben einstweilen oder mit mir zu Herrn Alexander ziehen? Er bietet uns den ersten Stock seines Hauses an.

LYDIA *teilnahmlos:* Ich bleibe hier. Ist doch auch Sebald hier.

ANNA Aber nach dem Begräbnis?

LYDIA Ich will hierbleiben. Geht ihr doch, ich will hierbleiben. *Tritt in die Küche zurück.*

ANNA Es ist schwer mit ihr auszukommen. Sie hat viel von Sebald. Ich habe mich auch nie recht mit ihm verstanden.

ALEXANDER Ich werde morgen die Zimmer für Sie instand setzen lassen.

ANNA Ich habe mich noch nicht entschlossen. Die nächsten Tage bringen noch so viel Trauriges.

ALEXANDER Inzwischen werden auch die Brasilianer angekommen sein, die ich in Hamburg bestellt habe. Es sind große, schöne Tiere.

ANNA Ist das Gut mit der Bahn zu erreichen?

ALEXANDER Das Dorf liegt nur zehn Minuten von der Station.

ANNA So werde ich meine Witwenjahre auf dem Lande verbringen. Graue, trostlose Jahre.

ALEXANDER Ich liebe Sie.

ANNA Still, ich darf das nicht hören.

ALEXANDER Ich liebe Sie. Ich bitte Sie, meine Frau zu werden.

ANNA Still, o still, was reden Sie?

ALEXANDER Wir werden das Trauerjahr abwarten. Sie werden den Toten vergessen. Sie werden mich lieben lernen. Sie werden mich heiraten.

ANNA Schweigen Sie. Ich habe meinen Mann geliebt.

ALEXANDER Er ist tot, und Sie werden mich lieben.

ANNA *weint:* Armer, armer, lieber Sebald. *Kniet neben der Bahre nieder.*

ALEXANDER Erheben Sie sich. Sie dürfen ihn nicht immer ansehen. Wir wollen ihn in die Ecke tragen. *Sie tragen die Bahre in eine Ecke, setzen sich dann wieder an den Tisch. Alexander greift in die Wolle. Anna lächelt. Alexander hebt die Wolle, küßt sie. Anna lächelt ein gleichbleibendes glückliches Lächeln.*

ALEXANDER *verträumt:* Das Storchennest.

Vorhang

DRITTER AKT

Die Polizeiwache, ein kahler Raum ohne Fenster, grell beleuchtet. Ein großes Regal mit vollständig leeren Fächern an der einen Wand. Gegenüber ein dürftiges Stehpult. Kein Möbelstück sonst. Es ist Mitternacht. Die Schutzleute stehen im Halbkreis um den Inspektor und rapportieren.

DER ZWEITE SCHUTZMANN Es war schon ganz dunkel. Da fuhr er ohne Laterne zum Tor herein. Ohne Laterne auf dem Rad. Ich schrieb seinen Namen auf.

DER DRITTE SCHUTZMANN Alles schlief. Da zogen die beiden durch die Straßen und lärmten und sangen laut. Ich habe ihre Namen notiert.

DER VIERTE SCHUTZMANN Alle Lokale waren schon geschlossen. Im grünen Pfau war noch Licht. Durch eine Ritze im Fensterladen sah ich, wie er mit einem seltsam frisierten Mädchen tanzte. Die Polizeistunde war weit überschritten. Ich habe den Wirt, den Tänzer und die Tänzerin um ihre Namen gefragt.

DER ERSTE SCHUTZMANN Er hat sich vor dem Friedhof erschossen.

DER POLIZEIINSPEKTOR *aufgeregt:* Erschossen?

DER ERSTE SCHUTZMANN Mit einer Pistole erschossen. In den Kopf.

DER POLIZEIINSPEKTOR Das ist wichtig. Das ist sehr wichtig. Ich werde die Meldung sofort an den Herrn Staatsanwalt weitergeben. Grund der Tat?

DER ERSTE SCHUTZMANN Er hat sich erschossen, weil sich der Totengräber weigerte, ihn lebendig zu begraben.

DER POLIZEIINSPEKTOR Ich höre nicht recht. Weil ihn der Totengräber ...

DER ERSTE SCHUTZMANN Nicht lebendig begraben wollte.

DER POLIZEIINSPEKTOR Auch der Totengräber muß vernommen werden. Ein sonderbarer Selbstmörder. Ein Narr vermutlich.

DER ERSTE SCHUTZMANN *zieht eine Pistole aus der Tasche:* Hier ist die Waffe.

DER POLIZEIINSPEKTOR Ein Narr also. Auch der Herr Gerichtsarzt muß verständigt werden.

DER ERSTE SCHUTZMANN Der Totengräber fühlt sich schuldig, weil er ihm nicht zu Willen war.

DER POLIZEIINSPEKTOR Er hätte sich selber strafbar gemacht. Es ist natürlich verboten, Lebendige zu begraben.

DER ERSTE SCHUTZMANN Der Totengräber behauptete, er habe den Mann in den Tod getrieben durch seine Weigerung.

DER POLIZEIINSPEKTOR Was? Was? Ich werde ganz aufgeregt. Schweigen Sie. Ich verstehe das nicht. Dummes Zeug. *Läuft hin und her.* Unsinn. Es ist natürlich, daß der Totengräber sich strafbar gemacht hätte. Der Mann ist ein Narr.

DER ERSTE SCHUTZMANN Er macht sonst einen vernünftigen Eindruck.

DER POLIZEIINSPEKTOR Was? Was? Was? Ich werde irrsinnig, das ist eine irrsinnige Meldung. *Zu den andern Schutzleuten:* Was gab es sonst noch?

DER ZWEITE SCHUTZMANN Es stellte sich heraus, daß der Radfahrer auch keine Ausweiskarte hatte.

DER DRITTE SCHUTZMANN Die Ruhestörer entfernten am Marktplatz ein Ladenschild.

DER VIERTE SCHUTZMANN Die beiden, die so spät noch tanzten, sind Mitglieder des Allgemeinen Sozialistenvereins.

DER POLIZEIINSPEKTOR Ich werde Ihre Meldung auch an die politische Abteilung weiterleiten. *Es klopft scharf. Auf das Herein des Inspektors kommt der fünfte Schutzmann mit dem Liebespaar.*

DER BURSCHE Das ist doch ein starkes Stück. Ich möchte mich beschweren.

DER POLIZEIINSPEKTOR Sie haben hier ruhig zu sein. *Zu dem fünften Schutzmann:* Machen Sie Ihre Meldung.

DER FÜNFTE SCHUTZMANN Ich habe die beiden ertappt.
DER BURSCHE Ich werde mich beschweren. Das wäre ja noch schöner.
DER POLIZEIINSPEKTOR Sie haben zu schweigen. *Zu den ersten vier Schutzleuten:* Es ist gut. Gehen Sie wieder. Bedenken Sie, daß die schlafende Stadt Ihrer Hut anvertraut ist. Wer nach Mitternacht noch auf den Straßen sich herumtreibt, ist verdächtig. Ist lichtscheu. Ist schlimmer Gesinnung. Gehen Sie und bedenken Sie, daß die schlafende Stadt auf Sie vertraut. *Die Schutzleute salutieren und gehen im Gänsemarsch ab.*
DER BURSCHE Ich bitte um die Adresse des Herrn Justizministers. Ich werde ihm einen langen Brief schreiben. Ich will mich beschweren.
DER POLIZEIINSPEKTOR Schweigen Sie.
DER BURSCHE Ich schweige nicht. Ich werde reden. Ich werde sehr laut reden. Ich werde schreien.
DER POLIZEIINSPEKTOR Schweigen Sie. *Zum Schutzmann:* Melden Sie.
DER BURSCHE Da gibt es nichts zu melden. Zuerst will ich hier reden.
DER POLIZEIINSPEKTOR Ich lasse Sie abführen. Ich lasse Sie in Einzelhaft stecken, wenn Sie nicht schweigen. *Zum Schutzmann:* Melden Sie.
DER FÜNFTE SCHUTZMANN Ich habe die beiden ertappt.
DER POLIZEIINSPEKTOR Was? Was? Was? Sie machen mich aufgeregt. Was heißt das wieder: ich habe die beiden ertappt? Was? Was? Was?
DER BURSCHE Wir gingen spazieren.
DER FÜNFTE SCHUTZMANN Es war im städtischen Park.
DER BURSCHE Der städtische Park ist für jedermann. Ist für alle Leute. Ist auch für arme Leute.
DER FÜNFTE SCHUTZMANN Es war im städtischen Park, in der Nähe des Friedhofs.
DER BURSCHE Tags arbeite ich. Tags kann ich nicht im Park

spazieren gehen wie andere Leute. Aber nachts hab ich Zeit. Der städtische Park ist für alle.

DER POLIZEIINSPEKTOR Schweigen Sie. Sie verwirren alles. *Zum Schutzmann:* Reden Sie deutlich. Haben Sie die beiden beim Spazierengehen ertappt? Das ist nicht verboten. Da hat der Mensch recht. Ich hoffe, daß Sie keine Voreiligkeit begangen haben.

DER FÜNFTE SCHUTZMANN Ich habe die beiden ertappt.

DER POLIZEIINSPEKTOR Was? Was? Was? Ertappt? Was heißt das?

DER FÜNFTE SCHUTZMANN Auf einer Bank in der Nähe des Friedhofs.

DER BURSCHE Sind nicht die Bänke für alle da? Sind nicht die Bänke auch für uns da?

DER POLIZEIINSPEKTOR Da hat er recht. Die Bänke sind auch für ihn da. *Zum Schutzmann:* Ich hoffe, Sie haben keine Ungehörigkeit begangen.

DER FÜNFTE SCHUTZMANN Ich habe sie ertappt. Sie haben sich umarmt.

DER BURSCHE Darf ich nicht mein Mädchen umarmen? *Legt den Arm wie schützend um das Mädchen.* In der Nacht, im städtischen Park auf der Bank, darf ich das nicht?

DER POLIZEIINSPEKTOR Das darf er. Da hat er recht. Warum haben Sie ihn festgenommen?

DER FÜNFTE SCHUTZMANN Ich habe sie ertappt. Sie hatten sich umarmt. Ich nahm Ärgernis. Es war eine unsittliche Umarmung. Es war eine ungehörige Umarmung. Es war eine gemeine Umarmung.

DER BURSCHE *drohend:* Das sagen Sie noch einmal.

DAS MÄDCHEN *beschwichtigend.* Alois.

DER POLIZEIINSPEKTOR Verstehe ich Sie recht?

DER FÜNFTE SCHUTZMANN Es war eine ganz und gar ungehörige Umarmung. Ich habe sie ertappt.

DER POLIZEIINSPEKTOR Das ist stark. Das ist sehr stark. Auf einer Alleebank. *Zum Mädchen:* Sie haben sich nicht geschämt?

DAS MÄDCHEN Ich habe mich nicht geschämt.

DER POLIZEIINSPEKTOR Sie haben kein Gewissen. Sie haben kein Gefühl für Ehre. Warum haben Sie das getan?

DAS MÄDCHEN Weil ich ihn liebe.

DER POLIZEIINSPEKTOR Ah, weil sie ihn liebt. Weil sie ihn liebt, vergißt sie Ehre und Anstand. Vergißt sie die Lehren ihrer Eltern, auf einer Alleebank.

DER BURSCHE Das geht niemanden etwas an. Das geht keinen Menschen etwas an.

DER POLIZEIINSPEKTOR Das ist verboten. Das ist strafbar. Das erregt Ärgernis im städtischen Park.

DER BURSCHE Wir haben keine Wohnung. Wir haben kein Bett.

DER POLIZEIINSPEKTOR Das darf nicht geduldet werden. Da muß eingeschritten werden. In der Nähe des Friedhofs.

DER BURSCHE Ich werde mich beschweren. Ich werde dem Herrn Justizminister schreiben. Der städtische Park ist für alle.

DER POLIZEIINSPEKTOR Für alle anständigen Leute. Für alle ehrlichen Leute. Für alle braven Leute.

DER BURSCHE Für alle armen Leute, die keine Wohnung haben, die kein Bett haben.

DER POLIZEIINSPEKTOR Nicht für Umarmungen. Nicht für ungehörige Umarmungen.

DAS MÄDCHEN *zu Alois:* Ich liebe dich.

DER POLIZEIINSPEKTOR Sie hat kein Gewissen. Sie hat kein Schamgefühl. Ich will nicht mehr länger mit ihnen verhandeln. *Zum fünften Schutzmann:* Haben Sie die Namen notiert? Haben Sie die Personalien festgestellt?

DER FÜNFTE SCHUTZMANN Genau.

DER POLIZEIINSPEKTOR *zum Liebespaar:* Dann können Sie gehen. Gehen Sie. Schämen Sie sich. Im städtischen Park, auf einer Bank. *Die beiden gehen.*

DER POLIZEIINSPEKTOR *kopfschüttelnd:* In der Nähe des Friedhofs. *Es klopft.* Öffnen Sie. *Der fünfte Schutzmann öffnet. Es tritt ein der Landstreicher und der sechste Schutzmann.*

DER LANDSTREICHER *zum Inspektor:* Guten Abend, Exzellenz.

DER POLIZEIINSPEKTOR *ohne den Landstreicher zu beachten, zum sechsten Schutzmann:* Rapportieren Sie.

DER LANDSTREICHER *auf den sechsten Schutzmann zeigend:* Das ist ein sehr weichherziger Mensch.

DER SECHSTE SCHUTZMANN Ich traf den Mann ohne Ausweispapiere schlafend in einer alten Scheune.

DER LANDSTREICHER Ich bin bereit, die Miete für die Nacht zu bezahlen. *Holt eine zerfetzte Brieftasche hervor.*

DER POLIZEIINSPEKTOR Wo haben Sie das Geld her?

DER LANDSTREICHER Erbettelt.

DER POLIZEIINSPEKTOR Gestohlen.

DER LANDSTREICHER Ich bin fünfzehn Mal vorbestraft wegen Bettelns. Noch nie wegen Diebstahls.

DER POLIZEIINSPEKTOR Man hat Sie nie erwischt.

DER LANDSTREICHER Nie, Exzellenz. Wie wäre das auch möglich gewesen? Wo ich noch nie in meinem Leben etwas gestohlen habe?

DER SECHSTE SCHUTZMANN So? Nie? Und mir hat ers diesmal gestanden.

DER LANDSTREICHER Der Mann drückt sich ungenau aus, Exzellenz. Ich konnte keinen Diebstahl gestehen, weil ich keinen begangen habe.

DER SECHSTE SCHUTZMANN Wollen Sie jetzt leugnen? Wollen Sie Ihr Geständnis widerrufen? Aber ich habe die Beweise in der Tasche.

DER LANDSTREICHER Vorsicht. Geben Sie acht. Zerdrücken Sie keins. Geben Sie um Gottes willen acht. Ich habe die Löcher so sorgsam hineingebohrt. Achtung.

DER SECHSTE SCHUTZMANN *zieht, während der Landstreicher besorgt zusieht, zwei große Eier aus den Hosentaschen:* Da sind die Beweise. *Hält auf den ausgestreckten Händen je ein Ei.*

DER POLIZEIINSPEKTOR Was? Eier?

DER LANDSTREICHER Eier, Exzellenz. Zwei große, schöne, weiße Eier.

DER POLIZEIINSPEKTOR Ein Eierdieb also.

DER LANDSTREICHER Betrachten Sie die Eier genau, Exzellenz. Von allen Seiten. Ganz genau. Rund herum. *Dreht die Eier auf den Händen des Schutzmanns.* Was sind das für Eier?

DER POLIZEIINSPEKTOR Man sieht es ihnen so ohne weiteres nicht an, daß sie gestohlen worden sind.

DER SECHSTE SCHUTZMANN Er hat mirs gestanden.

DER LANDSTREICHER Die Miete will ich dem Eigentümer der Scheune bezahlen für die Nacht. Für die Eier zahle ich nichts. Der Eigentümer wird kein Geld nehmen.

DER POLIZEIINSPEKTOR Sie behaupten, daß Ihnen jemand die Eier geschenkt hat?

DER LANDSTREICHER Ich habe sie mir genommen.

DER POLIZEIINSPEKTOR Also doch ein Dieb.

DER LANDSTREICHER Kein Dieb, Exzellenz.

DER SECHSTE SCHUTZMANN Er hat mirs gestanden. Er hat die Eier aus dem Nest genommen.

DER POLIZEIINSPEKTOR Wie heißt der Bauer? Von welchem Hof?

DER LANDSTREICHER Betrachten Sie die Eier genau, Exzellenz, rund herum. *Dreht wieder die Eier auf den noch immer ausgestreckten Händen des Schutzmanns.* Das sind keine Hühnereier.

DER POLIZEIINSPEKTOR Gänseeier?

DER FÜNFTE SCHUTZMANN Enteneier?

DER SECHSTE SCHUTZMANN *Triumph:* Storcheneier.

DER POLIZEIINSPEKTOR Storcheneier? Ja, woher?

DER LANDSTREICHER Aus dem Nest.

DER SECHSTE SCHUTZMANN Aus dem Nest gestohlen.

DER LANDSTREICHER Auf dem Dach der alten Scheune ist ein Storchennest. Ich habe mir zwei Eier daraus geholt. Sie waren noch nicht angebrütet. Ich hab sie ausgetrunken. Es reichte für ein Abendmahl.

DER POLIZEIINSPEKTOR Ausgetrunken?

DER LANDSTREICHER Ich habe vorsichtig zwei Löcher hineingebohrt und die Eier dann ausgetrunken.

DER POLIZEIINSPEKTOR Dann sind sie leer. *Nimmt Sie von den Händen des Schutzmanns und beschaut sie rund herum.*

DER LANDSTREICHER Vorsicht. Obacht. Sie zerbrechen so leicht.

DER POLIZEIINSPEKTOR *sieht wie durch ein Fernrohr hindurch:* Leer.

DER LANDSTREICHER Ganz leer.

DER POLIZEIINSPEKTOR Ja, mit welchem Recht?

DER LANDSTREICHER Die Miete für die Nacht in der Scheune will ich bezahlen. Für die Eier zahle ich nichts.

DER POLIZEIINSPEKTOR Ein schwieriger Fall. Sie hätten vorher bei der Behörde anfragen sollen, ob es erlaubt ist. Wahrscheinlich ists Forstfrevel.

DER SECHSTE SCHUTZMANN Tierquälerei.

DER FÜNFTE SCHUTZMANN Vergehen gegen das Vogelschutzgesetz.

DER POLIZEIINSPEKTOR Der Storch ist ein sehr nützliches Geschöpf.

DER FÜNFTE SCHUTZMANN Er fängt Frösche, Wasserschlangen.

DER SECHSTE SCHUTZMANN Und Feldmäuse.

DER POLIZEIINSPEKTOR Sie haben das behagliche Familienleben des Tieres gestört. Die Aufzucht verhindert. Ihm die Nestruhe genommen.

DER LANDSTREICHER Ich schlafe im Straßengraben. Ich decke mich mit Steinen zu.

DER POLIZEIINSPEKTOR Ich werde das Gutachten der Oberförsterei einholen. Einstweilen müssen wir Sie hierbehalten.

DER LANDSTREICHER Aber ich will ja die Nacht in der Scheune bezahlen.

DER POLIZEIINSPEKTOR In die Haftzelle! *Die beiden Schutzleute nehmen den Landstreicher bei den Armen.*

DER LANDSTREICHER In der alten zerfallenen Scheune. Das kann doch nicht viel kosten. *Die Schutzleute führen ihn zur Tür.* Warum soll ich jetzt in Haft gesetzt werden?

DER POLIZEIINSPEKTOR *winkt. Sie gehen mit dem Landstreicher ab. Der Inspektor steht allein. Er sieht durch das Ei, schüttelt den Kopf:* Ein Storchenei.

Vorhang

Vierter Akt

Der Salon des Bordells, grell beleuchtet. Rote Plüschbänke an den Wänden. Ein kleines hochbeiniges Tischchen, sonst keine Möbel. Keine Fenster. Die Bordellwirtin und die drei Mädchen sitzen gelangweilt umher.

IRENE *gähnt:* Uäh, fader Abend.
MAJA *gähnt:* Ooah, es ist zum Auswachsen langweilig.
EVA *gähnt:* Wo ist mein Buch? Wo ist mein Roman? Wo bin ich stehn geblieben? Habt ihr mein Buch nicht gesehen?
IRENE Was kümmert uns dein Buch?
MAJA *verschmitzt:* Wo wirds denn sein?
IRENE Ich weiß nicht, wo es ist.
MAJA Laß deine Sachen nicht so herumschlampen.
EVA Ihr habt es. Gebt es her.
IRENE Was fällt dir ein?
MAJA Dich hats.
EVA Ich kratz euch die Augen aus. Ich reiß euch die falschen Locken herunter. Gebt mir mein Buch.
IRENE Schrei nicht so, du Aff.
MAJA Plärr nicht so, du Gans.
IRENE Halt den Rand, Mistfink.
MAJA Schweig, du Spinatwachtel.
EVA Ich kratze euch. Ich spucke euch an. Ich schlage euch. *Hebt die Hand zum Schlage.*
IRENE Schlag her, wenn du Kurasch hast.
MAJA Ich brech dir die Finger ab. *Faßt Evas Hand und biegt ihr die Finger um. Die Bordellwirtin ist bis jetzt teilnahmlos gesessen. Sie zieht das Buch unter der Bank hervor und schlägt damit auf die Mädchen ein.*
DIE BORDELLWIRTIN Ihr Rotznasen, ihr Pfifferlinge, ihr Hemdennässerinnen, wollt ihr stille sein? Wollt ihr kuschen? *Die Mädchen fahren auseinander.*
EVA Sie haben mein Buch versteckt gehabt. Sie sollen meine Sachen in Ruhe lassen.

IRENE Einen Spaß darf man doch noch machen. Einen Scherz darf man sich doch noch erlauben.

MAJA Was braucht sie gleich so zu schimpfen, die Gräfin. Was braucht sie die Hand gegen uns aufzuheben.

IRENE Es war ein ganz harmloser Spaß.

MAJA Sie braucht nicht alles gleich krumm zu nehmen, die Baronin.

IRENE Sie denkt, sie kann uns Theater vorspielen.

MAJA Sie denkt, wir glauben es ihr, daß sie einmal beim Theater war.

IRENE Das Theater möcht ich sehen, wo die war.

MAJA Das Theater möcht ich kennen, wo die gespielt hat.

IRENE Das wird schon das richtige Theater gewesen sein.

MAJA Hu, die und beim Theater.

EVA *mit geballten Fäusten vor ihnen:* Schweigt, schweigt, schweigt!

DIE BORDELLWIRTIN Wollt ihr Ruhe geben, ihr Drecklappen? Müßt ihr immer streiten?

IRENE Na ja, weils wahr ist. Wenn man einem jedes Wort im Mund ersticken will.

MAJA Sie braucht sich nicht gleich so zu zieren.

IRENE *holt aus ihrer Tasche ein Stück Schokolade und beginnt zu essen:* Fein. Fein. Das Pfund immer noch fünfundzwanzig Mark. *Die drei schauen neidisch zu.*

MAJA Wo hast du sie gekauft?

IRENE Geschenkt bekommen.

MAJA Ich erwisch nie so einen Kavalier.

EVA Ich auch nicht.

IRENE *schnullend:* Fein. Fein.

MAJA Ist es Milchschokolade?

IRENE Feinste Milchschokolade.

EVA Früher gab es Schokolade, die war mit Nüssen gefüllt.

IRENE Er hat mir versprochen, mir einmal auch gefüllte zu bringen.

MAJA Mir schenkt nie einer was.

EVA Hast du noch viel?
IRENE *zeigt noch ein großes Stück:* Fein. Fein.
EVA Laß mich auch abbeißen.
MAJA Schenk mir auch ein Stück.
IRENE Ihr seid nicht gescheit. Das Pfund kostet fünfundzwanzig Mark.
EVA Ein kleines Stückchen bloß.
MAJA Nur einen Bissen. *Irene macht drei Teile und gibt jeder.*
EVA Fein.
MAJA Großartig.
DIE BORDELLWIRTIN Es ist gute Milchschokolade. *Alle vier kauen.*
IRENE Morgen will er wiederkommen. Und ein großes Stück Milchschokolade mitbringen. *Es klingelt scharf.*
EVA Uäh, ein Gast. Schon. Es ist noch nicht zehn. *Die Bordellwirtin geht, um zu öffnen.*
MAJA Wer wirds sein? Ein Viehhändler.
EVA Ein Student.
IRENE Ein Leutnant.
MAJA Ein Kohlenarbeiter.
EVA Ein Bäckermeister.
IRENE Ein Handlungsgehilfe. *Die drei Mädchen gähnen laut. Die Bordellwirtin kommt, hinter ihr Lydia in einem dünnen Kleidchen.*
EVA O Gott, ein Vögelchen.
MAJA Ein Spatz.
IRENE Was will denn die Kleine?
DIE BORDELLWIRTIN Was wollen Sie, Fräulein?
LYDIA Ich will mit Ihnen reden.
DIE BORDELLWIRTIN Aber schnell, bevor die Gäste kommen. Was wollen Sie?
LYDIA Bin ich hier ... bin ich hier recht?
DIE BORDELLWIRTIN Das kommt drauf an, wo Sie hinwollen. Sie sind hier ...
EVA Im Freudenhaus.

MAJA Im Haus der Freude.
DIE BORDELLWIRTIN Im Bordell.
LYDIA Im Haus der Freude? Im Haus der Liebe?
MAJA Gerade da.
IRENE Liebe soviel Sie wollen, keine Bange.
EVA Mehr Liebhaber als dir bald lieb sein wird.
DIE BORDELLWIRTIN Was wollen Sie?
LYDIA Ich will bei Ihnen bleiben.
DIE BORDELLWIRTIN Das wird sich machen lassen. Wie alt sind Sie?
LYDIA Zweiundzwanzig.
DIE BORDELLWIRTIN Gesund?
LYDIA Ja.
IRENE Sags nur, wies ist, der Arzt kriegts doch raus.
EVA Der kommt jeden dritten Tag. Mädchen, da gibts nichts.
DIE BORDELLWIRTIN Ein bissel mager bist du, ein bissel mager. *Befühlt Lydias Brust.*
LYDIA Lassen Sie.
MAJA Ei, das Täubchen.
IRENE Werden dich bald mehr anrühren.
EVA Hättst draußen bleiben müssen.
DIE BORDELLWIRTIN Was wollen Sie bei uns? Kennen Sie die Bestimmung dieses Hauses? Was zieren Sie sich dann?
LYDIA Hier lieben die Menschen einander?
IRENE Nicht zu wenig.
LYDIA Hier geht keiner ungeliebt aus der Tür?
EVA Hast du Angst, daß dir einer auskommt?
LYDIA Hier darf man gut zu jedem sein? Hier darf mans jedem zeigen, daß man ihm gut ist? Ich will zu jedem gut sein. Ich will jeden lieb haben.
DIE BORDELLWIRTIN Das darfst du. Das sollst du. Aber ein bissel mager bist du, ein bissel mager. *Betastet Lydia, die den Kopf senkt und es sich stumm gefallen läßt.*
EVA Kindchen, du wirst bald nicht mehr so begierig sein aufs Liebhabendürfen.

LYDIA Das ist das Haus der Freude. Ungetröstet soll keiner von mir gehen.
IRENE Die geht scharf ins Zeug.
MAJA Sie sieht aus wie ein Bürgermädel.
EVA Aber sie redet wie eine alte Hur. Ich genier mich fast.
DIE BORDELLWIRTIN Hast du keine Kleider? Keine Koffer? Wäsche?
LYDIA Ich bin gegangen, wie ich war und stand. Ich wollte keinen Augenblick mehr verweilen. In jeder Stunde kann sich ein Ungeliebter auf immer verlieren.
DIE BORDELLWIRTIN Du kriegst alles bei uns auf Vorschuß.
LYDIA Ich hab ihn geliebt und hab es ihm nicht gezeigt. Ich will nicht mehr so verstockt sein. Jeder soll meine Liebe spüren.
EVA Schöne Absichten.
MAJA Das gibt sich schon. *Es klingelt.*
DIE BORDELLWIRTIN Ein Gast. *Geht um zu öffnen.*
IRENE Hoffentlich gefall ich ihm nicht.
EVA Ich möcht noch in meinem Roman lesen.
DIE BORDELLWIRTIN *kommt mit dem ersten Schutzmann und dem Totengräber. Sie zeigt auf die Mädchen, die gelangweilt und kokett neben einander sich gestellt haben:* Die Damen, bitte.
DER TOTENGRÄBER Guten Abend. *Der erste Schutzmann salutiert.*
EVA *streichelt des Totengräbers Kinn:* Alter Herr, gehn wir nach oben.
MAJA *hängt sich beim Schutzmann ein:* Schatz, schenk mir was.
DER TOTENGRÄBER *macht eine tiefe Verbeugung vor Lydia:* Das allergnädigste Fräulein? Wo haben Sie die Binde mit dem roten Kreuz? Sie sind Schwester und sind da, um zu helfen.
LYDIA Zu helfen bin ich da.
MAJA Schwester, haha?
EVA Vom roten Kreuz, uäh.
IRENE Fehlt nur die Binde um den Arm, hoho.

DER TOTENGRÄBER Warum lachen Sie so, meine Damen?
DER ERSTE SCHUTZMANN Ja, warum?
DIE BORDELLWIRTIN Die Lydia ist heute eingetreten bei uns. Frisches Fleisch. *Kneift sie in den Schenkel.* Wer hat Lust?
DER TOTENGRÄBER *zu Lydia:* Sie wären, allergnädigstes Fräulein?
DER ERSTE SCHUTZMANN In diesem Hause ...
LYDIA Diesem Haus der Freude.
DER TOTENGRÄBER Ich habe Ihren Bruder gemordet. Sie haben mich freigesprochen. Nun bringen Sie neue Schuld über mich. Was tun Sie hier? Wenn Ihr Bruder das wüßte. Wenn Ihr Bruder lebte, er holte Sie weg.
MAJA Du hast einen umgebracht, Alter?
IRENE Der sieht gar nicht so aus.
EVA *zum Schutzmann:* Und du läufst mit einem Mörder?
DER ERSTE SCHUTZMANN Die Sache verhält sich anders.
LYDIA *zum Totengräber:* Meines Bruders wegen bin ich da. Als er lebte, war er schon begraben. Weil er ohne Liebe war. Nicht Sie tragen Schuld an seinem Tod. *Schreit:* Ich. Ich. Ich.
IRENE Was hat sie?
EVA Was kreischt sie?
MAJA Na, du, sei ruhig.
LYDIA Ich liebte ihn und zeigte es ihm nicht. Drum ging er in den Tod. Ich will alle Menschen lieben. Keiner soll mehr sterben durch meine Schuld.
DER TOTENGRÄBER Allergnädigstes Fräulein, gehen Sie mit mir nach oben.
DIE BORDELLWIRTIN Also, los. Geht schon.
DER TOTENGRÄBER *nimmt Lydia um die Taille:* Allergnädigstes Fräulein, gehen Sie mit mir nach oben.
DIE BORDELLWIRTIN *stampft mit dem Fuß:* Na, wirds?
DER TOTENGRÄBER Allergnädigstes Fräulein, wenn Sie mit mir nach oben gehen möchten. *Hat immer noch den Arm um sie gelegt.*

MAJA Der alte Ziegenbock.

EVA Los mit dem Knackstiebel.

IRENE Tränensäcke hat er unter den Augen.

DER TOTENGRÄBER Allergnädigstes Fräulein, wollen wir nicht endlich nach oben gehen?

LYDIA Was soll ich tun? Warum? Können wir nicht auch hier unten bleiben?

DER TOTENGRÄBER Sie sollen mich lieben.

LYDIA Aber warum sollen wir nach oben gehen?

DER TOTENGRÄBER Allergnädigstes Fräulein, hier ... hier ...?

LYDIA Ja, ja, hier.

DIE BORDELLWIRTIN Bist du verrückt? Das ist gegen die Hausordnung.

EVA Das fehlte noch.

MAJA Meinetwegen. Mir ists gleich. Ich sehe gern einmal zu, wenn eine andere arbeitet.

DER TOTENGRÄBER Allergnädigstes Fräulein, es ist doch besser, wir gehen nach oben.

LYDIA Was wollen Sie?

DER TOTENGRÄBER Lieb haben sollen Sie mich!

LYDIA Ja. Ja. Ich hab Sie lieb.

DER TOTENGRÄBER So seien Sie doch ... zärtlich zu mir.

LYDIA Ja.

DER TOTENGRÄBER Streicheln Sie mich.

LYDIA Ja. *Sie fährt ihm übers Gesicht. Er legt unvermutet die Arme um ihren Hals und küßt sie. Sie springt erschrocken an die Wand zurück.* Nicht. Nicht. Nicht.

DER TOTENGRÄBER Allergnädigstes Fräulein, Sie können es nicht.

LYDIA Ich will. *Geht wie taumelnd ein paar Schritte auf ihn zu.*

DER TOTENGRÄBER Allergnädigstes Fräulein, Sie sind zu fein dafür. Sie scherzen. Sie sind doch nur als Schwester hier, auf Visitation.

LYDIA Nein. Nein.

DER TOTENGRÄBER Allergnädigstes Fräulein, Sie sind nichts für mich. *Zu Maja:* Gehen Sie mit mir nach oben.

MAJA Jetzt kommen sie zu mir, alter Herr. Weil Sie dort einen Korb bekommen haben.

LYDIA *zum Totengräber:* Gehen Sie nicht.

DER TOTENGRÄBER Allergnädigstes Fräulein sind zu fein. *Macht eine Verbeugung vor Lydia und geht mit Maja ab.*

DIE BORDELLWIRTIN *zu Lydia:* Da wirst dus weit bringen, wenn du dich immer so zierst.

EVA *zum Schutzmann:* Und wir, Schatz, wollen wir uns nicht lieb haben?

DER ERSTE SCHUTZMANN *zur Wirtin:* Ist das Mädchen – *auf Lydia weisend* – ordnungsgemäß eingetragen? Angemeldet? Untersucht?

DIE BORDELLWIRTIN Sie ist volljährig und kann tun, was sie will.

DER ERSTE SCHUTZMANN Und die ärztliche Untersuchung?

DIE BORDELLWIRTIN Morgen.

DER ERSTE SCHUTZMANN Die polizeiliche Anmeldung?

DIE BORDELLWIRTIN Morgen.

EVA Fadian, laß doch die dumme Fragerei.

DIE BORDELLWIRTIN Wollen Sie noch mehr wissen?

DER ERSTE SCHUTZMANN *wendet sich wieder Eva zu:* Später. Vielleicht.

IRENE *zu Lydia:* Kannst du Sechsundsechzig spielen? *Sie hat ein Spiel Karten in der Hand.*

LYDIA Nein.

IRENE *gähnt:* Wie langweilig. *Es klingelt.*

DIE BORDELLWIRTIN Ein Gast. *Geht um zu öffnen. Man hört die Stimme der Wirtin und eine grobe Männerstimme streiten. Eintreten die Wirtin und ein betrunkener Matrose.*

DER MATROSE Dieses freche Weib. *Faust gegen die Wirtin.* Will einem ehrlichen Mann den Eintritt verwehren. Ich zahl mein Geld wie jeder andere und will behandelt werden wie jeder andere.

DIE BORDELLWIRTIN Stinkt auf drei Meter nach Schnaps.

DER MATROSE Besser als nach Zwiebeln wie ein Jud.

DIE BORDELLWIRTIN Besoffenes Schwein.

DER MATROSE Dreckiges Luder.

IRENE Mach, daß du wieder rauskommst.

DER ERSTE SCHUTZMANN Verlassen Sie das Lokal.

DER MATROSE Du Bleisoldat.

DER ERSTE SCHUTZMANN Ich warne Sie. Es kann Beamtenbeleidigung entstehen.

DER MATROSE Mir gleich. Ich bleib. *Setzt sich schwer schnaufend.*

DIE BORDELLWIRTIN So ein Kerl.

DER ERSTE SCHUTZMANN Warum ließen Sie ihn herein?

DIE BORDELLWIRTIN Wenn er mir fast die Tür eindrückte.

DER MATROSE *grölt, schlägt auf seine Armmuskeln:* Wenn ich dich nur zerquetscht hätte.

DER ERSTE SCHUTZMANN Keine Bedrohung.

DER MATROSE *steht auf, schwankt zu Lydia:* Mein Püppchen. *Hascht nach ihr. Taumelt.* Mein Zuckerpüppchen. *Lydia weicht ihm leicht mit dem Oberkörper aus.*

DER MATROSE *abschätzend:* Zu dünn. Alles zu dünn. *Kneift sie in den Arm.* Zu wenig Fleisch. *Verächtlich:* Viel zu dünn. *Wendet sich von ihr.*

DIE BORDELLWIRTIN Wählerisch auch noch.

DER MATROSE *besieht sich Eva:* Kleiner Schneck. *Geht um sie herum.* Krumme Beine.

EVA *kreischt.* Frecher Mensch. Frecher Mensch.

DER MATROSE Krumme Beine und lange Arme. *Greift ihr in die Bluse.* Keine Brust.

EVA *schlägt nach ihm:* Verschwind. Der Schnaps steht dir in den Augen.

DER MATROSE Deine krummen Beine seh ich noch. *Geht zu Irene.* Na, mein Butterblümchen, Schockoladehäschen, Marzipantierlein. Du gefällst mir. Alles da. *Klatscht ihr auf den Hintern.* Geh mit mir nach oben.

IRENE *streckt ihm die Zunge heraus:* Mit des Teufels Gevatterin kannst du nach oben gehen.

DER MATROSE Du gefällst mir. Sei lieb zu mir.

IRENE Du meinst, ich rieche Schnaps gern?

DER MATROSE Ich schenke dir ein Goldstück.

IRENE Nicht für drei.

DER MATROSE *erwischt sie bei der Hand, will sie zur Tür schleppen:* Komm. Komm. Red nicht.

IRENE Hilfe.

DER ERSTE SCHUTZMANN Lassen Sie das Mädchen los.

DER MATROSE Dummes Ding. *Wendet sich wieder zu Eva:* Ich schenke dir zwei Goldstücke.

EVA Nicht für drei.

DER MATROSE Ich will mir zuvor den Mund spülen, daß der Schnapsgeruch verschwindet.

EVA Ich mag nicht.

DER MATROSE *wütend, zur Wirtin:* Was hast du da für Gänse? Wozu sind sie denn da? Ich zahl wie jeder andere.

DIE BORDELLWIRTIN Gehen Sie wieder. Gehen Sie in ein anderes Haus.

DER MATROSE *wieder zu Irene:* Dicke, geh mit mir.

IRENE Geh heim und schlaf deinen Rausch aus.

DER MATROSE Aas.

DER ERSTE SCHUTZMANN Keine Beleidigungen.

DIE BORDELLWIRTIN *zum Matrosen:* Sind Sie immer noch da?

DER MATROSE Ich geh nicht eher bis …

LYDIA *tritt vor den Matrosen hin:* Nimm mich.

DER MATROSE *zweifelnd:* Das Püppchen?

LYDIA Ich will mit dir nach oben gehen.

DER MATROSE Du Püppchen.

IRENE Da wäre mir der alte Herr noch lieber gewesen.

EVA Pfui Teufel.

DIE BORDELLWIRTIN Wenn du willst … Ich verlangs nicht von dir.

DER MATROSE *nimmt Lydias Hand:* Fingerlein klein. *Rülpst:* Los, gehn wir.

LYDIA *zur Wirtin:* Wollen Sie mir nicht sagen ...? Ich will ihn lieb haben, aber was muß ich da tun?

EVA Das ist nicht schwer. Er wirds schon wissen.

DIE BORDELLWIRTIN Du wirsts schon merken.

LYDIA Werd ichs können?

IRENE Sicherlich. Jedenfalls.

DER MATROSE *legt den Arm um Lydia:* Ich schenke dir zwei Goldstücke.

LYDIA Ich will dein Geld nicht. Ich will mit dir gehen, weil du nach Liebe verlangst.

DER MATROSE Ich will nichts geschenkt haben. Ich zahl mein Geld wie jeder andere.

DIE BORDELLWIRTIN Nimm sein Geld und gib es mir.

IRENE Das ist das wichtigste.

DIE BORDELLWIRTIN *giftig:* Schweig, du.

LYDIA Ich denk an meinen toten Bruder, daß es mir leichter fällt.

EVA Er wird sich im Grab umdrehen.

DER ERSTE SCHUTZMANN Man müßte einschreiten. Das Mädchen ist nicht normal.

DIE BORDELLWIRTIN Laß dir die Goldstücke geben, hörst, die Goldstücke.

DER MATROSE Habt ihr weiche Betten?

EVA Für dich täts auch ein Strohsack.

DER MATROSE Komm. Komm. Komm. *Begehrlich. Strebt zur Tür.*

LYDIA Muß, muß, muß es sein?

DER MATROSE *hitziger, schwankend:* Marsch, rauf und ins Bett.

LYDIA O Bruder. *Beide ab.*

DER ERSTE SCHUTZMANN *mit Bleistift und Notizbuch:* Wie heißt das Mädchen? Ich werde doch morgen Meldung machen beim Amt. Ich glaube, Sie werden Schwierigkeiten bekommen.

EVA Sei nicht fad.

DIE BORDELLWIRTIN Sie ist volljährig.
IRENE Ein erwachsener Mensch.
EVA Und kann tun, was sie will.
DIE BORDELLWIRTIN Das geht uns nichts an.
DER TOTENGRÄBER *kommt, am Arm Maja:* Mich friert. *Reibt sich die Hände.*
EVA Der ist gut, den friert.
DIE BORDELLWIRTIN Das Geld?
MAJA *holts aus dem Strumpf:* Da.
DIE BORDELLWIRTIN *zählt:* Das ist zu wenig.
EVA Ausplündern will sie uns.
DIE BORDELLWIRTIN Und meine Kosten? Und meine Auslagen? Das elektrische Licht? Das Essen? Meint ihr, ich bekomme alles geschenkt? Die Miete?
MAJA Ich hab nicht mehr.
DIE BORDELLWIRTIN *bettelnd:* Ein paar Mark noch.
MAJA Ich hab nicht mehr.
DIE BORDELLWIRTIN *reißt ihr das Ledertäschchen aus der Hand:* Wollen sehen.
MAJA *wütend:* Gemeinheit.
EVA Frechheit.
DER ERSTE SCHUTZMANN Das dürfen Sie nicht. Das ist Diebstahl.
DER TOTENGRÄBER Das Geld gehört dem Mädchen.
DIE BORDELLWIRTIN Und meine Auslagen? Die vielen Kleider? *Hat einen Schein aus dem Täschchen genommen und es dem Mädchen wieder gegeben.*
MAJA *wütend, verbirgt das Täschchen im Strumpf:* Der Hungerlohn wird einem auch noch gekürzt.
DIE BORDELLWIRTIN Und meine Auslagen?
DER TOTENGRÄBER Das war nicht recht.
DER ERSTE SCHUTZMANN Das war Diebstahl.
EVA Gemeiner Diebstahl.
DER TOTENGRÄBER Wo ist das allergnädigste Fräulein? *Von oben ein langer, lauter Schrei. Alle fahren zusammen und schwei-*

gen in unbeweglicher Haltung einige Augenblicke. Dann wiederholt der Totengräber die Frage: Wo ist das allergnädigste Fräulein?

DIE BORDELLWIRTIN Sie ist nach oben gegangen.

EVA Die Zierpuppe, was schreit sie so.

IRENE Na ja, halt das erste Mal.

MAJA Sie ist schon wieder ruhig. *Alle sind noch seltsam bedrückt.*

DER ERSTE SCHUTZMANN Es ist schon wieder alles in Ordnung.

DER TOTENGRÄBER Wo ist das allergnädigste Fräulein?

DIE BORDELLWIRTIN Ach, oben.

EVA Sie wird schon wieder runter kommen.

IRENE Mit zwei Goldstücken.

DER ERSTE SCHUTZMANN Ich muß dann noch ihre genauen Personalien aufnehmen. *Man hört jemand die Stiege herunter poltern. Eintritt, verstört, lallend, der Matrose. Lehnt an der Wand wie erschöpft, schweigt.*

DIE BORDELLWIRTIN Was ist?

EVA Schon da?

IRENE Wo ist die Kleine?

DER TOTENGRÄBER Wo ist sie?

DER MATROSE Sie liegt droben.

DIE BORDELLWIRTIN Warum geht sie nicht mit runter?

DER MATROSE Sie kann nicht mehr gehen.

MAJA Ist sie so müde?

DER MATROSE Todmüde.

DER TOTENGRÄBER Warum hat sie so geschrien?

EVA Ja, warum?

DER MATROSE Vor Schreck.

IRENE Hol sie doch jetzt.

DER MATROSE Ich kann sie allein nicht tragen.

EVA Wenn du sie führst, wirds schon gehen.

DER MATROSE Man muß sie schon tragen. Sie ist tot. *Alle verharren unbeweglich.*

DER TOTENGRÄBER Tot? *Anschwellend:* Tot?
DIE BORDELLWIRTIN *zum Matrosen:* Dann gib mir die Goldstücke.
DER ERSTE SCHUTZMANN *zum Matrosen, indem er den Bleistift zieht:* Wie heißen Sie? Wann sind Sie geboren?

Vorhang

Fünfter Akt

Wieder vor dem Friedhof. Abend, Mond und tiefschwarze Schatten. Noch liegen da Peitsche und Kreisel. Die Bühne ist leer. Man hört das Rollen der Straßenbahn, ein kurzes Läuten. Es kommen von links die beiden Straßenbahner im Gespräch.

DER ERSTE STRASSENBAHNER Zehn Minuten Aufenthalt.

DER ANDERE STRASSENBAHNER Bis zum letzten Wagen.

DER ERSTE STRASSENBAHNER Gehen Sie mit, heut abend?

DER ANDERE STRASSENBAHNER Wohin?

DER ERSTE STRASSENBAHNER Versammlung des allgemeinen Sozialistenvereins.

DER ANDERE STRASSENBAHNER Nein. Meine Frau ...

DER ERSTE STRASSENBAHNER Die können Sie doch mitnehmen.

DER ANDERE STRASSENBAHNER Das Kind ...

DER ERSTE STRASSENBAHNER Das geben Sie der Nachbarin in Pflege.

DER ANDERE STRASSENBAHNER Kurz, ich mag nicht.

DER ERSTE STRASSENBAHNER Das ist sündhaft.

DER ANDERE STRASSENBAHNER Oho.

DER ERSTE STRASSENBAHNER Das ist schwere Sünde.

DER ANDERE STRASSENBAHNER Glaubs nicht.

DER ERSTE STRASSENBAHNER Kennen Sie Marx?

DER ANDERE STRASSENBAHNER Nein, wer ist das?

DER ERSTE STRASSENBAHNER Ein Schriftsteller.

DER ANDERE STRASSENBAHNER Ach.

DER ERSTE STRASSENBAHNER Ein sozialistischer Schriftsteller.

DER ANDERE STRASSENBAHNER Er wird lügen.

DER ERSTE STRASSENBAHNER Er lügt nicht.

DER ANDERE STRASSENBAHNER Vielleicht ... merken Sies nur nicht.

DER ERSTE STRASSENBAHNER Ah, er lügt nicht, ich fühls.

DER ANDERE STRASSENBAHNER Ich bleib zu Hause.

DER ERSTE STRASSENBAHNER Soll ich Ihnen etwas sagen, etwas Sozialistisches?

DER ANDERE STRASSENBAHNER *mit abwehrender Hand:* Ach.

DER ERSTE STRASSENBAHNER Soll ich Ihnen etwas sagen, etwas Sozialistisches, das Ihnen wie der Blitz ins Herz fahren wird?

DER ANDERE STRASSENBAHNER Ach.

DER ERSTE STRASSENBAHNER Etwas Sozialistisches, einen Satz, der Ihnen die Welt umkehrt, um und um.

DER ANDERE STRASSENBAHNER Ach.

DER ERSTE STRASSENBAHNER Einen Satz, etwas Sozialistisches, daß Sie sich mit den Händen an der Mauer halten werden, weil Sie fürchten, der Weg könne Sie allzu schnell in den Himmel reißen.

DER ANDERE STRASSENBAHNER Ach.

DER ERSTE STRASSENBAHNER Etwas Sozialistisches, ein Wort, das Sie zersprengt, einen Satz, der Ihre Augen tanzen macht.

DER ANDERE STRASSENBAHNER Ach.

DER ERSTE STRASSENBAHNER Hören Sie, was der Sozialismus Ihnen sagt: Jeder Mensch soll gleichen Anteil haben an allem dieser Erde. *Weil der andere sich nicht rührt, eindringlich:* Gleichen .. Anteil .. an .. der .. Erde.

DER ANDERE STRASSENBAHNER Ach.

DER ERSTE STRASSENBAHNER *erschrickt:* Haben Sie mich nicht recht verstanden? Hören Sie: Gleichen Anteil.

DER ANDERE STRASSENBAHNER Ach.

DER ERSTE STRASSENBAHNER *schreit:* Gleichen Anteil. Sie hören das Evangelium und zittern nicht? Sie hören das Wort und fallen nicht in die Knie?

DER ANDERE STRASSENBAHNER Ach. Redensarten. Hirngespinste. Phantastereien.

DER ERSTE STRASSENBAHNER Das .. das ist ..

DER ANDERE STRASSENBAHNER Ich esse am Sonntag Schweinebraten.

DER ERSTE STRASSENBAHNER Das .. das ist ..

DER ANDERE STRASSENBAHNER Das ist Zufriedenheit. Nur ein zufriedenes Herz macht glücklich.

DER ERSTE STRASSENBAHNER Ich bin ..

DER ANDERE STRASSENBAHNER Sie sind Sozialist, Kamerad, ich, kurz, bin es nicht.

DER ERSTE STRASSENBAHNER Aber Sie sind ein Mensch.

DER ANDERE STRASSENBAHNER Meins.

DER ERSTE STRASSENBAHNER Ein Christ.

DER ANDERE STRASSENBAHNER Meins wohl.

DER ERSTE STRASSENBAHNER Und kein Sozialist? Mensch, man muß, man muß.

DER ANDERE STRASSENBAHNER Was?

DER ERSTE STRASSENBAHNER *mutlos:* Ich weiß es nicht. Grad wußt ichs noch. Aber jetzt weiß ichs nimmer.

DER ANDERE STRASSENBAHNER Kamerad, das sind so verschiedene Ansichten.

DER ERSTE STRASSENBAHNER Ja.

DER ANDERE STRASSENBAHNER Da kann man verschiedener Meinung sein.

DER ERSTE STRASSENBAHNER Ja, ja, ja.

DER ANDERE STRASSENBAHNER Wies eben verschiedene Menschen gibt.

DER ERSTE STRASSENBAHNER Jawohl.

DER ANDERE STRASSENBAHNER Kurz, ich bleib heut abend zu Haus.

DER ERSTE STRASSENBAHNER Richtig.

DER ANDERE STRASSENBAHNER Sie täten besser, auch einmal nicht hinzugehn.

DER ERSTE STRASSENBAHNER Ja.

DER ANDERE STRASSENBAHNER Kommen Sie heut abend zu mir. Meine Frau wird sich freuen. Zu einem Glas Bier. Und ein Zipfel Wurst wird auch noch da sein. Dann reden wir vernünftig miteinander.

DER ERSTE STRASSENBAHNER Ja. Ja, ja. *Schreiend:* Nein, nein, nein.

DER ANDERE STRASSENBAHNER Was schreien Sie, Kamerad? Ist ja gut. Aber Sie werden schon noch sehen, daß ich recht hab.

TRUDEL *kommt im Abendmantel, wie im ersten Aufzug:* Guten Abend. *Die beiden Straßenbahner verneigen sich stumm.* Die Straßenbahn .. fährt noch?

DER ERSTE STRASSENBAHNER *sieht auf die Uhr:* In zwei Minuten geht der letzte Wagen.

TRUDEL Gottlob, daß ich ihn noch erreichte.

DER ANDERE STRASSENBAHNER Sie wollen ins Theater, Fräulein?

DER ERSTE STRASSENBAHNER Ins Konzert?

DER ANDERE STRASSENBAHNER Zu einem Ball?

DER ERSTE STRASSENBAHNER Eine Einladung?

TRUDEL Ach, schöner.

DER ERSTE STRASSENBAHNER Singt ein Tenor?

DER ANDERE STRASSENBAHNER Predigt ein Mönch?

TRUDEL Ach, schöner.

DER ERSTE STRASSENBAHNER Varieté, Akrobaten, Messerschlucker, der fliegende Mensch?

DER ANDERE STRASSENBAHNER Vielleicht gehen Sie gar zu Hof?

TRUDEL Schöner, viel schöner.

DER ERSTE STRASSENBAHNER Ich kann nicht mehr raten. Gehen Sie am End in die Versammlung des allgemeinen Sozialistenvereins?

TRUDEL Was denken Sie, nein. Sozialisten? Was ist das?

DER ANDERE STRASSENBAHNER Der gleiche Anteil an der Erde.

TRUDEL Ich laß mich heut nicht wieder aufhalten.

DER ERSTE STRASSENBAHNER Wer will das?

TRUDEL Sie reden von Sozialisten. Einmal, als ich zum Ball ging, wollte Herr Sebald seinen Anteil an mir. Ich hab auch mit ihm getanzt. Ich hab ihm zehn Minuten gegeben. Seinen ehrlichen Teil. Seinen gerechten Teil. Heut und in Zukunft tu ich das nicht mehr. Darf ich das nicht mehr.

DER ERSTE STRASSENBAHNER War Herr Sebald nicht im Recht?

TRUDEL Damals wohl. Heute nicht mehr.

DER ERSTE STRASSENBAHNER Heute nicht mehr?

TRUDEL Weil heute .. *Läßt den Mantel fallen, steht im weißen Brautkleid.* Ich gehe zu meiner Verlobungsfeier.

DER ERSTE STRASSENBAHNER Ich gratuliere.

DER ANDERE STRASSENBAHNER Meinen Glückwunsch.

DER ERSTE STRASSENBAHNER Meinen aufrichtigen Glückwunsch.

TRUDEL *nickt ihnen zu:* Danke. Danke.

DER ERSTE STRASSENBAHNER Darum tanzen Sie heute nicht?

TRUDEL Mein Verlobter erlaubt es nicht.

DER ANDERE STRASSENBAHNER Eifersüchtig?

TRUDEL Er will es nicht.

DER ERSTE STRASSENBAHNER Das ist nicht gerecht. Einen Tanz kann er erlauben.

TRUDEL Nein, er will es nicht.

DER ERSTE STRASSENBAHNER Tanzen Sie mit mir, Fräulein Trudel?

TRUDEL *lächelnd:* Nein, ich darf nicht.

DER ERSTE STRASSENBAHNER Nur kurz, zweimal links und zweimal rechts herum.

TRUDEL Nein, nein.

DER ANDERE STRASSENBAHNER Der Bräutigam siehts ja nicht.

TRUDEL Nein. *Bedauernd:* Nein.

DER ERSTE STRASSENBAHNER Ich weiß einen Tanz, den Sie tanzen dürfen.

TRUDEL Ich darf nicht.

DER ERSTE STRASSENBAHNER Mit einem andern zu tanzen, hat Ihnen Ihr Verlobter verboten.

TRUDEL Hat er mir verboten.

DER ERSTE STRASSENBAHNER Dann tanzen Sie .. doch .. allein .. vor uns.

TRUDEL Allein?

DER ERSTE STRASSENBAHNER Ja, allein, das ist Ihnen doch nicht verboten?

TRUDEL *sich besinnend:* Das ist mir nicht verboten.

DER ERSTE STRASSENBAHNER O, tanzen Sie doch. *Fängt an, leise und immer stärker eine Walzermelodie zu pfeifen.*

TRUDEL Nein .. nein .. *Beginnt sich zu drehen und tanzt. Ohne mit dem Pfeifen aufzuhören, tanzt nun auch der erste Straßenbahner. Sie berühren sich nicht, umkreisen sich tanzend.*

TRUDEL *hält ein und rafft ihren Mantel vom Boden auf:* Geht der Wagen noch nicht?

DER ERSTE STRASSENBAHNER Ja, nun ist es Zeit.

DER ANDERE STRASSENBAHNER *zieht die Uhr:* Ja, es ist Zeit, abzufahren. *Sie gehen. Die Bühne ist leer. Man hört das Klingeln des abfahrenden Wagens. Von rechts kommt das Liebespaar.*

DER BURSCHE Ich hab heut schon wieder Streit gehabt, mit dem Kerl, dem Vorarbeiter. Er sitzt mir auf. Ich schlag ihm nächstens einmal das Kreuz ein.

DAS MÄDCHEN Alois, nimm dich zusammen. Wenn du entlassen wirst.

DER BURSCHE Der Bursche hats auf mich. Ich kann ihm nichts recht machen. Immer schleicht er um mich herum.

DAS MÄDCHEN Gib ihm keine Gelegenheit, daß er dich melden kann.

DER BURSCHE Wenn ich gehn muß, lauere ich ihm nachts auf und zahl ihm jeden schiefen Blick heim.

DAS MÄDCHEN Nimm dich zusammen, Alois. Wenn du entlassen wirst.

DER BURSCHE Ich schlag ihn krumm und klein.

DAS MÄDCHEN Wenn du doch deine Arbeit tust wie jeder andere.

DER BURSCHE Ich kann ihm nichts recht machen.

DAS MÄDCHEN Wenn du entlassen würdest, Alois.

DER BURSCHE Ich find was anderes.

DAS MÄDCHEN Nicht so leicht, Alois.

DER BURSCHE Dann gibts die Erwerbslosenunterstützung. Damit kommt ein lediger Mensch aus ein paar Wochen. Damit verhungert ein lediger Mensch nicht.

DAS MÄDCHEN Duck dich lieber ein wenig, Alois. Hör nicht hin, wenn er was sagt. Daß du nicht entlassen wirst.

DER BURSCHE *wütend:* Den Arm schlag ich ihm ab. Ich mag mich nicht ducken.

DAS MÄDCHEN Alois, schau ..

DER BURSCHE Ich kann mich nicht ducken. Ich will mich nicht ducken.

DAS MÄDCHEN Tus meinetwegen, Alois.

DER BURSCHE Wenn ich ein paar Wochen ohne Arbeit bin, können wir uns auch einmal am hellen Tag treffen und brauchen nicht des Nachts im Park herumzuschleichen.

DAS MÄDCHEN Es wäre schrecklich, wenn du entlassen würdest.

DER BURSCHE Ich werd nicht verhungern. Ein einzelner Mensch schlägt sich durch.

DAS MÄDCHEN Ich muß dir etwas sagen.

DER BURSCHE Ein lediger Mensch kommt schon aus.

DAS MÄDCHEN Wir werden ein Kind haben, Alois.

DER BURSCHE Wir .. werden .. ein Kind ..

DAS MÄDCHEN Ein Kind haben, Alois.

DER BURSCHE So ein kleines, kleines Kind.

DAS MÄDCHEN Wir müssen rasch heiraten, Alois.

DER BURSCHE Schnell. Ja, heiraten, und ein Kind.

DAS MÄDCHEN Meine Mutter weiß noch nichts. Sie solls auch nicht erfahren.

DER BURSCHE Ja, rasch heiraten. Gleich morgen stellen wir den Antrag beim Standesamt.

DAS MÄDCHEN Die Wohnung. Die Möbel. Wäsche.

DER BURSCHE Ja, allerdings. *Freudig:* Rasch heiraten und ein Kind.

DAS MÄDCHEN Das Leben ist teuer, Alois.

DER BURSCHE Dich kann ich schon noch mitfuttern. Dich und das Kind.

DAS MÄDCHEN Aber ..

DER BURSCHE Was tun die verheirateten Kameraden? So gehts bei uns auch.

DAS MÄDCHEN Aber, der Vorarbeiter ..

DER BURSCHE Der Vorarbeiter?

DAS MÄDCHEN Wenn du entlassen würdest. Wenn du stellungslos wärst.

DER BURSCHE Ich werd .. nicht .. entlassen .. werden.

DAS MÄDCHEN Kannst du dich ducken? Willst du dich ducken?

DER BURSCHE *mühsam:* Ich will. Das Kind.

DAS MÄDCHEN Du tust deine Arbeit wie jeder andere.

DER BURSCHE *schwer:* Ich werd mich bücken.

DAS MÄDCHEN Wir wollen meiner Mutter sagen, daß wir uns verlobt haben. Daß wir bald heiraten werden. Dann kann sie nichts mehr dagegen haben, daß wir uns täglich treffen. Dann haben wirs leichter.

DER BURSCHE Ja, und gleich morgen gehen wir zum Standesamt wegen der Papiere.

DAS MÄDCHEN Dann sind wir bald immer beisammen.

DER BURSCHE Wir drei, du und ich und das Kind.

DAS MÄDCHEN Du und ich und das Kind.

DER TOTENGRÄBER *ist mit einem schnellen Schritt lautlos aus seiner Tür getreten:* Wo ist denn das Kind? *Das Mädchen schreit laut auf.*

DER BURSCHE Dumme Scherze. Erschrecken Sie das Mädchen nicht.

DER TOTENGRÄBER Habt ihr mich für ein Gespenst gehalten?

DER BURSCHE Es gibt keine Gespenster.

DER TOTENGRÄBER So? Wo habt ihr denn das Kind?

DER BURSCHE Was kostet jetzt eine bescheidene Wohnungseinrichtung?

DER TOTENGRÄBER Für wie viele Zimmer? Salon, Eßzimmer, Wohnzimmer, Schlafzimmer, Küche, Bad? Ein Klubsessel kostet tausend Mark.

DER BURSCHE Wir werden im Wohnzimmer kochen.

DER TOTENGRÄBER Und in der Küche schlafen. Da ists warm. Wo habt ihr denn euer Kind?

DER BURSCHE Sind Sie verheiratet?

DER TOTENGRÄBER Ja.

DER BURSCHE Dann kann ichs Ihnen ja sagen. Meine Braut erwartet ein Kind.

DER TOTENGRÄBER Das .. freut .. Sie ..?

DER BURSCHE *reicht dem Mädchen die Hand. Beide sagen:* Ja.

DER TOTENGRÄBER Sie kaufen sich besser eine Wiege statt eines Klubsessels.

DER BURSCHE So ein kleines Kindchen.

DER TOTENGRÄBER Dann heiratet nur bald.

DER BURSCHE Gleich morgen geh ich zum Standesamt wegen der Papiere.

DAS MÄDCHEN Heut noch sag ichs meiner Mutter.

DER TOTENGRÄBER Baut euch ein Nest.

DER BURSCHE *ist nicht so hoffnungsvoll als er tut:* Und der Vorarbeiter ..? Ich will ihn freundlich ansehn.

DAS MÄDCHEN Ja, Alois. Duck dich.

DER BURSCHE Ich will ihm gute Worte geben.

DAS MÄDCHEN Ja, Alois, duck dich vor ihm.

DER BURSCHE Ich will nicht entlassen werden.

DAS MÄDCHEN Bück dich vor ihm, Alois.

DER TOTENGRÄBER Baut euch ein Nest.

DER BURSCHE Es wird schon gehen.

DER TOTENGRÄBER *höhnisch:* Sicherlich. Wenn Sie sich ducken.

DAS MÄDCHEN Das Kind, Alois.

DER TOTENGRÄBER Ein Storchennest, an eine Turmspitze geklebt. Ein warmes Nest. Und nicht zu weit fliegen und immer wieder zurück ins Nest.

DER BURSCHE Er meints vielleicht gar nicht so schlimm, der Vorarbeiter.

DAS MÄDCHEN Du tust deine Arbeit wie jeder andere.

DER TOTENGRÄBER Und nicht zu weit fliegen. Sonst stößt man sich den Schnabel am Mond blutig. Zurück ins Nest.

DER BURSCHE *träumend:* So ein kleines, kleines Kindchen.

DAS MÄDCHEN Es wird schon alles gut werden.

DER TOTENGRÄBER Und das Nest auspolstern. Und nicht zu weit fliegen. Im Sumpf stelzen nach Fröschen. Und dann ins warme Nest.

DER BURSCHE *in einem Anfall von Wut:* Ich hätt ihm schon gern den Arm abgeschlagen, dem Kerl. Er sitzt mir auf. Ich kann ihm nichts recht machen. *Sie schmiegt sich an ihn.* Ich wills hinunterschlucken.

DAS MÄDCHEN Ja, duck dich, duck dich, Alois. *Sie gehen Arm in Arm nach links ab.*

DER TOTENGRÄBER Warum bloß der Mond so infam lächelt? Wart, ich komme. *Flattert mit den Armen, tut, als ob er Flügel hätte:* Die Flügel sind zu schwach und der Schnabel ist zu kurz. *Schwer atmend:* Das Nest. *Sieht Sebalds Kreisel.* Was liegt da für ein Kinderspielzeug? *Fängt an, den Kreisel zu treiben. Grotesk springt sein Schatten.* Dreh dich, Luder, dreh dich.

DES TOTENGRÄBERS FRAU *unter der Tür:* Adolf, bist du verrückt? Was machst du?

DER TOTENGRÄBER Ich laß den Kreisel springen. Rund herum. *Wirft die Peitsche weg.* Fliegen kann ich doch nicht. *Stelzt wie ein Storch zur Tür.*

DES TOTENGRÄBERS FRAU Gehn wir schlafen. *Verschwindet in der Tür*

DER TOTENGRÄBER Ist das Nest .. auch hübsch warm? *Stelzt ab.*

Vorhang

Das Herz

Ein Tanz auf dem Seil in einem Akt

[1923]

Figuren

KATTA · DER DIREKTOR · DER RINGKÄMPFER · AUGUST

Die Zirkusgarderobe. Ein Wandschränkchen, ein Stuhl, ein Fenster, zwei Türen. An der Wand lehnen einige Peitschen.

AUGUST *kommt:* Ich bin unglücklich. Trostlos bin ich. O, was ist das für ein Schmerz! O, was ist das für ein brennender Schmerz! Ich möchte mir die Augen ausreißen, daß ich das gesehen habe. *Setzt sich auf den einzigen Stuhl.* Ich bin eine traurige Tränenwasserlache. Kommt niemand mit einem Lumpen, mich aufzuwischen?

DIREKTOR *in Reitstiefeln und mit der langen Peitsche:* August, Halunke, da bist du?

AUGUST Ja, mein sehr verehrter Herr Direktor.

DIREKTOR Du bist nicht draußen im Sand?

AUGUST Nein, mein sehr verehrter Herr Direktor.

DIREKTOR Ich glaube gar, du hast geweint.

AUGUST Ja, mein sehr verehrter Herr Direktor.

DIREKTOR Mein sehr verehrter Herr Direktor hin, mein sehr verehrter Herr Direktor her – du bekommst hundert Mark Strafe wegen Pflichtversäumnis.

AUGUST Seien Sie gnadenreich, HerrDirektor. Ich bin ein armer Mann. Setzen Sie mir die Strafe auf 99 Mark herab.

DIREKTOR Hundert Mark und keinen Pfennig weniger.

AUGUST Ach, ich Armer! Ach, ich Unglücklicher! Ach, ich Trauriger! *Er weint.*

DIREKTOR Pfui, schäme dich, wer wird da weinen! Wegen der einen Mark.

AUGUST Daß meine Augen das gesehen haben! O, wäre ich blind!

DIREKTOR Also 99 Mark.
AUGUST Dank, Großmächtigster.
DIREKTOR Aber nun los!
AUGUST Nie wieder!
DIREKTOR Auf und hinaus!
AUGUST *fährt entsetzt an die Wand zurück:* Da hinaus? Durch diese Tür? Das ertrüge ich nicht. Das wäre mein Tod. Lieber zahl' ich doch die hundert Mark.
DIREKTOR Katta tänzelt über das Seil. Der Ringkämpfer geht mit ausgebreiteten Armen sie zu fangen, wenn sie fällt. Aber sie fällt nicht. Ich habe noch nie gesehen, daß sie gefallen wäre. Aber jetzt marsch! hinaus!
AUGUST Katta tänzelt über das schwankende Seil. Der Ringkämpfer schaut hinauf zu ihr mit ausgebreiteten Armen.
DIREKTOR Ja. Und du geh jetzt hinaus und mach deine Affensprünge.
AUGUST O, sie wirft ihm Blicke zu. Sie wirft ihm Kußhände zu. Kußhände so viele wie Sternschnuppen im August. Ich gehe nicht hinaus.
DIREKTOR Das Publikum will lachen. Es will sich den Bauch halten vor Lachen über dich. Hinaus und Purzelbäume geschlagen.
AUGUST Und sie wirft Kußhände wie Sternschnuppen, wie feurige Sternschnuppen. Ich laß mir nicht die Haare verbrennen.
DIREKTOR Du hast ja eine Perücke auf. Los jetzt!
AUGUST Gut. Das ist wahr. Ich habe eine Perücke auf. Ja. Also kann ich gehn. Aber so ohne Perücke *reißt sie sich vom Schädel,* so ohne Perücke kann ich unmöglich unter den Sternschnuppenfall mich wagen. Unmöglich. Meine Haare. Ganz unmöglich, mein sehr verehrter Herr Direktor.
DIREKTOR Die Zeit vergeht. Die Zeit springt. Das Publikum wartet. Raus. Was gehen dich Kattas Kußhände an?

AUGUST Jeder Kuß trifft mich wie ein Faustschlag auf den Magen. Jeder zweite wie ein Hieb auf die Kinnlade. Jeder zehnte zerschmettert mir das Nasenbein. Ich lasse mich aber nicht verstümmeln. Ich denke gar nicht daran, hinaus in den Sternschnuppenfall zu gehn.

DIREKTOR Jetzt lernst du mich kennen. Ich winke dir. *Er schwingt die Peitsche.* Los!

AUGUST Diese verdammte, verdammte, verdammte Bestie! Daß sie Hals und Bein bräche! Was will sie mit dem Ringkämpfer? Der Kerl hat Muskeln. Nun gut, die hat ein Pferd auch. Aber hat er einen Kopf? Nein. Was will sie mit einem kopflosen Liebhaber? Seh einer mich an. Hier, Nase, Augen, Mund, Ohren, Zähne, ein schöner, eirunder Kopf mit einem Gehirn drin. Was will sie mehr?

DIREKTOR Was ist das schon für ein Dutzendkopf! So einen hat jeder auf. *Lüftet den Zylinder.* Das ist dir ein Schädelchen, was? *Zwirbelt den Bart.* Gepecht und gewichst. Geh her, ich stech dich tot, Affenvisage.

AUGUST *ohne ihn zu beachten:* Gott, ja, Muskeln hat er, der Ringkämpfer. Aber kann er das große Einmaleins?

DIREKTOR Ich kann es dir, Kerlchen. Ich kann es dir. Paß auf: dreimal 16 ist 58.

AUGUST Das ist das Direktoreneinmaleins. Aber das große Einmaleins der Liebe?

DIREKTOR Vier Maulschellen und drei Fußtritte sind sieben Hiebe. Hinaus jetzt! Du erinnerst mich rechtzeitig an die Kassenabrechnung. Ich habe deine Purzelbäume vertraglich.

AUGUST Ich kann nicht, Herr Direktor. Wie könnte ich?

DIREKTOR *schlägt ihm die Peitsche um die Beine:* Willst du wohl?

AUGUST Wie könnte ich? Ich stürbe.

DIREKTOR *schlägt:* Vor …

AUGUST *mit einem Sprung zur Tür:* Ach!

DIREKTOR *schlägt:* … wärts!

AUGUST *springt:* Ach!

DIREKTOR *schlägt zweimal:* Vor … wärts!

AUGUST *springt zweimal:* Ach! Ach!

Direktor holt wieder zum Schlag aus. August saust mit einem langen und lauten Ach! hinaus. Katta und der Ringkämpfer treten in diesem Augenblick durch die andere Tür herein.

KATTA Was hat der August?

DIREKTOR Ich hab' ihm Beine gemacht.

KATTA Er hat doch schon zwei recht hübsche.

DIREKTOR Da liegt noch seine Perücke. *Hebt sie auf.* So tritt der Kerl vor das Publikum.

KATTA Wie hat er den Schopf verloren?

DIREKTOR Er wollte sich die Haare ausrupfen vor Schmerz. Aber er hat nur die Perücke erwischt. Wie war die Nummer? Beifall?

KATTA Es müssen viele Paar Handschuhe geplatzt sein.

Man hört von draußen Augusts langhallendes Ach!

DIREKTOR Was schreit er? Er soll Purzelbäume machen. Das Luder, das Luder! *Er stürmt ab.*

RINGKÄMPFER Wenn du nur einmal vom Seil fielst! Warum fällst du nie vom Seil?

KATTA Weil ich eine erstklassige Solokraft bin. Das wäre noch schöner!

RINGKÄMPFER Und ich steh' immer mit ausgebreiteten Armen, und die Schultern tun mir weh, und warte, und du fällst nicht. Fall doch einmal, bitte, einmal falle! Damit ich weiß, warum mir die Schultern weh tun.

KATTA Fällst du von einem Brett? Ich geh' auf dem Seil wie auf einem Brett. Das wär noch schöner, vom Strick zu fallen. Ich müßt mich vor jedem Maikäfer genieren.

RINGKÄMPFER Maikäfer, Johanniskäfer, Marienkäfer, Muttergotteskäferlein, flieg zu mir!

KATTA Bitte, gib mir einen Schnaps.

RINGKÄMPFER *nimmt ihn aus dem Wandschränkchen:* Aquavit. Brennt.

KATTA *trinkt ein Gläschen:* Warum war der August heut nicht bei unserer Nummer?

RINGKÄMPFER Liebst du den August?

KATTA Der Aquavit brennt.

RINGKÄMPFER Liebst du mich?

KATTA Vor jedem Mistkäfer müßt ich mich genieren, fiel ich vom Seil.

RINGKÄMPFER Du liebst mich. O, du liebst mich. *Kniet.* O, rutsch einmal vom Faden, damit ich weiß, warum ich mir die Schultern verrenke.

KATTA Nö, mein Lieber!

RINGKÄMPFER Ich will dir erzählen, wie ich dich liebe. Paß gut auf und überhör kein Wort. Keine Silbe darfst du überhören. In irgend so einer kleinen, winzigen Silbe, zum Beispiel in der Silbe go, kann meine ganze, große Liebe stecken. Hörst du's: go?

KATTA Weiter.

RINGKÄMPFER Nun lade ich alle meine Gefühle auf diesen Kahn go. Nun schwimmt er zu dir. Er schwankt. Ohren auf! Daß er gut lande!

KATTA Vortrefflich angekommen.

RINGKÄMPFER Ich liebe dich so, daß ich nachts aufwache und nicht mehr einschlafen kann. Und wenn ich dann doch einschlafe, erwach' ich gleich wieder. So nach zwei oder drei Minuten ungefähr.

KATTA O, das ist schön.

RINGKÄMPFER Am Morgen habe ich dann blaue Ringe um die Augen. So liebe ich dich.

Man hört von draußen Augusts langezogenes Winseln.

KATTA Ach, der August. Der dumme August.

RINGKÄMPFER Hör nicht auf ihn. Hör auf mich. Ich hab' also am Morgen blaue Ringe um die Augen. Dann sagt meine Zimmerwirtin: Aber, mein Herr, haben Sie wieder so schlecht geschlafen?

KATTA Und was antwortest du?

RINGKÄMPFER Ich antworte: Ich habe die ganze Nacht kein Auge geschlossen, weil …

KATTA Nun, weil?

RINGKÄMPFER Weil ich an eine schöne Frau denken mußte.

Wieder winselt August, diesmal näher.

KATTA Ach, der August. Hör nur, der August.

RINGKÄMPFER Er soll mir nicht immer wieder deine Aufmerksamkeit rauben. Ich will dir die Ohren verstopfen. Hier ist Watte. *Er holt sie aus dem Schränkchen.* Weiße Watte. Komm her. Nun wirst du ihn nicht mehr hören. Nun kann er mir deine Aufmerksamkeit nicht mehr entziehen. *Stopft ihr Watte in das eine Ohr.*

KATTA So ist's schon besser.

RINGKÄMPFER Nun das andere.

KATTA So ist's gut. Ich höre ihn nicht mehr.

RINGKÄMPFER Du Narr! Nun magst du schreien und winseln. Winsele nur. Ich fahre also fort. Wenn ich am Morgen die Treppe hinunter steige, knarrt jede Stufe, und bei jedem Knarren denke ich an dich. Jede Treppe hat vierzehn Stufen. Da es drei Treppen sind, denke ich jeden Morgen, beim Verlassen des Hauses, 42mal an dich. Genügt dir das nicht?

KATTA Was meinst du? Ich seh' zwar, daß deine Lippen sich rühren, aber ich höre nichts. Hast du mir etwas erzählt?

RINGKÄMPFER Ja. Etwas sehr Schönes.

KATTA Gib mir einen Schnaps.

RINGKÄMPFER *gibt ihr:* Aquavit.

KATTA Danke. Gut. Sprich weiter.

RINGKÄMPFER Wenn ich dann die Haustüre aufmache … So sieh doch her zu mir! Wo gehst du denn hin? *Schüttelt sie an der Schulter.* Was gehst du denn auf und ab? Nun muß ich dir die Watte doch wieder aus den Ohren nehmen. Schade, sehr schade. *Tut es.*

KATTA Mir war's jetzt gerade, als wär ich auf dem Meeresboden herumgegangen. Es sauste um mich.

RINGKÄMPFER Das war dein Blut.

KATTA Ich bin froh, daß ich dich wieder höre.

RINGKÄMPFER Ich erzählte dir also, daß ich ...

Ganz nahe, an der Tür, winselt August. Verdammter Winsler!

Katta hat sich an die gegenüberliegende Wand gedrückt.

KATTA August!

RINGKÄMPFER Laß ihn!

Augusts Winseln ertönt dicht hinter Kattas Kopf.

KATTA *mit einem Sprung weg von der Stelle:* Da ist er. Jetzt ist er da. Und nun hier. Überall ist er. *Wirft sich mitten im Zimmer auf den Boden.* Ach, nun ist er auch unter mir.

Steht auf. August winselt nicht mehr. Er rennt außen rund um das Zimmer, an den Wänden kratzend.

RINGKÄMPFER Ich fang ihn.

KATTA Es scharrt überall. Maulwürfe und Ratten! Hilfe! *Sie steigt auf den Stuhl. Laut schreiend.* Ich fürchte mich!

RINGKÄMPFER Ich fang ihn. Ich fang ihn.

Stürzt hinaus. Katta bleibt auf dem Stuhl, aber setzt sich auf die Lehne. Das Kratzen hat aufgehört. Es ist ganz ruhig.

KATTA *probiert mit den Lippen:* Go. Ach, Unsinn! Go.

AUGUST *schleift hinter sich den bewußtlosen Ringkämpfer:* Ich bringe ihn dir als Opfer. Da liegt er. Da sitzt er. *Er lehnt ihn mit dem Rücken gegen die Wand.* He, wo sind deine Muskeln nun? Was sagst du, Katta?

KATTA Go.

AUGUST Wie?

KATTA Go. Ich sage: Go. Du weißt wohl nicht, was go heißt?

AUGUST Wahrhaftig nein.

KATTA Wie sagst du, wenn du mir deine Liebe erklären willst?

AUGUST Ich sage ... Ganz einfach, ich sage, ich liebe dich.

KATTA Nun, ich weiß es noch einfacher. Go.

AUGUST Das ist Unsinn. Wie könnte ich all meine Liebe in der kleinen Silbe go unterbringen?

KATTA Er sagte go, wenn er von seiner Liebe sprach.

AUGUST Er ist auch nur ein Ringkämpfer. Du darfst ihm das nicht einmal so übelnehmen. Er hat starke Muskeln, aber keinen Kopf. Go! Das ist lächerlich. Das sieht einem Ringkämpfer ähnlich.

KATTA Ich fand es auch gleich lächerlich.

AUGUST Wenn ich dir eine Liebeserklärung mache, eine richtige, die ist so lang wie der Kölner Dom. Aber von dem Mann ohne Kopf darfst du nicht mehr erwarten.

KATTA August, mach mir eine Liebeserklärung!

AUGUST *nimmt eine Peitsche von der Wand:* Eine Erklärung, so lang wie dieser Peitschenstiel. So biegsam wie dieser Stiel. Eine herrliche Liebeserklärung will ich dir machen.

KATTA Man kniet dazu.

AUGUST *kniet:* Holde Seiltänzerin..

Ringkämpfer unbeweglich, nur den Arm hebt er, nimmt eine Peitsche und schlägt August damit.

AUGUST Toter, was willst du noch? Rühr dich nicht. *Zu Katta:* Süßgoldige Tänzerin auf dem Seil. *Ringkämpfer schlägt wieder wie vorhin. August springt auf und stellt sich wütend vor ihn.*

AUGUST Kopfloser Bursche, was willst du? Kannst nichts als go sagen. Horch mir zu und lerne. *Zu Katta:* Feuerfarbene Tänzerin.

Ringkämpfer schlägt wieder.

AUGUST Ich werde dich mit der Peitsche rasieren. Willst du ein Peitschenduell, kopfloser Mann?

Schlägt zu.

RINGKÄMPFER *immer noch sitzend:* Jawohl. Nur los.

AUGUST *schlägt:* Genügt dir das?

RINGKÄMPFER Au! O, das tut weh. Da! *Er schlägt.*

AUGUST Au! Sag, kopfloser Bruder, warum prügeln wir uns?

RINGKÄMPFER Das wird wohl seine Gründe haben.

AUGUST Das wird es. Aber ich weiß sie nicht.

KATTA Ja, warum prügelt ihr euch?

AUGUST Bedenk ich's recht, verdammt, ich weiß es nicht.

RINGKÄMPFER Laß mich nachdenken. Vielleicht fällt es mir ein.

AUGUST Bemüh dich nicht, kopfloser Bruder. Wie kann es dir einfallen! Aber Muskeln hast du.

RINGKÄMPFER Wie wär's, wenn wir sie prügelten?

KATTA Mich?

RINGKÄMPFER Bruder, wir wollen sie schlagen. Warum sollen wir uns Striemen machen?

AUGUST Kopfloser Bruder, du hast recht.

Der Ringkämpfer ist aufgestanden. Sie stehen mit gehobenen Peitschen vor Katta.

RINGKÄMPFER Schlag zu!

AUGUST Hau hin!

RINGKÄMPFER Warum schlägst du nicht?

AUGUST Warum zögerst du?

RINGKÄMPFER Los, August, schlag!

AUGUST Ja. *Schwerfällig hebt er den Arm, zielt auf Katta, aber der Hieb trifft den Ringkämpfer.* Schlag zu, Bruder.

RINGKÄMPFER Ja. *Er zielt auf Katta, aber auch sein Arm weicht ab und er trifft August.* Es geht nicht, Bruder.

KATTA Nun schlagt ihr doch euch. Warum nicht mich?

RINGKÄMPFER Ich hab' keinen Kopf. Ich kann es nicht.

AUGUST Es geht nicht.

Er lehnt die Peitsche wieder an die Wand.

RINGKÄMPFER Es geht halt nicht.

Auch er lehnt die Peitsche weg.

KATTA Der eine hat keinen Kopf, der andere hat keine Muskeln. Ihr seid ein paar Vögel.

AUGUST Das ist ein sauberes Vogelhaus.

RINGKÄMPFER Fliegen wir fort. *Versucht es.* Hoppsa, es geht nicht.

KATTA Gebt mir einen Schnaps.

AUGUST *gibt ihr:* Aquavit.

KATTA Das brennt. Den schönsten Schnurrbart im Zirkus hat der Direktor.

RINGKÄMPFER Bruder, reiß ihr das Herz heraus, dann ist sie tot.
AUGUST Du hast die stärkeren Muskeln.
KATTA Ihr seid beide glatt rasiert.
RINGKÄMPFER Reiß ihr das Herz heraus! Dann ist sie tot und wir sind erlöst.
KATTA Saubere Vögel.
AUGUST Reiß ihr das Herz heraus!
RINGKÄMPFER Es muß sein. *Er greift ihr in den Halsausschnitt und zieht ein rotes Herz heraus.* Ein Herz wie jedes andere. Rot wie jedes Herz. Es blutet gar nicht.
AUGUST Hurra! Hast du's! Nun ist sie erledigt.
RINGKÄMPFER Da liegt das Herz. *Wirft es zu Boden.* Nun ist sie tot.
AUGUST Wirf es zum Fenster hinaus! Hinaus damit!
Packt es und wirft es durchs Fenster. Es klirrt gellend.
KATTA *greift sich an die Brust:* Gebt mir einen Schnaps.
RINGKÄMPFER *gibt ihr:* Aquavit.
KATTA Mir ist auf einmal so leicht zumut. Ich möchte gleich auf dem Seil tanzen, so leicht ist mir zumut.
RINGKÄMPFER Sie lebt noch.
KATTA Ist das ein wonniges Gefühl, kein Herz zu haben!
RINGKÄMPFER Bruder, Bruder!
KATTA Ich rate euch, werft euer Herz auch weg. Es ist so schön, ich kann's euch gar nicht sagen. Ich schwebe. Ich dank' euch auch recht schön.
RINGKÄMPFER Verdammt!
AUGUST Und tut dir gar nichts weh?
KATTA Gar nichts weh. Warum hast du mein Herz durchs Fenster geworfen? Ich hätt's gern in die Hand genommen und angeschaut. So ein sonderbares Stück Fleisch.
RINGKÄMPFER Verdammt!
AUGUST Das war ein schlechter Rat von dir. Wie konnt ich auch auf deinen Rat was geben! Du hast Muskeln, aber keinen Kopf.

KATTA Ach, ist das herrlich!

DIREKTOR *kommt:* Fräulein Katta, Sie kommen gleich wieder dran, die nächste Nummer. Gut bei Stimmung?

KATTA In bester, liebster Direktor, in allerbester.

DIREKTOR Gut, gut. Die Herren schauen so betrübt.

KATTA Nur ein mißglückter Mord.

DIREKTOR Und deswegen solche Jammermienen. Pfui, meine Herren, schämen Sie sich! Deutsche Künstler!

KATTA Sie haben einen so schönen, langen Schnurrbart, lieber Direktor. Ob er mich trägt? Ich möchte darauf seiltanzen.

DIREKTOR Das wär' eine feine Nummer. Das ist zu überlegen.

KATTA Ich kenne übrigens einen Polizeiinspektor, dessen Schnurrbart ist noch länger, noch spitzer.

DIREKTOR Sie betrüben mein Herz.

KATTA Döskopf. Ich muß seiltanzen. *Ab.*

AUGUST Damit waren Sie gemeint, Herr Direktor.

RINGKÄMPFER Ohne Zweifel waren Sie gemeint.

DIREKTOR Ich glaub' es nicht. Das glaub' ich nimmermehr. Aber ich werde sie selber fragen. *Ab.*

AUGUST Das kommt von deiner Kopflosigkeit. Nun haben wir die Sache noch schlimmer gemacht.

RINGKÄMPFER Ja.

AUGUST Jetzt, da sie herzlos ist, wird es uns noch schlechter gehen.

RINGKÄMPFER Hätten wir ihr das Herz gelassen!

AUGUST Nun wippt sie auf den Schnurrbartspitzen des Direktors, das Mädchen ohne Herz.

RINGKÄMPFER Vielleicht kann man ihr das Herz wieder einsetzen.

AUGUST Das ist eine Hoffnung! Wenn das ginge!

RINGKÄMPFER Man holt das Herz herauf, und eh sie sich's versieht, haben wir ihr es wieder unter die Brust geschmuggelt.

AUGUST Kein schlechter Gedanke.

RINGKÄMPFER Ich will einmal sehen. *Stürzt zum Fenster:* O!

AUGUST Was ist's?

RINGKÄMPFER Zu spät. Nun ist alles verloren.

AUGUST Das Herz …

RINGKÄMPFER Da unter der Laterne sitzt ein großer Hund und frißt's.

AUGUST *langgezogen schreiend:* Ach!

RINGKÄMPFER *tritt vom Fenster weg, verstört:* Sitzt ein großer Hund und frißt's.

AUGUST Was sollen wir nun tun? Zwei Herzen gegen eine leere Brust.

RINGKÄMPFER Bruder, ich hab' keinen Kopf.

AUGUST Aber Muskeln hast du.

RINGKÄMPFER Draußen der Hund hat das Herz gefressen.

AUGUST Komm! Wir wollen sie von den Schnurrbartspitzen des Direktors herunterreißen.

RINGKÄMPFER Bruder, ich hab' keinen Kopf. Wie wird das enden?

Sie stehen starr und stumm. Dann sagen beide laut und entschlossen aus einem Mund: Aquavit.

Paula und Bianka

Komödie in vier Akten

[1921]

Personen

PAULA · PAULAS MUTTER · BIANKA · KARL · REICHSWEHRHAUPTMANN

ERSTER AKT

Bürgerliches Wohnzimmer.

MUTTER So? Mit einer anderen? Soso? Mit einer anderen?
PAULA Ja, Mutter.
MUTTER Tuts dir weh?
PAULA *langsam:* Obs mir weh tut? Nein!
MUTTER Auf der Straße?
PAULA Ja. Sie gingen vor mir her, die ganze lange Ludwigstraße.
MUTTER Ist sie hübsch?
PAULA Ja. Es scheint. Sie sah sich einmal um. Ein freundliches Gesicht.
MUTTER Groß?
PAULA Nicht größer als ich.
MUTTER Ein sonderbarer Mensch.
PAULA Ja.
MUTTER Hat er dich geliebt, glaubst du?
PAULA In seiner Art. So gut ers konnte. Ich glaube schon.
MUTTER Ein sonderbarer Mensch.
PAULA Er ist ganz und gar allein. Er kann nicht über die Mauer greifen. Und er will es nicht. Er schichtet, im Gegenteil, immer noch Ziegelstein auf Ziegelstein immer höher.
MUTTER Du hast ihn gern gehabt?

PAULA Ich habe es versucht. Aber er ließ es nicht zu. Er hinderte mich daran. Mit allen Listen. Mit tausend Finten. Er wollte nicht, daß ich ihn liebte.

MUTTER Ich verstehe das nicht.

PAULA Er will allein sein. Ihm ist nur wohl, wenn er allein ist. Er will niemanden zu nahe an sich herankommen lassen. Er liebt Niemand. Er kann niemand lieben. So will auch er nicht geliebt sein.

MUTTER Wie schrecklich!

PAULA Ja, wie schrecklich! Aber nicht für ihn. Für ihn nicht. Für den aber, der zu ihm will.

MUTTER Es sollte eben niemand zu ihm wollen.

PAULA Und doch ist er liebenswert. Man darf nur nichts von ihm fordern.

MUTTER Wie lang hast du ihn gekannt?

PAULA Ein viertel Jahr. Dann fing er an, mich wegzuschieben. Vorsichtig. Unmerklich. Auf einmal lag eine breite sandige Strecke zwischen uns.

MUTTER War es unangenehm für dich?

PAULA Nein. Er ließ nichts schwer werden. Er ließ alles in der Schwebe. Eines Tages glitten wir ganz auseinander.

MUTTER Hast du ihn vergessen?

PAULA Vergessen nicht. Ich denke zuweilen an ihn. Ich glaube nur, er hätte es am ehesten noch mit mir ausgehalten. Aber ich war ihm zu arm.

MUTTER Hat er ans Heiraten gedacht?

PAULA Ja, er will heiraten, will einen lautlosen Haushalt um sich. Da braucht er keine reiche Frau. Aber eine wohlhabende. Er hat mich anfangs dafür gehalten.

MUTTER Er ist Lehrer. Er hat seinen Gehalt. Er kann doch eine Frau ernähren.

PAULA Er will kein glänzendes Leben. Aber es soll auch nicht zu kümmerlich sein. Er sprach mit mir vom Heiraten. Als ich ihm sagte, daß ich arm sei, schwieg er davon. Und dann ging es langsam zu Ende.

MUTTER Deswegen also. Weil du kein Geld hast.
PAULA Nicht deswegen. Er braucht niemand.
MUTTER Und die Andere, mit der du ihn sahst?
PAULA Vielleicht ist sie wohlhabend. Dann wird er sie heiraten. Aber er wird sie nicht lieben. Das kann er nicht.
MUTTER Niemanden, denkst du?
PAULA Niemanden.
MUTTER Er hat ein Herz aus Stein.
PAULA Nein. Er ist gut. Aber er kann niemanden lieben.
MUTTER Da ist ein Fluch über ihm.
PAULA Oder ein Segen. Er befindet sich wohl dabei.
MUTTER Er hat kein Blut.
PAULA Es wallt in ihm, manchmal. Aber er kann sich beherrschen. Er wird einem Mädchen nichts zu leide tun.
MUTTER Er hat kein Blut.
PAULA Es will auch bei ihm manchmal kochen. Aber er schüttet kaltes Wasser dazu. Er fürchtet die Folgen. Er ist mir nie zu nahe gekommen. Er fürchtet Möglichkeiten, die ihm auf den Leib rücken könnten. Er wird kein Mädchen umarmen, vor der Ehe.
MUTTER Da kann man ihn nicht schelten. Ist es nicht anständig, die Folgen einer heißen Nacht zu bedenken? Er nimmt Rücksicht auf das Mädchen. Er nahm Rücksicht auf dich. Das ist sehr anständig. Ich bin ihm dankbar.
PAULA Er nimmt Rücksicht auf sich. Er will nicht, daß er jemanden verpflichtet ist. Ja, er ist anständig.
MUTTER Ich bin froh für dich.
PAULA *schweigt.*
MUTTER Jetzt ists wohl ein Jahr her, daß ihr auseinander seid.
PAULA Wir waren nie zusammen.
MUTTER Wars doch bitter für dich, als es aus war?
PAULA Die Trennung konnte nicht weh tun, weil nichts verwachsen war. Es löste sich leicht, was kein Knoten war. Es blieb höchstens das Bedauern, daß es unmöglich war, die Schnüre zu binden.

MUTTER Es gibt noch andere Männer. Du bist jung. Er war der erste Mann, der dir begegnete. Nicht jeder ist ein steinernes Herz.
PAULA Nicht jeder. Nein, nicht jeder. *Lächelt.*
MUTTER Du findest noch dein Glück.
PAULA Ich glaube, ja, Mutter. Ich glaube ja.
MUTTER Du lächelst. Du bist schon auf dem Wege?
PAULA Ja, Mutter.
MUTTER Du hast mir nichts erzählt.
PAULA Ich wollte, heute, eben.
MUTTER Erzähle! Erzähle!
PAULA Er heißt Kisslein.
MUTTER Kisslein?
PAULA Karl Kisslein.
MUTTER Erzähl doch!
PAULA Ich kenne ihn seit zwei Monaten.
MUTTER Du liebst ihn?
PAULA Ja.
MUTTER Und er dich?
PAULA Ja.
MUTTER O, dann ists gut. Wie habt ihr euch kennen gelernt?
PAULA Auf dem Sommerfest der Angestellten. Er tanzte fast nur mit mir. Er tanzte gut. Und nur mit mir.
MUTTER Und er? Ist er anders als Heinrich? Ists der Richtige diesmal? Liebt er dich wirklich? Und du ihn?
PAULA Das fühlt man, Mutter.
MUTTER Ja, man fühlts. Was ist er?
PAULA Beamter der Kreditbank. Es geht ihm gut. Er ist aus vermögendem Haus und hat noch Geld zu erwarten.
MUTTER Umso besser. Lern ich ihn kennen?
PAULA Ja. Er will heut kommen.
MUTTER Heut?
PAULA Gleich. Um drei will er da sein.
MUTTER Drei? Es ist ja schon drei! Das ist eine Überrumpelung.

PAULA Ich hör seinen Schritt.
MUTTER Ich bin nur im Hauskleid.
PAULA O, Mutter.
MUTTER Die Haare? *Ordnet sie.* Wie sehe ich aus?
PAULA *da es klopft:* ... Er ists. *Öffnet.*
KARL *küßt der Mutter die Hand:* ... Gnädige Frau, ich ...
MUTTER Vor fünf Minuten wußte ich noch nichts von Ihnen.
KARL Gnädige Frau ...
MUTTER Mein Mann ist im Büro.
KARL Ich wollte gern, zuerst, mit der Mutter.
PAULA Ja, mit dir, Mutter.
MUTTER Das, das ist schön. Und aufmerksam. Und richtig.
PAULA Dort hängt meine Gitarre. Ich habe dir von ihr erzählt.
KARL Ich möcht dich gern einmal hören.
PAULA Du kommst ja nun öfter.
KARL Ja.
PAULA Dann werd ich manchmal abends eins singen.
MUTTER Tanz, tanz Wieselchen ...
PAULA *vergnügt:* ... La, la, la ...
KARL Ich freue mich sehr darauf.
PAULA *durchs Fenster:* Dort, der Baum im Hof. Mein Gott ist der alt. Als Kinder haben wir seine Kastanien gesammelt, im Herbst.
MUTTER *tritt zu ihr, so daß Karl jetzt etwas abseits steht:* Und Ketten draus gemacht, lange, braune Ketten.
PAULA Die haben wir um den Hals getragen.
MUTTER Du hattest so einen weißen, dünnen Kinderhals damals. So dünn!
PAULA Ja, der hat mich viele Tränen gekostet. Die Buben spotteten drüber.
MUTTER *lacht:* Er sah auch aus! Zum Erbarmen!
PAULA Pfui! Ich ärgere mich jetzt noch.
MUTTER Und mit den Ketten seid ihr im Hof herumstolziert.

PAULA Ja, eitel, wie die Pferde auf ihr Geschirr.

MUTTER Und wer die längste Kette trug …

PAULA War Kinderkönigin. Tanz, tanz, Wieselchen. Ach Mutter! *Sie haben Karl ganz vergessen, er mischt sich jetzt ins Gespräch.*

KARL Wer sammelt jetzt die Kastanien?

PAULA Wie du ungeschickt fragst; wieder Kinder.

MUTTER Aber sie müssen sich jetzt vorm Hausbesitzer in acht nehmen, die Kinder. Der sammelt sie selbst, um sie zu verkaufen.

KARL Er verkauft sie?

MUTTER Ja, als Viehfutter. Aber, setzen wir uns. *Sie setzen sich.*

KARL Ich hab mir heute von der Bank freigeben lassen.

MUTTER Sie sind Bankbeamter?

KARL Ja.

MUTTER Ich weiß es nicht, ist das ein schöner Beruf?

KARL Es gibt wohl schönere, gnädige Frau, aber ich fühle mich zufrieden.

MUTTER Mein Mann sitzt auch den ganzen Tag im Büro. Er ist bei der Regierung. Er klagt oft, das viele Sitzen …

KARL Ich bin gut bezahlt. Für mein Alter sogar sehr gut. Ich darf wohl sagen, außerordentlich gut.

PAULA Karl ist bei seinem Chef gut angeschrieben.

KARL Er ist ein Freund meines Vaters. Das bringt mir manchen Vorteil.

MUTTER Man hörts oft, daß Verbindungen wichtiger seien, als alles andere. Ich kann darüber nicht mitreden.

KARL Ich bin sehr zufrieden mit meiner Stellung.

MUTTER Das ist jedenfalls sehr angenehm.

KARL Ich bin auch nicht unvermögend. Und meine Stellung in der Bank gibt mir manche Möglichkeit, Geldgeschäfte zu machen, die mir nützen.

MUTTER Ist das nicht gewagt? Kann man da nicht viel verlieren?

KARL Wenn man vorsichtig ist.
MUTTER Ich würd es mir nicht trauen.
KARL Ich mache Geschäfte mit ausländischen Geldpapieren. Ich habe es leicht. Ich habe gute Verbindungen. Ich bin ja auch Ausländer, jetzt.
MUTTER Ausländer?
KARL Ja. Seit dem Friedensschluß. Ich bin Tschechoslowake.
MUTTER Tschechoslowake?
KARL Ja. Seit dem Friedensschluß. Man hat mich nicht gefragt.
PAULA Im allgemeinen ...
MUTTER Und Ihre Eltern?
KARL Leben dort, im Ausland. Was jetzt Ausland heißt.
PAULA Es ist nicht weit.
KARL Nein, es ist nicht weit. Nehmen Sie daran Anstoß, gnädige Frau, daß ich Ausländer bin.
MUTTER Wie könnte man denn das?
KARL Dann wird es Sie nicht hindern, ja zu sagen, wenn ich Sie um die Hand Ihrer Tochter bitte.
MUTTER Ich bin verwirrt. *Zu Paula:* Paula.
PAULA Ja. Mutter, ein Heiratsantrag. *Pause.*
MUTTER Du hättest mir vorher ...
KARL Sie haben mir noch nicht gesagt ...
MUTTER Ich freue mich. Natürlich. Es ist mir sehr angenehm. Aber ...
KARL Meine Verhältnisse habe ich Ihnen auseinandergesetzt. Ich kann gut eine Frau ernähren.
MUTTER Ich bin etwas außer Fassung. Paula ist arm.
KARL Ja.
MUTTER Sie bekommt eine bescheidene Wohnungseinrichtung. Das ist alles.
KARL Ja.
MUTTER Wie benimmt man sich? Ich habe natürlich nichts dagegen. Nein, ich freue mich. Ich freue mich sehr. Ich freue mich außerordentlich.

KARL *küßt ihr die Hand:* ... Ich danke Ihnen.
MUTTER Und der Vater? Sie müssen noch mit dem Vater reden. Er wird sich auch freuen.
KARL Das werde ich natürlich. Ich hoffe auch daß er ...
PAULA Das ist gewiß.
MUTTER Auf einen Heiratsantrag gleich in den ersten zehn Minuten war ich nicht vorbereitet.
PAULA Auf was denn, Mutter?
MUTTER Nun, ich hielts für einen Antrittsbesuch.
PAULA Wir haben dir noch mehr zu sagen.
MUTTER Und Ihre Eltern?
KARL Ich habe noch nicht mit ihnen gesprochen. Ich schreibe ihnen noch heut. Ich bin gewiß ...
MUTTER Auch Ihre Mutter lebt noch?
KARL Vater und Mutter, beide.
MUTTER Sie werden sie ebenso überraschen, wie mich?
KARL Ja.
PAULA *an seinem Hals:* Ich bin neugierig auf deine Eltern.
KARL Ja.
PAULA Auf deine Mutter. Ich habe ein wenig Angst.
KARL Du wirst ihr gefallen.
PAULA Meinst du? Ich will alles dazu tun. Erzähl von ihr.
KARL Später. Nicht jetzt.
PAULA Deine Eltern, sie werden eine reiche und vornehme Schwiegertochter sich wünschen.
KARL Sie lieben mich und werden meinem Glück kein Hindernis sein wollen.
PAULA Nein. *Pause.*
KARL Ich würde die Hochzeit gerne sehr beschleunigen, gnädige Frau.
MUTTER Ihr redet schon von der Hochzeit, von der Trauung. Das hat noch Zeit. Das hat noch lang Zeit.
PAULA Wir wollen aber ...
MUTTER Es ist noch allerhand zu tun. Deine Wäsche – *lacht* – Möbel. Tausend Sachen. Tausend Dinge. Von heut auf morgen geht das nicht.

KARL Leider nicht von heut auf morgen. Aber Sie sind doch einverstanden, daß wir Hochzeit feiern, sobald es geht.

MUTTER Die Ungeduld! Nun sind Sie vorhin durch die Tür hereingetreten, als Junggeselle und als Ehemann möchten Sie wieder hinausgehn!

KARL Ja, am liebsten.

MUTTER Wir wollen die Brautzeit auf acht Wochen festsetzen.

KARL O, das ist zu lang.

MUTTER Die Möbel muß man kaufen. Eine Wohnung mieten. Sechs Wochen zum mindesten.

KARL Auch davon läßt sich noch was streichen.

MUTTER *lachend:* ... Ihr treibt Handel mit jeder Woche. Vielleicht schenke ich euch noch einige.

KARL Noch viele!

MUTTER Diese Eile!

PAULA Ist notwendig, Mutter.

MUTTER Ihr laßt euch Schönstes entgehen. Die Brautzeit. Allerschönstes. Warum? Ihr könnt euch häufig sehen. Täglich sehen. Bei uns; nun?

KARL Schon. Aber ...

PAULA Aber, Mutter ...

MUTTER Ihr seid merkwürdig.

PAULA Es wird gut sein, Mutter, wenn wir so bald als möglich Hochzeit machen.

MUTTER Was ... heißt ... das ...?

KARL Ich bitte Sie um Verzeihung.

MUTTER Was heißt das?

PAULA Ich ...

KARL Ich ...

PAULA Verstehst dus nicht, Mutter, noch nicht?

KARL Ich bitte Sie um Verzeihung.

PAULA Mutter ...

KARL ... um Verzeihung.

MUTTER Ich bin ...

PAULA Bist du bös, Mutter?

MUTTER Nein ich ... *Weint leise in ihr Taschentuch; verlegen stehen die beiden neben ihr. Schweigen.*

PAULA Es kam, es ...

KARL Wir wollen ja auch ...

MUTTER *faßt sich:* Ja.

PAULA Wir heiraten rasch, dann ...

MUTTER Ja, rasch.

PAULA Wann das war, mit dem Kind, das kann dann niemand ausrechnen.

MUTTER Nein.

PAULA Ach, Mutter!

MUTTER Es ist schon gut, Kind.

KARL Jetzt eilts freilich.

PAULA Darum unsere Eile!

KARL Hoffentlich gehts so rasch, wie wir es wollen. Wie es notwendig ist.

MUTTER Ja, das ist notwendig.

KARL Es könnte allerdings Schwierigkeiten geben.

MUTTER Und wieso?

KARL Ich bin Tschechoslowake.

MUTTER Ja.

KARL Die deutschen Behörden. Ich bin Ausländer.

MUTTER Ausländer.

KARL Die Heiratspapiere. Vielleicht macht man Schwierigkeiten. Als Ausländer.

MUTTER Gibts das?

KARL Ich fürchte sehr.

PAULA Du mußt es möglichst dringend machen.

KARL Das tu ich. Ich hoffe ja auch, ich bin ja auch überzeugt, es wird gehen.

MUTTER Ja. Es muß. Es wird gehen.

KARL Ich tue, was ich kann. Ich geh jetzt sofort zu unserem Konsul.

MUTTER Ja.

KARL Ich bitte um Verzeihung, gnädige Frau. Ich trage die Schuld.
PAULA Ach! *Küßt ihn.*
MUTTER Es ist ja, Sie gehen ja jetzt zum Konsul. Es wird ja alles bald in Ordnung sein.
KARL Ich bin überzeugt. Ich geh jetzt gleich. *Küßt der Mutter die Hand. Er will gehen, von Paula begleitet. Er ist unter der Tür, da sagt sie:*
MUTTER Und, Herr Kisslein, Ihre Eltern? Was werden Ihre Eltern sagen?
KARL Sie wissen nichts.
MUTTER Aber … Sie müssen doch …
KARL Nicht … Vorläufig. Vorläufig nicht. *Langsam:* Es wäre mir peinlich. Später vielleicht.
MUTTER Es ist dies alles sehr peinlich. *Karl geht, von Paula begleitet. Die Mutter ist einen Augenblick allein.* Peinlich.
PAULA *kommt:* Ach, Mutter.
MUTTER Dummes Kind. *Streichelt sie.*
PAULA Ich schäm mich eigentlich gar nicht.
MUTTER Ein wenig dürftest du es schon.
PAULA Ich schäme mich nicht.
MUTTER Nein? Liebst du ihn denn?
PAULA Stünde es denn sonst so?
MUTTER Ja, das ist wahr. Du liebst ihn also?
PAULA Ja. Wie gefällt er dir?
MUTTER Mir? Gut, Kind, gut.
PAULA Er ist hübsch.
MUTTER Ja. Ein hübscher Mensch.
PAULA Und sonst?
MUTTER Er macht so höfliche Verbeugungen.
PAULA Wirfst du ihm das vor?
MUTTER Nein, nein. Und er sagt gnädige Frau zu mir und küßt mir die Hand. Er ist ein sehr höflicher Mensch, aber es setzt mich in Verlegenheit.
PAULA Daran wirst du dich gewöhnen.

MUTTER Ja, ich werd mich an ihn gewöhnen.
PAULA Es wird dir nicht schwer fallen.
MUTTER Und der Andere?
PAULA O, Mutter, der war ja nie etwas, das war doch alles nur ein Anfang. Ich habe ihn vergessen.
MUTTER So? Ich fürchte fast …
PAULA Was?
MUTTER Daß du, dein zu Herz betäuben …
PAULA Ich liebe Karl.
MUTTER Ich glaub es schon.
PAULA In einem halben Jahr bin ich verheiratet.
MUTTER Ja. Bist Frau. Und hast ein Kind. Freust du dich auf das Kind?
PAULA Ich weiß nicht recht.
MUTTER Das kommt noch.
PAULA So?
MUTTER Und dein Vater? Das liegt mir schwer auf dem Herzen.
PAULA Er brauchts nicht gleich zu erfahren.
MUTTER Wir müßten aber eigentlich …
PAULA Später. Er erfährts früh genug … Wenn ich schon verheiratet bin.
MUTTER Er erfährts früh genug … Aber wir hintergehen ihn.
PAULA Wir schonen ihn.
MUTTER Es bleibt Unrecht. Wir solltens nicht tun.
PAULA Wenn nur die Hochzeit schon wär.
MUTTER Kannst dus nimmer erwarten?
PAULA Kanns nimmer erwarten.
MUTTER Kind, Kind!

ZWEITER AKT

Karls Zimmer in der Pension.

KARL Mein Magen ist leer und beschwert. Leer und schwer, gleichzeitig. Ein Kunststück immerhin.
BIANKA Es hat ihnen nicht geschmeckt?
KARL Es hat mir gar nicht geschmeckt. Das war wie Leim.
BIANKA Nicht viel besser.
KARL Wie Leim sage ich, wie fünfmal und sechsmal verrührter Leim.
BIANKA Dafür war das Fleisch ...
KARL Hart, härter ...
BIANKA Am härtesten.
KARL Ein Bündel Stricke.
BIANKA Und das alles zusammen ...
KARL Suppe, Fleisch, Pudding ...
BIANKA Und geröstete Kartoffeln ...
KARL Zimmer inbegriffen fünf Mark. Nur fünf Mark täglich.
BIANKA Man triffts anderswo nicht besser.
KARL Bestimmt nicht schlechter. Wollen Sie eine Zigarette? *Sie rauchen.*
BIANKA Sie haben das schönste Zimmer der Wohnung. Um wieviel ist meines kleiner.
KARL Ja.
BIANKA Sie haben sogar einen Diwan. Ich muß mich mit einem Lehnsessel begnügen.
KARL Ich habe auch einen Bettvorleger.
BIANKA *aufspringend:* Und, hier, hier ist das Mädchen, nach der der Jüngling bei mir die Arme ausstreckt! O, das schöne rosa Kleid! Sehen Sie nur! Man hat sie grausam getrennt, und durch die getünchte Wand geht nicht ihr dünner Ruf. Oh, das arme Mädchen! O, der arme Jüngling!
KARL Das Mädchen hat Glotzaugen. Ich mag Mädchen mit Glotzaugen nicht.

BIANKA Das ist ein Vorurteil.
KARL Aber ein für allemal. Ich mag sie nicht.
BIANKA Heute Abend, Achtung! Ein neuer Film!
KARL So?
BIANKA Gehn Sie mit? Das Mädchen aus der Ackerstraße.
KARL Ach, Kino.
BIANKA Ich geh. Das muß ein süßer Kitsch sein.
KARL Ach!
BIANKA Sie fängt sich einen Grafen mit den dünnen Beinen. Sie lächelt und man legt ihr eine Perlenkette um den Hals. Sie hebt die Augen und Herren im Frackmantel winken ihr ein Auto herbei.
KARL Romantik.
BIANKA Wenns surrt und flimmert. Wenn der Motor knackt. *Neigt sich zu ihm.* Dunkel und Licht! Spürten Sie den Kitzel nie?
KARL Nein. Aber wie Sie's sagen …
BIANKA Wenn die Bilder tanzen. Und wieder Schwärze. Und der viele Atem. Verschlungene Hände. Vornübergebeugt der Saal. Das spürten Sie nie?
KARL O, wie Sie's sagen? Mit Ihnen! Mit Ihnen!
BIANKA *kühl:* Ich kann dies alles auch allein genießen.
KARL Wir gehn heut abend. Gut. Wir gehn. Ich freu mich drauf.
BIANKA Das Mädchen aus der Ackerstraße.
KARL Wir gehn. Holla, wir gehn ins Kino.
BIANKA *gleichgültig:* Ja. *Pause.*
KARL Ich werde nicht lang mehr diesen Pudding essen.
BIANKA Nicht?
KARL Und die gerösteten Kartoffeln.
BIANKA Wollen Sie ausziehen?
KARL Ja.
BIANKA Und Sie wissen schon, wo Sie's besser finden?
KARL Ja.
BIANKA Eine andere Pension?

KARL Keine Pension? Sozusagen.
BIANKA Nach der Karte. Wollen Sie im Gasthaus essen?
KARL Da würde der Pudding nicht besser sein, fürchte ich.
BIANKA Ah, sicher in einer Familie.
KARL Ja, in eine Familie, das ist's.
BIANKA Das ist, meistenteils, das beste. *Pause.*
KARL Man müßte heiraten.
BIANKA Heiraten?
KARL Warum nicht? Man sollte es tun.
BIANKA Wegen des Puddings?
KARL Nicht nur deswegen. Nicht nur.
BIANKA Ah, auch sonst gibt es Gründe!
KARL Es ist eine erprobte Einrichtung, die Ehe.
BIANKA Eine oft erprobte.
KARL Man müßte es einmal versuchen.
BIANKA Sie haben schon gewählt?
KARL Ja. Das heißt gewählt, das ist wohl nicht das richtige Wort.
BIANKA Man will Sie verheiraten?
KARL Ja.
BIANKA Die Eltern?
KARL Nein, nicht so. Im Gegenteil. Ich fürchte, meine Eltern …
BIANKA Sind dagegen?
KARL Ja.
BIANKA Wer will denn dann …?
KARL Es gibt Verhältnisse, die
BIANKA Zwingen?
KARL Es gibt Umstände, die …
BIANKA Es notwendig machen?
KARL Unter gewissen Voraussetzungen, nicht wahr, muß es …
BIANKA Muß es wohl sein?
KARL Kurz das Mädchen …
BIANKA *schnell:* Erwartet ein Kind. *Pause. Dann langsam:* Erwartet ein Kind.

KARL Ja! *Geht in die Ecke. Dreht sich um, dann:* Ja.
BIANKA Dann müssen Sie wohl.
KARL Ja.
BIANKA Da wird Ihnen sonst nichts übrig bleiben.
KARL Nein.
BIANKA Sie lieben das Mädchen wahrscheinlich.
KARL Ja.
BIANKA Dann dürfen Sie doch froh sein. Seien Sie doch froh! Dann ist ja alles gut.
KARL Ja. Ich bin froh.
BIANKA Kenne ich das Mädchen?
KARL Nein.
BIANKA Warum erzählen Sie mir das alles?
KARL Ich weiß es nicht.
BIANKA Und Ihre Eltern?
KARL Ich fürchte, die werden mir Schwierigkeiten machen.
BIANKA Warum?
KARL Das Mädchen ist arm.
BIANKA O!
KARL Sie ist aus, nicht aus guter, das heißt, ihr Vater ist ein kleiner Beamter.
BIANKA Der Widerstand Ihrer Eltern wird sich brechen lassen.
KARL Ja.
BIANKA Er muß sich brechen lassen.
KARL Ja. Er muß.
BIANKA Vielleicht ist er geringer als Sie denken.
KARL Vielleicht?
BIANKA Es wird alles gut werden. Sie werden eine hübsche Frau haben. Ist sie hübsch?
KARL Ja.
BIANKA Den schlechten Pudding brauchen Sie nicht mehr essen.
KARL Nein.
BIANKA Es ist ein Glück. Wahrhaftig! Ich wünsche Ihnen Glück. Ich gratuliere Ihnen. Ich gratuliere Ihnen herzlich.

KARL Vielen Dank. Vielen Dank.
BIANKA Es wird notwenig sein, daß Sie die Formalitäten beschleunigen.
KARL Ja, das geschieht.
BIANKA Das arme Mädchen! Sie müssen es möglichst rasch aus seiner unangenehmen Lage befreien.
KARL Ja.
BIANKA Das ist Ihre Pflicht als Ehrenmann.
KARL Jawohl.
BIANKA Sie sind nicht sehr erfreut, scheint mir.
KARL Doch. Aber doch. Aber sehr.
BIANKA Es ist kein Unglück, ein hübsches Mädchen heiraten zu sollen, das man liebt und von dem man wieder geliebt wird.
KARL Nein.
BIANKA Sie werden doch wieder geliebt?
KARL Ja. Ich glaube. Ich weiß es bestimmt.
BIANKA Die Heirat ist [die] beste Lösung.
KARL Ja. *Pause.*
BIANKA Sie müssen mit Ihren Eltern vorsichtig reden. Ihnen nach und nach alles sagen.
KARL Ja.
BIANKA Glauben Sie, daß Ihr Vater sehr erzürnt sein wird?
KARL Ja. Das wird er wohl, aber er wird schon nachgeben.
BIANKA Und Ihre Mutter?
KARL Die wird auch dagegen sein.
BIANKA Ältere Frauen sind da oft wenig duldsam, in diesem Punkt.
KARL Ja, ja, ja! Leider!
BIANKA Ältere Frauen reden da so leicht von gefallenen Mädchen.
KARL Ja, das fürchte ich.
BIANKA Auch müssen Sie reinen Mund halten, daß nichts ruchbar wird. Der Ruf Ihrer zukünftigen Frau. Sie müssen sehr vorsichtig sein.

KARL Ja.
BIANKA Das Mädchen hätte klüger sein müssen. Es hätte nicht nachgeben dürfen. Es hat auch Schuld.
KARL Nein: Das heißt, wir beide.
BIANKA Sie hätte sich Ihnen nicht gleich hingeben dürfen. Sie hätte ihre Reinheit besser in acht nehmen müssen.
KARL Aber, ich, ich habe …
BIANKA Trotzdem, man tut das nicht. Ein Mädchen tut das nicht, so rasch nicht.
KARL Ja, aber …
BIANKA Glauben Sie, daß Sie in der Ehe gut auskommen werden mit Ihr?
KARL Das glaube ich wohl.
BIANKA Es ist immerhin ein Wagnis.
KARL Wir lieben uns.
BIANKA Freilich, es hat schon mancher Mann ein Mädchen der niedren Stände geheiratet.
KARL O, sie ist nicht ungebildet, sie hat die Handelsschule besucht.
BIANKA Ja. Dann.
KARL Ich werde glücklich mit ihr werden.
BIANKA Ich fürchte …
KARL Was?
BIANKA Daß Sie nur heiraten, weil Sie es der Ehre des Mädchens schuldig sind, schuldig zu sein glauben.
KARL Keineswegs.
BIANKA Es hat sich manche Übereilung schon gerächt.
KARL Davon kann hier keine Rede sein.
BIANKA Man hat auch Beispiele, daß das Mädchen …
KARL Was meinen Sie?
BIANKA Daß das Mächen, um des Mannes sicher zu sein, daß es einem Mädchen nicht unerwünscht kam …
KARL Unerwünscht?
BIANKA Daß sie es begünstigt, daß sie es darauf abgesehen hatte …

KARL Darauf abgesehen?

BIANKA Um den Mann zwingen zu können, um eine Drohung gegen ihn in der Hand zu haben. Um seiner gewiß zu sein. Ich würde mich nicht übereilen.

KARL Ach.

BIANKA Schließlich, wenn Sie nicht gekommen wären, vielleicht hätte ein anderer dann – die Blume gepflückt, und vielleicht ebenso leicht.

KARL Was reden Sie?

BIANKA Ich würde mir die Heirat noch reichlich überlegen. Mit den Eltern reden zuvor. Vielleicht weiß Ihr Vater Rat. Oder Ihre Frau Mutter.

KARL Nein. Ich muß. Wir könnten schon weiter sein, aber …

BIANKA Aber?

KARL Die Papiere. Ich bekomme meine Papiere nicht so rasch, als es sein müßte. Ich habe Schwierigkeiten mit den Behörden. Weil ich Ausländer bin.

BIANKA Ah!

KARL Ich habe alles mögliche getan. Ich habe es dringend gemacht. Trotzdem …

BIANKA Ja, dann müssen Sie eben Geduld haben.

KARL Geduld? In dieser Lage. Ich fiebre. Jeder Tag ist kostbar.

BIANKA Ja, trotzdem. *Pause.*

KARL Heut abend also, ins Kino.

BIANKA Ja. Zum Mädchen aus der Ackerstraße. Das ist vielleicht jetzt besonders spannend für Sie.

KARL Ich verstehe die Andeutung nicht.

BIANKA Das Mädchen aus der Ackerstraße. Wo wohnt Ihre Braut?

KARL Sie meinen?

BIANKA Das Mädchen, das durch eine Heirat in die Höhe kommt. Das ist nicht ohne Bezug auf Sie.

KARL Ach.

BIANKA Romantisch, eigentlich.
KARL Ich liebe das Mädchen.
BIANKA Schon gut. Aber würden Sie es auch heiraten, wenn nicht die Notwendigkeit vorläge?
KARL Ich ...
BIANKA Sie würden es nicht tun.
KARL Aber jetzt, liegt die Sache nun einmal so.
BIANKA Sie heiraten, weil man Sie zwingt.
KARL Niemand zwingt mich.
BIANKA Sie opfern sich. Das wird nicht gut werden.
KARL Ich ...
BIANKA Ein Trost. Das wird Sie retten.
KARL Was?
BIANKA Daß es mit den Papieren hapert. Das wird Ihre Rettung sein.
KARL So?
BIANKA Ich wünsche, daß es monatelang dauert. Ich wünsche es für Sie. Das hält Sie von einem unüberlegten Schritt zurück.
KARL Die Papiere ...
BIANKA Die Papiere, die Sie nicht haben ...
KARL Wenn ich nun aber ...
BIANKA Was?
KARL Die Papiere, wenn ich nun aber die Papiere schon hätte, sie hier in meiner Tasche hätte!
BIANKA Sie haben, ja[,] sie?
KARL Ja.
BIANKA Sie könnten also jetzt rasch heiraten.
KARL Binnen drei Wochen.
BIANKA Binnen drei Wochen. Warum haben Sie geheuchelt? Warum haben Sie vorgeschützt, Sie hätten die Papiere nicht?
KARL Ich habe sie erst vorgestern bekommen.
BIANKA Und das Mädchen, weiß es ...
KARL Weiß nichts.

BIANKA Es weiß nichts.

KARL Nein.

BIANKA Aber ihr hätten Sie es doch zuerst sagen müssen. Zu ihr hätten Sie fliegen müssen. Sie ist am meisten daran beteiligt. Warum taten Sie das nicht?

KARL Ich weiß es nicht. Ich wollte es mir noch überlegen. Ein paar Tage Zeit. Ich wollte …

BIANKA Was?

KARL Ich weiß es nicht.

BIANKA Sie werden das Mädchen nicht heiraten.

KARL Ich werde das Mädchen …

BIANKA Nicht heiraten.

KARL Doch. Wie kommen Sie darauf?

BIANKA Sie werden eine andere heiraten.

KARL Eine andere?

BIANKA Heut Abend ins Kino mit mir. Sie freuen sich drauf. Warum?

KARL So … im Dunkel … neben Ihnen.

BIANKA Gestern bei Tisch. Die Fleischplatte zitterte in Ihren Händen, als ich sie Ihnen abnahm. Warum?

KARL Zitterte sie?

BIANKA Ja. Ihre Gabel klopfte einen Marsch auf den Tellerrand.

KARL Das tat sie?

BIANKA Ja. Und die Kartoffeln aßen Sie ungesalzen. Warum?

KARL Ja, man ißt sie gesalzen, eigentlich.

BIANKA Und warum wollten Sie mir heut Ihr Zimmer zeigen, grad heut, grad jetzt?

KARL Ja, jetzt.

BIANKA Als ich ins Zimmer trat, spürte ich einen Stich, hier unterm Herzen.

KARL Sie spürten ihn?

BIANKA Ja, tief, o.

KARL Sie zittern, warum zittern Sie?

BIANKA Hier unterm Herzen, das ist['s].

KARL Soll ich's Ihnen sagen?

BIANKA Ja.

KARL Sie lieben mich. Das ist's.

BIANKA Nein! Nein!

KARL Ja. Drum stach Sie's ins Herz.

BIANKA Nein! Nein! *Plötzlich in seinen Arm:* Ja! Ja!

KARL Da liegst du in meinem Arm. Bist blaß. Liege gut! Liege sanft!

BIANKA So gut! O, hier lieg ich wohl. Liebst du mich?

KARL Ja! Ja! und ja. Dich liebe ich!

BIANKA Närrchen, warum hast du es mir nicht gesagt?

KARL Ich sag dir's jetzt um so öfter. Ich liebe dich! Ich liebe dich!

BIANKA Deine Gutmütigkeit hätte dich ins Unglück gestürzt. Du hast Mitleid mit der Liebe verwechselt. Nun weißt du, wo dein Platz ist!

KARL Ja. Ich liebe dich! Sag ichs zu oft?

BIANKA Du schreibst gleich deinen Eltern.

KARL Ja. Gleich. Und du besorgst dir einen Paß. Wir fahren zu ihnen.

BIANKA Meine Eltern sind tot. Mein Bruder ist Hauptmann der Reichswehr. Wir telegraphieren ihm.

KARL Heute noch! Gleich! Auf der Stelle!

BIANKA Karl. *Küssen sich.*

KARL Und das Mädchen?

BIANKA Du mußt sie verständigen. Mußt ihr manches klar machen. Schütz deine Eltern vor. Die Papiere. Du mußt hart sein. Es ist auch besser für sie. Ihr hättet euch nicht vertragen.

KARL Es wird mir schwer, natürlich.

BIANKA Ich bin vermögend. Ich strecke dir eine Summe vor. Man gibt dem Mädchen Geld zur Abfindung. O, sie wird's ertragen. In ihren Kreisen ist's keine große Schande, das Kind.

KARL Ich schäme mich. Ihre Mutter.

BIANKA Du würdest nicht glücklich werden mit ihr, du hast dir das alles vorgeredet. Du hättest dich ins Unglück gestürzt.

KARL O, dich liebe ich!

BIANKA Wie werden wir glücklich sein!

KARL Wir wollen rasch heiraten. Nun ich die Papiere habe. In sechs Wochen, in drei Wochen.

BIANKA Wie wollen wir glücklich sein!

KARL Sie ist ein gutes Mädchen. Und hat mich sehr lieb. Ich hab sie wohl auch gern gehabt. Aber du, dich liebe ich!

BIANKA Mein Liebster!

KARL Ich hätte mich mit meinen Eltern entzweien müssen. Ich hätte große Schwierigkeiten gehabt. Ich wäre auch gesellschaftlich, nein, nicht unmöglich, aber es wäre unangenehm genug gewesen.

BIANKA Das Mädchen wird einen anderen nehmen. Für das Kind ist gesorgt. Geld.

KARL Ja. Ein Makel wär wohl immer an ihr hängen geblieben.

BIANKA Sicherlich.

KARL Ich möchte stolz auf meine Frau sein. Sie muß untadelig sein. Untadelig und ohne Makel, wie du, sie hätte sich wohl sträuben müssen. *Reckt sich.* Sie hätte es nicht dürfen. Nun habe ich dich.

BIANKA Wir lieben uns. Das rechtfertigt alles.

KARL Wir wollen gleich das Telegramm an deinen Bruder aufsetzen.

BIANKA Und an deine Eltern.

KARL *setzt sich an den Schreibtisch, Bianka sieht ihm über die Schulter zu.*

BIANKA *diktiert:* Hauptmann Hussler, Berlin-Wilmersdorf, Jenaerstraße 173.

KARL Jenaerstraße 173. Das bekommt er heut Abend noch.

BIANKA Ja. Man sollte es wohl nicht!

KARL *aufschauen:* Was sagst du?

BIANKA Nichts! Nichts! Schreib nur, daß ich dich liebe!

DRITTER AKT

Paula und die Mutter am Kaffeetisch.

PAULA O, Mutter! Keine Milch? Wo ist die Milch?
MUTTER Steht noch draußen in der Küche.
PAULA Im Schrank? Du wirst vergeßlich, Mutter.
MUTTER Ja. Im Schrank. Im untersten Fach. Links unten.
PAULA *geht und kommt.*
MUTTER Wann kommt denn Karl? Wann kommt denn der Bräutigam?
PAULA Jeden Augenblick. Es ist schon zwei.
MUTTER Er macht sich selten in der letzten Zeit. Tut er das nicht?
PAULA Er war erst vor drei Tagen da.
MUTTER Erst sagst du?
PAULA Warum? Warum nicht? Ja.
MUTTER Es würde nicht jede so sagen.
PAULA Er hat doch viel zu tun. Das Geschäft. Die Bank. Er hat den ganzen Tag zu tun.
MUTTER Nicht abends.
PAULA Ja, abends. Da kommt er auch manchmal.
MUTTER Manchmal. Ja.
PAULA *summt ein Lied.*
MUTTER Du siehst nicht gut aus.
PAULA O!
MUTTER Du bist sehr blaß, die letzten Tage. Bist du krank?
PAULA Ich fühle mich ganz wohl.
MUTTER Vielleicht ist es … dein Zustand.
PAULA Nein, nein, was du denkst.
MUTTER Kopfweh vielleicht, das vorübergeht.
PAULA Ja. Kopfweh.
MUTTER Wie kommt ihr miteinander aus?
PAULA Warum frägst du?
MUTTER Vertragt ihr euch noch gut?
PAULA Sehr gut.

MUTTER Und meinst du, daß er der Richtige ist? Für dich der Richtige?
PAULA Ich liebe ihn.
MUTTER So? Dann wohl.
PAULA Ich habe ihn sehr gern.
MUTTER Dann ists ja gut.
PAULA Wir sind nicht so sehr zärtlich zueinander, denkst du?
MUTTER Das denk ich auch, manchmal. Auch das.
PAULA Es ist wohl unsere Lage, die du kennst. Es macht ihn befangen. Und mich.
MUTTER Das mag wohl sein. Ein Grund.
PAULA Es ist nicht leicht für ihn.
MUTTER Nein. Das muß man zugeben. Das muß man durchaus zugeben.
PAULA Und er hat sich sehr anständig benommen.
MUTTER Das hat er. Manch einer hat sich gedrückt, wenns so weit war.
PAULA Ja, manch einer. Er nicht.
MUTTER Das war sehr anständig von ihm, daß er gleich zu mir kam.
PAULA War es das?
MUTTER Er hat dich gern deswegen.
PAULA Er hat mich gern und ist sehr anständig. Deswegen heiratet er mich jetzt.
MUTTER Es ist schon zehn Minuten nach zwei.
PAULA Dann muß er gleich da sein. Um drei beginnt sein Dienst in der Bank.
MUTTER Ja.
PAULA Mutter, magst du uns nicht allein lassen heut?
MUTTER Aber, Kind, warum denn?
PAULA Du sagst selbst, wir seien so befangen zueinander. Vielleicht, deine Gegenwart macht ihn schüchtern. Das ist ja auch wohl verständlich.
MUTTER Ja. Aber recht schicklich …
PAULA Mutter, schicklich, denk doch dran!

MUTTER *verlegen:* Ja. Ich laß euch allein.
PAULA Es ist ja nur eine Stunde. Eine kurze Stunde. Dreiviertelstunde.
MUTTER Ich geh jetzt ins Schlafzimmer. Ich hab zu arbeiten, Vaters Wäsche. Und ruf mich, wenn er wieder fort ist. *Geht.*
PAULA Ja. *Sie sitzt, blaß, regungslos, auf dem Stuhl, bis es klopft.* Herein!
KARL *tritt ein:* Guten Tag.
PAULA *ihm entgegen, sie küssen sich:* Du warst seit drei Tagen nicht mehr da.
KARL Ich hatte viel zu tun.
PAULA Ja, aber nimm Platz. *Sie setzen sich. Sie schenkt ihm und sich ein.*
KARL Und deine Mutter?
PAULA Hat zu tun. Sie kommt vielleicht, nachher.
KARL Ja.
PAULA Was gibt es an Neuigkeiten?
KARL Wenig. Im Geschäft ist's immer das gleiche.
PAULA Und sonst?
KARL Nichts. Nichts von Wichtigkeit. Vor einigen Tagen war ich im Kino.
PAULA Ah.
KARL Das Mädchen aus der Ackerstraße. So heißt der Film!
PAULA So? Und sonst?
KARL Die Ziegelaktien habe ich jetzt doch noch rechtzeitig abgestoßen. Ich hatte Glück. Ich hätte sonst sehr Haare lassen müssen.
PAULA Film und Aktien und die Bank! Du weißt, daß ich auf andere Neuigkeiten begierig bin.
KARL Ich wollte nicht gleich damit beginnen. Ich kann dir noch nichts Erfreuliches sagen.
PAULA Die Papiere? Die Papiere?
KARL Habe ich noch nicht.
PAULA Noch immer nicht?

KARL Das Konsulat …

PAULA Ich verstehe das nicht. Es handelt sich bei dir doch um ganz geordnete Verhältnisse. Diese Umstände.

KARL Vorschriften über Vorschriften. Jeder Beamte entdeckt einen neuen Paragraphen, der uns eine Woche Zeit kostet.

PAULA Es ist schrecklich.

KARL Ja.

PAULA Und du beschleunigst alles nach Kräften?

KARL Das ist natürlich.

PAULA Was ist da jetzt zu tun?

KARL Geduld!

PAULA Geduld! Ich weiß nicht woher sie nehmen.

KARL Es muß sein.

PAULA Das frißt an mir.

KARL Warte.

PAULA Du sagst es ruhig. Du sagst es gelassen. Warte.

KARL Ich weiß kein anderes Wort, das besser auf deine Lage paßte.

PAULA Es ist nun zu Verzweifeln. *Pause.*

KARL Magst du nicht … ein Lied? Auf der Gitarre!

PAULA Ich hab keine Finger mehr dafür. Finger wie erfroren …

KARL Versuchs.

PAULA Und hab jeden Liedertext vergessen.

KARL Versuchen kannst du's doch.

PAULA Nein. Ich kann nicht. Mir brächen die Finger ab.

KARL Kannst nicht?

PAULA Nein. Jetzt nicht. Nicht jetzt. Solang dies alles …

KARL Schon gut.

PAULA Es sind vier Monate jetzt. Und die Hochzeit immer noch unbestimmt.

KARL Ich fürchte, es kann noch Wochen dauern. Ich fürchte viele Wochen.

PAULA Das darf nicht sein.

KARL Wir werdens nicht hindern können.
PAULA Es ist schrecklich.
KARL Wenn das nicht wäre …
PAULA Was?
KARL Nun, das besonders …
PAULA Was dann?
KARL Dann könnten wir ja ruhig zuwarten, auf die Papiere. Dann hätten wir Zeit.
PAULA Ja. Dann.
KARL Aber so, aber so, es ist ein Unglück.
PAULA Du klagst. Du klagst mich an.
KARL Nicht dich. Nicht uns. Aber wie ruhig könnten wir warten, wenn das nicht wäre.
PAULA Aber es ist.
KARL Ja. Es ist. *Pause.*
PAULA Du küßt mich nicht?
KARL Doch. *Küßt sie.*
PAULA Liebst du mich noch?
KARL Ja.
PAULA Wie an den Abenden, am Fluß?
KARL Ja.
PAULA Wie an dem Abend auf der Bank am Fluß?
KARL Ja.
PAULA Wo die Fledermaus uns schreckte; die schwarze. Weißt du's noch?
KARL Die schwarze. Ja.
PAULA Sag mir's, wie du mich liebst[!]
KARL Du weißt es. Du weißt es doch.
PAULA Warum küßt du mich nicht? So küß mich!
KARL Ja. *Tuts.*
PAULA Lieber Schatz.
KARL Ja, ja.
PAULA Liebster Schatz, wie wäre es schön, wenn wir schon verheiratet wären!
KARL Ja.

PAULA Ich könnte dann auch wieder Gitarre spielen, und singen ... Glaubst du?

KARL Ja.

PAULA *wirbelt mit den Fingern auf der Tischplatte:* Wie das wieder ginge! Schau! Meinst du?

KARL Ja.

PAULA Arme Gitarre!

KARL Es ist unser Unglück.

PAULA Was?

KARL Nun. Was denn? Das Kind.

PAULA O!

KARL Wenns nie geschehn wär!

PAULA Möchtest du das?

KARL Ja.

PAULA *schweigt.*

KARL Wenn es ungeschehen zu machen wär!

PAULA Es ist nun einmal.

KARL Wenn sie wegzuräumen wär, diese ständige Drohung. Diese Last.

PAULA Ich trage sie.

KARL Ich trage mit. Aber es ist nichts zu machen. Wir müssen warten. Müssen geduldig auf die Papiere warten.

PAULA Wir können aber nicht. Wir haben keine Zeit zu verlieren. Es eilt. Es eilt sehr.

KARL Wenn das Kind nicht wäre, dann eilte es nicht, dann eilte es gar nicht.

PAULA Ich kann nicht mehr warten.

KARL Du mußt, oder ... *Er spricht dies und die folgenden Sätze in einem leichten und scherzenden Ton.*

PAULA Oder?

KARL *lachend:* Zu einer weisen Frau mußt du gehen.

PAULA Was heißt das?

KARL Um das Geschehene ungeschehen zu machen.

PAULA Du rätst mir?

KARL *immer noch lachend:* Nichts.

PAULA Du meinst, ich sollte … meinst du das?
KARL Was redest du? Was erregst du dich? Ich scherzte.
PAULA Du möchtest …
KARL Was?
PAULA Du wärst froh, wenn ich das Geschehene ungeschehen machte. Du weißt, es gibt Mädchen, die in der höchsten Not dies erdulden. Und du rätst mir, es zu tun?
KARL Ich riet dir nichts. Du drängtest. Ich machte einen schlechten Scherz. Weiter nichts.
PAULA Du nähmst es an und sagtest danke, tät ich es.
KARL Du bist ungerecht.
PAULA Du würdest aufatmen und dir die Hände reiben, wenn ich es täte.
KARL Du zankst. Und ohne Grund.
PAULA Ach!
KARL Was hast du?
PAULA Und wenn ich es nun schon getan hätte?
KARL Sprich nicht weiter.
PAULA Wenn ich deinen Wünschen zuvor gekommen wäre?
KARL Ich habe es nicht gewünscht.
PAULA Wenn ich deine Gedanken erraten hätte? Wenn ich getan hätte, was du dir heimlich ausmaltest?
KARL Red. Sag, daß du mich erschrecken willst.
PAULA Es eilt nicht mit den Papieren. Es eilt gar nicht. Wahrhaftig, es eilt nicht mehr, jetzt nicht mehr.
KARL Hör auf!
PAULA Wir können ruhig warten, jetzt. Wir können warten. O, ist das ein Gefühl, frei zu sein! Drei Reifen sind gesprungen, die mir um die Brust waren.
KARL Ist es wahr? Du hast?
PAULA Ja. Nie geschah etwas Besseres.
KARL Du hast … wirklich?
PAULA Durch eine weise Frau. O, durch eine weise, alte Frau. O, war die alte Frau klug und weise!
KARL Wie konntest du?

PAULA Sei froh.
KARL Das hättest du nie tun dürfen!
PAULA *lacht.*
KARL Wo hast du den Mut hergenommen?
PAULA Du willst sagen: Die Verzweiflung.
KARL Dazu lag kein Grund vor, zur Verzweiflung.
PAULA Nein. Das wars auch nicht. Das wars wohl auch nicht.
KARL Du hättest dich nicht hinreißen lassen dürfen.
PAULA Es war wohl überlegt.
KARL Ich fürchte mich vor dir.
PAULA Ich wollte frei sein.
KARL Ich verstehe dich nicht.
PAULA Ich wollte frei sein in meinen Entschlüssen. Keinem Zwang unterliegen. Nicht wie mit Ketten an dich gefesselt sein.
KARL Ach.
PAULA Auch du solltest frei wählen können. Du kannst es nun. Nichts zwingt dich. Wähle. Das hast du mir zu verdanken.
KARL Ich weiß nicht, wo mir der Kopf steht.
PAULA Wenn wir nicht heiraten wollen, wir müssen nicht. Wir sind frei. Ich bin es, und du bist es. Wir können nun tun und lassen, was wir wollen.
KARL Um welchen Preis?
PAULA Ich habe ihn bezahlt.
KARL Du bist unmenschlich.
PAULA Ach.
KARL Das kann ich dir nicht verzeihen.
PAULA Was?
KARL Du hast ein Verbrechen begangen.
PAULA Für uns, für mich, und für dich.
KARL Ich habe es nicht gewollt.
PAULA Du hast es mir geraten.
KARL Da wars schon geschehen. Ich scherzte nur.

PAULA Ich machte Ernst.
KARL Weiß es deine Mutter?
PAULA Nein, sie weiß nichts.
KARL Schrecklich!
PAULA Nur du weißt es, du und ich und jene Frau.
KARL Ich will nichts wissen. Ich will nicht Mitschuldiger sein.
PAULA Du bist es.
KARL Nein, nein. Laß mich aus dem Spiele.
PAULA Schreib deinem Konsul, nun könne er sich Zeit lassen.
KARL Ja.
PAULA Du küßt mich nicht?
KARL Jetzt nicht.
PAULA Küsse mich.
KARL Laß das jetzt.
PAULA Kann man mehr für dich tun? Hat schon jemand mehr für dich getan?
KARL Nicht für mich.
PAULA Ich habs verdient um dich. Küsse mich.
KARL Ich habs nicht gewollt.
PAULA Aber küß mich.
KARL Ja. *Küßt sie.*
PAULA Nun sage, wollen wir heiraten?
KARL Ich weiß es nicht. Ich weiß nichts jetzt. Ich bin wie vor den Kopf geschlagen.
PAULA Überleg dirs wohl. Kein Druck wird auf dich ausgeübt. Wollen wir?
KARL Lieber wär es mir, du hättest es nicht getan.
PAULA Du mußt nicht fürchten, daß du mich kränkst, wenn du nun nicht mehr willst. Das mußt du nicht fürchten.
KARL Wie sachlich du sein kannst, auf einmal.
PAULA Du kannst es mir ruhig sagen. Sag es mir ruhig, wenn du nun nicht mehr willst.
KARL Wohin steuerst du? Was willst du? Liebst du mich nicht mehr?

PAULA Ich weiß es nicht genau. Ich weiß es nicht mehr ganz genau.
KARL So? Nun, besinne dich!
PAULA Ich will es dir leicht machen. Ich tret zurück. Ich will nicht mehr, nun ich nicht mehr wollen muß.
KARL Das fällt dir nicht schwer?
PAULA Du hast mir geholfen. Du bist mir den halben Weg entgegen gegangen. Es ist also aus.
KARL Das geht schnell.
PAULA So muß es sein.
KARL So rasch geb ich mich nicht zufrieden.
PAULA Du wirst es müssen.
KARL *nach einer Pause:* Vielleicht war ich auch ungerecht.
PAULA Ach.
KARL Ich muß doch bedenken …
PAULA Was?
KARL Ich muß doch in Betracht ziehen, daß du gewissermaßen meinetwegen …
PAULA Nicht deinetwegen. Ich tats für mich.
KARL Daß du meinetwegen ein Verbrechen begangen hast.
PAULA Das macht dir Eindruck?
KARL Ich liebe dich! Weißt du nicht, daß ich dich liebe? *Will sie küssen.*
PAULA Laß das, jetzt!
KARL Es bleibt dabei.
PAULA Wobei bleibt es?
KARL Wir heiraten.
PAULA Nein.
KARL Sei nicht verstockt!
PAULA Mein Entschluß ist fest.
KARL Du hast das für mich getan, und jetzt willst du mich nicht?
PAULA Nein.
KARL Deine Mutter, denk, was wird sie sagen?
PAULA Sie wirds verstehen.

KARL Die Leute!
PAULA Mögen reden.
KARL Sei nicht so hart. Sonst zwing ich dich.
PAULA Jetzt? Der Zwang ist beseitigt.
KARL Du hast ein Verbrechen begangen.
PAULA Du willst …
KARL Ich habe dich in der Hand. Ich weiß um dein Geheimnis. Du mußt mich fürchten.
PAULA Das heißt?
KARL Daß ich dir schaden kann. Daß ich dich ins Gefängnis bringen kann.
PAULA Das wirst du nicht. Du würdest dich selbst anschuldigen.
KARL Ich bin unschuldig.
PAULA Du hast es mir geraten.
KARL Im Scherz. Aber da hattest du es schon getan.
PAULA Niemand wird es dir glauben. Das weißt du genau.
KARL Liebst du mich nicht mehr? Ja, liebst du mich denn nicht mehr?
PAULA Nein!
KARL Du sprichst im Zorn.
PAULA Ich bin ganz ruhig.
KARL Du wirst es dir noch überlegen.
PAULA Ich habe nichts mehr zu überlegen.
KARL Wenn ich mich sehr bemühte, noch mehr bemühte als bisher, wenn ich ihnen alle Türen einliefe, im Konsulat, vielleicht, daß ich die Heiratspapiere jetzt doch sehr bald bekäme!
PAULA Das ist nun nicht mehr nötig.
KARL Wenn ich mit allen Mitteln wie mit Pech und Schwefel arbeitete, vielleicht, daß ich die sechs Unterschriften jetzt doch sehr bald aus ihnen herausräucherte!
PAULA Du kannst sie abbestellen, die Papiere, du brauchst die nicht mehr.
KARL Heirate mich! Ich will von jetzt an hinter den sechs

Unterschriften her sein, wie der Teufel hinter einer armen Seele. In vierzehn Tagen, in acht Tagen will ich sie haben. Heirate mich!

PAULA Und wenn du sie in drei Tagen bekämst, in zwei, und wenn du die Papiere jetzt in der Hand hättest, ich sagte: Nein.

KARL So? Sagtest du das? Überleg dir's wohl! Hier – ich habe sie hier in der Hand. *Holt sie aus der Tasche.*

PAULA Du hast sie? Du trugst sie in der Tasche mit dir herum?

KARL Ja. Nun können wir heiraten. Nichts mehr steht uns im Weg.

PAULA Du hattest sie und verschwiegst es mir? Ich bin nachts oft wach geworden, und sah ein viereckiges Stück weißen Papiers vor mir, mit sechs Unterschriften wie schwarze Salamander, und griff danach und da liefen die sechs schwarzen Salamander weg und ich weinte. Und du hattest sie und sagtest mir nichts?

KARL Ich hab … verzeih!

PAULA Warum logst du mich so an? Du wolltest mich also gar nicht heiraten?

KARL Ich habe geschwankt.

PAULA Gibst du nun zu, daß du mich nur gezwungen genommen hättest?

KARL Aber jetzt bin ich frei. Und du siehst ich will doch.

PAULA Ich hatte recht. Ich fühlte es. Ich löste einen Zwang.

KARL Ich liebe dich.

PAULA Meinst du?

KARL Heirate mich.

PAULA Es ist nun ganz unmöglich.

KARL Es war gemein von mir, ich sehe es ein. Aber ich liebe dich. Heirate mich.

PAULA Nein! Geh jetzt! Leb wohl.

KARL Paula!

PAULA Geh, geh. Und morgen bist du froh. Übermorgen bin ichs auch.

KARL Ich muß mit deiner Mutter reden.

PAULA Zwinge dich zu nichts. Geh jetzt. Bevor sie kommt. Es ist auch Zeit. Du mußt in die Bank.

KARL Wir sehen uns wieder. Ich komme morgen wieder.

PAULA Ach, geh. Es ist aus. Geh, nun, geh!

KARL Die Papiere, hier! Greif sie an, sie sind's! Morgen komme ich wieder.

PAULA Ach! *Wendet sich ab.*

KARL *zögernd:* Gut. Gut. *Geht.*

PAULA *sieht ihm nach, setzt sich. Wirft sich plötzlich, laut schluchzend, über den Tisch.*

MUTTER *kommt:* Kind.

PAULA *wieder ruhiger:* Ja. Mutter.

MUTTER Ist Karl fort?

PAULA Ja.

MUTTER Habt ihr euch gezankt?

PAULA Nein.

MUTTER Wann kommt er wieder? Habt ihr euch verabredet?

PAULA Nein.

MUTTER Was heißt das?

PAULA Daß es aus ist, zwischen uns beiden.

MUTTER Nein.

PAULA Ja. Aus. Ganz und gar aus.

MUTTER Und warum? So rede doch, warum?

PAULA Ach, es ist so.

MUTTER Aber Mädchen, hast du an deinen Zustand gedacht?

PAULA Ja.

MUTTER Er darf dich doch nicht im Stich lassen, jetzt. Jetzt nicht.

PAULA Das gibt nun nicht mehr den Ausschlag, Mutter.

MUTTER Du und er, ihr gehört nun zusammen. Habt ihr das vergessen?

PAULA Das ist nicht mehr so, Mutter.

MUTTER Nicht mehr so?
PAULA Nein. Es ist alles, wie früher.
MUTTER Dein Zustand …
PAULA Ich, habe kein Kind zu erwarten.
MUTTER Du hast kein …
PAULA Nein.
MUTTER Ja. Dann aber. Dann aber. Mädchen du wirst dich doch nicht zeitlebens unglücklich gemacht haben.
PAULA Ich wollte nicht, daß Karl mich nur nimmt, weil … Ich wollte, daß er frei wählen könne. Ich wollte frei wählen. Ich auch.
MUTTER Mich tragen die Beine nicht. Wie konntest du?
PAULA Sie mußte weg, die Fessel. Ich war entschlossen. Ich war zum letzten entschlossen. Ich ging zu einer weisen Frau.
MUTTER Mir zittern die Hände.
PAULA Die lachte. Die untersuchte mich und lachte. Und sagte: Da ist leicht abzuhelfen.
MUTTER Schrecklich! Hör auf!
PAULA Sie sagte mir, ich hätte mich getäuscht. Ich sei ganz wohl. Es sei keine Rede davon, daß …
MUTTER Daß …?
PAULA … ich ein Kind zu erwarten hätte. Keine Rede sei davon. Sie sprach von Bleichsucht und schlechtem Blut, aber, ich sei ganz wohl.
MUTTER Ich bin noch wie betäubt.
PAULA Ich bin frei. Gott sei Dank.
MUTTER Daß du zu so etwas im Stande warst. Ich hätte es nie gekonnt. Du bist mein Kind. Daß Kinder mehr tun können als ihre Mutter!
PAULA Ich hätte es nicht mehr länger ertragen.
MUTTER Du hättest eine große Sünde begangen.
PAULA Ich habe sie begangen, als ich entschlossen war. Ich war entschlossen.
MUTTER Du hättest ein Verbrechen begangen?

PAULA Ja.
MUTTER Und Karl? Weiß er das alles?
PAULA Ja.
MUTTER Du hast ihn nicht geliebt.
PAULA Ich weiß es nicht, ich weiß es nicht mehr.
MUTTER Du hast ihn noch nicht vergessen, den anderen, Heinrich.
PAULA Mutter, was du denkst? Er ist mir völlig fremd.
MUTTER Wenn es nur wahr ist.
PAULA Ich habe ihn vergessen. Und Karl auch. Auch ihn schon. Ich habe nur Furcht vor ihnen. Vor ihnen und vor allen Männern. Mutter, ich fürchte sie.
MUTTER Sie sind zu fürchten.
PAULA Ja. Sie sind's.
MUTTER Daß du das Kind hättest töten wollen, dummes Mädchen. Es hätte keinen Vater gebraucht. Es hätt eine Mutter gehabt und das genügt.
PAULA *versonnen:* Ja.

VIERTER AKT

Ein kleiner Empire-Salon, leer. Nach einer kleinen Weile kommen Bianka und Karl. Karl im Frack, Bianka im weißen Brautkleid, Myrten im Haar.

KARL Die wenigen Gäste und doch soviel Trubel.
BIANKA Ich bin froh, daß es vorbei ist.
KARL Ich hab zuviel Eis gegessen.
BIANKA Ich zuviel geschlürft von der Predigt des Pastors.
KARL Ich hab zuviel Eis gegessen, das war so weiß und sauber. Das lockte mich. Aber es war auch so kalt. Da hab ich Wein drauf getrunken, es zu wärmen. Bin ich betrunken?
BIANKA Gar nicht, Karlchen.
KARL Nur lustig, nicht wahr? Und dazu habe ich allen Grund, habe ich ihn nicht?
BIANKA Das war also unsere Hochzeit.
KARL Ach, der Wein! Prickelts dir auch so in den Fingerspitzen?
BIANKA Ja, aber nicht bloß vom Wein.
KARL In den Fingerspitzen, in den Zehenspitzen. Es war eine schöne Feier!
BIANKA Aber jetzt! Auf nach Tirol!
KARL Horch! Drunten klingen noch die Gläser.
BIANKA Tirol!
KARL Sie trinken auf unsere Gesundheit.
BIANKA Bekomms ihnen wohl.
KARL Du siehst schön aus. Die schönste Braut.
BIANKA Ich möchte das weiße[,] starrende ausziehen, das Reisekleid liegt bereit. O, schon in Tirol zu sein!
KARL Warte. Der Zug geht erst in einer Stunde. Zum Umziehen ist noch Zeit.
BIANKA Ja.
KARL Das Brautkleid trägst du nur einmal und den Kranz. Geh einmal auf und ab, du bist die schönste Braut, ich möchte dich sehen.

BIANKA *tuts:* Zufrieden, nun?

KARL Bleib stehen dort! Rühr dich nicht! Ich möchte dich wie in ein Schaufenster auf Samt, ja, auf Samt stellen und dich durch die Scheibe anstarren, stundenlang.

BIANKA Das wäre langweilig! Komm her, schlag die Scheibe ein.

KARL *Arm um sie:* Wie ich dich liebe!

BIANKA Daß wir nun Mann und Frau sind. Weißt du es?

KARL Ich gewöhne mich ganz langsam daran. O, ich genieße alles. Nun folgt die Hochzeitsreise.

BIANKA Nach Tirol.

KARL Heut abend sind wir in unserem Hotel. Zum Pfauen. Er kann [nicht] eitler sein, als ich auf dich.

BIANKA Ich freue mich auf die Berge. Wir wollen Ausflüge machen.

KARL Auch, ja. Auch das.

BIANKA O, ich bin eine gute Bergsteigerin. Du wirst sehen.

KARL Du bist die Beste und die Schönste. *Küßt sie.* Wenn ich denke, daß ich mich mit einer anderen heut …

BIANKA Ach!

KARL Es war eine Verirrung. Nur dich liebe ich.

BIANKA Schatz. *Küßt ihn.*

KARL Dich im Arm zu haben! O, unsere Ehe! Mit Schande hätte die andere begonnen. Auf der Hochzeit hätte die Braut ein Wiegenlied gesungen.

BIANKA Karl!

KARL Aber ich habe mich nicht fangen lassen. O, nein. Ich bin ihr entwischt. Ich bin aus ihrer Schlinge gestiegen. Ich war der Tölpel, doch nicht groß genug.

BIANKA Sprich nicht mehr davon.

KARL Noch mehr davon. Noch viel mehr davon. Wenn ich ins Schwarze sehe, blendet mich das Weiße noch mehr. Ein Mädchen darf das nicht tun. Sie darfs nicht tun, du hast recht, du hast das selbst gesagt. Das tut kein anständiges Mädchen vor der Ehe.

BIANKA Aber sie tats mit dir.

KARL Ja. Wohl. Aber weiß ich ob sie es nicht mit Anderen auch tat? Weiß ich das? Sie darf es niemals und mit niemandem tun.

BIANKA Man sollte wohl nicht.

KARL Du hast mir die Augen geöffnet, damals, an jenem Tage, als ich in ihre Falle gehen wollte.

BIANKA Tat ich das?

KARL Ich bin dir dankbar heut. Jetzt habe ich dich. Rein wie die Myrten in deinem Haar. O, ich bin glücklich!

BIANKA Ja.

KARL Die Andere hätte mir ein Kind mit in die Ehe gebracht und einen strohernen Kranz.

BIANKA Es wäre immerhin dein Kind gewesen.

KARL Mein oder nicht mein, mir ists lieber so.

BIANKA Du bist nicht gerecht.

KARL Ich bin glücklich. Wer könnte besser tauschen?

BIANKA Sag das nicht. Sags nicht zu oft.

KARL Ich sage es offen und laut und immer wieder. Soll ich mich meines Glücks nicht freuen? Ich habe dich, wo ich die Andere haben könnte. Ich habe die Reine, wo ich die …

BIANKA Schweig! Schweig!

KARL Sie war zu allem fähig. Wie war sie schlecht! O, wie war sie erzschlecht! Jener Schritt, den sie tat.

BIANKA Wie darfst du ihr das vorwerfen! Du hast sie dazu getrieben.

KARL Ich bin unschuldig dran.

BIANKA Sie tats deinetwegen.

KARL Ich bin unschuldig dran, sie hat verbrecherisch gehandelt. Wie bin ich glücklich, daß ich dich habe! Jenes Frauenzimmer …

BIANKA Schweig.

KARL Das darf eine Frau nicht tun. Sie hätte sich nicht einlassen dürfen mit mir. Nicht in dieser Weise. Aber vielleicht tat sie's nur, um mich zu ködern. Gewiß tat sie es nur darum.

BIANKA Hör auf!

KARL O, du bist rein! Du verteidigst noch die Unreine. O, du bist gut! Nie hättest du das getan. Was habe ich an dir, du Reine, du Gute!

BIANKA Du lästerst mich.

KARL Ich liebe dich, weil du schön bist, weil du gut bist. Weil du rein bist. Ich verachte jene andere. Ja, ich verachte sie. Ich spucke sie an. Aber dich, dich bete ich an! *Fällt vor ihr auf die Knie.*

BIANKA *stößt mit dem Fuße leicht nach ihm:* Steh auf!

KARL Nein, ich bleibe so. Du Reinste!

BIANKA *heftig:* Du bist ein Narr. Schweig. Stehe auf. Ich bin nicht rein.

KARL Du Reinste.

BIANKA *wütend:* Du beleidigst mich. Du beschimpfst mich in der Andern. Was fügst du mir zu?

KARL Du Liebste, du Reinste.

BIANKA Ich schmeiß dir das Geständnis ins Gesicht. Ich bin wie die andere. Gerade so. Gerade und genau so.

KARL Nein! Nein! Nein!

BIANKA Ja und ja und ja.

KARL *schreiend immer noch auf den Knien:* Das ist nicht wahr.

BIANKA Es ist wahr.

KARL *steht auf und taumelt:* Es hätte dich, schon ein Anderer berührt?

BIANKA Ja.

KARL Ein Anderer dich geküßt? Dich im Arm gehalten ein Anderer?

BIANKA Zweifelst du noch dran?

KARL Es ist nicht wahr.

BIANKA Glaub nur, es ist so.

KARL Du willst mich strafen. Du sagst es nur um mich zu strafen. Weil ich gegen die Andere gefrevelt. Aber es ist nicht wahr.

BIANKA Es ist noch mehr wahr. Ich muß dir noch mehr

sagen. Ich will dir noch mehr sagen. Jetzt. Du Tölpel. Ich bin wie die Andere war. Verstehst du? Genau so. Um kein Haar anders. Um kein Haar besser.

KARL Das soll heißen …

BIANKA Jawohl. Ich habe ein Kind zu erwarten. Von einem Anderen. Aber du wirst sein Vater sein. Du, den ich geheiratet habe.

KARL Du … Du…

BIANKA Ja. *Besieht sich im Spiegel.* Mir steht der Kranz deshalb nicht weniger gut. Und die starre Seide. Ich bin deswegen nicht schlechter. Was denkst du, du Tölpel, mir das vorzuwerfen.

KARL Du lügst. Das lügst du alles.

BIANKA Frag meinen Arzt.

KARL Wer ist der Andere?

BIANKA Ach, das ist gleichgültig.

KARL Geh zu ihm! Geh zu ihm! Ich will nichts mehr von dir wissen. Geh auf der Stelle zu ihm.

BIANKA Ich bleibe bei dir.

KARL Ich lasse mich scheiden. Es gibt noch Richter. Ich leite sofort die Scheidung ein. Ich fahre nicht nach Tirol. Ich fahre auf der Stelle zu einem Rechtsanwalt.

BIANKA Das wirst du nicht tun. Du fürchtest den Skandal.

KARL Ich fürchte nichts. Was sollte ich jetzt noch fürchten? Ich lasse mich scheiden!

BIANKA Dann werde ich der Polizei erzählen. Von der Anderen, von dem Kind, und wo es hinkam. Ich werde der Polizei eine lange Geschichte erzählen.

KARL Ich bin unschuldig.

BIANKA Das glaubt dir niemand.

KARL Ich lasse mich scheiden.

BIANKA Das wirst du nicht tun. Bedenke den Skandal. Deine Stellung in der Bank. Dein Chef, deine Eltern und mein Bruder. Er ist ein guter Pistolenschütze. Du weißt es. Er wird nicht dulden, daß du mir die Schmach antust. So oder so, du würdest dich schießen müssen mit ihm.

KARL Er soll mich erschießen, meinetwegen. Das gibt ein lustiges Geknalle. Auf den Schießstand, meinetwegen. Überall hin! Ins Grab lieber, als zu dir ins Hochzeitbett!

BIANKA Red nicht vom Grab. Du bist betrunken. Nach Tirol fahren wir!

KARL Du, du, du wirst es nicht schön haben bei mir. Du sollst die Hölle haben bei mir. Die leibhaftige Hölle.

BIANKA Ich geh nicht von dir.

KARL O, das wird lustig werden.

BIANKA Karl!

KARL Es ist furchtbar.

BIANKA Bin ich weniger schön als vorher? Warum liebst du mich weniger?

KARL Ich verabscheue dich!

BIANKA Ich liebe dich.

KARL Lügen über Lügen.

BIANKA Ich liebe dich.

KARL Alles kluge Berechnung. Klügste Berechnung. Du hast nun einen Vater für dein Kind. Ich Narr, ich dreimal verdammter Narr.

BIANKA Ich habe dich lieb, das ist die Wahrheit.

KARL Sei verflucht.

BIANKA Warum liebst du mich nun weniger? Ich habe den Anderen vergessen. Nur dich liebe ich.

KARL Ich glaube dir kein Wort. Geh zu dem Anderen.

BIANKA Den gibts nicht. Der ist eingesargt und siebenmal versenkt.

KARL Tot?

BIANKA Tot oder nicht, ich will leben. Ich geh nicht von dir. Ich halt dich. Ich brauche dich. Ich laß nicht von dir und bleibe.

KARL Hättest du geschwiegen. Hättest du wenigstens geschwiegen. Wie war ich glücklich! Nun war ich schon auf einem Berg in Tirol. Und bin abgestürzt.

BIANKA Besinne dich. Liebst du mich nicht mehr? Du mußt! Du kannst nicht anders.

KARL Schweig du! Warum geh ich nicht auf dich los?

BIANKA Wir fahren nach Tirol, du wirst alles vergessen. *Breitet die Arme aus.* Du mußt mich lieben Karl.

KARL Ich will nicht! Ich will nicht!

BIANKA Karl! *Drückt sich in seinen Arm.*

KARL *steif:* Geh.

BIANKA *Gesicht an Gesicht:* Liebster!

KARL *schweigt.*

BIANKA Liebster! *Küßt ihn. In der Tür erscheint der Hauptmann.*

HAUPTMANN Noch nicht umgekleidet? Verliebtes Paar. *Klatscht in die Hände.* Marsch! Marsch! Ich dacht euch schon weit. Ihr versäumt noch den Zug. Marsch, Schwager.

KARL Ich ...

BIANKA Ist's unten noch lustig?

HAUPTMANN Es qualmt wie auf dem Schießstand. Euer Wein ist gut.

KARL Unterhältst du dich gut, Schwager?

HAUPTMANN Vortrefflich. Wir erzählen Anekdoten.

KARL Weibergeschichten ...

HAUPTMANN Pikant ... Pikant. Und Jägerlatein. Dein Onkel schneidet auf. Ein Münchhausen. Ich treff das Herz in der Spielkarte. Ich treffs, Schwager – *lacht* – Aber dein Onkel – ein Münchhausen. Ein Münchhausen.

BIANKA O, wenn ich mein Kind erst hab!

HAUPTMANN Hoho Schwesterchen. Hasts eilig! Weißt nicht, ob du eins haben wirst.

BIANKA Du sollst der Pate sein.

HAUPTMANN Warts ab! Manchmal bleiben sie aus.

BIANKA Im Arm wenn ichs halten werde mein Kind, o, mein Kind.

HAUPTMANN Was sagst du, Schwager. Du mußt auch mit dabei sein und wirst nicht gefragt.

KARL So scheints.

BIANKA Und dann bald ein zweites, Karl, noch eins, hörst du's?

KARL Mir tun die Ohren weh.

BIANKA Ach, Karl, mein Kind, dein Kind!

KARL Ja.

HAUPTMANN Marsch! Marsch nun – *küßt Bianka.* Der Wagen steht unten. Los Schwager, los. *Schüttelt ihm die Hand.* Zwei Kinder! *Geht lachend ab.*

BIANKA Wir müssen uns umziehen, Karl.

KARL Ja.

BIANKA Beeile dich, ich bin rasch fertig.

KARL Ja. *Er will in sein Zimmer.*

BIANKA Karl.

KARL *dreht sich um:* Nun?

BIANKA Freust du dich auf Tirol?

KARL Ja sehr. Wie sollte ich nicht?

BIANKA Auf den Gasthof zum Pfauen. Wo wir allein sein werden, ganz allein, zum erstenmal. Und Berge vorm Fenster. Freust du dich?

KARL Mir schlägt das Herz schnell. Einen Wirbel. Und vor den Augen flimmerts mir. Und der Kragen hier, der ist zu hoch, der ist zu steif. Das ist ein zu steifer, zu hoher Kragen.

BIANKA Wir ziehn uns ja jetzt um. Und dort trägst du nur weiche Kragen, niedrige, weiche Kragen. Liebst du mich, Karl?

KARL *geht auf sie zu:* Ich verabscheue dich! *Wieder ein paar Schritte.* Ich hasse dich! *Fällt vor ihr auf die Knie, nimmt ihre Hand und küßt sie.* Ich liebe dich!

BIANKA In zehn Minuten, in fünf Minuten. *Ab.*

KARL *kniet noch allein. Über ihn fällt der*

Vorhang.

Die Stubenfliege

Komödie in vier Akten

[1923]

Dramatis personae

GRUBER · ANNA · HERR SCHMELZLER · FRAU SCHMELZLER · FRAU SCHARMANN · FRAU ROTHEIS · LUISE SCHMERDEGEN · LINA SCHMERDEGEN · BAUMBAUER · FRAU KRESS · DER NOTAR · SCHLITTMEIER

ERSTER AKT

Ein Mainachmittag. Grubers Wohnzimmer, kleinbürgerlich eingerichtet. Auch ein Bett steht da. Links, rechts und in der Mitte je (vom Zuschauer aus) eine Tür. Die Stube ist unaufgeräumt, Besen und Schaufel lehnen traurig in einer Ecke. Wenn der Vorhang aufgeht, ist die Bühne leer, eine kleine Weile.

GRUBER *ein hagerer Fünfziger, kommt durch die mittlere Tür. Er trägt, über dem Bratenrock, einen schwarzen Mantel, den Zylinder auf dem Kopf. Er geht unruhig und bekümmert auf und ab. Setzt sich auf einen Stuhl. Schüttelt den Kopf, schwerfällig:* Ach Gott! *Geht wieder hin und her, ordnet die Photographien auf der Kommode, nimmt den Besen und fängt an, wie er ist, ohne den Hut abzunehmen, die Stube zu kehren.* Ach Gott! Ach Gott! *Wirft den Besen hin, setzt sich und weint still in sich hinein. Es klopft. Er hört nichts. Zögernd wird die Türe geöffnet. Die beiden Nachbarinnen, Frau Rotheis und Frau Scharmann, treten herein. Beide in dem Gewand, das man bei Beerdigungen trägt.*

FR. ROTHEIS Herr Gruber.

FR. SCHARMANN Lieber Herr Gruber.

GRUBER *rührt sich nicht und regt sich nicht.*

FR. ROTHEIS Soll ich Ihnen ... vielleicht was zu trinken?

FR. SCHARMANN *legt ihm leicht die Hand auf die Schulter:* Herr Gruber.

GRUBER *hebt nur den Kopf, sieht sie stumm an.*
FR. ROTHEIS Einen Kaffee vielleicht?
FR. SCHARMANN Lieber Herr Gruber.
GRUBER Fünfundzwanzig Jahre.
FR. ROTHEIS Sie haben immer noch den Hut auf dem Kopf. *Hängt den Zylinder an den Kleiderständer.*
FR. SCHARMANN Es ist wohl schwer.
GRUBER Fünfundzwanzig Jahre. Und drei Tage bettlägrig die Frau, und allein dann. Und fünfundzwanzig Jahre zusammengewesen.
FR. ROTHEIS Es ist hart.
FR. SCHARMANN Auch den Mantel müssen Sie ausziehen. Sie sitzen Falten hinein. *Sie helfen ihm aus dem Mantel.*
GRUBER Ich fürcht mich in meiner eignen Stuben. Ich kenn mich nicht mehr aus, hierherin. Ich weiß nicht mehr, wo die Tür ist, und das Fenster. Da fehlt mehr als nur ein Mensch. Meine Frau war nicht groß. Und jezt wo sie fort ist, kommt mirs vor, als habe sie allein die ganze Stube ausgefüllt.
FR. ROTHEIS *hängt den Mantel an den Ständer:* Es ist ein merkwürdiges Gefühl.
GRUBER Ich kann mich nicht dran gewöhnen. Ich fürcht mich vor dem Abend.
FR. SCHARMANN Jetzt wärs gut, wenn Kinder da wären. Daß man noch was hätt von der Toten.
GRUBER Ja. Das wär gut. Aber unser Marerl starb mit zehn Jahren.
FR. SCHARMANN Jetzt wär es erwachsen.
FR. ROTHEIS Gut ists, daß jetzt nicht Kinder auf dem Fußboden herumkriechen.
GRUBER Das wohl auch.
FR. SCHARMANN Ich weiß es nicht. Kinder ... man hätt was vom andern.
FR. ROTHEIS Gut ists, wenn nicht Kinder ins Grab hinein weinen.
GRUBER Eine schöne Grabrede wars. Er ist ein alter Freund

von uns, der Geistliche. Vom katholischen Gesellenverein her. *Die Sonne spielt durchs Fenster. Er hält die Hand hinein.* Schön warm. Davon spürt sie nichts mehr. Aber droben wird sies auch schön warm haben. Schön warm. Wärmer als ich. Mich frierts in der Sonne.

FR. ROTHEIS Die Maisonne hat noch nicht die Kraft. Aber bald, wenns Sommer wird.

GRUBER Ich will ihr einen schönen Grabstein setzen lassen.

FR. ROTHEIS Einen schönen Grabstein.

GRUBER Und das Marerl laß ich ausgraben und zu der Mutter legen. Das tu ich. Zu der Mutter laß ichs legen.

FR. SCHARMANN Morgen müssen Sie wieder in die Fabrik?

GRUBER Ja. Morgen. In die Fabrik.

FR. ROTHEIS Der Direktor war auch bei der Beerdigung.

GRUBER Ja. Der auch.

FR. ROTHEIS Die vielen Fahnen. Sie müssen Mitglied vieler Vereine sein!

GRUBER Berufsvereine. Das muß man.

FR. ROTHEIS Es hat was Schönes auch. Es geht wer hinter dem Sarg. Sonst wärs recht still gewesen, die wenigen Verwandten.

FR. SCHARMANN Aber lauter fremde Leut. Da könnt der Tote im Sarg sich unbehaglich fühlen.

GRUBER Es hat einen Vorteil. Die Sterbekassen. Der Sarg ist so teuer wie eine Wiege.

FR. ROTHEIS Das ist er.

GRUBER *betrachtet ein Bild, das auf der Kommode steht:* Unser Brautbild. Jesus, gar nichts hat sich auf dem Bild geändert. Ich muß jetzt so allein herumlaufen. Und auf dem Brautbild, da stehen wir Arm in Arm, wie immer.

FR. ROTHEIS Da hat man noch die Puffärmel getragen. Und die weiten Hosen. *Zu Gruber:* Sie sehen gut aus auf dem Bild.

GRUBER *zupft an seinem Ärmel:* Das ist noch derselbe Anzug. Gewendet und in der Taille ein wenig moderner.

FR. SCHARMANN Er sieht noch schön aus. Und ist besser als einer aus Kriegsstoff.

FR. ROTHEIS Die Schneider und Schuster führen immer noch Krieg gegen uns. Die schließen sobald keinen Frieden.

GRUBER Sonntags sind wir manchmal zusammen aufs Hamstern gegangen. Da war sie oft recht müd.

FR. ROTHEIS Den Bauern hätt man das Dach über dem Kopf anzünden sollen, bei ihren Schandpreisen.

GRUBER Da war sie oft recht müd.

FR. SCHARMANN Jetzt bekommt man wieder alles. Zu teueren Preisen, aber man bekommts wenigstens.

GRUBER Recht müd war sie oft.

FR. ROTHEIS Die drei Treppen da herauf. Ich bin froh, daß ich ein Stockwerk tiefer wohn.

FR. SCHARMANN Man gewöhnts.

GRUBER Ich hätt vielleicht eine Wohnung im ersten Stock nehmen sollen. Sie war oft recht müd.

FR. SCHARMANN Was Sie jetzt denken. Wir sind oft die drei Treppen zusammen herauf gestiegen. Ihre Frau hats ohne Schnaufen gemacht.

GRUBER *zweifelnd:* Schon …

FR. ROTHEIS Wie mans gewöhnt ist. Mein Mann sagts auch. *Es klopft.*

GRUBER Herein.

ANNA *fünfzig Jahre alt, dunkel gekleidet, kleines Hütchen auf dem Kopf:* Grüß Gott.

GRUBER Grüß Gott.

ANNA Sie sind wohl … der Herr Gruber?

GRUBER Jawohl. Der bin ich.

ANNA *blickt auf die beiden Frauen:* Wohl – Verwandte?

GRUBER Nein. Nachbarinnen.

ANNA Ah. *Blickt die beiden Frauen wieder musternd an:* Ah.

GRUBER Und Sie? Sie sind?

ANNA Mich schickt der Herr Pfarrer Baumbauer.

GRUBER Das freut mich. *Streckt ihr die Hand entgegen.*

ANNA *legt die ihre hinein:* Mein Beileid, Herr Gruber.
GRUBER Ja, das ist hart.
ANNA Wenns nicht einen Himmel gäb, der uns verheißen ist, auf den man hoffen darf, auf den man hoffen muß.
FR. SCHARMANN *zweifelnd:* Ja, der Himmel.
ANNA *scharf:* Das Wiedersehen im Himmel, das uns versprochen ist.
FR. SCHARMANN Versprochen ...
ANNA *zu Gruber:* Ich bleib gleich da. *Beschaut sich das Zimmer.*
GRUBER Ja.
ANNA *Jacke und Hut aufhängend:* Das ist ihr Bett? *Dabei auf das Bett weisend.*
GRUBER Das ist meins.
ANNA Wo schlaf ich denn?
GRUBER *deutet zur rechten Tür:* Da drin.
ANNA Und die Küche?
GRUBER *deutet auf die linke Tür:* Dort.
ANNA Aha. *Geht in die Küche.*
FR. ROTHEIS Wer ist denn das?
GRUBER Der Pfarrer Baumbauer hat sie mir empfohlen. Sie soll eine recht ordentliche Person sein. Sie wird mir den Haushalt führen. Das kommt billiger als das Wirtshausleben. Sie soll eine recht ordentliche, eine recht fromme Person sein.
FR. SCHARMANN Es ist gut, daß Sie jemand haben.
FR. ROTHEIS Natürlich. Ein Mann ... allein.
ANNA *aus der Küche kommend:* Ich hab Feuer gemacht. Ich koch Ihnen gleich einen Kaffee. Die Küch ist schön sauber. Da gefällts mir gut.
GRUBER Ich bin froh, daß Sie da sind.
FR. SCHARMANN Wenn Sie was brauchen? Ich wohn grad gegenüber, am gleichen Gang.
ANNA Wenn man umsichtig einkauft, da braucht man niemand.

FR. SCHARMANN Manchmal vergißt man was. Ein paar Zwiebeln.

ANNA Wenn man aufpaßt ... Ich vergesse nichts.

FR. SCHARMANN Ich helfe Ihnen immer gern aus.

ANNA Es hat jedes so viel mit dem eigenen Hauswesen zu tun.

FR. SCHARMANN Gewiß.

ANNA Es gibt viel Arbeit. *Sie gibt mit dem Fuß der Schaufel einen leichten Stoß, daß sie tanzt.*

FR. SCHARMANN *ängstlich:* Ja, ja, ja. Grüß Gott, Herr Gruber.

GRUBER Grüß Gott, Frau Scharmann. Ich dank schön auch. Für Ihren Beistand in den letzten Tagen. Ich dank recht schön.

FR. SCHARMANN Es ist nicht der Rede wert. *Ab.*

FR. ROTHEIS Jetzt brauchen Sie auch den Abend nicht mehr zu fürchten. Jetzt ist noch jemand in der Wohnung. Jetzt ist sie nimmer so leer, weil auch die Frau ... *Sieht Anna an.*

ANNA Fräulein.

FR. ROTHEIS Weil auch das Fräulein ...

ANNA Anna.

FR. ROTHEIS Weil auch das Fräulein Anna jetzt bei Ihnen ist, abends.

GRUBER Ich bin recht froh.

FR. ROTHEIS So ein einzelner Mann ist ganz hilflos. Wie so ein Zimmer gleich ungemütlich ausschaut.

ANNA Nimmer lang. *Sie rückt die Bilder auf der Kommode zurecht, staubt sie ab.*

FR. ROTHEIS Sie werdens bald wieder in Ordnung haben.

ANNA Wohnen Sie auch ... auf dem gleichen Gang?

FR. ROTHEIS Ich? Nein. Ich wohn eine Treppe tiefer. Wenn man hier auf und ab geht, hört man bei mir drunten jeden Tritt.

GRUBER Wir warn immer sehr ruhig. Wir sind nicht auf und ab gelaufen.

FR. ROTHEIS Freilich. Eine ruhige Partei. Wir sind auch immer gut ausgekommen miteinander.

ANNA Ich trag zuhaus nur Filzschuhe.
FR. ROTHEIS Es wird schon alles in Frieden bleiben.
ANNA Ich bin ordentlich und tu nichts Unrechts. Ich fürchte niemanden.
FR. ROTHEIS Na. Natürlich.
ANNA *immer noch Staub wischend:* Wenn jedes schön bei sich bleibt, schön in seiner Wohnung bleibt, und ordentlich ist, und sauber.
FR. ROTHEIS Wir wohnen schon fünf Jahre in dem Haus.
ANNA Ja? Erlaubens. *Sie schiebt die Frau Rotheis weg, um auf der Kommode was in Ordnung zu bringen.*
FR. ROTHEIS Gebens auf das Brautbild obacht, Fräulein Anna.
ANNA Ich zerbrech nichts.
FR. ROTHEIS Es wär schad. Der Herr Gruber hängt sehr an dem Bild.
ANNA So? *Geht in die Küche.*
FR. ROTHEIS Eine tüchtige Person. Da sind Sie gut versorgt.
GRUBER Ich bin froh.
ANNA *ruft aus der Küche:* Herr Gruber, ich find den Schürhaken nicht. Wollen Sie ihn mir nicht zeigen?
GRUBER Der hängt an der Anricht. *Geht in die Küche. Allein steht die Frau Rotheis unentschlossen da.*
ANNA *kommt aus der Küche, sieht die Frau Rotheis nicht an, geht an ihr vorbei und ins rechte Zimmer. Wieder ist die Frau Rotheis allein. Dann kommt die Anna wieder.*
FR. ROTHEIS *betreten:* Ich muß jetzt auch gehn.
ANNA *beachtet sie nicht:* Ja.
FR. ROTHEIS Also, Grüß Gott.
ANNA Adje.
FR. ROTHEIS *geht.*
GRUBER *kommt aus der Küche, die Kaffeemühle in der Hand.*
ANNA *nimmt sie ihm ab:* So. In fünf Minuten kriegen Sie einen heißen Kaffee. *Mahlt.*
GRUBER *setzt sich ihr gegenüber:* Ich hab Mittag nichts Rechtes gegessen. Jetzt hab ich fast Hunger.

ANNA Gleich gibts was. *Eine kleine Pause entsteht.*
GRUBER Ich mein, wir kommen schon gut aus miteinander.
ANNA *mahlend:* Mit Ihnen ... da komm ich schon gut aus.
GRUBER Ich bin ein einzelner Mann.
ANNA Das hat mir der Herr Pfarrer Baumbauer schon gesagt, daß keine Kinder da sind.
GRUBER Nein. Kinder sind keine da.
ANNA Ich werds schon so machen, daß sie zufrieden sind.
GRUBER Ich mach nicht viel Ansprüche. Jetzt schon gar nicht mehr, wo meine Frau ...
ANNA Ja. So was ist hart. Ihre Frau ist schnell gestorben?
GRUBER Nur drei Tage war sie krank.
ANNA Den Tod muß man immer vor Augen haben. Besonders wenn man nicht mehr jung ist. Wenn man in unser Alter kommt, da muß man den Tod immer vor Augen haben.
GRUBER Daß es so schnell gehen mußte mit meiner Frau! So schnell.
ANNA Beten muß man. Fleißig beten. Das hilft am ehesten drüber weg.
GRUBER Ja. Das muß man wohl.
ANNA Daß wir Katholischen das Gebet haben, das ist eine Gnade.
GRUBER Das ist eine Gnade.
ANNA Protestantisch, da lebt sichs leicht. Katholisch, da stirbt sichs leicht.
GRUBER Ja.
ANNA In meiner letzten Stellung, da ist der Herr auch gestorben.
GRUBER Ah.
ANNA Ja. Vor vierzehn Tagen.
GRUBER So kurz erst?
ANNA Ja. Ich war ein halbes Jahr bei ihm. Er war auch kinderlos.
GRUBER Ein Witwer auch?

ANNA Ja. Auch ein Witwer. Ich hab ihm den Haushalt geführt. Und das letzte Vierteljahr hab ich ihn gepflegt.

GRUBER Das ist eine geduldige Arbeit.

ANNA Ich habs gelernt. Er starb einen schönen Tod. Er hatte gebeichtet und kommuniziert. Er schlief ein, nachts, und wurde nicht mehr wach.

GRUBER Und jetzt. Jetzt sind Sie bei mir.

ANNA Jetzt bin ich bei Ihnen.

GRUBER Ja. Ja. Und ich bin recht froh, daß Sie da sind.

ANNA *ist fertig geworden mit dem Mahlen. Sie geht in die Küche und kommt nach einer Weile wieder mit einer geblümten Tischdecke über dem Arm, mit Tassen, Löffeln in den Händen. Sie deckt den Kaffeetisch sehr nett sogar, für die kleinbürgerliche Umgebung:* So. Nun werden wir gleich so weit sein.

GRUBER Ich bin froh.

ANNA Ja. Das Herumstehen am Grab, das macht Hunger.

GRUBER Ich hab einen ganz schönen Appetit.

ANNA Dem wird gleich abgeholfen werden. *Sie geht wieder in die Küche, kommt mit einem Tablett, darauf die rauchende Kaffeekanne, Milch, Butterbrote.* Jetzt. *Schenkt ein.* Jetzt.

GRUBER *trinkt und kaut eifrig.*

ANNA Schmeckt Ihnen der Kaffee? Mögen Sie noch Milch dazu? *Gießt ihm Milch dazu.*

GRUBER Gut schmeckts. Fein.

ANNA Es ist Malzkaffee dabei. Man muß sparen.

GRUBER Gut schmeckts.

ANNA Noch ein Butterbrot? *Schiebt ihm eins hin.*

GRUBER Dank schön.

ANNA Also, da drin schlaf ich?

GRUBER Ja. Es ist nur ein kleines Zimmer.

ANNA Das langt für mich.

GRUBER Wir haben nur die zwei Zimmer.

ANNA Zwei Leut, die brauchen nicht mehr.

GRUBER Wir haben immer Platz gehabt.

ANNA Die Küch gefällt mir gut. Das ist mir die Hauptsache.

GRUBER Sie ist erst heuer frisch gestrichen worden.

ANNA Ja. Sie ist schön sauber.

GRUBER Wir wollten auch die zwei Zimmer herrichten lassen. Aber dann ist meine Frau krank geworden.

ANNA Oh. Das Zimmer geht noch. Das ist noch nicht schlimm.

GRUBER Wenn Sie sich erst eingewöhnt haben. Dann können wir immer noch den Maler kommen lassen.

ANNA Trinken Sie noch einen Kaffee? *Gießt ihm und sich nach.*

GRUBER Das Kaffee kochen, das können Sie. Das Kaffee kochen.

ANNA Nicht bloß das Kaffee kochen. Das werden Sie bald schmecken. Wenn man so lang schon Köchin ist.

GRUBER Glaubs gern.

ANNA Da lernt mans. Aber jeder hat seine Eigenheiten. Der eine ißt gern scharf. Der andere fürchtet den Pfeffer wie der Teufel den Weihbrunnen.

GRUBER Zu scharf ist mir nicht leicht was.

ANNA Ich kriegs schon bald raus, wie Sies am liebsten haben.

GRUBER Weil der Kaffee heut gar so gut ist ... Ich hab was Feins. *Geht in die Küche und kommt mit einer Flasche und zwei Schnapsgläsern wieder.*

ANNA Ah.

GRUBER Was ganz Feins. *Gießt vorsichtig die beiden Gläser voll, verkorkt die Flasche bedachtsam wieder.* Nur ein Gläschen für jedes und nur für die hohen Feiertage. *Beide trinken.* Gut?

ANNA Das ist – *riecht am Glas* – Nußschnaps.

GRUBER Selbstangesetzter.

ANNA Das schmeckt man.

GRUBER Nur für die hohen Feiertage.

ANNA Wie der gleich warm macht.

GRUBER Ja. Das ist ein Bauchwärmer. *Kleine Pause.*

ANNA Wo haben Sie denn immer das Fleisch gekauft.

GRUBER Gleich im Nebenhaus ist ein Metzger.

ANNA Das ist bequem.

GRUBER Ja. Und er hat nur schönes Fleisch.

ANNA Fleischeinkaufen, das muß man können. Das ist eine Kunst. Das ist gar nicht so einfach. Das muß man verstehen. Sonst wird man betrogen.

GRUBER Nein. Nein. Das ist gar nicht so einfach.

ANNA Und hartes Fleisch ißt niemand gern.

GRUBER Niemand.

ANNA Wenn man ein falsches Stück erwischt, sind mehr Knochen dran als Fleisch.

GRUBER Glaubs schon, daß man da aufpassen muß.

ANNA Sind Sie fertig mit dem Kaffee? Soll ich den Tisch wieder abdecken?

GRUBER Lassen Sies nur stehen, so ists grad gemütlich.

ANNA Ja, gemütlich ists.

GRUBER *reibt sich die Hände:* Recht gemütlich.

ANNA Das wirds noch öfter sein. Wir kommen schon gut aus miteinander.

GRUBER Wir schon. Gut kommen wir miteinander aus.

ANNA *weil Gruber nach der Flasche greift:* Aber Schnaps, Schnaps kriegen Sie keinen mehr heut. Nur an hohen Feiertagen.

GRUBER *lacht:* Also. Dann keinen mehr. *Steht auf.* Verstekken wir die Flasche. *Stellt sie hoch oben auf einen Kleiderschrank.* Da können Sie nicht hinauflangen.

ANNA *versucht es vergeblich:* Nein. Da kann ich nicht hinauflangen.

GRUBER *vergnügt:* Nicht können Sies. *Beide lachen sich lustig an.*

ANNA Sie sind halt größer als ich.

GRUBER Um einen ganzen Kopf.

ANNA Ich räum jetzt doch ab. *Tuts*

GRUBER *setzt sich auf einen Stuhl, abseits vom Tisch. Stützt die Ellbogen auf die Knie und legt das Gesicht in die Hände.*

ANNA *steht mit dem Tablett voll Tassen vor ihm:* Aber, Herr Gruber!

GRUBER *vom Weinen geschüttelt.*

ANNA Was ist denn, Herr Gruber?

GRUBER Meine Frau ist heut begraben worden. *Er weint. Es fällt der*

Vorhang.

Zweiter Akt

Grubers Stube, wie in allen vier Akten. Es ist 6 Uhr Nachmittag, im Juli.

ANNA *zerkleinert mit einem Beil eine Kiste. Ein Berg von Spänen ist neben der Knienden aufgeschichtet. Da klopft es. Anna, weiterarbeitend:* Herein.

FR. ROTHEIS Fräulein Anna! Sie machen da Holz.

ANNA Ja.

FR. ROTHEIS Im Zimmer machen Sie Ihr Holz.

ANNA Warum nicht?

FR. ROTHEIS Jeden Schlag hört man drunten bei mir. Meinem Mann ist der Kalk von der Decke in die Suppe gefallen.

ANNA Jetzt kann er weiter essen. Ich bin schon fertig.

FR. ROTHEIS *ist sprachlos über so viel Frechheit.*

ANNA *rafft das Holz auf den Arm, will damit in die Küche:* Jetzt kann er weiter essen.

FR. ROTHEIS Mein Mann will sich beim Hausherrn beschweren. Der Kalk brökelt von der Decke.

ANNA Ich kann in meinem Zimmer machen, was ich will. Ich hätts in der Küche gemacht, das Holz. Aber die ist zu eng. Da kann ich mich nicht rühren.

FR. ROTHEIS Holz muß im Hof gemacht werden.

ANNA Das ist mir gleich, wo Sie Ihr Holz machen.

FR. ROTHEIS So eine – so eine Unverschämtheit.

ANNA *läßt das Holz zu Boden prasseln:* Sie ... Person. Ich laß mich nicht beleidigen. In meiner Wohnung. Wegen der paar Scheit Holz lauf ich nicht die drei Stiegen hinunter. Wegen dem kleinen Kistchen. Wer weiß, was Ihrem Mann in die Suppe gefallen ist. Vielleicht Kopfhautschuppen.

FR. ROTHEIS *setzt ein paarmal zum Reden an. Stammelt dann:* Ich sags meinem Mann. *Stürzt ab.*

ANNA *sammelt die Scheite wieder auf, kehrt den Boden. Trägt Schaufel, Handbesen, Beil und Holz in die Küche. Es klopft.*

Einmal. Zweimal. Ins Zimmer treten die Schwestern Schmerdegen, gleich gekleidet, rötlichbrauner Rock, farblose Bluse. Alte Jungfern. Lina, die jüngere, die dümmere, ist das Echo der Schwester Luise.

LUISE Es ist niemand da.

LINA Draußen. *Deutet zur Küche, aus der man Geräusch hört.*

LUISE *ruft:* Fräulein Anna!

ANNA *antwortet aus der Küche:* Ja. *Kommt.* Sie sinds! Gleich komm ich. Setzen Sie sich ein bißchen. *Geht wieder in die Küche. Die Schwestern setzen sich an den Tisch, sehn in der Stube umher und dann still vor sich hin. Bis Anna kommt, sich zu ihnen setzt.* So. Jetzt bin ich fertig.

LUISE Gibt immer was zu tun in einem Haushalt.

LINA Immer.

ANNA Immer. Den halben Nachmittag war ich beim Einkaufen. Wenn der Zucker nur nicht so knapp wär.

LUISE Grad der Zucker ist so schwer zu bekommen. Auch hintenherum kriegt man keinen.

ANNA Sonst bekommt man alles.

LINA Alles leichter als Zucker.

ANNA Ob wohl wieder Zeiten kommen, wie vor dem Krieg?

LUISE Glaubs nicht.

LINA *melancholisch:* Glaubs nicht.

ANNA Fünzig Pfennig hat eine Taube gekostet.

LUISE Ein Paar Stiefel acht Mark.

LINA *melancholisch:* Acht Mark ein Paar Stiefel.

ANNA Die Zeiten kommen nicht wieder.

LUISE Nie wieder.

LINA Nimmermehr wieder.

ANNA Zufrieden war man damals auch nicht.

LUISE Nein. Das war man nicht. Und man hat sich nicht getraut, Tauben zu essen. Weil sie zu teuer waren.

LINA Auf schiefen Absätzen ist man gelaufen trotz der billigen Schuh.

ANNA So dumm war man. Die Zeiten wenn wieder kämen.
LUISE Die kommen nicht wieder.
ANNA Nein, die kommen so bald nicht wieder. *Pause.*
LUISE Jetzt gehts halbwegs wieder. Aber eine Zeit lang, während des Kriegs, da bekam man auch um sein Geld nichts mehr.
ANNA Besser ists schon geworden.
LUISE Die Läden sind wieder voll.
LINA Viel besser. Alles was recht ist.
ANNA Es wird schon noch besser werden. *Pause.*
LUISE Wie gefällts Ihnen? In der neuen Stellung.
ANNA Mit Herrn Gruber kann man schon auskommen.
LUISE Das kann man wohl.
LINA Gut auskommen kann man mit ihm.
ANNA Ich hab mich immer noch gut vertragen. Mit meiner Dienstherrschaft. Immer noch gut. Bei christlichen Leuten war ich stets. Da verträgt man sich schon, mit christlichen Leuten.
LUISE Ja. Freilich.
LINA Ja. Natürlich.
ANNA Wo ich zuletzt in Stellung war, den hab ich ein Vierteljahr gepflegt.
LUISE Was hat ihm gefehlt.?
ANNA Lungenkrank. Er war ganz allein. Keine Verwandten. Ich hab ihn pflegen müssen. Der Herr Pfarrer Baumbauer, der hat mich ihm empfohlen gehabt. Er mußte doch jemand haben.
LUISE Ich könnts nicht. So lang bei einem Kranken. Allein.
ANNA Man muß es doch tun. Das ist Christenpflicht. Er war ganz allein. Er mußte doch jemand haben.
LINA Haben Sie sich nicht gefürchtet?
ANNA Wovor denn? Er war ein guter Herr. Ich hab ihn bis zuletzt gepflegt. Ich hab ihm die Augen zugedrückt. Er war mir auch arg dankbar. Arg dankbar war er. *Langsam:* Er hat mir auch was vermacht. Im Testament …

LUISE Er hat … ein Testament gemacht?

LINA Er hat Ihnen … was vermacht?

ANNA Nicht viel. Er hat nicht viel gehabt. Ein paar tausend Mark. Ja. Und ein paar Möbel. Ich hab ihn doch bis zuletzt gepflegt.

LUISE *ganz langsam:* Sie haben ihn gepflegt.

LINA *ruhig:* Sie habens verdient.

ANNA Ich hab schon öfter solche Stellungen gehabt. Schon öfter. Der Pfarrer Baumbauer, der bringt mich immer hin. Wenn er jemanden weiß, der nicht mehr recht frisch auf den Beinen ist, der eine Warte und Pflege braucht, dann schickt er mich hin. Ich verdiente mir Gottes Lohn damit, sagt er.

LUISE Das ist wahr.

ANNA Ich bin schon sehr erfahren in der Krankenpflege. Die vielen, die ich schon gepflegt hab.

LUISE *lauernd:* Da haben Sie wohl schon öfters was geerbt?

ANNA Hie und da. Nicht viel. Es war ja keiner reich. Aber hie und da, da hab ich schon ein wenig was geerbt.

LINA *spitz:* Da verdient man sich Gottes Lohn, mit der Krankenpflege. Gottes Lohn.

ANNA Ich hab manches geerbt. Ich bin eine gute Christin. Ich habs immer gern getan. Aber ich möcht einmal länger irgendwo unterschlupfen. Der Herr Gruber ist gesund. Gottseidank. Da besteht keine Gefahr. Der ist ganz gesund.

LUISE Da können Sie länger bleiben.

ANNA Wir kommen gut aus miteinander. Da kann ich schon länger bleiben. Ich bin arg froh. *Pause.*

LUISE Bei der Bolte ist amerikanisches Schweinefleisch angekommen.

ANNA Ich mags nicht. Das riecht so.

LUISE Schon. Man muß es zuerst gut wässern. Und dann räuchern lassen. Dann verlierts den Geschmack.

LINA Dann verlierts ihn.

ANNA Ganz nicht.

LUISE Fast ganz.

LINA Und es ist halt billig, das amerikanische. Die Bolte gibts sehr billig.

ANNA Ich mag bei der Bolte nichts kaufen.

LUISE Warum denn nicht? Ich kauf schon lang bei ihr ein. Ich war immer zufrieden mit ihr. Sie hat ein reelles Geschäft.

ANNA Nicht deswegen.

LUISE Und ihr Laden liegt günstig. Nur drei Häuser weiter. Die ganze Straße kauft bei ihr ein. Wo kaufen Sie denn?

ANNA In der Ludwigstraße. Bei der Süß.

LUISE Ist die billiger als die Bolte?

ANNA Auch nicht.

LUISE Warum gehen Sie dann so weit? Wegen jeder Kleinigkeit?

ANNA Ich könnte nicht verantworten, bei der Bolte zu kaufen. Sie ist protestantisch.

LUISE Sie ist ...

LINA Protestantisch?

ANNA Protestantisch. Und bei einer Protestantischen kauf ich nichts. Ich müßte zu sündigen fürchten.

LUISE Aber gehns.

ANNA Man darf kein lauer Katholik sein. Sie sollten auch nicht zu der Bolte gehn.

LUISE Aber das amerikanische Schweinefleisch?

ANNA Das kriegen Sie anderswo auch. Ich kauf nichts bei einer Protestantischen.

LUISE *eingeschüchtert:* Wahr ists schon. Vielleicht sollte man es nicht.

LINA Bei einer Protestantischen.

ANNA Bestimmt sollte man es nicht. Man muß für seinen Glauben einstehen.

LUISE Das muß man.

LINA Das muß man schon.

ANNA Da drüben – *weist zur Tür, die auf den Flur führt* – da wohnen auch solche ... Da drüben

LUISE Wer?

LINA Wer denn?
ANNA Die Scharmanns.
LUISE *verständnislos:* Ja. Die Scharmanns.
ANNA Das sind auch solche.
LUISE Ganz ordentliche Leut hab ich gemeint.
LINA Brave Leut.
ANNA *auflachend:* Ordentlich! Die, das sind auch solche.
LUISE Was ist denn damit?
LINA Was denn?
ANNA Ich werds ihr schon noch sagen, der, gründlich werd ichs ihr sagen.
LUISE Haben Sie Streit gehabt mit Ihr?
ANNA In einen Streit laß ich mich gar nicht ein, mit solchen Leuten.
LUISE Sind die so arg?
ANNA Teuflische Leut! Aber Gott wird sie schon noch strafen. Ich hab das Blatt wieder geholt. Da hab ichs. Teuflische Leut! *Nimmt aus der Tischschublade eine Zeitung.*
LUISE Was haben sie denn getan, die Scharmannschen?
ANNA Eine Gemeinheit. So was ist schlimmer als jede Sünde.
LUISE Ja, um aller Heiligen willen.
LINA Ich fürcht mich.
ANNA Übermorgen beginnt die heilige Mission.
LUISE Ja, der Pater Augustus soll wunderschön predigen. Wunderschön. Ich mach die Mission mit. Für Jungfrauen.
LINA Ich auch. Für Jungfrauen.
ANNA Ich auch. Natürlich. Ich freu mich schon sehr. Eine Missionswoche, die bringt einen dem Himmel näher. Und diese teuflischen Leut!
LUISE Die Scharmanns. Die sind doch auch katholisch.
LINA Sind auch katholisch.
ANNA Getauft sind sie. Aber das Missionsblatt.
LUISE Ich hab auch eine Nummer. Es stehen fromme Geschichten drin. Das Blatt ist überall verteilt worden. In der Früh lags vor unsrer Wohnungstür.

LINA Ich habs schon ganz gelesen.

ANNA Und die Scharmann? Was tut die mit dem heiligen Blatt?

LUISE Sie hats wohl nicht gelesen.

LINA Die schönen Geschichten!

ANNA Gelesen. Die wird so was lesen.

LUISE Sie wird das Blatt doch nicht ...

ANNA Was?

LUISE Weggeworfen haben?

ANNA Wenns bloß das wär. Aber diese Gemeinheit. Sie hats aufs Closett gehängt. Zu dem andern Papier. Sie wissen schon. Ich habs gefunden draußen. Unterm Closettpapier. Und habs mitgenommen. *Triumphierend schwingt sie das Blatt.* Sonst, die teuflische Person, die hätt sich wahrhaftig damit ...

LUISE *entgeistert:* Das glaub ich doch nicht.

LINA *wie erstarrt bei dem fürchterlichen Gedanken:* Sie hätt sich damit ... Nein, nein.

ANNA Die hätts getan. Es hing doch schon bei dem andern Papier.

LUISE Vielleicht, daß das Blatt zufällig.

ANNA Sowas hebt man doch sorgfältig auf. Das Missionsblatt. Wo haben Sie denn das Ihre?

LUISE Ich habs aufgehoben.

LINA In der Tischschublade.

ANNA Das Blatt kam nicht zufällig aufs Closett. Die wollte Gott lästern, die teuflische Person. *Es klopft.* Herein.

FR. SCHARMANN Grüß Gott. *Alle schweigen betreten. Dann, frech.*

ANNA Was wollns denn?

FR. SCHARMANN Grüß Gott, Fräulein Luise. Grüß Gott, Fräulein Lina.

LUISE Grüß Gott.

LINA Grüß Gott, Frau Scharmann.

FR. SCHARMANN Ich möcht Sie nur was fragen, Fräulein Anna.

ANNA Was denn?

FR. SCHARMANN Haben Sie den Haken, der am Flur in die Wand geschraubt war, haben Sie den Haken herausgenommen?

ANNA Den Haken? Einen Haken?

FR. SCHARMANN Ja. Den Haken, der gleich gegenüber Ihrer Tür war?

ANNA Den Haken, ja, den hab ich herausgenommen.

FR. SCHARMANN Warum denn? Der ist doch sehr praktisch. Zum Aufhängen der Kleider, die man ausklopfen will.

ANNA Aber der Haken an der Stelle, das kann ich nicht dulden.

FR. SCHARMANN Er stört Sie doch nicht.

ANNA Doch. Der Staub beim Ausklopfen, das paßt mir nicht.

FR. SCHARMANN Wenn ich meine Kleider ausklopf, brauchen Sie doch nur die Tür schließen.

ANNA Der Staub geht überall durch. Durchs Schlüsselloch. Und die Ritzen. Überall.

FR. SCHARMANN Seit zwanzig Jahren hängt der Haken an der Stelle. Er hat noch nie jemand geniert.

ANNA Mich geniert er.

FR. SCHARMANN Aber der Haken gehört doch mir. Sie dürfen ihn doch nicht einfach herausschrauben.

ANNA Mich geniert er.

FR. SCHARMANN Sie hätten mich doch um Erlaubnis fragen müssen. Der Gang gehört doch allen Parteien.

ANNA Das ist mir gleich. Ich laß mir meine Wohnung nicht verstauben.

FR. SCHARMANN Das ist doch gar nicht Ihre Wohnung. Das ist die Wohnung vom Herrn Gruber. Sie sind nur seine Köchin. Ich werde noch mit Herrn Gruber drüber reden.

ANNA Ah, jetzt. Jetzt kommts heraus. Weil ich nur ein armer Dienstbot bin. Da darf man auf mir herumtrampeln. Da darf man mich schikanieren. Ich bin ja nur ein Dienstbot. Und da hab ich das Maul zu halten. Da hab ich nichts mitzureden. Das ist eine Gemeinheit.

FR. SCHARMANN Ich werd mit Herrn Gruber reden.

ANNA Ein Dienstbot ist kein Sklav. Bei Ihnen wär ein Dienstbot ein Sklav. Aber ich bin nicht Ihr Dienstbot. Sie haben mir gar nichts drein zu reden. Das ist eine Gemeinheit. Ich war schon bei vielen Leuten im Dienst. Aber so was hat mir noch niemand gesagt. Ein Dienstbot ist doch kein Sklav.

FR. SCHARMANN Der Haken ...

ANNA *schäumend:* Der Haken kommt nicht mehr hin. Ich laß mir nicht die Wohnung verstauben. Ich reiß ihn wieder raus, wenn Sie ihn wieder rein stecken. Ich laß mir die Wohnung nicht verstauben. Der Haken gehört nicht auf den Gang. Klopfen Sie Ihre dreckigen Kleider in der Wohnung aus. Das ist mir gleich. Meine Wohnung laß ich mir nicht verstauben. Meine nicht. Das laß ich mir nicht gefallen. Wenn ich auch bloß ein Dienstbot bin. Ein Dienstbot ist auch kein Sklav. Das ist eine Gemeinheit.

FR. SCHARMANN Der Haken ...

ANNA Das ist eine Gemeinheit. Sie wollen mich schikanieren. Das hab ich schon lang gemerkt. Aber ich bin nicht Ihr Dienstbot. Sie sind ... Sie sind eine teuflische Person.

FR. SCHARMANN *ruhig:* Warum schreien Sie denn so?

ANNA *brüllend:* Ich schrei, wie ich will. Ich bin nicht Ihr Dienstbot. Ich ...

GRUBER *ist eingetreten. Im Arbeitsgewand. Fabrikaufseher ist er:* Da gehts aber zu.

ANNA *sich beherrschend, ganz ruhig:* Guten Abend, Herr Gruber.

GRUBER Was ist denn? Grüß Gott, Frau Scharmann.

FR. SCHARMANN Grüß Gott, Herr Gruber. Ich wollt was mit Ihnen reden.

GRUBER Gern, Frau Scharmann. Setzen Sie sich nicht ein wenig?

FR. SCHARMANN Ich bin gleich fertig.

GRUBER Ich seh Sie gar nimmer. Früher waren Sie doch öfter bei uns.

FR. SCHARMANN Ja, früher.

GRUBER Vielleicht kommens jetzt manchmal wieder, am Abend. Die Fräulein Anna, die freut sich sicher auch.

ANNA Ich ...

FR. SCHARMANN Es ist wegen des Hakens. Herr Gruber. Der draußen am Gang steckt. Seit zwanzig Jahren draußen am Gang in der Wand steckt. Jetzt ist er weg. Die Fräulein Anna hat ihn weg.

GRUBER Den Haken?

FR. SCHARMANN Auf dem wir unsere Kleider ausklopften. Ich. Und ihre Frau. Früher.

GRUBER Und den Haken?

FR. SCHARMANN Den hat jetzt die Fräulein Anna weg.

GRUBER Sie hat ihn weg? Ja, warum denn?

ANNA Es staubt so.

GRUBER Es staubt.

ANNA Ja, der Haken war grad gegenüber unsrer Tür. Da flog so viel Staub in die Wohnung. Man konnte sich gar nicht mehr retten. Da hab ich ihn weg.

GRUBER Den Haken.

FR. SCHARMANN Der seit zwanzig Jahren niemand geniert hat. Ihre Köchin geniert er.

ANNA Jawohl. Mich geniert er. Weil die Wohnung verstaubt. Weil ich auf Sauberkeit halt. Weil ich ein reinliches Zimmer haben will.

FR. SCHARMANN Die Frau Gruber hat auch zu den reinlichen gehört. Die hat der Haken nicht geniert.

GRUBER Na ja. Der Haken. Der läßt sich ja wieder hineinschrauben.

ANNA Das. Das geht nicht, Herr Gruber. Es staubt zu viel. Daß die Frau Gruber sich das hat gefallen lassen! Die war halt zu gutmütig. Da kommt man nicht auf. Der Haken ist grad gegenüber unserer Tür. Da frißt uns der Staub.

FR. SCHARMANN Deswegen kam ich: Ich wollte Sie fragen, ob die Köchin den Haken mit Ihrer Erlaubnis herausgeschraubt hat. Ich habs gleich nicht geglaubt. Sie hats auf eigene Faust getan.

ANNA Sie wirft mir vor, daß ich ein Dienstbot bin. Bei ihr wär ein Dienstbot ein Sklav. Ein Dienstbot hat gar nichts zu reden. Das hat mir noch niemand gesagt. Ich bin noch überall gut behandelt worden. Und jetzt muß ich mich wie ein Sklav schikanieren lassen. Das ist eine Gemeinheit. Weil ich bloß ein Dienstbot bin. *Sie fängt bitterlich zu schluchzen an.*

GRUBER Regen Sie sich doch nicht auf, Fräulein Anna. Es ist ja nicht so schlimm. Das ist der dumme Haken gar nicht wert. Das werden wir schon regeln. Da findet sich schon ein Weg. Das ist das schlimmste noch nicht.

ANNA *weinend:* Die ganze Wohnung verstaubt.

GRUBER Kann man den Haken nicht an einer anderen Stelle einschrauben. Weiter weg von der Tür. Damit wieder Frieden ist.

FR. SCHARMANN Das geht nicht, Herr Gruber. Da ists zu dunkel. Da sieht man nichts. Der Haken steckt am besten Platz. Am einzigen Platz wo er praktisch ist. Sie wissens doch selber.

GRUBER Na ja. So Weibergeschichten. Ich will Frieden. Machts mit dem Haken was ihr wollt. Ich will Frieden.

FR. SCHARMANN Den will ich auch, Herr Gruber. Haben Sie mich anders kennengelernt. Ich hab den Haken nicht herausgerissen. Adje. *Geht.*

GRUBER Dumme Sache.

ANNA Was braucht sie gleich so zu schreien! Das hätt sie ruhig auch sagen können. Dann hätt man sich schon einigen können, des Hakens wegen.

LUISE *und Lina sind während des Auftritts wie neugierige Vögel im Hintergrund geblieben. Luise sagt jetzt:* Es ist gar nicht wert, daß man sich streitet.

LINA Nicht wert ists.

ANNA Es ists auch nicht wert. Aber wenn die Person so rechthaberisch ist.

LUISE Wegen des dummen Hakens.

LINA Wegen so eines Hakens.

GRUBER Das werden wir schon regeln.

LUISE Lina, wir müssen gehen.

LINA Gehn müssen wir, Luise.

ANNA Übermorgen holn Sie mich also ab, zur Predigt.

LUISE Freilich.

LINA Natürlich. *Beide gehen ab.*

ANNA Ich hab heut Würst fürs Abendessen. Einen Kartoffelsalat mach ich dazu.

GRUBER *verstimmt, kurz:* Ist schon recht.

ANNA Aber eine halbe Stunde dauerts noch.

GRUBER Ja.

ANNA Flaschenbier hab ich Mittag schon geholt.

GRUBER So

ANNA Der dumme Haken. Ärgern Sie sich noch?

GRUBER Wir sind sonst immer gut ausgekommen mit der Frau Scharmann.

ANNA Die kann sich recht verstelln.

GRUBER Meine Frau ist auch immer recht gut ausgekommen mit ihr.

ANNA Die hat sich alles gefallen lassen. Die Frau Scharmann, die ist eine. Ich mags Ihnen gar nicht erzähln.

GRUBER Was mögens nicht erzählen?

ANNA Es ist zu teuflisch.

GRUBER Der Haken?

ANNA Die Frau Scharmann, sie hat das Missionsblatt, nein, ich mags gar nicht sagen.

GRUBER Was hat sie denn?

ANNA Ich habs gefunden. Auf, auf ...

GRUBER Wo denn?

ANNA Auf dem Closett. Bei dem anderen Closettpapier. Das Missionsblatt.

GRUBER So.

ANNA Und die Patres verteilens, damit sich die Leut auf die heilige Mission vorbereiten können. Und die, und die, und diese Person wirfts ins Closett. Das ist mehr als eine Sünde. Mehr als eine gewöhnliche Sünde.

GRUBER Richtig gehandelt ists schon nicht. Alles was wahr ist. Aufs Closett.

ANNA Teuflisch ists.

GRUBER Das hätt sie nicht tun sollen, die Frau Scharmann.

ANNA Das ist überhaupt so eine. Und mit dem Haken, da macht dies grad so. Sie klopft den ganzen Tag Kleider aus, grad mir zum Trotz. Daß mir der Staub in die Wohnung fliegt.

GRUBER Na ja. Er ist ja jetzt weg, der Haken.

ANNA Und er kommt mir nicht wieder hinein. Man möcht doch eine saubere Wohnung haben.

GRUBER Mit dem Haken das ist ja jetzt in Ordnung.

ANNA Ich hab nirgends Streit gehabt, wo ich war. Und mit der Person komm ich nicht aus.

GRUBER Sie sind doch eine ruhige Person. Und legen niemand was in den Weg.

ANNA Ich komm doch mit Ihnen auch gut aus. Wir streiten doch auch nicht.

GRUBER Das ist wahr.

ANNA Ich bring Ihnen jetzt einmal das Bier. Der Salat muß noch kalt werden. *Ab in die Küche. Sie kommt wieder mit einer Flasche Bier und einem Glas. Schenkt ein. Abendsonne tanzt in Streifen durch das Fenster.*

GRUBER *trinkend:* Das tut gut. Auf den Staub in der Fabrik.

ANNA Das glaub ich.

GRUBER Schöner Abend. Feierabend ist immer schön. Aber so wie heut!

ANNA Warm ists.

GRUBER Was steht neues im »Anzeiger«?

ANNA Nichts besonderes.

GRUBER Ich hab heut einen guten Witz gehört.
ANNA Erzählens doch.
GRUBER Ich muß schaun, ob ich ihn noch zusammenbring.
ANNA Es geht schon.
GRUBER Also, was ist für ein Unterschied zwischen einem Kapuziner und einer Blutwurst?
ANNA Der Unterschied, der Unterschied – *kichert* – … ich weiß ihn nicht.
GRUBER Das ist doch ganz einfach.
ANNA Ganz einfach? Der Kapuziner … der Kapuziner …
GRUBER Sie erratens nicht. Der Kapuziner ist nur in der Mitt zugebunden. Die Blutwurst oben und unten.
ANNA *lacht:* Sehr gut!
GRUBER *lacht:* Sehr gut. In der Fabrik haben sie ihn heut erzählt.
ANNA *immer noch kichernd.*
GRUBER *trinkt:* Übermorgen beginnt also die Mission.
ANNA Ja, ich mach sie mit.
GRUBER Ich mach sie auch mit. Für die Ehemänner predigt ein ganz scharfer, hab ich gehört.
ANNA So? Bei uns der Pater Felix. Bei den Jungfrauen.
GRUBER Euch sollte man auch den scharfen einmal schikken. Euch Jungfrauen. Wenn da aber nun auch eine andere hineingeht?
ANNA Eine andere?
GRUBER Ich mein, wenn da nur Jungfrauen hineindürfen, wie kennt denn das der Pater Felix, daß es nur Jungfrauen sind?
ANNA *kichert:* Aber, Herr Gruber! Sie sind ein Schlimmer. Nein, so was! Woran der Pfarrer Felix das kennt? *Kichert verschämt.*
GRUBER *behaglich:* Ich meinte nur.
ANNA Nein, so was, Herr Gruber.
GRUBER *reibt sich die Hände:* Gemütlich ists zu Haus. Gemütlich.

ANNA So dumm! Und da gibts Männer, die sich ins Wirtshaus hocken.

GRUBER Die sind dumm. Wos daheim viel schöner ist.

ANNA Im eignen Heim.

GRUBER Im eignen Heim, wos viel gemütlicher ist.

ANNA Wo man seine Ruhe hat.

GRUBER Seine königlich bayerische.

ANNA *kichert über den guten Witz:* Seine königlich bayerische.

GRUBER *dröhnend:* Seine königlich bayerische ... *Beide lachen laut. Dann entsteht ein kleine Pause.*

ANNA Heiraten, heiraten, das ist eine Lotterie.

GRUBER Ja.

ANNA Eine Lotterie. Man kann ... aber auch das große Los ziehen.

GRUBER Kann man. Kann man.

ANNA Wenn einer eine richtige, eine häusliche Frau erwischt.

GRUBER Ja.

ANNA *wird nun deutlicher:* Ich glaubs.

GRUBER Was?

ANNA Sie heiraten auch noch einmal. Ich glaubs schon.

GRUBER So, so, so.

ANNA Ich glaubs.

GRUBER Ja. *Der Angriff ist abgeschlagen.*

ANNA *ärgerlich:* Mir ists ja gleich. Ich hab nur so gemeint. *Pause.*

GRUBER Die Bluse hab ich noch gar nicht gesehn, die Sie heut anhaben.

ANNA Die hab ich schon lang.

GRUBER Aber gesehn hab ich sie noch nicht. Sie steht Ihnen gut.

ANNA Gehens.

GRUBER Nein. Wirklich. Jugendlich sehen Sie drin aus.

ANNA Sie haben heut einen scherzhaften Tag, Herr Gruber.

GRUBER Ja. Weil ich so guter Laune bin.

ANNA Warum denn?

GRUBER Warum? Das weiß ich nicht. Weil, weil, weils so schönes Wetter ist draußen.

ANNA Weils so schönes Wetter ist!

GRUBER Ja. Deswegen. Aber jetzt hab ich Hunger. Gibts bald was?

ANNA Gleich. *In die Küche. Kommt.* In fünf Minuten. Der Salat muß ganz kalt sein. Das kühlt bei der Hitze.

GRUBER Lesens mir solang den Roman vor, aus dem »Anzeiger«. Dann wirds grad Zeit.

ANNA *nimmt den auf dem Tisch liegenden Anzeiger, klemmt sich einen Hornzwicker auf die Nase und beginnt mit schülerhafter Betonung zu lesen:* Hildegard trat entschlossen auf den Grafen zu. Ihre Augen sprühten und ihr stolzer Mund bebte, als sie von oben herab zu ihm sagte: »Herr Graf, Sie täuschen sich, wenn ...

Während sie liest, fällt der

Vorhang.

Dritter Akt

Novembernachmittag. Feuer im Ofen. Ein grüner Vorhang verhüllt das Bett. Die Mitteltür steht offen. Vom Flur tönt die scheltende Stimme der

ANNA Gehen Sie in den Hof hinunter. Oder aufs Dach. Oder wohin Sie wollen. Aber vor meiner Tür klopfen Sie Ihre Kleider nicht aus. Vor meiner Tür nicht. Ich laß mir nicht die Wohnung verstauben. Ich nicht. *Sie tritt ins Zimmer, schließt die Tür:* Bagage. Teuflische. *Sie geht zum Bett. Sie schiebt den Vorhang zurück.*

GRUBER *liegt todkrank, matt, abgemagert in den Kissen.*

ANNA Jetzt stellts einen Stuhl in den Gang. Grad vor unsre Tür. Und klopft darauf ihre Kleider aus. Grad vor unsrer Tür.

GRUBER Mein Gott, Anna, das bißchen Staub.

ANNA Die tuts nur mir zum Trotz.

GRUBER Es ist gar nicht wert, daß man sich aufregt.

ANNA Sie soll in den Hof runtergehn.

GRUBER Weiberleut.

ANNA Nehmen Sie wieder Ihre Tropfen, Herr Gruber?

GRUBER Ja.

ANNA *gibt ihm einen Löffel voll Medizin.*

GRUBER Es ist zu nichts nutz.

ANNA Es wird schon gut sein, wenns der Doktor verschrieben hat.

GRUBER Mir hilft kein Doktor mehr.

ANNA Aber der liebe Gott. Beten. Ich bet täglich für Sie.

GRUBER Ich hab gar keine Angst. Ich muß halt sterben.

ANNA Der Krebs, der ist schlimm.

GRUBER Da. Im Hals. Ich hätt mich ein Jahr früher operieren lassen müssen, sagt der Doktor.

ANNA Die wollen immer schneiden. Und schneiden oft das Leben ganz auseinander.

GRUBER Ich muß halt sterben. Jeder muß es einmal.

ANNA Der Doktor, es kann doch sein, er irrt sich. Vielleicht wirds wieder besser.

GRUBER Nein. Nein. Ich spürs. Ich hab gar keine Angst. Gar keine.

ANNA Vom Leben hat man auch nix.

GRUBER Ich hab ein gutes Gewissen. Ich hab immer meine Christenpflicht erfüllt. Ich kann schon sterben.

ANNA Wenn man seinen Glauben nicht hätte. Da müßts Sterben furchtbar sein.

GRUBER Es müßt arg sein.

ANNA Jetzt bin ich ein halbes Jahr bei Ihnen. Ich hätt nicht gedacht, daß Sie krank würden.

GRUBER Mir hat nie was weh getan. Und als ich zum Doktor ging, wars zu spät.

ANNA Und wir wärn so gut ausgekommen miteinander, wir zwei.

GRUBER Sehr gut wärn wir ausgekommen miteinander.

ANNA Schön wars das halbe Jahr.

GRUBER Eine schöne Zeit wars.

ANNA Ich hab einmal kein Glück.

GRUBER Sie finden schon wieder eine andere Stelle.

ANNA Eine andere Stelle, die find ich schon. Der Herr Pfarrer Baumbauer verschafft mir schon wieder eine. Aber eine so gute, wie bei Ihnen.

GRUBER Gibts noch mehr.

ANNA Nein. Eine solche nimmer. Wo ich mich so gut versteh mit dem Herrn.

GRUBER Es wird schon gehn, Anna.

ANNA Es muß, Herr Gruber.

GRUBER Lesens einem andern die Zeitung vor, Anna.

ANNA Nein.

GRUBER Es wird schon eine neue Geschicht drin stehen.

ANNA Eine so schöne nimmer. *Geht weinend zum Fenster.*

GRUBER Anna! Das ist doch nicht zum Weinen.

ANNA *wieder ruhig:* Ja. *Es klopft.* Das wird der Herr Pfarrer Baumbauer sein. Herein.

BAUMBAUER Gelobt sei Jesus Christus.

ANNA
GRUBER } In Ewigkeit, Amen.

BAUMBAUER *Gruber die Hand reichend:* Wie gehts, wie stehts, wie treiben wirs, Herr Gruber?

GRUBER Dank schön, Hochwürden. Bei mir gehts jetzt immer gleich. Immer gleich. Bis es mir sehr gut geht, wenn das letzte Stündlein vorbei ist.

BAUMBAUER Das letzte Stündlein hat ein letztes Minütlein. Das ist noch längst nicht da. Aufschauen zum lieben Gott und die Medizin trinken!

GRUBER Ich spürs, Hochwürden, ich machs nimmer lang. Ich fürcht mich auch gar nicht.

BAUMBAUER Sie brauchen sich auch nicht zu fürchten. Sie haben gebeichtet, Sie haben kommuniziert. Sie haben alles in Ordnung gebracht. Da ist das Sterben gar nicht schwer, hat der Bauer gesagt, und hat auf sein böses Weib hingeschaut.

GRUBER Gar nicht schwer, Hochwürden, gar nicht schwer.

ANNA Es ist nur gut, daß man seinen Glauben hat, Hochwürden, mit dem sichs leicht stirbt.

BAUMBAUER Ja. Das ist schon ein Segen.

ANNA Wenn da einer protestantisch wär!

BAUMBAUER Her oder hin. Hin oder her. Hat er brav gelebt, kann er auch eine glückselige Sterbestunde haben. Warum nicht?

ANNA Und doch nicht so wie ein Katholischer.

BAUMBAUER Jeder nach seiner Weis.

ANNA Nein. Nein, das glaub ich einmal nicht. Unser Herrgott wird schon die Rechtgläubigen bevorzugen. Das muß er doch. Davon bin ich fest überzeugt.

BAUMBAUER Unser katholischer Glaube ist schon eine sichere Brücke zum Jenseits.

ANNA Protestantisch ist gut leben, katholisch ist gut sterben: das hat mir meine Mutter immer gesagt.

GRUBER Jetzt komm ich halt wieder zu meiner Frau.

BAUMBAUER Das ist gewiß. Das Wiedersehn ist uns verheißen.

GRUBER Sie wird schon warten auf mich.

BAUMBAUER Die Vereinigung in Gott ist süßer als jedes Glück auf Erden.

ANNA Ja. Jetzt werden Sie Ihre Frau wieder sehen.

GRUBER Meine Frau.

ANNA Sie hat Sie nicht lange allein lassen. Nicht lang, auf der Erde.

BAUMBAUER Was heißt das?

ANNA Die Frau Gruber hat sich ihren Mann geholt.

BAUMBAUER Das sind lästerliche Reden.

ANNA Das sagt man bei uns so, Hochwürden, wenn zwei rasch hintereinander sterben.

BAUMBAUER Das ist ein unchristliches Gerede.

ANNA Das sagt man halt so bei uns.

GRUBER Meine Frau holt mich nicht. Ich geh selber gern zu ihr.

BAUMBAUER Einstweilen sinds noch da. So pressierts nicht, hat der besoffne Bauer gesagt, als sie ihn in den Sarg legen wollten. *Gibt ihm die Hand.* Gute Besserung.

GRUBER Grüß Gott, Hochwürden.

ANNA *begleitet Baumbauer bis zur Tür:* Grüß Gott, Hochwürden.

BAUMBAUER *ab.*

ANNA Ein guter Herr, der Herr Pfarrer Baumbauer.

GRUBER Er hat meine Frau beerdigt. Jetzt kriegt er bald mit mir was zu tun.

ANNA Aber über die Protestanten hat er sonderbare Ansichten.

GRUBER Er wirds schon besser wissen. Er hat studiert.

ANNA Schon, aber trotzdem. Über die Protestantischen …

GRUBER Er wirds schon wissen. *Wieder klopft es.*
ANNA Herein.
LUISE *und* LINA *Schmerdegen trippeln herein und hintereinander zu Gruber. Sie haben immer etwas von Automaten.*
LUISE Grüß Gott, Herr Gruber.
LINA Grüß Gott, Herr Gruber.
LUISE Grüß Gott, Fräulein Anna.
LINA Grüß Gott, Fräulein Anna.
LUISE Wir wollen nachschaun, wies dem Herrn Gruber geht.
LINA Nachschaun, wies geht. Nicht ein wenig besser?
GRUBER Bei mir ändert sich nichts mehr. Aber mir gehts ganz gut. Ich bin ganz zufrieden. Bloß recht müd immer.
LUISE Ja. Ja.
LINA Ja. Ja.
GRUBER Die Anna meint, meine Frau holt mich. Aber das ist nicht wahr. Ich geh zu ihr. Ich folg ihr nach.
ANNA Das ist so eine Redensart, Herr Gruber. Das sagt man so.
GRUBER Ich weiß schon, Anna. – Ich freu mich auf meine Frau.
ANNA Ja. Jawohl. Ich hab gemeint, Sie wärn ganz zufrieden gewesen mit mir.
GRUBER Schön wars das halbe Jahr. Aber nun freu ich mich auf meine Frau. Verstehen Sie das nicht?
ANNA Ich verstehs schon.
LUISE Der Herr Pfarrer Baumbauer ist uns vor der Haustüre begegnet.
ANNA Ja. Er war da.
LUISE Ein guter Herr.
ANNA Ja, ein alter Bekannter vom Herrn Gruber und von mir.
LUISE Ich beicht bei ihm.
LINA Mein Beichtvater ist er auch.
LUISE Er ist so gut in der Beicht. Und gibt eine leichte Buße auf.

LINA Fünf Vaterunser, die hat er mir aufgegeben, das letztemal.

GRUBER Das ist nicht viel, fünf Vaterunser.

LUISE Ich hab früher einmal einen Beichtvater gehabt, der war sehr streng. Ich hab mich gefürchtet vor jeder Beicht. Und so laut hat er geschrien im Beichtstuhl, daß alles geschaut hat, was nach mir gekommen ist. Daß ich mich immer geniert hab. Aber der Herr Pfarrer Baumbauer, das ist ein milder.

LINA Das ist ein guter Beichtvater.

GRUBER Ja. Ja. Da gibts verschiedene. Ich hab auch einmal so einen scharfen gehabt. Einen ganz jungen.

ANNA Die Jungen sind die strengsten.

LUISE Morgen schaun wir wieder nach.

LINA Morgen.

LUISE *gibt Gruber die Hand:* Grüß Gott, Herr Gruber, und gute Besserung.

LUISE Grüß Gott, Fräulein Anna.

LINA Grüß Gott, Fräulein Anna. *Beide ab, von Anna zur Tür begleitet.*

ANNA *nach einer kleinen Pause:* Das meiste haben Sie jetzt in Ordnung gebracht, Herr Gruber.

GRUBER Ich kann ruhig sterben.

ANNA Mit Ihrer Seele ist alles in Ordnung.

GRUBER So weits ein Mensch in Ordnung bringen kann: ja.

ANNA Da wär also nichts mehr zu tun.

GRUBER Ich wüßte nichts mehr.

ANNA Man muß auch über das Grab hinaus denken. Wenn einer tot ist, dem haben machmal schon Seelenmessen geholfen. Manchem haben sie vielleicht schon geholfen.

GRUBER Das ist wahr. Die wird meine Schwester lesen lassen. Seelenmessen.

ANNA Das glaub ich auch. Aber vielleicht wärs gut, wenn man das vorher schon regelte.

GRUBER Vielleicht wär das gut.

ANNA Und auch so wär manches zu ordnen.

GRUBER *nach einer Pause:* Viel hab ich ja nicht.

ANNA Aber Ordnung wär doch gut.

GRUBER Wär gut.

ANNA Eine Erleichterung, zum Beispiel.

GRUBER Die Einrichtung, die bekommt meine Schwester. Andre Verwandte hab ich nicht.

ANNA Bekommt Ihre Schwester. Die wird manches doppelt haben. Sie ist ja schon ganz schön eingerichtet.

GRUBER Wird manches doppelt haben. Sie kann ja verkaufen, was sie zweimal hat.

ANNA Eigentlich ists aber schad, daß da was verkauft werden soll. Von den Sachen, die so lang bei Ihnen waren. Eigentlich ists schad.

GRUBER Ja, das schon. Eigentlich.

ANNA Zum Beispiel: das viele Geschirr. Das hat Ihre Schwester alles schon. Und wenn mans verkauft, bekommt man gar nicht einmal viel dafür. Für gebrauchte Sachen wollen die Leut nicht viel hergeben. Und wenn mans versteigert, kommt auch wenig raus. Eigentlich müßt mans verschenken.

GRUBER Ja. Irgend einem armen Leut.

ANNA Ja. Irgend einem armen Leut.

GRUBER Wär manche alleinstehende Person froh drum.

ANNA Arg froh wär manche.

GRUBER Ja, können Sies denn nicht brauchen, Anna?

ANNA Oh, ich könnts schon brauchen. Aber so wars doch nicht gemeint, Herr Gruber.

GRUBER Dann kriegen Sies, Anna. Natürlich kriegen Sies. Daß ich nicht gleich drauf gekommen bin. Sie kriegens.

ANNA Dann dank ich schön, Herr Gruber. Das ganze Geschirr also?

GRUBER Das ganze Geschirr.

ANNA Dank schön.

GRUBER Da ist nichts zu danken. Sie haben mehr um mich verdient.

ANNA Es wär doch gut, wenn Sie das alles schriftlich machten.

GRUBER Schriftlich?

ANNA Ein – Testament!

GRUBER Ein Testament?

ANNA Es wär doch gut, wenn das alles notariell beglaubigt wär. Die Einrichtung, und das – *lauernd* – Bargeld.

GRUBER Ja, das wär vielleicht gut.

ANNA Auch wegen der Beerdigung. Und der Seelenmessen. Das könnte alles ins Testament hinein. Auch wegen des Bargelds. Das könnte alles hinein.

GRUBER Das ist schon wahr.

ANNA So was soll man nicht hinausschieben. Je eher, desto besser.

GRUBER Wahr ists.

ANNA Das geht schnell. Man braucht bloß nach dem Notar telephonieren. Der kommt sofort. Wann sichs um ein Testament handelt. Da kommt er sofort. *Es dämmert langsam.*

GRUBER Ja. Telephonierens ihm halt.

ANNA Ich bin gleich wieder da. *Geht. Die Dämmerung wird tiefer, Gruber ist eine Weile allein. Dann kommt Anna wieder.*

GRUBER Sie haben lang gebraucht, Anna.

ANNA Ich war beim Metzger. Er schickt morgen Kalbfleisch. Ganz junges. Das wird Ihnen gut tun.

GRUBER Ja. Und der Notar?

ANNA Er war selbst am Telephon. Er wird gleich kommen, läßt er sagen. Er muß gleich da sein.

GRUBER Das ist gut.

ANNA Überlegen Sie sich gut, was Sie ihm alles sagen wollen. Daß Sie nichts vergessen. Das ist eine weltliche Beicht.

GRUBER Ja. Ich werd schon nichts vergessen.

ANNA Daß Sie gar nichts vergessen.

GRUBER Gar nichts.

ANNA Und das Geschirr, das Geschirr bekomm ich.

GRUBER Bekommen Sie.
ANNA Und das Bargeld müssen Sie auch verteilen.
GRUBER Muß ich auch verteilen.
ANNA Damit hernach alles in Ordnung ist.
GRUBER Alles in Ordnung. *Pause. Spukhaft, dröhnend klopft es.*
ANNA Das wird er sein. Herein.
NOTAR *tritt wie ein Schatten in die Dämmerung herein:* Guten Abend.
ANNA Guten Abend.
NOTAR Man sieht nichts.
ANNA Gleich. *Sie dreht am Schalter. Das elektrische Licht flammt auf.*
NOTAR *tritt zum Bett:* Das ist der Herr Gruber?
ANNA Jawohl.
NOTAR Der sein Testament machen will.
ANNA Jawohl.
GRUBER Ich möcht gern Ordnung haben. Herr Notar.
NOTAR Gut. Dazu bin ich da. Selbstverständlich.
ANNA Bargeld ist auch da, Herr Notar.
NOTAR Gut. *Nimmt am Tisch Platz, macht sich Notizen.* Was haben Sie? Wie solls verteilt werden? Zählen Sie alles auf. Vergessen Sie nichts. Ich mach einen vorläufigen Entwurf. Morgen, vor Zeugen, werden die Unterschriften vollzogen.
GRUBER Jawohl. Die Einrichtung vermach ich meiner Schwester.
NOTAR Der Schwester. Heißt?
GRUBER Katharina Schmelzler in Neumarkt.
NOTAR Neumarkt.
GRUBER Dann Bargeld. Viel ist nicht da. Etwas. Auf der Sparkasse.
NOTAR Wieviel?
GRUBER *leise:* 1300 Mark.
ANNA *die lauernd in der Nähe der beiden sich zu schaffen macht* und die Zahl nicht gehört hat: Wieviel?

NOTAR Das ist Herrn Grubers Sache. Das müssen Sie nicht wissen.
ANNA Natürlich, mich geht das nichts an. Ich darf zwar aushalten bei dem Hern Gruber. Und die Arbeit darf ich tun. Und die Augen darf ich ihm zudrücken, wenn er tot sein wird. Pflegen und warten darf ich ihn. Aber wenn so was zu verhandeln ist, das geht mich nichts an. Da bin ich der Garniemand.
GRUBER Aber, Anna! Sie dürfens schon wissen. 1300 Mark hab ich auf der Sparkasse.
ANNA 1300 Mark.
GRUBER Davon erhält meine Schwester 1000 Mark.
GRUBER Und die andern 300 Mark ...
ANNA Wer kriegt die?
GRUBER Die andern 300 Mark vermach ich der Anna.
NOTAR Dem Fräulein Anna. Das sind Sie?
ANNA Ja.
NOTAR Wie heißen Sie?
ANNA Anna Wollnreuther.
NOTAR 300 Mark dem Fräulein Anna Wollnreuther in Regensburg.
ANNA Aber, Herr Gruber, das hätts nicht gebraucht.
GRUBER Sie haben es sich verdient, Anna.
ANNA *gibt ihm die Hand:* Vergelts Gott, Herr Gruber.
NOTAR Noch etwas sonst?
GRUBER Nein sonst weiß ich nichts mehr.
ANNA Das Geschirr, Herr Gruber.
GRUBER Ja, das Geschirr. Das bekommt das Fräulein Anna.
NOTAR Das Küchengeschirr die Anna Wollnreuther.
GRUBER Ich bin im Sankt-Josefs-Verein. Da zahlt der Verein die Kosten der Beerdigung. Meine Schwester soll mir ein paar heilige Messen lesen lassen.
NOTAR Heilige Messen.
GRUBER Dann hätten wirs, Herr Notar.
NOTAR Morgen früh dann die Unterschriften. Leute aus dem Haus, als Zeugen, werden sich finden.

GRUBER Jawohl.
NOTAR *nickt grüßend:* Bis morgen. *Ab.*
ANNA So. Das wär nun auch geschehn. Nun ist alles in Ordnung.
GRUBER Ja. Gott sei Dank. Nun kann ich ruhig sterben.
ANNA Das können Sie.
GRUBER Grabstein braucht man keinen zu kaufen. Es steht ja der Familiengrabstein draußen.
ANNA Ja.
GRUBER Meine Frau liegt draußen. Meine Tochter neben ihr. Ich werd auch noch Platz haben unter dem Stein.
ANNA Freilich
GRUBER Meiner Schwester muß ich noch sagen, daß sie meine Photographie in den Stein einmeißeln läßt. In die Mitte. Zwischen die Photographien meiner Frau und meiner Tochter. Das kleine Marerl. Zehn Jahre wars alt, als es starb. Jetzt kommen wir wieder zusammen.
ANNA Es war ein guter Gedanke, daß Sie nach dem Tod Ihrer Frau das Kind haben umbetten lassen. Zur Mutter hinein.
GRUBER Es war ein guter Gedanke. Jetzt kommen wir wieder alle zusammen. Es hat was Tröstliches.
ANNA Es hat was Tröstliches.
GRUBER Jetzt kann ich sterben. Heut, morgen, oder in fünf Tagen. Es ist alles bereit. Alles aufs beste geordnet. Jetzt kann ich sterben.
ANNA Alles aufs beste bereit.
GRUBER Meine Tropfen, Anna.
ANNA *gibt sie ihm:* Vorsichtig. So.
GRUBER Für den Schlaf sind sie gut.
ANNA Ja, das sind sie. *Schweigen. Gruber schläft ein. Behutsam zieht Anna den Vorhang vor den Schlafenden. Am Tisch steht eine Kanne. Kritisch betrachtet Anna sie, beklopft den Boden. Da fällt der*

Vorhang.

VIERTER AKT

Das Zimmer ist schon halb ausgeräumt. Möbelstücke stehen umher. Herr und Frau Schmelzler sind eben dran, einen großen Kleiderschrank weg zu schleppen. Anna sieht zu.

HERR SCHMELZLER Das wird das schwerste Stück sein.

FR. SCHMELZLER Man muß ihn umlegen.

HERR SCHMELZLER Die Tür ist recht eng.

FR. SCHMELZLER Es muß gehn.

HERR SCHMELZLER Gehn muß es.

FR. SCHMELZLER Heb einmal dort an.

HERR SCHMELZLER Halt. Nicht so hoch.

FR. SCHMELZLER Fräulein Anna, sinds so gut, rückens unten den Fuß ein wenig nach rechts.

ANNA So? *Tuts.*

HERR SCHMELZLER Nicht so viel.

FR. SCHMELZLER Obacht.

ANNA Jetzt. So gehts. *Sie drehen den Schrank auf einem Fuß zur Tür.*

HERR SCHMELZLER Hopp.

FR. SCHMELZLER Eine schwere Erbschaft.

ANNA Zu schwer? Sie brauchens ja nicht … annehmen.

HERR SCHMELZLER Noch einen Ruck.

ANNA Wenns Ihnen zu schwer ist. *Spaßhaft sagt sie das.*

FR. SCHMELZLER Da meinen die Leut, das ist so einfach, eine Erbschaft. So einfach ist das nicht.

HERR SCHMELZLER Jetzt. Holla. *Sie wälzen den Schrank durch die Tür.*

ANNA *allein. Sie hat in einem großen Waschkorb Geschirr gesammelt. Holt aus der Küche noch das eine oder andere Stück und legts in den Korb.*

LUISE *Schmerdegen und ihre Schwester* LINA *kommen. Anna bricht bei ihrem Anblick in wildes Schluchzen aus. Luise sagt:* Aber, Fräulein Anna.

LINA Fräulein Anna, gehns.

ANNA Da tragen sie jetzt alles weg. Alles weg. Alles ist aus.

LUISE Es ist schon traurig.

ANNA Der Herr Gruber ist gut dran. Er ist tot. Ich lebe noch.

LINA Der Herr Gruber.

ANNA Eingeschlafen und nicht mehr wach geworden. Ich hab ihm die Augen zugedrückt.

LUISE Seit drei Tagen am Friedhof. Der Herr geb ihm die ewige Ruhe.

LINA Und das ewige Licht leuchte ihm.

ANNA In Ewigkeit, Amen.

LINA Und Sie haben ihm die Augen zudrücken müssen?

ANNA Wer hätts denn sonst tun sollen? Ich bin ihm doch nah genug gestanden, dem Herrn Gruber. Daß ichs tun durfte. Wer hätts denn tun sollen? Ich hab ihn doch auch gepflegt, bis zum Ende.

LUISE Sie haben sich Gottes Lohn verdient.

ANNA Nun steh ich wieder ganz allein da. Ich hab nirgends eine Heimat.

LINA Das ist schon zu traurig, wenn – *lauernd* – wenn der Bräutigam stirbt.

ANNA Was redens denn? Bräutigam. Da komm ich noch ins Gered. Uns kann niemand was nachsagen. Wir haben ehrbar nebeneinander hergelebt. Ehrbar. Zwei alte Leut.

LINA Das weiß jedes. Ich mein nur, wenn er nicht gestorben wär, der Herr Gruber, der hätt nochmal geheiratet, mein ich. Ich weiß schon, wen er geheiratet hätt, der Herr Gruber.

ANNA Davon ist gar keine Red. Davon haben wir nie ein Wörtlein miteinander geredet. Nie.

LINA Schon. Aber ich mein, wenn er nicht gestorben wär.

ANNA Er hat mich gut leiden mögen. Das ist wahr. Alles was wahr ist. Aber verloben. Wir alten Leut. Daß ich nicht lach.

LUISE Warum hätt er Sie nicht heiraten sollen? Ich glaub schon auch, daß ers getan hätt. Ich glaubs schon auch.

ANNA Aber jetzt ist er tot.

LUISE Er hätt sie heiraten wolln, daran ist gar kein Zweifel.

ANNA Er hat wohl manchmal so herumgeredet.

LUISE Herumgeredet?

ANNA Auf den Busch geklopft.

LUISE Ah.

ANNA Ich bin ihm aber nicht entgegengekommen. Ich hab getan, als merkte ich nichts. Ich hab mich taub gestellt. Und blind.

LINA Was?

ANNA Er hatte auch seine Fehler, der Herr Gruber.

LUISE Er war ein braver Mann.

ANNA Ja. Das war er. Aber seine Fehler hatte er auch. Gar manchen Fehler hatte er. Ich hätt ihn nicht genommen.

LUISE Sie hätten ihn …

ANNA Nicht genommen!

LUISE Aber er? Er?

ANNA Er hätt schon gewollt. Er hätt mich schon zur Frau gewollt. Aber mir ist der ledige Stand lieber.

LUISE Ist Ihnen lieber? Ist Ihnen lieber? *Sagt das zweifelnd.*

ANNA Viel lieber. Ja. Ist mir viel lieber.

LUISE So – so?

LINA Das – das ist …

ANNA Ich hätt schon Frau Gruber sein können, wenn ich gewollt hätt. Frau Gruber könnt ich heut sein.

LUISE Er hat gewollt. Aber Sie nicht.

ANNA Er hatte seine Fehler. Er war auch gar nicht schön.

LINA Nicht schön?

ANNA Und seine Stellung. Aufseher in einer Fabrik. Gar nichts Sicheres. Keine Pension. Mein letzter Herr war Postsekretär. Ich hätt ihn nicht genommen, den Herrn Gruber. Er war auch zu alt für mich.

LUISE Für Sie?

ANNA Zu alt. Und nicht hübsch genug.

LUISE *zweifelnd:* Nicht hübsch genug? Für Sie?

ANNA *kampfbereit:* Nicht jung genug. Nicht hübsch genug.

LUISE *sich duckend:* Ja. Schon wahr. *Pause.*

LINA Wir gehn wieder Luise.

LUISE Ja. Lina, wir müssen gehn.

LINA Grüß Gott, Fräulein Anna.

LUISE Grüß Gott, Fräulein Anna.

ANNA *nickt nur. Die beiden Schmerdegen gehen verschüchtert ab. Anna schneidet ihnen eine Grimasse nach. Wieder kommen die beiden Schmelzler.*

HERR SCHMELZLER Die drei Treppen.

FR. SCHMELZLER Wer wird denn auch drei Treppen hoch wohnen!

HERR SCHMELZLER Das meiste haben wir schon jetzt.

FR. SCHMELZLER Ja. Das meiste.

HERR SCHMELZLER Die Bilder. *Steigt auf einen Stuhl und beginnt, die Bilder abzunehmen.*

FR. SCHMELZLER Die Mutter Gottes.

HERR SCHMELZLER Der heilige Florian.

FR. SCHMELZLER Der ist noch von unserer Mutter. Den kenn ich schon als Kind.

HERR SCHMELZLER Heiliger Florian, verschon unser Haus, zünds andre an.

FR. SCHMELZLER *lehnt die Bilder gegen die Wand. Nimmt aus Annas Waschkorb eine Blumenvase:* Wie kommt denn die da rein?

ANNA Wie wirds in den Korb hineinkommen? Hineinglegt hab ich sie.

FR. SCHMELZLER So?

ANNA Ja.

FR. SCHMELZLER Die gehört aber doch uns.

ANNA Alles Geschirr gehört mir.

FR. SCHMELZLER Das gehört doch nicht zum Geschirr.

HERR SCHMELZLER Nur das Küchengeschirr.

FR. SCHMELZLER Das ist doch eine Vase.

HERR SCHMELZLER Die gehört uns.

ANNA Mir gehört sie. Alles Geschirr.

HERR SCHMELZLER Dann nehmen Sie doch auch den Nachttopf. Dann gehört Ihnen auch das Nachtgeschirr.

ANNA Redens nicht so gemein. Das können Sie, einer hilflosen Person gegenüber, das können Sie.

FR. SCHMELZLER Die Vase gehört uns.

ANNA Das ist ein Geschirr. Die gehört mir. Sie haben doch genug. Haben Sie nicht genug? Wollen Sie meine Sachen auch noch? Wenn das der Herr Gruber sehen müßte. Drei Tag liegt er im Grab. Und jetzt nützt man meine Hilflosigkeit aus. Man nimmt mir mein Recht. *Weint.*

HERR SCHMELZLER Na, weinens nicht.

ANNA Der Herr Gruber ...

FR. SCHMELZLER Heulens doch nicht. Sie sind doch gar nicht mit ihm verwandt.

ANNA *aufheulend:* Verwandt! Aber die Augen hab ich ihm zugedrückt! Ich hab ihm die Augen zugedrückt. Ich hab ihm die Augen zugedrückt.

FR. SCHMELZLER Sinds nur wieder ruhig.

ANNA Weil ich nicht verwandt bin mit ihm, da soll ich wohl auch nicht weinen dürfen? Nicht weinen soll ich dürfen. Aber gepflegt und gewartet hab ich ihn bis zuletzt. Bis zuletzt hab ich ausgehalten bei ihm. Und jetzt wirft man mir vor, daß ich nicht verwandt bin mit ihm. Jetzt will man mir das Weinen verbieten.

FR. SCHMELZLER Niemand verbietet Ihnen was. Sinds nur wieder ruhig.

ANNA Das Weinen will man mir verbieten und mir mein Recht nehmen.

FR. SCHMELZLER Behaltens nur die Vase.

HERR SCHMELZLER Nehmens Sies.

FR. SCHMELZLER Es ist uns ja gleich.

HERR SCHMELZLER Es kommt uns nicht drauf an.

ANNA *wieder ganz ruhig. Legt die Vase wieder in den Korb:* Für mich ist sie

HERR SCHMELZLER Jetzt den Tisch dort.

FR. SCHMELZLER Der ist nicht so schwer. *Sie fassen an.*

FR. KRESS *die Hausbesitzerin, kommt:* Grüß Gott.

HERR SCHMELZLER Grüß Gott, Frau Kreß.

FR. KRESS Beim Ausräumen?

FR. SCHMELZLER Ja. Das meiste haben wir schon.

FR. KRESS Wie lang werdens denn noch brauchen, bis die Wohnung leer ist?

HERR SCHMELZLER Wir werden heut noch fertig.

FR. SCHMELZLER Bis abends sind wir fertig.

FR. KRESS Mit der Wohnungsnot. Die Leut laufen mir das Haus ein.

HERR SCHMELZLER Wer will denn rein?

FR. KRESS Ein junges Ehepaar. Möglichst bald wollen sie einziehen.

HERR SCHMELZLER Die könnens nimmer erwarten?

FR. SCHMELZLER Die werden froh sein.

HERR SCHMELZLER Der eine geht, zwei andre kommen.

FR. KRESS Übermorgen wollen die schon rein.

HERR SCHMELZLER Von uns aus schon.

FR. KRESS Schlafen Sie heut Nacht noch da, Fräulein Anna?

ANNA Nein. Ich schlaf im Hospiz, ab heut.

FR. KRESS Dann könnens ja übermorgen schon rein, die jungen Leut.

ANNA Aber ich hab noch Sachen da von mir.

FR. KRESS Die kann man ja zusammenstellen. Und wenn Sie heut schon nicht mehr da schlafen, dann geben Sie mir doch die Wohnungsschlüssel.

ANNA Nein.

FR. KRESS Ja, warum nicht?

HERR SCHMELZLER Gebens ihn halt her, den Schlüssel. *Trägt mit seiner Frau den Tisch fort.*

FR. KRESS Ja, warum denn nicht?

ANNA Das geht nicht.

FR. KRESS Warum nicht?

ANNA Ich hab meine Sachen noch da. Ich geb den Schlüssel nicht her.

FR. KRESS Ihre Sachen kann man ja irgendwo anders hinstellen.

ANNA Nein. Ich mag nicht.

FR. KRESS Jetzt. So was.

ANNA Die Wohnung ist noch gemietet. Und vom Herrn Gruber noch bezahlt. Die Miete läuft erst in vierzehn Tagen ab. Und eher geb ich auch den Schlüssel nicht her. Nicht vor vierzehn Tagen.

FR. KRESS Aber ... die jungen Leut?

ANNA Vierzehn Tag haltens schon noch aus.

FR. KRESS Das ist ...

ANNA Was?

FR. KRESS Das ist – das ist – wie kann man nur so ungefällig sein?

ANNA Zu mir ist auch niemand gut. Sogar das wenige will man mir nehmen, das ich geerbt hab. Sogar das wenige noch.

HERR SCHMELZLER *und seine Frau kommen:* Wie machen Sies denn jetzt, wegen des Schlüssels?

FR. KRESS Sie gibt ihn nicht her.

ANNA Nein.

HERR SCHMELZLER Sie gibt ihn nicht her?

ANNA Nein.

HERR SCHMELZLER Na ja.

ANNA Was na ja?

HERR SCHMELZLER Nichts.

FR. KRESS Müssen halt die jungen Leut noch warten. Die Miete gilt noch für vierzehn Tage. Da kann man nichts machen. Gar nichts kann man da machen. *Geht.*

FR. SCHMELZLER *zu Anna* Sie sind ...

ANNA Was?

FR. SCHMELZLER Sie sind ... Sie sind, im Recht sind Sie. Die Miete läuft noch vierzehn Tag.

HERR SCHMELZLER Jetzt die Stühle.

FR. SCHMELZLER Ja. *Sie gehen mit den Stühlen ab. Das Zimmer ist jetzt fast völlig leer. Die Tür steht offen.*

ANNA *schleicht schnüffelnd allein im kahlen Raum umher. Betrachtet ihr Geschirr im Korb.* Die solln warten. Wegen der vierzehn Tag. Die vierzehn Tag bringen sie auch nicht um. Solln froh sein, daß sie überhaupt heiraten können. Solln froh sein. *Nimmt die Vase in die Hand.* Die gehört auch zum Geschirr. Wohin denn sonst? Natürlich gehört die zum Geschirr. Zum Lachen.

FR. SCHARMANN *erscheint unter der offenen Tür.*

ANNA *sieht ihr hochmütig erstaunt entgegen.*

FR. SCHARMANN Ich wollt den Herrn Schmelzler.

ANNA *schweigt.*

FR. SCHARMANN Zum Herrn Schmelzler wollt ich.

ANNA *schweigt.*

FR. SCHARMANN Ich komm später nochmal.

ANNA Was wollns denn von ihm? Vielleicht wollns Ihre Kleider jetzt gleich da im Zimmer herin ausklopfen. Der Herr Gruber ist ja jetzt tot. Da können Sie jetzt tun, was Sie wollen. *Deutet auf die leere Wand.* Da könnens jetzt den Haken einschlagen. Oder in der Küche. Ich bin ja jetzt allein. Daß mir der Staub ins Essen fällt.

FR. SCHARMANN Ich will nicht streiten mit Ihnen.

ANNA Gehen Sie hinaus. Machens, daß Sie hinauskommen. Bleibens in Ihrer Wohnung. Sie haben da nichts zu suchen.

FR. SCHARMANN *ist lautlos wieder gegangen, so daß Anna die letzten Sätze ins Leere geredet hat.*

ANNA Teuflisch. Die teuflische Person. Die unchristliche. *Sie ist wieder eine Weile allein. Dann erscheint unter der Tür Schlittmeier.*

SCHLITTMEIER *sechzig Jahre alt, trägt einen dunklen Mantel. Kränkliches Aussehen:* Guten Tag.

ANNA *nicht sehr freundlich, brummt nur etwas.*

SCHLITTMEIER *sieht sich um:* Ich weiß nicht, bin ich da recht?

ANNA Das kommt drauf an, wo Sie hin wolln.

SCHLITTMEIER Zu einem, zu einem – *knöpft umständlich seinen Mantel auf, zieht einen Zettel aus der Tasche* – Fräulein Anna Wollnreuther.

ANNA *sehr freundlich auf einmal:* Da sind Sie recht. Das bin ich.

SCHLITTMEIER Ah. *Sieht sie lang an.*

ANNA Ich bin die Anna Wollnreuther.

SCHLITTMEIER *mit einem Versuch, sich zu verbeugen:* Das freut mich.

ANNA Mich auch.

SCHLITTMEIER Ich heiße Schlittmeier. Zugführer a.D. Schlittmeier.

ANNA Sehr erfreut.

SCHLITTMEIER *macht wieder einen Kratzfuß.*

ANNA Und zu mir wolln Sie?

SCHLITTMEIER Ja. Zu Ihnen.

ANNA Was steht zu Diensten?

SCHLITTMEIER Der Herr Pfarrer Baumbauer, er schickt mich.

ANNA Ah.

SCHLITTMEIER Er hat mir gesagt, Sie – Meine Frau ist vor einem Vierteljahr gestorben.

ANNA Das ist traurig. Mein Beileid.

SCHLITTMEIER Ja. Wenn man so alt und sich aneinander gewöhnt hat.

ANNA Das glaub ich.

SCHLITTMEIER Meine Frau ist also vor einem Vierteljahr gestorben. Und bis jetzt, da hab ich allein gelebt, in meiner alten Wohnung. Aber jetzt brauch ich jemand, eine weibliche Person.

ANNA Eine Köchin. Eine Haushälterin.

SCHLITTMEIER Ja. Jemand der mir kocht, und auch so.

ANNA Freilich.

SCHLITTMEIER Ich hab bis jetzt im Gasthaus gegessen. Aber das ist so ungemütlich. Und auch so teuer.

ANNA Im Wirtshaus fliegts Geld naus.

SCHLITTMEIER Fliegts naus. Ja. *Er hüstelt.*

ANNA Da ists kühl. In der ausgeräumten Wohnung. *Schließt die Tür.* Knöpfens Ihren Mantel zu. Sie erkälten sich sonst. Da muß man ängstlich sein. *Sie knöpft ihm selber, besorgt, den Mantel zu.*

SCHLITTMEIER Ja. Ich verkält mich leicht. Ich bin überhaupt nicht mehr der Festeste. Früher, ja! Aber jetzt bin ich nicht mehr der Festeste.

ANNA Schonen muß man sich.

SCHLITTMEIER Das, das ist auch der Grund, warum ich mir eine weibliche Person ins Haus nehmen will. Ich brauch Wart und Pfleg. Die Brust. Und der Herr Pfarrer Baumbauer sagte mir, Sie könnten auch mit Kranken umgehen.

ANNA Das werden wir schon machen. Sie werden wieder gesund. Passen Sie auf.

SCHLITTMEIER Und wann, wann könnten Sie eintreten bei mir?

ANNA Immer. Zu jeder Zeit. Wann Sie wolln. Morgen.

SCHLITTMEIER Sagen wir, übermorgen. Ich muß doch auch Ihre Stube herrichten lassen. Eine kleine Kammer ists bloß.

ANNA Das langt für mich. Wär noch schöner. Übermorgen komm ich also.

SCHLITTMEIER Ja. Weißgerbergraben 3, dritten Stock.

ANNA Weißgerbergraben 3.

SCHLITTMEIER Dritten Stock.

ANNA Wir werden schon gut auskommen miteinander. Mit Gottes Hilfe.

SCHLITTMEIER Das mein ich auch.

ANNA Und wenn Sie Ihre Wart und Pflege haben, wirds auch wieder besser mit Ihrer Brust.

SCHLITTMEIER Mit Gottes Hilfe.

ANNA Fleißig beten ist die beste Medizin. Und gute Pflege.

SCHLITTMEIER Ja, ja.

ANNA Übermorgen früh, also.

SCHLITTMEIER Ja. *Gibt ihr die Hand.* Grüß Gott, Fräulein Wollnreuther.

ANNA Fräulein Anna. Sagens doch zu mir: Fräulein Anna. Sie werden doch nicht zu mir Fräulein Wollnreuther sagen.

SCHLITTMEIER Grüß Gott, Fräulein Anna.

ANNA Grüß Gott, Herr Schlittmeier. *Sie bringt ihn zur Tür, er geht. Ruft ihm nach:* Obacht! Gleich rechts ist eine Stufe! *Schließt die Tür, geht einmal durchs Zimmer. Da hört man Hammerschläge von draußen. Anna bleibt vorgebeugt und wie erstarrt stehen. Die Schläge setzen aus.* Teuflische Leut! Die schlagen jetzt den Haken ein! Die schlagen jetzt den Haken ein! *Noch ein paar Schläge und dann ist Ruhe. Sie setzt sich auf den letzten Stuhl, vor sich den Korb voll Geschirr, auf den sie besitzergreifend die Füße aufstellt. Sie legt die Hände ineinander, auf den Schoß.* Teuflische, arg teuflische Leut!

Es fällt der

Vorhang.

Der Provinzler

Erster Akt einer Komödie

[1927]

Personen

MARTELL · MARTHA · KITTLER

Zimmer, mit einer großen Glastüre in den Garten.

MARTELL *sieht in das Regennasse hinaus:* Das ist ein Entenwetter. Das ist ein Wetter für Enten, aber nicht für Menschen. Das ist ein Wetter für Geschöpfe, die Schwimmhäute zwischen den Zehen haben und einen geölten Körper. Fischen vielleicht behagt dieses Wetter und auch Frösche und Kröten werden nicht unzufrieden sein. *Er dreht sich um.* Aber ich gehöre nicht zu den Geschuppten, und eine Wasserschlange bin ich auch nicht. Ein Hecht zwar im Karpfenteich möcht ich sein. Da schwimmen die dicken Karpfen mit den dicken Augen in den dicken Köpfen, und da ist ein Wasserstrauch, so eine Weide vielleicht, oder Schilf, was im Wind Bewegliches, und darunter schießt man wie ein Unterseeboot hervor und beißt, was breitflossig watschelt. *Er setzt sich rittlings auf einen Stuhl. Durch die große Glastüre sieht man den Regen unablässig rinnen, hört ihn unablässig tropfen.* Ich bin der Sonntagnachmittagshecht. Der Sonntagsreiter unter den Raubfischen. Niemand in meine Nähe, ich verschlinge ihn! Warum kreischt das Luder? *Wieder sieht er durch die Tür.* Fest! Drauf, mit dem gelben Schnabel in die weißen Federn! Die Entenschlacht! Die Federn fliegen! Der Ziegenbock schreit Mäh! Hurrah, das Leben regt sich unterm Regen! Jetzt kriechen die Schnecken unter den Hecken hervor. Ja, wenn ich Schwimmhäute hätte! *Er geht ins Zimmer zurück.* Regen, Regen! Das trommelt! Trommtrommtromm, trommtrommtromm, das hört nimmer auf!

KITTLER *sein Schwiegervater, tritt ein.*

MARTELL Trommtrommtromm, trommtrommtromm, ich glaube, es regnet.

KITTLER Weißt du, der braune Enterich, der große, der mit der krummen Schwanzfeder, du weißt doch, der braune, du weißt doch …

MARTELL Der Fürst, der Sultan, der Pascha, ja.

KITTLER Der ist vorhin entlang der Gartenhecke marschiert, wie ein General, Schritt vor Schritt, daß das Regenwasser spritzte, geradeaus, ohne zu wanken, den Kopf hoch. Die andern haben ihm zugesehen und haben Respekt vor ihm gekriegt. Ich habe auch Respekt vor ihm gekriegt. Wie ein General, geradeaus! Nur die Schwanzfeder war krumm.

MARTELL Und das will was heißen, bei diesem Wetter, daß die Schwanzfeder krumm bleibt, nicht nachschleift wie ein nasser Katzenschweif.

KITTLER Das ist ein Kerl, dieser Enterich, Donnerwetter!

MARTELL Die Häuser alle, in der Stadt, stehen noch?

KITTLER Alle. War ein Erdbeben? Ein Wirbelsturm? Alle Häuser unter allen Dächern stehen.

MARTELL Und glaubst du, beim Dom, das kleine Haus, das winzige, das Schneckenhäuslein, glaubst du nicht, daß es jetzt gerade über den Platz kriecht, quer über den Domplatz, der Schneck, und eine graue Schleimspur hinterher?

KITTLER Nein, nein, da draußen steht der Dom und alle Häuser stehen und auch das kleine.

MARTELL Der Regen hat nichts fortgeschwemmt, denkst du? Vielleicht hat er die Remigiuskapelle unterwaschen, ein großes Lehmloch gegraben, und das Gotteshäuschen ist hinein- und hinuntergerutscht! Glaubst du, daß der Regen gar nichts verändert hat draußen?

KITTLER Die Donau steigt, aber die Steinerne Brücke nimmt sie nicht mit. Die steht seit achthundert Jahren, und Heinrich der Löwe hat sie in einem trockenen Sommer gebaut.

MARTELL Geh! In einem trockenen Sommer.

KITTLER Die Donau hatte damals so wenig Nasses, daß man

sie durchwaten konnte. Und das Wasser stieg einem nicht höher als bis an die Knie, nur bis an die Knie.

MARTELL Geh! Nur bis an die Knie.

KITTLER Heinrich der Löwe hat die Brücke gebaut, und sie wurde wie ein Weltwunder angestaunt.

MARTELL Ja, die Brücke, die ist schon tüchtig, die hält. Aber schau dir den Regen an, horch, diese Trommelei, du mußt mir zugeben, daß dieser Regen irgendwas in der Stadt verändern muß.

KITTLER Nein, nein.

MARTELL So schaut die Stadt also jetzt aus: Viele Dächer und von allen Dächern tropft der Regen. Viele Fenster und durch alle Fenster schauen die Menschen in den Regen. Viele Straßen und in allen Straßen schäumt der Regen gelb an den Randsteinen entlang. Und aus allen Fenstern schauen Männer, Frauen und Jungfrauen zu, wie der Regen gelb an den Randsteinen entlang schäumt. Und vor der Stadt sind die Wiesen und durch die Wiesen schwimmt die Donau und über die Donau setzt eine Fähre, und der Fährmann hat eine Kapuze über den Kopf gezogen. Stimmts?

KITTLER Genau.

MARTELL Was machen die Enten?

KITTLER *an der Glastüre:* Die sind vergnügt. Schau, wie vergnügt die sind!

MARTELL Und die Ziegen?

KITTLER Die ärgern sich im Stall.

MARTELL Wie lang wollt ihr die Milchziegen noch behalten? Du kriegst das weiße Zeug in jedem Laden zu kaufen. Selber melken, das lohnt sich doch jetzt gar nicht mehr.

KITTLER Aber die Ziegen, die haben wir nun einmal. Wohin damit? Weißt du, wohin damit?

MARTELL Da gibt es doch Möglichkeiten.

KITTLER Ich kann die drei Tiere doch nicht auf die Straße jagen. Sie würden verhungern. Zwar, am Marienplatz wächst ein wenig Gras, aber zu wenig.

MARTELL Kopf ab!

KITTLER Du meinst doch nicht? Nein, das kannst du mir doch nicht raten! Die weiße hat die schönsten blauen Augen. Wie ein blonder Jud.

MARTELL Ja, und die schwarze hat ein Euter …

KITTLER Wie ein Globus. Vielleicht sterben sie. Es gibt so Ziegenkrankheiten. Magengeschwür zum Beispiel.

MARTELL Wenn sie Greisinnen sein werden, die drei, dann …

KITTLER Was ist da viel herumzureden? Geh in den Stall hinaus und schau den Tieren ins Auge! Ich kann doch nicht, wie Napoleon über Deutschland oder Dschingis-Khan über Persien, über den warmen Stall herfallen, die Türen aufbrechen und das Mördermesser schwingen. Was mutest du mir zu? Aber du tust ja auch nur so. Du könntest es ja auch nicht. Oh, wie es im Stall riecht! Eine Wiese im Hochsommer, besonders eine Wiese am Waldrand im Hochsommer riecht auch gut. Aber nichts gegen den warmen Geruch im Stall. Nichts dagegen!

MARTELL Verflucht noch einmal! Im Winter ists kalt und du ziehst auch gerne Handschuhe an. Sechs Paar Handschuhe kannst du dir machen lassen aus den drei Ziegenhäuten. Und Handschuhknöpfe aus den Knochen. Aber so seid ihr. Wenns nach dir ginge, würden die Ziegen noch an den Stallwänden knabbern, wenn so viele Jahre um sein werden, als um sind, seit Heinrich der Löwe die Steinerne Brücke gebaut hat.

KITTLER Ach, du Mörder!

MARTELL Laß einen Metzger kommen, du Dschingis-Khan.

KITTLER Ich schreibe Erzählungen für Kinderzeitschriften. Im »Raffael« veröffentlichte ich vorige Woche ein Ziegenmärchen. Das ist so: Der Ziegenkönig, ein uralter, eisgrauer Bock mit großen, krummen Hörnern …

MARTELL Verfluchte Stadt, o verfluchte tote Stadt! Über die

Steinerne Brücke reitet Heinrich der Löwe auf einem Schimmel, der Stockflecken hat. Und auf der Spitze seines Szepters sitzt die Urgroßmutterspinne. In den Friedhöfen liegen mehr Menschen als auf den Straßen herumlaufen, und die auf den Straßen herumlaufen, haben die Verbindung mit denen unter der Erde noch nicht aufgegeben. Man sollte der Stadtverwaltung vorschlagen, Heinrich den Löwen zum Bürgermeister zu wählen.

KITTLER Mit deinen dummen Witzen.

MARTELL Der nimmt seine Urgroßmutterspinne und läßt sie über einen weißen Bogen Papier laufen. Die Beine der alten Spinne hat man vorher mit Tinte beschmiert. Und was die Spinne auf dem weißen Papier schreibt, das soll man ausführen. So regiert der Oberbürgermeister Heinrich der Löwe.

KITTLER Was hast du nur gegen Heinrich den Löwen? Der hat in einem trockenen Sommer, klug wie er war, die Steinerne Brücke gebaut.

MARTELL Ja, leider. Hätt ers nicht getan, wären die Menschen gezwungen, über die Donau zu fliegen, und der Dom sähe noch anderes in der Luft sich bewegen als Dohlen und Spatzen.

KITTLER Heinrich der Löwe …

MARTELL Ach, Löwen und Tiger! Reden wir von Ziegen, von drei Ziegen und einem Ziegenstall.

KITTLER Damals, vor drei Jahren, da warst du froh um die Ziegenmilch. Und jetzt hast du einen unnatürlichen Haß gegen die unschuldigen Tiere.

MARTELL Damals, vor drei Jahren, hatte ich auch eine graue Hose mit so grünlichen Streifen. Erinnerst du dich dran? Sie war nicht besonders glänzend geschnitten, die Hose, und an den Knien hatte sie Beutel wie die Ziegeneuter draußen im Stall. Damals war ich froh um die Hose. Aber wie herrlich war es, als ich sie wegschmiß!

KITTLER Du bist so radikal.

MARTELL Mit dem Papiermesser könnte ich deinen Ziegen an den Hals gehen! Ein Blutbad möcht ich unter ihnen anrichten, wie vor Verdun oder an der Somme. Ich kann das Krähen dieser Bestien nicht mehr anhören.

KITTLER Sie krähen nicht, sie meckern.

MARTELL Ich kann das Meckern nicht mehr hören. Und ich kanns nicht mehr sehen, wenn sie so blöd im Hof herumstolpern, als hätten sie fünf Beine. Jag sie hinaus über die Steinerne Brücke, da fängt sie irgendein Flaschensammler und brät sich einen Osterbraten.

KITTLER Schrecklich!

MARTELL Laß mich hinaus zu ihnen! Wie hat es Simson gemacht? Oder wars Herkules? Ich will Ihnen mit der Hand ins Maul fahren und ihnen die Kinnbacken zerbrechen.

KITTLER Um Gotteswillen! *Weicht zur Tür zurück.* Bleib im Zimmer! Ich würde sie bis aufs äußerste verteidigen.

MARTELL Das wär ein Vergnügen, sie von der Domspitze aus aufs Pflaster zu werfen.

KITTLER Rühr sie nicht an, ich bitte dich!

MARTELL Mit dem Pfeil, dem Bogen, auf zur Ziegenjagd!

KITTLER *Hände hoch:* Nein.

MARTHA *Martells Frau, tritt ein:* Das Jagdlied erschallt. Wer jagt?

KITTLER Wer sonst, als dein Mann. Aber er ist hier nicht im Schützengraben, wo die Kugeln knallen. Ich schaue jetzt nach den Ziegen. Du darfst sie mir nie mehr füttern. Du würdest ihnen Stecknadeln und Schuhnägel in die Speise mischen. *Ab.*

MARTHA Wolltest du Vaters Ziegen wehe tun?

MARTELL Wenn sie grad hier schön in einer Reihe auf dem Tisch stünden, aus Porzellan oder aus Ton oder aus Steingut, würde ich sie gern mit einem Wischer auf den Boden befördern, daß sie wunderschön zerscherben würden, wie der Teller hier. *Wirft den Teller zu Boden.*

MARTHA Was haben dir die Ziegen getan?

MARTELL Nichts. Aber Heinrich der Löwe ist schon siebenhundert Jahre tot. Den kann ich nicht mit Handgranaten bewerfen. Aber die Ziegen würden einem guten Messerstich nicht widerstehen.

MARTHA Du hast eine friedliche Sonntagsnachmittagsstimmung.

MARTELL Es ist auch meine Montag-, Dienstag- und Mittwochstimmung.

MARTHA Greulicher Mensch..!

MARTELL Ich wünschte, daß ein Hochwasser die Brücke Heinrichs des Löwen wegschwemmte. Dann müßten sie eine neue bauen.

MARTHA Ob die schöner sein würde?

MARTELL Schöner oder nicht, jedenfalls a n d e r s .

MARTHA *setzt sich. Pause. Dann schlägt sie, aufrecht sitzenbleibend, die Hände vors Gesicht.*

GEDICHTE
AUS DEN ZWANZIGER JAHREN

Der junge Gott

I

Er formte Känguruhe, Krokodile, Hasen.
Palmen ließ er rund im Wind sich wiegen,
Blumen farbenlaut wie Fahnen fliegen,
Vögel prahlen und auf grünen Rasen

Brunnen springen, die wie silbern stiegen.
In der früh entflammten Landschaft sanft zu liegen
Schuf er spielerisch zwei Gliederpuppen
Mit runden Beinen. Ihrer Brüste Kuppen

Waren weiß wie Schnee mit roten Spitzen.
Ach, er verzückte sich so an der Wohlgestalt
Des Menschenmädchens, daß mit grellen Blitzen

Er die Liebenden aus seinem Park gejagt,
Als er sie schäkernd sah unter den Bäumen sitzen.
Er weinte sehr. Gram hat sein Herz benagt.

II

Er blieb allein zurück im Paradies
Und hörte alle Quellen trüber rinnen,
Sah alle Bäume schwarz wie Büßerinnen,
Den Leopard, wie er das Lamm zerriß.

Er klagte der vertriebnen Schönheit nach
Und wollte seine Schöpfung neu beginnen,
Doch konnte er den Glanz nicht mehr gewinnen,
Der aus den Augen ihr so lieblich brach.

Ihm widerfuhr die ungeheure Schmach,
Daß seine Schöpfung stärker war als er.
Als er die Welt mit einem Schrei zerbrach

Sausten die Fetzen in ein Feuermeer.
Er baute sich ein anderes Gemach.
Und stellte tote Puppen um sich her. [1919]

Frühe Welt

Die schlanken Knaben küßten sich. Sehr knapp
Stand ihrer Schultern keusches Rund.
Sie jagten sich mit Katze, Wolf und Hund
Und rannten mit den Pferden, die im Trab

Gewellte Wiesen blitzend überschwemmten.
O steiler Sprung auf tief gewölbte Äste
Zu blauen Vögeln, die wie Silbermorgengäste
Federfunkelnd träumten! Wie Signale von den fremden

Ebenen flaggten Wolken glühend den Azur.
Sie warfen sich mit Schreien in den Kieselbach
Und, Arme hoch, den blanken Wellen nach,
Verströmten sie in Wasser, Luft und Glanz. Und nur
Ihr Lachen blieb, das sich an Wälderwänden ewig brach.

[1919]

Katholische Stadt
(für Regensburg)

Die dunklen Kirchen stehn auf den hallenden Plätzen,
Von den niederen Himmeln holzschnitthaft fromm gesegnet.
Wenn es langsam, eintönig, mit Beharrlichkeit regnet,
Treffen die springenden Tropfen den Stein mit dem Schwätzen
Der betenden Frauen in den schwarzen Kreuzgangstühlen,
Die eingesargt in den kalten, steinernen Räumen,
Ihr enges Leben mit goldenen Litaneien anfüllen
Und von einem silbernen Sessel zu Füßen der Jungfrau Maria träumen.

[1919]

Karge Welt

Die Welt ist karg.
Der kahle Felsen trägt
Kein Grün. Das Mark
Der Erde ist ausgelaugt.

Die Wiese braun,
Dürftig der Baum belaubt.
Magere Tiere nagen an den magren Rinden.

Der Himmel grau.
Die Wälder grau bestaubt,
Freudlos unter den kalten Höhenwinden.

[1920]

Der Gast

Er schob den Ärmel über das weiße Handgelenk
Zurück, daß man den Reif blitzen sah.
Alle, die um ihn auf der Bank saßen, erschraken da
Über den Glanz. Er aber sagte nachlässig: Ein Geschenk.

Er erzählte vom Hof, vom König, von der großen Stadt.
Als sich die Wirtin über ihn beugte
Wein nachzugießen, drückte er seinen Mund an ihre Brust,
daß es war, als ob sie ihn säugte.
Sie duldete es. Als sie zurück trat,

Schwamm ihr Auge feucht. Sie ließ ihren Mann, den Wirt,
am Faß herumschlagen
Und lachte leis. Und hörte das Bett stöhnen,
Indem sie dem Fremden die Schenkel spreizte, der über die
knarrende Stiege kam, vorbei an den Söhnen,
Die in der Kammer fromm nebeneinander auf dem
raschelnden Strohe lagen.

[1920]

Der Fremde

Klimpernd sprang die schwarze Friedhofspforte –
Und er ging im weißen Grabgewande,
An dem zarten Knöchel rot das Mal der Henkerschande,
Hinunter in die Stadt der vielen, überlauten Worte.

Frech bei Wein und gelber Ostertorte
Höhnten sie den Fremden, den die Glut, die in ihm brannte,
Süß die Hände hob. Weil keiner ihn erkannte
Aus der wüsten Sang- und Säuferhorde,

Wandte er den Schritt zum Platze, wo die Kinder spielten.
Die er gestern noch gestreichelt, ach, sie kannten ihn nicht wieder
Und sie sangen Ringelreihenlieder,
Bis er floh, weil sie mit Steinen auf den fremden Menschen zielten.

In der Kirche, wo die Kerzen glänzten,
Trat er hin zum Priester, daß der betend seine Gnade spüre.
Doch der wies ihm hart die Türe,
Während Frauen fromm die Kanzel kränzten.

Zu der Freundin ging er, Magdalenen, Sünderin im Silberhaus:
Liebe Schwester, sieh, ich komme aus dem Grabe...
Die beringten und geschminkten Hände schenkten Bettlergabe:
Guter Mann, das Grab gibt nichts heraus

Und von Toten nährt sich Wurm und Maus.
Er hob die Augen, senkte sie und lächelte und ging
Zum Grab zurück. Es war schon Abend und es fing
Zu regnen an aufs Totengräberhaus.

Seine Mutter aber griff in der Luft herum
Und war vor Tränen blind.
Nun liegst du im Grab, still, steif und stumm
Und versprachst mir zu kommen, Kind!
Sie horchte – es war nur der Wind. [1924]

Vor der Stadt

Der Himmel ist rot, mit schwarzen Flecken besetzt
Wie eine Salamanderhaut.
Durch die Stille flackert laut
Der Ruf des Fußballspielers, der über den Rasen hetzt.

Dann verlöschen am Himmel die Brände.
Der Vater geht heim mit dem Sohn.
Mit einem silbernen Ton
Bläst jetzt der Mond über die Himmelswände.

[1920]

April

Die Häuser rücken die Dächer schief
Wie verliebte Schuljungen.
Der Brunnen, der den Winter verschlief,
Ist wieder silbern entsprungen.

Fensterblumen im leichten Wind
Zischeln mit grünen Zungen,
Wie Mädchen, die süß hinschwankend sind,
Zu Ranken und Ketten verschlungen,
Geschaukelt von Frühling und Wind.

[1922]

Der Veteran

Er trägt einen Fleck, einen moosgelben Fleck
Auf dem grünen Ärmel, er hat keinen andern.
Er schnüffelt wild, seine Nase ist weg,
Liegt bei Paschendaele in Flandern.

Er holt sich am Amt seine fünfhundert Mark.
Fünftausend, er kann's nicht verwinden,
Fünftausend bekommen die Blinden
Und die mit gelähmtem Rückenmark.

Er steht an der Ludwigstraße
Mit den Händen in den Hosen.
Schaun all auf seine Nase.
Ein Karren mit Aprikosen

Fährt vorbei. Vom Würmerfraße
Zeigt eine ein grünes Loch.
Das grüne Loch, wem gleicht es doch?
Dem Loch in seiner Nase.

Er kauft sich die nasse, zermatschte Frucht,
Beriecht sie auf blankem Handteller.
Beriecht sie, und läuft, und schneller
Als damals auf der großen Flucht

Vor den Granaten. Schon ist er am Siegestor.
Eine Autodroschke rollt glatt heran,
Da wirft die Frucht der Veteran
Dem feinen Fräulein ans Ohr.

Das tröpfelt den weißen Hals hinab
Und klebrig den Kanal
Zwischen den Brüsten. Und bis sie befahl
Ihm nachzufahrn, war er im Trab
Im englischen Garten verschwunden.

Er hat es nie verwunden
Und fühlt es täglich gleich stark:
Fünftausend Mark die Blinden und die Rückenmarks-
verletzten,
Als ob ihm Auge und strammes Kreuz und fünfhundert
Mark
Das Loch überm Maul ersetzten.

[1923]

Bäckerladenballade

Die Scheibe ist aus Glas, aus gefrorenem Wasser,
Und die lederne Hand kann nicht zu dem Brot.
Wie eine Spinne läuft die Hand die Scheibe auf und ab,
Daß die Fingernägel klippern: klapp, klapp.

Der dicke, fette Bäcker, der Weißbrotprasser,
Schmeißt der Alten das Brot vor die Füße in den Kot.

Wie die Lederspinne klippklapp von dem Glas weg-
schwirrt,
Klippklipp, die Scheibe im Nachhall klirrt!
Die Vettel wird festfreudrot.

Gib mir einen Kuß, alte Sau!
Brüllt der Bäcker zu der Frau.

Die Schmutzgreisin sagt: Sie spaßen, gnädiger Herr!
Und zeigt die zahnlosen Lippen her,
Und schaukelt und schlingert fröhlich weg und davon, das
Wrack nur von einem Boot,
Aber ein Fähnlein gehißt, den Bettelhaarzopf,
Aber mit Proviant im Faß und Wasser im Kropf,
Aber mit Brot, mit Brot.

[1923]

Moritat

Schuld war der Zigarettenladen,
Darin ein Mädchen tätig war.
Für ihre Waren, ihre Waden
Verlangte sie viel Geld in bar.

Um sie und den Tabak zu kriegen,
Machte ich sie zu meiner Frau.
Sie wartete aufs Kinderkriegen,
Ich dampfte alle Zimmer blau.

Ich sollte lieben, doch nicht rauchen,
Verlangte sie nach kurzer Zeit.
Ich konnte keine Liebe brauchen
Und war zu jeder Tat bereit.

Statt Zigaretten lauter Küsse!
Ich hab' sie schleunig umgebracht
Mit Hilfe zweier Flintenschüsse,
Und rauchend mich davongemacht.

[1926]

Atelierszene

Das gute Mädchen schmilzt, entdeckerarmumsegelt;
Hin auf der taubengrauen Ottomane.
Sie spricht von Reinhardt, Kerr und von Kahane,
Und wie sie kennerhaft den Wurf der Röcke regelt,
Ist sie sehr waldkeusch, andere Diane.

Im roten Lehnstuhl, lächelnd hingeflegelt,
Das Negerhaar sehr schwarz emporgekegelt,
Träumt Lily süß. (O, Leda mit dem Schwane!)

Das blonde Mädchen geht, verletzt
Von Lilys Brunst; denn sie ist sehr veredelt
Und fühlt sich hier wie Demutwild gehetzt.

Doch Lily lacht, von Lockenpracht umwedelt.
Wie sie im Tigersprung nun auf den Diwan setzt,
Spreizt sie die Beine, kreischt: Nun hat sichs ausästhetelt!

[1923]

Vorfall im Café

Den runden Tisch umplustern dicke Frauen,
Breit aufgeschwellt von dem legalen Glück.
Ignaz tritt ein. Wie aufgescheuchte Vögel schauen
Sie bös auf ihn. Vor ihrem Blick

Zieht er sich an den fernsten Tisch zurück
Und hebt die Zeitung vor die Augenbrauen.
Die dicken Frauen zischeln aufgeregt, und sie mißtrauen
Sehr seiner Hose fabelhaftem Schick.

Mit Recht! Er frägt die Centa, Kellnerin: Willst mit mir kommen?
Willst du? O komm! Meine Kaffeemaschine
Singt süße Lieder. Ach, sie schweigt beklommen.

Dann wirft sie Tasche, Serviette fort
Und geht mit ihm, von wo er hergekommen
Und läßt den Wirt wie angespießt zurück.

Die dicken Damen werden alle bleich
Und plätschern aufgewühlt, ein Karpfenteich,
Durch den ein frecher Silberhecht geschwommen.

[1924]

Feuer hinter den Pferden

Ein Schimmel, milchweiß mit roten Nüstern,
Hob den Kopf gegen den Wind.
Alle andern waren noch taub und blind
Für den dünnen Rauch, das dünne Flüstern

Im Gras. Nur ein schwarzes Fohlen rollte die Augen groß,
Stellte die Beine schräg und galoppierte eine kurze Strecke.
Am Horizont eine Wolke wie eine Schnecke
Schickte die Fühler aus wie Stricke Rauchs, wie dunstige, verknäulte Lassos.

Dann war es, daß die Hitze
Hitziger wurde und rot alles Blaue.
Es neigte sich mit brennender Braue
Das Feuergesicht aus dem Wolkenschlitze.

Dann wurde das Knistern stärker. Dann war das Feuer da, überall, dicht hinter ihren Schwänzen, züngelnd im Grase.
Sie strahlten in wilden Büscheln davon, strauchelten, stürzten, viele verbrannten.
Zu den wenigen, die in der Schlucht Wasser und Kühlung fanden,
Gehörte der Schimmel. Es rieb sich an ihm das Fohlen die feuchte Nase.

[1924]

Bergdämmerung

Struppig wie ein Kriegsknecht schwankt die Föhre
Und marschiert ins Himmelblau.
Um ihre Hüften hängen noch die Flöre
Nebelflöre, silbergrau.

Und den Hügel hat sie nun erklommen.
Steigt sie drüben abwärts in die Schlucht?
Nein. Von allen Seiten kommen
Föhren auf der Flucht.

Und nun sammelt sich der Haufen
Und die Flöre sinken ab.
Will ein Fuchs durchs Dickicht laufen,
Werfen sie ihm bös, mit Schnaufen,
Zapfen auf den krummen Trab.

[1924]

Im Isartal

Wie grün ist das Gras! Wie dick es ist,
Wo der pechschwarze Käfer den Goldkäfer frißt!

Die Augen zu! Wie weht der Wind kühn!
In meiner Pupille braust noch das Glühn

Des Himmels, und ich seh ihn doch nicht
Und nicht sein blaues, platzendes Licht.

Fern kräht ein unsichtbarer Hahn,
Grell klimpert dazwischen ein Fahrradmann.

Irgendwo brennt um die Welt ein Zaun,
Ein Bretterzaun, aus Brettern braun.

Die Augen auf! Im Isartal
Auf der Wieseninsel! Ein Pfad, kahl, schmal,

Läuft zu ihr, wo das Gras dick ist,
Wo der pechschwarze Käfer den Goldkäfer frißt.

[1925]

November

Ja, das ist er, grau wie Schiefer,
Winterhimmel, der sich biegt!
Auf der Ebene vor der Vorstadt liegt
Der Nebel, dünn, wie Rauch. Sein Ungeziefer

Jagt der Hund, der Schäferhund, und bellt.
Und der Schafe stetsbewegte Rücken
Sind wie Wellen, und der Schwarm von schwarzen Mücken,
Der im Sommer über ihnen tanzte, fehlt.

Wie der Bach tönt! Braune Moose flattern
Auf den kalten Wellen fort,
Und mit weißern Steinen, glattern
Als im Sommer, tauschen sie ihr Wort.

In der Grube, im Gebiet
Des gelben Lehmes hüpft das Männchen,
Rot die Mütze, Zauberhähnchen,
Zirpt den Vers und kräht das Lied,

Kies, der kollert, übertönt es:
Ich bin froh, daß niemand weiß –
Und so flötet es und flennt es,
Zwerg und Flachsbartwackelgreis:
Daß ich Rumpelstilzchen heiß!

Pfeift der Wind, das Männchen kräht
Und die Schafe grasen.
Auf der Straße, abendspät,
Durch die grellen Nasen
Rote Autos blasen.

[1925]

Februar

Der Rauch des Zugs fliegt wie ein Frauenhaar
Im Blau.
Wiesen schwellen und die Hügel stehn im Saft.
Über den Bach springt heller Birken Schar.
Die Sonne läutet am Himmel:
Februar.

[1926]

Aprilwetter

Tiefer Himmel und Wolkenfetzen und Schnee,
Regen und Wind und Hagel. Jeder Platz ist ein See.

Und dann sind die Wolken weg, alles ist blau,
Der Asphalt glänzt und eine junge Frau

Geht über die Straße, schlägt den Mantel zurück;
Auf Gold hämmert die Straßenbahnglocke ein Stück
Einer süßen Melodie – und im Genick
Spürt sie den Wind veilchenpfotig und sonnenlau.

[1926]

Vorwinterlich

Der Himmel ist dezemberblau
Und januarfrostklar.
Der Jungbaum spreizt, der Zar der Schar,
Der Sträucherschar, die vor ihm kniet, die Hände rissig-
rauh.

Doch abends kommt ein Frühjahrsmond
Grün über Turm und Dach,
Ist jugendblaß und märzenblond,
Ist frühlingssüß und frühlingsschwach.

Die Katze friert
Am Trottoir.
Und wie der Mond nun höher schwirrt –
O stiert
Da nicht einäugig her das Kältetier, der Winterstier,
pflaumblau, nackt, ohne Haar.

[1926]

Vorfrühling

Aus den runden Wolkentassen
Stürzt das blaue Licht herein.
Fenster sind wie junger Wein,
Kräuseln sich im Wind, im blassen.
Winterdürre Vögel prassen
Grüne Spitzen,
Und wie Kain
Müssen sie den Bruder hassen,
Bei dem Mahl allein zu sein
Über spiegelnden Terrassen.

[1927]

Vorfrühlingswiesen

Als hätt' ein süß betrunkener Engel Sekt
Über die Morgenwiesen ausgegossen,
Sind alle Mulden silbern überflossen,
Vom hellen Winde wallend aufgeneckt.

Und jetzt der Frosch, der frech vom Straßenbord
Ins Brausen hupft, ein grüner Sprung und Schwung,
Den blonden Kitzel schlürft, grasgrell, genießerisch und jung,
Der taumelt fast und glänzt. Dann taucht er fort.

[1927]

Im Lechtal

Braune Frau, an deinen roten Haaren
Häng ich am Galgen dieser Tage!
Wolken wehen hin und her in Scharen
Und vom Schlage

Des Kuckucks dröhnt das Lechtal.
Strampelnd wie ein aufgeregter
Hampelmann, ein windbewegter
Delinquent am Galgenpfahl

Hör ich noch des Kuckucks Schrei.
Ich baumle schief an deinen Haaren
Und während, wie Ameisenscharen
Mir gemeinen Henkertodes Schauer durch die Knie fahren,
Brumm ich wackelnd mit des Leches Melodei.

[1927]

Oktoberfest

Das Orgeln der Karusselle
Läutet den Abend ein.
Azetylenlampenschein.
Der sichlige Mond ist zur Stelle –
Da schnattert der Klang der Schelle
Wie Glöcklein und klapperndes Bein
Durch die blutige Helle.

[1927]

Einsames Weihnachten in der Skihütte

Das Licht in der dunklen Stube:
Wie ein weißer Strich im roten Kreis,
Wie ein funkelnder Kreis von Fliegengeschmeiß
Über dem Aas in der Grube.

Das Dunkel verbrennt an dem zischenden Wachs.
Es schwelt und knallt, als ob Stoff, als ob Flachs
Ein Faden die Flamme durchquere,
Ein Haar die magre ernähre.

In der Ecke dunstet's, ein fauler Geruch
Steigt aus den morschen Brettern.
In dem alten Bibelbuch
Tanzen die krummen Lettern.

[1927]

Vorfrühlingsgarten

Wie sieht der Rasen runzlig aus! Die Äste
Der Bäume sind schwarz und dünn.
Spatzen, die einzigen Vogelgäste,
Piepsen dumm und kühn.

Die Sträucher sind mit Reisig umhüllt,
Tomaten und Stachelbeeren.
Wie ein verwaschenes Tuch, zerknüllt,
Flattert der Weg. Die weinlaubleeren

Zaunlatten sind scharf, und wie Speere
Umstehn sie die Gartenbucht.
Wann reift die Johannisbeere
Zu sommerlich roter Frucht?

[1928]

Juli

In den hellen Himmel, in den grünen Himmel, über den schwarzen Bach hinweg
Springt der dichtberankte, zackblattüberschwankte Stangensteg.

Die Feuerwarzenunken, tief im Schlamm versunken,
Blinzeln urgreisbös auf die Libellendschunken

Mit den surrenden Motoren.
Traumverloren

Steht die Weide, regt sich kaum,
Eingekleidet, eingeseidet in den spinnendünnen Juliflaum.

[1928]

April

Wenn der Wind raschelnd durch die Straßen geht,
Anders als sonst, hart, wenn er klirrt, blechern schwirrt,
Der Baum, der arm vorm Himmel steht,
Grün und lodernd wird.

Die Sonne auf der Turmspitze sitzt,
Wie eine gelbe Zitrone: Ist dann der Frühling da?
Der Knabe, der sich Pfeile schnitzt,
Tiger schießt, sagt: Ja, und Afrika!

Die gelbe Zitrone rollt höher. Der Wind raschelt schrill.
Blau bricht der Himmel – April.

[1929]

Abendliche Maximilianstraße

In der braunen Nacht
Schwimmen rote Lampione –
Späte Radfahrer, die ohne
Laterne heimkehrn, haben sie entfacht.

In feuerroten Dünsten
Drehn sich die Kugeln überall,
Aus roten Feuersbrünsten
Steigt grell der große Mondenball.

Die trunknen Fahrer schwirren
Insektengroß zum roten Mond
Und surren schrill auf ihren
Rädern rotbelampiont.

[1929]

ANHANG

ZU DIESER AUSGABE

Die vorliegende Edition sämtlicher Werke Georg Brittings ist als eine Studienausgabe angelegt: Sie umfaßt alle Teile des Gesamtwerkes und gibt überdies einen Überblick über die werkgeschichtlich wichtigen Dokumente. Dazu zählen auch solche Illustrationen, die von Künstlern wie Josef Achmann, Hans Lasser, Otto Nückel und Max Unold eigens für die Werke B.s geschaffen wurden und die oft so eng in die Entstehung jener Texte verflochten sind, daß sie eine – zeittypische – Schaffensgemeinschaft des Dichters mit dem bildenden Künstler bezeugen können. Im Anhang werden Entstehung und Wirkung der Werke jeweils dokumentiert und um einen werkbiographischen Überblick ergänzt; die wenigen notwendigen Sacherläuterungen werden in Anmerkungen geboten, die auch die seltenen Quellen verzeichnen.

Tatsächlich entzieht sich B.s Werk weitgehend dem philologischen Quellennachweis; auch fehlen – trotz der größtenteils erhaltenen Bibliothek – genaue Lektürenachweise, eigene werkbezogene Vergleiche mit anderen Autoren und sogar Selbstdeutungen fast völlig. Noch am 11.Februar 1961 schrieb B. an Hans Bender: »Ich würde Ihnen ja gerne etwas Poetologisches zu meiner Lyrik schreiben, wenn ich das nur könnte. Ich kanns und kanns nicht [...]«. (Briefe an Hans Bender, hg.v. Volker Neuhaus, München: Hanser / Köln: Kulturkreis im Bundesverband der Deutschen Industrie 1984, S.55) Der Verzicht auf Quellenmontage, die Wendung zum ursprünglichen ›Bild‹ und zu einer betont nicht-›literarischen‹ Bildsprache gehören zum Antihistorismus von B.s Generation, die sich bereits gegen die artistischen Verfahren der ›Moderne‹ seit 1900 wendet: Nicht die positivistische Entschlüsselung, sondern die hermeneutische Deutung öffnet daher den Zugang zu B.s Werk. Entsprechend knapp nur konnte der Stellenkommentar unserer Ausgabe, der solche Aufgaben an das Nachwort im Schlußband verweisen muß, ausfallen. Notwendig war es jedoch, eine Vielzahl verstreuter, sonst nur schwer zugänglicher Informationen über B. und sein Werk jeweils schon im Anhang der einzelnen Bände zusammenzufassen.

Unsere Ausgabe konzentriert sich jedoch auf die Textgeschichte. Den in die Sammlungen aufgenommenen Textfassungen, nach denen B. beurteilt sein wollte, werden gewöhnlich im Anhang die Varianten der übrigen zugeordnet. Um die Entwicklung der einzelnen Texte und die Entfaltung des Gesamtwerkes zuverlässig nachzuzeichnen, löst sich unsere Edition prinzipiell von der Gliederung und den Textfassungen der Ausgabe letzter Hand, die B. seit 1957 besorgt hatte. Vielmehr wurde ein chronologisches Ordnungsprinzip gewählt und die Texte demnach getreu nach den Erstdrucken in Zeitungen und Zeitschriften oder aber nach der Fassung einer von B. selbst besorgten Sammlung geboten. Gelegentlich wurde dabei entschieden, abweichende Fassungen nicht zu Varianten aufgelöst im Anhang zu einer Leitform des Textes zu präsentieren, sondern sie vielmehr gemäß ihrer Eigenart und ihrer symptomatischen Bedeutung für einen Werkabschnitt im Textteil an ihrem chronologischen Ort einzurücken; die Anmerkungen informieren über solche Paralleldrucke.

Nur behutsam wurde die Orthographie normalisiert; bestehen blieb etwa B.s eigenwillige Kleinschreibung von Farbadjektiven, wie sie in den Bildbeschreibungen immer wieder auftritt, und seine dem Sprachrhythmus angepaßte Zeichensetzung; nicht verändert wurden weiter die Apostrophierungen, ebensowenig die Getrennt- und Zusammenschreibung. Die seltenen Eingriffe der Herausgeber sind im Text durch [] kenntlich gemacht; nur offenkundige Druckfehler wurden stillschweigend korrigiert. Generell wurden bei der Redaktion Qualität und Stellenwert des jeweiligen Textes berücksichtigt, und Arbeiten für die Tagespresse wurden, da ihre Textgestalt oft genug nur passiv autorisiert ist, eher der orthographischen Norm angenähert als Zeitschriften- oder gar Buchdrucke; doch sind erkennbare Eigentümlichkeiten B.s in jedem Fall berücksichtigt und bewahrt. Von den frühen Arbeiten für Regensburger Zeitungen kann der erste Band ohnehin nur eine Auswahl präsentieren, und auch diese Texte mußten gelegentlich noch um Passagen gekürzt werden, die nur der journalistischen Forderung des Tages gehorchten – also etwa die stereotypen Kurzcharakteristiken der Leistung Regensburger Schauspieler um 1920. Auch wurde in diesem ersten Band die strenge chronologische Folge der Drucke gelegentlich nicht beachtet, wenn sich inhaltliche Gruppierungen anboten, die auch auf einen Entstehungszusammenhang schließen ließen.

Freilich wirft die chronologische Ordnung, wie deutlich sie auch die Werkphasen und das Werden des Autors offenlegen mag, doch beträchtliche editorische Probleme auf. Es zeigte sich bald, daß ein Großteil der Erzählungen und Gedichte B.s schon bis zum Jahr 1930 vorlag, während erst ab diesem Jahr die wichtigen und wohlkomponierten Sammlungen erschienen, die keineswegs zerstört werden durften; denn sie machten ihn dem Publikum bekannt und übertrafen auch für B. etwa die früheren Zeitungsdrucke bei weitem an Wert. So betrachtete B. sein Werk auf jeder Lebensstufe als verfügbar, stellte Altes neben Neues, aktualisierte und veränderte die älteren Texte, arbeitete sie immer wieder um; die zeitliche Folge, die Werkgeschichte ist restlos aufgehoben in der jeweiligen Gegenwart des Ausdruckswillens. »Ich habe oft ein Gedicht aus 1920 z.B. jahrelang, jahrzehntelang in der Mappe liegen gehabt, kramte es hervor, fing neu daran zu arbeiten an, oft auch ein drittes- und viertesmal.« (An Bode, 20.6.1958)

Weil unsere Ausgabe die Sammlungen respektiert, muß in ihren früheren Bänden auf die folgenden, in denen eben jene später komponierten Sammlungen enthalten sind, nachdrücklich verwiesen werden; erst damit ist für jede Werkphase der Bestand sowohl an eben geschriebenen als auch an wiederum überarbeiteten und veröffentlichten Texten überschaubar. Allerdings können wegen B.s eigentümlicher Arbeitsweise die verschiedenen Fassungen, die seine Texte durchlaufen, nicht detailliert vorgestellt werden.

Zwar liegen, da ihn seine Kriegsverletzung beim Schreiben behinderte, kaum Entwurfshandschriften vor. Die erhaltenen Autographen entstanden meist nachträglich, eigens für Verehrer und Sammler. Doch auch Typoskripte fehlen fast völlig.

»Eine erste Niederschrift«, so erläutert ein Brief B.s an Georg Jung vom 2. April 1948,

> sieht bei mir, meistens, so aus: Ich schreibe z.B. die erste Strophe eines Gedichts mit der Maschine, setze die zweite handschriftlich dazu, korrigiere bleistiftlich in die erste Maschinenstrophe hinein, schreibe die dritte wieder maschinlich, korrigiere an den drei Strophen herum, mal mehr, mal weniger, und wenn das Dreistrophengedicht nun recht wie ein Rübenacker aussieht, nehm ich ein neues Blatt, schreib die drei Strophen wieder neu mit der Maschine, und das erste Blatt fliegt in den Papierkorb. Nun, je nachdem mein Genius blitzt, wird auch die zweite Maschinenabschrift wieder in einen Rübenacker verwandelt. Und der Rübenacker fliegt, nachdem säuberlich eine neue Maschinenabschrift hergestellt ist, wieder in den Papierkorb. Manchmal gehts auch einfacher, wenn etwas schnell richtig sitzt. So besitz ich eigentlich keine erste Niederschrift.

Dennoch war ihm »das Fassungen-Elend«, das den Philologen erwarte, wohl vertraut (an Bode, 1959). Was B. nämlich von einer seiner Erzählungen – *Der Gang durch das Gewitter/Sarganekdote* (Bd. III,2) – sagt, gilt für fast alle seine Werke, ob Prosa oder Gedicht: Sie sei »schon oft gedruckt gewesen, in leise wechselnden Fassungen, ich muß sie einmal ganz festigen« (an Jung, 6.6.1952). Der Druck bedeutet für ihn keine entschiedene Fixierung – vielmehr setzt sich jener geschilderte Überarbeitungsvorgang fast unverändert fort; der Zeitungsdruck ist gleichsam für B. nur ein Ersatz für das Typoskript. Wenn Ernst Wiechert in seiner Rede auf B. 1933 behauptete, dieser sei »auf das sorgfältigste bedacht [...], in die Ewigkeit des Druckes nur hinausgehen zu lassen, was vor seinem eigenen Gewissen sich auf eine wenn auch noch so bescheidene Art mit diesem Begriff der Ewigkeit zusammenstellen läßt« (Sämtliche Werke, München: Desch 1957, Bd. 10, S. 864) – so profilierte er zwar deutlich das Bild des ›Dichters‹ B., verfehlte aber den Alltag und die Praxis des ›Schriftstellers‹, der nur von seinen Honoraren leben wollte und mußte. Denn zu lukrativen Auftragsarbeiten, Essays, Rundfunkfeuilletons u.ä. mochte sich B. seit Ende der zwanziger Jahre trotz der geringen Einkünfte aus seinem dichterischen Schaffen kaum noch verstehen (vgl. Armin Mohler, in: Almanach, S.18). Daher wuchs die Zahl vor allem der Zeitungsdrucke seiner Werke – ganz der Absicht B.s gemäß – ins Unüberschaubare:

> Inzwischen bombardier ich alle mir erreichbaren Zeitschriften mit Poemen und die sind z.T. dumm genug, darauf herein zu fallen. [...] Anders kann mans nicht machen. Ich rate Ihnen es nach zu machen,

– schrieb er, versiert genug, am 12.Dezember 1917 an den literarischen Debütanten Hermann Sendelbach. Vermutlich am 1.Oktober 1926 legte B. für diese Angebote ein Nachweisbuch an (vgl. Kat., S.22), das in seinem Nachlaß erhalten blieb: Unter den – grob alphabetisch geordneten – Zeitungs- und Zeitschriftentiteln wurden jeweils mit einem Stichwort die angebotenen Texte notiert; sofern der Text erschien, melden dies die Siglen »A« (angenommen), »E« (erschienen), »H« (honoriert); andernfalls wird das Stichwort gestrichen. Datierungen fehlen in diesem ›Rechnungsbuch‹ völlig; auch sind die Drucke nicht ganz vollzählig nachgewiesen.

Dennoch lassen sich Anhaltspunkte für die Datierung aus der Druckgeschichte gewinnen: B. ließ gewöhnlich nicht viel Zeit zwischen dem Abschluß einer Arbeit und dem ersten Angebot für die Veröffentlichung verstreichen, und oft genug glückte es ihm tatsächlich mehrere, zeitlich eng benachbarte Drucke zu plazieren. Problematisch wird damit der Begriff des ›Erstdrucks‹, da jedenfalls das genaue Erscheinungsdatum eines Textes dem Willen des Autors entzogen war. Doch werden in den jeweiligen Anmerkungen möglichst frühe Drucke genannt und gegebenenfalls um Nachweise solcher Veröffentlichungen ergänzt, die – wiewohl etwas später erschienen – doch die Kontinuität einer literarischen Zusammenarbeit, wie sie B. immer wieder mit großen Zeitungen oder auch mit Zeitschriften verband, belegen. Ähnlich mußte bei dem Versuch vorgegangen werden, aus den »leise wechselnden Fassungen« die entscheidenden Stufen hervorzuheben.

Vor allem Texte von geringerem literarischen Anspruch, die in den Sammlungen und in der Ausgabe letzter Hand dann auch nicht auftauchen, wurden durch die Jahre hin immer wieder angeboten und gedruckt, aber nie mehr durchgreifend überarbeitet:

> Ja, der alte *Geheimrat Zet*, vor 25 Jahren schrieb ich ihn, seitdem ist er wohl an die 80 bis hundertmal gedruckt worden, unter den verschiedensten Überschriften, zum erstenmal in der *Frankfurter Zeitung*. Solcher kleiner »Schlager« hab ich noch mehr, das *Bosn.[ische] Mahl* gehört dazu, die immer wieder an den Mann zu bringen sind. Sie bringen mir jedes Jahr ein paar tausend Mark ein. Sie gehören zur finanziellen

Grundlage meiner Existenz, und haben mir schon mehr Geld verschafft, als meine sämtlichen Bücher zusammen. Ich sagte Ihnen schon, daß ich mich bemühe, diese kleinen Betrachtungen und Anekdoten auf einem Niveau zu halten, dessen ich mich nicht zu schämen brauche. Mehr Bedeutung haben sie nicht.
(An Jung, 13.11.1950)

Wie aber prinzipiell Mehrfachdrucke bei derselben Zeitung zu erreichen seien, vertraute B. noch 1953 (am Aschermittwoch) Hermann Seyboth an: »ein neuer Titel, ein bißchen verändert, und es ist so gut wie ein Original«. So ergänzen sich B.s dichterische Veränderungssucht und die ökonomischen Bedingungen des Schriftstellerdaseins, und es kommt zu einer Fülle von Änderungen im Detail in fast allen seiner Texte. Davon sind jedoch die grundlegenden Neufassungen zu unterscheiden, die meist in einer der Sammlungen oder doch in einer renommierten literarischen Zeitschrift veröffentlicht wurden. Diese werden in unserer Ausgabe sämtlich dokumentiert, jene aber nur in exemplarischer Auswahl, so wenn ein später populärer Titel nicht schon im Erstdruck auftaucht, wenn geographische Konkretisierungen vorgenommen oder gar ausgetauscht werden u.ä.m. Dabei mußte überdies beachtet werden, daß auch die Redakteure, wie B. in dem zitierten Brief an Jung fortfährt, »es nicht lassen« konnten und bei jedem Abdruck »ein bißchen drin herumkorrigiert« hatten. Da auch deshalb eine detaillierte Darbietung von Varianten weit über den gesteckten Rahmen hinausgegangen wäre, begnügt sich unser Kommentar oft mit dem pauschalen Hinweis, daß eine Überarbeitung stattgefunden hat.

Alle Unterlagen für unsere Ausgabe – Handschriften, Drucke, Briefe und Materialien – sind jedoch in dem »Georg Britting-Archiv« einzusehen, das nach Abschluß der Edition in der Bayerischen Staatsbibliothek verwahrt wird.

ZU DIESEM BAND

Der erste Band unserer Ausgabe präsentiert B.s Werk von den später verdrängten literarischen Anfängen über die abrupte Aneignung expressionistischer Schreibweisen und die Wendung zu einem sachlichen Nachexpressionismus bis hin zu den ersten werkbiographischen Sammlungen – den Erzählungen in *Michael und das Fräulein* (1927) und dem ersten Band *Gedichte* (1930). All jene früheren Werke, die nicht in diese und die folgenden Sammlungen aufzunehmen waren, suchte B., da sie seinem Selbstbild als ›Dichter‹ und dem entsprechend gewandelten Stilideal nicht mehr entsprechen konnten, konsequent aus der literarischen Überlieferung zu tilgen; auch seine Mitarbeit an Zeitungen und Zeitschriften während der Zwanziger Jahre wurde von ihm so selten erwähnt, daß seine Bewunderer eben jenen Mythos eines ›Dichters‹ aufbauen konnten, der die literarische Öffentlichkeit verschmähe.

Die in den dreißiger Jahren gesammelten Gedichte wurden gegenüber den Erstdrucken kaum verändert. Schon während der ›expressionistischen Phase‹ waren biblische Gedichte wie *Die heiligen drei Könige*, aber auch die *Chinesischen Generäle* entstanden; Naturgedichte wie *Tauben überm Ecknachtal*, *Einem Wirtshausgarten gegenüber*, *Ziegelfuhren*, *Zwei Krähen vorm roten Himmel* entstanden seit 1924. Sie wie auch alle in den Band *Gedichte*, der 1930 bei Wolfgang Jeß in Dresden erschien, aufgenommenen Stücke wurden 1935 in den kompositorischen Rahmen der Sammlung *Der irdische Tag* gestellt, die B. für den Band *Gedichte 1919-1939*, den er 1957 im Rahmen der »Gesamtausgabe in Einzelbänden« vorlegte, noch um weitere Stücke aus den Zwanziger Jahren erweiterte (vgl. Bd.II). Jener frühere Band von 1930 enthielt:

Die Sonnenblume
Das rote Dach
Sommer
Tirol
Im Tiroler Wirtshaus
Im Park
Gras
Abend
Salome
Drei am Kreuz
Die Kapelle
Der verlorene Sohn
Septembertag
Herbst an der Donau
Erste Italienfahrt
Oktoberlich
Stadt in allen Winden
Marsch der Wälder
Winterliches Landhaus
Krähen und Enten
Die kleine Welt in Bayern

An Erzählungen wurden etwa *Der Kronprinz* – in der Sammlung *Das treue Eheweib* unter dem Titel *Der Sieger* –, die meisten Erzählungen aus *Die kleine Welt am Strom* oder auch *Das Liebespaar und die Greisin*, 1938 in *Das gerettete Bild* aufgenommen, schon vor 1930 gedruckt (vgl. Bd.III,2).

Allerdings wurde die Prosa späterhin oft sehr gründlich umgearbeitet: Dabei zeichnet sich die für B. typische Entwicklung vom Bild zur Erzählung, von der anekdotischen Skizze zur Ereignisreihung ab – wie etwa in den Fassungen von *Donaufischer und Mädchenhändler* aus der Sammlung *Der bekränzte Weiher*. So weitet sich erst in der *Majors*-Geschichte aus der Sammlung *Das treue Eheweib* die Schilderung einer *Bayerischen Wirtsstube*, die Hans Lasser 1928 sogar mit einem Porträt B.s illustriert hatte, zur Erzählung (vgl. Anm. zu S.338). Die beiden ›Bilder‹ *Im Lechtal* und *Tiroler Dorf* allerdings scheinen 1926 aus einer schon ausgearbeiteten, jedoch erst später gedruckten Erzählung herausgelöst worden zu sein (vgl. Anm. zu S.293).

Aufgelöst wurde – als einzige in unserer Ausgabe – die Sammlung *Michael und das Fräulein*, da nur zwei dieser Erzählungen, die nun Platz in unserem Band I finden, von B. nicht später wiederum in Sammlungen aufgenommen wurden. Jener Band enthielt:

Die schöne Handschuhverkäuferin (S. 325)
Das Haus zur heiligen Dreifaltigkeit (vgl.: Die kleine Welt am Strom, Bd.III,2)
Monika (vgl.: Das treue Eheweib, Bd.III,2)
Ambros (vgl. S.332)
Die Windhunde (vgl.: Das treue Eheweib, Bd.III,2)
Das Duell der Pferde (vgl.: Das treue Eheweib, Bd.III,2)
Der Berg (vgl.: Das gerettete Bild, Bd.III,2)
Hochwasser (vgl.: Die kleine Welt am Strom, Bd.III,2)
Michael und das Fräulein (vgl.: Der törichte Knecht, in: Das gerettete Bild, Bd.III,2).

Einige der frühen Erzählungen, die B.s spätere Umarbeitung in eine andere Stillage übersetzt und neu pointiert hat, werden hier wieder vollständig abgedruckt: *Die Geschichte der Marion* (vgl. S.188 u. S.235), *Der Georgsritter* (vgl. S.213 u. S.259), und auch *Hinterhauser und sein Fräulein*, wenngleich die später für den Band *Das treue Eheweib* geschriebene Fassung: *Das betrogene Fräulein*, nur im Tonfall des Erzählens von der ersten abweicht; doch hat die Preisnovelle von 1928 ja auch rezeptionsgeschichtlich besonderen Wert (vgl.S.610). Nicht verzichtet werden durfte schließlich auf die drei Schrift-Grotesken, die B. im Rückblick der fünfziger Jahre auf den Expressionismus in einer kleinen Publikation *Letternspuk* zusammenfaßte (vgl. Anm. zu S.251); mit *Der Berg* aus *Michael und das Fräulein* bilden sie eine eigene Gruppe in seinem Gesamtwerk.

Freilich bahnte sich erst in der Nachkriegszeit ein neues Verständnis B.s, ja eine gleichsam historisierende Wertschätzung für die frühe Zeit in Regensburg und München an. Zunächst wurde sie im Briefwechsel mit dem emigrierten Alexander Wetzlar gelegentlich beim Austausch von

Erinnerungen gestreift. Als dann Georg Jung zum teilnehmenden Sammler und Kommentator von B.s Werk wurde, machte ihn B., der sich in den fünfziger Jahren als Vermittler des expressionistischen Erbes an die junge Lyrikergeneration begreift (vgl. Komm. zu Bd. IV), auf einige seiner frühen Texte aufmerksam – nun eigentümlich schwankend zwischen Zurücknahme und dem Wunsch, seine eigene Neubewertung von außen bestätigt zu sehen:

> Ein paar so alte Dinge, zwischen 1920 und 1925 etwa gemacht, lege ich Ihnen bei. Davon erbitte ich *Der Minnesänger*, *Frühjahr im Stadtpark* und *Wohnhausneubau* gelegentlich zurück.
> (An Jung, 20.6.1955)
> Ich schicke Ihnen auch ein 1926 erschienenes kleines Buch von mir. Sie werden darin die Frühform mancher Erzählung von mir finden. Ich ernenne Sie feierlich zu meinem Archivar. Ich bin ein rechter Spätling, spät reif geworden, der Krieg und der Nachkrieg haben mich herum gewirbelt, ehe ich einigermaßen zur Besinnung kam. Das war rundherum so. Die vornehm-bürgerliche *Frankfurter Zeitung* brachte damals den *Selbstmörder*, auch das Gedicht *Lechtal*, und den »Aufsatz« über Regensburg. Für Ihr »Archiv« auch ist bestimmt der Ausschnitt aus der *Vossischen Zeitung*. Das »Drama« [*Der Provinzler*] selber warf ich in die Isar.
> (An Jung, 4.7.1955)

Vor allem die Briefe an Dietrich Bode enthalten dann zu den frühen Texten Aufschlüsse, die um so wichtiger sind, als Briefe oder Dokumente aus jener frühen Zeit nur äußerst karg überliefert sind: Außer etlichem verstreuten Material geben einzig die Briefwechsel mit Hermann Sendelbach und dann – ab Mitte der zwanziger Jahre – der mit Hermann Seyboth einige Hinweise.

ZU WERKGESCHICHTE UND BIOGRAPHIE (1910–1930)

1. Die Vorkriegszeit in Regensburg

Ein knapper, 1932 für das von der Raabe-Stiftung herausgegebene *Jahrbuch der deutschen Dichtung* (S.38) entstandener Lebensabriß B.s hat nur wenige Stationen hervorzuheben:

> Ich wurde am 17.Februar 1891 auf einer Donauinsel in Regensburg als Sohn eines städtischen technischen Beamten geboren. Von Schulsorgen abgesehen, verbrachte ich eine glückliche Jugend an den Ufern des geliebten Stroms. Von der Hochschule weg ging ich als Freiwilliger ins Feld, lag, die längere Zeit als Offizier, fast vier Jahre im Schützengraben, bis ich 1918 schwer verwundet in die Heimat zurückkam. Seit 1920 lebe ich als Schriftsteller in München.

Bezeichnend ist neben der Kargheit die Gewichtung der Angaben: Nach Jugend in Regensburg und Kriegszeit scheint die Biographie vollends im Ereignislosen zu verlaufen. Tatsächlich sind für den Dichter B. die Jugendjahre in der Bischofsstadt »am Strom« und der »Krieg als Erlebnis« (Eugen Roth) vor allem prägend geworden. So hatte der Geburtsort – ›mitten im Strom‹ – anscheinend schon in der Freundschaft mit Achmann symbolische Bedeutung gewonnen – wenigstens verbinden sich in Achmanns Erinnerung »die zwei Inselgeborenen – Britting ist am oberen Wörth und ich am unteren Wörth zur Welt gekommen« (Achmann an Berta Rathsam, 23.9.1954; Nachl. Achmann. Ähnlich Achmanns Beitrag zum Programmheft der Dresdner Uraufführung von *Paula und Bianka*). Auch Achmanns Werk während der gemeinsamen Regensburger Jahre mit B. 1919/21 kreist um das Motiv der ›Stadt am Strom‹ (vgl. S.593), und B. verteidigte noch rückblickend, als Hermann Seyboth ihm das Haus in der Alten Manggasse Nr.3 als das echte Geburtshaus bezeichnete, sein zur Natur hin offenes Kindheitsland:

> [...] ob ich in dem Hollweckhaus geboren wurde, ist nicht so wichtig, jedenfalls verbrachte ich meine allererste Kinderzeit am Oberen Wörth. Ab meinem zehnten Lebensjahr wohnten wir in der Engelburgergasse, ziemlich weit unten, bei der Oswaldkirche, und dort wohnten wir an die 20 Jahre, noch als ich vom Feld zurück kam, und wir Buben waren meist unten an der Donau, beim eisernen Steg, d.h., als der noch nicht gebaut war bei der Fähre [...].
>
> (21.1.1958; Nachl. Seyboth; vgl. ebd. B.s Brief vom 8.1.1957)

Zweifellos waren Kindheitserlebnis und Entdeckung der Herkunftslandschaft um 1920 zu einer »postrevolutionären Mode« der Literatur geworden, deren zeitgeschichtliche Motive etwa an B.s Sammlung *Die kleine Welt am Strom* abzulesen sind: »Rückkehr hinter den Krieg und die Revolution, Suche nach den verlorenen Zusammenhängen, einem Lebensganzen, Urbildern, nach Naivität.« (Bode, S.21) Jedoch zeugen die frühen, 1912 entstandenen Stadtbilder von einer Kontinuität von Stoff und Thema in B.s Werk. Im Modell der eigenen Vorgeschichte begreift er überdies das Element des – auch politischen – Widerspruchs, der Unruhe, des Abenteuerlichen und Poetischen in der heimatlichen Provinz, das von 1920 bis hin zum späten Romanfragment *Eglseder* sein Werk vor einer fraglosen Verklärung der ›kleinen Welt‹ bewahrt (vgl. Schmitz/Ziegler, S.24f.):

> [...] von Neukirchen-Balbini in der Nähe von Neunburg vorm Wald stammt meine Mutter her. Eines Baders Tochter, aber der Bader war ein halber Studierter, Chirurgus heißt es in den Papieren, die ich wegen des Ahnennachweises sammeln mußte. Er ging in Landshut in die Chirurgenschule. Ich hab den alten Herrn noch gekannt. Er wurde fast 90 alt. 1810 geboren, starb 1898 [richtig: 1901]. Er trug noch eine altmodische Halsbinde, keine Krawatte, immer ein weißes Hemd. Er war ein Liberaler, und als er in den siebziger Jahren als einziger in Neukirchen-Balbini [...] das liberale Regensburger Tagblatt abonniert hatte, predigte der Pfarrer gegen die Aufklärer. Aber die Leute ließen sich trotzdem von meinem Großväterchen die Hühneraugen schneiden, Blutegel setzen, und Knochenbrüche heilen. Übrigens wird der Wilhelm Meister dann auch, nach seiner Theaterlaufbahn, Chirurg.

(An Wetzlar, 6.8.1949. – Vgl. in Bd.V zur Erzählung *Das Baderhaus*.)

Von Aufbegehren, ›Freigeisterei‹ und ›Liberalismus‹ scheint ebenso das Auftreten des jungen B. in Regensburg bestimmt, doch zeigt sich bereits seine Lust an der Ironie der Maske, sein Wille, der unerkannte Regisseur der Ereignisse zu sein. So findet sich unter den anekdotischen Erinnerungen des Schulfreundes Hans Soelch ein bezeichnender Fall:

> Eines Nachts sind wir zur Donau und haben einen angeketteten Rettungskahn ausgehängt. Es sollte eine romantische Fahrt werden zur Walhalla und eine Gitarre war mit von der Partie und auch ein paar Mädchen. In Donaustauf ließen wir das Boot einfach abtreiben. Das war aber noch nicht alles; Britting war seinerzeit schon Mitarbeiter der *Regensburger Nachrichten* [...]. Als das Verschwinden des besagten Bootes bekannt wurde, schrieb er in dieser Zeitung über eine ›lästerliche Tat‹, die von frevelhaften Lausbuben vollbracht worden sei, und er lachte sich dabei ins Fäustchen. [...] Der Kahn wurde schließlich in Passau ans Ufer getrieben und per Eisenbahn wieder nach Regensburg gebracht, worauf sich [B.] nochmals veranlaßt sah, über die ruchlose Tat zu berichten, und sein Bedauern darüber auszudrücken, daß man die Frevler nicht geschnappt habe.

(Conrad M. Färber, in: Mittelbayerische Zeitung, 29.4.1964; vgl.: Auf den Spuren eines jungen Dichters: Erinnerungen an Britting, Mittelbayerische Zeitung, 16.2.1966)

Noch von weiteren »lästerlichen Taten« (vgl. die gleichnamige Erzählung, Bd.III,2) berichtete Soelch, von verbotenen Theaterbesuchen und »sehr liberalen« geheimen Vorlesungen, »die damals ein kleiner Kreis in der Wirtschaft ›Goldenes Rad‹ am Minoritenweg veranstaltete«, wobei »über Philosophen wie Kant und Nietzsche« debattiert wurde. Auch eine »Witz-Universität«, die nach dem Versammlungsort, dem Augustinerbräu, »Universitas Ratisbonensis Augustorum« genannt wurde, hatte man gegründet; doch wurde »die satirische Auseinandersetzung mit der engen, provinziellen Umwelt [...] nicht nur am Stammtisch, sondern auch in einer Zeitschrift ausgetragen, für die Britting regelmäßig Beiträge verfaßte: die *Blitzlichter.*« (Färber, Auf den Spuren ...)

Als »Regensburger satirisches Wochenblatt« erschien der erste Jahrgang bis zum November 1913 als Beilage zum *Regensburger Tagblatt*; B.s Anteil an den unsignierten Beiträgen ist nicht mehr festzustellen. In einem Artikel: *Regensburgs Literaten. (Handelt von Dichtern und solchen, die es zu sein glauben)*, (Nr.34, 15.11.1913) werden die »Lokalpoeten« verspottet, als »junges Talent« aber »Herr J.G.Britting, dessen Einakter-Zyklus bei der Aufführung im Stadttheater lebhaften und berechtigten Beifall fand«, vorgestellt: »Er ist ein Mann mit starkem Willen, der suchend seine eigenen Wege geht und das Ziel, das er sich gesteckt, wohl erreichen wird.« Ein Dauerthema ist die anonyme Fehde gegen den Verleger der *Regensburger Neuesten Nachrichten*, Aumüller; bei eben dieser Zeitung war B. damals jedoch Mitarbeiter.

In den *Regensburger Neuesten Nachrichten*, dem Blatt des reichsfreundlichen Bildungsbürgertums, einem »liberalen und fortschrittlichen Organ« (Nr.1, 2.1.1911), veröffentlichte B. zunächst eine Fülle meist kurzer und belangloser Buchbesprechungen unter den Siglen »G.Br.« und »Br.«, beide gelegentlich mit dem Zusatz »Regensburg«, daneben auch größere feuilletonistische Beiträge; am 1.Oktober 1912 setzen die Theaterbesprechungen unter der Sigle »Tting« (vgl. Abb.) ein und zugleich verschwinden bei den Rezensionen die früheren Siglen und werden von »B.« abgelöst. »Damals deckte Britting auch die Plagiate einer Regensburger Feuilleton Redakteurin auf, die ihre Theaterkritiken wortwörtlich aus einem Almanach abzuschreiben pflegte.« (Färber – vgl. aber S.630) Selbst hatte er sich auch als Dramatiker versucht und – wiederum anonym – sein Debüt sogleich in seiner Sparte bei den *Regensburger Neuesten Nachrichten* dem Publikum vorgestellt (vgl. S.653 ff.).

Sein Dramenzyklus wie auch seine frühe Lyrik verharren dabei im Gefolge einer Moderne, die auch aus der Provinzperspektive des Regensburger Debütanten bereits als etabliert gelten durfte. Wie sich B.s Aneignung literarischer Tradition – obgleich er schon damals ein »starker Leser« gewesen sein dürfte (an Bode, 20.6.1958) – nicht über eigene Entdeckungen vollzieht, sondern gemäß dem Kanon der Handbücher, die sich an ein gebildetes bürgerliches Publikum wandten (vgl. Anm. zu S.28), so finden auch seine frühen Gedichte ihre Vorbilder in Anthologien des Bleibenden:

> Mit dem *Balladenbuch* von Avenarius bin ich aufgewachsen, es war ein Gegenstück zum *Hausbuch deutscher Lyrik,* die auch Avenarius machte. (An Wetzlar, 18.2.1955)

Dieses hatte 1910, im achten Jahr nach seinem Erscheinen, bereits die zehnte Auflage erreicht; das *Balladenbuch* wurde 1907 – ebenfalls unter dem Signum des *Kunstwarts* – vorgelegt.

»Den ersten Band der *Ernte* kaufte ich mir in Regensburg [...] und war wie betrunken davon«, erinnerte sich B. zuvor in einem Brief an Wetzlar vom 10.April 1948 und datierte diese Lektüre auf das Jahr 1907 (ebd., 26.4.1948). *Die Ernte aus acht Jahrhunderten deutscher Lyrik gesammelt von Will Vesper, geschmückt von Käte Waentig* war im Frühjahr 1906 als erster Band der bibliophil aufgemachten »Bücher der Rose« in dem Düsseldorfer Verlag W.Langewiesche-Brandt erschienen. Sie wollte laut der Vorbemerkung des Herausgebers »ohne Rücksicht auf Berühmtheit und Tagesmode das Reife, Bleibende, Weiterführende der deutschen Lyrik von den ältesten Zeiten an bis in die jüngste Gegenwart hin zeigen« und »keineswegs einem flüchtigen Orientierungsbedürfnis, sondern dem feinsten Genuß empfänglicher Menschen dienen«; im Herbst 1907 hatte sie das sechzigste Tausend erreicht. Breiten Raum gönnte Vesper unter den noch lebenden Dichtern Detlev von Liliencron, dann Richard Dehmel, der »neuromantischen« Richtung – etwa eines Cäsar Flaischlen –, schließlich einigen Autoren aus dem Süden des deutschen Sprachraums: Richard Schaukal (Nr. 32, 33), Hugo von Hofmannsthal, Maximilian Dauthendey. Vertreten war auch Martin Greif, den die Münchner »Modernen« um 1890 als Bundesgenossen gegen die etablierten »Idealisten«, den Kreis um Paul Heyse, schätzten; ausführlich vorgestellt wird Nietzsches Lyrik. Daß Lyriker des Naturalismus schon längst mit dem stofflichen und formalen Herkommen hatten brechen wollen, wird hingegen ausgeklammert; die *Ernte* wollte eine fortwährende Tradition deutscher Lyrik präsentieren. Ihr reihen sich auch B.s Gedichte an. Aus dem Rückblick benennt er die entsprechenden Vorbilder: »Nietzsche faszinierte mich schon früh, Dehmel und Liliencron waren die Lyriker meiner Jugend, Liliencron schien mir der Bedeutendere« (an Bode, 15.12.1958); Rilke, aber auch der ›neuromantische‹ Carl Busse (an

Wetzlar, 15.2.1949) wären hinzuzufügen. Zudem bezeugen B.s Rezensionen sein Interesse für die Autoren »Jung Wiens« wie für das literarische Leben in der bayerischen Metropole: Von Münchner Autoren wird vor allem Wedekind genannt.

Regional bestimmt sind die ersten publizistischen Kontakte: Da es sich einmal in dem spöttisch-grotesken Ton, der dem Rezensenten B. eben in einer Gedichtsammlung von Schrönghammer-Heimdahl besonders gefallen hatte (vgl. S.578), mit Glück versucht hatte, ließ sich das Gedicht *Vision* (S.54) in dem Münchener, seit Frühjahr 1911 von Paul L. Fuhrmann und Frank Wedekind herausgegebenen *Komet* plazieren; die Zeitschrift war der *Jugend* und dem *Simplicissimus* nachgebildet, und die *Regensburger Neuesten Nachrichten* wiesen gelegentlich auf das anfangs literarisch beachtliche Blatt hin (z.B. am 20.6.1911; am 18.12.1911 auch auf den Beitrag B.s). – Erfolg aber hatte B. mit seinen Gedichten zunächst bei den auflagenstarken literarisch-weltanschaulichen Blättern (vgl. S.575), die Unterhaltung mit publikumsbildendem Anspruch zu vereinen suchten und dabei der ›modern‹-intellektualistischen Großstadtliteratur eine volksnahe ›Heimatkunst‹ vorzogen: *Der Deutsche Hausschatz* des katholischen Pustet Verlages in Regensburg, die von Paul Keller herausgegebene *Bergstadt*, der protestantisch geprägte *Türmer*, sowie *Über Land und Meer* und *Westermanns Monatshefte*.

Seine ersten literarischen Versuche verschwieg B. später oder suchte sie zumindest – wie auch noch die anschließende »expressionistische« Phase – herunterzuspielen: »[...] ich habe vor und während des ersten Krieges vier oder fünf solcher Dinge geschrieben,« bekennt einmal, anläßlich des mehrmals nachgedruckten Gedichtes *Die heiligen drei Könige*, ein Brief an Wetzlar vom 22. Januar 1953 und bekräftigt – ähnlich jenem späteren an Jung: »ich bin ein Spätling, und fing mit dreißig Jahren erst an halbwegs anständig zu dichten.« Wohl auf den frühen Druck jenes Gedichtes bezieht sich auch die Erinnerung *Die Tischdecke* (vgl. Bd.III,2).

2. Die Kriegsjahre (1914–1918)

Am 1.November 1955 ergab sich in B.s Freundeskreis, dem Stammtisch *Unter den Fischen* ein Gespräch, das eine späte Summe aus der für B. lebensbestimmenden Kriegserfahrung zog; Eugen Roth hat es aufgezeichnet:

> Br. war bei der 21.Reserve in Nürnberg-Fürth. [...] Krieg ist Unordnung, war das Leitwort Br.'s, der, abwechselnd mit mir, erzählte. Einiges davon: Unvorstellbare, »dumme« Tapferkeit. Die Freiwilligen glaubten einfach, unter allen Umständen vorgehen zu müssen. Unge-

> heure Verluste. In Comines glaubten die Überlebenden, nun könnte man sie nicht mehr einsetzen, zu ihrer Überraschung aber sahen sie, daß die Kompanien einfach mit Nachschub aufgefüllt wurden. Später waren sie gewitzter, man forderte Artillerie-Unterstützung an. [...] Der General Kiefh[aber] ließ sich, leicht verwundet, auf einer Bahre mittragen und warf Steine auf die Leute, die nicht vorgehen wollten. Die 21. griff am 31.10. Wytschaete an, waren also links von uns. Bestätigung, daß man nur schwer das einzelne wiederherzustellen vermag. Häuserkampf in W., der preußische Unteroffizier, ein rechter, frommer Soldat: Wir müssen hier alle sterben, fassen wir uns ein Herz und gehen wir über die Straße. Das Maschinengewehrfeuer. – Das Nicht-glauben-wollen, daß die Toten wirklich tot sind. Zuerst die Toten, die schon ein paar Tage lagen, die Gesichter tief braun. Hingestreckt, Engländer, Gurkhas, Deutsche. Das Märchen von den langen Messern der Inder. Br. als Meldegänger, Schrapnells, Finger ab. Hing nur noch an der Haut, wurde eiskalt. Zurück nach Com[ines], dort (oder vorher schon) schnitt ein jüdischer Stabsarzt den Finger über einem Mülleimer voller Gliedmaßen ab. Br. kam dann in einen Zug, stieg in Prüfening-Regensburg eigenmächtig aus und ging in das Lazarett der Fürsten Thurn und Taxis. Später Offizierskurs, wieder eigenmächtig hinaus, dann wurde er Leutnant. Dies vorerst. Leider keine Zeit, alles zu schreiben.

Lebensgeschichtliche Dokumente zu B.s Teilnahme am Ersten Weltkrieg werden im Nachlaß und im Kriegsarchiv / München verwahrt.

Für den Dichter B. hatten die Jahre im Feld vorerst keine stilistische Neuorientierung gebracht. Doch lieferte das Kriegserlebnis nun die Stoffe, die auch dem Publikationsort entsprechen.

Im *Wieland*, einer »deutschen Wochenschrift für Kunst und Literatur«, die 1915 als illustriertes Kriegspropagandablatt gegründet wurde, erschienen erste Erzählungen und Gedichte B.s; mit der Übernahme der Redaktion durch Otto Zoff wandelte sich das »grobe Massenblatt [...] in eine literarische Produktions-Zeitschrift von hohem Niveau [...], die seit 1917 den Krieg nicht mehr erwähnt« (Schlawe, S.28); B.s Mitarbeit endete damit.

Weitere Gedichte erschienen zumeist in der Armeezeitung der 6.Armee, einem – nach dem Erscheinungsort – *Liller Kriegszeitung* genannten Blatt von zuletzt mehr als 100000 Stück Auflage (vgl. Karl Kurth, Die deutschen Feld- und Schützengrabenzeitungen des Weltkrieges, Leipzig: Robert Noske 1937, S.31). Zu ihren Mitarbeitern zählte u.a. der Simplicissimus-Zeichner Karl Arnold. Den Inhalt des Blattes beherrschte das Feuilleton (vgl. ebd. S.33). In einer »Denkschrift zum 2.Dez.1917« *Drei Jahre Liller Kriegszeitung* (S.10) beschrieb der Herausgeber Hauptmann Hoecker das literarische Spektrum:

> Bunte Stimmungsbilder aus ruhigen Tagen, ergreifende Schilderungen aus schweren Kampfzeiten, beherzte Mahnungen voll kameradschaftlichen Geistes, lustige Begebenheiten aus Front, Etappe und Heimat [...], feinempfundene Gedichte und zu [be]endende Spottreime, Leitaufsätze, ernste Wissenschaftsarbeit ebenso wie holder Unsinn soldatischen Übermuts.

Zum Thema *Wie ich zur »Liller« kam* steuerte B. in jener Denkschrift (S.18f.) eine Skizze bei:

> Mit 16 Jahren schrieb ich meine ersten Gedichte, die in kleinen Familienzeitschriften erschienen. Als ich 1913 an der Münchener Hochschule eingeschrieben war, beschäftigte ich mich gar nicht mit meinem angeblichen Studium, aber mit allem, was mit Literatur zusammenhing. August 1914 habe ich mich (*selbstverständlich!*) als Kriegsfreiwilliger gemeldet, wurde schon im November verwundet. Seit mehr als zwei Jahren bin ich wieder im vordersten Graben. Die »Liller« lese ich (zum ersten Male in einem Unterstand im Ailly-Wald) schon seit 1915. Juni 1916 (bei Lens war's) schrieb ich, auf dem Bauch auf der Schützenbank liegend, mein erstes Gedicht für die »Liller«.

Mit der Beilage *Kriegschronik der Meggendorfer Blätter* hatte schließlich die Redaktion dieser alteingeführten Unterhaltungszeitschrift »die ›unpolitische‹ Haltung [verlassen] und wandte sich gezielt der Feindagitation zu. [...] Gemeinschafts- und Solidaritätsappelle, Propaganda für die eigene Sache und Durchhalteparolen bestimmten das Bild der Zeitschrift von 1914 bis Kriegsende 1918« (Helmut Herbst, Die Illustrationen der »Meggendorfer Blätter«, in: Oberbayerisches Archiv 106, 1981, S.7-228, hier S.164). B.s Beiträge, bei denen der Autorname zumeist mit dem Zusatz »Leutnant« und/oder »im Felde« versehen ist, verlängern gleichwohl die »gemütliche«, genrehafte Linie, die seit je das Programm der Zeitschrift ausmachte, ins Soldatenleben.

Denn seine Werke verraten vorerst nichts von den literarischen Interessen, wie sie der Regensburger Kriegskamerad Joseph Michtl beschreibt: »Wir versuchten auch im Feld immer literarisch auf dem laufenden zu bleiben und Britting brachte auch die ersten Werke expressionistischer Lyrik angeschleppt.« (Britting – wie ihn Regensburger sahen, in: Mittelbayerische Zeitung, 26.5.1966) Im Rückblick nennt B. auf die Frage nach »in der Arbeit gleichgesinnten Autoren«: »Gustav Sack. Ernst Jünger. Trakl. Lautensack. Rimbaud.« (An Bode, 20.6.1958)

Gegen Ende des Krieges befreundete B. sich mit Hermann Sendelbach, dessen literarische Ambitionen er auch dann weiter fördert, als er selbst sich an der expressionistischen Moderne ausrichtet (vgl. ders., in: Münchner Stadtanzeiger, 25.2.1966). Noch 1953 wirbt der Regensburger Habbel Verlag für dessen Gedichtband *Erdgeschwister* mit einem Urteil B.s:

> Er macht eine schöne Musik, dieser Hermann Sendelbach! Wer es hört, wie er so vor sich hin singt oder pfeift, auf der selbstgeschnittenen Weidenflöte, auch klagt mit tiefem schwerem Orgelton, ihm wird im Herzen wohl und weh zugleich.

Eugen Roth, dessen Versbändchen *Die Dinge, die unendlich uns umkreisen* 1918 in der Sammlung *Der jüngste Tag* erschienen, B. damals kannte, notiert 1938 B.s Erinnerung: »Ich und G. Kölwel seien ihm als unerreichbar große Dichter erschienen.« Curt Hohoff (S.167) teilt aus Gesprächen mit B. vom Anfang der dreißiger Jahre über den Expressionismus in der Nachkriegszeit dazu mit:

> [...] damals war es keine Mode, sondern das vollkommen Neue. Später wurde es allerdings Mode. [...] Sie können sich nicht denken, wie wichtig Leute wie Kokoschka, Kölwel und Edschmid waren. Edschmids *Sieben Mündungen* fanden wir toll – die haben wirklich etwas bedeutet. Rilke ist weltberühmt geworden; aber wer nennt Gottfried Kölwel?

Mit dem Oberpfälzer Landsmann Gottfried Kölwel, der mit Hermann Sendelbach im Briefwechsel stand (vgl. Nachl. Sendelbach), war auch B. jedenfalls bei Kriegsende persönlich bekannt (an Sendelbach, 6.2.1918); dessen *Gesänge gegen den Tod*, die 1914 in der repräsentativen expressionistischen Reihe *Der jüngste Tag* im Kurt Wolff Verlag erschienen waren, »kamen mir sehr früh in die Hand« (an Bode, 20.6.1958); 1918 erkundigte er sich bei Sendelbach nach einem neuen »Kölwel-Buch« (25.2.), offenbar der Gedichtsammlung *Erhebung*, die sich – laut dem Werbetext des Münchner Roland Verlages – auf der ersten Stufe »Beschauung« um die »plastische Gestaltung sensualer Eindrücke« bemühte und damit bereits zur ›nachexpressionistischen‹ Naturdichtung hinführte.

Eine Datierung seiner intensiven Begegnung mit dem Expressionismus auf den Winter 1916/17 legen die spärlichen Kaufvermerke in B.s Bibliothek nahe.

3. Brittings Bibliothek bis 1930

Ein beträchtlicher Teil von B.s Bibliothek hat sich erhalten. Allerdings erlaubt ihre Ordnung keine Rückschlüsse auf den Zeitpunkt der Anschaffung einzelner Bücher; gelegentlich geben eigenhändige Kaufvermerke, selten auch Widmungen von fremder Hand darüber Aufschluß. Solche Daten werden in der folgenden Übersicht am Schluß des jeweiligen Eintrages in [] beigefügt. Auch fehlen Lesespuren, Anstreichungen u.ä. Eine Ordnung in der Aufstellung läßt sich nicht erkennen. Im Folgenden werden deshalb jene mehr als 110 Bände, die vor 1930 erschienen sind, verzeichnet (mit einigen wenigen Ergänzungen, die den Gesamtbestand eines Autors komplettieren oder in jene Jahre zurückweisen). Dabei wurden nach einem groben literarhistorischen Schema Gruppen gebildet; sie erlauben es immerhin, die zunächst schmale, individualistische und darin doch wieder zeittypische Traditionsaneignung B.s festzustellen (I) und seine breite Kenntnis der expressionistischen Gegenwartsliteratur zu erschließen (III). Die Abfolge innerhalb der Gruppen ist alphabetisch, nur in der ersten wurde ein – wiederum grobes – chronologisches Schema gewählt; Anthologien sind vorangestellt.

I. Ältere Literatur

1] Heraklit. *Fragmente* (=Tusculum Bücher). München: Heimeran 1926.
2]*Die großen Trobadors*. Deutsch von Rudolf Borchardt. München: Verlag der Bremer Presse 1924.
3] Li-Tai-Pe. Nachdichtungen von Klabund. (= Insel Bücherei Nr.201). Leipzig: Insel [1916]. [1916].
4] Villon, François. *Balladen*. Übertragen von K.L.Ammer. Mit einem Sonett von Bertolt Brecht. Berlin: Kiepenheuer 1930.
5] *Die Balladen und lasterhaften Lieder des Herrn François Villon in deutscher Nachdichtung von Paul Zech*. Weimar: Erich Lichtenstein Verlag 1931.
6]*Erbauliche Predigten [des Barock]*. Hg.v. Peter Jerusalem. München: Albert Langen 1914.
7]Gryphius, Andreas. *Das dunkle Schiff*. Hg.v. Klabund. (= Kleine Roland Bücher 1). München: Roland 1921.
8]Reuter, Christian. *Schelmuffskys wahrhaftige, kuriöse und sehr gefährliche Reisebeschreibung*. Hg. v. Gottlieb Fritz. (= Hausbücherei der Deutschen Dichter-Gedächtnis-Stiftung 41). Hamburg: [Verlag der Stiftung] 1912.
9] Hölderlin, Friedrich. *Die späten Hymnen*. Hg. v. Rudolf von Delius. Hannover: Paul Steegemann o.J. (= Die Silbergäule, 119-125).
10] Keats, John. *Gedichte*. [=] Englische Dichter in Übertragung von Alexander von Bernus, Band I. Karlsruhe: Dreililienverlag 1911.
11] Hugo, Victor. *Über Voltaire*. (= Die Bücherei »Der Rote Hahn«). Berlin-Wilmersdorf: Verlag »Die Aktion« 1917.
12] Vigny, Alfred de. *Sklaventum und Größe des Soldaten*. Freiburg: Pontos [1925].
13] Kaśinski, Zygmunt. *Die ungöttliche Komödie*. [1833]. (=Liebhaber-Bibliothek 45). Weimar: Gustav Kiepenheuer 1917.
14] *[Ferdinand Georg] Waldmüller. Bilder und Erlebnisse*. Mit einer Einleitung von Georg Jacob Wolf. München: Delphin [1917].
15] Engel, Eduard (Hg.) *Deutsche Meisterprosa*. Braunschweig: Westermann 1913.

16] Tolstoi, Leo. *Der Fremde und der Bauer.* (= Die Bücherei »Der Rote Hahn« 3). Berlin-Wilmersdorf: Verlag »Die Aktion« 1918.
17] Rimbaud, Arthur. *Leben und Dichtung.* Übertragen u. herausgegeben v. K.L.Ammer, eingel. v. Stefan Zweig. Leipzig: Insel 1921.
18] —. *Leben, Werk, Briefe.* Übertragen u. herausgegeben von Alfred Wolkenstein. Berlin: Internationale Bibliothek 1930.

II. Literatur um 1900

Besprochen hatte B. außerdem in den *Regensburger Neuesten Nachrichten*:
Alfred von Berger, *Hofrat Eysenhardt* (22.1.1912); Hans Heinrich Borcherdt, *Karl Hauptmann* (14.8.1911); M.Herbert, *Die Schicksalsstadt* [Regensburger Roman] (13.8.1912); Herbert Eulenberg, *Das keimende Leben* (11.9.1911); Kurt Kamlah (vgl. Nr.26) (10.4.1912); Ernst Krauß (vgl. Nr.27) (21.5.1912); Rolf Lauckner *Gedichte* (10.9.1912); Ernst Lissauer, *Der Acker. Dichtungen* (4.12.1911); Hermann Löns, *Der Wehrwolf. Eine Bauernchronik* (20.11.1911); Emil Lucka, *Buch der Liebe. Gedichte* (18.6.1912); Elsa Mayer, *Es fiel ein Reif ... Geschichten und Verse* (11.9.1911); Richard M. Meyer, *Die 100 besten Gedichte* (20.11.1911); Hans Müller, *Das Wunder des Beatus. Drama* (23.11.1911); Dr. Owlglaß, *Gottes Blasbalg*, (23.9.1912); Ludwig Riemer, *Neue Gedichte* (14.8.1911); Hugo Salus, *Christa. Ein Evangelium der Schönheit*, 6.11.1911; Hedda Sauer, *Gedichte* (7.10.1912); F.Schrönghammer-Heimdahl, *Wo die blaue Blume blüht. Ein Reimbuch deutscher Art* (21.10.1911).

19] *Hyperion Almanach 1911.* München: Hyperion Verlag Hans von Weber 1911.
20] *Detlev von Liliencron. Erinnerungen und Urteile.* Hg. v. Fritz Böckel. Leipzig: Xenien Verlag 1912. [1917]
[Bernus]. Vgl. Nr.10.
21] Dauthendey, Max. *Ausgewählte Lieder aus sieben Büchern.* München: Albert Langen 1914. [1921]
22] Ernst, Otto. *Aus meinem Sommergarten. Humoristische Plaudereien.* Leipzig: Staackmann 1913.
23] George, Stefan. *Der siebente Ring.* 3.Aufl. Berlin: Bondi 1914.
24] —. *Gedichte.* Hg.v. Friedrich Wolters. (=Hirt's Deutsche Sammlung, Lit.Abt. I,6). Breslau: Hirt [1930].
25] Goltz, Joachim Freiherr von der. *Deutsche Sonette.* 2. u. 3.Aufl. Berlin: Bruno Cassirer 1916. [August 1917]
[Hartleben]. Vgl. Nr.26.
26] Kamlah, Kurt. *Die Erziehung zum Lyriker durch Otto Erich Hartleben.* Düsseldorf: Schmitz & Olbertz 1912. [Besprechungsexemplar].

27] Krauss, Ernst. *Leben und Liebe. Gedichte.* Leipzig: Xenien Verlag 1912. [Besprechungsexemplar].
28] Liliencron, Detlev von. *Bunte Beute.* (= Sämtliche Werke, Bd.10). 8.Aufl. Berlin u. Leipzig: Schuster u. Loeffler o.J.
[—]. Vgl.Nr.10.
29] Maeterlinck, Maurice. *Gedichte.* Verdeutscht von K.L.Ammer u. Friedrich von Oppeln-Bronikowski. Jena: Diederichs 1906.
30] Morgenstern, Christian. *Über die Galgenlieder.* Berlin: Bruno Cassirer 1921.
31] Paquet, Alfons. *Der Sendling.* (=Hausbücherei der Deutschen Dichter-Gedächtnis-Stiftung 53). Hamburg: [Verlag der Stiftung] 1914.
32] Schaukal, Richard. *Verse. Der ausgewählten Gedichte erster veränderter Teil.* München: Georg Müller 1909.
33] —. *Bilder. Der ausgewählten Gedichte zweiter erweiterter Teil.* München: Georg Müller 1909.
34] Wedekind, Frank. *Erdgeist. Tragödie.* 8.Aufl. München: Georg Müller o.J. [Februar 1919]

III. Die zeitgenössische Literatur

B.s frühe Besprechung der Anthologie *Der Kondor* vgl. S.38f.
35] *Das bunte Buch.* Leipzig: Kurt Wolff 1914. [August 1917]
36] *Aussaat. Prosa und Verse einer neuen Jugend.* Hg. v. Oskar Maurus Fontana. Konstanz: Reuß & Itta 1915. [August 1917]
37] *Tschechische Anthologie. Vrchlický – Sova – Březina.* Übertragen von Paul Eisner. Leipzig: Insel o.J. [1917]
38] *Menschheitsdämmerung. Symphonie jüngster Dichtung.* Hg. v. Kurt Pinthus. Berlin: Rowohlt 1920.
39] *Die Entfaltung. Novellen an die Zeit.* Berlin: Rowohlt 1921.
40] *Die neue Welt. Eine Anthologie jüngster amerikanischer Lyrik.* Hg.u.übers. v. Claire Goll. Berlin: S.Fischer 1921.
41] Adler, Paul. *Elohim.* Dresden Hellerau: Hellerauer Verlag 1914.
42] Barrès, Maurice. *Der Mord an der Jungfrau.* Übers.v. Heinrich Lautensack. (=Der jüngste Tag 10). Leipzig: Kurt Wolff 1913.
43] Benn, Gottfried. *Gehirne. Novellen.* (=Der jüngste Tag 35). Leipzig: Kurt Wolff 1916.
44] Bockemühl, Erich. *So still in mir. Gedichte.* Groß-Lichterfelde: Charon Verlag 1911.
45] Boldt, Paul. *Junge Pferde! Junge Pferde!* (=Der jüngste Tag 11). Leipzig: Kurt Wolff 1914. [November 1916; vgl. die Buchempfehlung Si I, S.16]
46] Borchardt, Rudolf. *Schriften. Prosa I.* Berlin: Rowohlt 1920. [1926]
[—]. Vgl. Nr.2.

47] [Brecht] *Bert Brechts Hauspostille*. Berlin: Propyläen 1927.

[—]. Vgl. Nr.4.

48] Brod, Max. *Die erste Stunde nach dem Tode. Eine Gespenstergeschichte*. (=Der jüngste Tag 32). Leipzig: Kurt Wolff 1916.

49] Burschell, Friedrich. *Die Einfalt des Herzens*. (=Die Neue Reihe 22). München: Roland 1919.

50] Čapek, Josef. *Der Sohn des Bösen*. (=Die Bücherei »Der Rote Hahn« 24/25). Berlin-Wilmersdorf: Verlag »Die Aktion« 1918.

51] Däubler, Theodor. *Die Treppe zum Nordlicht*. Leipzig: Insel 1920.

52] Edschmid, Kasimir. *Das rasende Leben. Zwei Novellen*. (=Der jüngste Tag 20). Leipzig: Kurt Wolff 1915.

53] Ehrenstein, Alfred. *Nicht da. Nicht dort*. (=Der jüngste Tag 20). Leipzig: Kurt Wolff 1916.

54] Goll, Iwan. *Der Torso. Stanzen und Dithyramben*. München: Roland 1918. [1919]

[Goll, Claire, geb. Studer]. Vgl. Nr.40, 102.

55] Grünewald, Alfred. *Sonette an einen Knaben*. Leipzig, Prag, Wien: Verlag Ed.Strache 1920.

56] Heiseler, Henry von. *Die drei Engel*. München: Heimeran 1926.

57] Heller, Paul. *Gedichte. Aus dem Nachlaß*. Leipzig, Prag, Wien: Verlag Ed.Strache 1920.

58] Jung, Franz. *Der Sprung aus der Welt. Ein Roman*. (=Aktions-Bücher der Aeternisten 7). Berlin-Wilmersdorf: Verlag »Die Aktion« 1918.

59] Kafka, Franz. *Die Verwandlung*. (=Der jüngste Tag 22/23). Leipzig: Kurt Wolff 1915.

60] —. *Der Heizer. Ein Fragment*. (=Der jüngste Tag 3). 2.Aufl. Leipzig: Kurt Wolff 1916.

61] —. *Das Urteil. Eine Geschichte*. (=Der jüngste Tag 34). Leipzig: Kurt Wolff 1917.

62] —. *In der Strafkolonie*. Leipzig: Kurt Wolff 1919. [1919]

63] Kasack, Hermann. *Der Mensch. Verse*. München: Roland 1918. [September 1919]

[Klabund]. Vgl. Nr.3, 7.

64] Kölwel, Gottfried. *Gesänge gegen den Tod*. (=Der jüngste Tag 17). Leipzig: Kurt Wolff 1914. [November 1916]

65] Kulka, Georg. *Der Stiefbruder. Aufzeichnung und Lyrik*. Leipzig, Prag, Wien: Verlag Ed.Strache 1920.

66] Lautensack, Heinrich. *Medusa. Aus den Papieren eines Mönches*. Stuttgart: Axel Juncker 1904.

67] —. *Cabaret. Schwank und Satire*. Berlin: Harmonie [1906].

68] —. *Hahnenkampf. Eine Komödie*. Berlin-Wilmersdorf: A.R.Meyer 1908.

69] —. *Jud und Christ. Christ und Jud. Ein poetisches Flugblatt.* Berlin-Wilmersdorf: A.R.Meyer 1908.

70] —. *Documente der Liebesraserei. Die gesammelten Gedichte.* Berlin: A.R.Meyer 1910.

71] —. [Besprechungen von:] Hans Carossa, *Gedichte*, 2.Aufl., Leipzig 1912; [u.] ders. *Dr.Bürgers Ende*, ebd. 1913. [Lose eingelegt in Nr.70].

72] —. *Das Gelübde. Schauspiel.* Berlin: Gurlitt 1919.

73] —. *Die Pfarrhauskomödie. Carmen Sacerdotale. Drei Szenen.* Berlin: Gurlitt 1920.

74] —. *Leben, Taten und Meinungen (kurz zusammengefaßt) des sehr berühmten russischen Detektivs Maximow.* Berlin: Rowohlt 1920.

75] —. *Totentanz.* Berlin-Wilmersdorf: A.R.Meyer 1923. [—]. Vgl. Nr.42.

76] Lehmann, Wilhelm. *Der Bilderstürmer.* Berlin: S.Fischer 1917.

77] Loerke, Oskar. *Chimären-Reiter.* München: Roland 1919.

78] Lorenz, Karl. *Gedichte.* Berlin: Wilhelm Borngräber 1914.

79] Michel, Robert. *Gott und der Infanterist.* Berlin: S.Fischer 1919.

80] Mombert, Alfred. *Der himmlische Zecher. Ausgewählte Gedichte.* Berlin: Schuster u. Loeffler 1909. [Dezember 1917]

81] —. *Musik der Welt. Aus meinem Werk.* (=Insel Bücherei 181). Leipzig: Insel o.J. [1917]

82] Müller, Robert. *Das Inselmädchen.* (=Die Neue Reihe 14). München: Roland 1919.

83] Mynona [d.i.: Salomo Friedlaender]. *Schwarz – Weiß – Rot. Grotesken.* (=Der jüngste Tag 31). Leipzig: Kurt Wolff 1916.

84] Neumann, Alfred. *Neue Gedichte.* München: Georg Müller 1920.

85] Pannwitz, Rudolf. *Die Krisis der europäischen Kultur.* Nürnberg: Hans Carl 1917.

86] —. *Baldurs Tod. Ein Maifestspiel.* Nürnberg: Hans Carl 1917. [Unaufgeschnitten]

87] —. *Das Lied vom Elen* [=] *Mythen I.* Nürnberg: Hans Carl 1919. [Unaufgeschnitten]

88] —. *Grundriß einer Geschichte meiner Kultur 1881-1906.* Regensburg: Franz Ludwig Habbel 1921.

89] Sack, Gustav. *Gesammelte Werke in zwei Bänden.* Hg.v. Paula Sack. Berlin: S.Fischer 1920.

90] Schickele, René. *Aïssé. Novelle.* (=Der jüngste Tag 24). Leipzig: Kurt Wolff 1916.

91] —. *Schreie auf dem Boulevard.* 2.Aufl. Berlin: Paul Cassirer 1920.

92] —. *Weiß und Rot. Gedichte.* 2.Aufl. Berlin: Paul Cassirer 1920.

93] —. *Am Glockenturm. Schauspiel.* Berlin: Paul Cassirer 1920. [1921].

94] Schnack, Friedrich. *Das kommende Reich. Gedichte.* Hellerau: Jakob Hegner 1920.

95] Schürer, Oskar. *Drohender Frühling. Gesänge und Stanzen.* (=Die Neue Reihe 16). München: Roland 1919.
96] Schwob, Marcel. *Der Kinderkreuzzug.* (=Der jüngste Tag 16). Leipzig: Kurt Wolff 1914.
97] Sendelbach, Hermann. *Aufgesang. Gedichte.* München: Arche o.J. [Widmungsexemplar 1928]
98] —. *Ein Weg. Vierzeiler.* München: Arche o.J. [Widmungsexemplar 1929]
99] Sternheim, Carl. *Meta. Eine Erzählung.* (=Der jüngste Tag 21). Leipzig: Kurt Wolff 1916.
100] —. *Prosa.* (=Die Bücherei »Der Rote Hahn« 12). Berlin-Wilmersdorf: Verlag »Die Aktion« 1918.
101] Stieler, Hilde. *Der Regenbogen.* (=Die Bücherei »Der Rote Hahn« 17). Berlin-Wilmersdorf: Verlag »Die Aktion« 1918.
102] Studer, Claire. *Der gläserne Garten. Zwei Novellen.* (=Die Neue Reihe 17). München: Roland 1919. [Vgl. Claire Goll]
103] Unruh, Fritz von. *Vor der Entscheidung. Ein Gedicht.* Berlin: Erich Reiß 1919. [Ab S.77 unaufgeschnitten]
104] Viertel, Berthold. *Die Spur.* (=Der jüngste Tag 13). Leipzig: Kurt Wolff 1913. [November 1916]
105] [Weil] Robert Weil (Homunkulus). *Rück näher Bruder. Roman meines Lebens.* Wien: Wiener literarische Anstalt 1920.
106] Weissmann, Maria Luise. *Gesammelte Dichtungen.* München-Pasing: Heinrich F.S. Bachmair 1932.
107] Werfel, Franz. *Gesänge aus den drei Reichen. Ausgewählte Gedichte.* (=Der jüngste Tag 29/30). Leipzig: Kurt Wolff 1917.
108] Wiese, Leopold von. *Nava. Eine Erzählung aus Ceylon.* Jena: Diederichs 1923.

IV. Sonstiges

109] Blüher, Hans. *Secessio Judaica. Philosophische Grundlegung der historischen Situation des Judentums und der antisemitischen Bewegung.* Berlin: »Der weiße Ritter«-Verlag 1922.
110] Landsberger, Artur (Hg.). *Das erwachte Gewissen. Feldpostbriefe eines hohen englischen Offiziers an seine Frau.* München: Georg Müller 1918.
111] Kittel, Carl. *Geschminkte Schnurren.* Bayreuth: Carl Gießel 1925.
112] Mann, Thomas. *Betrachtungen eines Unpolitischen.* Berlin: S.Fischer 1918.
113] Quabbe, Georg. *Tar a Ri. Variationen über ein konservatives Thema.* Berlin: Verlag für Politik und Wirtschaft 1927.
114] Schöttler, Horst. *Weltgeschichte in einer Stunde.* (=Zellenbücherei 11). Leipzig: Dürr & Weber 1920.

4. Die Nachkriegszeit in Regensburg

Der Kritiker der Regensburger Aufführung von *Paula und Bianka* (vgl. S.662f.) erinnert – offenbar aus persönlicher Vertrautheit mit B. – 1928 nochmals an die prekäre Stellung der Kriegsgeneration unter den Autoren des Expressionismus:

> Es sind die, deren Leben der Krieg mitten auseinander riß. Wie eine blutrote Zäsur schied das Kriegserlebnis den Jüngling vom Mann. Wie ein giftiges Maul fraß es die Jahre aus ihrem Leben, in denen Eigenart im Menschen sich zu formen beginnt (Ziel des Krieges war es aber, zahm ausgedrückt, die Menschen zu uniformieren), in denen Eigenart und Können sich durchzusetzen gewillt sind. Für den Künstler also eminent wichtige Jahre. Alle diese engeren Zeitgenossen Brittings erfuhren das unvermittelt in ihren Entwicklungsorganismus eintretende Kriegserlebnis sowohl als eine Hemmung als auch als aufgedrängte Umformung. Das ist bestimmend für ihre Eigenart, ist bestimmend für ihre Stellung in der Literatur: sie sind die Generation derer, die keine eigentlichsten Zeitgenossen haben. Ihre Altersgenossen, deren Seelen und Verständnis der Frontkrieg gleich oder ähnlich geformt hat, die ihr Werk also am stärksten ansprechen könnte, hat der Krieg dezimiert, wie kein anderes Lebensalter. Der Krieg nahm ihnen die Zeit weg, in der sich andere durchzusetzen beginnen und als sie nach dem Kriege und in und nach den Aufregungen der Revolutionsjahre sich durchzusetzen versuchten, kam schon die nächste Generation derjenigen, die den Krieg noch als Knaben und Jünglinge erlebten und nun die Literatur mit einem mehr lauten als edlen Geschrei einer neuen Jugend erfüllten. Für diese sind Leute wie Britting zu alt, zu wissend, zu geformt. Für die Alten aber, die einen gewissen gewachsenen Konservativismus nicht mehr ablegen können, waren sie ebenso unverständlich wie heute die Jüngsten. Dem Bestreben, diese Generation durchzusetzen oder doch ihr Sprachrohr zu sein, diente die *Sichel*.
> (Volkswacht, 13.11.1928)

Nach längerem Lazarettaufenthalt war B. im Frühjahr 1919 in seine Heimatstadt zurückgekehrt. »[...] von dem etwas abseits gelegenen Regensburg her« versuchte er, »eine kleine Position im Kulturbetrieb der Nachkriegszeit zu gewinnen. [...] Dabei ordnete er sich dem Expressionismus der Jahre 1919/20 weitgehend ein.« (Bode, S.3) Die Aufmerksamkeit der literarischen Öffentlichkeit erregte dabei vor allem die von Josef Achmann, mit dem sich B. nun eng befreundete, und B. herausgegebene *Sichel*, »eine literarisch und künstlerisch ausgezeichnete Zeitschrift, die, eben weil sie am Zeitgeist gemessen so aktuell war, von den Regensburgern als echten Provinzlern entweder mit Entrüstung zurückgewiesen, mit Lachen abgetan, höchstens mit einem Kopfschütteln gelten gelassen wurde.« (»Paula und Bianka«-Rez.) Die doppelte Blickrichtung auf das skandalisierte regionale Publikum und die national maßstabsetzende und fast schon etablierte literarische Avantgarde ist bezeichnend für B.s literarisches Wirken von 1919 bis 1921.

Neben der *Sichel* erschienen – zeittypisch als graphisch gestaltete Pressedrucke (vgl. B.s späteres Urteil S.185) – der Prosaband *Der verlachte Hiob* und die Komödie *Das Storchennest* (vgl. S.626). Mehrmals angekündigt (vgl. Si II, S.56, 68) wurde ein Gedichtband »Der Verbannte in die Kugel« (beim Novemberverlag, Kiel) und ein Prosaband »Blutvergiftung« (beim Verlag Die Wende, München) – sie »sind nicht nur nie erschienen, auch nie geschrieben worden, sind nur geplant gewesen« (an Bode, Juni 1958). Indessen hatte er doch seit Anfang 1919 »an einem Bändchen Verse« gearbeitet (an Sendelbach, 20.1.1919) und noch Anfang 1921 R. A. Dietrich um Vermittlung eines Verlages gebeten.

Außer den in seiner Bibliothek vertretenen Autoren hatte B. schon früh »Trakl und Heym, die ›Klassiker‹ des ›Expressionismus‹,« kennen (an Bode, 8.4.1959), freilich erst später schätzen gelernt (vgl. S.38f.).

So reagierte seine Erzählung *Die Irren* (S.91f.) auf die »Konfrontation eines einseitig erweiterten Menschenbildes mit der Gewöhnlichkeit« in Heyms 1913 aus dem Nachlaß veröffentlichter Novelle *Der Irre*: »Der Ausbruch des Erschreckenden bietet keine große Erschütterung mehr. Das Abnorme, selbst wieder konventionell geworden, wird isoliert dargestellt.« (Bode, S.3) Mit der Übernahme und virtuosen ›Zertrümmerung‹ (vgl. S.602) avantgardistischer Schemata verwandelte sich B.s früheres Bedürfnis nach Anlehnung (vgl. S.572) in eine Form dichterischen Selbstbewußtseins. Paul Scheerbarts Visionen einer gläsernen Welt regten ihn wohl zu seinem »Märchen« *Die Glaswolke* an; die Szenerie von Gefangenschaft und Hinrichtung – etwa im *Fest der Vierhundert* (S.109ff.) –, die pathologischen Grenzzustände und die Verknüpfung von Selbstmord, Erotik, Wahnsinn begegneten ihm in den an Edgar Allan Poe geschulten *Mordnovellen* von German Rüger, die 1914 (bei Georg Müller in München) erschienen waren. Der jung verstorbene Rüger war seit der Vorkriegszeit mit Achmann befreundet, und die *Sichel* empfahl sein Buch (vgl. Si I, S.16, sowie S.76; dazu Achmann-Kat., Nr.5). Vor allem *Der Selbstmörder* (S.194ff.) und *Der Insektenstich* (S.201f.) variieren die Verschränkung von Lebenswillen und schicksalhaft-zufälligem Tod aus Rügers Novelle *Der Verbrecher wider Willen* (bes. ebd. S.5f.).

Eine eigene Gruppe bilden B.s damals entstandene Werke mit biblischen

Motiven; er habe seinerzeit, so berichtet er Alex Wetzlar am 2. März 1948, viel in der Bibel gelesen, und erklärt in einem Brief an Dietrich Bode vom 4. Februar 1959 zum Stichwort –

> Legendengedichte: ich bin in Bayern daheim, wo Katholizismus im Brauchtum verwurzelt ist, wo an jeder Ecke eine Barockkirche steht, es Hinterglasmalereien gibt, Krippen unter jedem Christbaum stehen – natürlich bin ich davon beeinflußt, von Kind auf, das Thema drängt sich auf – [...] cum grano salis möchte sagen wie Maurois (glaube ich): Ich bin Atheist, aber selbstverständlich katholisch! Oder auch: ein protestantischer Bayer ist katholischer als ein katholischer Preuße!
> (An Bode, 4.2.1959)

Nach den Glaubensdebatten mit Eugen Roth in den vierziger Jahren (vgl. Almanach, S.80ff.; Komm. zu Bd.II) wurde jene Wendung von André Maurois fast zu einer Formel B.s für sein eigentümliches Verhältnis zum Christentum (vgl. an Jung, 7.12.1952).

Freilich verläuft die Stoffgeschichte seines Werkes wiederum parallel zur Geschichte des Expressionismus; der »Gottgedanke« sei, so stellte Ferdinand Gregori in einem Überblick von 1923 fest, »der heimliche Kaiser der Lyrik« geworden: »Man greift in die Gefühlssphären urtümlichen Christentums zurück und zieht daraus ganz gewiß fruchtbarere Kräfte als aus unserem konfessionellen Kirchenbetriebe«; daneben wird, der um diese Zeit einsetzenden Naturlyrik B.s entsprechend, »die Erdverbundenheit« als das komplementär andere Merkmal herausgestellt. (Die Vertikale und die Horizontale in der Jahreslyrik, Die Literatur, 26, 1923/24, S.147-155, hier S.148, 152)

Nicht ungewöhnlich war auch B.s Versuch einer Neudeutung der großen, »mythischen« Gestalten der Weltliteratur – Don Quichotte, Don Juan, Hamlet und Faust (vgl. S.656 u. Bd.III,1) – neben den säkularisierten Leitfiguren des Expressionismus, vor allem dem ›verlorenen Sohn‹ (vgl. Anm. zu S.95) und ›Kain‹, dem Urbild des Rebellen (etwa auch in der in München erscheinenden Zeitschrift *Kain* des Anarchisten Erich Mühsam).

In der *Sichel* finden sich noch Spuren eines revolutionären Veränderungswillens, den mißgünstige Rezensenten als »Literatenpolitik« abwerteten (vgl. S.598). »Der jetzige expressionistische Sturm und Drang«, so erklärte Otmar Best 1919 im Augustheft der Zeitschrift, »setzt sich den Zweck, ›die Welt zu ändern‹. (Aus diesem Grunde ist er auch so politisch und revolutionär.)« (Si I, S.34) Empfohlen wurde die Lektüre von Walter Hasenclevers *Der politische Dichter* (Si I, S.75) und des pazifistischen Romans von Henri Barbusse *Das Feuer* (Si I, S.56), nachgedruckt Romain Rollands *Für die Unabhängigkeit des Geistes* (Si I, S.60f. Vgl. bes. noch unten S.599).

In einem Brief an Hermann Sendelbach hatte B. jedoch am 20.Januar 1919 seine Einstellung charakterisiert:

> Politisch bin ich persönlich Anarchist, der Partei nach Mehrheitssozialist. Im übrigen möchte ich mei Ruah haben, anständige Verpflegung und für mich arbeiten können. Im tiefsten Grund meines Herzens ist mir aber Politik sauwurscht. Das ist zwar jetzt verboten zu sagen, aber Sie werdens schon nicht weitersagen. Ich gebe die Parole aus: Es lebe der Egoismus u. d. Individualismus. »Alles für einen«.

Dennoch wirkte B. während der Rätezeit in Regensburg im Arbeiter-und Soldatenrat mit. Zusammen mit dem Journalisten Georg Wolf, den er noch in seinem späten *Eglseder*-Fragment porträtiert (vgl. Anm. zu S.205, sowie Bd.V), besetzte er Ende Februar das Redaktionsbüro des *Regensburger Anzeigers* (Zeitungsgeschichte, S.20); das Blatt stand vom 25.Februar bis zum 6.März 1918 unter Vorzensur, wiederum dann vom 8. bis zum 11.April, unmittelbar nach Ausrufung der Räterepublik. Der *Regensburger Anzeiger* begriff sich als »einer der Hauptvorkämpfer gegen die Marxistische Revolution und Irrlehre überhaupt« und »arbeitete [...] entschlossen an der Sammlung und Erstarkung der christlichen und vaterländischen Gegenkräfte gegen Anarchie und Auflösung der staatlichen Ordnung« (Zeitungsgeschichte, S.21); die Zeitung war »das Sprachrohr« der *Bayeri-*

schen Volkspartei Georg Heims, welche ihr früherer Chefredakteur und bayerischer Ministerpräsident seit 1924, Heinrich Held, mitbegründet hatte (Zeitungsgeschichte, S.23). Demokratie lehnte sie als »die Welt- und Lebensauffassung der schillernden Oberflächlichkeit« ab (5.10.1918), und ihr wurde daher im Namen des Arbeiter-und Soldatenrates am 21.November 1918 (wie die *Neue Donau-Post* am 24.November berichtete) eine »volksverhetzende Schreibweise« vorgeworfen. Seither führte der *Anzeiger* (vgl. die Nummer vom 23.11.1918) eine erbitterte Fehde gegen die »Preßfrechheit« der *Neuen Donau-Post* wie ehemals gegen die liberalen *Regensburger Neuesten Nachrichten* (vgl. S.571).

Wie einst bei diesen war B. jetzt beim Feuilleton der mehrheitssozialistisch ausgerichteten *Neuen Donau-Post* fester Mitarbeiter, nun allerdings für die Theaterkritik zuständig. Unter der Sigle »Tting« (vgl. die Abb. S.586) focht er für das Recht der künstlerischen »Moderne« in der Provinz, während das politische Interesse bald zurücktrat (vgl. Schmitz/Ziegler, S.20).

An den erneuten Schwung, den die expressionistische Bewegung mit Kriegsende gewann, denkt Rudolf Adrian Dietrich, einer der *Sichel*-Mitarbeiter, zurück:

> [...] zu den Dokumentationen des Expressionismus zwischen 1910 und 1923 gehören gleichfalls Manifeste und andere Druckwerke, vor allem Periodika, die in Orten erschienen, die zuvor durchaus keinen Wert darauf legten, als künstlerische oder literarische Zentren zu gelten (im Gegenteil). Mittlere Städte wie Kiel [...] oder Regensburg (wo Georg Britting gemeinsam mit dem Maler Josef Achmann die Monatsschrift *Die Sichel* herausbrachte). [...] Nicht nur in den Zentren [...] »entstand« expressionistische Kunst und Dichtung, ohne besondere lokale Voraussetzungen! – Ebenso in der »äußersten Provinz«, in Regensburg oder Konstanz.
>
> (Raabe, Expressionismus, S.272)

Am Wirken B.s und seines Kreises läßt sich modellhaft diese Ausbreitung der ursprünglich auf die literarischen Metropolen beschränkten expressionistischen Literaturrevolte in der Provinz beobachten (vgl. S.598). Die Institutionen der literarischen Öffentlichkeit – Zeitungen und Zeitschrift, Theater, Verlag – wurden umkämpft; neue, zeitgemäße Medien wurden gesucht.

So schrieb B. zusammen mit Joseph Michtl auch ein Filmdrehbuch; *Dr. Usnochs Duell mit dem Verhüllten*, eine Variation des Horrorfilm-Motivs von der Rache der Mumie – vielleicht mit jenem antiklerikalen Akzent, der auch sonst in B.s Regensburger Fehden begegnet –, wurde freilich nie realisiert (vgl. W.Schmitz, Georg Britting und das Kino, in: Regensburger Almanach 1989).

Wie ihm, einem literaturbegeisterten Gymnasiasten, Anfang 1920 der bewunderte »Nonkonformist« B. zuerst als Verlagslektor begegnete, hat Hermann Seyboth berichtet. (Britting und Regensburg, Mittelbayerische Zeitung, 11./12.2.1961) Briefe B.s an Dietrich und an Paul Zech zeugen von dieser Lektorentätigkeit, die sich Anfang 1921 auf den Start einer Reihe mit modernen Dichtungen konzentrierte:

> März 1921
>
> Sehr verehrter Herr Paul Zech, wann kann ich das »Herz hinter dem Herzen« haben? Ich bräuchte es bis *spätestens* Ende der nächsten Woche (20.März), wenn Sie bei den ersten zehn Bänden dabei sein wollen. Es wird in diesen ersten zehn vertreten sein: J.R.Becher, Haringer, Dietrich, Friedrich Schnack, Pulver, Pannwitz etc. Die zweiten zehn Bände folgen erst im Herbst.
>
> Ergebenen Gruß
>
> Britting

> Lieber Dietrich, inzwischen wird doch endlich die Honorarangelegenheit mit Habbel erledigt sein. Ihr Tanzbuch wird sogleich, als erstes, in Angriff genommen. Ich fahre am Montag zu Achmann nach München, der einen Umschlag für das Buch entwerfen wird. [...]
>
> Bringen Sie von meinen Sachen was in den *Menschen* [Literaturzeitschrift in Dresden, damals herausgegeben von Walter Hasenclever]? Besteht die Möglichkeit, daß *Das neuste Gedicht* ein Bändchen von mir bringt? [...]

Verlagsinhaber waren Franz Ludwig Habbel und Georg Naumann; das Programm wird 1924 in einer Broschüre *Habbel & Naumann Verlag. Werk und Richtung* umrissen:

> Immer waren wir darauf bedacht, mit den positiven Kräften der Nation in Verbindung zu bleiben und uns für die jüngste Kunst, soweit sie uns von hervorragendem Können und großer Menschlichkeit zu sein schien, einzusetzen. [S.3]

In seinen Erinnerungen *Gelächter von außen* (München: dtv 1983, S.265) berichtet Oskar Maria Graf:

> Eines Nachmittags suchte mich ein hochgewachsener, blonder junger Mann auf, lächelte einnehmend kulant, als er mir die Hand drückte, und sagte: »Herr Graf, ich bin ihr Verleger Habbel aus Regensburg. Ihre Freunde Britting und Achmann lassen Sie grüßen. Sie sind auch meine Freunde, Schulkameraden. Herr Graf, Sie bekommen laut unserem Vertrag von Ihrem Indianerbuch die zweite Vorschußhälfte und noch was vom bisherigen Verkauf. [...] Geld [...], sogar schon festes, solides!« [...] Ich [...] sagte: »Ja jetzt sagen Sie mir bloß, warum haben denn die Wahnsinnigen so einen verrückten politischen Krach gemacht, wenn's

jetzt auf einmal ganz ruhig und ordentlich auch geht?« [...] »Politik, Herr Graf, hat mich noch nie interessiert«, meinte der nette Mensch, nahm die unterschriebene Quittung und holte aus seiner Aktentasche die letzte Nummer der literarischen expressionistischen Zeitschrift *Die Sichel*, die Britting und Achmann in seinem Verlag herausgaben. »Schicken Sie uns bald wieder ein paar schöne Sachen, Herr Graf. Sie werden jetzt sofort nach Annahme honoriert -«

Die Sichel erschien allerdings nicht bei Habbel; doch tauchen viele ihrer Mitarbeiter unter den Autoren und Illustratoren der Habbelschen Buchproduktion wieder auf. Solange der von Franz Ludwig Habbel herausgegebene *Weiße Ritter*, eine »Führerzeitung« der Jugendbewegung, die Auseinandersetzung mit der modernen Kunst suchte, wurden vor allem die *Sichel*-Mitarbeiter berücksichtigt: Man stellte bis 1921 Holzschnitte von Alfred Zacharias (2, 1919/20, S.218) und von Achmann – einen St.Georg (3, 1920/21, S.64) – vor, widmete überdies im dritten Jahrgang kulturellen Fragen ein eigenes Heft, das sich auf die aktuelle Romantik-Debatte konzentrierte, jedoch auch Gedichte von Jakob Haringer enthielt. B.s Kontakte zur ›Jugendbewegung‹ waren wohl durch den Habbel Verlag vermittelt; Hans Blüher, den er in Regensburg kennenlernte (vgl. S.594), erschien ihm als »einer der stärksten Denker [...], die wir heute haben« (S.221, mit Anm.; dazu S.615f.); ein Gustav Wyneken gewidmetes Gedicht von Otto Zarek brachte die *Sichel* 1920 (2, S.46).

Von modernen Autoren des Verlags waren zwar Paul Alverdes, der auch im *Weiße Ritter*-Verlag publizierte, Johannes R. Becher und Wilhelm Hausenstein nicht in der *Sichel* vertreten, wohl aber Jakob Haringer, Rudolf Adrian Dietrich, Friedrich Schnack, Oskar Maria Graf, dessen »Indianerdichtungen« *Ua-Pua...!* der Verlag ja 1921 illustriert von Georg Schrimpf vorgelegt hatte, und vor allem Rudolf Pannwitz. In dem Jahrbuch *Die neue Dichtung* unternahm Hans-Martin Elster mit dem Jahrgang 1922/23 zum erstenmal »die Sammlung des jungen Geschlechtes«. Graphiken und Illustrationen lieferten dem Verlag u.a. die *Sichel*-Graphiker Alfred Zacharias, Josef Achmann, der Werke von Pannwitz, Dietrich und Becher illustrierte, sowie Oskar Birkenbach.

Die Sichel war 1919 von B. und dem Maler und Graphiker Josef Achmann, kurz nachdem sie sich kennengelernt hatten, in Regensburg mit finanzieller Hilfe von Achmanns Mäzenin Martha Reuter gegründet worden. In der Einheit von Text und Bild bestätigte sie die Einheit der expressionistischen Bewegung (vgl. Si I, S.30).

Mitarbeiter waren unter anderen (bei längeren Beiträgen wird nur der Beginn angegeben, bei mehreren der Gesamtumfang):
Alexander Abusch: Si I, S.80. – Si II, S.51.

Oskar Birkenbach: Si I, S.16; S.25; S.33; S.107.
[Rudolf Adrian] Dietrich: Si I, S.42; [Werkempfehlungen, S.75]; S.86. – Si II, S.42f.; S.61.
Theodor Däubler: Si I, S.28; [Werkempfehlungen, S.34]; S.99.
Conrad Felixmüller: Si I, S.5; S.14; S.27; S.41.
Oskar Maria Graf: Si I, S.70; S.82; S.100.
Hans Harbeck: Si I, S.24f.; S.72; S.90.
Jan Jakob Haringer: Si II, S.47; S.63f. – Si III, S.14.
Carl Krayl: Si I, S.83.
Karl Lorenz: Si II, S.26; S.38; S.54f. – Si III, S.9.
Mynona [d.i.: Salomo Friedlaender; vgl. Nr.83]: Si I, S.6; [Empfehlung seines Werkes *Schöpferische Indifferenz*, S.16]; S.26; S.46; [Empfehlung seines Werkes *Rosa, die schöne Schutzmannsfrau*, S.56]; S.79. – Si II, S.37.
Paula Ludwig: Si II, S.65; S.68.
Karl Opfermann: Si II [Originalgraphik, Augustheft].
Rudolf Pannwitz: [Empfehlung seines Werkes *Die Krisis der europäischen Kultur*, Si I, S.34, S.56 (mit weiteren Werken), S.75]; S.64. – Si II, S.3 [Sonderheft]; [Werkempfehlungen, S.34]. – Si III, S.12f.
Will Erich Peuckert: Si I, S.13; S.15; [Empfehlung seines Dramas *Passion*, S.34, S.56]; S.72. – Si II, S.52.
Willi Reindl: Si I, S.48. – Si II, S.39; S.69.
Gustav Sack: Si II, S.28; S.39f.; S.53; S.71. – Si III, S.10; S.15.
Fritz Schaefler: Si II [Originalgraphik, Oktoberheft].
Anton Schnack: Si I, S.3f.; S.19; [Empfehlung seiner *Strophen der Gier*, S.34, S.56]; S.44f.; S.60; [Empfehlung von *Die tausend Gelächter*, S.112]. – Si II, S.51.
Friedrich Schnack: Si I, S.21f.; S.74. – Si II, S.59f. – Si III, S.3.
Georg Schrimpf: Si I, S.37; S.101.
Alfred Seidl: Si I, S.67; S.92; S.108. – Si II, S.32; [Originalgraphik, Juniheft].
Hermann Sendelbach: Si I, S.48; [Empfehlung von: *Vergeßt es nicht!*, S.112]. – Si II, S.41; S.48; S.55.
Hermann Seyboth: Si III, S.8; S.16.
Hans Heinz Stuckenschmidt: Si II, S.37.
Georg Tappert: Si I, S.12; S.51; S.87; [Werkempfehlung, S.95].
Maria Luise Weissmann: Si II, S.52; S.66; S.68; S.71.

Im Juli 1919 erschien das erste Heft. Weitere siebzehn Hefte, etliche davon unter ein Thema gestellt, folgten in zwei durchpaginierten Jahrgängen und einem *Interimsbuch*:

Jahrgang I, 1919 -

S. 1- 16 H. 1	Juli	16 S.
S.17- 36 H. 2 Ex libris	August	20 S.

S.37- 56 H. 3 Bildnisse	September	20 S.
S.57- 76 H. 4 Landschaft	Oktober	20 S.
S.77- 96 H. 5	November	20 S.
S.97-116 H. 6 Mutter	Dezember	20 S.
Jahrgang II, 1920 -		
S. 1-20 H. 1 Rudolf Pannwitz	Januar	20 S.
S.21-36 H. 2/3 Josef Achmann	Febr./März	16 S.
S.37-40 H. 4	April	6 S.
S.41-44 H. 5	Mai	4 S.
S.45-48 H. 6	Juni	4 S.
S.49-52 H. 7	Juli	4 S.
S.53-56 H. 8	August	4 S.
S.57-60 H. 9	September	4 S.
S.61-64 H.10	Oktober	4 S.
S.65-68 H.11 Frauendichtung	November	4 S.
S.69-72 H.12	Dezember	4 S.
Jahrgang III, 1921 -		

Interimsbuch 20 S. [November/Dezember 1921; vgl. S.601 u. Anm. zu S.220].

Von April bis Dezember 1920 war den Heften je ein Originalholzschnitt beigelegt. Gedruckt wurden sie in der Graphischen Kunstanstalt Heinrich Schiele in Regensburg, die von »Herrn Bosse« geleitet wurde. »Die Redaktion war in Regensburg im Königshof [vgl. Abb. Kat., bei S.15], wo heute noch die heilige Dreifaltigkeit in den Hausgiebel des damaligen Hafnermeisters Achmann gemalt ist.« (Rathsam, S.108) Nicht bekannt ist die Auflage; vom ersten Jahrgang wurde eine Vorzugsausgabe in 50 numerierten und von den Herausgebern signierten Exemplaren vertrieben. Der Preis pro Heft lag bei 1,50 RM und steigerte sich April 1920 auf 3,- RM.

Das Signet der *Sichel* war zugleich die Chiffre ihres Programms. Auch auf den in jenen Jahren entstandenen Gemälden und Graphiken Achmanns taucht sie immer wieder, oft nur versteckt zitiert, auf; so erscheint sie in dem Gemälde *Die Brennsuppenesser* von 1919, einem »Schlüsselbild Achmanns aus der expressionistischen *Sichel*-Zeit. Dargestellt sind der Künstler und Britting im Atelier Achmanns, zugleich Sichelredaktion« (Achmann-Kat., Nr.19), neben dem Emblem ihrer Schaffensfreundschaft nochmals ein Bildnis B.s (vgl. ebd. Nr.343). Im Bild- wie im Textzitat legten die Herausgeber in der Zeitschrift selbst – wie in einem ernsthaft verfolgten Spiel – immer neue Bedeutungsschichten ihres Emblems offen:

– Die »Sichel« als Symbol der Einheit von – naturnaher, bäuerlicher – Menschenwelt und Kosmos:

Achmanns Titelvignette (Abb. S.592) zeigt einen Schnitter, der mit

einer Sichel in der Hand eine Garbe reifer Ähren schneidet; eine Mondsichel steht am Himmel.

– Die »Sichel« als ein Symbol der Kunst, welche diese Einheit ausdrückt (vgl. S.589):
  Ein Auszug aus Theodor Däublers Buch *Mit silberner Sichel* bringt die Sichel mit der Sphäre der Kunst in Verbindung (Si I, S.28/30). Der bereits anderwärts veröffentlichte Holzschnitt *Für Däubler* von Conrad Felixmüller (Si I, S.14) zeigt den Schöpfer von *Nordlicht*, *Das Sternenkind* u.ä. in einem kleinen Segler auf dem Meer unter einer riesigen Mondsichel, deren Bogenschwung sich im schräg gestellten Kopf des Dichter-Propheten fortsetzt und vollendet.
– Die mit der »Sichel« eingebrachte »Ernte« als Pathossymbol jener neuen Kunst:
  Mit der biblischen Aufforderung: »Schlaget die Sicheln an, denn die Ernte ist reif (Joel III, 2, 13)« ist Achmanns Aufsatz im ersten Heft überschrieben, eine scharfe Predigt gegen die Epigonen der Formrevolution, die Marées, Cézanne und Picasso gebracht hatten: »Die Farbe ist wieder gefunden, die Gestaltung neu gefühlt, ihre Grenze unbegrenzt geworden: brecht aus den Fesseln, die wieder um euch gelegt werden sollen, glaubt nicht den falschen Propheten, die euch sagen, gestaltet die Form neu, statt formt uns neue Gestalt. [...] Ich bin kein Abstraktionist. Es müßte nur sein, Ihr hieltet die vierte Dimension für abstrakt. Das ist sie nicht! Denn ihr Maß sind Euere Gefühlserlebnisse und deren Summe das Bild.« (Si I, S.13/15)
– Die »Sichel« als Symbol der scharfen Trennung dieses neuen Kunstwollens vom Herkommen:
  Die – polemische – Rubrik »Der Sichelwagen« steht unter dem Motto: »Es ging ein Schwert aus meinem Mund hervor«; damit ist die Assoziation zum Sichelwagen in antiken Heeren geschaffen, zu Krieg und Kampf.

– Die »Sichel« als Emblem Regensburgs, das sich wiederum in die vorigen Programmbereiche, die ja alle mit dieser Zeitschrift in Regensburg verwirklicht werden sollten, auffächert; überdies spielt die religiöse Symbolik auf die Atmosphäre der »geistlichen Stadt« an (vgl. das Gedicht Bd.II, u. oben S.531): Eine gründerzeitliche Brunnenanlage am Arnulfsplatz in Regensburg gab wohl eine Anregung zur Wahl gerade dieses Emblems: »Ein aufgesockelter Jüngling mit einer Sichel war Zentrum der großflächigen Gestaltung.« (Amann, S.9)
Achmanns *Ex libris Britting* bildet Regensburg mit seinem großen Strom ab (Abb. S.586); Pegasus, das Sinnbild der Poesie, schiebt den *Eisernen Steg*, damals eine Eisenkonstruktion mit großen Bögen, weg und springt über die Donau.
Weiter veröffentlichte Achmann in der *Sichel* seinen Holzschnitt *Maria in der Sichel* (Si II, S.30); dort ist Regensburg im linken Bildhintergrund erkennbar.
Schließlich taucht gelegentlich in der Zeitschrift (Si I, H.6; II, H.1, 2/3) ein anderer, größerer Titelholzschnitt auf: Gezeigt wird eine alte Stadt mit der Titelaufschrift; die »Stadt wird von zwei Mondsicheln beschienen, eine helle für Nacht, eine schwarze für Tag. Die große durchfahrende Initiale ›S‹ teilt die Stadt in die Stadt des Tages und die Stadt der Nacht.« (Amann, S.55) Ähnlich polarisierend hatte ja die Zeitschrift alsbald gewirkt (s.u.).

Um die *Sichel* sammelte sich zunächst in Regensburg ein Kreis von Anhängern und Mitarbeitern:

Die bildenden Künstler Oskar Birkenbach und dessen Schüler Alfred Zacharias (s.u.), sowie die Doppelbegabungen Willi Reindl, zu dem auch später die Verbindung nicht abriß (vgl. L.Schwab, in: Das Archiv, Beil. zu Die Bayerische Schule, Mai 1965, S.9) und Alfred Seidl (1892-1953; seit 1927 in einer Heil- und Pflegeanstalt), der unter den Pseudonymen AssSi und Aureo l Issima an der *Sichel* als Autor und bildender Künstler mitarbeitete; in zwei Beiträgen *De eloquentia mundi* verkündete er ekstatisch eine neue schöpferische Weltsprache der Poesie (Si I, S.108; II, 32). In einer Anzeige wird 1920 in der *Sichel* (S.34) für »Publikationen zu *Eloquentia Mundi*« geworben.

Sonst blieb der literarische Teil fast völlig auf auswärtige Mitarbeiter angewiesen, lediglich von Hermann Seyboth, der sich – in einer autobiographischen Skizze (Ms., Nachl.Seyboth) – zur »literarischen Donauschule« zählte, »die Georg Britting begründete«, erschienen zwei Gedichte in der *Sichel*.

Voraussetzung und Zeichen ihres Erfolges wurde »die künstlerische Verflechtung der *Sichel* mit den wichtigsten expressionistischen Zentren Deutschlands« (Amann, S.24); entscheidend dürften dabei die guten

Beziehungen des bereits anerkannten Achmann gewesen sein. So war schon 1918 der Kontakt B.s zu Franz Pfemferts *Aktion* (vgl. Anm. zu S.93) wohl durch Achmann vermittelt worden (vgl. an Sendelbach, 21.1.1918 und 20.1.1919), der dort bereits veröffentlicht hatte.

Doch gelang es B. als Lektor und Zeitschriftenherausgeber auch, eigenständig Mitarbeiter zu gewinnen und umgekehrt Publikationsmöglichkeiten zu erschließen, die schließlich so breit gestreut waren, daß eins seiner Gedichte – *Salome* (vgl. Bd.II) – 1924 in die repräsentative Anthologie *Verse der Lebenden* aufgenommen wurde.

Er zählte etwa zu den Mitarbeitern der »dramaturgischen Blätter des Herzoglich-Sächsischen Hoftheaters Coburg-Gotha«, *Die Flöte*. Sie erhielt den neuen Untertitel »Zeitschrift des Künstlerdanks« seit ihrem dritten Jahrgang 1920/21, den erstmals Hans-Martin Elster herausgab; der die Zeitschrift ja 1922/23 als »Vierteljahrsheft des Künstlerdanks« unter dem Titel *Die neue Dichtung* bei Habbel & Naumann fortführte.

Bedeutsam für die *Sichel* und ebenfalls für den Verlag Habbel & Naumann wurde die Zusammenarbeit mit Rudolf Pannwitz. B. bat ihn am 6.August .1919 um Beiträge für *Die Sichel*; als Vermittler diente der Drucker Bosse. Von Pannwitz erschienen Gedichte im Oktober 1919 (S.64f.; davon *Grosze Landschaft* »wegen eines Druckfehlers [...] wiederholt« – S.112, vgl. an Pannwitz, 10.10.1919). B. setzte das Werben um den prominenten Mitarbeiter, dessen Werke ihn anscheinend nur wenig interessierten (vgl. Nr.85-88), fort und legte sogar eine Sondernummer »Rudolf Pannwitz« vor. Schließlich endete, mit einem letzten gescheiterten Plan, der Briefwechsel: Pannwitz hatte B. für eines der Hilfsprojekte für Theodor Däubler, dessen Werk sich *Die Sichel* ja verpflichtet wußte, zu gewinnen versucht; B. antwortete am 22.Februar 1922:

> Sehr geehrter Herr Pannwitz,
> ich habe mich gefreut, daß Sie an mich gedacht haben. Ich schätze Däubler sehr und tue gern alles, was ich tun kann.
> Es war neulich Hans Blüher bei uns, der uns von Däubler viel sprach. Auch von seiner ständig unsicheren wirtschaftlichen Position und seiner peinlichen Abhängigkeit von »Mäcenen«, die nichts von ihm wissen.
> Ich sehe nur eine Möglichkeit für Däubler einzutreten: Ein Däubler-Buch oder -Heft der *Sichel*. Eine andre Form einer Däubleraktion ist für mich nicht im Bereich des Möglichen. Weder besitze ich Einfluß auf andre Zeitschriften, noch habe ich Verbindungen mit lit. Gesellschaften, Verlegern oder dergleichen. Das Däublerbuch müßte Arbeiten von wesentlichen Leuten bringen, in denen Wert und Verdienst des Däublerschen Werkes aufgezeigt wird.
> Ich würde das Heft gern, und bald, bringen. Aber ich weiß nicht, ob es mir finanziell möglich sein wird. Wir konnten die *Sichel* nur halten

durch Zuschüsse eines wohlhabenden Freundes. Nun sind aber inzwischen Preise für Papier, Druck, etc. dermaßen gestiegen, daß auch die Kraft unseres Freundes zu erlahmen droht.

Wenn wir noch ein *Sichel*heft herausbringen, wird es Däubler gelten. Das muß sich in einigen Wochen entscheiden.

[...]

In der bayerischen Landeshauptstadt hatte sich Achmann schon früh einen Ruf gesichert; bereits 1917 zeigte die Galerie Goltz seine Werke. Von den *Sichel*-Mitarbeitern war damals in München der Maler und Graphiker Fritz Schaefler ansässig; er gab dort während der Räterepublik die Zeitschrift *Der Weg* heraus, die sich »vorbehaltlos für eine sozialistische Gesellschaftsordnung ein[setzte] und [...] Schriftsteller und bildende Künstler [publizierte], die sich zu Revolution und Sozialismus bekannten« (Lothar Lang, Expressionistische Buchillustration in Deutschland 1907–1927, Luzern: Bucher 1975, S.82); außerdem ließ er Arbeiten in der von Leo Scherpenbach herausgegebenen *Bücherkiste* erscheinen – zwei Zeitschriften, in denen auch Oskar Birkenbach veröffentlichte; Birkenbach wiederum wurde von B. in der *Bücherkiste* gewürdigt (vgl. S.180). Im *Weg* erschien eine seiner Studien über Achmann (vgl. Anm. zu S.120).

Zu Heinrich Franz Seraphicus Bachmair, dem Mitinhaber von Scherpenbachs Schwabinger Buchhandlung, die der Zeitschrift *Bücherkiste* den Namen gab, hatte B. anscheinend 1920 Kontakt gefunden, noch während Bachmair die Haft auf der Festung Niederschönenfeld wegen seiner Beteiligung an der Räterepublik verbüßte. Bachmair hatte ihm den Aufruf zu einer »Hölderlinstiftung« (vgl. Nr.9) übersandt, der freilich in der schon reduzierten *Sichel* nicht mehr erscheinen konnte (an Bachmair, 7.4.1920). Eine später bei Habbel geplante Publikation von Prosa Bachmairs kam dann ebensowenig zustande wie der vorgesehene Band mit Gedichten von Maria Luise Weissmann, der Gattin Bachmairs (vgl. Nr.106), deren Verse dann in der *Sichel* erschienen:

Lieber Bachmair, morgen schick ich Ihnen ihre Manuscripte zurück. Auch, leider, Maria Luise Weissmann. Habbel will auf einmal, weiß der Teufel warum, nur mehr fünf Bände herausgeben. Das werden sein: Becher, Haringer, Pannwitz, Dietrich, Schnack. Wie Sie sehen bin ich auch nicht darunter. Wenn Ihnen das ein Trost ist! Der Kuckuck hole alle wankelmütigen Verleger! Ihr wütender

Britting

Durch den Kreis um die *Bücherkiste* wurde wohl auch der Kontakt zu Oskar Maria Graf gestiftet (vgl. S.588f. – dazu: Wilhelm von Schramm, Die Bücherkiste, München: Langen-Müller 1979, S.15–38, 66–89).

Keineswegs aber war B.s Besuch bei der damals in Nürnberg ansässigen Maria Luise Weissmann der Auftakt zu der engen Zusammenarbeit zwischen den fränkischen und oberpfälzischen Literaturrevolutionären gewesen. Die Gruppe *Junges Franken* vereinigte beide Kreise (vgl. Anm. zu S.181); ihr Gründer Alexander Abusch, vor allem aber die Brüder Anton und Friedrich Schnack gehörten zu den festen Mitarbeitern der *Sichel*. Um eine Rezension von Friedrich Schnacks Gedichtbuch *Das kommende Reich* (1920) in der *Bücherkiste* bat B. am 20.April 1921 Bachmair, und noch 1928 vermittelte Schnack B. die Bekanntschaft mit dem Verleger Jakob Hegner in Hellerau, ohne daß sich freilich eine Zusammenarbeit ergeben hätte. Während Schnacks einjähriger Redaktionstätigkeit für die *Dresdner Neuesten Nachrichten* seit Ende 1923 erschienen dort zahlreiche Beiträge seines Bruders Anton, nicht aber B.s.

Zur *Dresdner Secession* hatte wohl zunächst Achmann den Kontakt geknüpft und den renommierten Graphiker und Maler Conrad Felixmüller als *Sichel*-Mitarbeiter gewonnen. Doch für die von Ernst Rothschild in Dresden herausgebene, kurzlebige Zeitschrift *Der silberne Spiegel* waren auch Beiträge B.s vorgesehen (vgl. Si I, S.36); etliches publizierte er in den *Neuen Blättern für Kunst und Dichtung*, einer Monatsschrift, die Hugo Zehder in Dresden herausgab. Überdies war Dietrich zunächst in Dresden ansässig (s.o.), ehe er sich als Dramaturg nach Konstanz verpflichtete; dort öffnete sich B. wiederum ein weiteres Forum:

> Eine Zeitschrift *Konstanz 1919*, für die ich von Berlin und Dresden her befreundete Mitarbeiter gewann, hielt sich immerhin zwei Jahre – da sie die Abendprogramme des Konstanzer Stadttheaters einbezog –, im übrigen allerdings kaum dem literarischen Vorstellungskreis der Konstanzer entgegenkommend. [...] eine Reihe *Künstlerhefte* (mit Texten von Oskar Maria Graf zu Georg Schrimpf, Georg Britting zu Josef Achmanns Graphik usw.) fanden regere Neugier und Anteilnahme.
> (Dietrich, in: Raabe, Expressionismus, S.273)

Die *Künstlerhefte der Saturne* erschienen im Saturn Verlag, den Hermann Meister in Heidelberg um die seit 1911 von ihm herausgegebene Zeitschrift *Saturn* aufgebaut hatte; die Zeitschrift brachte Beiträge B.s, der Verlag legte sein Schattenspiel *Der Mann im Mond* vor.

Der Dresdner Felixmüller war, wie Carl Krayl, Mitglied der Berliner *Novembergruppe*; lebhafter als zur Reichshauptstadt und Kunstmetropole war allerdings die Arbeitsgemeinschaft der *Sichel*-Herausgeber mit den Zirkeln in Hamburg und Kiel.

In Kiel gab Georg Tappert, ebenfalls ein Mitglied der *Novembergruppe*, zusammen mit Adolf Harms die Zeitschrift *Die schöne Rarität* heraus, die auch Arbeiten Achmanns publizierte, ebenso wie der Kieler Novemberverlag (vgl. Anm. zu S.121).

Der Verlag Adolf Harms betreute in Hamburg dann die »Drucke der Tafel-Runde«, sowie einen Band der Hamburger bibliophil-»kostbaren«

Zeitschrift *Die Rote Erde* (vgl. Hans Harbeck, in: Raabe, Expressionismus, S.276ff.). Um Karl Lorenz, den Herausgeber von Reihe und Zeitschrift, hatte sich ein Kreis gesammelt, zu dem der Bildhauer und Graphiker Karl Opfermann, sowie Hans Harbeck zählten; Lorenz entwarf den Plan für ein »Haus des neuen Glaubens« »auf einer Wiese in Wandsbek«; dort sollten in Räumen, die um einen Gebets- und Speisesaal mit Kuppel angeordnet waren, die wichtigsten Vertreter der modernen Malerei vorgestellt werden: Auch Josef Achmann war ein Saal gewidmet – neben Feininger, Gramatté, Klee, Marc, Modersohn, Nolde, Radziwill, Schmidt-Rottluff und Stegemann (vgl. Die Rote Erde 2,I, 1922, S.124). B. fand in Lorenz offenbar einen engagierten Förderer (vgl. Anm. zu S.192, 205, 361, 412). Harbeck verdankte er vielleicht den Kontakt zu dessen Schwester Paula, der Witwe des Dichters Gustav Sack.

»Gern bring ich in der Sichel Arbeiten Ihres Mannes, den ich über alles hoch schätze«, schrieb ihr B. am 12. Februar 1920: »Indes habe ich *Berberitzen* nochmals und nochmals gelesen und brings in der nächsten Nummer ... und stelle anderes zurück.« (Zit.n.: Paula Sack, Der verbummelte Student. Gustav Sack – Archivbericht und Werkbiographie, München: Fink 1971, S.267). Die in der *Sichel* ab Februar 1920 erschienenen Arbeiten von Gustav Sack waren zuvor schon in seinem Gedichtband *Die drei Reiter* sowie in dem Novellenband *Der Rubin* publiziert worden und erschienen sämtlich in der Ausgabe der *Gesammelten Werke* vom Herbst 1920 (Nr.89) erneut. Texte von Gustav Sack, Harbeck, Lorenz und B. wurden auch in der Hamburger Zeitschrift *Der Sturmreiter* publiziert.

Dort (1, 1919/20, H.6, März 1920, S.36) erschien ebenfalls, verfaßt vom Herausgeber Hans Ochs, eine ausführliche Rezension der *Sichel*:

> Nachdem die Flut neugegründeter Zeitschriften langsam verebbt, ist Sichtung und Scheidung nach Qualität möglich. *Die Sichel* ist eine der wenigen, die ihr Daseinsrecht im ehrlichen Ringen um die letzte Form fanden: hier neue Kunst, expressionistische Dichtung in Läuterung und Vollendung. [...] so mäht *Die Sichel* gereifte, goldene Saat und fährt sie in die Scheuern. Thema in vieltönenden Variationen: die große Dichtung, die die neue heißt, und ihre gewaltigen Klänge; Graphik, trotz ihrer illustrativen Aufgabe streng in sich begrenzt. Britting selbst Meister in Skizze und Novelle, Anton Schnack, der mit wilden Erlebnissen ringt, Mynona, Mystiker und Erotiker der auf starke Bögen gespannten Seele, Rudolf Pannwitz, dessen Lyrik zu klarster Form kristallisiert, O.M.Graf, Kurt Heynicke, Däubler, Hans Harbeck – Namen, die mit der neuen Dichtung engstens verbunden sind, werden hier geehrt. An originalgraphischen Beigaben bietet wohl kaum eine andere moderne Zeitschrift ähnliches wie *Die Sichel*. [...] Zweifellos

> – nicht nur nach unserem Urteil – ist *Die Sichel* der berufensten Zeitschriften eine, Verständnis für neue Kunst in weitere Kreise zu tragen. Hier stehen Vollendung und Tat über Können und Wollen.

Ähnlich zustimmend war auch die knappe Anzeige, die Friedrich Wilhelm Wagner, einer der Herausgeber des in Hannover erscheinenden *Zweemann*, der Regensburger Zeitschrift widmete: »Hier ist Tat, was andernorts Geste; hier ist Klang, was andernorts Klingeln ist. – Dem Inhalt entspricht die Form. Sie ist vorbildlich.« (1, 1919/20, H.1, Nov.1919, S.23).

Nur als Symptom des »Zeitschriftenbetriebes« wollte hingegen A.H.Kober in der Berliner »Tante Voss«, der *Vossischen Zeitung* (vgl. S.609), in einer Übersicht *Neue Zeitschriften* die Regensburger Neuerscheinung bewertet wissen:

> Typisch für den Provinzexpressionismus. Gedichte begabter junger Leute, Graphik sich augenblicklich expressionistisch gehabender Kunstschüler, Nachdrucke aus größeren Zeitschriften. Es gibt in jeder deutschen Stadt jetzt ein solches »Organ der jüngsten radikalen Künstler«. (Das in Berlin vermißte Papier scheint in die Provinz abgewandert zu sein.) »Luxusausgaben« halten sie über Wasser.

In einem allgemeinen Teil versuchte der Artikel, das Phänomen der »neuen Zeitschrift«, die nur eine verlarvte Zeitung, ein Dienst am Tage also, sein könne, aus den Wirren der Revolution abzuleiten: Diese habe den »grundsätzlich opponierenden« Schriftstellern freie Bahn gebrochen, jedoch zugleich die Opposition ausgehöhlt, da eben die Revolution zur »Erfüllung ihrer Wünsche, Wollungen, Strebungen« proklamiert worden sei. Die Zeitschriften hätten – obschon eigentlich überflüssig – dennoch von einer bis zum Nihilismus getriebenen Kritik nicht ablassen wollen und seien daher von »Verlogenheit« geprägt, überdies aber auch unfähig, sich im politischen Räsonnement von ihrem ästhetischen Interesse aus der Vorkriegszeit zu lösen:

> Die üble Literatenpolitik feiert Orgien [...] der Expressionismus wird politisch zu linksradikalem Sozialismus. [...] Bemerkenswert ist, daß fast alle neuen Zeitschriften in künstlerischen Fragen auf den *Expressionismus* schwören. Wenn man daraus schließt, dieser Kunsttyp sei *die* revolutionäre Erfüllung deutscher [...] Gestaltungssehnsucht überhaupt, so ist daran zu erinnern: daß dieser sogenannte Expressionismus, der Rousseauismus des 20.Jahrhunderts, den Durchbruch des unmittelbar Vitalen durch die bildungsverhüllte konventionelle Zivilisation darstellt, daß sein produktiver Gehalt unter dieser abreißenden Wut noch nicht erkennbar ist.

Die Zeitschrift antwortete in der Rubrik »Der Sichelwagen« mit der – »Si.[chel]« gezeichneten, also vielleicht von den Herausgebern gemeinsam verfaßten – Glosse *Merkwürdiges Gespräch, das ist, als ob Minerva die Sau lehren wollte!*:

> Kritiker Vossischer wilhelminischen Gepäppels .... hat keinerlei geistige Fühlung mit unseren Berliner Mitarbeitern.
> Also sein Gedankengang: »Die Si« hat Mitarbeiter aus Berlin, daher typisch provinziell ...., zwar in speziellem Falle irrig, an sich aber scharf, frappant richtig, ohne weiteres überzeugend, kann als Ausfluß unerwarteter Selbsterkenntnis gedeutet werden, verdient Aufmunterung hiemit ....
> Gewimmer – schiebung: »Papier, das in Berlin so schmerzlich wir vermissen.« ...
> Tröstung, Behebung, Streckung: kleben Sie sich bitte feste Tanten in Schlar-Aff-Ja veste....
> Kri ... kein Ahnen von Expressionismen Re's seit Jahren etwa eintausend u. so u.so .... Memnotechnik, Vorstellung imaginären Zahlen mit .... also nischte ....
> Zwar auch Defekt geistig Gegebenes letztlich auseinanderzuhalten s.o. ..., könnte vielleicht (Voraussetzung gleichfalls schmierende Directrice) doch. .tapp, tapp, tapp... dazu gebracht werden einige handgreifliche, leicht faßliche, fast eßbare Realitäten auseinander zu halten.
> Nach Revolution im Geiste wird es nicht mehr nötig sein um Papierchen als frenender Journaliste zu jammern.

Die Herausgeber wollten als Teil ihrer Polemik wohl auch ein anschließendes Zitat des russischen Revolutionstheoretikers Lunatscharski verstanden wissen, wonach die »proletarische Diktatur« auf die »Schaffung solcher Verhältnisse« ausgehe, »die den Staat selbst unnötig machen und jegliche menschliche Individualität völlig befreien.« (Si I, S.56)

In der ›Provinz‹ hingegen erregte *Die Sichel* den in der Doppelstrategie der Herausgeber vorgesehenen Skandal – einmal in Nürnberg durch die ›Kokoschka-Fehde‹ gegen den Redakteur Oskar Franz Schardt (vgl. Anm. zu S.181); dann aber in Regensburg selbst, wo eine gereizte Ablehnung durch den *Regensburger Anzeiger* nicht ausbleiben konnte (vgl. S.586).

Zunächst war *Die Sichel* in einer Besprechung des *Regensburger Echo*, des Organs der USPD, am 5.Juli 1919 empfohlen worden:

> Sowohl im Text wie in den beigelegten Bildern ist die Sichel die Welt der neuen Dichtung und der neuen darstellenden Kunst. Viele werden den Kopf schütteln, wenn sie diese Zeitschrift in die Hand nehmen. Denn sie steht außerhalb der gewohnten Geleise, sie ist Sucherin und Finderin der neuen dichterischen Zeit, die sich in ihr mit logischer Folgerung auslebt. Sie ist tatenvoll, gläubig und inbrünstig.

In der Rubrik »Quer durch« des *Regensburger Anzeigers* vom 11.Juli ließ dann »ILi« deutlich genug durchblicken, wie eng verschwistert die politische und die literarische Revolution seien; zuerst ist vom Erfolg der Bürgerwehren die Rede:

> Je mehr rechts gerichtete Leute sich entschlossen zeigen, sich zu wehren, um so weniger werden die Linksgerichteten den Mut finden, über sie herzufallen.

Anschließend wird *Die Sichel* als ein Produkt dieser neuen Zeit gewürdigt; allerdings sei »dieser blühende Blödsinn nicht neu«, habe vielmehr »schon vor zwei Jahrhunderten, nur anmutiger und weniger frivol die Welt beglückt«. Insgesamt urteilt der Rezensent, »daß die Zeitschrift den zwei schlanken Türmen in Karthaus [also der Irrenanstalt] benachbart sei. Prompt [hatte] daraufhin Britting die nächste Nummer mit einer Bauchbinde herausgebracht, auf welcher die zwei schlanken Türme zusamt der Kritik als Reklame« standen (Berta Rathsam an Achmann, 5.8.1954; Achmann Nachl.); der Aufdruck lautete:

> Der Regensburger Anzeiger schreibt über *die Sichel*:
> ...die Holzschnitte gehen weit über meine Fassungsgabe hinaus ...ist das geist-reich oder geist-los?...das reicht in die Vorgärten von Karthaus (Irrenhaus bei Regensburg)...ich komme da nicht mehr mit... dieser blühende Blödsinn (Morgenblatt, Freitag, 11.Juli)

Überdies brachte am 6.September wiederum das *Regensburger Echo* (Nr.36) einen anonymen Gegenartikel, der zweifellos von B. stammte (vgl. S.181):

> Ili kämpft unterm und überm Strich des Anzeigers für seine gute Sache. Nicht mit guten Mitteln. Er greift die Sichel an. Und zitiert falsch. Verrechnet sich gleich um zwei Jahrhunderte. Das mag Fahrlässigkeit sein. Unkenntnis. Aber er urteilt auch. Scharf. Abfällig. Abfällig: Auf Grund falscher Beweismittel. Später kommts noch schlimmer. In wieder einem *Quer durch* entrüstet Ili sich über die deutschen Frauen im besetzten Gebiet, die mit fremden Soldaten sich einlassen. Aber Ilis Entrüstung ist nicht so groß, daß er sich die Mühe [nähme], [seinen] zornbebende[n] Artikel aus eigenem zu fertigen. O nein, Ili schreibt ab. Und so geschickt, daß niemand merkt, daß er mit gestohlenen Federn seinen Kopf[p]utz ziert. Ein frommer Mann, ein gerechter Mann, ein christlicher Mann wie Ili sollte so etwas unterlassen. Ili, Falschzitierer und Abschreiber, das war nicht gut getan.

Noch 1921, schon gegen Ende von B.s Tätigkeit als Theaterkritiker, wurde diese Fehde fortgesetzt (vgl. S.630).

5. Die Zwanziger Jahre in München

B. hatte sich schon 1919 »um irgend eine Position« bemüht und »Aussichten« gehabt, »als Kritiker u.s.[w.] nach München zu kommen« (an Sendelbach, 20.1.1919). Im Mai 1921 folgte er Achmann, der sich im Herbst 1920 mit der am Residenztheater engagierten Schauspielerin Magda Lena, einer Großnichte des früheren Generalintendanten Karl von Perfall, verlobt hatte und nach München übergesiedelt war (vgl. Ms: Zur Wiedereröffnung des Residenztheaters, Achmann-Nachl.).

Im *Interimsbuch* der *Sichel* wurde für den 10. Januar 1922 der »erste Sichelabend« im Steinickesaal angekündigt (vgl. Kat., S.16, Nr.43); Magda Lena las neben Gedichten zwei Stücke aus dem *Verlachten Hiob*, darunter den *Tod des Don Quichotte*, und einen Akt von *Das Storchennest*. Die *Münchner Neuesten Nachrichten* berichteten am 12. Januar:

> Das Bild des Autors erstand genügend. Britting fehlt das, was erst im Innersten zusammenhält: die Gesinnung; es fehlt ihm die Idee, die als zwingender Bogen sich über sein oft recht tüchtiges Spiel mit Lichtern, Farben, Rhythmen und Logismen spannt.

Dagegen lobte in der sozialdemokratischen *Münchener Post* am folgenden Tag der Rezensent H.S. – wohl Hermann Sendelbach, der B. in München wiederbegegnet war (vgl. seine *Erinnerungen an Georg Britting*, Münchner Stadtanzeiger, 25.2.1966) – die Veranstaltung:

> Am besten gefiel mir die Prosa. [...] Das Psychologische ist aufgelöst, ganz ins Sinnliche, Anschauliche übergegangen, unausgesprochen in diesem lebendig. Wonach ja heute ein Teil der jungen Erzähler strebt.

Inzwischen hatte sich eine ästhetische Neuorientierung B.s bereits angebahnt. Sie vollzog sich im Gedankenaustausch mit seinen Malerfreunden; noch 1928 spielte Fritz Knöller, der damals zu B.s Kreis zählte (vgl. S.612), in einer Buchrezension auf die Maler der Münchener *Neuen Sachlichkeit* an:

> Man muß bei Brittings Schilderungen an Maler der Gegenwart denken, die das sagen, was zu sagen ist, und selbst die dunklen Geheimnisse des Lebens auf eine klare Linie bringen.
> (Magdeburgische Zeitung, 11.3.1928)

Würdigten und kritisierten Zeitgenossen – wie etwa Thomas Mann – den »Expressionismus« als »jene Kunstrichtung, welche [...] jede Verpflichtung an die Wirklichkeit entschlossen kündigt und an ihre Stelle den souveränen, explosiven, rücksichtslos schöpferischen Erlaß des Geistes setzt« (Nr.112, S.583), so war schon 1919 »ein Rückschlag im Sinn erneuerten Interesses für die Welt auch der äußeren Gegenständlichkeit – der ›Natur‹ –« spürbar. Und bald darauf konnte Wilhelm Hausenstein, von dem jene Beobachtung stammte (Die bildende Kunst der Gegenwart, 2.Aufl., Stuttgart: DVA 1920, S.XV), gar den »Zusammenbruch des Expressionismus [...] konstatieren« (Die Kunst in diesem Augenblick, München: Hyperion 1920, S.16). Er hatte bereits zuvor eine »neue und fromme Bescheidung auf die Natur« empfohlen (Vom Expressionismus in bildender Kunst, in: Die neue Rundschau, 29,II, 1918, S.913-930, hier S.927).

In Literatur und bildender Kunst zeigte sich »das Bemühen um neue überpersönliche Bindungen, die Anerkennung welthafter Mächte und vielfach auch die Rückkehr zu festen Formen und Strukturen«; die jüngeren Künstler »spielen das Sein im Seienden gegen die Zeit aus, die Natur gegen den Menschen, das Bild gegen das Wort«. (Heselhaus, S.29f.) So forderte Oskar Maria Graf, zu dem B. weiterhin Kontakt hatte, von der Literatur »sachliche Berichte in geregelter Form«, da es »in der Welt nichts« gebe, »was einen geregelten Ablauf hat«; zugleich plädierte er für eine »kommende Vitalität« (Gegen den Dichter von heute, in: Die Bücherkiste, 2, 1920/21, S.33f.). Als Kunstkritiker setzte er sich für die Münchner Gruppe der »Neuen Sachlichkeit« ein, vor allem für den ihm befreundeten Maler Georg Schrimpf (vgl. Anm. zu S.220).

Achmann führte im Rückblick die von den Zeitgenossen um 1920 empfundene Notwendigkeit, den Expressionismus zu überwinden, auf die Zudringlichkeit seiner Nachahmer zurück:

> Expressionismus hat zertrümmert, so wie wir es in der Sichel machten. Die aber haben die Trümmer noch einmal zertrümmert. Man muß sich bemühen, aus der Formzertrümmerung wieder eine neue, aber vereinfachte Form zu finden [...] und eine neue Welt *sichtbar* zu machen – im Gegensatz zum Gegenstandslosen. Dies hat wohl ästhetische Reize, aber nicht die letzte Erfüllung. Man muß aus den Erfahrungen der neuen Form wieder einen neuen Realismus gewinnen. (Rathsam, S.108)

Noch ehe der ›Tod des Expressionismus‹ zum Schlagwort wurde, hatte Achmann deshalb »zu objektiven ästhetischen Normen« zurückzufinden gesucht (Loers). Dabei mag auf ihn besonders die Lehre des Kunsttheoretikers und Pädagogen Gustaf Britsch eingewirkt haben, den er während der Einjährigenausbildung kennengelernt hatte. In einer nachgelassenen *Theorie der Künste* (hg. v. Egon Kornmann, München: Bruckmann 1926) »begreift Britsch das Kunstwerk als besondere Art geistiger Leistung, die parallel und nicht ersetzbar neben der philosophischen Wahrheit steht. Als Gradmesser für diesen Anspruch wird die Einheitlichkeit des Kunstwerks verstanden«, die Britsch bei den ›alten Meistern‹, deren ›Kunst‹ auf sicherem technischen ›Können‹ ruhte, bereits verwirklicht fand. »Der Expressionismus mit seinen archaisierenden Tendenzen, aber auch die spätere Neue Sachlichkeit mußten in solchen gestaltpsychologischen Ansätzen eine ideologische Hilfestellung sehen.« (Loers)

So erinnern Achmanns *Brennsuppenesser* (vgl. S.591) durch ihren Titel zwar an van Goghs *Kartoffelesser*, doch die Bildidee verweist auf Cézannes *Kartenspieler* mit ihrer strengen Komposition. Den einen der beiden Aufsätze, die zum Abschluß der *Sichel* neue Kunstperspektiven eröffnen – der andere ist B.s *München* (S.200f.) –, widmete Achmann dann zwei Gemälden des französischen Meisters: *Der Knabe mit der roten Weste* und *Der Bahndurchstich,* und betonte »die festigende Kontur« und Cézannes »großen Willen zur Klarheit der Alten Meister«; solchen Künstlern sei Kunst freilich von jeher »nicht ›Kunst‹, sondern ihr Leben leben«:

> [...] das Bild ist der Mensch Cézanne selbst. Das Bild ist seine Weltbeschauung. Ein Verinnern der Natur in sein Wesen, eine Herausstellung seiner Idee von der Natur. Cézanne ist konservativ wie die Natur selbst, die in ewiger Bewegung Ruhe und Sturm hält. Wer nicht seinesgleichen ist, nimmt ihn für einen Rebellen.
> (Si III, S.165.)

Achmanns Kunstlehre klingt hier – im Übergang vom Expressionismus zur Neuen Sachlichkeit – bis in die Diktion an »Fritz Burgers Buch über den Expressionismus« an; B. »las [es] kurz nach dem Krieg« (an Wetzlar, 14.10.1948; ebd., 6.8.1949), und so war für ihn wie für Achmann schon in der Hinwendung zum Expressionismus dessen Überwindung vorbereitet.

Fritz Burger, außerordentlicher Professor an der Universität und Akademie der bildenden Künste in München, befreundet mit Franz Marc, hatte seine *Einführung in die Moderne Kunst* (= Die Kunst des 19. und 20.Jahrhunderts I) für das von ihm begründete Handbuch der Kunstwissenschaft verfaßt (Berlin-Neubabelsberg: Athenaion 1917); sie ist – laut A.E.Brinckmanns Nachwort zu dem postum erschienenen Band – »keine Geschichte der modernen Kunst [...], wohl aber ein Tagebuch vom Erleben moderner Kunst.« (S.135) »[...] die letzten Seiten sind vor Verdun zu Papier gebracht, kurz bevor Burger durch eine Granate vom Pferde geschmettert wurde.« (S.134) Wie B. selbst sich der Kriegsgeneration zugehörig wußte, so mußte ihm Burger als deren glaubwürdiger Sprecher erscheinen, zumal auch dessen These vom Expressionismus als der Kulturaufgabe Deutschlands aus dem Kriegserlebnis begründet war:

> Der Feuerzauber des Krieges zeichnet den blutigen weltgeschichtlichen Hintergrund für seine neue nationale Größe und seine neue weltgeschichtliche Mission. [S.VII]
> Die aufgehende Sonne dieses Geschlechtes ist nicht das beglückende Licht schmeichlerischer Schönheit, sondern die kämpfende Kraft, die aus bebendem, zerrissenem Kosmos die verschleierte Einheit erzwingt, die Kraft, die hinter dem Dunkel aus der Tiefe sieghaft herauswächst und die alte zitternde Welt langsam mit der Macht ihres Wesens durchdringt. Aus unberechenbaren Launen des Schicksals gestaltet sich das Individuum und seine individuelle Form verkörpert das unpersönliche Gesetz der Ewigkeit. [S.8/10]

Sein Buch, so wünscht Burger, »zeige der Jugend ihre Herkunft, ihre Wurzel, ihre geistigen Ahnen auf. Es ist sein Zweck, der Gegenwart zu dienen« (S.V), doch bereite der Antihistorismus und Kritizismus der Moderne, wie es in der generationstypischen Nachfolge Nietzsches nun heißt, nur die Zukunft vor, die endlich wieder von einem einheitlichen »Stil« als Ausdruck des »ewigen Lebensgesetzes« (S.23) geprägt sein müsse.

Dabei komme es aber »durchaus auf den Inhalt des Gegenstandes an.« (S.25) Gerade in Deutschland sei das Bild »immer ein *Organismus* [geblieben], dessen *innere Gesetzlichkeit* an den auch stofflich viel stärker wirkenden *Gegenstand der Darstellung gebunden erscheint.*« (S.99) »›Wirklichkeit‹ heiße hier freilich nicht das *Objektive*, sondern das *Absolute*, das die innere Einheit der Natur ausmacht.« (S.114)

> Die Handlung im Bilde ward zum Symbol der Schicksalsmacht, zum Symbol eines *überpersönlichen* Willens. Das künstlerische Subjekt beginnt sich seiner Kleinheit gegenüber der Weite des unüberschaubaren Weltendaseins bewußt zu werden und will nur den bescheidenen Vermittler ihres übermenschlichen Wesens machen. [S.106]

In dieser Dimension »kosmologischer Probleme« (S.111) sei der Abschied vom »humanistischen Lebensideal« vollzogen (S.112):

> Die Vorstellung vom *Wesen des Menschlichen* geht auf oder unter in der seiner allgemeinen Naturhaftigkeit mit kosmischem Hintergrund. [S.125]

Obgleich B. die »Metaphysik des Physischen«, wie sie Burger propagierte, wieder näher an das Objektive und Individuelle heranführte, so begegnet doch die (traditionelle) geschichtsphilosophische Begründung (und Motivik) dieses Prozesses in seinem Werk wie in Burgers Erläuterungen: »Der moderne Mensch der Zivilisation [...] hat durch die Objektivation seines Bewußtseins diese paradiesische Einheit [von Natur und Vernunft, Denken und Sein] verloren.«(S.28) So sei eine »*Kultur des Intellektes*« entstanden (S.32), und der Künstler habe die Welt nur als Stoff betrachtet. Seit man jüngst aber von »der *Eigenschaft* des *künstlerischen Geistes* [...] zur *geistigen Eigenschaft des Gegenstandes*« gekommen sei, habe die Kunst eine neue, wiederum »religiöse Welterkenntnis« erlangt.(S.35f.) Wann immer aber die »Spaltung vom Seelischen und Körperlichen« auch in B.s Werken zu fallen scheint, so bedeutet dies Eingehen in »jene allgemeine Lebensmetamorphose« (S.25) in ihnen doch nie eine Rückkehr ins Paradies.

Ein erster Überblick, den Anton Betzner, wie B. ein Autor des Arkaden Verlages (vgl. Anm. zu S.91), in der Zeitschrift *Das Gegenspiel* (1, 1925, S.98 f.) über B.s bis dahin erschienenes Werk versuchte, wirkt wie eine Anwendung dieser bei Burger dokumentierten Systematik. Nach dem Krieg habe B. »seine ersten Novellen und seine ersten Gedichte« geschrieben:

> Er brachte aus dem Kriege keine weltschmerzlichen Explosionen mit.

> Keine Ekstasen der Verbrüderung. Keine anderen Devisen, die bessere Gangbarkeit sentenziöser Ausbeutung dichterischer Ergüsse verbürgen. Er kam nicht, als Dichter die Seele zu suchen und den guten Menschen. Rein sich herausstellende Forderungen neuen Weltanschauungsbewußtseins bliesen ihn nicht auf, schmetterten ihn nicht nieder. Weltanschauung ist nicht Katechismus und ihm, dem Dichter, ist sie eingeborenes Organ. Die Welt ist ihm nicht Problem. Aber er weiß ihre Probleme packend darzustellen. Er hat sie und er baut sie aus ihrer essentiellen Polarität. [...] Britting theoretisiert nicht. Romantische Übersteigerung bleibt ihm fremd. Ihm verbrennt die Idee nicht den Stoff. Er ist zu großer Liebhaber der Objekte. Er sieht die Natur, ihre Geschöpfe, den Menschen, aus natürlicher, ungebogener Veranlagung. Männlich, impulsiv. Zu sehr farbige Aktion des Schöpferischen, als daß blasse, passive Reaktion Meisterin seines Schaffens werden könnte. [...] Das Alleben, die Immanenz des Weltgeistes, lebt in seinen Schöpfungen als das, was es durch seine individuellen Entäußerungen ist.

Ende der Zwanziger Jahre zählte B. zu den »führenden Dichtern des Nachexpressionismus«; in einer Anthologie *Die Sammlung*, die Otto Basil geplant hatte, um eine neue »beruhigte, gesammelte und formfindende Dichtung« vorzustellen, sollten seine Werke neben denen von Ludwig Bäte, Richard Billinger, Friedrich Bischoff, Walther Eckart, Jakob Haringer, Hans Leifhelm, Josef Leitgeb, Alexander Lernet-Holenia, Paula Ludwig, Ruth Schaumann, Hans Schiebelhuth, W.E.Süskind, Siegfried von Vegesack, Josef Weinheber und Carl Zuckmayer stehen (vgl. Nachl. Sendelbach, Briefmappe »Basil«).

Jener Prozeß der Überwindung – und auch Verdrängung – der expressionistischen Werkphase umspannt bei ihm wie bei Achmann fast das gesamte Jahrzehnt. »Der Umweg über den Expressionismus«, so erklärte Achmann rückblickend, sei »notwendig« gewesen, damit ich wieder zum Bild in des Wortes ureigenster Bedeutung zurückfinden konnte« (Münchner Merkur, 3.4.1950). Erst 1927 hatte er sich jenen ›meisterlichen‹ Landschaftsstil erarbeitet, der Heimatbindung und europäische Tradition vereint und das ideal-geistige ›innere Bild‹ mit der äußeren Erscheinung versöhnt. An B. schrieb Achmann in einem *Offenen Brief*, den die Zeitschrift *Das innere Reich* im August 1936 veröffentlichte:

> Tadle mich solcherart, daß ich vom Schauen nicht loskomme wie vom Träumen nach dem, was ich eigentlich selber bin, ein Teil der Donaulandschaft, die ich doch zu malen hätte... (S.576)

Wilhelm Hausenstein resümierte 1928 die Entwicklung Achmanns:

> Dieser Münchner [...] scheint nun, nach Jahren der Selbstpeinigung, mit einem Male in gewissem Maße fertig; das sozusagen »Neusachliche« ist hier stärker und mannigfacher als etwa bei den beachtenswerten Arbeiten eines Schrimpf [...] ins Differenziert-Malerische und damit in die beste Münchener Tradition zurückgebunden [...].
> (Deutsche Kunst und Dekoration, 63, 1928/29, S.9)

In der im Februar 1933 veranstalteten Wanderausstellung *Deutsche Provinz – Beschauliche Sachlichkeit* wurde Gemälden wie denen Achmanns das Verdienst zuerkannt, sie hätten die »Welt der Nähe«, die eigentliche Heimat wieder entdeckt (Loers).

Im gleichen Jahr war Achmann zum stellvertretenden Vorsitzenden der Münchener *Neuen Secession* aufgerückt. Nach der nationalsozialistischen Machtübernahme wurde er noch von Paul Troost in die »überparteiliche Jury für die Münchner Kunstausstellung 1933« berufen (am 21.4.1933). Pläne, »die Spaltung der Künstlergruppen für Süddeutschland aufzuheben und eine Art umfassenden Künstlerverbands zu schaffen, der gegen die Ansprüche des Wirtschaftsverbandes und der Kampfbünde aufkommen könnte«, wie sie im Briefwechsel Achmanns mit Ludwig Thormaelen, dem Kustos an der Berliner Nationalgalerie, erörtert wurden (8.6.1933; Achmann-Nachl.), scheiterten alsbald: Achmann hatte sich – unterstützt von B. und Ernst Wiechert – im Juli 1933 heftig gegen die Diffamierung des ›deutschen‹ Expressionismus eines Emil Nolde gewandt. Für den »deutschen Menschen« reklamierte er in einem Brief an German Bestelmeyer, den Vorsitzenden des nationalsozialistischen *Deutschen Künstlerbundes 1933*, »zwei Grunderlebnisse, das innige und das heroische«, die gerade der expressionistischen Generation vertraut seien; »die junge und lebendige schaffende Künstlerwelt Münchens«, heißt es dann in einem Brief, den er auf Anraten Thormaelens an Staatssekretär Weidemann im Propagandaministerium Goebbels' schrieb,

> läßt es nicht zu, daß sie von Kunstmalern und Geschmäcklern bevormundet und zu wirken behindert wird. Sie läßt es nicht zu, daß man die ersten Kü[n]der des deutschen Expressionismus diffamiert. Sie will keinen Kompromiß, wie er sich ausdrückt in den beiden langweiligen Ausstellungen [bisher]. Das ist nicht München. Und nicht das junge, in der Kunst längst erwachte Deutschland!

Die Verfemung des Expressionismus als »entartete Kunst« ließ sich freilich nicht aufhalten. Achmann erhielt 1935 Ausstellungsverbot; 1940, nach dem Tod seiner Frau, zog er sich resignierend an den Schliersee zurück. Nach Achmanns Tod, schrieb B. an Seyboth:

> Eigentlich war er [...] schon lange [nur noch eine Erinnerung], seit er ins Schlierseer Schattenreich gezogen ist. Ach ja, die zwanziger Jahre in der Triftstraße und in der Liebigstraße. Alles ist mir wieder eingefallen,

greifbar deutlich. Ich hörte sogar die Kaffeemaschine surren. Die Sichel, unvergessen, die Brennsuppenesser.

Zum Kreis um Achmann wie zu B.s Freundeskreis gehörten Ende der zwanziger Jahre Max Unold und Hans Lasser. Unold porträtierte B. 1925 (vgl. Unold-Kat., S.121). Lasser, nach Achmann der wichtigste Illustrator von Texten B.s, hatte seit 1923 bei der Münchner Secession ausgestellt; sein Bildnis von Magda Lena und von B. besprach Oskar Maria Graf 1926 in einem Aufsatz *Der Maler Hans Lasser*:

> Auch dieser Maler ging durch den Expressionismus und nahm von ihm stärkste Anregungen und Antriebe mit. [...] Es ist heute alles einfach und offen an seinen Werken. Auch Lasser tendiert [wie die oft allzu »biederen« Maler der »neuen Sachlichkeit«] ins »Klassizistische«, auch er trachtet formal nach allergrößter, sinnfälligster Einfachheit. Nicht aber kommt er zur »Glattmalerei«, sondern eine Farbe wächst aus der anderen und breitet sich völlig frei, völlig für sich vor das Auge. Man erkennt, daß dieser Maler der Farbe als letztes Gestaltungselement den höchsten, ja den einzigen Rang zuerkennt. Dieser hellsichtige Süddeutsche hat sich die Sensibilität erhalten, die so vielen Talenten verloren ging – er geht immer von der erlebten Anschauung aus und gelangt auf eine ganz natürliche und gläubige Weise zur Erzwingung der Form. Dies gibt seinen Bildern das Charakteristische, dies unterscheidet sie von den Werken der sogenannten »Sachlichen«. [...] Er steht ganz und gar in der frommen Wirklichkeit, dieser Hans Lasser, so völlig, als sei er selbst nur ein Stück von ihr. Und er ringt ihr fast mit traumwandlerischer Sicherheit immer wieder im Werke den Sinn ab, seinen ureigenen Sinn. Diese Kunst hat nichts von Resignation. Sie ist durch und durch schöpferfreudig und bejahend.
> (Hellweg, 6, 1926, S.90)

Die Mehrzahl von Lassers Illustrationen ist Artikeln B.s in der *Magdeburgischen Zeitung* beigegeben (vgl. Anm. zu S.269).

Auch in der literarischen Szene Münchens hatte sich B. seit 1921 allmählich Anerkennung verschaffen können: Sein Kontakt zu Karl Wolfskehl ist durch eine Widmung seines ersten Gedichtbandes (1930) »in herzlicher Verehrung« belegt. Im Mai 1927 konnte er, in einer Umfrage der Zeitung *Deutscher Nebelspalter*, Hans Carossa als Träger des Münchener Dichterpreises vorschlagen (vgl. an Seyboth, [1927]; die entsprechende Nr. 8 der – in *Süddeutsches Echo* umbenannten – Zeitschrift ist verschollen); mit Gottfried Kölwel und dem Buchhändler Severing zeigt ihn ein Foto zum Reichsbüchertag in München 1929 (Süddeutsche Sonntagspost, 22.3.1929). Severing, der von 1916 bis 1918 bei der Firma Habbel in

Regensburg tätig gewesen war, gehörte zu jenem ersten Stammtisch B.s, aus dem später der Kreis *Unter den Fischen* entstand; zu den frühen Mitgliedern um 1926 zählten laut einer Nachlaßnotiz von Eugen Roth außerdem »die Schriftsteller Wernthaler und Dr. Knöller, der Zahnarzt und Arzt Dr. Zarnitz, der Maler Lasser«, Achmann, Seyboth und ein weiterer Arzt, Dr. Peters.

Weiter war B. Mitglied der im Herbst 1924 gegründeten Schriftstellervereinigung *Die Argonauten*, die im folgenden Jahr – mit Joseph Magnus Wehner als Vorstand – ins Vereinsregister eingetragen wurde; 1927 stießen Paul Alverdes und Eugen Roth, 1929 Gottfried Kölwel dazu; B. wird am 9. Oktober 1930 als stellvertretender Schriftführer erwähnt. Zum Jahresende 1934 wurde dem Verein die Rechtsfähigkeit entzogen. Die literarisch eher konservative Gesellschaft bot alle vierzehn Tage ein »zwangloses Beisammensein« in der Osteria Bavaria in der Schellingstraße; außerdem organisierte sie Vortragsabende: »Arrivierte und Unbekannte lesen; Name oder Richtung entscheiden nicht.« (S.43; vgl. unten S.617) Einer der *Argonauten-Abende* war B.s Werk gewidmet (vgl. Ernst Heimeran, Argonautenfahrt. Ein Kapitel Münchener Literatur, in: Merian, 2, H.4, 1949, S.40-44 u. Anh. sowie StA Pol. Dir. 4392).

Magda Lena und Otto Wernicke lasen neben Gedichten die Erzählungen *Das Liebespaar und die Greisin* und *Hochwasser*, sowie einen Abschnitt aus dem *Hamlet*-Roman. Das Presseecho war freundlich (vgl. den Bericht von Hans Brandenburg, Münchener Zeitung, 22.11.1929, zit. in Bd.III,1); man lobte B. »als eine besonders interessante dichterische Spielart des Bayertums«, einen »sensiblen Impressionisten« (Münchner Neueste Nachrichten, 22.11.1929), dem freilich – so die konservative *München-Augsburger Abendzeitung* (28.11.1929) – zu »viel rein Artistisches« anhafte.

Um 1928 galt B. über München hinaus als vielversprechender Nachwuchsautor. Monty Jacobs von der *Vossischen Zeitung* konnte ihm mitteilen, er habe für den Kleistpreis »in engster Wahl gestanden« (an Seyboth, [1929]); der Propyläen Verlag wünschte 1928 zu großzügigen Bedingungen einen Roman von ihm. Schon 1927 hatte sich der renommierte Fischer Verlag um B. bemüht, ebenfalls vor allem wegen eines Romans: »Gedichtbände, Novellenbände gingen nicht etc.« (An Seyboth [1927]) Die Verhandlungen zerschlugen sich jedoch, weil B. auf der Veröffentlichung seines Dramas *Paula und Bianka* bestand. Um die Erzählungen bewarb sich Gustav Kiepenheuer, der auch den Bühnenvertrieb des Dramas übernommen hätte: »Kiepenheuer halt ich noch hin, weil mir der Iris[-Verlag] anbot, Paula u. Bianka zu drucken.« (Ebd.) Schließlich bahnte sich – von Friedrich Schnack vermittelt – bei der Uraufführung des Dramas in Dresden noch eine Einigung mit Jakob Hegner an, ohne daß B. diese Chance genutzt hätte.

Nach dem ›Zeitschriftensterben‹ der Inflationszeit publizierte B. seltener in speziell literarischen Zeitschriften.

Hans v. Wedderkop, der im *Querschnitt* (Berlin) »modern-revolutionäre« Dichtung publizierte, hatte B. zur Mitarbeit aufgefordert; dort erschien etwa das große Gedicht *Chinesische Generäle* (vgl. Bd.II). Häufig war er in der kurzlebigen Zeitschrift *Vers und Prosa*, die von Franz Hessel bei Rowohlt herausgegeben wurde, vertreten, seltener bei dem »links-republikanischen« *Das Tagebuch*, ebenfalls in Berlin von Leopold Schwarzschild und Stefan Großmann herausgegeben (Schlawe, S.58).

Die *Romantik*, wo B. gelegentlich (vgl. S.216, 246) mitarbeitete, zielte mit einem »an die Ideenwelt der ›Konservativen Revolution‹ gemahnenden Programm« (Schlawe, S.30) auf eine »Wiedergeburt des Herzens« (zit. n. Raabe, S.82). Eine »praktische Wendung gegen intellektualistische Dichtung« strebte Martin Rockenbach mit *Orplid*, dem 1924 gegründeten »katholischen Blatt hohen Ranges«, an. Es war auf das »Jugendbekenntnis zu neuem Ganzmenschentum« verpflichtet (vgl. S.589) und wollte vor allem junge Gruppen und Strömungen vorstellen (Schlawe, S.32f.); Rokkenbach hatte B. zur Mitarbeit eingeladen (vgl. S.259).

Seit 1919 schon hatte die Münchener *Jugend* seine Beiträge gebracht; seit 1922 arbeitete er regelmäßig – häufig anonym – im *Simplicissimus* mit (vgl. Anm. zu S.253). Eher bekannt war er jedoch als ständiger Mitarbeiter angesehener überregionaler liberaler und gemäßigt konservativer Zeitungen. Ein 1928 von Verlagsseite angebahnter Kontakt mit der Scherl-Presse in Berlin, die zu Alfred Hugenbergs deutschnational ausgerichtetem Medienkonzern gehörte, blieb punktuell (vgl. Anm. zu S.341), während sich ihm die ehemals liberalen *Münchner Neuesten Nachrichten* wiederum erst Ende 1928 öffneten; in diesem Jahr allerdings hatte man ihn »als Nachfolger Tim Kleins [des Feuilletonredakteurs] ausersehen« (an Seyboth, 23.8.1928).

Sein wichtigstes Forum war indessen nicht das Münchener Blatt, das sich – finanziert von der Ruhrindustrie – unter der Leitung von Nikolaus Cossmann als »Bollwerk für nationale Erneuerung gegen Sozialismus und republikanische Politik« verstand (München-Kat., S.31), sondern schon seit 1924 die angesehene, demokratisch-»bürgerliche« *Frankfurter Zeitung*; daneben - und ähnlich ausgerichtet – stand ihm die *Vossische Zeitung* offen. Den Erstdrucken, die sich zumeist in diesen beiden Blättern finden, folgten regelmäßig Nachdrucke in der DVP-nahen *Magdeburgischen Zeitung* und vor allem in der *Kölnischen Zeitung* und in dem *Stadtanzeiger für Köln und Umgebung*, beide unter der literarischen Redaktion eines Vertrauensmannes jener nationalliberalen *Deutschen Volkspartei*, Otto Brües (vgl. Koszyk, S.276), der B. hoch schätzte.

Früh erschloß sich B. auch die Möglichkeiten des Mediums ›Rundfunk‹; seit 1924 strahlte der eben gegründete *Südwestdeutsche Rundfunkdienst* in Frankfurt Lesungen seiner Werke aus (Berichte in der *Frankfurter Zeitung*, Beil. »Die Stunde der F.Z.«, z.B.: *Der Kolonial-Feldwebel*, 12.6.1924 – am 16.6.1924 in der *Frankfurter Zeitung* abgedruckt; *Das Haus zur heiligen Dreifaltigkeit*, 5. u. 9.11.1924; *Drei am Kreuz*, 23.12.1924 – am 24.12.1924 abgedruckt; *Die Rauferei* (vgl. *Der Sieger*, Bd.III,2), 8.11.1926 – am 24.11.1926 abgedruckt; *Zwei Tote und eine Lebendige*, 15.9.1927 – am 18.9.1927 abgedruckt).

Jede regionale Beschränkung hatte B. vermeiden wollen. So bemühte er sich besonders um Publikationskontakte in Berlin. Freilich erschienen in dem linksliberalen *Berliner Börsen-Courier* und dem *Berliner Tagblatt* nur selten Texte B.s. Zwar hatte sich keiner der Vorschläge aus der Berliner Verlagsszene verwirklichen lassen, doch verstärkte der Novellenpreis der *Berliner Illustrirten*, den er – neben Bertolt Brecht, Arnold Zweig, Otto Ehrhardt und Ernst Zahn – im Dezember 1928 gewann, die Verbindung zum Ullstein Verlag, der dem Autor für ein (oder zwei) Jahre ein Stipendium aussetzte.

B.s Bild in der Öffentlichkeit war von seiner süddeutschen Herkunft bestimmt. Das kritische Echo auf den ersten Novellenband *Michael und das Fräulein* (zum mäßigen Verkauf vgl. Komm. zu Bd.III,2) war auch ein Nachhall der gerade wieder heftig entbrannten Debatte um den Niedergang der Kunststadt München (vgl. Hilde Stieler, in: Deutsche Rundschau, 54, Bd.215, 1928, S.290f.). In München versuchte Hermann Seyboth in dem Artikel *Paßbild eines Münchner Dichters, der in Berlin einen Preis bekam* (Ms., Nachlaß Seyboth) die Preisverleihung an B. für dieses Thema zu nutzen: Alle fünf Preisträger des Ullstein Verlages, »bekannt wegen seiner Neigung unter allen Umständen modern zu sein«, stammen – wie eine weitere Glosse Seyboths betont (ebd.) – aus dem süddeutschen Raum:

> Demnach scheint Süddeutschland noch immer besonders gut erzählen zu können, scheint Sprachkraft genug zu haben, um Berlin, dem machtstolzen, selbstbewußten, Anerkennung abzunötigen.

Ähnlich argumentierte Seyboth in seiner Rezension des Sammelbandes *Michael und das Fräulein*, die 1931, als sich die Wende zur landschaftsgebundenen Dichtung bereits vollzogen hatte, in Hanns Johsts verspäteter Besprechung (Velhagen & Klasings Monatshefte, 45, 1931 , S.653f.) uneingeschränktes Lob finden wird (vgl. Bd.III, 2). Am 14.Dezember 1928 hatte Seyboth in den *Münchner Neuesten Nachrichten* geschrieben:

> Denen, die um gute Gedichte wissen, die sie als gedrängte Gestaltung des Lebensempfindens schätzen, ihre seelenerregende Wirkung kennen

> und brauchen, denen ist der Name Georg Britting nicht unbekannt. Seine Gedichte sind entstanden aus ungebrochener Anschauungskraft, die verbrauchten, ausdrucksarmen Worten wieder die Zeugungsfähigkeit verleiht, daß sie nicht nur aussagen, sondern Mensch und Ding verkörpern können in sinnenfreudiger Geistigkeit. Seine Gedichte haben die triebhafte Bewegtheit unserer Zeit und doch die Ruhe, wie nur die Landschaft sie hat, und sie haben den leisen Gesang, der überzeitlich ist. Leider ist es nicht leicht, Brittings Verse in die Hand zu bekommen, denn sie sind in Zeitungen und Zeitschriften, da und dort verstreut gedruckt, und so kommt es, daß schon manche sie ausschneiden und sammeln, um sie jederzeit zu haben, um sich zu haben. Auf dieser Jagd durch die Zeitungsspalten [...] stoßen wir wohl des öfteren auch auf Prosa, auffällig durch streng geübte Sprachzucht, bar jeder schlampigen Nachlässigkeit, aber mühelos quellend und vor allem dadurch erstaunlich, daß wir der Klangfarbe nach altbayerische Mundart zu vernehmen meinen, obwohl alles in wohlgebautem Hochdeutsch geschrieben ist [...]. Das ist eine andere Seite seines Könnens (über den Komödiendichter Britting soll hier nicht gesprochen werden), nicht weniger ergiebig als die seiner Lyrik. [...] Wie [...] der Alltag, der uns sonst gern als grau bezeichnet wird, sich unter Brittings Gestaltungskraft färbt und vergrößert, gelöst aus Nebensächlichem, wie unbedeutende Menschen durch herannahendes Verhängnis sich ändern, aus der überkommenen Enge wachsen [...], wie sie Gesicht und Umriß bekommen, spürbar nah, gewitterscharf beleuchtet, bis das Schicksal sie greift und wirbelnd durcheinanderschüttelt, wie trotzdem der grausige Unterton, dem Leben hilflos ausgeliefert zu sein, in seiner Unerbittlichkeit durch wissende Heiterkeit gedämpft und gemildert wird, wie die tapfere, schwankungslose Haltung entzückend mannhaft herausgebracht ist [...], das ist das Neue, das die Erzählungskunst Brittings, des Münchner Dichters, uns gebracht hat.

An einer ersten Fassung hatte B. bemängelt, man müsse »hinter mir einen Heimatdichter in Anführungszeichen« vermuten – gerade das, »was ich am wenigsten sein möchte«. Auch Seyboths Hinweis auf Heyses Falkentheorie stammt offenkundig aus einem Brief B.s aus dieser Zeit. Damit beginnt die (dokumentierte) Rezeptionslenkung B.s und zugleich die doppelte Rezeption seines Werkes; denn die Veröffentlichungen aus seinem Kreis bilden eine eigene Gruppe gegenüber jenen, die B.s Werk an einem allgemeinen literarischen Maßstab messen wollen – wie etwa Oskar Loerke, der im *Berliner Börsen-Courier* (5.2.1928) tadelte, wie »Dichter« und »Virtuose« um das Gestaltungsrecht des »anekdotischen Kerns« jener Novellen ringen.

Schroff kreidete K.H. Ruppel im *Tagebuch* (8, 1927, S.2031) B. die »Routine« dieser »Skizzen« an:

> Und er möge sich nicht die Ohren umlärmen lassen: das Dichterentdekken ist heutzutage ein Sport geworden, dem es um Rekorde geht, – wie dem Fußball.

Zum Widerspruch herausgefordert hatte »der technische Elan« dieser Geschichten auch den Kritiker der *Literarischen Welt* (Nr.49, 9.12.1927, S.16), Hans Sahl:

> Die Diskrepanz zwischen der naiv-kräftigen, rustikalen Stoffwelt und der mit jähen Überraschungen, konstruierten Wirklichkeiten auftrumpfenden Erfindung bestätigt nur den inneren Zwiespalt, die Unentschiedenheit ihrer geistigen Haltung.

Efraim Frisch identifizierte in der *Frankfurter Zeitung* (11.12.1927) die Form der Erzählungen als »idyllische Anekdote«: »Man merkt ihr noch den lyrischen Ursprung an« – und auch »die Gefahr des Lyrikers, daß er im Epischen innerhalb einer privaten Subjektivität bleibt«, sei nicht gemieden:

> Und noch eine Warnung ist am Platz: vor der Verirrung in jene sogenannte Heimatkunst, die vom Sentiment des Städters zum Land und seinen Bewohnern dürftig sich nährt. Dazu wäre sein Talent zu schade.

Der *Querschnitt* (8, 1928, S.269 [April]) bedauerte (nach einem Lob der »ruhigen Sachlichkeit der Erzählung«) nur, »daß Britting nicht auch die moderne Weltstadt und ihre Inhalte, also auch unsere, darstellt«; der Berliner Kritiker Werner Schickert erhoffte sich hier »starken Nachwuchs auf dem Felde Ludwig Thomas«, obschon seine »gesunde Lebensnähe« und das »unverwirrt einfache Erleben des Irdischen« den »neuen Mann« vorerst nur zu »begabtem Kleingeplänkel« befähigt hätten (in: Die Literatur, 30, 1927/28, S.358).

Gleichsam autorisiert durch den persönlichen Umgang priesen hingegen seine Münchener Freunde, die dem provinziellen Niveau des Münchener Literaturbetriebes der Zwanziger Jahre verhaftet waren, B. als heimatverbundenen Dichter. So wurden in einer Besprechung von Fritz Knöller, der mit B. damals bekannt wurde (vgl. ders., Erinnerungen an Georg Britting, in: Welt und Wort, 22, 1967, S.399-402), dessen »Klarheit und Genugtuung über die ungeschriebenen Gesetze der Natur, des Blutes und des Lebens« aus seinem »unmittelbaren Verhältnis zur Landschaft« abgeleitet (Magdeburgische Zeitung, 11.3.1928).

B. allerdings wünschte zwar, Hermann Seyboth möge »Worte wie süddeutsch, und Bayer, und einiges dieser Art« in seine Besprechungen einflechten – »aber diese betonte Volkstümlichkeit schien mir auch taktisch nicht klug.« (An Seyboth [1928]) Ausdrücklich lobte er hingegen Loerkes »*sehr* kluge Kritik (nicht weil er mich lobt, andere lobten mich tönender)« (an Seyboth, [1928]).

Die Spannung zwischen dichterischer Heimatbindung und dem Anspruch auf internationale Repräsentanz, wie ihn die Berliner Literatenkreise erhoben, blieb B. während der Zwanziger Jahre bewußt; in der »Provinzdebatte« den eigenständigen literarischen Beitrag der deutschen Regionen – ähnlich wie Carl Zuckmayer, vergleichbar auch mit Oskar Maria Graf – für die Literaturmetropole zu beweisen, war sein Ziel:

> Zuckmayers »fröhlichen Weinberg« sah ich [...], »Katharina Knie«, »den Hauptmann von Köpenick«, Prosa und Gedichte von ihm kannte ich nur aus Zeitungsabdrucken.
> (An Bode, 15.12.1958)

Sein Stück *Der Provinzler*, im Vorabdruck in Berlin erschienen, ist dieser ›Provinzdebatte‹ verpflichtet, ohne sich einem Geschmacksdiktat der Theaterhauptstadt Berlin beugen zu wollen. B. wußte sich dabei der österreichischen ›Los von Wien‹-Bewegung, die sich in Hugo von Hofmannsthals und Max Reinhardts Einsatz für die Salzburger Festspiele manifestierte, verwandt. Bei seinem Salzburg-Besuch 1928 hatte er die Uraufführung des von Hofmannsthal protegierten *Perchtenspiels* von Richard Billinger miterlebt (an Seyboth, [1928]); Billinger, den B. späterhin schätzte (an Bode, 10.10.1958), wurde von den *Argonauten* in München vorgestellt. In seinen – B. jedenfalls bekannten – *Gedanken über das höhere Schauspiel in München* bekräftigte Hofmannsthal die Regionalität echter Kultur: »Ein entschiedener Ortsgeschmack hat nichts Provinzielles. Provinziell wirkt viel mehr das unterscheidungslose Übernehmen der großstädtischen Theatermode [aus Berlin].« (150 Jahre Bayerisches National-Theater, München: Hirth 1928, S.135) Josef Hofmiller, der zum Cossmann-Kreis zählte, spielte polemisch in den *Münchner Neuesten Nachrichten* »Dichtung gegen Literatur [...], Bauern-Dichtung gegen Großstadtroman« aus: »*damit* ärgert man die Leute von der Frankfurter Zeitung und des Berliner Tageblatts am meisten.« (Hofmiller, S.21) Daß München allerdings inzwischen in der Gefahr schwebte, tatsächlich die »provinziellste Stadt« (O. M. Graf) zu werden, mochte B., dem Kritiker des aufkommenden Nationalsozialismus, 1926 der rüde, von rechtsextremen Kreisen entfesselte Skandal um die Aufführung von Zuckmayers *Fröhlichem Weinberg* an den Kammerspielen zeigen.

Die Polarisierung der Literaturdebatte wirkte 1930 in der Rezeption des ersten Gedichtbandes B.s noch nach. Obgleich er – wie Curt Hohoff 1935 bemerkte – den »Kreis der Kundigen entzückt« hatte (Die Lyrik Georg Brittings; Nachl.Britting, V,A, 3.), ordnete Theo L. Goerlitz in seinem polemischen Überblick *Wo steht die junge deutsche Lyrik?* den Autor jenen »rührenden Geschöpfen« zu, »die wir im Sammeltitel als ›Bäuerle oder Erdgerüchler‹ anführen könnten«; Richard Billinger sei ihr Vorbild (vgl.

Bode, S.46–51), obschon ihnen besser anstünde, von Trakl zu lernen. Der Gedichtband zeige einen »feinen Idylliker«:

> Britting weiß den winzigen Geschöpfen, Sonnenblume, Gras und Panzerkäfer eine wunderliche, süße Melodie zu geben. Manche seiner kleinen Stücke erinnern an Lieder des Rokoko. Seine Zukunft und die des Günter Eich, dessen Bilder vereinzelt noch zu gehirnlich erscheinen, wird interessieren.
> (Rheinisch-Westfälische Zeitung, 24.11.1932)

Hans Böhms Sammelbesprechung im *Kunstwart* (44, 1930/31, S.797), setzte B.s Verse gegen die ›zarten‹ »Impressionen« in Günter Eichs erster Gedichtsammlung als »süddeutsch bäuerlich« ab und zählt ihn zu den »Jungen«, bei denen »eine Scheu vor leerem Pathos« ›angenehm‹ auffalle, »jene Nüchternheit, die dem Krieg und seiner Überbeanspruchung großer Gefühle entstammt.«

Fritz Diettrich, Lektor des Jess Verlages, profilierte sein Lob für B. hingegen – ebenfalls in einer Sammelbesprechung (für Die Literatur, 31, 1930/31, S.440) – mit einem Tadel an der allzu fragilen Lyrik Eichs, die im selben Verlag erschienen war.

In Gottfried Kölwels Anzeige (Deutsche Allgemeine Zeitung, 14.1.1931) schließlich wurden Modernität und Heimatbindung gleichgesetzt: »etwas Barockes« zeichne die Form dieser Gedichte aus – »Georg Britting ist ein Dichter, der so dichtet, wie er ist, wie er sieht, wie er fühlt.« (Almanach, S.33)

Damit war das Stichwort von B.s Selbstverständnis genannt, der in dem »Streit: Schriftsteller-Dichter« (an Wetzlar, 8.3.1949) das Ethos eines Dichtertums gewählt hatte, das jede Anpassung an das moderne Literatendasein verschmähte. Zwei »Lehrsätze« will Hermann Seyboth schon in Regensburg von B. übernommen haben: »Keine Zugeständnisse auf Kosten der Dichtung, Verteidigung der geistigen Unabhängigkeit bis zum Äußersten unter Nichtachtung des bequemen Lebens« (Seyboth; vgl. S.588).

Tatsächlich geht die Antithese zwischen einem romanisch geprägten »Zivilisationsliteraten« und dem in deutscher Kultur wurzelnden »Dichter« auf die 1918 erschienenen *Betrachtungen eines Unpolitischen* von Thomas Mann zurück, der in der *Frankfurter Zeitung* vom 18. Juli 1924 dann eine öffentliche Huldigung an Ricarda Huch mit der Absage an die »heillose Abgeschmacktheit der Antithese von Dichtertum und Schriftsteller« verknüpfte; er provozierte damit einen gerade diese Antithese leidenschaftlich verteidigenden Offenen Brief von Josef Ponten (1883–1940), der sich als Sprecher der »jungen«, nationalistisch gesinnten Generation fühlen durfte. Für B. sind »Thomas Manns *Betrachtungen eines Unpolitischen*« noch 1947, wie er Alex Wetzlar bekannte, ein »sehr lesenswertes Buch«. Er besaß ein Exemplar der Erstausgabe.

B., wie Thomas Mann ein Verehrer Nietzsches, begriff die politische Sphäre als den Bereich eines machiavellistischen Machtkampfes; das Verhältnis des zuerst seinem Werk verpflichteten Dichters zur Politik mußte daher »auf gut deutsche Art ein Unverhältnis« sein (Nr.112, S.121). Die unmündige »Masse« allerdings, die sich verhehle, daß »das Leben [...] streng, grausam und böse zu jeder Zeit und an jedem Ort« (S.477) sei, werde leicht eine Beute der »Phrase« (S.368ff.).

Ins Schroffe gesteigert ist bei Hans Blüher, den B. als einen der schärfsten Denker (vgl. S.589) schätzte, die »unbedingte Bejahung des überlegenen von Natur gehobenen Menschen gegenüber dem gewöhnlichen, die bis zur völligen Verachtung des Volkes führen kann« (Werke und Tage I, Jena: Diederichs 1920, S.11).

Für entsprechende Überzeugungen B.s hat Eugen Roth aus den dreißiger Jahren die Zeugnisse überliefert:

> Ich bin nicht bescheiden, sondern ich bin von höchstem Anspruch. Aber ich bin klug genug, das nicht zu schreiben. Denn wenn ich das verlangen wollte, was mir (als einem deutschen Dichter) ziemt, dann würden die Leute mich für verrückt halten.

Der ›Masse‹ fehle das Gefühl für den »Rang«. B. zitiere »Nietzsche von den Starken, vom Gift der Moral«, sei – in den Augen des Katholiken Eugen Roth – »Fatalist und Nihilist«: »Die Welt ist so, und weil sie so ist, muß sie so sein. Leugnung jeder Verantwortung, Moral, natürlich auch des Lebens nach dem Tode.«

Laut Thomas Mann zeichnete den ›Dichter‹ illusionslose Offenheit auch für das »Gefährlich-Schädliche« (S.399) im Leben aus; er wisse, daß der »Begriff des Lebens« selbst »ein *konservativer* Begriff« sei (S.608), und versage sich deshalb voreiligen Appellen zur Weltverbesserung:

> Ein Glück nur, daß dieser Ruf: ›Der Geistige handle!‹ eine sehr literarische Parole bleibt, eine Modelehre und Sensation der Zeitschriften. [S.600]

Jenseits der konventionellen Phrasen der Menschlichkeit vertrete der Dichter eine »nicht humanitäre Humanität« (S.462) und begreife sogar »die exzentrische Humanität des Krieges« (S.466). Im Gegensatz zu einem »politischen Ästhetizismus« (S.562) ziehe sich der echte Dichter nicht halbherzig und feige »hinter die Tugend« zurück (S.565). Ähnlich ist auch für Blüher nur die »Grundüberzeugung [der konservativen Parteien] *von der Natur des Menschen* durchweg richtig«, da sie »nicht humanitär [...], sondern humanistisch« sein wolle. (In medias res. Grundbemerkungen zum Menschen, Jena: Diederichs 1919, S.15 u. S.1) B. soll den »schwachen Widerhall« seines Prosabandes 1928 entsprechend erklärt haben:

> Dies rühre vermutlich daher, daß seine konträre Haltung zum landläufigen Weltbild dem Leser ein unmittelbares Mitgehen erschwere. In einer

> Zeit, da man fast alles verneine und ungerecht finde, müsse ein Autor, der unsre unzulängliche Welt und jedes Menschenlos, möge es noch so hart und unverdient sein, trotzdem bejahe, auf die Publicity verwirrend und befremdend wirken.
> (Knöller, Erinnerungen, S.399)

Doch wird in Roths Aufzeichnung B.s spätestens seit Ende der Zwanziger Jahre ausgeformtes ›geistesaristokratisches‹ Bewußtsein noch deutlicher akzentuiert:

> Und deshalb heiße ich grausam, weil ich sage, wie alles ist. Ohne Lüge und falsche Moral. Und die anderen, die Heuchler, die nennen sich gut und besser und sie sind es, die keiner Fliege etwas tun können.

Wiederum vorgezeichnet ist diese Geste aristokratischen Verzichtes bei Thomas Mann: Dichtertum sei »moralischer, anständiger und künstlerischer [...] als irgendein Führer-Optimismus« (S.530) und der Dichter ein *»leidender Führer«* (S.595f.) seines Volkes. Wesentliche Momente von B.s Selbstbild in den dreißiger Jahren sind damit formuliert, zumal Thomas Mann auch jenen literatenhaften »Exotismus, bestehend in einem schon physischen Ekel vor dem Nahen, Heimatlich-Wirklichen« (S.572) anprangert. Überzeugt war B. wohl auch vom »konservativen« Grundcharakter von Kunst und Deutschtum (vgl. 89), den er »national«, jedoch nicht »nationalistisch«(vgl. S.185f.) auffassen wollte. Überdies pries Thomas Mann München als die Heimat dieses Dichtertypus:

> Die Stadt, in der Modernisierung ihrem eigenen Gesetze folgend, wahrte ihren historischen Charakter als künstlerisches Kulturzentrum, [...]. Ihre tiefreichende künstlerische Kultur ist weniger geistig als sinnlich; [...]. Diese Stadt ist völlig unliterarisch, die Literatur hat hier gar keinen Boden. [S.111f.]

Blüher verallgemeinerte – etwa in seiner Schrift *Die Intellektuellen und die Geistigen* (3.Aufl., Prien: Anthropos Verlag 1920) – den Gegensatz von Dichter und Schriftsteller noch gemäß der Intellektuellenkritik, wie sie auch expressionistische Autoren übten. Was den »geistigen Menschen« auszeichne, sei die »Bild-Schau«, aus der das Werk und die Summe der Werke, die Kultur, erwachse:

> Wir nennen einen Menschen, den dieses oberste Erlebnis vollkommen in Anspruch nimmt, und der alles, was er tut, aus ihm heraus begeht, einen *geistigen* Menschen [...]. [S.4]

Er ist »der Prototyp des Schaffenden überhaupt« (S.5). »Von diesem Typus ganz und gar verschieden sind die *Intellektuellen* (S.5), die Mehrer der Zivilisation; ihr »vieles Wissen und große Belesenheit« seien »Minderwertigkeitssymptome« (S.20). Grundzüge und Vokabular des Dichtungsverständnisses in B.s Lebenswelt wurden so im Schrifttum der ›Konservativen Revolution‹ formuliert.

München war eines der Zentren dieser Bewegung; das Schlagwort, das ihr den Namen gab, wurde in der Rede *Das Schrifttum als geistiger Raum der Nation* geprägt, die Hofmannsthal am 10. Januar 1927 bei einem von den »Argonauten« und der Münchener Goethe-Gesellschaft veranstalteten Abend im Auditorium Maximum der Münchener Universität hielt; zwei Monate später, am 9. März, sprach Rudolf Borchardt über »Schöpferische Restauration« (StA Pol. Dir. 4392). Auseinandergesetzt hatte sich B. wohl auch mit einem Versuch, solche Thesen aus dem kulturellen in den politischen Raum zu übertragen; Georg Quabbes *Tar a Ri. Variationen über ein konservatives Thema* (Berlin: Verlag für Politik und Wirtschaft G.m.b.H. 1927), »wohl die gescheiteste liberalkonservative Theorie in Deutschland« (Mohler, S. 415; vgl. ebd. S. 110ff.), befindet sich in seiner Bibliothek. Quabbes konservativen Grundsätzen entspricht zumindest die Weltanschauung, die B.s Zeitgenossen in seinem Werk gestaltet fanden.

Quabbe berief sich auf »das Bekenntnis des geistigen Führers der Nation zu konservativen Grundgedanken« (S. 5), sah darin das »Fanal des Bündnisses zwischen Geist und Tradition« (S. 6) und wollte sich deshalb keinesfalls damit abfinden, »wenn jetzt Thomas Mann dem Geiste rät, das politische Leben seine fatalen Wege lieber allein gehen zu lassen« (S. 20). Anders akzentuierend als Thomas Mann (Nr. 112, S. 30) wertete er Fortschreiten und Bewahren als zwei »ewige große Tendenzen« des Menschen, deren Inhalte freilich wandelbar seien (S. 180).

In einer Serie von Antithesen (S. 160) entfalten sich für Quabbe diese beiden Grundtendenzen:

Kreis oder Fortschritt,
Leben oder Wahrheit,
Höhere Ordnung oder Menschenwerk,
Autonome Ordnung oder staatliche Beeinflussung,
Ganzes oder Individuum,
Irratio oder Ratio,
Autorität oder Freiheit,
Geschichtliches Recht oder innerlich bestimmtes Recht.

Letzlich entscheidend sei der »Unterschied zwischen der nichtkritischen und der kritischen Einstellung bei der Betrachtung eines Gegenstandes hinsichtlich seiner Individualität als einer selbstgenügsamen, geschlossenen Einheit« (S. 162).

Denn das »konservative Lebensideal« sei »das Ideal des Lebens, des ungebrochen fließenden Lebens« (S. 121), und der Konservativismus sehe »nicht nur die Dinge, sondern auch die Werte im Kreislaufe des Geborenwerdens, Zeugens und Absterbens« (S. 117), so daß »die Summe alles menschlichen Glücks auf Erden immer gleich bleibt«. Überzeugt sei er deshalb, »daß das rationale Denken des Menschen der weniger bedeutsame Teil seines Seelenlebens ist und höchstens vorübergehende Auflehnungen gegen die sich schließlich durchsetzende Allgewalt der Natur zeitigen kann« (S.121), und er verlange »die Einfügung des Menschen in eine Ordnung, die außer und über ihm besteht« (S.123), ja er pflege

> die irrationalen Momente des Lebens, weil er in ihnen die natürlichere, schönere und in ihrer geheimnisvollen Undurchsichtigkeit heiligere Seite des Lebens sieht. [S.139f.]

Daher verfechte der echte Konservative »eine Art Freiheit [...], die darin besteht, sich nicht gegen die Natur aufzulehnen« (S.147), und ist »in dem eminenten Sinne [...] konservativ, daß er die Dinge anschaut, ohne ihrer geistig zu begehren« (S.162); vielmehr neige er zu einer »ironischen Betrachtung menschlicher Gernegroße«.

Anders als die politisch-konservativen Parteien verachte er deshalb »Gewaltherrschaften«, sowohl die der Bolschewisten in Rußland wie jene der Faschisten in Italien (S.144, vgl. S.158); im politischen Konservativismus hingegen sei es

> im ganzen [...] doch bei dem Vorkriegsideal des starken Königtums und starken stehenden Heeres geblieben, und daß die Verbrämung der alten, ehrlich-praktischen antisemitischen Forderungen mit völkischen Gedanken eine Bereicherung ist, bleibt wegen der nun möglichen leichten Widerlegbarkeit selbst vom antisemitischen Standpunkt aus zweifelhaft. [S.167]

Die »völkische Idee« mit ihrer »Verherrlichung des Durchschnitts« gilt Quabbe als »einer der gröbsten Unfuge, mit dem je ein Volk vom wirklichen Wege der Reinigung entfernt gehalten wurde« (S.17f.), wie ja auch B. für Faschismus und aufkommenden Nationalsozialismus nur – in *Simplicissimus*-»Witzen« dokumentierten – Spott übrig hat (vgl. Anm. zu S.253).

Überzeugen konnte den Nietzscheaner B., der in den Streitgesprächen mit Eugen Roth immer die »heldenhafte Auffassung für sich« hatte, schließlich auch die Auffassung, »daß der Kampf – und sein Ziel, der Untergang des einen – nicht nur die Existenz des andern, sondern das Leben überhaupt enthält« (S.170), zumal sich 1927/28 in seinem Werk wie bei seinen Zeitgenossen eine neue Wertung des Soldatischen abzeichnete (vgl. S.341, 344). Die *Betrachtungen eines Unpolitischen* hatten – fast ein Modell für den »literarischen Leutnant« B. (Schmitz/Ziegler, S.26) – berichtet, »wie der Krieg [einem Soldaten] die Bekanntschaft mit der schönen Literatur vermittelt habe« (S.468) und gefolgert:

> Zivilisation und Männlichkeit, Zivilisation und *Tapferkeit*, das ist ja zuletzt kein Gegensatz. [S.471]

B. versuchte in einem Text, der im *Stadtanzeiger für Köln und Umgebung*

(Nr.249, 18.5.1929) unter dem Titel *Soldaten, Shatterhand und Oberst Lawrence* als Antwort auf eine Umfrage erschien, das Kriegserlebnis in das sein Gesamtwerk durchziehende Motivfeld des ›Abenteuerlichen‹ (vgl. S.570) einzuordnen:

> Im Leben, Aug in Aug, atmend, ist mir nie ein Abenteurer begegnet, wenn ich nicht jene tollen und wunderbaren Burschen dazurechne, die von 1914 bis 1918 nicht nur der allgemeinen Wehrpflicht nachkamen und für ihr Land einstanden, selbstverständlich mit der Waffe in der Faust, die im größeren Rahmen dieser Pflichterfüllung noch ganz privat und sehr persönlich den Krieg als Abenteuer empfanden – und als was für ein *siedheißes, blutigrotes, tägliches, nächtliches Abenteuer*! Aber ich scheue mich, hier und aus diesem Anlaß von diesen Leuten zu sprechen, man könnte mich mißverstehen, allzu leicht mißverstehen, und sagen, ich sagte, der Krieg war ein Abenteuer, obwohl ich doch weiß, was viele wissen, die auch dabei waren, daß er darüber hinaus etwas ganz und gar andres war hoch darüber hinaus und tief darunter hinab!
> Ich muß von Abenteurern also sprechen, die ich aus Büchern kenne, und bis zu meinem 15., bis zu meinem 16. Lebensjahr hätte ich rasch und leicht und ohne zu zögern die Frage beantworten können, wer von ihnen den tiefsten Eindruck auf mich gemacht hat. Wer anders sollte es denn gewesen sein als *Karl May – Old Shatterhand*, als Kara ben Nemsi, der Held, der herrliche und unüberwindliche, mit dem Blitz in der Hand, jenem Jagdhieb, mit dem schweren Bärentöter und dem leichten Henrystutzen, dem vielschüssigen?
> Heute weiß ich, daß er eine Märchenfigur ist, von allem Glanz des Märchens umwittert, aber wirklich und lebendig ist der englische Oberst Lawrence, der den »Aufstand in der Wüste« betrieb, und ihn dann hinreißend beschrieb, in dem besten aller Kriegsbücher.
> Aber, fällt mir ein, da das auch in jenen Jahren zwischen 1914 und 1918 sich begab, so ist dieser Oberst Lawrence doch auch einer jener tollen und wunderbaren Burschen, wie sie mir oft atmend vor Augen kamen – und von denen ich doch nicht sprechen wollte als wie von Abenteurern!

DRUCKNACHWEISE UND ANMERKUNGEN

Frühe Werke

Journalistische Anfänge bei den »Regensburger Neuesten Nachrichten«

S.9 Die Dult
In: Nr.219, 15.9.1911.
Das Goethe-Zitat stammt aus der Osterspaziergangsszene des *Faust* (V.945-949), die sprichwörtliche Wendung von Wilhelm Busch aus dessen *Dideldum* (1874). Das Schichtl'sche Künstler- und Zaubertheater gehörte schon damals beim Münchener Oktoberfest zu den traditionellen Attraktionen.

S.12-27 Regensburger Bilderbögen
Zu den erwähnten Sehenswürdigkeiten des alten Regensburg vgl. die ausführlichen lokal- und kunstgeschichtlichen Angaben bei: Hugo Graf von Walderdorff, *Regensburg in seiner Vergangenheit und Gegenwart*, 4.Aufl., Regensburg: Pustet 1896 (Nachdruck: Ebd. 1977).

Der Haidplatz, Die steinerne Brücke, Der Römerturm. In: Nr.230, 28.9.1911.
Der Schweizer Arnold Winkelried soll in der Schlacht bei Sempach (1386) mehrere feindliche Spieße auf sich gezogen und so den Eidgenossen den Einbruch in die aufgerissene Schlachtreihe ermöglicht haben.
Die Rokokokirche St.Magnus in Stadtamhof wird in B.s Artikeln als »St.Magn« geschrieben.

Der Dom, Die Wahlenstraße In: Nr.240, 10.10.1911.

Die Allee, An der Herzogsmauer In: Nr.248, 19.10.1911.

Das Stadtbild In: Nr.258, 31.10.1911.
Der »große Korse«, Napoleon, hatte am 23.April 1809 seine Truppen in das kurz zuvor noch von den feindlichen Österreichern besetzte Regensburg geführt.

Die Ostengasse, Unter den Schwibbögen In: Nr.265, 9.11.1911.

Beim Rathaus In: Nr.276, 22.11.1911.

S.28 Martin Greif
In: Nr.82, 1.4.1911.
Das Zitat von Adolf Bartels stammt aus dessen *Geschichte der deutschen*

Literatur. Zweiter Band: Die neuere Literatur (Leipzig: Eduard Avenarius 1905, S.588).

Zu Martin Greif bekannte sich B. noch im Rückblick von 1949: »Greif hab ich immer geliebt, in den paar Gedichten, die in jeder Anthologie stehen. Auch in unserer. Seine Dramen sollen schauerlich sein.« (An Wetzlar, 5.9.1949) In Will Vespers Anthologie *Die Ernte* (vgl. S.572) war das Gedicht *Hochsommernacht* aufgenommen; in B.s *Lyrik des Abendlands* lediglich *Abend*.

S.31 Peter Altenberg

In: Nr.99, 24.4.1911.

Der Bohemien und Feuilletonist Peter Altenberg galt schon den Zeitgenossen als Verkörperung der dekadenten Lebenspoesie des »Jungen Wien«, dem B. vor allem in seinen ersten dramatischen Versuchen verpflichtet ist (vgl. S.572).

S.33 Literatur als Ware

In: Nr.144, 19.6.1911.

Lessings ›geflügeltes Wort‹, das B. gern zitiert, eröffnete 1753 die Sammlung seiner *Sinngedichte*:

Die Sinngedichte an den Leser

Wer wird nicht einen *Klopstock* loben?
Doch wird ihn jeder lesen? – Nein.
Wir wollen weniger erhoben,
Und fleißiger gelesen sein.

B. freilich wendet dies später kritisch gegen ein Publikum, das sich dem Anspruch der ›Dichter‹ entziehe und ›Schriftsteller‹ vorziehe (vgl. Almanach, S.16f.).

S.36 Die Kunst stirbt

In: Nr.192, 14.8.1911.

Herbert Eulenbergs »Trauerrede an die deutsche Nation« *Die Kunst in unserer Zeit* erschien 1911 bei Ernst Rowohlt in Leipzig.

S.38 Der Kondor

In: Nr.217, 27.8.1912.

Über das Ziel dieser ersten »expressionistischen« Anthologie schrieb der Herausgeber Kurt Hiller im Vorwort (S.7f.):

> Und so plant der Kondor ein Manifest zu sein. Eine Dichter-Sezession; eine rigorose Sammlung radikaler Strophen. Zum erstenmal sollen hier

lebende Künstler der Gedichtschreibung, und nur Künstler, vereinigt werden. Mit Proben, die ausreichen, ein Bild zu geben: Künstler einer Generation. (Die ältesten sind Ende der siebziger Jahre geboren, die jüngsten 1890; gemeinsam ist ihnen nichts als die Gegensätzlichkeit zu den beregten Sorten und allenfalls das Stigma des Neuen).

Eine Richtung? Eine »Richtung« will *Der Kondor* nicht fördern. Erscheint die Erlebensart des geistigen Städters, die uneinfache, bewußtere, nervöse [...], hier als bevorzugt, so rührt das nur daher, daß man sie anderswo quäkerisch vernachlässigt hat. So ausgeschöpft der Behälter der agrarischen Emotionen auch ist: unsre Einwände kleben nicht am Gegenstand; und ein Beispiel im *Kondor* wird zeigen, daß sogar die kompromittiertesten Wörter (»Acker« und »verhalten«), neu geboren und gut gesetzt, die künstlerische Wirkung eines Gedichts nicht hemmen können.

Das Gedicht *Weg in den Vorfrühling* von Paul Zech (vgl. oben S.588) gab diesen Beleg; weiter hatte Hiller eindringlich auf den »genialischen« Georg Heym hingewiesen.

S.40 Die Jounalisten. Von Gustav Freytag
In: Nr.267, 1.10.1912.
Die These von den drei guten deutschen Lustspielen wird etwa in Bartels' Literaturgeschichte (vgl. Anm. zu S.28) referiert (S.353).
Aus der Erdgeistszene von Goethes *Faust* (V.508) stammt die Wendung vom »Webstuhl der Zeit«.

S.42 Der Kaufmann von Venedig. Von Shakespeare
In: Nr.288, 22.10.1912.
Die bekannte ›Definition‹ des Humors stand als Motto über der *Yankeedoodle-Fahrt* (1909) von Otto Julius Bierbaum.
Ernst Ritter von Possart war von 1895 bis 1905 Generaldirektor, später Intendant des Münchener Hoftheaters; als Schauspieler vereinigte er wirklichkeitsnahe Charakterisierungskunst mit rhetorisch-pathetischem Vortrag. Seine »Prachtleistung« in Björnsons *Fallissement* empfahl B. (am 27.1.1914) in seiner Besprechung der Regensburger Aufführung als beispielhaft. Heinrich Mann hat in der Figur des Archibald (in dem Roman *Die Jagd nach Liebe*) diesen ebenso intriganten wie einflußreichen Münchener ›Theaterfürsten‹ karikiert.

S.44 Liebelei. Von Arthur Schnitzler
In: Nr.303, 7.11.1912.
Das Zitat eingangs stammt aus der »Abschiedssouper«-Szene in Schnitz-

lers Szenenzyklus *Anatol* (1888/91), der wie *Reigen* (1896/97) und *Liebelei* (1894) Bilder aus dem Wien der Décadence entwirft; daneben stehen in Schnitzlers Werk historische Dramen wie *Der Schleier der Beatrice* (1899) und *Der junge Medardus* (1909).

S.46 Magdalena. Von Ludwig Thoma
In: Nr.325, 29.11.1912.
Ludwig Thomas *Magdalena*, das erste ernste Bühnenstück des Redakteurs der Münchener satirischen Zeitschrift *Simplicissimus*, war am 12.Oktober 1912 in Berlin uraufgeführt worden.
Zur damals auch in Regensburg üblichen Bühnenpraxis gehörte, daß die Schauspieler für ihre Maske selbst zu sorgen hatten. Sich an populären, vom *Simplicissimus* kreierten Typen zu orientieren lag nahe; allerdings begegnete dort das Militär vor allem in den Zeichnungen Eduard Thönys, kaum einmal in denen des selten mitarbeitenden Ferdinand Spiegel.

S.49 Des Meeres und der Liebe Wellen. Von Franz Grillparzer
In: Nr.53, 24.2.1913.

S.50 Judith. Von Hebbel
In: Nr.76, 19.3.1913.
Magda Lena war 1911 von Colmar nach Regensburg engagiert worden; von dort wurde sie 1912 nach Dortmund verpflichtet und schließlich 1915 an das Münchener Residenztheater, vgl. S.601.

S.52 Japanische Schauspieler
In: Nr.22, 23 1.1914.

Frühe Gedichte und Prosa

S.55 Vision
In: Der Komet (München), 1, Nr.42, 16.12.1911.
Vgl. S.573.

S.56 Winter
In: Deutscher Hausschatz, 37, 1910/11, S.296 [Anfang 1911].

S.57 Der Tannenbruch
In: Deutscher Hausschatz, 38, 1911/1912, S.292 [Januar 1912].

S.58 Die Könige aus dem Morgenland
In: Münchner Neueste Nachrichten, Nr.10, 6.1.1914. – U.d.T. *Die morgen-*

ländischen Könige auch in: Die Bergstadt, 4, 1915/16, S.353 [Januar 1916]. – Auch in: Meggendorfer Blätter, 1919, S.5 [2.Januar].
Ein Brief B.s an Wetzlar vom 22.Januar 1953 bezieht sich wohl auf *Die Könige aus dem Morgenland*: »Das beiliegende Gedicht ist wohl das erste, das überhaupt von mir gedruckt wurde« (weiteres Zitat S.573). Zu dieser oder der Anm. zu S.78 nachgewiesenen Veröffentlichung vgl. *Die Tischdecke* (Bd.III,2).

S.59 Traum
In: Die Bergstadt, 4, 1915/16, S.125 [November 1915]. – Auch in: Liller Kriegszeitung, Nr.88, 20.4.1917.

S.60 In Flandern (Winter 1914)
In: Jugend, 20, 1915, S.20 [Januar]. – Auch in: Liller Kriegszeitung, Nr.34, 8.11.1917.

S.61 Vorhut
In: Über Land und Meer, 57, 1914/15, S.386 [Februar 1915]. – Auch in: Der Türmer, 18, I, 1915/16, S.460 [Januar 1916]. – Meggendorfer Blätter (Kriegschronik), 108, 1917, S.130 [1.3.1917]. – Liller Kriegszeitung, Nr.46, 14.12.1917.

S.62 Wenn es regnet
In: Wieland, 1, 1915/16, Nr.35, S.2 [26.11.1915].

S.63 Der arme Soldat
In: Liller Kriegszeitung, Nr.6, 17.8.1916. – Auch in: Meggendorfer Blätter (Kriegschronik), 108, 1917, S.78 [1.2.1917].

S.64 Der weiß-rot gefleckte Sieger
In: Wieland, 1, 1915/16, Nr.42-44, S.18-20 [Januar 1916]. Vgl. den Komm. in Bd.III,2 zu *Flandrischer Fasching*.
»Säbeldienstgrade« waren die Offiziersgrade der deutschen Armee.

S.68 Tage im Quartier
In: Wieland, 1, 1915/16, Nr.45-48, S.10-11 [Februar 1919].
Zu Joseph Michtl vgl. S.575, 587, 644.

S.74 Feldpostbrief
In: Liller Kriegszeitung, Nr.43, 6.12.1916.

S.75 Feldsoldatensang
In: Liller Kriegszeitung, Nr.49, 24.12.1916. – U.d.T. *Das Mädchen von*

Semuy auch in: Westermanns Monatshefte, 1917/18, Bd.I/2, S.564 [Januar 1918].

S.76 Neujahrsnacht im Schützengraben
In: Der Türmer, 19, I, 1916/17, S.476 [Januar 1917]. – U.d.T. *Neujahr 1918* auch in: Die Bergstadt, 6, I, 1917/18, S.251 [Januar]; dort Z.10: Der mildere Mond scheint nun klar.

S.77 Auf Posten
In: Liller Kriegszeitung, Nr.65, 10.2.1917. – Auch in: Liller Kriegszeitung. Sommerlese 1917. Der Auslese fünfter Band, Lille: Verlag der Liller Kriegszeitung 1917, S.42.

S.78 Ritt im Regen
In: Liller Kriegszeitung, Nr.106, 13.6.1917. – Auch in: Frankfurter Zeitung, Nr.165, 17.6.1917. – Vgl. Anm. zu S.58.

S.79 Teestunde
In: Der Türmer, 19,II, 1917, S.391 [Juni].

S.80 Treuloser Bräutigam
In: Über Land und Meer, 59, Bd.118, 1917, S.676.

S.81 Abend im November
In: Meggendorfer Blätter, 1917, III, S.173 [13.12.1917].

S.82 Ritt am Abend
In: Meggendorfer Blätter (Kriegschronik), 1918,I, S.115 [21.2.1918].

S.83 Der Soldat
In: Der Türmer, 20,II, 1918, S.301 [Juli].

S.84 Ich sehe nichts als nur dein helles Haar (Im Lazarettgarten)
In: Meggendorfer Blätter, 1918,II, S.108 [15.8.1918].

S.85 An eine blonde Freundin
In: Meggendorfer Blätter, 1918,III, S.155 [5.9.1918].

S.86 Abend
In: Jugend, 24, 1919. S.106 [Februar].

S.87 Erster Frühlingstag
In: Simplicissimus, 24, 1919/20, S.83 [6.5.1919]. – Auch in: Neue Donau-Post, 20.5.1919.

Prosa aus den Zwanziger Jahren

Der verlachte Hiob (S.91)

Erstausgabe: Der verlachte Hiob. Traisa-Darmstadt, Arkaden Verlag 1921 (=Druck der Ernst Ludwig Presse).
B. nahm die Erzählungen dieses Bandes nicht in die Ausgabe seiner Werke auf: »Der *Verlachte Hiob* ist mein frühestes, ganz expressionistisches Buch, steil, und verworren, Sturm und Drang. Ich laß es nicht wieder auflegen.« (An Jung, 26.8.1948) Die Texte wurden EI, S.5-36 wieder veröffentlicht.
Der Arkaden Verlag warb für B.s Buch mit einem eigenen Prospekt und hob vor allem hervor, daß die bibliophile Ausstattung durch die renommierte Ernst Ludwig Presse – neben der broschiert oder handgebunden lieferbaren Hauptausgabe erschien eine Vorzugsausgabe von 25 Exemplaren, »gedruckt auf van Gelder-Bütten, mit der Hand in Pergament gebunden« – hier den Novellen eines »jungen Dichters« zuteil geworden sei:

> Eine in aller Neuheit ihrer Form schon gesicherte Kunst. Eine erstaunlich fertige Abseitigkeit von der schalgewordenen literarischen Tradition und ein gekonntes Herausstellen gegenwartkräftiger Formorganisierung. Da ist ein Dichter, der nichts mehr will von den alten Lebensbewertungen, der jenseits der ethischen Zerrissenheit unserer Zeit steht und in starker Bewußtheit die eigene Gesinnungswahrheit frei und rein erhebt. Nicht als Programm und in nur leiser Antithese gegen das modrig Gewordene.

Ausgeliefert wurde der Band erst Anfang 1922. Eine Besprechung von Maximilian Rapsilber, *Kain auf der Flucht*, für den *Roland von Berlin* verfaßt, hat sich im Nachlaß B.s erhalten; sie preist die »großartig peitschende Sensation«, die weit entfernt von allen »Modefaxen« aus dem »Sturm-Konzern«, dem erfolgreichen Berliner Expressionisten-Kreis, sei.
Guido K.Brand siedelte – in einer Besprechung für *Das literarische Echo* (24, 1922, S.694) – diesen »Erstling« in »der geistigen Sphäre Kasimir Edschmids« an, ein Einfluß, der sich »besonders [...] im *Fest der Vierhundert* und *Kain* bemerkbar« mache; doch gelinge es diesen »Skizzen [...] von einer kristallenen Bewußtheit«, »die seelischen Imponderabilien stärker klingen zu lassen«: »ihr Hintergrund ist flammendes Mitleid mit den Leidenden.« Zur Einordnung und Motivgeschichte vgl. S.584f.

S.91 Die Irren
Vgl. S.584.

S.93 Totentanz
Zuerst erschienen in: Die Aktion, 9, 1919, Sp.783f. [29. November].
Nach dem Zweiten Weltkrieg befaßte sich B. erneut mit der Erzählung und suchte nach einem »stilleren Titel« (an Wetzlar, 8.12.1945; vgl. ebd. 15.4.1946).
Das Zitat der beiden Anfangszeilen des alten Soldatenliedes »Kein schönrer Tod ist in der Welt ... als wer vorm Feind erschlagen« vollständig in B.s Erzählung *Der bekränzte Weiher* (vgl. Komm. zu Bd.III,2).

S.95 Jor auf der Flucht
B. schließt an die mit Rilkes Roman *Die Aufzeichnungen des Malte Laurids Brigge* (1910) erreichte Stufe der Stoffgeschichte an und übersetzt die Thematik der dort erzählten Parabel vom ›verlorenen Sohn‹ als einem, ›der nicht geliebt werden wollte‹, in die grelle Motivsprache des exotistischen Expressionismus eines Kasimir Edschmid.
In seiner Serie *Die junge Generation* hebt Heinz Küpper in dem B. gewidmeten Artikel diese als einzige der frühen Erzählungen hervor:

> Das Schicksal hat bei Britting etwas wie Hohn an sich, und gar manches Mal gewinnt man den Eindruck, als sei das Schicksal eine unerhört kaltsinnige und grausame Groteske. Wenn man [...] liest, wie Jor alles daransetzt, um endlich keine demütige Liebe mehr zu finden und um endlich einem Menschen zu begegnen, der ihm überlegen wäre, so empfindet man Jors Einsicht, daß doch alles vergeblich und daß es sinnlos sei, »gegen das Göttliche in ihm sich zu stemmen«, sowohl als die tiefste Bestätigung unverletzlicher und unveränderbarer menschlicher Persönlichkeit wie auch zugleich als ein hohnvoll gellendes Lachen des Schicksals.
> (Kölnische Zeitung, 5.7.1936)

S.109 Das Fest der Vierhundert
Zuerst erschienen in: Der Sturmreiter, 1, H.8, 1919/20, S.15-17 [Sommer 1920].

S.112 Kain
Zuerst erschienen in: Neue Blätter für Kunst und Dichtung, 2, 1920, S.205.f. – Auch in: Das Gegenspiel 1, H.3, 1925, S.96f. [März].

S.114 Der Tod des Don Quichotte
Zuerst erschienen in: Die Sichel, 1, 1919, S.68f. [Oktober]. – Auch in: Das Gegenspiel, 1, H.1, 1925, S.26f. [Januar].

Die Buchausgabe weicht an einigen Stellen vom Erstdruck ab:
S.114, Z.13: [...] Hände lagen auf den Lehnen des Sessels. – *E:* Hände lagen auf den Lehnen des Sessels wie tote Spinnen.
S.115, Z.1: Seine Hände waren gesegnet. Frau Avrikos [...]. – *E:*Seine Hände waren gesegnet. Hilfe allen Bedrängten – und wenn ihr Lachen über ihn zusammenschlug! Frau Avrikos [...]
S.115, Z.10/11: [...] nur seine Hände waren lebendig. Der kleine Johannes [...]. – *E:*nur seine Hände waren lebendig, die sich wie fremde Tiere ins harte Holz krallten. Der kleine Johannes [...].
*S.115, Z.31/32:*Liebe brach aus ihm erschütternd. Ein Mensch schrie [...]. – *E:*Liebe brach aus ihm erschütternd. *Helfen!* war das flammende Gebot, das sich im Bogen vor ihm spannte und dessen Glanz sein Herz versengte. Ein Mensch schrie [...].
S.116, Z.2/3:[...] traf in die Luft mit furchtbaren Schlägen. Die Bestie umkreiste ihn [...]. – *E:* traf in die Luft mit furchtbaren Schlägen. Die Bestie prallte sich gegen ihn, gekrümmt, daß er schwankte. Sie umkreiste ihn [...].

S.117 Hiob
Vgl. S.585.

Kunst-, Theater- und Literaturkritik

Über Josef Achmann, den Graphiker und Maler

S.120 Josef Achmann
In: Die Bücherkiste, 1, 1919. S.64 [Herbst]. – Leicht verändert auch in: Der Weg, H.10, 1919, S.4 [Oktober]. – Konstanz 1, 1919, S.74f. [November]. Eingearbeitet in der größeren Würdigung für *Die Sichel* – vgl. S.125.

S.121 [Zu: Josef Achmann, »Die kleine Stadt«]
In: Josef Achmann, Die kleine Stadt. 6 Holzschnitte, (= Der schwarze Turm, H.7), Kiel: ›Novemberverlag 1918‹ 1920.

S.125 Josef Achmann
In: Die Sichel, 2, 1920, S.23-24 [Februar/März]. – Auch in: Achmann, (= Sechstes Künstlerheft der Saturne), Heidelberg: Verlag die Saturne 1919. Der beprochene Holzschnitt Achmanns (S.126, Z.33) ist dort als *Donau I* angegeben (vgl. Si I, S.63).
Eine kurze Anzeige dieses Heftes von Rosa Schapire, in: Die Rote Erde, 1, 1919/20, S.349 [Januar–März 1920].

Vgl. Achmann-Kat. zu *Das Fenster* (Nr.73), *Bild zweier Freunde* (Nr.17), *Donau II* (Nr.338).

S.128 Der Maler und Graphiker Josef Achmann
In: Jahrbuch für neue Kunst 1921, [hg.v. Georg Biermann], S.291- 296. – U.d.T. *Josef Achmann* auch in: Der Cicerone, 8, 1921, S.477-482. – U.d.T. *Maler Josef Achmann* gekürzt in: Die Rote Erde, 2,I, 1922/23, S.152-153 [Frühjahr 1922]; in die letzten beiden Abschnitte sind dort biographische Mitteilungen eingesetzt:

> Im Dezember 1919 hat Achmann sich verheiratet, mit der Schauspielerin Lena vom Münchener Nationaltheater. Seitdem lebt er in München. Seine letzten Bilder sind von stärkster Geschlossenheit. [...] Seine graphischen Blätter haben eine große Einfachheit erreicht. Mächtige, geschwungene Linien, breite strahlende Flächen von schwarz und weiß. Und die Münchner Neue Sezession, der Bund der »Jungen«, hat von Achmanns Graphiken drei aufgehängt, von seinen Bildern keins. Vielleicht errötet, eines Tages, die Jury, die das zu verantworten hat.

S.133 Münchner Künstlerköpfe: Josef Achmann
In: Münchner Neueste Nachrichten, Nr.343, 17.12.1929, S.15.

Zu Aufführungen des Stadttheaters in Regensburg

Bs. Besprechungen erschienen zunächst in der *Neuen Donau-Post* (vgl. S.587), die im Juli 1920 in die *Volkswacht für Oberpfalz und Niederbayern* umgewandelt wurde. Sie werden unten sämtlich angeführt.

Reiches Material zum Spielplan und den einzelnen Inszenierungen befindet sich im Stadtarchiv Regensburg, Theatersammlung Andreas Blank. – Die Memoiren des Schauspielers Rudolf Fernau, der in der Spielzeit 1918/19 bei diesem Stadttheater sein erstes Engagement angetreten hatte, berichten aus dieser Zeit von Versuchen, den inzwischen aufs Theater übergreifenden »Expressionismus« auch dem Regensburger Publikum näher zu bringen. B. hatte das Talent des Debütanten erkannt (vgl. etwa NDP, 2.1.1920); dessen Bild des »trinkfrohen« B., »ein hochkarätiger Lyriker von Rang«, scheint freilich aus der Rückschau stilisiert (S.54, vgl. S.263).

Am Stadttheater war auf den Intendanten Johannes Maurach ab 1913 Emil Vanderstetten gefolgt. Nach der Schließung in den Kriegsjahren übernahm 1918 Max Linnbrunner gemeinsam mit Toni Thoms die künstlerische Oberleitung; es folgte bereits im Jahr darauf Emil Reiter, dann Richard L'Arronge – für 1919/20 – , dann, nach der erneuten Privatisierung, Max Linnbrunner von 1920/21 bis 1924 (vgl. S.159).

Zum Winter 1919 war das Theater neu organisiert worden. Die *Neue Donau-Post* spendete am 15.Oktober 1919 hohes Lob für den »heuer zum ersten Male und unseres Wissens in ganz Bayern nur hier gemachten Versuch des Eigenbetriebes eines Stadttheaters«; man versprach sich davon »ein gutes Theater unter Ausschaltung der Unternehmerspekulation nach idealen Gesichtspunkten«. In einem Artikel zur *Regensburger Theaterfrage* erklärte W.Schmitt am 26.November:

Wie der alte Staat, so hat das alte Theater, so hat das alte Publikum mit seiner dünnen aufgeleimten Halbbildung, mit seinen wechselnden Launen und Richtungsmoden abgewirtschaftet.

Aber bereits zum Ende der Spielzeit erwies sich die ›Kommunalisierung‹ als nicht mehr finanzierbar (vgl. NDP, 29.4.1920).

In seiner Rubrik »Quer durch« schrieb B.s früherer Kontrahent vom *Regensburger Anzeiger* (vgl. S.599f.) am 30.April 1920:

Einer besonderen Feststellung wert ist wohl die Tatsache, daß ausgerechnet die Kreise ein gut Teil Schuld an dem Schicksal unseres Theaters tragen, die seine Verstadtlichung mit allen Mitteln erzwangen. Das kam auch in einer Vorberatung zur Stadtratssitzung zum Ausdruck [...]. Ein Mitglied des Stadtrats wies daraufhin, daß ausgerechnet die Schauspielkritik der Zeitung, welche die Verstadtlichung am nachdrücklichsten verlangte, nicht mehr Kritik, sondern Bösartigkeit gewesen sei. Andere Leute an weniger verantwortlicher Stelle haben ihr Urteil meiner früheren Feststellung angeglichen: »Das gehört in die Vorgärten von Karthaus«. [...] Nachdem nun das Stadttheater zum großen Bedauern aller ehrlicher Kunstfreunde diesen Weg so vieler revolutionärer Neuerungen nehmen mußte, wird die Kunst mehr aufblühen und zur vollen Entfaltung kommen, die unserem Schieberzeitgeist entspricht.

B.s vehemente Kritiken hatten schon früher zu Streitigkeiten mit gekränkten Schauspielern geführt, die er wiederum öffentlich machte (vgl. NDP, Nr.20, 26.1.1920). Dem Musikkritiker des *Regensburger Anzeigers* hatte er überdies nachgewiesen, daß dieser seine Kritiken aus Paul Bekkers *Beethoven* von 1910 übernehme (vgl. NDP, Nr. 71, 1.4.1920).

In der neuerlichen Polemik gegen den *Regensburger Anzeiger* versuchte B. seine kritische Schärfe grundsätzlich zu rechtfertigen: Zu Unrecht sei behauptet worden,

daß meine Kritik, die keine Kritik sei, sondern Bösartigkeit, ein gut Teil Schuld trüge an dem Schicksal unseres Theaters. [...] Loben [– meint man –] bedeutet Förderung. Daß Tadel fördern kann, daß ich das Pferd nur vorwärts bringe, wenn ich den Sporn bereit halte, daß ich zu höchster Anspannung, zur Hergabe des letzten zwinge, wenn ich das letzte fordere,

- das wolle der Gegenpartei nicht einleuchten.

S.136 Herrschaftlicher Diener gesucht. Von Burg /Taufstein
In: NDP, Nr.251, 26.10.1918.
Die erwähnten, für den Expressionismus bahnbrechenden Dramen – Reinhard Goerings *Seeschlacht*, Fritz von Unruhs *Ein Geschlecht*, Georg Kaisers *Koralle* – waren im Jahr 1917 erschienen.

--- Emilia Galotti. Von Lessing
In: NDP, Nr.265, 13.11.1918.

S.137 Rausch. Von Strindberg
In: NDP, Nr.275, 24./25.11.1918.

--- Die Geschwister. Von Goethe. / Hanneles Himmelfahrt. Von Hauptmann
In: NDP, Nr.290, 12.12.1918.

--- Die verlorene Tochter. Von Ludwig Fulda
In: NDP, Nr.296, 19.12.1918.

S.139 Don Carlos. Von Schiller
In: NDP, Nr.23, 29.1.1919.
Die Stückcharakterisierung wurde wiederholt zur Neuaufführung, vgl. Vw, Nr.255, 11.11.1920.
Die »Stilbühne« entstand im antinaturalistischen Münchener Künstlertheater um die Jahrhundertwende; sie verzichtet auf milieugetreue Requisiten und beschränkt sich in der Ausstattung auf Vorhänge und stilisierte Versatzstücke.

S.141 Rosmersholm. Von Henrik Ibsen
In: NDP, Nr.41, 19.2.1919.

S.142 König Nicolo. Von Frank Wedekind
In: NDP, Nr.58, 11.3.1919.

S.143 Helden. Von Shaw
In: NDP, Nr.67, 21.3.1919.

S.144 Othello. Von Shakespeare
In: NDP, Nr.81, 6.4.1919.

S.145 Alt-Heidelberg. Von Wilhelm Meyer-Förster
In: NDP, Nr.105, 6.5.1919.

S. 146 Johannisfeuer. Von Hermann Sudermann
In: NDP, Nr. 108, 9.5.1919.

S. 147 Kabale und Liebe. Von Schiller
In: NDP, Nr. 110, 11.5.1919.

S. 148 Liebeleien. Von Arthur Schnitzler
In: NDP, Nr. 118, 21.5.1919.
Zu Schnitzlers Szenenfolge *Liebelei* vgl. Anm. zu S. 44.

S. 149 Iphigenie auf Tauris. Von Goethe
In: NDP, Nr. 215, 16.9.1919.

S. 150 Dies irae. Von Anton Wildgans
In: NDP, Nr. 218, 19.9.1919.
In Wildgans' Drama ist »das Mädchen, gen. Taube« eine Figur, die an die »Mignon« aus Goethes *Wilhelm Meister* erinnern mag; ihr Gegenbild – »Heimchen« – ist die als diensteifrige »Haustochter« angenommene Rosl.

S. 151 Goetz von Berlichingen. Von Goethe
In: NDP, Nr. 239, 14.10.1919.

S. 152 Die drei Zwillinge. Von Impekoven/Mathern
In: NDP, Nr. 245, 21.10.1919.

S. 153 Der Tor und der Tod. Von Hugo von Hofmannsthal / Herbst. Von Walter Schmidt-Häßler
In: NDP, Nr. 250, 27.10.1919.

S. 155 Der Biberpelz. Von Gerhart Hauptmann
In: NDP, Nr. 260, 8.11.1919.

S. 156 Die Räuber. Von Schiller
In: NDP, Nr. 264, 13.11.1919.
Schillers Freiheits- und Menschlichkeitspathos hallte im expressionistischen Verkündigungsdrama nach. In der Besprechung einer *Don Carlos*-Aufführung von 1920 versuchte der junge Brecht dennoch, als Sprecher seiner Generation das Unzeitgemäße Schillers zu erklären: »Ich habe den *Don Carlos*, weiß Gott, je und je geliebt. Aber in diesen Tagen lese ich in Sinclairs *Sumpf* die Geschichte eines Arbeiters, der in den Schlachthöfen Chicagos zu Tod gehungert wird. [...] Dieser Mann hat einmal eine kleine Vision von Freiheit, wird dann mit Gummiknüppeln niedergeschlagen.

Seine Freiheit hat mit Carlos' Freiheit nicht das mindeste zu tun, ich weiß es: aber ich kann Carlos' Knechtschaft nicht mehr recht ernst nehmen.« Das Stück sei »eine schöne Oper«. (Gesammelte Werke, Frankfurt: Suhrkamp 1967, Bd.7, S.9)

S.157 Kabale und Liebe. Von Schiller
In: NDP, Nr.267, 17.11.1919.

S.158 Doktor Klaus. Von Adolf L'Arronge
In: NDP, Nr.279, 1.12.1919.

S.159 Familie Schimek. Von Gustav Kadelburg
In: NDP, Nr.285, 9.12.1919.
Zu Max Linnbrunner, der nach seiner Ablösung von der Direktion privatisierte, vgl. S.629.

S.160 Der Verschwender. Von Ferdinand Raimund
In: NDP, Nr.291, 16.12.1919.

--- Nachtbeleuchtung. Vier Grotesken von Curt Goetz
In: NDP, Nr.1, 2.1.1920.

S.161 Die Ehre. Von Hermann Sudermann
In: NDP, Nr.5, 8.1.1920.
Seit den Attacken der jungen romantischen Autoren war August von Kotzebue, der Autor erfolgreicher, sentimental-tugendhafter Bühnenwerke, zum Inbegriff des Trivialdramatikers geworden.

S.162 Die Braut von Messina. Von Schiller
In: NDP, Nr.14, 19.1.1920.

S.163 Der Schöpfer. Von Hans Müller
In: NDP, Nr.23, 29.1.1920.

S.164 Gespenster. Von Henrik Ibsen
In: NDP, Nr.42, 20.2.1920.

S.165 Die Straße von Steinaych. Von Wilhelm Stücklen
In: NDP, Nr.50, 1.3.1920.
Die »demivièrge« war einer der Frauentypen in der Literatur der Jahrhundertwende, eine aus Keuschheit und Laster berückend gemischte Kind-Frau – eindrucksvoll in den Romanen von Marcel Prévost gestaltet.

S.166 Medea. Von Franz Grillparzer
In: NDP, Nr.58, 10.3.1920.
»Als Gast« (a.G.) wurden Schauspieler von renommierten Häusern für einige Vorstellungen zu erheblich günstigeren Bedingungen an die Bühnen in der Provinz verpflichtet.

--- Die gute Auskunft. Von Richard Skowronneck
In: NDP, Nr.65, 25.3.1920.

--- Die andere Nacht. Von Otto Borngräber
In: NDP, Nr.76, 9.4.1920.

--- Das Glück im Winkel. Von Hermann Sudermann
In: NDP, Nr.83, 17.4.1920.

--- Ein idealer Gatte. Von Oscar Wilde
In: NDP, Nr.87, 22.2.1920.

S.167 Der verlorene Sohn. Von Hellmuth Unger
In: NDP, Nr.97, 5.5.1920.
Die »Bühnendichtung« des jungen Schriftstellers und Arztes Hellmuth Unger war in den Jahren 1918/19 entstanden; sie wurde am 29.April 1920 am Stadttheater Regensburg uraufgeführt.

S.168 Der Einsame. Von Hanns Johst
In: NDP, Nr.101, 10.5.1920.

S.169 Des Meeres und der Liebe Wellen. Von Franz Grillparzer
In: Vw, Nr.221, 1.10.1920.

--- Zwangseinquartierung. Von Franz Arnold / Ernst Bach
In: Vw, Nr.222, 2.10.1920.

S.170 Armut. Von Anton Wildgans
In: Vw, Nr.224, 5.10.1920.

--- Komtesse Guckerl. Von Franz von Schönthan und Franz Koppel-Ellfeld
In: Vw, Nr.227, 8.10.1920.

--- Adam, Eva und die Schlange. Von Paul Eger
In: Vw, Nr.230, 12.10.1920.

S.171 Minna von Barnhelm. Von Lessing
In: Vw, Nr.239, 22.10.1920.

S.172 Der Revolutionär. Von Wilhelm Speyer
In: Vw, Nr.242, 26.10.1920.
Wilhelm Speyer hatte neben Romanen – wie *Das fürstliche Haus Herfurth* (1913) – und Erzählungen auch dramatische Werke veröffentlicht. *Der Revolutionär* war 1918 bei Kurt Wolff in Leipzig herausgekommen: Dem Revolutionär Alexis erscheint Mendel Treib, eins der Opfer, die unter seiner Führung fielen, als »Abgesandter« aus dem Jenseits, um ihm zu versichern, »daß wir dich wie früher ehren und lieben« (S.78).

--- Schwester Chrysantheme. Von Bruno Warden / Friedrich Löhner
In: Vw, Nr.246, 30.10.1920.

S.173 Maria Magdalene. Von Friedrich Hebbel
In: Vw, Nr.250, 5.11.1920.

--- Don Carlos. Von Schiller
In: Vw, Nr.255, 11.11.1920.

--- Kindertragödie. Von Karl Schönherr
In: Vw, Nr.260, 17.11.1920.

--- Narziß. Von A.E.Brachvogel
In: Vw, Nr.267, 25.11.1920.

--- Familie Hannemann. Von Max Reimann u. Otto Schwartz
In: Vw, Nr.278, 9.12.1920.

--- Die Raschhoffs. Von Hermann Sudermann
In: Vw, Nr.285, 17.12.1920.

S.174 Othello. Von Shakespeare
In: Vw, Nr.306, 31.12.1920.

S.176 Die Marquise von Arcis. Von Sternheim nach Diderot
In: Vw, Nr.2, 3.1.1921.
Das 1918 veröffentlichte Stück gehört zu den erfolgreichsten von Sternheim. In seinem Aufsatz *Privatkurage* (1924) betonte der Autor, daß auch in seinen Bearbeitungen historischer Vorlagen – wie hier einer in Diderots *Jacques le fataliste* (1796) eingeschalteten Novelle – »die Anfangs mitbürger-

licher Moral Unterworfenen, Durchschnittssichtigen, sich, soweit es historische Zeitumstände erlauben, in eigenmenschliche Ursprünglichkeit ihrer Privatkurage schließlich retten.« (Gesamtwerk, Neuwied: Luchterhand 1969, Bd.6, S.314)

--- Der böse Geist Lumpacivagabundus. Von Nestroy
In: Vw, Nr.30, 7.2.1921.

S.177 Rose Bernd. Von Gerhart Hauptmann
In: Vw, Nr.35, 12.2.1921.
Gerhart Hauptmanns 1903 veröffentlichtes Drama war 1919 mit Henny Porten und Werner Krauß verfilmt worden.

S.178 Gas. Von Georg Kaiser
In: Vw, Nr.45, 24.2.1921.

--- Jägerblut. Von Benno Rauchenegger
In: Vw, Nr.48, 28.2.1921.

--- Mr.Wu. Von Vernon und Oven
In: Vw, Nr.61, 15.3.1921.

--- Der Vater. Von Strindberg
In: Vw, Nr.70, 26.3.1921.

--- Die Fahrt ins Blaue. Von Caillavet, de Flers und Rey
In: Vw, Nr.79, 7.4.1921.

--- Die Judasglocke. Von Hans Knobloch
In: Vw, Nr.95, 26.4.1921.

Aus der »Sichel« und Verwandtes

S.180 Oskar Birkenbach
In: Die Bücherkiste, 1, 1919. S.66 [Herbst].
In der *Aktion* stammte das Titelblatt der Nr.49/50, 1919 von Oskar Birkenbach. Ein Porträt B.s schuf Birkenbach 1920 (Abb. in: Zehn Jahre Kulturpreis Ostbayern, hg. von der Energieversorgung Ostbayern AG, Regensburg [Selbstverlag] 1969).

S.181 Der Angestellte Schardt unter dem Strich
In: Die Sichel, 2, 1920, S.19 [Januar].

Die *Neue Donau-Post* meldete am 7.November 1919:

> Dieser Tage haben sich die jungen fränkischen und in Franken und den darangrenzenden Gebieten wohnenden Künstler zu einer Vereinigung ›Das junge Franken‹ zusammengeschlossen, die durch Vorlesungen, Ausstellungen, Vorträge, Förderung und Verbreitung seelengeborener und ethischer Neuer Kunst sich zum Programm gesetzt hat. Mitglieder sind bis heute: Joseph Achmann, Alexander Abusch, Julius Maria Becker, Oskar Birkenbach, Georg Britting, Rudolf Hartig, Karl Krayl, A.Lubelsky, Willi Reindl, Maria Reinhold, Alfred Seidl (Aß Si), Hermann Sendelbach, Anton Schnack, Friedrich Schnack, Ernst Toller, Maria Luise Weißmann, Sitz der Vereinigung ist Nürnberg.

Im September hatte sich Alexander Abusch in einem offenen Brief gegen die bisherige Kulturpflege des etablierten Literarischen Bundes in Nürnberg gewandt (vgl. Fränkischer Kurier, 5.9. u. 20.9.1919). Die Gründung der »neuen Gruppe« kommentierte der *Fränkische Kurier*, dessen Feuilleton von Oskar Franz Schardt geleitet wurde, am 3.November 1919:

> Die Mitgliedschaft des Herausgebers der *Sichel,* Georg Britting – Regensburg, gibt zu reichlicher Skepsis Anlaß.

Am 4.November bezeichnete Schardt, kaum älter als die Vertreter der ›Neuen Kunst‹, in einem Nachtrag zu Fritz Behns Artikel über den Niedergang Münchens als Kunststadt, die Kokoschka-Ausstellung in der Galerie Goltz, wo auch Achmann ausstellte, als ein »pathologisch-unsinniges Panoptikum«: Kokoschkas Erfolg sei ein Beleg für eine »Teilagonie« im Münchner »Kunstorganismus«.

In seinem Artikel vom 27.November über den »Anfang des Unfugs« verwies er dazu auf Alfred Ehrenstein, der 1919 bei Insel »ein Büchlein *Tubutsch* herausgebracht« habe (eine Neuauflage des 1911 erschienenen Bändchens), »das Oskar Kokoschka mit 12 den Gipfel des Blödsinns erklimmenden symbolistisch-futuristisch-dekadenten Zeichnungen geschmückt hat.« Nach einer kurzen Erwähnung Corrinths kommt er auf die »Dirnen-Poesie« des Romans *Die Heiligen* von Alfred Neumann zu sprechen:

> Es ist bedauerlich, daß dieser Verlag hochqualifizierte Schriftsteller wie Freksa, der demnächst einen sehr interessanten, künstlerisch gestalteten Unterhaltungsroman bei ihm erscheinen läßt, in solche Gesellschaft bringt.

In einer Sammelbesprechung über *Neue Lyrik und Epik* hatte Schardt bereits am 10.November 1919 den Georg Müller Verlag gemahnt, sich nicht weiter mit »neuzeitlich ›verversten‹ Romanen« wie *Trieb* von Curt Corrinth abzugeben, einer »Verherrlichung des Menschen ohne Scham und Zügel, also des wilden Tieres innerhalb der Kultur.« Die »deutschen, gemütvollen Bücher« von Wilhelm Kotzde, vor allem den Roman *Die Pilgerin*, empfahl er am 24.November 1919.

Über den jungen Nürnberger Dichter Willy Meyer hatte Oskar Franz Schardt am 28.Oktober 1919 im *Fränkischen Kurier* geurteilt, er sei »erfüllt von jenem rein Sensitiven, das, wenn es schon der modernen Lyrik keine neue Note schenkt, dennoch einen besonderen Ton mitschwingen läßt«, freue sich daher »an chaotisch prunkenden Bildern, die Kraft vortäuschen, ohne Tat zu sein«, und versteige sich gar zu ›expressionistischem‹ »Phrasenschwulst«.

Schardt summierte seine Ansichten nochmals in dem Artikel *Das junge Franken* vom 12.Dezember: Der *Fränkische Kurier* sei allerdings »kein Propaganda-Organ für die unheilbaren Auswüchse des Expressionismus«, wie ihn »junge unerzogene Leute« dort forcierten; Willy Meyer solle ja Mitglied sein.

Darauf reagierte B. mit seiner Attacke gegen Schardt und Willy Meyer im Januarheft der *Sichel*. Zu einer Verständigung Schardts mit dem Nürnberger Dichter muß es bald gekommen sein: Am 15.Januar 1920 erschien im *Fränkischen Kurier* ein Gedicht von Willy Meyer.

Im Februar 1920 berichtete *Der Zweemann* (1, 1919/20, H.4, S.14) dann von einem »Kokoschkaprozeß« in Nürnberg als Gipfel in den »Don Quichotekämpfen gegen die moderne Kunst«, die sich das »kulturkonservative Blatt« dort leiste. Im April 1920 brachte auch der *Ararat*, die Hauszeitschrift des Verlages Goltz, eine kurze Notiz zu den Eskapaden des »kunstfremdesten Blatts Deutschlands« (S.65). Ausführlich nahm Hans Ochs im März 1920 in seiner Zeitschrift *Der Sturmreiter* (1, 1919/20, H.6, S.36) mit einer Glosse *Von Höhen und Tiefen*, unmittelbar anschließend an seine *Sichel*-Rezension, Stellung:

> Mancher steigt in die Höhen, mancher in die Tiefen menschlichen Geistes: Gipfel ... Abgrund. Der *Fränkische Kurier* bereitete seinen Nürnberger Lesern einen herzigen »Spaß«. Er sandte, da heut alle Kunst auf Zinnen und Gipfel klettert, seinen Mitarbeiter Sch. in tiefste Tiefen, um dann daraus seinen Abstand von der höchsten Höhe mathematisch berechnen zu können. Der Abgeordnete landete also bald auf einer Insel, nahm Honneurs und Visitenkarten entgegen und ließ das Lot an einer weiten Meeresbucht hinab zur Erforschung der letzten Tiefe ..... Zog wieder auf: am Lot hing ein der Unterwelt entflohener, struppiger Kerl. Wie heißen Sie? »Mein Name ist Tubutsch, Karl Tubutsch. Außer meinem Namen besitze ich nur wenige Dinge.« Also, Herr Sch., warum »Gipfel des Blödsinns« statt »Abgrund«? Aha... wegen des Diametrums. Also, Tubutsch blieb auf jener Insel zurück und schwor beim heiligen Stein seiner Ehre, daß er nie einen köstlicheren Spaß erlebt hätte, als am Lot des *Fränkischen Kuriers* zu hängen. Also – spricht der *Fränkische Kurier* – wir klagen. Wir (St.) ... condolieren, beklagen. Sie erhoben Beleidigungsklage

gegen *Die Sichel* [...], wir ... haben nach Alliierung mit derselben (gefährliches Instrument) Sie bereits vor die erste künstlerische Gerichtsinstanz gestellt.

Die Prozeßakten sind verschollen. Im Dezember 1920 veröffentlicht *Die Sichel* (2, S.71) das Resultat:

Vergleich

In der Prozeßsache *Schardt* gegen *Britting* und umgekehrt wegen Beleidigung kam folgender *Vergleich* zustande:
1. Herr *Britting* erklärt, daß ihm bei seiner Kritik der Tätigkeit des Herrn *Schardt* als Kunstkritiker jede beleidigende Absicht fern gelegen hat und daß er, sofern Beleidigungen in der Kritik enthalten sind, diese unter Bedauern zurücknimmt.
2. Herr *Schardt* erklärt, daß er dem Herrn *Britting* nicht den Vorwurf machen wollte, dieser habe die Preßnotizen über den schwebenden Prozeß aus unlauteren Motiven veröffentlichen lassen.
3. Herr *Britting* übernimmt die entstandenen, erstattungsfähigen Kosten der Klage und Widerklage und des Extrahonorares des klägerischen Anwaltes in Höhe von 400 Mk.
4. Klage und Widerklage werden zurückgezogen.

Ab 1932 lassen sich im Fränkischen Kurier keine Beiträge von Schardt mehr nachweisen; B. wurde bald darauf Mitarbeiter des Blattes.

S.183 Die Jungen Lieder im Selbstkostenverlag
In: Die Sichel, 2, 1920, S.19 [Januar].
Vgl. die vorangehende Anmerkung. Willy Meyers *Junge Lieder* waren 1919 bei B.Volger in Leipzig erschienen.

S.184 Elisabeth Dauthendey: An den Ufern des Lebens
In: NDP, Nr.10, 14.1.1920.
Elisabeth Dauthendeys Roman war 1919 vom Th.Thomas Verlag in Leipzig erneut vorgelegt worden.

S.185 Fritz Usinger: Sonette / Irdisches Gedicht
Usingers *Sonette* erschienen 1927 im Selbstverlag des Autors, sein *Irdisches Gedicht* mit den vier Originalradierungen von Carl Gunschmann in dem Darmstädter Verlag »Die Dachstube«.

S.187 Curt Wesse: Die Himmelstiere
Der Roman *Himmels-Tiere. Vorgeschichte eines Bildhauers* war 1925 in der Deutschen Buchgemeinschaft erschienen.

Erzählungen, Bilder, Skizzen

S.188 Marion
In: Die Sichel, 1, 1919, S.39-40 [September]. – Vgl.: Die verwegene Marion (S.235).

S.192 Kinonovelle
In: Die Rote Erde, 1, 1919/20, S.185-186 [November 1919].
»Daß Missetäter vor oder nach einem Verbrechen sehr gerne das Kino besuchen« (S.78) und daß »die suggestive Wirkung des Lichtspielbildes auch auf Menschen ohne besondere verbrecherische Veranlagung« verheerend war, gehörte zu den Gemeinplätzen der damaligen Debatte über den sittlichen Unwert des Kinos (Curt Moreck, Sittengeschichte des Kinos, Dresden: Paul Aretz 1926, S.78, 99; vgl. oben S.587 zu B.s Verhältnis zum Film).

S.194 Der Selbstmörder
In: Die Sichel, 1, 1919, S.22-24 [August]. – Auch in: Frankfurter Zeitung, Nr.44, 18.1.1927.
Vgl. S.584.

S.197 Der Name
In: Die Sichel, 1, 1919, S.88 [November]. – Auch in: Saturn, 5, 1919/20, S.265f. [Oktober 1919]. – Stadtanzeiger für Köln und Umgebung, Beil. »Der Erzähler«, Nr.19, 9.5.1925.
Zur Widmung M.R.: »M.R. sagte [B.], sei Mariele Reuter [vgl. S.589]. Sie habe Achmann nach Paris geschickt. Der schüchterne Held dieser Liebesgeschichte ist also Achmann.« (Hohoff, S.167)

S.199 Das Kind
In: Die Sichel, 1, 1919, S.106-108 [Dezember].

S.201 Der Insektenstich
In: Konstanz 1919. Blätter für Kunst. Zeitschrift der Konstanzer Stadttheater, 1919, [H.13]. S.63f. – Auch in: Stadtanzeiger für Köln und Umgebung, Beil. »Der Erzähler«, Nr.7, 13.2.1926.
Vgl. S.584.

S.203 Die Glaswolke
In: Die Flöte, 1, 1918/19, S.159-160 [November/Dezember 1919]. – Auch in: Simplicissimus, 32, 1927, S.372 [10.Oktober].

S.205 Journalist Franz Bär
In: Die Rote Erde, 1, 1919/20, S.336-338 [Januar-März 1920]. Vielleicht ein Porträt des Regensburger Journalisten Georg Wolf, vgl. S.586.

S.210 Schmaler Tag des Kommis
In: Die Sichel, 2, 1920, S.56 [August].

S.211 Katta Moll
In: Die Sichel, 2, 1920, S.41 [Mai].

S.213 Ariel
In: Die Sichel, 2, 1920, S.49-50 [Juli].
»Ariel« heißt der von der niederen, irdischen Macht bedrohte Luftgeist in Shakespeares Komödie *Der Sturm*.
Zu der hohen Auszeichnung vgl.: Ernst von Destouches, *Geschichte des K.b.Haus-Ritter-Ordens vom H.Georg,* Bamberg: Buchner 1890.

S.216 Das weiße Pferd
In: Romantik, 2, 1919/20, H.6. S.6-7 [August 1920].

S.218 Die Mückenschlacht
In: Die Sichel (Interimsbuch), 1921, S.15. – Auch in: Die Flöte, 4, 1921/22, S.172. – Magdeburgische Zeitung, Nr.435, 28.8.1926.

S.220 München
In: Die Sichel (Interimsbuch), 1921, S.17-18.
Vgl. S.591. Der Text wurde wahrscheinlich im November 1921 geschrieben.
Die Münchner *Neue Secession* war 1921 gegründet worden; vgl. München-Kat. zu den ausstellenden Malern Josef Eberz (S.749f.) und Richard Seewald (S.764f.), und die Ausstellungsberichte von Konrad Weiss in den *Münchner Neuesten Nachrichten* (24.6.1921 u. 9.8.1921). Paul Klee war im Januar 1921 von München nach Weimar als Lehrer am *Bauhaus* umgesiedelt; 1920 hatte die Galerie Hans Goltz die bisher umfangreichste Werkschau veranstaltet (vgl.: Der Ararat, 2.Sonderheft: Paul Klee, 1920), 1921 erschien Wilhelm Hausensteins Klee-Buch *Kairuan*.
Am 18.3.1921 meldeten die *Münchner Neuesten Nachrichten* die Eröffnung einer ständigen Ausstellung im Sekretariat des *Feldgrauen Künstlerbundes* am Odeonsplatz; im Sommer folgte eine größere Sonderausstellung. Die Sängerin Emmi Hennings war vor dem Krieg in der Künstlerkneipe *Simplicissimus* aufgetreten, während des Krieges in Hugo Balls und Tristan Tzaras Zürcher Dada-Kabarett *Voltaire*; seit 1920 mit Hugo Ball verheira-

tet, kehrte sie im Oktober 1921 endgültig mit ihm von Ascona nach München zurück. Am 17.November las sie im Steinickesaal.
Zum Steinickesaal vgl. S.601, zu Fritz Schaefler vgl. S.590, zu Ernst von Possart Anm. zu S.42.
Fritz von Ostini war seit der Vorkriegszeit Kunstkritiker der *Münchner Neuesten Nachrichten*; der Kunstkritiker und Essayist Wilhelm Hausenstein (vgl. S.601 f.) lebte und publizierte weiterhin in München.
Die Ausstellung mit Werken von Max Pechstein wurde am 2.November 1921 in der Galerie Caspari eröffnet.
Zu Max Unold vgl. S.607 und Komm. zu Bd.IV.
Der Galerist, Buchhändler und Verleger Hans Goltz (vgl. Anm. zu S.181) hatte 1921 wenige »Monate vor der Ausstellung der Neuen Sezession im Glaspalast [...] Werke von Georg Schrimpf, Carlo Mense und Heinrich Maria Davringhausen gezeigt, jener drei Maler und Graphiker also, die hernach gemeinsam mit Alexander Kanoldt unter dem Namen ›Münchener Gruppe der Neuen Sachlichkeit‹ in die kunstgeschichtliche Literatur eingegangen sind.« (Michael Koch, in: München-Kat., S.121) Zu der von B. besuchten Schau vgl. den Bericht von Konrad Weiss (Münchner Neueste Nachrichten, 19.10.1921).
Erika Skögen hatte am 19.Oktober einen Tanzabend mit Tänzen nach Delibes, Chopin, Grieg, Reger u.a. gegeben; Mary Wigman bot am 30.Oktober »Die neuen Tänze« – sie trat am 22.November neuerlich auf, u.a. mit den Stücken *Triste, Der Ruf, Der Schwung*.
Der am 18.Oktober im Exil verstorbene ehemalige König Ludwig III. wurde von Regierung, Landtag und Behörden des Freistaates in einer mehrtägigen, prunkvollen, die Formen wittelsbachischer Tradition wahrenden Trauerfeier unter großer Volksbeteiligung zu Grabe geleitet.
Zu Friedrich Freksa vgl. Anm. zu S.637. Sein Theaterstück *Caesars Stunde. Ein weltlich Spiel* wurde am 29.Oktober unter der Spielleitung des Dichters uraufgeführt.
Zu Hans Blüher vgl. S.589.
Der österreichische Vortragskünstler Marcell Salzer, dessen Kabinettstücke seit 1911/13 in zwei Bänden gesammelt vorlagen, veranstaltete vom 20. bis 22.November »Drei lustige Abende« im Hotel Bayerischer Hof.
In der chauvinistischen Nachwirkung von Ernst Moritz Arndts zum Befreiungskrieg gegen Napoleon aufrufenden *Vaterlandslied* (1812/13) wurde die Wendung vom »Gott, der Eisen wachsen ließ« sprichwörtlich.
Das »handgroße Bildchen von Altdorfer«, dem Hauptmeister der *Donauschule* (vgl. Anm. zu S.226 u. Komm. zu Bd.II), ist vielleicht der *Drachenkampf des Heiligen Georg* (1510) oder aber die spätere *Donaulandschaft mit Schloß Wörth*.

S.222 Passau und der alte und der junge Lautensack
In: Das Tagebuch, 4, 1923, S.1013f. – Auch in: Bayerische Heimat Beil. zur Münchner Zeitung, Nr.37, 9.6.1925. – Frankfurter Zeitung, Nr.409, 4.6.1927; der erste Abschnitt lautet dort:

> Als ich noch verliebter war in diese Stadt und vermessener in meinem Urteil und schnell fertiger mit dem Wort, als ich es heute zu sein glaube, da ließ ich wohl drucken, daß Passau die schönste deutsche Stadt sei. Heute wage ich das von ihr so wenig zu sagen, als von irgendeiner anderen deutschen Stadt im Norden und im Süden, im Osten und im Westen. Aber wenn meine Liebe heute gezügelter ist und ich vorsichtiger geworden bin und von Passau als von *einer* der schönsten deutschen Städte spreche, so darf mich niemand der Übertreibung zeihen.

Diese Fassung u.d.T. *Stadt der drei Flüsse* auch in: Magdeburgische Zeitung, Nr.32, 7.8.1927; die Originalzeichnungen von Hans Lasser waren diesem Druck beigegeben.

Gegen Ende der zwanziger Jahre waren »Aufsätze über alte bayr[ische] Städte« zu einer Spezialität von Wilhelm Hausenstein geworden (an Seyboth, Juni 1928). Er veröffentlichte 1931 (im Hannoverschen Kurier, 4.9.) einen Artikel *Lob der Stadt Passau;* diesen Titel trägt auch B.s Skizze seit den Nachdrucken der dreißiger Jahre (z.B.: Kölnische Zeitung, Nr.394, 7.8.1934).

Aus der weitverzweigten Künstlerfamilie der süddeutschen Renaissance ist hier der Kupferstecher und Radierer Hans Sebald Lautensack gemeint. Seit seinen Anfängen waren die Eindrücke der *Donauschule* für ihn bestimmend; weite Verbreitung fanden seine Ansichten der Stadt Nürnberg. Der wichtigste Vertreter der *Donauschule* ist – neben dem Passauer Wolf Huber – der Regensburger Baumeister, Maler und Graphiker Albrecht Altdorfer (vgl. Anm. zu S.220): B. war – laut Curt Hohoffs Zeugnis aus den dreißiger Jahren (S.166) - »stolz auf die alte Stadt [Regensburg], ihren bayerischen Charakter, auf den Maler Altdorfer und den Regensburger Reichstag« – vgl. noch S.593.

Der Dichter Heinrich Lautensack, ein »besessener Wedekind-Schüler« in seiner kühnen erotischen Lyrik wie in seinen Komödien, war nach seiner Münchener Zeit beim Kabarett *Die Elf Scharfrichter* »zuletzt in Berlin von den Expressionisten-Verlegern A.R.Meyer und Gurlitt gefördert worden«: Bei Lautensack war »eine Möglichkeit der Vereinigung von expressionistischen und regional betonten Elementen vorgezeichnet«. B., in dessen Bibliothek Lautensacks Werk den umfangreichsten Einzelbestand ausmacht (vgl. Nr.66-75), fand vorzüglich in den Stücken *Hahnenkampf* (1908) und *Pfarrhauskomödie* (1911) »die üblichen Vitalitätsmotive in einer betont kleinbürgerlichen Welt [...] und vor allem das Niederbayerische, wirkungsvoll in die Literatur gehoben« (Bode, S.17). Bald nach Lautensacks Tod 1919 hatte B. den Passauer Dichter für sich entdeckt:

Lautensack starb 1918 [sic!] in München, da lag ich im Schützengraben, und hatte nie auch nur seinen Namen vernommen. Als ich das *Storchennest* schrieb, kannte ich die *Pfarrhauskomödie* nicht. Bajuvarische Verwandtschaft ist vorhanden, am ehesten in einigen frühen Gedichten von mir. Ich schätze ihn sehr. Bei Carossa wird er geschildert, ich glaube, im *Jahr der schönen Täuschungen*.

(An Bode, 18.9.1958)

Carossa hatte an zwei Stellen in seinem »Lebensgedenkbuch« *Führung und Geleit* (1933) ausführlich über seinen Landsmann Lautensack geschrieben.
Zu B.s Stifter-Verehrung vgl. Komm. zu Bd.II.

S.226 Regensburg
In: Frankfurter Zeitung, Nr.550, 26.7.1925. – Auch in: Magdeburgische Zeitung, Nr.602, 27.11.1927, S.30; die Originalfederzeichnung von Josef Achmann war diesem Druck beigegeben.
Der Seeheld Don Juan de Austria, der Sieger von Lepanto (1571), war ein Sohn Kaiser Karls V. und der Regensburger Bürgerstochter Barbara Blomberg.
Zu Albrecht Altdorfer und der *Donauschule* vgl. Anm. zu S.220.

S.232 Der Bock
In: Simplicissimus, 28, 1923, S.418 [19.November]. Erweitert in: Vossische Zeitung, Nr.281, 1.12.1927. Dort ist der folgende Schluß angefügt:

Und am Abend ging der Mond auf, und der Bruder, der König jetzt im Haus, der Erstgeborene jetzt, er stand im Garten und sah zum Mond hinauf, hinauf zu dem gelben Gestirn, und als er länger hinsah, da bemerkte er, daß der Mond einem gelben Bogen glich, der Halbmond, einem gelben, gespannten Bogen, und den Pfeil, der auf dem Bogen lag, den sah er nicht, aber er fühlte, daß er auf sein Herz gerichtet war, der unsichtbare Pfeil mit der ganz und gar unsichtbaren Spitze, und so sprang er schnell hinter einen Baum, um sich zu decken. »Ach«, sagte er noch einmal, sich verteidigend, »der Esau, der Lümmel!«

Da stampfte es hinter ihm wild, es keuchte, er sah um, und da war der Bock, den zu jagen Esau gegangen war. Da war er, da waren die riesigen Hörner, krumm, gebogen, geschweift, gedreht, drohend die Spitzen nach vorne gestellt, und die Augen des Bocks glühten, und sein langer Bocksbart flatterte. Und da war der Esau, der Lümmel, ins Gebirge gestiegen und hatte seine Erstgeburt verkauft, um sich neue Kraft zu holen für die Jagd, und das alles hätte er gar nicht gebraucht, denn da war er ja, da, im Garten, der Krummbock, der riesige, und keuchte.

Er rannte, der Bruder, der Erstgeborene jetzt, er rannte davon vor dem stampfenden Tier, und das kinnbartflatternde Tier hinter ihm drein, und nun hatte er doch den schützenden Baum verlassen müssen, und da zielte der Pfeil auf dem Bogen des gelben Monds schon wieder auf ihn. Und wenn er nun schnell beiseite sprang, überlegte er, dann mußte der unsichtbare Pfeil (aber er war da!), dann mußte der unsichtbare Pfeil des gelben Mondbogens nicht sein Herz treffen, mußte das Bocksherz treffen, dann war der Bock erlegt, dann war nicht nur die Erstgeburt sein mit allen süßen Rechten, auch der Bock war sein, der gewaltige Krummhörnerbock, und er warf sich mitten im Sprung auf die Seite und fiel auf Hände und Füße ins Staudenwerk, in Brennesseln, die ihm das Gesicht verbrannten und die Hände, aber er achtete es nicht, er blieb in den Nesseln liegen – der Wein, der Freudenwein, hatte ihn doch müd' gemacht – und schlief ein.

Er lag, der Mond beschien ihn und bewachte ihn und beleuchtete ihn, und der Ziegenbock aus dem Stall graste ruhig neben ihm die ganze Nacht.

In dieser Fassung erschien die Erzählung mit geringfügigen stilistischen Änderungen in: Akzente, 4, 1957, S.220-223.

Zum Thema vgl. den Brief B.s an Georg Jung vom 2.März 1954: »Der Bock gefiel Ihnen also. Ja, Tragödie heißt Bocksgesang. Es gibt ein Stück von Werfel, das Bocksgesang heißt.« Werfels Drama war 1921 in München bei Kurt Wolff erschienen.

S.235 Die verwegene Marion

In: Vers und Prosa, 1, 1924, S.93-94. – Neue Fassung von: *Marion* (vgl. S.188). – U.d.T. *Mohn oder Das verwegene Mädchen* wiederum stilistisch verändert in: Jugend, 34, 1929, S.410-412 [22.Juni]. – Dieser Druck (D) weicht zweimal von der Fassung von 1924 ab:

S.235, Z.23-25: das Verdienstkreuz [...] hatte, *D:* Kreuze, die er sich im Weltkrieg, in Südwestafrika, erfochten hatte,

S.238, Z.12-13: Kuß. [...] Griff. *D:* Kuß. Wo der Kater die Nacht zugebracht hatte wer weiß es, hinter Ratten und Mäusen her, oder hinter Kätzinnen, weißen und roten? Aber am Morgen begegnete er Marion – klein, klein ist die Stadt! – und das hätte ihm teuer zu stehen kommen können. Erst sträubte er sich unter ihrem Griff.

Vgl. die letzte Fassung *Mohn* in Bd.V. Fassungsvergleich bei Bode, S.124f.

»Wasenmeister« ist eine in Süddeutschland gebräuchliche Benennung für den Abdecker.

Die Herero, ein Bantustamm im südwestlichen Afrika, hatten sich Anfang 1904 gegen die deutsche Kolonialherrschaft erhoben, wurden aber besiegt und grausam ausgerottet.

S.240 Der Kolonialfeldwebel

In: Frankfurter Zeitung, Nr.443, 16.6.1924.

S.242 Der trunkene Kutscher
In: Frankfurter Zeitung, Nr.444, 17.6.1925. – Das Gedicht gesondert veröffentlicht u.d.T. *Kleine Magie* in: Die Lebenden, 1.Reihe, 9/10, 1927. Dort Str.II,1: wie aus Glas *gestrichen.*

S.244 Hol über!
In: Frankfurter Zeitung, Nr.640, 28.8.1925.
Im XXV. ›Abenteuer‹ des *Nibelungenliedes* wird erzählt, wie Hagen von Tronje beim Übersetzen des Heeres über die Donau den begleitenden Kaplan in den Fluß stürzt, um eine Prophezeiung zu widerlegen, wonach dieser als einziger gerettet werde.

S.246 Das Initial
In: Romantik, 6, H.1, 1924/25, S.5f.

S.248 Das stelzbeinige E
In: Frankfurter Zeitung, Nr.45, 18.1.1926.

S.251 Der nackte Engländer
In: Vossische Zeitung, Nr.46, 24.3.1926.
Bei den zahlreichen Nachdrucken dieser und der beiden vorhergehenden Arbeiten setzten sich allmählich neue Titel durch: *Beim lautlosen Krähen des Messinghahns, Das hinkende e, Der nackte Shakespeare. Das hinkende e* wurde in Martin Rockenbachs *Hausbuch neuen deutschen Humors* aufgenommen (Freiburg: Herder 1935, S.29-31); der Herausgeber hatte sich »noch ungedruckte humorige Arbeiten erbeten« (S.376).
In den fünfziger Jahren faßte B. die drei Skizzen mit diesen Titeln in einer kleinen Buchpublikation zusammen: *Letternspuk.* »Mit freundlicher Genehmigung des Verfassers zur Gründung der Münchener Bibliophilen-Gesellschaft veranstalteter und als Festgabe zum 9.Mai 1953 von der D.Stempel AG, Frankfurt am Main überreichter Sonderdruck.«
»Die Arbeiten«, so berichtete er Wetzlar am 20.Mai 1953, »stammen alle drei aus ungefähr dem Jahr 30. Den *Berg Thaneller* [aus der Sammlung *Das gerettete Bild*, vgl. Bd.III,2] hatte ich ganz vergessen, er hätte gut dazu gepaßt, aber dann wäre der kleine Druck wohl zu umfangreich geworden.« Fritz Knöller ordnete in einem Brief an B. vom 22.Juli 1955 »die beiden letzten Stücke«, den *nackten Shakespeare* und das »ekstatische Still-Leben« mit dem *Messinghahn,* literarhistorisch ein: sie »muten einen heute wie Vorreiter des Surrealismus an. Damals hieß man so etwas: Magischen Realismus.« (Vgl. dazu Komm. zu Bd.V.)

S.253-258 [Kurzprosa aus dem »Simplicissimus« 1926-1928]
Der Briefwechsel mit Hermann Seyboth dokumentiert, wie die Freunde um des regelmäßigen Honorars willen stets bemüht waren, in *Jugend* und

Simplicissimus Kurzprosa und Gedichte unterzubringen, in diesem vor allem »Witze«, die nie mit vollem Namen gezeichnet wurden. Neben seinen Initialen verwendete B. die Sigle »Agilolf«. Mehr als siebzig Texte lassen sich ihm zuweisen.

Bis 1923 hatte der Simplicissimus »ein ziemlich alldeutsches Gesicht« gezeigt, sich dann unter dem neuen Chefredakteur Hermann Sinsheimer, der das Blatt Mitte des Jahres 1929 verließ, satirisch gegen die aufkommenden Bedrohungen der Demokratie gewandt. Auf Sinsheimers Anregung hatte B. ab 1928 – wie er Hermann Seyboth berichtete – »mehr Witze [...], auch mehr aktuell-politisch eingestellte« geliefert. »In der [...] Vorkriegszeit«, so klärten Sinsheimers Memoiren die schwierige Position des *Simplicissimus*,

> hatte ein satirisches linksstehendes Blatt seine nie versagenden Angriffspunkte: den Kaiser und die Junker, den Militarismus und die Bürokratie im Reich und den Klerikalismus in Bayern. Nun aber, in der Republik, fehlte es an einer einheitlichen Angriffslinie, und man hatte nach rechts und links, nach dem rechten und linken Radikalismus zu zielen, also fast eine Politik der Mitte zu verfolgen – für ein satirisches Blatt die einzige unmögliche Situation. [...]
>
> Unser damaliger Kampf gegen Stahlhelm und Hitlerei, der überdies von unseren Zeichnern mit halbem Herzen mitgemacht wurde, verfing am wenigsten bei der Jugend, denn sie lief in den zwanziger Jahren den beiden in Massen zu.
>
> (Hermann Sinsheimer, Gelebt im Paradies. Erinnerungen und Begegnungen, München: Richard Pflaum Verlag 1953, S.234f.)

Völkische Bibliophilie. In: Nr.31, 31.10.1926, S.407.

Der Parlamentarier. In: Ebd., S.550.

[Begräbnis] In: Nr.7, 16.5.1927, S.84. – Vgl. die Erzählung *Erbbegräbnis am Lech,* Bd.V.

Der Gerechte. In: Nr.49, 5.3.1928, S.667.

Theater. In: Nr.7, 14.5.1928, S.83.

Literatur. In: Nr.37, 10.12.1928, S.478.

Lyrik. In: Nr.7, 12.5.1930, S.78.

S.259 Der Georgsritter
In: Orplid, 3, H.2, Kurzgeschichten, 1926/27, S.5-7 [Mai]. – Neue Fassung von *Ariel,* vgl. S.213.

S.262 27.Februar
In: Frankfurter Zeitung, Nr.156, 27.2.1926.

S.263 Indianischer Film
In: Frankfurter Zeitung, Nr.213, 20.3.1926.
Vgl. S.587 zu B.s Verhältnis zum Kino.

S.267 Regen
In: Frankfurter Zeitung, Nr.596, 12.8.1926.
Ein Manuskript u.d.T. *Um ein Spiel der Natur* ist erhalten (vgl. an Bode, 10.10.1958).

S.269 Auf dem Brenner
In: Frankfurter Zeitung, Nr.346, 11.5.1926.
B.s erste Italienreise fand »im Auftrag der *Frankfurter Zeitung* im Mai 1926 statt; er wurde von Achmann begleitet (vgl. an Sendelbach, 19.5.1926) und von Hans Lasser, der seine Reiseskizzen den Nachdrucken in der *Magdeburgischen Zeitung* beigab: »[...] italia. Ein schönes Land, wir wissens von anno dazumal, mit Lasser selig« (an Seyboth, 5.4.1961; Nachl. Seyboth).

S.271 Der Scaliger reitet
In: Frankfurter Zeitung, Nr.356, 15.5.1926.

S.273 Die Froschangler von Padua
Zusammen mit *Abenteuerliches Florenz*, *Der Scaliger reitet*, sowie dem folgenden Text u.d.T. *Aus dem italienischen Skizzenbuch*, in: Magdeburgische Zeitung, Beil. »Reiseblätter«, Nr.21, 22.5.1927.

S.274 Ferraresische Straße
Vgl. die vorhergehende Anm. – Zu der hier eingefügten Originalzeichnung *Norditalienische Stadt* von Hans Lasser vgl. die Anm. zu S.277.

S.276 In der Po-Ebene
In: Frankfurter Zeitung, Nr.409, 4.6.1926.

S.277 Venedig
Zusammen mit *Die Fackelhalter* und *Ravenna*, sowie einer Originalzeichnung von Hans Lasser u.d.T. *Italienische Arabesken* in: Magdeburgische Zeitung, Beil. »Reiseblätter«, Nr.27, 3.7.1927.

S.279 Die Fackelhalter
In: Frankfurter Zeitung, Nr.372, 21.5.1926.

S.280 Ravenna
In: Frankfurter Zeitung, Nr.380, 25.5.1926.

S.282 Gespräch
In: Frankfurter Zeitung, Nr.473, 28.6.1926.
Die berühmte Darstellung der Schlacht bei San Romano von Paolo Uccello stammt von 1456/57.

S.284 Abenteuerliches Florenz
In: Frankfurter Zeitung, Nr.421, 9.6.1926.

S.286 Italienische Landschaft
In: Frankfurter Zeitung, Nr.433, 13.6.1926. – Auch in: Magdeburgische Zeitung, Beil. »Reiseblätter«, Nr.49, 8.12.1929 (mit der Originalzeichnung von Hans Lasser).

S.289 Salzburgiana
In: Vossische Zeitung, Nr.205, 2.9.1926.
Bei den Salzburger Festspielen, die vom 7. bis 29.August 1926 stattfanden, hatte Alexander Moissi die Titelrolle in Hugo von Hofmannsthals *Jedermann* übernommen; Max Reinhardt inszenierte die *Turandot* von Carlo Gozzi (in der Bearbeitung von Karl Vollmoeller). Dessen Pantomime *Das Mirakel*, in der die Madonna anstelle eines Ritters in den Kampf zieht, hatte im Vorjahr einen Sensationserfolg errungen – vor allem wegen des Auftritts von Diana Manners (d.i.: Lady Diana Cooper) als Madonna.

S.292 Ein bißchen Salzburg
In: Vossische Zeitung, Nr.214, 12.9.1926.
Am 21.August dirigierte Richard Strauss bei den Salzburger Festspielen seine Oper *Ariadne auf Naxos*.

S.293 Die Geschichte von der goldenen Frau im Lechtal
In: Die neue Linie, 1930, H.12, S.9-13 [August]. – Die Passage S.302 ff. »Es kam [...] surrend und schaumwerfend« u.d.T. *Tiroler Dorf*, in: Vossische Zeitung, Nr.238, 10.10.1926. – U.d.T. *Pfingstnacht in Tirol* auch in: Magdeburgische Zeitung, Nr.269, 19.5.1929. S.25. Der deiktische Hinweis auf »die Innsbruckerin« dort läßt annehmen, daß diese Teile aus einer weitgehend ausgeführten Erzählung herausgelöst wurden; zum Erlebnishintergrund vgl. auch S.552.
Die Passage S.307 ff. u.d.T. »Dann kam [...] abgestorben und lebendig« *Im Lechtal* in: Vossische Zeitung, Nr.184, 9.8.1927.
Der erste Abschnitt ist wohl von D.H.Lawrences bekannter Erzählung *Sun* (1926/28) angeregt; daß B. Lawrence schätzte, ist bezeugt (vgl. Hohoff, S.43).

S.308 Winterlich
In: Frankfurter Zeitung, Nr.925, 12.12.1926.

S.309 Zwölf Raben
In: Vossische Zeitung, Nr.3, 5.1.1927.

S.313 Indianer
In: Berliner Börsen-Courier, Nr.12, 8.1.1927.
B. zitiert die erste Strophe von Schillers *Nadowessischer Totenklage* (1798).

S.316 Tüchtige Diener
In: Frankfurter Zeitung, Nr.121, 15.2.1927.
Vgl. Schmitz/Ziegler, S.21.

S.319 Anekdote
In: Frankfurter Zeitung, Nr.222, 24.3.1927.
Zu einem späteren Abdruck hat sich ein undatierter Begleitbrief B.s (vom Anfang der dreißiger Jahre) erhalten, der bezeichnend für seine Arbeitsweise ist: »Obwohl ich jetzt erst, für Ihren Zweck, zweimal das Wort ›München‹ hineingesetzt habe, ist das mehr als geschickte Anpassung: Atmosphäre und Charakter der kleinen Anekdote ist von sich aus ›münchnerisch‹, scheint es mir.«

S.321 Anekdote vom Major Xanders
In: Frankfurter Zeitung, Nr.273, 12.4.1927. – Etwas erweiterte, dann häufig, auch in Rockenbachs Anthologie (vgl. Anm. zu S.251; dort S.235 f.) nachgedruckte Fassung von: Reitunterricht, in: Simplicissimus, 30, 1925, S.356 [21.September].

S.323 Erbse
In: Vossische Zeitung, Nr.165, 17.7.1927. – Auch u.d.T. *Anekdote von der Somme* nachgedruckt, z.B. in: Magdeburgische Zeitung, Nr.626, 10.12.1927; als *Stabsarzt Erbse* in Rockenbachs Anthologie (vgl. Anm. zu S.251, dort S.231 f.), als *Die Antwort* in: Die deutsche Anekdote, hg.v. Karl Lerbs, Berlin: Th.Knaur 1943, S.489-491.

S.325 Die schöne Handschuhverkäuferin
In: Michael und das Fräulein und andere Geschichten, Frankfurt: Iris-Verlag 1927, S.7-19 (vgl. S.567). – Auch in: EI, S.37-43.
Die Erzählung »war in zwei oder drei Fassungen zwischen 1920 und 1925 entstanden und läßt [...] zwei stilgeschichtliche Schichten erkennen, die sich nicht bruchlos miteinander verbunden haben. Die ältere dieser Schichten erinnert an die ironische Kälte im Expressionismus, wie sie Britting

vor allem in einigen Kurzgeschichten des von ihm sehr bewunderten Gustav Sack vorfand [...]. Stofflich kommt dabei wohl Wedekinds Erzählung *Das Opferlamm* eine gewisse Patenschaft zu.« (Bode, S.15) Zum Stilwandel dieser frühen Erzählungen vgl. den Komm. zu Bd.III,2.

S.332 Ambros
In: Michael und das Fräulein und andere Geschichten, Frankfurt: Iris-Verlag 1927, S.49-59 (vgl. S.567).
Zuerst in: Simplicissimus 29, 1924, S.222f. [7.Juli].

S.338 Auf einem Hügel über Aichach
In: Frankfurter Zeitung, Nr.339, 6.5.1928 (mit der Originalzeichnung von Hans Lasser).
Der Text schließt an die, ebenfalls mit einer Zeichnung Lassers (Abb. unten), erst am 16.5.1928 in der *Vossischen Zeitung* erschienene Schilderung an; sie wurde später in die Erzählung *Der Major* (aus der Sammlung *Das treue Eheweib*) eingearbeitet (vgl. Bd.III,2). In einem Brief an Alex Wetzlar schilderte B. am 21.August 1951 seinen Ausflug: »Ich ging vor 25 Jahren zu Fuß von Dachau über Indersdorf nach Altomünster. Alte romanische Kirche in Indersdorf. In Altomünster übernachtete ich und ging anderntags nach Aichach, wo es nach Aussage seiner Majestät Ludwig III. die besten Knackwürste Bayerns gibt. Ich finde die von Regensburg besser. Von Aichach, es war ein Pfingstmontag [...] wandelte

ich in das nahegelegene Dorf Wittelsbach, und suchte, meines Königshauses gedenkend, die paar Trümmer auf, die noch von der Burg da sind.«

S.341 Der Ledergepanzerte
In: Der Tag (Berlin), 7.10.1928. – Auch in: Kriegsdichter erzählen, hg.v. August Friedrich Velmede, München: Langen-Müller 1937, S.49-52. – U.d.T. *Die Ehrenbezeigung* in: Der namenlose Soldat, hg.v. Sigmund Graff, Berlin: Scherl 1943, S.66-70.
Mitte 1928 berichtete B. Hermann Seyboth:

> Eine neue Scherl Zeitschrift [vgl. S.609] bat mich um Mitarbeit und zahlte gleich bei Annahme 50 Mark für ein achtzeiliges Gedicht und 100 für eine kleine Prosaarbeit von zwei Schreibmaschinenseiten! Das sind Honorare, da ist die Frankf[urter Zeitung] schofel dagegen. Simpelwitze mach ich wenig mehr. Ich hab zuviel Geld. Und da werd ich faul.

Die Zeitschrift kam nicht zustande; die Prosaarbeit wurde dann im *Tag*, dem großen älteren Blatt des Medienkonzerns, abgedruckt.
Die Klagen über den Untergang des Rittertums entsprechen denjenigen, die Alfred de Vigny (Nr.12) erhoben hatte.

S.344 Hinterhauser und sein Fräulein
In: Berliner Illustrirte Zeitung, Nr.51, 16.12.1928, S.2209-2210. – Vgl. die überarbeitete Fassung *Das betrogene Fräulein* (Bd.III, 2).
B. schrieb die Erzählung für das Novellenpreisausschreiben der *Berliner Illustrirten* im Sommer 1928, vgl. deren Bericht am 30.November 1928; neben den fünf Preisen von je 3000,– Mark (vgl. S.610 zu den Gewinnern) wurden noch zwölf Sonderpreise von je 500,– Mark vergeben, u.a. an Oskar Maria Graf, Robert Neumann, Willi Reindl, Otto Soyka, Ernst Weiss und Otto Zoff.

S.349 Die Könige
In: Jugend, 33, 1928, S.826f. [22.Dezember] mit den beiden Zeichnungen von Otto Nückel, einem regelmäßigen Mitarbeiter von *Jugend* wie *Simplicissimus*. Zum Stoff vgl. S.58.

S.356 Ein Pferd überm Fluß
In: Vossische Zeitung, Nr.101, 1.5.1929.

Dramen

B. hatte sich schon in der Vorkriegszeit als Dramatiker versucht. Der verschollene Einakter-Zyklus *An der Schwelle* wurde unter der Regie von Wilhelm Benthien am 27. März 1913 vom Stadttheater Regensburg uraufgeführt und am 7. April 1913 wiederholt.

Den ersten, in Wien spielenden Einakter hatte B. mit Erwin Weill zusammen verfaßt, einem jungen Wiener, der sich während des Jahres 1912 in Regensburg aufhielt.

Neben den motivischen und thematischen Anregungen Schnitzlers (vgl. Anm. zu S.44) soll ihm auch »eine Dame der besten Regensburger Gesellschaft, deren Amouren mit sehr jungen Männern damals Tagesgespräch waren, [...] den Stoff« geliefert haben. (Färber; vgl. S.570f.)

In den *Regensburger Neuesten Nachrichten* erschien am 28. März anonym eine Besprechung der Uraufführung, die wohl der bei diesem Blatt allein für die Theaterkritiken zuständige B. verfaßt hatte:

An der Schwelle. Einakter-Zyklus von Georg J. Britting

Regensburg. 28.März

In jeder Stadt ist die Uraufführung eines Werkes gewissermaßen ein Ereignis, dem man mit Spannung entgegenzusehen pflegt. Aber in Regensburg vermag nicht einmal eine Premiere den lethargischen Schauspielschlaf gewisser Kreise zu stören. Sie dösen ruhig weiter und überlassen es dem kleinen Häuflein wirklicher Kunstfreunde, Premierentiger zu spielen.

Gestern lieferte sich ein junger Regensburger, Herr Georg J. Britting, der sich schon seit längerer Zeit die ersten literarischen Sporen verdient hat, dem Seziermesser seiner Zeitgenossen aus. Er erzielte mit seinem Einakterzyklus einen überaus warmen, unbestrittenen Erfolg, der ihm wohl Ansporn sein wird, auf der beschrittenen Bahn in stetiger Vervollkommnung weiterzuwandeln.

Der beste der gebotenen Einakter schien uns

Madame

von Erwin Weill und G.J.Britting

zu sein.

In straffer und fein geschliffener Dialogführung ersteht vor uns ein Dichter, der das Leben noch rosenrot sieht, dem die hohen und herrlichen Ideale noch nicht verloren gegangen sind. Die von ihm heimlich geliebte Frau erhebt er in seiner Illusion zum Wundergefäß voll Reinheit, Heiligkeit und Tugend, und empört und bis ins Mark getroffen fährt er auf, als ihm sein Freund Frauenart und Frauenwesen im Bilde entblättert bis auf den kahlen Stengel. Er würde es nicht ertragen, sein Idol beschmutzt und zertrümmert zu sehen, er fürchtet, von der Geliebten selbst in den ihm furchtbar drohenden Abgrund der Enttäuschung und Ernüchterung hinabgestoßen zu werden und – verzichtet darauf, sie überhaupt kennen zu lernen. Sein Ideal bleibt ihm dadurch rein und unberührt erhalten.

Wie gesagt, der Dialog bewegt sich auf einer recht achtbaren Höhe und

hat literarischen Wert. Er birgt eine Fülle von Geistreicheleien und geschmackvollen Bildern und entbehrt der Würze kleiner Bosheiten gegen das schwache Geschlecht nicht. Das Gedicht *An Madame* verdient wegen seines Stimmungsgehaltes besondere Erwähnung.
Den Dichter Aurelius stattete Wilhelm Benthien mit allen Vorzügen aus, die einem so jungen, weltenfremden Schwärmer zu eigen sind. Er schien zum Stamme jener Asra zu gehören, die da sterben, wenn sie (unglücklich) lieben. Hans Strien wirkte als welterfahrener Vikomte überzeugend und wahr, Louis Pötsch war als harmlos-greiser Diener ganz an seinem Platze.
Bewegter durch die Handlung war

Potiphar

von G.J.Britting.

Einem stillen Gelehrten drängt sich ein »Weibchen«, seine Zimmervermieterin, auf. Durchschnittsware, die höchstens auf ihr bißchen Schönheit etwas hält, wahrscheinlich weil sie die Männer damit kapert. Ihr wahrhaft braver Mann, ein wackerer Zugführer, hat davon keine Ahnung; er baut Häuser auf sein Glück und die Treue seines Weibes. In einer Unterredung mit dem Mann der Wissenschaft spricht er ihm von seinem Ehe-Glück, das wie eine ruhig leuchtende Flamme in seinem Herzen brennt – und der still und bestürzt gewordene Gelehrte zieht die Hand, die er schon nach der Frau ausgestreckt gehabt hatte, im letzten Augenblick zurück. Er kann das Glück des braven Mannes nicht zerstören um einer Episode, eines flüchtigen Genusses willen und überläßt das »Weibchen« einem anderen, der übrigens schon wartet.
Der psychologische Entwickelungsvorgang ist bei sämtlichen Personen gut geschaut und mit klaren Strichen festgelegt, die Dialogbehandlung ist gut und konsequent. Hans Strien arbeitete die Gewissensnöte, die sich dem Gelehrten aufdrängen, den Kampf mit dem alten Adam, frei und anschaulich heraus, Hans Gemeier war der kühl abwägende Lebemann, der jede Blume pflückt, die sich ihm bietet, und Paula Braun genügte als liebegirrende Turteltaube billigen Anforderungen. Georg Kalkum stand in der Szene wie ein ragender Fels.
Das schwierigste Problem behandelte der Einakter

Der törichte Jüngling

von G.J.Britting.

Nämlich die Schilderung der Seelenvorgänge in einem Zwanzigjährigen, der einer Varietésängerin das Leben rettete und der sich nun der höchsten Gunst, die eine Frau vergeben kann, erfreuen soll. So sehr er über sein Erstlingsabenteuer beglückt ist, so sehr erschrickt er, als ihm ein mephistophelischer Schalk auseinandersetzt, nicht Liebe sei es, die die Sängerin zur Preisgabe ihres Ichs bestimme, sondern Dankbarkeit.

Da stürzt er aus allen Himmeln. Und als ihm gar noch suggeriert wird, die im Sturm Eroberte würde von einem Verkehr mit ihm schweren Schaden haben, da flieht er von der Schwelle, der reine Tor.
Diese Konflikte umfassend und klar hinzustellen, ist naturgemäß nicht leicht. Wenn es dem Autor in großen Zügen doch gelang, sie einigermaßen plausibel erscheinen zu lassen, verdient er dafür wohl Anerkennung.
Anny Hoheneck war raffiniert glutvoll und verführerisch, Hans Strien ein von allen Zufällen des Lebens unberührtes großes Kind, dem die Angst vor und die Freude an seinem Abenteuer gleich gut lag. Den Unkraut säenden Dritten gab Karl v. Pidoll mit kühler Überlegenheit. Ostentativ war der Beifall, der jedesmal nach dem Fallen des Vorhangs das Haus durchflutete. Nach dem 2. Einakter mußte der Dichter G.J. Britting auf die Szene, wo er einen riesigen Lorbeerkranz mit Widmung in Empfang nehmen konnte. Das fürstliche Paar [von Thurn und Taxis] und der Erbprinz wohnte der Vorstellung gleichfalls [bei]; leider aber erst vom *Törichten Jüngling* an, so daß sie die beiden besten Stücke versäumten.

Bedenken hegte der *Regensburger Anzeiger* (29.3.1913) gegen diese Etüden im »unerfreulich herabgekommenen Milieu« des »modernen Lustspiels«, das »bekanntlich nur *ein* Sujet« kenne: »die Erotik«. Verwerflich sei das erste Stück:

Ein Dichter sendet darin ein keineswegs unzweideutiges oder zurückhaltendes Gedicht an eine unbekannte, ältere, verheiratete Dame und findet sich bei dieser undelikaten Art des Vorgehens real sehr interessant und ideal, ja schwärmerisch beanlagt und empfindlich gegen Enttäuschungen. Umwertung aller Werte.

Im zweiten Stück werde hingegen »ein echt menschlicher und deshalb auch dichterischer Konflikt« vorgeführt, während das dritte »einen Stich ins Brutale« aufweise. Insgesamt präsentiere sich der junge Autor als ein Nachfahre von Schnitzler, »der zwar immerhin noch Geist hat«:

Schade, wenn eine immerhin gute Begabung keinen anderen Ehrgeiz kennt, als mit dem breitesten Strom zu schwimmen und gerade da, wo die Kanäle der Großstadt hineinmünden.

Noch bis Ende der Zwanziger Jahre strebte B. einen Erfolg als Dramatiker an. »Ich hab mir fest vorgenommen, einen Gedichtband nicht eher wieder anzubieten, bis ich nicht durch ein Drama mir so etwas wie einen Namen gemacht habe«, schrieb er schon am 12.Dezember 1917 an Hermann Sendelbach. Erst als sich nach der Uraufführung von *Paula und Bianka* keine Möglichkeit der Drucklegung ergab und das anschließende Stück

Der Provinzler nicht zur Aufführung angenommen wurde, gab B. seine Hoffnungen auf:

> Ich hatte vier bis fünf bis sechs Theaterstücke geschrieben. Als sie mir nicht mehr gefielen, warf ich sie eines Abends in die Isar, in meiner Zentralheizung konnte ich sie ja nicht verbrennen.
> (An Bode, Juni 1958)

Laut einem weiteren Brief an Dietrich Bode (10.10.1958) fand diese Vernichtungsaktion erst 1936 statt; laut einer Mitteilung von Hermann Seyboth an Ingeborg Schuldt-Britting schon 1928.

Über das Verlorene berichtete B. wiederum Dietrich Bode (14.8.1958):

> Meiner Erinnerung nach sind die ertrunkenen Dramen besser als *Stubenfliege* und *Paula und Bianka*. Eins brachte als die drei Hauptfiguren Faust, Don Juan und Don Quichotte. Zum Teil in Versen. O Gott!

B.s erhaltene Dramen stehen vor allem in einer süddeutsch-modernen Tradition; zwar legte er im zweiten Akt des *Storchennest* »der Frau und ihrem Geliebten in einem Affekt à la Sternheim karikierende Phrasen und verlogene Denkformeln des Bürgertums in den Mund« (Bode, S.8), doch ist *Das Herz* mit seiner Zirkusatmosphäre wie auch *Das Storchennest* der Wedekind-Mode um 1920 verpflichtet: Die Friedhofsszenerie des ersten Bildes bei B. gemahnt an Wedekinds *Frühlings Erwachen* (Hohoff, S.167, erinnert an Shakespeares Totengräberszenen), und mit der Bordellszene nahm B., nachdem nationalistische Randalierer im Dezember 1919 das Verbot von Wedekinds *Schloß Wetterstein* erzwungen hatten, das ganze Risiko einer Nachfolge auf sich. Die Gefühlskasuistik von *Paula und Bianka* mag von Lautensacks *Das Gelübde* (Nr.72) angeregt sein, die *Stubenfliege* führt in das kirchliche Milieu der *Pfarrhauskomödie* (Nr.73).

Entstanden ist *Das Storchennest* jedenfalls 1921, wahrscheinlich noch vor *Paula und Bianka* (vgl. S.662), das aus dem gleichen Jahr stammt und laut Briefen B.s an Seyboth in Regensburg geschrieben worden sein soll. Ob *Das Herz* in unmittelbarer Nachbarschaft des *Storchennest* entstand und sich B. somit danach stilistisch neu orientierte, oder ob es später als Stil-Etüde geschrieben wurde, ist nicht festzustellen.

S.361 Das Storchennest. Eine Komödie

Buchausgabe gedruckt von Heinrich Christian Kleukens auf der Ernst Ludwig Presse für den Arkaden Verlag, Traisa-Darmstadt 1922, mit einem Holzschnitttitel von Achmann.

Auch in: Die Rote Erde, 2,I, 1922/23, S.105-123 [Frühjahr 1922]. Dort (S.110) lautet die Szenenanweisung S.375, Z.21 statt: Gibt ihm die Hand. – Gibt ihm einen Geldschein.

Der erste Akt war mit geringfügigen Abweichungen als »Schattenspiel« erschienen: Der Mann im Mond. Ein Schattenspiel, (= Die kleinen

Saturnbücher, Nr.41), Heidelberg: Verlag Hermann Meister 1920. Das Bändchen ist Achmann gewidmet. Die Titelzeichnung stammte von Herbert Großberger (vgl. Abb. S.360). Die erste Szenenanweisung lautete dort:

> Abenddämmerung im September, die rasch in eine helle Mondnacht übergeht. Straße vor der weißen Friedhofmauer. Die tiefen Schatten der Figuren sind wie mitspielende Marionetten.

Der dritte Akt war, wiederum mit einem Titelholzschnitt von Achmann zuerst 1921 erschienen: Das Storchennest. (= Die Drucke der Tafel-Runde, hg.v. Karl Lorenz, Nr.3), Hamburg: Adolf Harms Verlag 1921.

Karl Otten nahm das Stück in seine repräsentative Sammlung expressionistischer Dramatik auf: Schrei und Bekenntnis, Darmstadt: Luchterhand 1959, S.381-425.

In einem Prospekt warb der Arkaden Verlag für zwei »kubistische Komödien«, *Das Storchennest* sowie Anton Betzners *Das Jugendheim*. »Kubismus« sei »nicht lediglich die Art der Abstraktion Picassos [...], sondern allgemeine Stilgesetzlichkeit mechanischen Aufbauens der Gestalten und mechanischer Komposition«; gewiß sei dieses »Formgesetz der meisten Stilperioden für Bildnerei und Dichtung« von Picasso »an der Wende der Zeiten in sublimer Reinheit herausgestellt [worden] als das von neuem gültige Gesetz. Aber Erfüllung mit naturhaft konkretem Dasein gibt ihm sozusagen seine normale Erscheinungsweise. Jugendheim und Storchennest sind in solcher Weise kubistisch: mit einer das natürliche Geschehen in voller Körperlichkeit aufbewahrenden Darstellung. Sind es ohne Problematik, mit jener Selbstverständlichkeit der Reife, die dem hohen Kunstwerk eignet. Stellen, jedes in seiner Weise, bestimmt die neue Form der Komödie auf, deren Urelement das Groteske ist.« In B.s Komödie sei das

> in seiner ganzen Verknüpfung breit gemalte Psychologistische der gestrigen Literatur aufgehoben – und aufbewahrt – zu Gestaltverdichtungen, die eben dadurch in ihrer wahren Funktion offenbar werden: die geschobenen Figuren zu sein in dem seltsamen Komödienspiel des Seins, das zugleich Lachen auslöst und Weinen, weil ein jeder sich selber in ihrer Rolle wiederfindet.

Julius Bab wies in seiner *Chronik des Deutschen Dramas* (Fünfter Teil: Deutschlands dramatische Produktion 1919-1926, Berlin: Oesterheld 1926, S.163) diese ›Anpreisung‹ zurück und verwarf die Komödie als »ein ganz dürftiges Machwerk, das völlig banale und sentimentale Motive gewaltsam aus den psychologischen Gelenken bricht und sich interessant zu machen versucht, indem es aus dummen Wortwitzen schwerwiegende Handlungen hervorgehen lassen will.«

In einer Sammelbesprechung für *Die Literatur* (26, 1923/24, S.405) würdigte Hans Frank B.s Arbeit »in ihren Grundvoraussetzungen, ihrem Weltgefühl und ihrer Anlage« als »eine echte Komödie«:

> Einander gegenübergestellt sind die philiströsen und die schweifenden Naturen. Die welche das weiche, warme, enge Nest über alles stellen, wohl dann und wann einen kleinen anregenden Ausflug machen, aber immer wieder schnell zurückkehren und die, welche den Himmel, den unendlichen, über alles lieben, so sehr, daß sie sich nur zu leicht von der Sonne verbrennen lassen, oder am Mond den Schnabel blutig stoßen. Man denkt an Barlachs *Armen Vetter*, dessen urtragisches Motiv hier ins unwirklich Komische transponiert ist.

Doch fehle »dem Werk zur unvergänglichen Komödie nur eins: Entfaltung dessen, was keimhaft, ja knospenhaft, vorhanden ist.«

S.412 Das Herz. Ein Tanz auf dem Seil in einem Akt
In: Die Rote Erde, 2,II, 1922/23, S.217-222 [September/Dezember 1923].

S.424 Paula und Bianka. Komödie in vier Akten
Der Text des Dramas ist nur in den beiden Rollenbüchern der Aufführungen in Dresden und Regensburg erhalten; jenes ist inzwischen verschollen, diente jedoch in einer Abschrift Dietrich Bodes als Textgrundlage. B. hat die – laut einem Brief an Seyboth (23.8.1928) geplanten – Änderungen für Regensburg nicht vorgenommen; die Abweichungen sind unerheblich. Zu B.s Bemühungen um eine Veröffentlichung vgl. S.608.
Am 15.Mai 1928 fand an der *Aktuellen Bühne* des Schauspielhauses in Dresden die verspätete Uraufführung des sieben Jahre alten Stückes statt. Georg Kiesau führte Regie. Zum Programmheft hatte Achmann eine biographische Skizze beigesteuert. B. berichtete aus Dresden an Hermann Seyboth:

> Die Aufführung war sehr gut, das Publikum lachte und klatschte, und die Presse war miserabel. Trotzdem, und obwohl ursprünglich nur eine einmalige Aufführung vorgesehen war, wird das Stück in den Spielplan aufgenommen. [...] Das ist mehr, als ich erwartete

– zumal jede Aufführung dem Autor mit 150,- Mark honoriert werden sollte. Die Aufführung wurde am 23. und 30.Mai sowie am 5.Juni wiederholt.

In den *Dresdner Neuesten Nachrichten* war am 17.Mai 1928 eine ungewöhnliche Besprechung in Versen von Julius Ferdinand Wolff erschienen, die hier vollständig mitgeteilt sei:

Dies ist die *Aktuelle Bühne*,
Dreiteilig, lustig und gewandt,
Für die das immerhin noch kühne
Gesellschaftsspiel der Dichter fand.
Und hat man Jahr für Jahr mißraten,
Der Maid zu tun, was ihr nicht frommt,

Der Jüngling aber neigt zu Taten,
Worauf sie in die Hoffnung kommt.
So hört man schüchtern und beklommen,
Was Paula Muttern eingesteht.
Ein Bankbeamter ist gekommen
Und lehrte sie das Alphabet.
Weil Karl den feinen, zarten Ton hat,
Begriff sie alles unverweilt...
Nun ist sie schon im vierten Monat,
Und man versteht: die Sache eilt.
Dies kam schon öfter vor; die Knaben
Tun hinterher naiv und dumm
Und schrei'n, wenn sie genossen haben,
Nach der exceptio plurium.
Jedoch im Lieben und im Lenzen
War Paula neu, als es geschah.
Da zieht nun Karl die Konsequenzen
Und wirbt um sie bei der Mama.
Die ist gerührt. Er weiß indessen,
die Hochzeit hin- und hinzuzieh'n,
Mit standesamtlichen Finessen
Verschiebt er täglich den Termin.
Denn nebenan gibt's noch ein Wesen,
Im Bühnenabschnitt rechter Hand,
Dort haust Bianka, auserlesen
Und blond und reich und voll Verstand.
Don Karl gesteht, daß von ihr trennte
Nur was in Paula sich begibt.
Sie sagt: »Ich zahl' die Alimente.«
Worauf er stracks Bianken liebt.

An dieser Stelle wird die Handlung
Nun psychologisch kompliziert,
In Paula gibt es eine Wandlung,
Noch ehe sie das Kind gebiert.
Frei soll der Bankbeamte wählen,
Denn wenn er unter jenem Zwang
Sich würde doch mit ihr vermählen,
So dauerte das Glück nicht lang.
Und sie gesteht dem nun so Lauen,
Der lange Tage sie versäumt,
Daß eine jener weisen Frauen

Die Folgen aus dem Weg geräumt.
Da tut er stolz, spricht von Verbrechen
Und Pflicht, und ist doch heimlich froh.
Nun braucht er nicht einmal zu blechen.
Des Schurken Herz brennt lichterloh
Für die Bianka, die schon wartet,
Mit Goldhaar, Geld und allerhand,
Wie sie es heimlich abgekartet
Im Bühnenabschnitt rechter Hand.
Und ahnt es nicht – dies ist das Neue
An dem Geschehnis und sehr rar –,
Daß es bei Paula trotz der Reue
Nur dolus eventualis war.
Die unverhoffte Hoffnung klärte
Die weise Frau, wie schon so oft,
Als Irrtum auf. Nichts mehr beschwerte
Das Mädchen, was es ungern hofft.

Vom Mädchen reißt sich stolz der Knabe
Und ahnt es nicht, was er verlor.
Die Perle Paula, ohne Habe,
Bleibt links. Rechts geht das Schlimmste vor.
Denn wo die Hochzeitsgäste johlen
(Im dritten Bühnenabschnitt rechts),
Wo er nun lehrt das keusche Fohlen
Die Unterschiede des Geschlechts,
Gesteht sie ihm, daß längst ein andrer
Das Blümchen richtig hat gepflückt – –
Hier steh' und staune, müder Wandrer,
Des Himmels Rache ist geglückt!
Zur Vaterschaft zwingt sie den Feigen
An einem Kind, das nicht vollbracht
Von ihm. In Schande muß er schweigen.
Und auf die Bühne senkt sich Nacht.
Im Bühnenabschnitt links die starre
Und bleiche Paula schlägt hierauf
Voll Hohn mit *einer* Hand Gitarre,
Mit *einer* schrille Lache auf.
Dies ist von Paula und Bianken
Das neue Stück voll Zeugungskraft.
Nachdenkend steht man in Gedanken
Über den Wert der Schwangerschaft.

Am Ende – denkt man – hat auch jene
Bianka – dies geschieht doch oft –
Wie Paula, tat *sie*'s auch sans gêne,
Nur völlig trügerisch gehofft.
Wie kommen wir, geht das so weiter,
Mit dreigeteilter Bühne aus?
Wie kommt auf dieser Stufenleiter
Moral und Klapperstorch ins Haus?

Dies Stück, das Kiesau wohl betreute,
Ward flott gespielt und unbeschwert.
Es spielten lauter junge Leute,
Die Alten wurden aufgeklärt.
Paul Hoffmann gab mit Geist und Laune
Den Helden, zeichnerisch apart,
Halb kesses Meechen, halb Alraune
Bianka (Fräulein Engelhart).
Sympathisch hielt in klugen Schranken
Die hoffnungsvolle Paula sich,
Dafür kann Lotte Gruner danken
Der Dichter Britting sicherlich.
Und da auch Stella David weise,
Behutsam um ihr Küken flog,
Klang alles Kluge, Feine, Leise
Wohl an. – Gut ist der Dialog. –
Heinz Woesler gab mit ein paar Strichen
Sehr lustig einen Offizier.
Das Bühnenbild gut ausgeglichen.
Und Beifall! – Doch ich sage mir,
Voll Sorge, frag' mich immer wieder:
Was wird, o ewige Wiederkehr!
Kommt auch Bianka nun nicht nieder? —
Meine Ruh' ist hin, mein Herz ist schwer.

Ein Beispiel für das »miserable« Presseecho hat sich in B.s Nachlaß erhalten: Egon-Erich Albrecht bezeichnet das Stück kurzweg als eine »witzlose hingequälte Anekdote« nach dem »bewährten Muster« »›Aus dem Regen in die *Traufe*‹«; die »gestaltungsfähigen dramatischen Konflikte« seien »in einem fürchterlichen Dialogstil« »zerredet«, »der wohl eine Art ›neue Sachlichkeit‹ darstellen soll, aber weiter nichts ist als eine schlechte Nachahmung Sternheimschen Hackepeters.« In der *Vossischen Zeitung* wurden (am 31.5.1928) dem »unangenehmen Stück« »unziemlicher Scherz« mit »Vater- und Mutterschaft« vorgeworfen.

Die *Magdeburgische Zeitung* (20.5.1928) tadelte nur den Mangel an Bühnenwirksamkeit.

Lob hingegen fanden Stück und Inszenierung im *Berliner Tagblatt* (18.8.1928): B. zeige,

> wie das Weib ihr spezifisches Schicksal, je nach Veranlagung, ernst nimmt oder zum Vergnügen abwandelt, woraus sich für den Mann in beiden Fällen keine imponierende Position ergibt. Denn entweder macht »sie« schließlich alles mit sich allein ab oder sie verwendet »ihn« als Folie.

Friedrich Schnack schließlich (vgl. S.590) verwies in den *Münchner Neuesten Nachrichten* (18.5.1928) auf die »Zeitmängel von 1921«, zitiert ebenfalls jenes Sprichwort als »nicht sehr tiefen« anekdotischen Kern, konstatiert insgesamt jedoch einen »ermutigenden« Erfolg und geht auf den Autor und die »Lage [seiner] Generation« genauer ein:

> [...] diese jungen Dichter sind heute alle Ende der Dreißig, sie haben im Krieg wesentliche Jahre eingebüßt und heute am schwersten um die Anerkennung und die Wirkung zu kämpfen; die älteren Autoren haben sich bequemer durchsetzen können und die jüngeren haben die Aufmerksamkeit durch den Vorzug ihrer Jugendlichkeit auf sich zu lenken gewußt.

Nach der Aufführung in Regensburg am 9.November 1928 führte in der *Volkswacht* eine ausführliche Besprechung diesen Gedanken weiter (vgl. die Zitate S.583 f.) und würdigte das Stück:

> In dieser noch suchenden und tastenden Zeit schrieb Britting (nach dem *Storchennest* und vor der im Münchener Residenztheater uraufgeführten *Stubenfliege*) die Komödie *Paula und Bianka*. Ich glaube, 1921. Sie deutet besonders im ersten Akt die starke dichterische Eigenart Brittings an, ist aber im ganzen nicht mehr der Britting von heute. Sie hat den starken Wirklichkeitssinn Brittings, der oft zu einer eigenartigen, ganz originalen Lyrik sich verdichtet, und der den Bildern seiner reinen Lyrik die vollkommen persönliche Note gibt. Dieser erste Akt legt in der Figur der Paula eine Frauengestalt an, die von Anfang an stark und tief genug gesehen ist, daß um sie herum ein Stück aufgebaut werden könnte. Eventuell sogar eine Tragödie. Leider wird diese Tiefe, statt ausgebaut, ins spielerisch Leichte hinübergeführt, mit dem dritten Akt verlassen und mit dem vierten Akt in eine[r] Art grotesker Satire tatsächlich zerstört. Das an sich tragische Opfer Paulas wird lächerlich an der Lächerlichkeit dessen, für den das Opfer gebracht wurde, Paula wird lächerlich an der Situation Karl-Bianka. Das ergibt eine unbefriedigende Wirkung. Aber es ist wohl begreiflich, daß Britting aus dem anfänglich Ernsten ins Ironisierende gerät: gab es denn damals, nach dem Erlebnis des Krieges, irgend etwas im Menschenleben, das, eben an dem Kriegserlebnis gemessen, noch hätte tragisch wirken können? Mußte nicht alle Tragik, wie schließlich auch der Krieg, ironisch überwunden werden?

> Schien es doch jahrelang, als ob Ironie überhaupt die tragische Form der neuen Zeit werden wollte: Überwindung der tragischen Gefühle durch Ironie? Datiert nicht gerade seit der Nachkriegszeit die Bevorzugung der Komödie seitens der Schreibenden sowohl, als auch von seiten des Publikums? Man konnte ein kleines menschliches Einzelschicksal nach dem großen Massenschicksal des Krieges nicht mehr tragisch empfinden. [...]

Vom *Regensburger Anzeiger* wurde die Aufführung nach den Fehden vom Anfang des Jahrzehnts ignoriert (vgl. S.630); die *Regensburger Neuesten Nachrichten* brachten zwar zwei Ankündigen, am 8. und am 9.November, die das »besondere Interesse« dieser Inszenierung für Regensburg betonten, wiesen auch mit dem Abdruck eines Gedichtes (*Weiß Wiese und Wald*) am Aufführungstag auf den Dichter hin, hatten jedoch offenbar keinen Rezensenten zur Verfügung.

S.470 Die Stubenfliege. Komödie in vier Akten
Der Text wurde nach dem Rollenbuch der Uraufführung zuerst in dem Nachlaßband der *Sämtlichen Werke* abgedruckt: Anfang und Ende, München: Nymphenburger 1967, S.192-247; danach unser Druck. – Das Stück wurde am 22.September 1923 am Residenztheater in München uraufgeführt, Magda Lena spielte die Anna, Otto Wernicke den Gruber, Fritz Basil führte die Regie. Es erlebte acht Aufführungen.

Das Presseecho war wenig ermutigend; B. hatte die Rezensionen aus der *München-Augsburger Abendzeitung*, den *Münchner Neuesten Nachrichten* (24.9.1923), dem *Völkischen Beobachter* (25.9.1923) und dem *Staatsanzeiger* (24.9.1923) gesammelt; sie finden sich im Nachlaß.

Nur der *Staatsanzeiger* ließ den »freundlichen Erstlingserfolg« gelten, bemängelte aber die juristische Unhaltbarkeit der Testamentsszene. In den *Münchner Neuesten Nachrichten* warf Hermann Sinsheimer dem Autor, der sein Vorbild Lautensack nicht erreiche, »Gemütlosigkeit« und mangelnden Sinn für das Dramatische vor, das Handlung und klare Charakterzeichnung fordere:

> Warum haben Sie denn den Gruber nicht leben und ihre Anna ihn nicht heiraten lassen? Dann wäre nämlich – fast? vielleicht? wer weiß? – so etwas wie ein dramatisches Gebilde entstanden, in dem menschliche Gegensätze sich hätten austragen können. Dann wäre Ihre Anna als plötzlich guter oder schlechter Mensch entlarvt worden, jedenfalls hätte sie ihre pseudoheroische Seele oder Seelenlosigkeit zu Markt tragen können.

Die *Abendzeitung* wie auch L.G.Oberlaender (in: Die schöne Literatur, 24, 1923, S.442) tadelten einen überholten ›naturalistischen‹ Versuch; der *Völkische Beobachter* verwies gar auf ein Urbild der »Heldin«, das »heute noch in Regensburg« lebe. Sonst wurde – neben antisemitischen Ausfällen gegen die Bühnenleitung – hier das »großstilisierte echte Drama« reklamiert.

S.520 Der Provinzler. Erster Akt einer Komödie
In: Vossische Zeitung, Nr.124, 29.5.1927.
Das Stück entstand Anfang 1927; Achmann berichtete Max Unold, wohl im April/März:

> Br.'s Stück ist fertig und liegt bei den Kammerspielen, die sehr [...] danach verlangt haben. Hoffentlich hält ihr Eifer an zur Annahme. Ich selber habs noch nicht in der Hand gehabt, da vorerst nur zwei Exemplare daliegen. (Das zweite ging zu Monty Jacobs an die Vossische.) (Nachl. Unold)

Das Stück war beim Residenztheater und den Kammerspielen eingereicht, wurde aber nicht angenommen; B. vernichtete dann das Manuskript (vgl. S.656).
Mit dem Stück hatte er an die zeitgenössische Provinzdebatte angeknüpft (vgl. S.613); »Provinzler«, so erläuterte Hermann Seyboth in einem Brief an Fritz Knöller vom 10.November 1958, »ist in Brittings Augen eine Feststellung, aber keine Beleidigung. Britting hat seinen ältesten Freund Joseph Michtl aus Cham im bayerischen Walde [vgl. Anm. zu S.68] nie anders bezeichnet. Ihm schrieb er sogar die Tragikomödie *Der Provinzler* auf den Leib.«
»Die auftretenden Figuren«, so berichtete er am 18.März 1965 Ingeborg Britting, »leben zum Teil heute noch. Der Provinzler ist Joseph Michtl in Regensburg; dessen Frau Hermine ist ebenfalls erkennbar. Der ziegenhaltende Schwiegervater war der verstorbene Hauptlehrer Sittler.«

Gedichte aus den Zwanziger Jahren

S.529 Der junge Gott
In: Die Sichel, 1, 1919, S.9-11 [Juli].

S.530 Frühe Welt
In: Die Sichel, 1, 1919, S.28 [August].

S.531 Katholische Stadt (für Regensburg)
In: Die Sichel, 1, 1919, S.28 [Zusammen mit dem vorhergehenden u.d.T. *Zwei Gedichte*].

S.532 Karge Welt
In: Die Sichel, 2, 1920, S.50 [Juli].

S.533 Der Gast
In: Der Sturmreiter, 2, H.1, 1920, S.15 [Oktober].

S.534 Der Fremde
In: Frankfurter Zeitung, Nr.297, 20.4.1924.
Das Motiv des wiederkehrenden Christus war seit der Jahrhundertwende weit verbreitet; Gerhart Hauptmann hatte seinen Roman *Der Narr in Christo Emanuel Quint* (1910) darauf aufgebaut; Siegfried von Vegesack gestaltete es in seinem Gedicht *Christus in München* (in: Die Weltbühne, 29.3.1923).

S.535 Vor der Stadt
In: Der Sturmreiter, 2, H.1, 1920, S.15 [Vgl. S.533].

S.536 April
In: Simplicissimus, 27, 1922, S.20 [12.April].

S.537 Der Veteran
In: Simplicissimus, 28, 1923, S.127 [4.Juni].

S.539 Bäckerladenballade
In: Simplicissimus, 28, 1923, S.298 [10.September].

S.540 Moritat
In: Simplicissimus, 31, 1926, S.303 [6.September].

S.541 Atelierszene
In: Das Tagebuch, 4, 1923, S.1015.
Diana, die griechische Göttin der Jagd, verkörpert die spröde Keuschheit; mit Leda, der Gemahlin des Sparterkönigs Tyndareos, zeugte der Göttervater Zeus in Gestalt eines Schwanes die schöne Helena.
Mit dem Regisseur und Theaterleiter Max Reinhardt, seinem Dramaturgen Arthur Kahane und dem Kritiker Alfred Kerr sind drei der wichtigsten Repräsentanten des Berliner Theaterlebens genannt.
Das Gedicht folgt, trotz anderen Strophenbruchs, dem Reimschema eines Sonetts.

S.542 Vorfall im Café
In: Jugend, 29, 1924, S.1023 [22.November].

S.543 Feuer hinter den Pferden
In: Jugend, 29, 1924, S.304 [17.Mai].

S.544 Bergdämmerung
In: Simplicissimus, 29, 1924, S.510 [8.Dezember].

S.545 Im Isartal
In: Simplicissimus, 30, 1925, S.369 [28.September].
Neue Fassung u.d.T. *Im Grase liegend* in: Der irdische Tag (Bd.II).

S.546 November
In: Frankfurter Zeitung, Nr.837, 9.11.1925.

S.547 Februar
In: Vossische Zeitung, Nr.50, 28.2.1926.

S.548 Aprilwetter
In: Vossische Zeitung, Nr.90, 18.4.1926.

S.549 Vorwinterlich
In: Vossische Zeitung, Nr.291, 5.12.1926.

S.550 Vorfrühling
In: Vossische Zeitung, Nr.67, 20.3.1927.

S.551 Vorfrühlingswiesen
In: Berliner Börsen-Courier, Nr.164, 7.4.1927.
Neue Fassung u.d.T. *Überschwemmte Wiesen* in: Rabe, Roß und Hahn (Bd.II).

S.552 Im Lechtal
In: Frankfurter Zeitung, Nr.541, 23.7.1927.

S.553 Oktoberfest
In: Simplicissimus, 32, 1927, S.344 [29.September].

S.554 Einsames Weihnachten in der Skihütte
In: Simplicissimus, 32, 1927, S.536 [26.Dezember].

S.555 Vorfrühlingsgarten
In: Jugend, 33, 1928, S.245 [14.April].

S.556 Juli
In: Velhagen & Klasings Monatshefte, 42, 1928, S.490 [Juli].

S.557 April
In: Vossische Zeitung, Nr.85, 12.4.1929.

S.558 Abendliche Maximilianstraße
In: Jugend, 34, 1929, S.653 [5.Oktober].

ZUR EINRICHTUNG DES ANHANGS

Die Rechtschreibung der im Anhang zitierten Texte wurde weitgehend normalisiert; das gilt auch für B.s orthographische Eigenwilligkeit, die z.B. – wohl bedingt durch seine Schreibbehinderung – auf die Großschreibung verzichtet, darin wie auch sonst freilich nicht konsequent bleibt. In Gesprächen mit seinen Freunden stilisierte er dies zur Verachtung des Dichters gegen pedantisches Regelwerk (vgl. Hohoff, S.165).

Zitatnachweise werden, soweit möglich, abgekürzt gegeben. Bücher aus B.s Bibliothek werden mit der bloßen Nummer des Verzeichnisses (vgl. S.577-582) nachgewiesen; einfache Seitenzahlen beziehen sich, wenn aus dem Kontext nicht anders ersichtlich, auf den vorliegenden Band, ebenso nicht weiter spezifizierte Hinweise auf Anmerkungen. Auf die übrigen Bände dieser Ausgabe wird mit der Angabe der Bandnummer in römischen Ziffern verwiesen.

Briefe B.s werden nur durch Angabe des Empfängers und des Datums identifiziert; entsprechend werden die Briefe an ihn zitiert. Die Mehrzahl der benutzten Briefe von und an B. ist im »Georg Britting-Archiv« der Bayerischen Staatsbibliothek (vgl. S.565) chronologisch geordnet einzusehen; die Briefe an Alex Wetzlar bilden ein eigenes Konvolut im Nachlaß; auch der Briefwechsel mit Georg Jung gehört zum Bestand in der Bayerischen Staatsbibliothek. B.'s Brief an Paul Zech wurde nach dem in der Stadt- und Landesbibliothek Dortmund verwahrten Original mitgeteilt. Nur im Deutschen Literaturarchiv / Marbach sind die Briefe an Bachmair, an Dietrich und an Pannwitz vorhanden.

Der Nachlaß B.s und derjenige Max Unolds werden in der Bayerischen Staatsbibliothek verwahrt, die von Fritz Knöller und von Hermann Sendelbach in der Monacensia-Abteilung der Stadtbibliothek München; von Achmann befindet sich auch der schriftliche Nachlaß im Städtischen Museum in Regensburg; der Nachlaß Hermann Seyboths im Stadtarchiv Regensburg konnte um ein umfangreiches Briefkonvolut aus Privatbesitz ergänzt werden. In Privatbesitz sind auch die autobiographischen Aufzeichnungen von Eugen Roth erhalten (vgl. Almanach, S.80).

ABKÜRZUNGEN UND SIGLEN

Amann – Wilhelm Amann: »Die Sichel«. Anatomie einer expressionistischen Zeitschrift. 1983. [Typoskript in der Universitätsbibliothek Regensburg]

Achmann-Kat. – Josef Achmann (1885-1958). Gemälde und Graphik. Ausstellung [...] 1979. Regensburg: Museum der Stadt Regensburg 1979.

Almanach – Georg Britting (1891-1964). Hg.v. Walter Schmitz. München: Süddeutscher Verlag 1987.

B. – Georg Britting.

Bode – Dietrich Bode: Georg Britting. Geschichte seines Werkes. Stuttgart: Metzler 1962.

E I – Georg Britting: Erzählungen 1920-1936 (= Gesamtausgabe in Einzelbänden). München: Nymphenburger 1958.

Heselhaus – Clemens Heselhaus: Oskar Loerke und Konrad Weiß. Zum Problem des literarischen Nachexpressionismus. In: Der Deutschunterricht, 6, H.6, 1954. S.28-55.

Hofmiller – Josef Hofmiller. Kritiker – Übersetzer – Essayist. Hg.v. Werner Volke u. Heidrun Güttinger. [=] Marbacher Magazin 38, 1986.

Hohoff – Curt Hohoff: Unter den Fischen. Erinnerungen an Männer, Mädchen und Bücher 1934-1939. Wiesbaden: Limes Verlag 1982.

Kat. – Georg Britting. Der Dichter und sein Werk. Ausstellung [...] 1967 in der Bayerischen Staatsbibliothek. Hg.v. Karl Dachs u.a. München: Süddeutscher Verlag 1967.

Koszyk – Kurt Koszyk: Deutsche Presse 1914-1945, Berlin: Colloquium Verlag 1972.

Knöller, Erinnerungen – Fritz Knöller: Erinnerungen an Georg Britting. In: Welt und Wort, 22, 1967, S.399-402.

Loers – Veit Loers: Zeitgebundene Kunst – zur Malerei und Graphik Josef Achmanns. In: Achmann-Kat. [ohne Paginierung].

Mohler – Armin Mohler: Die Konservative Revolution in Deutschland 1918–1932. Ein Handbuch. 2.Aufl. Darmstadt: Wissenschaftliche Buchgesellschaft 1972.

München-Kat. – Die Zwanziger Jahre in München. Katalog zur Ausstellung im Münchner Stadtmuseum [...] 1979. Hg. v. Christoph Stölzl. München: [Selbstverlag] 1979.

NDP – *Neue Donau-Post.*

Raabe – Paul Raabe: Die Zeitschriften und Sammlungen des literarischen Expressionismus. Repertorium [...] Stuttgart: Metzler 1964.

Raabe, Expressionismus – Expressionismus. Aufzeichnungen und Erinnerungen der Zeitgenossen. Hg. v. Paul Raabe. Olten: Walter 1965.

Rathsam – Berta Rathsam: Achmann und Britting. In: Der Zwiebelturm 11, 1956, S.107-110.

RNN – *Regensburger Neueste Nachrichten.*

Schlawe – Fritz Schlawe: Literarische Zeitschriften 1910–1933. (= Samml. Metzler 24). 2.Aufl. Stuttgart: Metzler 1973.

Schmitz/Ziegler – Walter Schmitz/Hans Ziegler: Georg Britting – Rebell, Republikaner, Dichter. In: Almanach, S.20-30.

Si I–III – Die Sichel, 1–3, 1919–1921 [vgl. S.590f.].

StA – Staatsarchiv, München.

Vw – *Volkswacht für Oberpfalz und Niederbayern.*

Unold-Kat. – Max Unold. 1885–1964. Ausstellung in Memmingen [...] 1985. Hg.v. Germaid Ruck. Memmingen: [Selbstverlag der Stadt] 1985.

Zeitungsgeschichte – Zeitungsgeschichte. Zeitgeschichte. Beiträge zur Regensburger Pressegeschichte. Regensburg: Held 1959.

VERZEICHNIS DER ABBILDUNGEN

VERZEICHNIS DER GEDICHTANFÄNGE UND -ÜBERSCHRIFTEN

(Gedichtüberschriften sind durch *kursiv* gekennzeichnet.)

INHALTSVERZEICHNIS

DRAMEN

GEDICHTE AUS DEN ZWANZIGER JAHREN

ANHANG